suhrkamp taschenbuch 2919

Für Julio Cortázar war das Phantastische – Tagtraum, Traum und Trance – immer realer Bestandteil seiner persönlichen Wirklichkeitserfahrung. Er hat den Gattungsbegriff des Phantastischen aufgebrochen, ihn um ein psychologisches, ein erotisches und vor allem um ein spielerisches Element erweitert. Gerade in seinen Erzählungen erweist sich Julio Cortázar bis heute als Autor von beunruhigender Modernität.

Lukas zum Beispiel ist ein Cronopium, das Alter ego des Autors: Spielfigur einer unruhigen Phantasie. Die kleinen Prosastücke sind Lustbarkeiten, voller Sprachwitz, Humor, Hintergründigkeit und ungenierter Komik, ein Kaleidoskop von Alltagsszenen.

In den anderen Erzählungen dieses Bandes erreicht die stilistische und kompositorische Meisterschaft Cortázars einen weiteren Höhepunkt. Poesie und Brutalität, Bedürfnis nach Zärtlichkeit und Verständnis, spielerisches Miteinander, bis alles erschreckend ernst wird, Wunsch und Angstträume ... die Welt, die der argentinische Meistererzähler vorstellt, ist phantastisch, aber es ist eine »Phantastik um zwölf Uhr mittags«, wie der Autor einmal sagte.

»Es mögen ja (leider) nicht so viele sein, die bei uns auf jedes neue Stück Julio Cortázars spitz sind; aber es sind drogensüchtige Wiederholungstäter, für die ja auch etwas getan werden sollte.«

Wolfram Schütte, Frankfurter Rundschau

Julio Cortázar, 1914 in Brüssel geboren, lebte bis 1951 in Buenos Aires und ist 1984 in Paris gestorben. Sein umfangreiches Gesamtwerk weist ihn als einen der bedeutendsten Autoren des 20. Jahrhunderts aus.

Julio Cortázar

Ende der Etappe

Die Erzählungen

Band 4

Aus dem Spanischen von
Rudolf Wittkopf

Suhrkamp

Dieser Band folgt der Ausgabe
Julio Cortázar, Die Erzählungen,
Suhrkamp Verlag, Frankfurt am Main 1998.
Die Originalausgabe erschien 1994 unter dem Titel
Cuentos completos bei Alfaguara, Madrid.

suhrkamp taschenbuch 2919
Erste Auflage 1998

Druck: Nomos Verlagsgesellschaft, Baden-Baden
Printed in Germany
Umschlag nach Entwürfen von
Willy Fleckhaus und Rolf Staudt

1 2 3 4 5 6 – 03 02 01 00 99 98

Julio Cortázar
Die Erzählungen
Band 4

Inhaltsübersicht

EIN GEWISSER LUKAS

1979

Un tal Lucas

Deutsch von Rudolf Wittkopf

Äußerungen meiner Eltern:
»Armer Leopold!«
Mama:
»Ein Herz, das für Eindrücke zu empfänglich ist ...
Schon als kleiner Junge war Leopold sonderbar.
Seine Augen waren nicht natürlich.
Beim Tod des Nachbarn Jacquelin, der von einem Pflaumenbaum gefallen war, mußte man Vorsichtsmaßnahmen treffen. Leopold kletterte auf die dünnsten Zweige des verhängnisvollen Baums ...
Mit zwölf Jahren tollte er auf den Terrassen herum, ohne sich vorzusehen, und alles, was er besaß, verschenkte er.
Im Garten sammelte er tote Insekten und tat sie in Schachteln, die mit Muscheln verziert und innen mit Spiegeln ausgelegt waren.
Auf Zettel schrieb er:
Kleiner Skarabäus – tot.
Gottesanbeterin – tot.
Schmetterling – tot.
Fliege – tot ...
Die Bäume im Garten schmückte er mit Papierfähnchen. Man konnte sehen, wie die weißen Blätter beim kleinsten Windhauch auf die Blumenbeete hinabschaukelten.
Papa sagte:
»Schüler mit schwankenden Leistungen ...«
Abenteuerliches, stürmisches und schwaches Herz.
Unverstanden von seinen engsten Freunden und den Herrn Lehrern.
Vom Schicksal gezeichnet.
...
Papa und Mama:
»Armer Leopold!«

Maurice Fourré
La nuit du Rose-Hôtel

I

Lukas und seine Kämpfe mit der Hydra

Nun er alt wird, merkt er, daß es nicht leicht ist, sie zu töten. Eine Hydra zu sein ist einfach, aber sie zu töten nicht, und wenngleich man die Hydra nur dadurch töten kann, daß man ihr die zahlreichen Köpfe abhaut (den Autoren oder Bestiarien zufolge zwischen sieben und neun), muß man ihr doch wenigstens einen lassen, da die Hydra ja Lukas selbst ist, und was er gern möchte, ist, sich von der Hydra befreien, aber Lukas bleiben, nach dem Vielköpfigen ein Einköpfiger werden. Aber mach mal, stöhnt Lukas, Herakles beneidend, der mit der Hydra nie solche Probleme hatte, der sie mit einem sauberen, beidhändig vollführten Schwerthieb in einen prächtigen Springquell verwandelte, aus dem sieben oder neun Blutfontänen hervorschossen. Es ist eine Sache, die Hydra zu töten, und eine andere, diese Hydra zu sein, die einmal nur Lukas war und jetzt wieder nur Lukas sein möchte. Du schlägst ihr zum Beispiel den Kopf ab, der Schallplatten sammelt, und den anderen, der die Pfeife immer links auf den Schreibtisch legt und den Becher mit den Filzstiften rechts hinstellt, etwas nach hinten. Und nun sieh, was dabei herauskommt.

Hm, etwas hat man erreicht, zwei Köpfe weniger bringen die restlichen etwas in Schwierigkeiten, so daß sie angesichts der traurigen Tatsache denken und denken. Das heißt: für eine Weile wenigstens ist dieser Drang, die Serie der Madrigale von Gesualdo, Fürst von Venosa, zu komplettieren, nicht mehr so obsessiv (Lukas fehlen zwei Platten von dieser Serie, sie scheinen vergriffen zu sein und auch nicht mehr neu aufgelegt zu werden, und das verleidet ihm die anderen Platten. Soll doch durch einen Schwertstreich der Kopf fallen, der so denkt, so was unbedingt will und einem alles vergällt). Außerdem ist es beunruhigend neu, wenn man zur Pfeife greift, feststellen zu müssen, daß sie nicht an ihrem Platz ist. Nutzen wir diesen Willen zur Unordnung und schlagen wir rasch auch diesen Kopf ab, der die Behaglichkeit liebt, den Lehnsessel neben der Lampe, um halb sieben den Scotch mit zwei Eiswürfeln und wenig Soda, die nach Vorrangigkeit gestapelten Bücher und Zeitschriften.

Aber es ist sehr schwer, die Hydra zu töten und zu Lukas zurückzukehren, er spürt das, als er noch mitten im blutigen Kampf ist. Erstens beschreibt er diesen Kampf auf einem Blatt Papier, das er aus der zweiten rechten Schreibtischschublade geholt hat, wo doch überall Papier herumliegt, aber nein, das ist das Ritual; ganz zu schweigen von der gelenkigen italienischen Lampe, vier Stellungen, hundert Watt, wie ein Kran über einer Baustelle und peinlich genau ausgerichtet, damit der Lichtkegel, und so weiter. Blitzschnell diesen Kopf eines sitzenden ägyptischen Kanzleischreibers abhauen. Einer weniger, uff! Lukas kommt sich selbst näher, die Sache läßt sich gut an.

Nie wird er in Erfahrung bringen, wie viele Köpfe er noch abschlagen muß, denn das Telefon läutet, es ist Claudine, sie spricht davon, ins Kino zu gehen, mach schnell, es gibt einen Woody Allen. Allem Anschein nach hat Lukas die Köpfe nicht in der gehörigen ontologischen Reihenfolge abgeschlagen, denn seine erste Reaktion ist nein, auf keinen Fall, Claudine am anderen Ende kocht wie ein kleiner Krebs, Woody Allen Woody Allen, und Lukas, aber Kind, dräng mich nicht, wenn du willst, daß ich hier heil herauskomme, du denkst vielleicht, daß ich mitten in diesem von Plasma und Rhesusfaktor triefenden Kampf weglaufen kann, nur weil du auf den Woody Woody versessen bist, begreife, daß es verschiedene Werte gibt. Als am anderen Ende der Annapurna in Gestalt eines Hörers auf die Gabel kracht, wird Lukas klar, daß er zuallererst den Kopf hätte abhauen müssen, der die Zeit einteilt, sie respektiert und in eine Rangordnung bringt, vielleicht wäre dann alles mit einemmal lockerer geworden, und danach die Pfeife, Claudine, die Filzstifte, Gesualdo in anderer Reihenfolge, und Woody Allen, natürlich. Jetzt aber ist es zu spät, keine Claudine mehr, nicht einmal mehr Worte, um weiter von dem Kampf zu erzählen, da es keinen Kampf gibt, denn welchen Kopf abschlagen, wenn immer einer bleibt, der autoritärer ist, es ist höchste Zeit, die liegengebliebene Post zu beantworten, in zehn Minuten der Scotch mit seinen Eiswürfeln und seinem Schuß Soda, denn natürlich sind sie ihm nachgewachsen, war es völlig zwecklos, sie abzuhauen. Im Spiegel des Badezimmers sieht Lukas die vollständige Hydra mit ihren strahlend lächelnden Mündern und bleckenden Zähnen. Sieben Köpfe, für jedes Jahrzehnt einen;

darüber hinaus die Vermutung, es könnten ihm noch zwei wachsen, um mit gewissen Autoritäten auf dem hydrischen Gebiet konform zu gehen, vorausgesetzt, man bleibt gesund.

Lukas und seine Einkäufe

Da die Tota ihn gebeten hat, hinunterzugehen und eine Schachtel Streichhölzer zu kaufen, verläßt Lukas das Haus im Schlafanzug, denn in der Hauptstadt herrscht hochsommerliche Hitze, und erscheint im Café des dicken Muzzio, wo er beschließt, sich vor dem Kauf der Streichhölzer einen Wermut mit Soda zu genehmigen. Wie er dieses edle Digestif zur Hälfte getrunken hat, kommt sein Freund Juárez herein, auch er im Schlafanzug, und als er Lukas erblickt, sprudelt er hervor, daß seine Schwester eine akute Mittelohrentzündung hat und der Apotheker ihm die schmerzstillenden Tropfen nicht geben will, weil er kein Rezept vorweisen kann und die Tropfen eine Art Halluzinogen sind, das schon vielen Hippies des Viertels den Garaus gemacht hat. Dich kennt er gut, dir wird er sie geben, komm schnell, die Rosita krümmt sich vor Schmerzen, es ist nicht mit anzusehen.

Lukas zahlt, vergißt die Streichhölzer zu kaufen und geht mit Juárez in die Apotheke, wo der alte Olivetti sagt, auf keinen Fall, nichts da, sie sollen woanders hingehen, und in dem Augenblick kommt aus dem Hinterzimmer seine Frau mit einer Kodak in der Hand und Ah, Señor Lukas, sicher wissen Sie, wie man einen neuen Film einlegt, die Kleine hat heute Geburtstag, und sieh da, ausgerechnet jetzt ist der Film zu Ende. Aber ich muß der Tota Streichhölzer holen, sagt Lukas, doch Juárez kickt ihn leicht, und Lukas bequemt sich, den Film in die Kodak einzulegen, weil ihm klar wird, daß der alte Olivetti es ihm mit den ominösen Tropfen lohnen wird, und tatsächlich, Juárez dankt überschwenglich und schießt davon, während die Señora Lukas am Arm packt und ihn hocherfreut zur Geburtstagsfeier mitschleift. Sie werden doch nicht gehen, ohne die Buttercremetorte, die Doña Luisa gebakken hat, zu probieren, meinen herzlichen Glückwunsch, sagt Lukas zu der Kleinen, die gerade das fünfte Stück Torte verdrückt und ihm mit einem Kollern im Bauch antwortet. Alle singen Häppi börsdi tujuh und trinken einander mit Orangensaft zu, für

Lukas aber hat die Señora ein schön kühles Bierchen, er wird auch die Fotos machen, denn hier hat niemand viel Talent dafür, und Lukas Achtung, das Vögelchen, eins mit Blitzlicht und das andere im Patio, weil die Kleine möchte, daß auch der Distelfink mit drauf kommt, auch der Distelfink, bitte.

»Gut«, sagt Lukas, »jetzt muß ich aber gehen, denn die Tota.«

Ein für immer unvollendeter Satz, denn aus der Apotheke dringt Geschrei, alle möglichen Befehle und Gegenbefehle, Lukas läuft hin, um zu sehen, was los ist, und um sich bei der Gelegenheit davonzumachen, und er stößt auf die männliche Hälfte der Familie Solinsky, in ihrer Mitte der alte Solinsky, der vom Stuhl gefallen ist und den sie herbringen, weil sie gleich nebenan wohnen und es keinen Grund gibt, den Doktor zu bemühen, wenn es kein Steißbeinbruch ist oder Schlimmeres. Der kleine Solinsky, der Lukas nicht so einfach gehen läßt, klammert sich an seinen Schlafanzug und sagt zu ihm, der Alte ist robust, aber der Portlandzement im Patio ist robuster, weshalb ein fataler Bruch nicht auszuschließen sei, zumal der Alte ganz grün geworden ist und sich nicht einmal mehr richtig am Hintern kratzen könne, was er für gewöhnlich tut. Dieses widersprüchliche Detail ist dem alten Olivetti nicht entgangen, er schickt seine Frau zum Telefon, und in weniger als vier Minuten ist der Ambulanzwagen mit zwei Krankenträgern da, Lukas hilft, den Alten zu verfrachten, der ihm, wer weiß warum, die Arme um den Hals geschlungen hat und seine Söhne völlig ignoriert, und als Lukas aus dem Ambulanzwagen springen will, schlagen ihm die Krankenträger die Wagentür vor der Nase zu, denn sie diskutieren gerade das Match zwischen Boca und Ríver* am Sonntag, und dabei läßt man sich nicht von Verwandten ablenken, kurz, Lukas landet beim jähen Start des Wagens auf dem Boden, und der alte Solinsky auf der Krankenbahre, ätsch, jetzt kannst du mal sehen, wie weh das tut, Junge.

In der Klinik, die sich am anderen Ende des Knäuels befindet, muß Lukas den Vorfall erklären, aber so was braucht in einem Krankenhaus seine Zeit, Sie gehören also zur Familie, nein, eigentlich, aber was denn, warten Sie, ich werde Ihnen erklären, was passiert ist, schon gut, doch zeigen Sie mir mal Ihre Papiere, aber ich bin doch im Schlafanzug, Doktor, Ihr Schlafanzug hat

* *Boca Juniors* und *Ríver Plate* sind die berühmtesten Fußballvereine Argentiniens.

zwei Taschen, ganz recht, aber ich sollte der Tota, Sie wollen doch nicht sagen, daß der alte Mann da Tota heißt, ich wollte sagen, daß ich der Tota eine Schachtel Streichhölzer kaufen sollte, aber da treffe ich Juárez und. Schon gut, seufzt der Arzt, ziehen Sie dem Alten die Unterhose herunter, Morgada, und Sie können gehen. Ich bleibe so lange, bis die Familie kommt und man mir Geld für ein Taxi gibt, sagt Lukas, in diesem Aufzug nehme ich nicht den Bus. Wie Sie wollen, sagt der Arzt, heute läuft man in der ausgefallensten Kleidung herum, die Mode ist überaus launisch, machen Sie ihm eine Röntgenaufnahme des Ellbogens, Morgada.

Als die Solinskys aus einem Taxi steigen, erzählt Lukas ihnen die Neuigkeiten, und der Kleine gibt ihm die nötigen Piepen, aber ja doch, man ist ihm sehr dankbar, fünf Minuten Solidarität und Kameradschaft, auf einmal gibt es weit und breit kein Taxi, und Lukas, der nicht länger warten kann, macht sich zu Fuß auf, aber es ist ein komisches Gefühl, außerhalb seines Viertels im Schlafanzug herumzulaufen, er hätte nie gedacht, daß das geradeso ist, wie splitternackt zu sein, und zu allem Unglück nicht mal ein schäbiger Bus, bis endlich der 128er und Lukas zwischen zwei Mädchen stehend, die ihn entsetzt ansehen, danach eine Alte, die ihn von ihrem Sitz aus mustert, mit dem Blick die Streifen des Schlafanzugs hinaufgleitet, wie um den Grad der Dezenz dieser Kleidung, die kaum die Vorsprünge verbirgt, zu taxieren, Santa Fe y Cánning kommt und kommt nicht, und kann auch nicht kommen, denn Lukas hat den Bus nach Saavedra genommen, also aussteigen und in einer Art Brachfeld mit zwei Bäumchen und einem zerbrochenen Kamm warten, die Tota muß schäumen wie ein Panther in einer Waschmaschine, anderthalb Stunden, Jesses Maria, und wann, verdammt noch mal, kommt endlich der Bus.

Vielleicht kommt er überhaupt nicht mehr, sagt sich Lukas in einer Art sinistrer Erleuchtung, vielleicht ist es so wie mit dem Verschwinden von Almotásim*, denkt Lukas gebildet. Beinah sieht er die kleine zahnlose Alte nicht kommen, die sich fast an ihn schmiegt und ihn fragt, ob er nicht zufällig ein Streichholz hat.

* *Verschwinden von Almotásim* bezieht sich auf einen Text von Jorge Luis Borges, *El acercamiento a Almotásim*, in »Ficciones«.

Lukas und sein Patriotismus

An meinem Paß gefallen mir die Seiten mit den Verlängerungen und die runden/ dreieckigen/ grünen/ viereckigen/ schwarzen/ ovalen/ roten Stempel; an meinem Bild von Buenos Aires die Fähre über den Riachuelo, die Plaza Irlanda, der Park von Agronomía, ein paar Cafés, die es vielleicht nicht mehr gibt, ein Bett in einer kleinen Wohnung in der Maipú, fast Ecke Córdoba, der Geruch und die Stille des Hafens um Mitternacht im Sommer, die Bäume der Plaza Lavalle.

Vom Land bleibt mir der Geruch der Bewässerungsgräben in Mendoza, die Pappeln in Uspallata, das tiefe Violett des Hügels von Velasco in La Rioja, die Sterne des Chacogebiets in Pampa de Guanacos, als ich 42 mit dem Zug von Salta nach Misiones fuhr, ein Pferd, das ich in Saladillo geritten habe, der Geschmack des Cinzano mit Gordon's im Boston in Florida, der eine leichte Allergie hervorrufende Geruch der Parkettsitze im Colón, die Loge der Zuschauertribüne im Lunapark mit Carlos Beulchi und Mario Díaz, einige Milchläden am frühen Morgen, die Häßlichkeit der Plaza Once, die Lektüre des *Sur* in den wonnig naiven Jahren, die Ausgaben von *Claridad* zu fünfzig Centavos mit Roberto Arlt und Castelnuovo, und natürlich auch einige Patios und Schatten, über die ich schweigen will, und Tote.

Lukas und sein Hurrapatriotismus

Er macht sich nichts aus den nationalen Feiertagen, wirklich nicht, weder Fangio noch Monzón oder so was. Als Junge ja, Firpo war viel stärker als San Martín, und Justo Suárez vermochte viel mehr als Sarmiento, aber dann hat das Leben ihm seinen Stolz auf die Militär- und Sportgeschichte gebeugt, es kam eine Zeit der Entmythologisierung und der Selbstkritik, nur dann und wann noch patriotische Äußerungen und »Febo asoma«*.

Er muß lachen, wenn er welche aufschnappt, wenn er sich selbst ertappt, stolzgeschwellt und Argentinier bis in den Tod,

* »Phöbus, der Strahlende, erscheint«: So hebt ein patriotisches Lied an, die »Marcha de San Lorenzo«, die bei feierlichen Anlässen gern nach der Nationalhymne und der »Marcha de la Bandera« gesungen wird.

denn sein Argentiniertum ist zum Glück etwas anderes, aber auf dieser Andersheit schwimmen manchmal kleine Stücke Lorbeer (er sei unsterblich), und dann hört Lukas mitten auf der King's Road oder auf einem Kai in Havanna seine Stimme unter Stimmen von Freunden Dinge sagen wie, daß niemand weiß, was Fleisch ist, der nicht den südamerikanischen Spießbraten kennt, daß es keine Süßspeise gibt, die an Dulce de leche heranreicht, oder einen Cocktail, der vergleichbar ist mit dem Demaría, den man in *La Fragata* bekommt (immer noch, lieber Leser?) oder im *Saint James* (immer noch, Susana?).

Wie nicht anders zu erwarten, reagieren seine Freunde venezolanisch oder guatemaltekisch indigniert, und während der folgenden Minuten gibt es einen gastronomischen oder botanischen oder agrarischen oder radsportlerischen Superhurrapatriotismus, daß es nur so raucht. In diesen Fällen benimmt sich Lukas wie ein kleines Kind und läßt die Großen es unter sich abmachen, während er sich innerlich straft, wenn auch nicht sehr, denn schließlich, woher kommen die besten Brieftaschen aus Krokodilleder und die Schuhe aus Schlangenhaut.

Lukas und sein Patiotismus

Die Mitte des Bildes werden die Geranien einnehmen, aber es gibt auch Glyzinien, Sommer, Mate um halb sechs, die Nähmaschine, Pantoffeln und gemächliche Unterhaltungen über Krankheiten und Familienknatsch, plötzlich ein Huhn, das zwischen zwei Stühlen seinen Bürzel hebt, oder die Katze, die hinter einer überaus gewitzten Taube her ist. All das riecht nach aufgehängter Wäsche, nach bläulicher Stärke und Lauge, riecht nach Rentnerdasein, nach Schmalzgebackenem oder Fladen, dabei fast immer das Radio eines Nachbarn mit Tangos und der Werbung für Geniol, für das Öl Cocinero, das beste von allen, und die Jungen, die auf dem Brachfeld in der Nähe einen Ball aus Lumpen kicken, der Beto hat einen Heber ins Tor gesetzt.

So konventionell alles, so oft beschrieben, daß Lukas aus lauter Scham nach anderen Ausgangspunkten sucht, und mitten im Sicherinnern beschließt er, daran zurückzudenken, wie er sich zu dieser Stunde in seiner Bude einschloß und Homer und Dickson

Carr las, um nicht wieder die Geschichte von Tante Pepas Blinddarmoperation mit anhören zu müssen in allen elenden Einzelheiten samt der realistischen Schilderung der Übelkeit durch die Anästhesie, oder die Geschichte von der Hypothek auf das Haus in der Calle Bulnes, während der Onkel Alejandro von Mate zu Mate immer mehr in sich zusammensank, bis zur Apotheose der allgemeinen Seufzer, alles wird immer noch schlimmer, und Josefina, diesem Land fehlt eine starke Regierung, verdammt noch mal. Zum Glück ist Flora da, zeigt das Foto von Clark Gable in der Tiefdruckbeilage der *Prensa* herum und gedenkt mit erstickter Stimme der dramatisch geballten Augenblicke in *Vom Winde verweht*. Manchmal erinnerte sich die Großmutter an Francesca Bertini und der Onkel Alejandro an Barbara La Marr, die ganz schön barbarisch war, du mit deinen Vamps, ah die Männer, Lukas sieht ein, daß da nichts zu machen ist, da ist er schon wieder im Patio, und die Postkarte steckt für immer im Rahmen des Spiegels der Zeit, handgemalt mit ihrer Girlande aus Täubchen, mit ihrem leicht schwarzen Rand.

Lukas und seine Kommunikationen

Da er nicht nur schreibt, sondern sich auch gern auf die andere Seite begibt, um zu lesen, was die anderen schreiben, wundert sich Lukas manchmal, wie schwer es ihm fällt, manche Dinge zu verstehen. Es handelt sich gar nicht um besonders abstruse Sachen (was für ein fürchterliches Wort, denkt Lukas, der dazu neigt, die Worte auf der flachen Hand abzuwägen und sich mit ihnen vertraut zu machen oder sie zu verwerfen, je nachdem, welche Färbung sie haben, wie sie duften oder wie sie sich anfühlen), aber plötzlich ist da gleichsam eine schmutzige Glasscheibe zwischen ihm und dem, was er gerade liest, daher seine Ungeduld, gezwungenes Wiederlesen, wachsender Verdruß, und schließlich fliegt die Zeitschrift oder das Buch in hohem Bogen gegen die nächste Wand und fällt mit einem dumpfen Ploff zu Boden.

Wenn eine Lektüre so endet, fragt Lukas sich, was, zum Teufel, geschehen sein mag auf dem scheinbar glatten Weg vom Kommunikator zum Rezeptor. Die Antwort darauf fällt ihm schwer, denn in seinem Fall stellt sich diese Frage nie, und so dünn die Luft seines Schreibens auch ist und obgleich manche Dinge sich erst nach schwierigen Entwicklungen einstellen, versäumt Lukas es doch nie, zu prüfen, ob der Einfall taugt und ob dessen Aufnahme keine großen Schwierigkeiten macht. Die persönliche Situation der Leser kümmert ihn wenig, denn er glaubt an eine auf geheimnisvolle Weise vielfältige Paßform, die in den meisten Fällen einem gut geschnittenen Anzug gleicht, und deshalb ist es nicht nötig, weder beim Einfall noch bei dessen Vermittlung Konzessionen zu machen: zwischen ihm und den anderen wird es eine Brücke geben, wofern das Geschriebene aus dem Samen hervorgeht und nicht aus dem Pfropfreis. Noch in seinen tollsten Fabeleien gibt es etwas ganz Schlichtes, ganz Piepmatz und Sechsundsechzig. Es geht nicht darum, für die anderen zu schreiben, sondern für sich selbst, doch man selbst muß auch die anderen sein; das ist so elementary, my dear Watson, daß sogar Argwohn entsteht und man sich fragt, ob es in dieser Affirmation zwischen Adressant, Mitteilung und Adressat nicht eine unbewußte Demagogie gibt. Lukas betrachtet auf seiner flachen Hand das Wort Adressat, er streichelt ihm kurz das Fell und gibt es seinem zweifelhaften Limbus zurück; er ist ihm schnurz, der Adressat, da er ihn in nächster Nähe weiß, das schreibend, was er liest, und das lesend, was er schreibt. Was soll's.

Lukas und seine Intrapolationen

In einem jugoslawischen Dokumentarfilm kann man sehen, wie der Instinkt der weiblichen Krake sich regt, um mit allen Mitteln ihre Eier zu schützen; unter anderen Schutzmaßnahmen sorgt sie für ihre eigene Tarnung, indem sie Algen anhäuft und sich hinter ihnen versteckt, um während der zweimonatigen Brutzeit nicht von Muränen angegriffen zu werden.

Wie jedermann betrachtet Lukas die Sequenzen anthropomorphisch: die Krake *beschließt* sich zu schützen, *sucht* die Algen, *stapelt* sie vor ihrem Schlupfwinkel und *verbirgt sich*. Aber all dies (das in einem ersten, ebenfalls anthropomorphischen Erklärungsversuch *Instinkt* genannt wurde) geschieht außerhalb jedes Bewußtseins, jedes Wissens, so rudimentär es auch sein mag. Wenn nun Lukas seinerseits sich bemüht, an allem auch wie von außen teilzunehmen, was bleibt ihm? Ein *Mechanismus*, der den Möglichkeiten seiner Empathie so fern ist wie die Bewegung der Kolben in den Zylindern oder das Herabrinnen einer Flüssigkeit von einer schiefen Ebene.

Ziemlich deprimiert, sagt Lukas sich, daß hier nur eine Art von Intrapolation möglich ist: auch dies, was er in ebendiesem Augenblick denkt, ist ein Mechanismus, den sein Bewußtsein zu verstehen und zu kontrollieren glaubt; auch dies ist ein Anthropomorphismus, in naiver Weise auf den Menschen bezogen.

»Wir sind ein Nichts«, denkt Lukas für sich und für die Krake.

Lukas und seine mißlichen Konzertbesuche

Damals, zur Zeit des Gofios*, ging Lukas oft ins Konzert, und nichts als Chopin, Zoltán Kodály, Pucciverdi und, das versteht sich von selbst, Brahms und Beethoven und sogar Ottorino Respighi in den flauen Zeiten.

Heute geht er nie mehr, er behilft sich mit Schallplatten und dem Radio, oder er pfeift, was ihm im Gedächtnis geblieben ist, Menuhin und Friedrich Gulda und Marian Anderson, ziemlich paläolithische Dinge in dieser hektischen Zeit, allerdings muß er sagen, daß es ihm in den Konzerten von Mal zu Mal schlechter erging, bis es dann zu einem Gentleman's Agreement kam: Lukas ging nicht mehr hin, und die Platzanweiser und ein Teil des Publikums schmissen ihn nicht mehr hinaus.

Worauf war eine so spasmodische Diskordanz zurückzuführen? Wenn man ihn fragt, erinnert sich Lukas an einige Dinge, zum Beispiel an den Abend im Colón, als sich ein Pianist im Augenblick der Zugaben mit von Chatschaturian beseelten Pranken über eine völlig wehrlose Klaviatur hermachte und das Publikum die Gelegenheit wahrnahm, sich einen Anfall von Hysterie zu erlauben, dessen Ausmaß bestens harmonierte mit dem Getöse, das der Künstler in den Paroxysmen des Finales erzeugte, und da sehen wir Lukas, wie er, zwischen den Parkettsitzen herumtastend, irgendwas auf dem Boden sucht.

* Siehe die Anmerkung des Autors auf S. 1020.

»Haben der Herr etwas verloren«, erkundigte sich die Dame, zwischen deren Fußknöcheln Lukas' Finger herumwuselten.

»Die Musik, gnädige Frau«, sagte Lukas, knapp eine Sekunde bevor der Senator Poliyatti ihm den ersten Tritt in den Hintern versetzte.

Auch gab es damals den Liederabend, an dem eine Dame mit viel Feingefühl die Pianissimi von Lotte Lehmann zu einem Husten nutzte, der den Posaunen eines tibetischen Tempels würdig gewesen wäre, weshalb man dann auch die Stimme Lukas' hörte, die sagte: »Wenn Kühe husten könnten, würden sie wie diese Dame husten«, eine Diagnose, die den Doktor Chucho Beláustegui zu einer patriotischen Intervention bewog, indem er Lukas mit dem Gesicht am Boden bis an den Rand des Bürgersteigs der Calle Libertad schleifte, wo er seine Freiheit schließlich wiedererlangte.

Es ist schwer, an Konzerten Geschmack zu finden, wenn solche Dinge passieren. Da bleibt man besser at home.

Lukas und seine Kritiken der Wirklichkeit

Dr. Jekyll weiß ganz genau, wer Mr. Hyde ist, aber das Wissen ist nicht reziprok. Lukas meint, daß fast jedermann Mr. Hydes Unwissen teilt, was es dem Staat des Menschen erleichtert, seine Ordnung zu bewahren. Er selbst optiert gewöhnlich für eine einnamige Version, schlechtweg Lukas, aber nur aus Gründen pragmatischer Hygiene. Diese Pflanze ist diese Pflanze, Dorita = Dorita, basta. Nur macht er sich nichts vor, denn wer weiß, was diese Pflanze in einem anderen Zusammenhang ist, ganz zu schweigen von Dorita.

In den Liebesspielen entdeckte Lukas schon sehr früh eine der ersten Refraktionen, Obliterationen oder Polarisationen des vermeintlichen Identitätsprinzips. Dort ist A auf einmal nicht A, oder dort ist A nicht gleich A. Regionen, die um 9 Uhr 40 überaus lustvoll sind, erregen um halb elf Widerwillen; Gerüche, die das Lustgefühl erhöhen, würden Übelkeit erregen, gäbe es sie an einem gedeckten Tisch. Dieses ist nicht (mehr) dieses, denn ich bin nicht (mehr) ich (das andere Ich).

Wer ändert sich da, in einem Bett oder im Kosmos: der Duft

oder der, der ihn riecht? Die Objekt-Subjekt-Beziehung interessiert Lukas nicht; in dem einen Fall wie in dem anderen entwischen die definierten Worte ihrer Definition, Dorita A ist nicht Dorita A, oder Lukas B ist nicht Lukas B. Und geht man von einer Augenblicksbeziehung aus, A = B oder B = A, löst die Spaltung der Kruste des Wirklichen eine Kettenreaktion aus. Wenn die Papillen von A lustvoll die Schleimhäute von B streifen, schlüpft vielleicht *alles* in etwas anderes, spielt ein anderes Spiel, und die Begriffswörterbücher werden zu Asche. Nur für den Augenblick eines Stöhnens, natürlich, aber Mr. Hyde und Dr. Jekyll sehen einander an in einer Beziehung A→B/B→A. Er war nicht übel, jener Jazzsong der vierziger Jahre, *Doctor Hekyll and Mister Jyde* ...

Lukas und seine ökologischen Betrachtungen

In dieser Zeit einer struppigen und touristischen Rückkehr zur Natur, wo die Städter das Landleben betrachten, wie Rousseau den guten Wilden betrachtete, solidarisiere ich mich mehr denn je a) mit Max Jacob, der als Antwort auf eine Einladung, das Wochenende auf dem Lande zu verbringen, halb erstaunt, halb entsetzt sagte: »Auf dem Lande, da, wo die Hühner roh herumlaufen?«; b) mit dem Doctor Johnson, der mitten auf einer Exkursion zum Park von Greenwich mit Nachdruck seine Vorliebe für Fleet Street zum Ausdruck brachte; c) mit Baudelaire, dem die Liebe zum Artifiziellen gar den Begriff des Paradieses eingab.

Eine Landschaft, ein Waldspaziergang, ein kurzes Bad in einem Wasserfall, ein Weg zwischen Felsen können für uns nur dann ein ästhetischer Genuß sein, wenn uns die Rückkehr nach Hause oder ins Hotel sicher ist, die lustrative Dusche, das Abendessen und der Wein, die Unterhaltung bei Tisch, das Buch oder das Papier zum Schreiben, die Erotik, die alles resümiert, dank der alles von neuem beginnt. Ich mißtraue den Bewunderern der Natur, die immer wieder aus dem Auto steigen, um das Panorama zu betrachten und zwischen Felsblöcken fünf oder sechs Hüpfer zu machen; was die anderen betrifft, die lebenslänglichen Boy-Scouts, die für gewöhnlich mit riesigen Rucksäcken und gewaltigen Bärten umherstreifen, so sind deren Reaktionen meistens einsilbig oder exklamatorisch; alles scheint sich darin zu erschöpfen, immer wieder wie blöde vor einem Hügel oder einem Sonnenuntergang stehenzubleiben, eben den Dingen, die man sich jederzeit leicht vorstellen kann.

Die zivilisierten Menschen lügen, wenn sie ins bukolische Schwärmen geraten; wenn ihnen abends um halb acht der Scotch on the rocks fehlt, werden sie die Stunde verfluchen, da sie ihr Haus verlassen haben, um Stechfliegen, Sonnenbrand und Dornen zu erleiden; und jene, die sich der Natur ganz besonders verbunden fühlen, sind geradeso geistlos wie diese. Ein Buch, ein Schauspiel, eine Sonate erfordern weder Heimkehr noch eine reinigende Dusche; bei ihnen kommen wir wunderbar zu uns selbst, sind wir ganz das, was wir zu sein vermögen. Was der Intellektuelle oder der Künstler, der sich aufs Land flüchtet, sucht, ist Ruhe, frischer Salat und sauerstoffhaltige Luft; auch wenn ihn auf allen Seiten die Natur um gibt, liest oder malt oder schreibt er im vorzüglichen Licht eines nach Süden ausgerichteten Zimmers; wenn er einen Spaziergang macht oder zum Fenster hinausschaut, um sich die Tiere oder die Wolken zu betrachten, so nur, weil er von seiner Arbeit oder vom Lesen müde ist. Man mißtraue der versunkenen Betrachtung einer Tulpe, wenn der Betrachter ein Intellektueller ist. Worum es sich hier handelt, ist Tulpe + Zerstreutheit oder Tulpe + Meditation (fast nie über die Tulpe). Nie wird er eine natürliche Szenerie finden, die eifriger Betrachtung länger als fünf Minuten standhält, dagegen wird er bei der Lektüre von Theokrit oder Keats spüren, wie die Zeit aufgehoben wird, besonders bei Passagen mit natürlichem Szenarium. Ja, Max Jacob hatte recht: Hühner bitte gekocht.

Lukas und seine Selbstgespräche

Hör mal, es ist schlimm genug, daß deine Brüder mich geschunden haben bis zum Gehtnichtmehr, und jetzt, wo ich dich herbeigesehnt habe, um spazierenzugehen, kommst du pitschnaß und mit diesem Gesicht, bleigrau und umgestülpter Regenschirm, wie ich dich schon oft gesehen habe. So kommen wir unmöglich miteinander aus, das dürfte dir klar sein. Was für ein Spaziergang soll das werden, ich brauche dich nur anzusehen, bei dir werde ich mir die Seele durchnässen, wird mir das Wasser in den

Nacken laufen, und die Cafés werden nach Feuchtigkeit riechen, und sicher wird eine Fliege im Wein sein.

Es sieht ganz so aus, als wäre ein Rendezvous mit dir sinnlos, und das, obgleich ich mich in aller Ruhe darauf vorbereitet habe, zuerst indem ich mich deiner Brüder entledigte, die immer ihr möglichstes tun, um mich zu belästigen, und den Wunsch in mir aufkommen lassen, du mögest kommen und mich ein wenig an die frische Luft holen, eine Weile an sonnigen Straßenecken und in Parks mit Kreisel spielenden Kindern. Einen nach dem anderen habe ich sie kurzerhand ignoriert, damit sie mir nicht länger auf die Nerven gehen, immerzu Telefonanrufe, Eilbotenbriefe, diese ihre Art, sich um acht Uhr morgens einzustellen und sich die ganze Zeit über nicht vom Fleck zu rühren. Nie war ich grob zu ihnen, ich habe sie sogar mit ausgesuchter Höflichkeit behandelt, einfach indem ich so tat, als merkte ich nicht, daß sie Druck auf mich ausübten, daß sie mich ständig und von allen Seiten belästigten, so als würden sie dich beneiden, wollten sie dich im voraus diskreditieren, um mir das Verlangen zu nehmen, dich kommen zu sehen, mit dir auszugehen. Man kennt das ja, die Familie, doch jetzt stellt sich heraus, daß auch du, anstatt zu mir zu halten und gegen sie zu sein, daß auch du dich ihnen beugst, ohne mir zu irgendwas Zeit zu geben, nicht einmal, um zu resignieren und mich zu fügen, du kommst daher und triefst von Wasser, vom gräulichen Wasser des wirschen Wetters und der Kälte, welch vernichtende Negation dessen, was ich mir so ersehnt hatte, während ich mir nach und nach deine Brüder vom Hals schaffte und versuchte, mir Freude und Kraft zu bewahren, die Taschen voller Geld zu haben, mir Spaziergänge auszudenken, Pommes frites in diesem Restaurant unter Bäumen, wo es so schön ist, Mittag zu essen bei Vogelgezwitscher und Mädchen und dem alten Clemente, der dir den besten Provolone empfiehlt und manchmal Akkordeon spielt und singt.

Verzeih, wenn ich dir sage, daß du ein Ekel bist, jetzt muß ich mich davon überzeugen, daß das in der Familie liegt, daß du auch nicht anders bist, wo ich immer die Hoffnung hatte, du seiest die Ausnahme, dieser Moment, da alles Beschwerliche ein Ende habe und das Leichte beginne, die Gischt der Plauderei und der kleine Bummel; du siehst, es ist noch schlimmer, du erscheinst plötzlich als die Kehrseite meiner Hoffnung, zynisch klopfst du an mein Fenster und stehst da und wartest, daß ich mir Galoschen anziehe, den Gabardine hervorhole und zum Schirm greife. Du bist die Komplizin der anderen, dabei habe ich dich oft schon anders erlebt, dich ebendeshalb geliebt, und jetzt tust du mir schon drei- oder viermal dasselbe an, was hab ich davon, daß du hin und wieder auf meinen Wunsch eingehst, wenn es am Ende so ist, wenn ich sehen muß, wie du dastehst und dir das nasse Stirnhaar über den Augen klebt, deine Finger von grauem Wasser triefen und du mich wortlos ansiehst. Da sind mir deine Brüder fast noch lieber, indem ich gegen sie ankämpfe, vergeht mir wenigstens die Zeit, alles geht besser, wenn man seine Freiheit und seine Hoffnung verteidigt; du dagegen bringst mir nur diese Leere, zu Haus zu bleiben, zu wissen, daß alles Feindseligkeit ausschwitzt, daß die Nacht kommen wird wie ein Zug, der mit Verspätung auf einem zugigen Bahnsteig einfährt, daß sie erst nach vielen Mates, nach vielen Nachrichtensendungen kommen wird, zusammen mit deinem Bruder Montag, der vor der Tür auf die Stunde wartet, da der Wecker mich erneut mit ihm konfrontieren wird, der der schlimmste ist, weil er an dir hängt, aber du ihm schon wieder fern bist, hinter dem Dienstag und dem Mittwoch, und so weiter.

Lukas und seine neue Vortragskunst

Meine sehr verehrten Damen, usw. Es ist mir eine Ehre, usw. An dieser berühmten Stätte, usw. Es sei mir in diesem Augenblick gestattet, usw. Ich kann nicht zum Thema kommen, ohne, usw.

Ich möchte vorab mit größtmöglicher Exaktheit Bedeutung und Reichweite des Themas präzisieren. In jedem Verweis auf die Zukunft liegt etwas Verwegenes, erweist sich doch schon der Begriff der Gegenwart als ungenau und schwankend und ist das Raum-Zeit-Kontinuum, in dem wir die Phänomena eines Augenblicks sind, der in eben dem Nu, da wir ihn erfassen, ins Nichts zurücksinkt, doch eher eine Arbeitshypothese denn eine unzweifelhafte Gewißheit. Ohne einem Regressionalismus zu verfallen, der die elementarsten Tätigkeiten des Geistes in Frage stellt, wollen wir uns bemühen, die Wirklichkeit einer Gegenwart anzuerkennen und darüber hinaus die einer Geschichte, die uns als Kollektivum definiert mit den hinreichenden Garantien, ihre dauerhaften Elemente und vor allem ihre dynamischen Faktoren zu projizieren mit Blick auf eine Vision der Zukunft von Honduras im Konzert der lateinamerikanischen Demokratien. In dem weiten kontinentalen Szenarium *(Handbewegung, die den ganzen Saal umfaßt)* stellt sich ein kleines Land wie Honduras *(Handbewegung, die die Tischplatte umfaßt)* lediglich als eines der vielen bunten Steinchen dar, die das große Mosaik bilden. Dieses Teilchen *(den Tisch aufmerksam abtastend, wobei er ihn mit dem Ausdruck desjenigen betrachtet, der etwas zum ersten Mal sieht)* ist sonderbar konkret und evasiv zugleich, wie jeder Ausdruck der Materie. Was ist das eigentlich, was ich da betaste? Holz, natürlich, und als Ganzes ein voluminöser Gegenstand, der sich zwischen Ihnen und mir befindet, etwas, das uns mit seinem kurzen, elenden Hieb aus Mahagoni gewissermaßen trennt. Ein Tisch! Aber was ist das? Man spürt deutlich, daß es hier unten, zwischen diesen vier Beinen, eine feindselige Zone gibt, noch heimtückischer als die massiven Teile; ein Parallelepiped aus Luft, wie ein Aquarium mit durchsichtigen Medusen, die gegen uns konspirieren, während hier oben *(fährt mit der Hand darüber, wie um sich zu vergewissern)* alles noch glatt und gelackt ist, ganz japanischer Spion. Wie sollen wir uns, durch so viele Hindernisse getrennt, verstehen? Wenn diese halb eingeschlafene Dame, die merkwürdige Ähnlichkeit mit einem vollgefressenen Maulwurf hat, unter den Tisch kriechen und uns das Ergebnis ihrer Erkundungen mitteilen möchte, vielleicht könnten wir dann die Schranke aufheben, die mich nötigt, mich an Sie zu richten, als würde ich mich von der Mole Southamptons an Bord der *Queen Mary* entfernen, ein Schiff, mit dem ich immer schon gern reisen wollte, und winkte mit einem von Tränen und Yardley-Lavendel durchtränkten Taschentuch den traurig auf der Mole aufgereihten Parkettsitzen die einzige noch mögliche Botschaft zu. Ein zutiefst abscheulicher Hiatus, warum hat der Vorstand diesen Tisch zwischen uns gestellt, der einem obszönen Pottwal ähnelt? Es nützte gar nichts, mein Herr, wenn man sich erböte, ihn zu beseitigen, denn ein ungelöstes Problem kehrt auf dem Wege des Unbewußten wieder, wie das Marie Bonaparte in ihrer Analyse des Falles Madame Lefèvre, die ihre Schwiegertochter in einem Auto ermordete, überzeugend dargetan hat. Ich anerkenne Ihren guten Willen und Ihre zur Tat drängenden Muskeln, aber es scheint mir unerläßlich, daß wir das Wesen dieses unbeschreiblichen Dromedars ergründen, und ich sehe keine andere Lösung, als daß wir uns beide, Sie auf Ihrer Seite und ich auf der meinen, auf diese hölzerne Zensur stürzen, die langsam ihr abscheuliches Kenotaph krümmt. Raus, du obskurantistischer Gegenstand! Er geht nicht, das ist klar. Eine Axt, eine Axt! Er fürchtet sich nicht im geringsten, besitzt die agitatorische Unerschütterlichkeit der schlimmsten Machenschaften des Negativismus, der sich hinterlistig in die Fabriken der Phantasie einschleicht, damit sie sich nicht ohne einen Ballast an Sterblichkeit zu den Wolken emporschwingt, die ihre wahre Heimat wären, wenn die Schwerkraft, dieser gebieterische, allgegenwärtige Tisch, nicht derart auf den Westen von Ihnen allen lastete, auf der Schnalle meines Gürtels und selbst auf den Wimpern dieses bildhübschen Mädchens, das mich von der fünften Reihe aus immer nur still angefleht hat, sie unverzüglich in das Thema Honduras einzuführen. Ich bemerke Zeichen der Ungeduld, die Saaldiener sind wütend, im Vorstand wird es Rücktritte geben, ich sehe voraus, daß man den Etat für kulturelle Veranstaltungen ab sofort kürzen wird; ab jetzt die Entropie, das Wort gleicht einer Schwalbe, die in eine Suppenterrine voller Tapioka stürzt, niemand weiß mehr, was los ist, und eben das ist es, was dieser verdammte Tisch möchte, allein bleiben in einem leeren Saal, während wir alle weinen oder uns auf den Treppen des Ausgangs mit Fausthieben traktieren. Wirst du siegen, widerwärtiger Basilisk? Niemand tue so, als wüßte er nichts von seiner Gegenwart, die jeder Kommunikation, jeder Semantik den Anstrich des Irrealen gibt. Sehen Sie nur, wie sich diese Gegenwart hier breitmacht, auf beiden Seiten dieses schrecklichen Walls mit der Atmosphäre, die in einem Tollhaus herrscht, wenn ein fortschrittlicher Dirigent die Musik von Stockhausen vorstellen will. Ah, wir glaubten, wir seien frei, irgendwo hielt die Präsidentin des Gelehrtenvereins einen Strauß Rosen bereit, den mir die jüngste Tochter des Sekretärs überreicht hätte, während Sie mit brausendem Applaus für die Durchblutung Ihrer Gesäße sorgten. Aber nichts von dem wird geschehen, schuld daran hat diese abscheuliche Konkretion, die wir ignorierten, die wir beim Betreten des Saals als etwas völlig Eindeutiges sahen, bis meine Hand sie zufällig streifte und plötzlich ihrer heimlichen aggressiven Feindseligkeit gewahr wurde. Wie konnten wir uns eine nicht existierende Freiheit vorstellen, uns hier hinsetzen, wo nichts denkbar, nichts möglich war, wenn wir uns vorher nicht von diesem Tisch befreiten? Viskoses Molekül eines gigantischen Rätsels, agglutinierender Zeuge der schlimmsten Knechtschaften! Schon der Gedanke an Honduras klingt wie ein auf dem Höhepunkt eines Kinderfestes platzender Luftballon. Wer kann Honduras schon verstehen, besitzt dieses Wort denn irgendeine Bedeutung, solange wir uns beiderseits dieses Flusses aus schwarzem Feuer befinden? Und da wollte ich einen Vortrag halten! Und Sie waren darauf vorbereitet, ihn sich anzuhören! Nein, da hört sich doch alles auf, haben wir wenigstens den Mut, aufzuwachen oder zumindest zuzugeben, daß wir aufwachen möchten und daß das einzige, was uns retten kann, der fast unerträgliche Mut ist, mit der Hand über diese indifferente geometrische Obszönität zu fahren, wobei wir im Chor sagen: Mißt ungefähr ein Meter zwanzig in der Breite und zwei vierzig in der Länge, ist aus massiver Eiche oder aus Mahagoni oder aus lackiertem Kiefernholz. Aber werden wir je zu einem Ende kommen, werden wir je erfahren, was das eigentlich ist? Das glaube ich nicht, es wird zwecklos sein. Hier zum Beispiel eine Stelle, die aussieht wie ein Ast ... Glauben Sie, gnädige Frau, daß es ein Ast ist? Und hier, was wir Bein nannten, was bedeutet diese Überstürzung im rechten Winkel, dieses erstarrte Sicherbrechen auf den Boden? Und der Boden selbst, diese Sicherheit unserer Schritte, was verbirgt er unter dem gebohnerten Parkett?

(Im allgemeinen endet der Vortrag – beenden sie ihn – viel früher, und der Tisch bleibt allein im leeren Saal. Natürlich wird niemand sehen, wie er ein Bein hebt, was Tische immer tun, wenn sie allein sind.)

Lukas und seine Krankenhäuser (I)

Da die Klinik, in die man Lukas eingewiesen hat, eine 5-Sterne-Klinik ist, haben die Patienten immer recht, und nein zu sagen, wenn sie etwas Unsinniges verlangen, ist für die Krankenschwestern, eine attraktiver als die andere, ein ernstes Problem, und sie sagen aus den vorgenannten Gründen fast immer ja.

Natürlich ist es nicht möglich, der Bitte des Dicken von Zimmer 12 zu entsprechen, der bei seiner Leberzirrhose alle drei Stunden eine Flasche Gin verlangt, doch mit welcher Freude, mit welchem Vergnügen sagen die Mädchen ja, aber natürlich, selbstverständlich, als Lukas, der, während man sein Zimmer lüftet, auf den Gang hinausgegangen ist und im Wartezimmer einen Strauß Margeriten entdeckt hat, fast schüchtern darum bittet, man möge ihm doch erlauben, eine Margerite mit in sein Zimmer zu nehmen, um das Ambiente zu verschönern.

Nachdem Lukas die Blume auf den Nachttisch gelegt hat, klingelt er und bittet um ein Glas Wasser, um der Margerite eine ihr angemessene Haltung zu geben. Kaum hat man ihm das Glas gebracht und die Blume hineingestellt, weist Lukas darauf hin, daß der Nachttisch überladen ist von Arzneifläschchen, Zeitschriften, Zigaretten und Postkarten, weshalb man vielleicht ein Tischchen ans Fußende des Bettes stellen könnte, ein Standort, der es Lukas erlauben würde, sich der Gegenwart der Margerite zu erfreuen, ohne sich den Hals verrenken zu müssen, um ihrer in dem bunten Sammelsurium auf dem Nachttisch ansichtig zu werden.

Die Krankenschwester bringt sofort das Gewünschte und stellt das Glas mit der Margerite in den für Lukas günstigsten Gesichtswinkel, wofür er dankt und nebenbei bemerkt, daß bei den vielen Freunden, die ihn besuchen kommen, die Stühle oft nicht ausreichen und es wirklich gut wäre, nun das Tischchen einmal da ist, ihm zwei oder drei Sessel beizugeben und so eine Atmosphäre zu schaffen, die der Unterhaltung förderlicher ist.

Wie die Krankenschwestern mit den Sesseln erscheinen, sagt Lukas ihnen, daß er sich seinen Freunden, die an seinem Geschick so großen Anteil nehmen, zutiefst verpflichtet fühle, weshalb der Tisch, legte man zuvor ein Deckchen darauf, sich geradezu anbiete, daß man zwei oder drei Flaschen Whisky darauf stellt sowie ein halbes Dutzend Gläser, möglichst aus geschliffenem Kristall, nicht zu reden von einem Kübel mit Eis und einigen Fläschchen Soda.

Die Mädchen stürzen hinaus, um diese Utensilien zu besorgen, und arrangieren alles sehr künstlerisch auf dem Tisch, bei welcher Gelegenheit Lukas sich erlaubt, darauf hinzuweisen, daß die vielen Gläser und Flaschen die ästhetische Wirkung der Margerite in diesem Arrangement doch stark beeinträchtigten, es sei aber ganz einfach, dem abzuhelfen, denn was in diesem Zimmer wirklich fehle, sei ein Schrank für die Kleidung und die Schuhe, die man rüde in einem Wandschrank auf dem Gang stapelte, und es genüge, das Glas mit der Margerite oben auf den Schrank zu stellen, damit die Blume alles überragt und dem Ambiente diesen diskreten Liebreiz verleiht, der das Geheimnis jeder wirklichen Genesung ist.

Völlig überfordert, aber getreu den Normen der Klinik, schleppen die Mädchen einen riesigen Schrank an, auf den schließlich die Margerite gestellt wird, die leicht erstaunt, aber überaus gütig von dort herabblickt. Die Krankenschwestern klettern auf den Schrank, um etwas frisches Wasser nachzufüllen, und dann schließt Lukas die Augen und sagt, daß jetzt alles sehr schön sei und daß er versuchen werde, ein wenig zu schlafen. Wie man die Tür schließt, steht er auf, nimmt die Margerite aus dem Glas und wirft sie zum Fenster hinaus, denn nicht die Blume ist es, was es ihm besonders angetan hat.

II

… Papiere, wo sich Landungen in Ländern abzeichneten, die sich weder in der Zeit noch im Raum befanden, wie das Defilieren einer chinesischen Militärkapelle zwischen der Ewigkeit und dem Nichts.
José Lezama Lima, Paradiso

Schicksal der Erklärungen

Irgendwo muß es einen Müllabladeplatz geben, wo bergeweise die Erklärungen liegen.

Nur eins ist an diesem gerechten Panorama beunruhigend: Was wird werden, wenn jemand es fertigbringt, auch den Müllabladeplatz zu erklären?

Der stumme Beifahrer

Welch seltsame Verbindung einer Geschichte, die sich vor vielen Jahren und in weiter Ferne ereignete, mit einer suggestiven Hypothese; etwas, das jetzt vielleicht eine exakte Tatsache ist, doch das bis zu einer zufälligen Unterhaltung in Paris nicht plausibel war, zwanzig Jahre *vorher*, auf einer einsamen Landstraße in der Provinz Córdoba in Argentinien.

Die Geschichte erzählte Aldo Franceschini, die Hypothese stellte ich auf, und beides geschah in einem Atelier in der Rue Paul Valéry bei Wein und Zigaretten und mit dieser Lust, über Dinge unserer Heimat zu reden ohne die verdienstvollen folkloristischen Seufzer so vieler anderer Argentinier, die sich hier herumtreiben, ohne daß man recht weiß, warum. Ich glaube, daß es mit den Brüdern Gálvez anfing und mit den Pappeln in Uspallata; jedenfalls kam ich auf Mendoza zu sprechen, und Aldo, der von dort ist, lebte sichtbar auf, und als wir uns erinnerten, fuhr er schon im Auto von Mendoza nach Buenos Aires, durchquerte mitten in der Nacht Córdoba, und plötzlich, auf halber Strecke, ging ihm der Sprit aus oder brauchte er Wasser für den Kühler. Seine Geschichte hört sich so an:

»Es war eine stockdunkle Nacht in einer völlig einsamen Gegend, man konnte nichts anderes tun als warten, daß irgendein Auto kommt, das uns aus der Patsche hilft. In jenen Jahren hatte man auf so langen Strecken meistens Reservekanister mit Benzin und Wasser dabei; schlimmstenfalls könnte das Auto, das vorbeikäme, meine Frau und mich bis ins Hotel der nächsten Ortschaft mitnehmen. Wir blieben also dort in der Dunkelheit, nachdem wir unseren Wagen schön an den Straßenrand geschoben hatten, und rauchten und warteten. Gegen ein Uhr sahen wir einen Wagen kommen, der nach Buenos Aires hinunterfuhr, und ich stellte mich mitten auf die Fahrbahn und machte mit der Taschenlampe Blinkzeichen.

Es gibt Dinge, die man nicht gleich begreift, die man sich nicht erklären kann, aber bevor das Auto hielt, spürte ich, daß der Fahrer nicht anhalten wollte, daß es dieses Auto, das mit hoher Geschwindigkeit daherkam, irgendwie drängte, weiterzufahren, obgleich man mich dann mit zerbrochenem Schädel auf der Straße hätte liegen sehen. Ich mußte im letzten Augenblick zur Seite springen, da die Bremsen nicht faßten und der Wagen erst nach vierzig Metern zum Stehen kam; ich lief hin und näherte mich dem Fenster auf der Fahrerseite. Die Taschenlampe hatte ich ausgemacht, denn das Licht des Armaturenbretts genügte, um das Gesicht des Mannes am Steuer zu erkennen. Sofort erzählte ich ihm, was geschehen war, und bat ihn um Hilfe, und während ich das tat, spürte ich einen starken Druck im Magen, tatsächlich hatte ich schon Angst bekommen, als ich auf den Wagen zuging, eine Angst, die völlig unbegründet war, der Autofahrer mußte sich in dieser Dunkelheit und dieser Gegend viel mehr ängstigen. Während ich ihm die Sache erklärte, blickte ich ins Wageninnere, im Fond saß niemand, aber auf dem Beifahrersitz, da saß etwas. Ich sage ›etwas‹, weil mir kein besseres Wort einfällt und weil sich alles so schnell abspielte, daß das einzig wirklich Reale eine Angst war, wie ich sie noch nie gehabt hatte. Ich kann dir sagen, als der Fahrer brutal den Motor aufheulen ließ, während er barsch sagte, ›Wir haben keinen Sprit‹, und gleichzeitig anfuhr, da fühlte ich mich wie erleichtert. Ich trottete zu meinem Wagen zurück; meiner Frau hätte ich nicht erklären können, was eigentlich passiert war, trotzdem habe ich's versucht, und sie verstand diese Absurdität, so als wenn auch sie das gespürt hätte, so weit entfernt und ohne zu sehen, was ich gesehen hatte.

Jetzt wirst du mich fragen, was das war, was ich gesehen hatte, aber das weiß ich auch nicht. Neben dem Fahrer, da saß etwas, das habe ich schon gesagt, eine dunkle Gestalt, die sich nicht im geringsten bewegte, nicht mal den Kopf zu mir wandte. Letzten Endes hätte mich nichts daran hindern können, die Taschenlampe anzuknipsen, um die beiden Insassen besser zu sehen, aber sag mir bloß, warum ich den Arm nicht hochkriegte, warum alles kaum ein paar Sekunden dauerte, warum ich Gott dankte, als das Auto losfuhr und in der Ferne verschwand, und vor allem warum ich, verdammt noch mal, nicht darüber klagte, die Nacht auf freiem Feld verbringen zu müssen, bis uns im Morgengrauen ein Lastwagenfahrer half und uns sogar ein paar Grappas spendierte.

Was ich nie verstehen werde, ist, daß all das geschah, bevor ich etwas sehen konnte, und was ich da sah, war ja auch fast nichts. Es war, als hätte ich schon Angst gehabt, wie ich spürte, daß die im Auto nicht halten wollten und sie es nur gezwungenermaßen taten, um mich nicht zu überfahren; aber das ist keine Erklärung, denn schließlich mag niemand, daß man ihn mitten in der Nacht und in dieser Einsamkeit anhält. Ich habe mir schließlich gesagt, daß alles anfing, als ich den Fahrer ansprach, aber es ist gut möglich, daß etwas sich meiner schon auf andere Weise bemächtigt hatte, als ich mich dem Wagen näherte, ein Fluidum, wenn du so willst. Anders kann ich mir nicht erklären, daß ich wie erstarrt war, als ich mit dem Mann am Steuer diese paar Worte wechselte. Die flüchtige Wahrnehmung des *anderen*, in dem das Grauen sich augenblicklich konzentrierte, mußte der wahre Grund für all das gewesen sein. Aber von da bis zum Verstehen ... War es ein Monstrum, eine schauerliche Mißgeburt, die man, damit niemand sie sieht, mitten in der Nacht irgendwohin brachte? Ein Kranker mit entstelltem oder pockennarbigem Gesicht, ein abnormes Wesen mit einer schrecklichen Ausstrahlung, einer unerträglichen Aura? Ich weiß nicht, ich weiß nicht. Doch nie in meinem ganzen Leben habe ich so große Angst gehabt, mein Lieber.«

Da ich achtunddreißig Jahre schön gestapelter argentinischer Erinnerungen mitgebracht habe, machte Aldos Geschichte irgendwo bei mir Klick, und die IBM fing an zu summen und warf nach einer Weile eine Lochkarte mit der Hypothese, vielleicht mit der Erklärung aus. Ich erinnerte mich sogar, daß auch ich etwas Ähnliches gespürt hatte, als man mir das erste Mal in einem Café in Buenos Aires davon erzählte, eine rein mentale Reaktion, wie wenn man im Kino ist und *Vampir* sieht; so viele Jahre später korrespondierte diese Angst mit der Aldos, und wie immer gab diese Übereinstimmung der Hypothese ihre volle Überzeugungskraft.

»Was in dieser Nacht neben dem Fahrer saß, war ein Toter«, sagte ich ihm. »Seltsam, daß du nie von dem Gewerbe des Leichentransports Mitte der dreißiger Jahre gehört hast, es handelte sich insbesondere um Tuberkulosekranke, die in den Sanatorien in Córdoba starben und die die Familie in Buenos Aires begraben wollte. Transitgebühren des Bundeslandes oder etwas dergleichen machte die Überführung der Leiche überaus teuer; daher kam man auf die Idee, den Toten etwas zu schminken, neben den Fahrer in ein Auto zu setzen und die Strecke von Córdoba nach Buenos Aires mitten in der Nacht zurückzulegen, um vor Morgengrauen die Hauptstadt zu erreichen. Als man mir von der Sache erzählte, war mir geradeso zumute wie dir; dann habe ich versucht, mir die mangelnde Einbildungskraft der Burschen vorzustellen, die sich auf diese Weise ihr Brot verdienten, doch wollte mir das nicht gelingen. Kannst du dir dich in einem Wagen vorstellen, allein mit einem Toten, der an deiner Schulter lehnt, während du mit hundertzwanzig Sachen in der Stunde durch die Einsamkeit der Pampa fährst? Fünf oder sechs Stunden, in denen soviel passieren konnte, denn eine Leiche ist nicht so steif, wie man denkt, und ein Lebender kann nicht so dickhäutig sein, wie man das glauben möchte. Doch ein angenehmeres Korollarium, während wir noch ein Gläschen Wein trinken: Mindestens zwei von denen, die in diesem Gewerbe gearbeitet haben, wurden später große Rennfahrer. Und es ist seltsam, jetzt wo ich daran denken muß, daß unser Gespräch mit den Brüdern Gálvez begonnen hat, ich glaube nicht, daß sie diesen Job ausgeübt haben, aber sie konkurrierten mit anderen, die tatsächlich in dem Gewerbe gearbeitet haben. Es stimmt ja auch, daß man bei diesen Autorennen von Verrückten immer einen Toten dicht neben sich hat.«

Das könnte uns blühen, glaub mir

Das *verba volant* halten sie für mehr oder weniger annehmbar, aber was sie nicht ausstehen können, ist das *scripta manent*, und das, man stelle sich vor, schon seit Tausenden von Jahren. Deshalb nahm jener Chef mit Begeisterung die Nachricht auf, daß ein ziemlich unbekannter Gelehrter den Strichelierer erfunden hatte und ihn für fast umsonst verkaufte, weil er am Ende seines Lebens Misanthrop geworden war. Der Chef empfing den Gelehrten noch am selben Tag und bewirtete ihn mit Tee und Toast, eben das, was man Gelehrten bieten muß.

»Ich will mich kurz fassen«, sagte der Gast. »Sie müssen sich mit der Literatur, mit Gedichten und so was befassen, nicht wahr?«

»So ist es, Herr Professor«, sagte der Chef. »Und mit den Pamphleten, den Zeitungen der Opposition und all der Scheiße.«

»Ausgezeichnet, aber Sie müssen sich darüber im klaren sein, daß meine Erfindung keine Unterschiede macht, das heißt, daß auch Ihre eigene Presse, Ihre Federhelden.«

»Was will man da machen, irgendwie wird es mir zustatten kommen, wenn es stimmt, daß.«

»In diesem Fall ja«, sagte der Gelehrte und zog einen kleinen Apparat aus der Westentasche. »Die Sache ist höchst einfach. Was ist schon ein Wort? Nichts anderes als eine Folge von Buchstaben. Und was ist ein Buchstabe? Nichts anderes als ein Strich, der eine bestimmte Zeichnung bildet. Jetzt, da wir uns einig sind, drücke ich dieses Knöpfchen aus Perlmutt und löse damit einen Mechanismus aus, der jeden Buchstaben glattbügelt; was bleibt, ist ein waagerechtes schwarzes Strichelchen. Soll ich?«

»Nun machen Sie schon, zum Teufel«, brüllte der Chef.

Der Amtsanzeiger auf dem Tisch änderte in frappierender Weise sein Aussehen: Seite um Seite alle Kolumnen voller kleiner Striche wie ein idiotischer Morsebericht, der nur sagte

– – – – – – – – – – – – .

»Werfen Sie doch mal einen Blick in die Enzyklopädie Espasa«, sagte der Gelehrte, der von der ewigen Gegenwart dieses Dekorationsstücks in den Regierungsgebäuden wußte. Aber das war nicht nötig, denn schon klingelte das Telefon, stürzte der Kulturminister ins Zimmer, der Vorplatz schwarz von Menschen, an diesem Abend auf der ganzen Erde nicht ein einziges gedrucktes

Buch, nicht ein einziger Buchstabe, der sich in der Ecke eines Setzkastens versteckt hätte.

Ich konnte dies hier schreiben, weil ich der Gelehrte bin, und außerdem, weil es keine Regel gibt ohne Ausnahme.

Familienbande

Sie hassen Tante Angustias derart, daß sie sogar die Ferien nutzen, um es ihr zu verstehen zu geben. Kaum steuert die Familie verschiedene touristische Ziele an, hagelt es Ansichtskarten in Agfacolor, in Kodachrome und auch in Schwarzweiß, wenn es gerade keine anderen gibt, aber alle ohne Ausnahme voller Beleidigungen. Aus Rosario, aus San Andrés de Giles, aus Chivilcoy, von der Straßenecke Chacabuco/Moreno*, die Briefträger bekommen fünf- oder sechsmal am Tag einen Wutanfall, und Tante Angustias ist glücklich. Sie geht nie aus dem Haus, hält sich gern im Patio auf und verbringt ihre Tage damit, die Postkarten in Empfang zu nehmen, und sie ist entzückt.

Kostproben von Kartengrüßen: »Grüß Dich, altes Ekel, der Schlag soll Dich treffen, Gustavo.« – »Ich spucke Dir auf die Kledage, Josefina.« – »Soll der Kater Dir die Geranien bepissen, bis sie verdorren, Dein Schwesterchen.« Und so fort.

Tante Angustias steht früh auf, um den Briefträgern zu öffnen und ihnen Trinkgeld zu geben. Sie liest die Karten, bewundert die Fotografien und liest noch einmal die Grüße. Abends holt sie ihr Album mit Andenken hervor und ordnet sehr sorgfältig die Ernte des Tages ein, und zwar so, daß nicht nur die Ansichten, sondern auch die Grußworte zu sehen sind. ›Die Lieben, wie viele Karten sie mir schicken‹, denkt Tante Angustias, ›die da mit der kleinen Kuh, die mit der Kirche, hier der Traful-See, da der Blumenstrauß‹, während sie eine nach der anderen gerührt betrachtet und jede Postkarte mit Stecknadeln feststeckt, damit sie nicht aus dem Album fallen, mag man sich auch fragen, warum sie die Nadeln immer in die Unterschriften sticht.

* An der Ecke der Straßen *Chacabuco* und *Moreno* befindet sich das Polizeipräsidium von Buenos Aires.

Wie man etwas völlig übersieht

Die wichtigsten Entdeckungen werden unter den ungewöhnlichsten Umständen und an den ungewöhnlichsten Orten gemacht. Newtons Apfel zum Beispiel, da ist man baff, was? Mir ist es passiert, daß ich mitten in einer Konferenz, ohne zu wissen warum, an Katzen dachte – die nichts mit der Tagesordnung zu tun hatten – und plötzlich entdeckte, daß Katzen Telefone sind. Rein intuitiv, wie alle genialen Entdeckungen.

Natürlich erregt eine solche Entdeckung Befremden, ist doch niemand gewöhnt, daß Telefone umherstreichen, und vor allem, daß sie Milch schlecken und leidenschaftlich gerne Fisch essen. Es braucht seine Zeit, um zu verstehen, daß es sich um absonderliche Telefone handelt, wie die Walkie-talkies, die ohne Kabel auskommen, und außerdem, daß auch wir sonderbar sind, insofern als wir bis dato nicht erfaßt hatten, daß Katzen Telefone sind, und deswegen auch nicht auf die Idee kamen, uns ihrer zu bedienen.

Da diese Ignoranz bis in die frühesten Kulturen zurückreicht, kann man wenig von den Verbindungen erwarten, die wir dank meiner Entdeckung herzustellen vermögen, denn es liegt auf der Hand, daß uns ein Kode fehlt, um die Mitteilungen, ihre Herkunft und die Wesensart derer, von denen sie stammen, zu verstehen. Es handelt sich nicht darum, wie man schon bemerkt haben wird, einen nicht vorhandenen Hörer abzunehmen und eine Nummer zu wählen, die nichts mit unseren Zahlen zu tun hat, und schon gar nicht darum, das zu verstehen, was man uns am anderen Ende aus irgendeinem dunklen Grund sagen mag. Daß das Telefon funktioniert, beweist jede Katze mit einer Ehrlichkeit, die seitens der zweibeinigen Fernsprechteilnehmer schlecht gelohnt wird; niemand wird leugnen, daß sein schwarzes, weißes, geschecktes oder langhaariges Telefon jeden Augenblick mit entschlossener Miene daherkommt, zu Füßen des Fernsprechteilnehmers stehenbleibt und eine Mitteilung artikuliert, die unsere rudimentäre, rührselige Literatur stupide in Form eines *Miau* und ähnlicher Phoneme transliteriert. Seidige Verben, samtene Adjektive, einfache und zusammengesetzte, aber stets glatte und geschmeidige Sätze bilden eine Rede, die sich manchmal auf den Hunger bezieht, in welchem Fall das Telefon weiter nichts ist als eine Katze, andere Male jedoch drückt sie sich unter völliger

Hintansetzung ihrer selbst aus, was beweist, daß eine Katze ein Telefon ist.

Dumm und eingebildet wie wir sind, haben wir Jahrtausende verstreichen lassen, ohne die Anrufe zu beantworten, ohne uns zu fragen, woher sie kamen, wer am anderen Ende der Leitung war, auf den uns ein gereckter, zitternder Schwanz in irgendeinem Haus der Welt unbedingt aufmerksam machen wollte. Was soll ich, was sollen wir mit meiner Entdeckung anfangen? Jede Katze ist ein Telefon, aber jeder Mensch ist ein armer Mensch. Wer weiß, was alles sie uns sagen, welche Wege sie uns weisen; meinerseits war ich nur imstande, auf meinem gewöhnlichen Telefon die Nummer der Universität, für die ich arbeite, zu wählen und fast verschämt meine Entdeckung anzuzeigen. Es erübrigt sich wohl dieses harsche, glasige Schweigen zu erwähnen, mit dem die Gelehrten, denen die Beantwortung dieser Art von Anrufen obliegt, es aufgenommen haben.

Ein kleines Paradies

Die Formen des Glücks sind mannigfaltig, und es darf einen nicht wundern, daß sich die Einwohner des Landes, das der General Orangu regiert, von dem Tag an für glücklich halten, da ihr Blut voller goldener Fischlein ist.

In Wirklichkeit sind die Fischlein nicht aus Gold, sondern einfach nur goldfarben, aber man braucht sie nur zu sehen, und ihr glitzriges Hin- und Herflitzen weckt in einem den sehnlichen Wunsch, sie zu besitzen. Das wußte die Regierung natürlich, als ein Naturforscher die ersten Exemplare fing, die sich bei guter Gesundheit und Pflege rasch vermehrten. Das goldene Fischlein, den Fachleuten bekannt als Z-8, ist so winzig, daß, könnte man sich ein Huhn von der Größe einer Mücke vorstellen, das goldene Fischlein so groß wäre wie dieses Huhn. Es ist daher sehr einfach, sie dem Blutstrom der Einwohner zuzuführen, sobald diese das 18. Lebensjahr vollendet haben; dieses Alter sowie das angemessene technische Verfahren ist gesetzlich vorgeschrieben.

Jeder Heranwachsende im Land wartet sehnlichst auf den Tag, da es ihm vergönnt sein wird, in eines der Implantationszentren eingeliefert zu werden, und seine Familie umringt ihn sodann mit der freudigen Erregung, die alle großen Zeremonien auslösen. Eine Vene am Arm wird durch einen Schlauch mit einer durchsichtigen Flasche mit Blutserum verbunden, dem zu gegebener Zeit zwanzig goldene Fischlein zugeführt werden. Die Familie und der glückliche Empfänger können lange das Funkeln und das Kapriolieren der goldenen Fischlein im Glas bewundern, bis sie eins nach dem anderen vom Schlauch verschluckt werden, durch den sie, plötzlich erstarrt, vielleicht etwas ängstlich hinabgleiten und in der Vene verschwinden. Eine halbe Stunde später besitzt der Mitbürger die vollständige Anzahl goldener Fischlein und begibt sich nach Hause, um ausgiebig seine Initiation ins Glück zu feiern.

Genaugenommen sind die Einwohner mehr dank ihrer Einbildungskraft glücklich denn dank eines direkten Kontakts zur Wirklichkeit. Auch wenn sie die goldenen Fischlein nicht mehr sehen können, weiß doch jeder, daß diese durch ihr weitverzweigtes Blutgefäßsystem schwimmen, und vor dem Einschlafen meinen sie unter der Wölbung ihrer Lider das Hin und Her der glänzenden Funken zu sehen, goldener denn je vor dem roten Grund der Ströme und Bäche, in denen sie dahinflitzen. Was diese Glückskinder am meisten entzückt, ist der Gedanke, daß die zwanzig goldenen Fischlein sich rasch vermehren, und in ihrer Vorstellung sind es unzählige, die überall auffunkeln, hinter die Stirn gleiten, in die Fingerspitzen schnellen, sich in den großen Arterien des Oberschenkels und in der Halsschlagader versammeln oder flink in die engsten und geheimsten Stellen flutschen. Das periodische Passieren des Herzens ist das wonnigste Bild dieser Innenschau, denn dort finden die goldenen Fischlein für ihre Spiele und Versammlungen Rutschbahnen, Seen und Kaskaden, und vermutlich ist es dieser große lärmende Hafen, wo sie einander kennenlernen, ihre Partner wählen und sich paaren. Wenn die Jungen und Mädchen sich verlieben, sind sie davon überzeugt, daß auch in ihren Herzen irgendein goldenes Fischlein seinen Partner gefunden hat. Selbst ein gewisser anregender Kitzel wird sogleich der Paarung der goldenen Fischlein an der betreffenden Stelle zugeschrieben. Die Hauptrhythmen des Lebens entsprechen einander innerlich und äußerlich; man kann sich schwerlich ein Glück vorstellen, das harmonischer wäre.

Der einzige Makel an diesem Bild ist, in regelmäßigen Abständen, der Tod eines der goldenen Fischlein. Obgleich sie langlebig sind, kommt der Tag, da eines von ihnen stirbt, und seine Leiche, vom Blutstrom fortgeschwemmt, verstopft dann den Durchlaß von einer Arterie zu einer Vene oder von einer Vene in ein Haargefäß. Die Einwohner kennen diese Symptome, die im übrigen ganz eindeutig sind: das Atmen wird mühsam, und manchmal hat man Schwindelgefühle. In diesem Fall injiziert man sich eine der Ampullen, von denen jeder einen Vorrat besitzt. In wenigen Minuten hat das Mittel die Leiche des Fischleins zersetzt, und die Zirkulation ist wieder normal. Nach den Vorausberechnungen der Regierung ist jeder Einwohner gehalten, zwei oder drei Ampullen pro Monat anzuwenden, da sich die goldenen Fischlein enorm vermehren und ihre Sterblichkeitsziffer sich mit der Zeit erhöht.

Die Regierung des Generals hat den Preis pro Ampulle auf den Gegenwert von zwanzig Dollar festgesetzt, was eine jährliche Einnahme von mehreren Millionen bedeutet; wenn ausländische Beobachter darin eine harte Steuer sehen – die Landeskinder haben das nie so aufgefaßt, da ja jede Ampulle ihnen das Glück wiederbringt und es nur gerecht ist, daß sie dafür bezahlen. Familien, die mittellos sind, was für gewöhnlich der Fall ist, gibt die Regierung die Ampullen auf Kredit, wofür sie natürlich das Doppelte des Barpreises kassiert. Wenn es trotzdem noch Leute gibt, denen es an Ampullen mangelt, besteht noch die Möglichkeit, sie sich auf einem florierenden schwarzen Markt zu beschaffen, den die Regierung, voller Verständnis und Güte, zum größeren Wohl ihres Volkes und einiger Obersten, prosperieren läßt. Was kümmert einen schon das Elend, wenn man weiß, daß jeder seine goldenen Fischlein hat und bald der Tag kommt, da eine neue Generation sie ihrerseits erhält und man feiern und singen und tanzen wird.

Kitten on the Keys

Einer Katze brachte man das Klavierspielen bei, und dieses Tierchen spielte, auf einem Schemel sitzend, in einem fort das ganze vorhandene Repertoire für Piano und außerdem fünf Eigenkompositionen, die verschiedenen Hunden gewidmet sind.

Im übrigen war die Katze völlig dumm, und zwischen den Konzerten komponierte sie mit einer Hartnäckigkeit, die alle verblüffte, immer neue Stücke. So brachte sie es bis zum Opus 89, bei welcher Gelegenheit sie das Opfer eines in blinder Wut geworfenen Ziegelsteins wurde. Nun schläft sie ihren letzten Schlaf im Foyer des Gran Rex, Corrientes 640.

Die natürliche Harmonie oder Man darf sie nicht verletzen

Ein Kind hatte an jeder Hand dreizehn Finger, und seine Tanten setzten es sofort an die Harfe, damit es die überzähligen nutze und in der Hälfte der Zeit, welche die armen Fünffingrigen brauchen, in den Lehrkörper aufgenommen werde.

So brachte das Kind es dahin, in einer Weise zu spielen, daß ihm keine Partitur genügte. Als es Konzerte zu geben begann, war das Quantum Musik, das es vermöge seiner sechsundzwanzig Finger in der Zeit und im Raum unterbrachte, derart groß, daß die Zuhörer nicht folgen konnten und immer weit zurückblieben, das heißt, wenn der junge Künstler *La fuente de Aretusa* (Transkription) beendete, waren die armen Leute noch beim *Tambourin Chinois* (Arrangement). Das schuf natürlich ungeheure Verwirrung, aber alle gaben zu, daß das Kind wie-ein-Engel spielte.

Aus diesem Grunde besuchten die treuen Zuhörer, die Abonnenten und die Zeitungskritiker die Konzerte des Kindes weiterhin und gaben sich redliche Mühe, in der Programmfolge nicht zurückzubleiben. Sie lauschten so angestrengt, daß mehreren von ihnen Ohren im Gesicht zu wachsen begannen, und mit jedem neuen Ohr, das ihnen wuchs, konnten sie der mit sechsundzwanzig Fingern gespielten Harfenmusik etwas besser folgen. Mißlich war nur, daß es nach dem Wagner-Abend zu Dutzenden Ohnmachtsanfälle gab, als man die Zuhörer mit so vielen Ohren sah, und da ergriff der Intendant des Stadttheaters energische Maßnahmen, und das Kind wurde ins Finanzamt, Abteilung Maschinenschreiben, gesteckt, wo es so schnell arbeitete, daß es für seine Chefs eine Wonne war und für seine Kollegen der Tod. Was die Musik betrifft, so war in des Salons dunkler Ecke*, von ihrem Besitzer vielleicht vergessen, still und staubbedeckt, die Harfe zu sehen.

Sitten beim Sinfonieorchester »La Mosca«

Der Dirigent des Sinfonieorchesters »La Mosca«, Maestro Tabaré Piscitelli, war der Autor des Wahlspruchs dieses Orchesters: »Künstlerisches Schaffen in Freiheit«. Zu diesem Zweck gestattete er die Mode des Schillerkragens, des Anarchismus, des Benzedrins und gab persönlich ein großes Beispiel von Unabhängigkeit. Sah man ihn nicht manchmal, wie er mitten in einer Sinfonie von Mahler den Taktstock einem der Violinisten übergab (der einen Mordsschrecken bekam) und sich auf einen leeren Parkettsitz setzte, um *La Razón* zu lesen?

Die Violoncellisten des Sinfonieorchesters »La Mosca« liebten allesamt die Harfenistin, Witwe von Pérez Sangiácomo. Diese Liebe äußerte sich in einer sichtlichen Neigung, die Ordnung des Orchesters umzustoßen und mit einer Art von Paravent aus Violoncelli die erschrockene Virtuosin abzuschirmen, deren Hände während des ganzen Programms wie Notsignale darüber herausragten. Im übrigen hat kein Konzertabonnent je ein einziges Arpeggio der Harfe gehört, da das dunkle Brummen der Violoncelli deren zierliche Zärtlichkeiten übertönte.

Vom Vorstand ermahnt, bekundete die Frau von Pérez Sangiácomo eine Herzensneigung für den Violoncellisten Remo Persutti, dem gestattet wurde, mit seinem umfänglichen Instrument neben der Harfe zu bleiben, während die anderen, eine traurige Prozession schwarzer Käfer, an die Stelle zurückkehrten, welche die Tradition ihren nachdenklichen Panzern angewiesen hat.

* Anspielung auf Verse von Gustavo Adolfo Bécquer.

In diesem Orchester war es einem Fagottbläser unmöglich, sein Instrument zu spielen, ohne daß ihm das seltsame Phänomen widerfuhr, eingesogen und gleich darauf am anderen Ende wieder ausgestoßen zu werden, und mit einer solchen Schnelligkeit, daß sich der verblüffte Musiker plötzlich vor dem Fagott wiederfand und eine rasche Kehrtwendung machen mußte, um weiterspielen zu können, nicht ohne daß ihn der Dirigent mit fürchterlichen Anspielungen auf seine Person herunterputzte.

Eines Abends, als man die *Sinfonie der Puppe* von Alberto Williams spielte, befand sich der Fagottist, dem erneut eine Absorption widerfuhr, wieder einmal am anderen Ende des Instruments, doch das Dumme war diesmal, daß besagte Stelle von dem Klarinettisten Perkins Virasoro besetzt war, der infolge des Zusammenpralls mit dem Fagottisten auf die Kontrabässe geworfen wurde, wo er sich ausgesprochen wütend aufrappelte und Worte von sich gab, die niemand je aus dem Munde einer Puppe gehört hatte; das jedenfalls war die Meinung der Abonnentinnen im Saal und des diensthabenden Feuerwehrmannes, Vater mehrerer Kinder.

Als der Violoncellist Remo Persutti einmal fehlte, wechselten alle Spieler dieses Saiteninstruments geschlossen zur Harfenistin hinüber und wichen den ganzen Abend nicht von ihrer Seite. Die Bühnenarbeiter rollten einen Teppich aus und stellten Schalen mit Farnkraut darauf, um die spürbare Lücke zu füllen.

Der Paukenschläger Alcides Radaelli nutzte die sinfonischen Dichtungen von Richard Strauss, um seiner Verlobten, Abonnentin eines Logenplatzes (links, Reihe 8) im Lunapark Mitteilungen in Morsezeichen zukommen zu lassen.

Ein Funker des Heeres, der bei dem Konzert zugegen war, weil der Boxkampf im Lunapark wegen eines Trauerfalles in der Familie eines der Kämpfer ausgefallen war, dechiffrierte zu seiner Verblüffung den folgenden Satz, der mitten in *Also sprach Zarathustra* erklang: »Hast du dich von deinem Nesselfieber erholt, Mausi?«

Der Tenor Américo Scravellini vom Ensemble des Marconi-Theaters sang so süß, daß seine Bewunderer ihn den »Engel« nannten.

So war niemand besonders erstaunt, als man mitten in einem Konzert vier entzückende Seraphim herabschweben sah, die mit einem unbeschreiblichen Rauschen ihrer goldenen und karminroten Flügel die Stimme des großen Sängers begleiteten. Wenn ein Teil des Publikums verständliche Zeichen der Verwunderung von sich gab, empfanden die übrigen, von den außerordentlichen gesanglichen Fähigkeiten des Tenors Scravellini bezaubert, die Anwesenheit der Engel als ein geradezu unausbleibliches Wunder, oder vielmehr nicht als ein Wunder. Der Sänger selbst, seiner Gefühlsseligkeit hingegeben, hob nur einmal kurz den Blick zu den Engeln empor und sang weiter mit dieser unfaßlich zarten Stimme, die ihm in allen subventionierten Theatern Ruhm eingebracht hatte.

Sanft umsäuselten ihn die Engel, und mit unendlicher Zartheit und Anmut hoben sie ihn empor und schwebten mit ihm in den Bühnenhimmel hinauf, während die Anwesenden vor Rührung und Bewunderung bebten, und der Sänger sang weiter seine Melodie, die in der Höhe immer ätherischer wurde.

So entrückten ihn die Engel dem Publikum, das schließlich begriff, daß der Tenor Scravellini nicht von dieser Welt war. Der himmlische Reigen erreichte die Kuppel des Theaters; die Stimme des Sängers klang immer überirdischer. Als der letzte und vollkommenste Ton der Arie aus seiner Kehle kam, ließen die Engel ihn los.

Von den sechs zitierten kritischen Arbeiten wird hier lediglich ein Resümee ihrer jeweiligen Betrachtungsweise gegeben.

Jarabe de Pato, Gedichte von José Lobizón *(Horizontes,* La Paz, Bolivien, 1974). Rezension von Michel Pardal in *Bulletin Sémantique de l'Université de Marseille,* Marseille, 1975 (übersetzt aus dem Französischen):

Selten ist uns so ein armseliges Produkt der lateinamerikanischen Poesie zur Lektüre vorgelegt worden. Tradition mit Kreativität verwechselnd, reiht der Autor klägliche Gemeinplätze aneinander, die durch Versifikation nur noch hohler werden.

Artikel von Nancy Douglas in *The Phenomenological Review,* Nebraska University, 1975 (übersetzt aus dem Englischen):

Es liegt auf der Hand, daß Michel Pardal die Begriffe Kreativität und Tradition irrtümlich verwendet, und zwar insofern als letztere die abgeklärte Summe vergangener Kreativität ist und der zeitgenössischen Kreativität keineswegs entgegengesetzt werden kann.

Artikel von Boris Romanski in *Sovietskaya Biéli,* Verband mongolischer Schriftsteller, 1975 (übersetzt aus dem Russischen):

Mit einer Frivolität, die über ihre wahren ideologischen Absichten nicht hinwegzutäuschen vermag, wirft Nancy Douglas die konservativsten und reaktionärsten Argumente in die Waagschale der Kritik, indem sie den Fortschritt der zeitgenössischen Literatur im Namen einer angeblichen »Fruchtbarkeit der Vergangenheit« aufzuhalten sucht. Was man der sowjetischen Literatur so oft und zu Unrecht vorgeworfen hat, wird jetzt innerhalb des kapitalistischen Lagers zum Dogma erhoben. Ist es da nicht rechtens, von Frivolität zu sprechen?

Artikel von Philip Murray in *The Nonsense Tabloid*, London, 1976 (übersetzt aus dem Englischen):

> Die Sprache von Professor Boris Romanski verdient die eher noch milde Bezeichnung des Vulgärjargons. Wie kann man nur die kritische Proposition in sichtlich historizistischen Begriffen angehen? Fährt Professor Romanski immer noch in einer Kalesche, versiegelt er seine Briefe mit einem Petschaft und kuriert er seine Erkältungen mit Marmot-Sirup? Ist es in der heutigen Perspektive der Kritik nicht an der Zeit, die Begriffe Tradition und Kreativität durch symbiotische Galaxien wie »kulturhistorische Entropie« und »anthropodynamischer Koeffizient« zu ersetzen?

Artikel von Gérard Depardiable in *Quel Sel*, Paris, 1976 (übersetzt aus dem Französischen):

> Albion, Albion, immer dir selber treu! Es scheint unglaublich, daß es auf der anderen Seite eines Kanals, den man schwimmend durchqueren kann, möglich ist, sich beharrlich bis zur irreversibelsten Uchromie auf dem Felde der Kritik zurückzuentwickeln. Es ist offensichtlich: Philip Murray hat Saussure nicht gelesen, und seine scheinbar polysemantischen Vorschläge sind letztlich ebenso obsolet wie jene, die er kritisiert. Für uns projiziert sich die dem apparentiellen Kontinuum des Schreibdiskures inhärente Dichotomie als abgeschlossenes Signifikat und als Signifikant in virtueller Implosion (demotisch: Vergangenheit und Gegenwart).

Artikel von Benito Almazán in *Ida Singular*, México, 1977:

> Eine bemerkenswerte heuristische Arbeit ist jene von Gérard Depardiable, die man wegen ihres doppelten *ur*-semiotischen Reichtums und ihrer artikulatorischen Strenge auf einem Felde, das ein Nährboden des bloßen Epiphonems ist, mit Recht als strukturalogisch bezeichnen kann. Ich überlasse es einem Dichter, diese textologischen Errungenschaften, die bereits die Parameterinfrakritik der Zukunft ankündigen, vorahnend zu resümieren. In seinem meister-

haften Buch *Jarabe de Pato* sagt José Lobizón am Schluß eines langen Gedichts:

Es ist eine Sache, Ente zu sein wegen der Federn, und eine andere, die Federn aus der Sicht der Ente zu sein.

Dieser blendenden Verabsolutierung des Kontingenten ist nichts hinzuzufügen.

Was ist ein Polygraph?

Mein Namensvetter Julio Casares* wird nie aufhören, mich in Erstaunen zu setzen. Im Hinblick auf das Folgende wollte ich diesem Kapitel den Titel Polygraphie geben, doch ein Instinkt gleich dem eines Hundes führte mich dazu, die Seite 840 des Begriffs-Sauriers aufzuschlagen, und patsch: Einerseits ist ein Polygraph, in der zweiten Bedeutung, »der Schriftsteller, der verschiedene Themen behandelt«, dagegen ist Polygraphie ausschließlich die Kunst, in einer Weise zu schreiben, daß nur derjenige das Geschriebene entziffern kann, der den Schlüssel dazu besitzt; zudem ist sie die Kunst, Schriften zu entziffern. Deshalb kann mein Kapitel, das von keinem geringeren als dem Dr. Samuel Johnson handelt, nicht »Polygraphie« heißen.

Anno 1756, im Alter von siebenundvierzig – gemäß den Angaben des in besessener Weise korrekten Boswell –, begann Dr. Johnson seine Mitarbeit an *The Literary Magazine, or Universal Review.* In fünfzehn Ausgaben, die monatlich erschienen, wurden von ihm die folgenden Essays veröffentlicht: »Einführung in die politische Lage Großbritanniens«, »Bemerkungen über das Gesetz der Milizen«, »Bemerkungen über die Verträge Seiner Britischen Majestät mit der Kaiserin von Rußland und dem Landgrafen von Hessen-Kassel«, »Bemerkungen über die aktuelle Lage« und »Memoiren Friedrichs III., König von Preußen«. Im gleichen Jahr und in den ersten drei Monaten des Jahres 1757 rezensierte Johnson die folgenden Bücher:

* Autor des »Diccionario ideológico de la lengua española«.

Geschichte der Royal Society, von Birch.
Tagebuch von Gray's-Inn, von Murphy.
Kurze Abhandlung über die Werke und den Geist Popes, von Warton.
Übersetzung des Polybios, von Hampton.
Erinnerungen an den Hof von Augustus, von Blackwell.
Naturgeschichte von Aleppo, von Russel.
Beweise Sir Isaac Newtons für die Existenz Gottes.
Geschichte der Scilly Islands, von Borlase.
Bleichversuche, von Holmes.
Christliche Moral, von Brownes.
Destillation des Meerwassers, Ventilatoren auf Schiffen und Verbesserung des schlechten Geschmacks der Milch, von Hales.
Kurze Abhandlung über die Gewässer, von Lucas.
Verzeichnis der schottischen Bischöfe, von Keith.
Geschichte Jamaicas, von Browne.
Philosophische Annalen, Band XLIX.
Übersetzung der Memoiren des Herzogs von Sully, von Mrs. Lennox.
Miscellanea, von Elizabeth Harrison.
Landkarte und Bericht über die Kolonien in Amerika, von Evans.
Brief über den Fall Admiral Byng.
Aufruf an das Volk betreffend den Admiral Byng.
Reise von acht Tagen und kurze Abhandlung über den Tee, von Hanway.
Der Kadett, militärische Abhandlung.
Weitere Einzelheiten zum Fall Admiral Byng, von einem Gentleman aus Oxford.
Das Verhalten des Ministeriums angesichts des gegenwärtigen Kriegs, unparteiisch untersucht.
Freie Untersuchung der Natur und des Ursprungs des Bösen.

In wenig mehr als einem Jahr fünf Abhandlungen und fünfundzwanzig Rezensionen von einem Mann, dessen größter Fehler, wie er selbst und seine Kritiker behaupten, die Trägheit war ... Das berühmte *Dictionary of the English Language* von Johnson wurde in drei Jahren vollendet, und es gibt Beweise dafür, daß der Autor praktisch allein an diesem gigantischen Werk gearbeitet hat. Garrick, der Schauspieler, rühmt in einem Gedicht, daß Johnson »vierzig Franzosen besiegt« habe, eine Anspielung auf die Mitglieder der Académie française, die gemeinschaftlich an einem Wörterbuch ihrer Sprache arbeiteten.

Ich habe große Sympathie für die Polygraphen, die ihre Angelrute in alle Richtungen auswerfen, während sie wie der Dr. Johnson vorgeben, schlafmützig zu sein, und die auf ihre Weise eine zermürbende Aufgabe erfüllen, indem sie über Themen schreiben wie den Tee, die Verbesserung des schlechten Geschmacks der Milch und den Hof von Augustus, ganz zu schweigen von den schottischen Bischöfen. Letztlich ist es genau das, was ich in diesem Buch tue, doch Dr. Johnsons Trägheit stellt sich mir als eine unfaßliche Arbeitswut dar, im Vergleich zu der meine größten Anstrengungen nichts als Räkeleien in einer paraguayischen Hängematte sind. Wenn ich daran denke, daß es Romanciers gibt, die alle zehn Jahre ein Buch produzieren und in der Zwischenzeit die Journalisten und Damen davon überzeugen, daß sie von ihrer geistigen Arbeit erschöpft sind ...

Bemerkungen über die Eisenbahn

Das Erwachen der Señora Cinamomo ist gar nicht lustig, denn als sie die Füße in die Pantoffeln steckt, muß sie feststellen, daß dieselben voller Schnecken sind. Mit einem Hammer bewaffnet, macht sich Señora Cinamomo daran, die Schnecken zu zermalmen, worauf sie sich genötigt sieht, die Pantoffeln in den Müll zu werfen. In dieser Absicht geht sie in die Küche hinunter und beginnt einen Schwatz mit dem Dienstmädchen.

»Es wird still im Haus, jetzt wo die Ñata weggegangen ist.«

»Ja, Señora«, sagt das Dienstmädchen.

»Was für eine Menschenmenge auf dem Bahnhof gestern abend. Alle Bahnsteige gedrängt voll. Die Ñata war ganz aufgeregt.«

»Es fahren viele Züge«, sagt das Dienstmädchen.

»Allerdings, meine Liebe. Mit der Eisenbahn erreicht man heute jeden Ort.«

»Das macht der Fortschritt«, sagt das Dienstmädchen.

»Der Fahrplan wird genau eingehalten. Der Zug sollte um

acht Uhr eins abfahren, und das tat er auch, obgleich er so voll war.«

»Das sollte er auch«, sagt das Dienstmädchen.

»Wie schön das Abteil, das die Ñata bekam, du hättest es sehen sollen. Alles mit goldenen Beschlägen.«

»Wird die 1. Klasse gewesen sein«, sagt das Dienstmädchen.

»Die eine Seite sah aus wie ein Balkon, ganz aus durchsichtigem Plastik.«

»Toll«, sagt das Dienstmädchen.

»Nur drei Personen im Abteil, alle mit reserviertem Sitzplatz, ganz süße Kärtchen. Die Ñata hatte den Fensterplatz neben den goldenen Beschlägen.«

»Was Sie nicht sagen«, sagt das Dienstmädchen.

»Sie war ja so glücklich, konnte sich zum Balkon hinauslehnen und die Blumen gießen.«

»Gab es da Pflanzen?« fragt das Dienstmädchen.

»Die, die zwischen den Gleisen wachsen. Man bestellt ein Glas Wasser und begießt sie. Die Ñata hat sofort eins bestellt.«

»Und hat man es ihr gebracht?« fragt das Dienstmädchen.

»Nein«, sagt Señora Cinamomo traurig und wirft die Pantoffeln voller zermanschter Schnecken in den Müll.

Im Gofio-Bad schwimmend

Der Professor José Migueletes erfand 1964 das Schwimmbad mit *Gofio** niemand die bemerkenswerte technische Verbesserung begrüßte, mit welcher der Professor Migueletes zur Kunst des Schwimmens beitrug. Indes zeigten sich schon bald Erfolge im Bereich des Sports, als bei den Ökologischen Spielen in Bagdad der japanische Meister Akiro Teshuma den Weltrekord im

* das, falls man es nicht weiß, Mehl aus sehr fein gemahlenen Kichererbsen ist und, mit Zucker vermischt, zu meiner Zeit die größte Leckerei der argentinischen Kinder war. Einige sind der Meinung, daß Gofio aus Maismehl gemacht wird, aber nur das amtliche Wörterbuch der Spanischen Akademie behauptet das, und in diesen Fällen weiß man ja. Gofio ist ein bräunliches Pulver, das in Tütchen verkauft wird und das sich die Kinder in den Mund schütten, was nicht selten zur Folge hat, daß sie ersticken. Als

5-Meter-Schwimmen brach und die neue Bestzeit von einer Minute, vier Sekunden erreichte.

Von begeisterten Journalisten interviewt, bestätigte Teshuma, daß das Schwimmen in Gofio das herkömmliche in H_2O bei weitem übertrifft. Zunächst einmal ist die Schwerkraft nicht zu spüren, vielmehr bedarf es einiger Anstrengung, den Körper in das weiche, mehlige Polster zu tauchen; daher besteht der Startsprung vor allem darin, auf dem Gofio zu schlittern, und wer das versteht, wird vor seinen tapferen Rivalen sogleich einen Vorsprung von mehreren Zentimetern haben. Ab dieser Phase beruhen die Schwimmbewegungen auf der herkömmlichen Technik des Löffelns im Brei, während die Füße eine rotierende Bewegung machen gleich einem Radfahrer oder, besser, nach Art der ehrwürdigen Raddampfer, die es heute noch in einigen Filmen gibt. Das Problem, das einwandfrei überwunden werden muß, ist, wie jeder ahnt, das Atmen. Da das Schwimmen in Rückenlage das Vorwärtskommen im Gofio erfahrungsgemäß nicht erleichtert, muß man auf dem Bauch oder leicht auf der Seite schwimmen, wobei Augen, Nase, Ohren und Mund sich sofort in eine überaus labile Schicht graben, die nur vermögende Clubs mit Puderzucker versüßen. Diesen vorübergehenden Unannehmlichkeiten kann ohne größere Schwierigkeit abgeholfen werden: Kontaktlinsen, vorschriftsmäßig mit Silikaten beschichtet, wirken der Adhäsionsneigung des Gofios entgegen; zwei Gummikügelchen lösen das Problem mit den Ohren; die Nase ist mit einem System von Sicherheitsventilen versehen, und was den Mund angeht, versucht er sich selbst zu helfen, zumal die Berechnungen des Tokio Medical Research Center ergeben haben, daß auf einer Strecke von zehn Metern gerade nur etwa vierhundert Gramm Gofio geschluckt werden, was den Ausstoß von Adrenalin, die Stoffwechseltätigkeit und die Muskelkraft, auf die es bei diesen Wettkämpfen ganz besonders ankommt, erhöht.

ich in Bánfield (Ferrocarril del Sud) in die vierte Klasse ging, aßen wir in den Pausen soviel Gofio, daß von dreißig Schülern nur zweiundzwanzig das Ende des Schuljahrs erlebten. Die entsetzten Lehrerinnen rieten uns, tief Atem zu holen, bevor wir das Gofio schluckten, aber die Kinder, mein Gott, was für ein Kampf. Nach dieser Darlegung der Vor- und Nachteile des so nahrhaften Lebensmittels mag der Leser zur oberen Hälfte der Seite zurückkehren, um zu erfahren, daß am Anfang

Auf die Frage nach den Gründen, weshalb viele internationale Athleten eine immer größere Neigung für das Schwimmen in Gofio zeigen, antwortete Teshuma lediglich, daß man nach mehreren Jahrtausenden schließlich festgestellt hat, daß eine gewisse Monotonie darin liegt, ins Wasser zu springen und völlig naß wieder herauszukommen, ohne daß sich im Sport viel ändert. Er gab zu verstehen, daß die Phantasie allmählich die Macht ergreift und es an der Zeit ist, den alten Sportarten revolutionäre Formen zu geben, besteht ihr einziger Anreiz doch nur darin, die Rekordzeiten um Bruchteile von Sekunden zu unterbieten, falls das überhaupt noch möglich ist, und es gelingt selten genug. Er bekannte, daß er nicht imstande sei, entsprechende revolutionäre Verbesserungen für den Fußball und das Tennis vorzuschlagen, doch nahm er indirekt Bezug auf eine neue Einstellung zum Sport, berichtete von einem gläsernen Ball, den man bei einem Basketballmatch in Naga benutzt habe und dessen zufälliges, wenngleich vorhersehbares Zerklirren das Harakiri der schuldigen Mannschaft zur Folge hatte. Von der Kultur Nippons darf man noch allerhand erwarten, zumal wenn sie die altmexikanische zu imitieren beginnt, doch um beim Okzident und beim Gofio zu bleiben, ist zu verzeichnen, daß letzteres mittlerweile hoch im Kurs steht, zur besonderen Freude seiner Erzeugerländer, die alle zur Dritten Welt gehören. Der Erstickungstod von sieben australischen Kindern, die im neuen Schwimmbad von Canberra ornamentale Saltos vollführen wollten, zeigt jedoch die Grenzen dieses interessanten Erzeugnisses, bei dessen Verwendung nicht übertrieben werden sollte, wenn es sich um Amateure handelt.

Familien

»Was mich betrifft, befühle ich gern meine Füße«, sagt Señora Bracamonte.

Die Señora Cinamomo macht ihrer Empörung Luft. Als Ñata klein war, hatte sie die Angewohnheit, sich hier und weiter unten zu betasten. Das Heilmittel: eine Ohrfeige rechts und eine links, heißes Blut will strenge Hut.

»Und da ich gerade von Blut spreche, muß man wissen, daß das Mädchen erblich belastet ist«, sagt die Señora Cinamomo im Vertrauen. »Man sollte ja nicht darüber reden, aber ihre Großmutter väterlicherseits: tagsüber nichts anderes als Wein, doch abends, da fing sie an mit Wodka und anderen kommunistischen Schweinereien.«

»Die verheerenden Wirkungen des Alkohols«, sagt die Señora Bracamonte erbleichend.

»Ich kann Ihnen versichern, bei der Erziehung, die ich ihr gegeben habe, ist ihr keine Spur davon geblieben, das können Sie mir glauben. Der kann ich sogar Wein geben.«

»Die Ñata ist ein reizendes Mädchen«, sagt die Señora Bracamonte.

»Jetzt ist sie auf der Universität von Tandil«, sagt die Señora Cinamomo.

»Now shut up, you distasteful Adbekunkus«

Vielleicht sind die Mollusken nicht neurotisch, aber von da an aufwärts braucht man nur genau hinzusehen; ich jedenfalls habe neurotische Hennen, neurotische Würmer und ungeheuer neurotische Hunde gesehen; es gibt Bäume und Blumen, welche die Psychiatrie der Zukunft psychosomatisch behandeln wird, denn ihre Formen und Farben sind für uns schon heute echt krankhaft. Niemand wird sich da über meine Gleichgültigkeit wundern, als ich mich beim Duschen, mit sichtlichem Vergnügen an der Zurechtweisung, im Geiste sagen hörte: *Now shut up, you distasteful Adbekunkus.*

Während ich mich einseifte, kehrte die Ermahnung rhythmisch wieder, ohne die geringste bewußte Analyse meinerseits, fast so, als gehörte sie zum Badeschwamm. Erst zum Schluß, zwischen dem Kölnischwasser und der Unterwäsche, interessierte ich mich für mich selbst und damit für Adbekunkus, dem ich eine halbe Stunde lang derart nachdrücklich zu schweigen befohlen hatte. Einen guten Teil der Nacht lag ich schlaflos und beschäftigte mich mit dieser leicht neurotischen Manifestation, diesem harmlosen, aber hartnäckigen Refrain, der nun dem Schlaf Widerstand leistete; ich begann mich zu fragen, wo dieser Adbekunkus unablässig reden mochte, daß etwas in mir, das ihn hörte, ihn peremptorisch und auf englisch zu schweigen befahl.

Die Hypothese des Phantastischen verwarf ich als zu simpel: es gab nichts und niemand, der Adbekunkus hieß und redselig und lästig war. Daß es sich um einen Eigennamen handelte, daran zweifelte ich keinen Augenblick; es kommt vor, daß man bei manchen Klanggebilden einen großen Anfangsbuchstaben sieht. Ich weiß, daß ich ziemlich begabt bin, Worte zu erfinden, die bar jedes Sinnes zu sein scheinen oder es wirklich sind, bis ich ihnen auf meine Weise einen einhauche, aber ich glaube nicht, je einen so widerwärtigen, grotesken und unakzeptierbaren Namen wie Adbekunkus ersonnen zu haben. Der Name eines untergeordneten Teufels, eines armseligen Adlatus, einer der vielen, welche die Zauberbücher anführen; ein Name, ebenso widerwärtig wie derjenige, der ihn trägt: distasteful Adbekunkus. Aber die Analyse des bloßen Gefühlseindrucks führte zu nichts; und auch die analogische Untersuchung, die mnemonischen Echos, alle Rückgriffe auf Assoziationen brachten kein Ergebnis. Ich fand mich schließlich damit ab, daß Adbekunkus mit keinem Element des Bewußtseins in Verbindung zu bringen war; das Neurotische schien gerade darin zu liegen, daß der Satz etwas oder jemanden schweigen hieß, der eine völlige Leere war. Wie oft evoziert ein Name, der aus irgendeiner Distraktion auftaucht, am Ende das Bild eines Tiers oder eines Menschen; diesmal nicht, ich mußte Adbekunkus zum Schweigen bringen, aber er würde nie schweigen können, da er nie geredet oder geschrien hatte. Wie gegen diese Konkretion der Leere ankämpfen? Als ich einschlief, war ich ein wenig wie er, leer und abwesend.

Liebe 77

Und nachdem sie all das, was sie machen, gemacht haben, stehen sie auf, baden sich, pudern sich, parfümieren sich, kämmen sich, ziehen sich an und werden so nach und nach wieder das, was sie nicht sind.

Neuerungen im öffentlichen Verkehr

Vertrauenswürdige Personen haben darauf hingewiesen, daß der Autor dieser Informationen mit dem System der Pariser Metro in geradezu krankhafter Weise vertraut ist und daß seine Neigung, immer wieder auf das Thema zurückzukommen, Hintergründe haben muß, die zu Besorgnis Anlaß geben. Doch wie die Nachrichten über den Speisewagen, der im Untergrund verkehrt und auf den die verschiedensten Medien mit widersprüchlichen Kommentaren reagieren, mit Stillschweigen übergehen? Keine massive Werbung hat die potentielle Kundschaft mit der Neuerung bekannt gemacht; die Behörden sind in einer Weise verschwiegen, die schon Unbehagen erzeugt, und nur der langsam sich ausbreitende Ölfleck der *vox populi* dringt in so viele Meter Tiefe. Es geht nicht an, daß sich eine solche Innovation auf das Gebiet einer privilegierten Stadt beschränkt, die alles für erlaubt hält; es ist recht und billig, ja unerläßlich, daß Mexiko, Schweden, Uganda und Argentinien von einem Experiment *inter alia* Kenntnis erhalten, das über die Gastronomie weit hinausgeht.

Die Idee mußte Maxim's gehabt haben, denn diesem Tempel der Gourmets hat man die Konzession für das rollende Restaurant erteilt, das Mitte des Jahres so gut wie stillschweigend dem Betrieb übergeben wurde. Was die Ausstattung und Dekoration betrifft, scheint man ohne viel Phantasie die Atmosphäre irgendeines Speisewagens der Eisenbahn nachgeahmt zu haben, nur daß man in diesem bei weitem besser ißt, wenn auch zu einem weit höheren Preis, Umstände, die genügen, daß sich die Kundschaft ganz von selbst selektiert. Manch einer fragt sich verblüfft, warum man im Zusammenhang mit einem eher schmierigen Transportmittel wie der Metro ein so piekfeines Unternehmen fördert; andere, zu denen auch der Autor gehört, bewahren mitleidiges Schweigen, wie es eine solche Frage verdient, ist in ihr doch ganz deutlich schon die Antwort enthalten. Auf der höchsten Stufe der westlichen Zivilisation vermag das monotone Vorfahren eines Rolls-Royce vor einem Restaurant de luxe zwischen Tressen und Bücklingen kaum noch Interesse zu wecken, wohingegen man sich leicht den Wonneschauer vorstellen kann, der einen durchrieselt, wenn man die schmutzigen Treppen der Metro hinabsteigt, das Billett in den Schlitz des Mechanismus steckt, der einem Zugang zu den Bahnsteigen gewährt, welche überfüllt sind von der Menge schwitzender und gebeugter Menschen, die aus Fabriken und Büros kommen, um nach Hause zu fahren, und man zwischen Baskenmützen, Schirmmützen und Kopftüchern von zweifelhafter Qualität auf das Einfahren des Zugs wartet, der einen besonderen Wagen mitführt, den die gewöhnlichen Fahrgäste nur in dem kurzen Augenblick des Halts werden betrachten können. Das Vergnügen geht übrigens über diese erste, ungewöhnliche Erfahrung weit hinaus, wie man gleich sehen wird.

Der Anstoß zu so einer glänzenden Unternehmung hat Präzedenzen in der ganzen Geschichte, von den dubiosen Ausflügen Messalinas nach Subura bis zu den hypokritischen Spaziergängen Harun al Raschids durch die Gassen Bagdads, nicht zu reden von der jeder wahren Aristokratie angeborenen Neigung zu heimlichen Kontakten mit dem größten Gesindel und von dem amerikanischen Song *Let's go slumming.* Durch ihre gesellschaftliche Stellung verpflichtet, sich in Privatwagen, Flugzeugen und Luxuszügen fortzubewegen, entdeckt die Pariser Großbourgeoisie endlich etwas, das bislang vornehmlich aus Treppen bestand, die sich in der Tiefe verlieren und die nur bei seltenen Gelegenheiten und mit betontem Widerwillen begangen werden. In einer Zeit, da die französischen Arbeiter dazu tendieren, auf die Forderungen, die ihnen in der Geschichte unseres Jahrhunderts so großen Ruhm eingebracht haben, zu verzichten, und ihre Fäuste lieber am Steuer eines eigenen Wagens ballen und in ihren wenigen freien Stunden vor dem Bildschirm eines Fernsehers verbissen schweigen, wird niemand Anstoß daran nehmen, daß die vermögende Bourgeoisie Dingen, die gewöhnlich zu werden drohen, den Rücken kehrt, und mit einer Ironie, auf die hinzuweisen die Intellektuellen nicht versäumen werden, nach einem Bereich sucht, der scheinbar die größte Nähe zum Proletariat schafft und es zugleich noch mehr auf Distanz hält als oben in der Stadt. Es erübrigt sich zu sagen, daß die Konzessionäre des Restaurants und die Kundschaft selbst die ersten wären, die eine Absicht, die irgendwie ironisch erscheinen könnte, entrüstet von sich weisen würden; schließlich braucht man nur das nötige Geld zusammenzubringen, um in den Speisewagen zu steigen und sich wie jeder andere Gast bedienen zu lassen, und bekanntlich besitzen viele Bettler, die auf den Bänken der Metrostationen schlafen, riesige Vermögen, ebenso die Zigeuner und die Führer der Linken.

Die Restaurantverwaltung teilt diese Ansicht natürlich, was sie freilich nicht davon abgehalten hat, die Maßnahmen zu ergreifen, die ihre feine Kundschaft stillschweigend von ihr verlangt, ist doch Geld nicht die einzige Losung an einem Ort, der auf Dezenz, gute Manieren und den unerläßlichen Gebrauch von Deodoranten basiert. Man kann sogar sagen, daß diese notwendige Selektion das Hauptproblem der Geschäftsleitung des Restaurants darstellt und daß es nicht einfach war, eine zugleich natürliche und rigorose Lösung zu finden. Bekanntlich sind die Bahnsteige der Metro für jedermann zugänglich und gibt es zwischen den Wagen der zweiten und der ersten Klasse keinen nennenswerten Unterschied, die Inspektoren sehen für gewöhnlich sogar von Kontrollen ab, und wenn sich in den Stoßzeiten der Wagen der ersten Klasse füllt, macht sich niemand darüber Gedanken, ob die Fahrgäste das Recht haben, ihn zu besteigen oder nicht. Infolgedessen bietet die Kanalisierung der Restaurantgäste zum Zwecke eines leichten Zugangs Schwierigkeiten, die man bisher jedoch gemeistert zu haben scheint, obgleich die Verantwortlichen fast nie die Besorgnis verbergen, die sie in dem Augenblick erfaßt, da der Zug in einer Station zum Stehen kommt. Das Verfahren besteht in der Hauptsache darin, die Türen des Restaurantwagens geschlossen zu halten, solange die Fahrgäste in den gewöhnlichen Wagen ein- und aussteigen, und sie erst wenige Sekunden vor der Abfahrt zu öffnen; zu diesem Zweck ist der Restaurantzug mit einer besonderen Signalanlage ausgestattet, die den Augenblick anzeigt, da die Türen für das Ein- oder Aussteigen der Speisegäste geöffnet werden. Dieses Verfahren muß ohne Obstruktionen irgendwelcher Art durchgeführt werden, weshalb das Personal des Restaurants mit dem der Station Hand in Hand arbeitet und in wenigen Augenblicken ein dichtes Spalier bildet, das die Speisegäste schützt und zugleich verhindert, daß ein Fremder, sei's ein unschuldiger Tourist oder ein ruchloser politischer Provokateur, in den Speisewagen gelangt.

Natürlich sind die Restaurantgäste dank der privaten Werbung des Unternehmens davon unterrichtet, daß sie in einem bestimmten Abschnitt des Bahnsteigs auf den Zug warten müssen, alle vierzehn Tage in einem anderen, um die gewöhnlichen Fahrgäste irrezuführen, in einem Abschnitt, dem als Geheimkode eines der Werbeplakate für Käse, Waschmittel oder Mineralwasser an den Wänden des Bahnsteigs dient. Obgleich das System ziemlich kostspielig ist, hat die Verwaltung es vorgezogen, über diese

Änderungen mittels eines vertraulichen Nachrichtenblatts zu informieren, anstatt an dem jeweiligen Ort einen Pfeil oder sonst einen auffälligen Hinweis anzubringen, da viele arbeitslose Jugendliche oder die Stadtstreicher, die die Metro als Hotel benutzen, nicht zögern würden, sich an eben dieser Stelle zusammenzurotten, sei es auch nur, um aus der Nähe das prächtige Bild des Speisewagens zu bewundern, der sicher ihre niedrigsten Instinkte wecken würde.

Das Informationsblatt enthält noch weitere, nicht minder wichtige Hinweise für die Restaurantgäste: schließlich müssen sie wissen, auf welcher Linie der Speisewagen zur Zeit des Mittag- und Abendessens verkehren wird, denn diese Linie wechselt täglich, um die angenehmen Erfahrungen der Speisegäste zu vervielfachen. So gibt es einen genauen Kalender, dem Hinweise auf die vom Küchenchef empfohlenen, alle vierzehn Tage wechselnden Spezialitäten beigegeben sind, und obgleich der tägliche Linienwechsel die Schwierigkeiten der Verwaltung hinsichtlich des Ein- und Aussteigens noch vergrößert, verhindert er doch, daß sich die Aufmerksamkeit der gewöhnlichen Fahrgäste in womöglich gefährlicher Weise auf die zwei gastronomischen Zeiten des Tages konzentriert. Niemand, der nicht das Informationsblatt erhalten hat, kann wissen, ob der Speisewagen zwischen den Stationen Mairie de Montreuil und Porte de Sèvres verkehren wird oder auf der Linie Château de Vincennes – Porte de Neuilly; zu dem Vergnügen, das es für die Kundschaft bedeutet, verschiedene Strecken des Metronetzes kennenzulernen und die durchaus existierenden Unterschiede zwischen den Stationen zu würdigen, kommt ein wichtiger Sicherheitsfaktor hinzu angesichts der unvorhersehbaren Reaktionen, die eine tägliche Wiederkehr des Speisewagens auf Stationen auslösen könnte, die täglich von den gleichen Fahrgästen frequentiert werden.

All jene, die auf irgendeiner der Strecken gespeist haben, versichern übereinstimmend, daß zu dem Genuß eines erlesenen Menüs eine angenehme und manchmal nützliche soziologische Erfahrung hinzukommt. In einer Weise plaziert, daß sie sich einer direkten Sicht durch die Fenster auf den Bahnsteig erfreuen, haben die Gäste Gelegenheit, in all seiner Vielgestaltigkeit, seiner unterschiedlichen Dichte und seinem wechselnden Rhythmus dem Schauspiel eines fleißigen Volkes beizuwohnen, das sich auf dem Weg zur Arbeit befindet oder sich am Ende des Tages auf eine wohlverdiente Ruhe vorbereitet, wobei viele auf den Bahnsteigen vorzeitig und im Stehen einschlafen. Um die Spontaneität dieser Beobachtungen zu begünstigen, empfehlen die Informationsblätter den Gästen, ihre Aufmerksamkeit nicht übermäßig auf die Bahnsteige zu richten, es sei besser, dies nur zwischen zwei Bissen oder in den Gesprächspausen zu tun; es liegt auf der Hand, daß ein Übermaß an wissenschaftlicher Neugier eine unangebrachte, ungerechtfertigte Reaktion bei Personen auslösen könnte, die in Dingen der Kultur zu wenig bewandert sind, um das beneidenswerte breite geistige Spektrum zu verstehen, über welches die modernen Demokratien verfügen. Sich längeren kritischen Betrachtungen hinzugeben, sollte man insbesondere dann vermeiden, wenn auf dem Bahnsteig Gruppen von Arbeitern oder Studenten überwiegen; ohne Risiko kann die Beobachtung angestellt werden im Falle von Personen, die durch ihr Alter oder ihre Kleidung einen höheren Grad möglicher Beziehung zu den Speisegästen verraten oder diese sogar grüßen, wodurch sie zu erkennen geben, daß deren Anwesenheit in dem Zug ein Grund zu nationalem Stolz oder ein positives Zeichen des Fortschritts ist.

In den letzten Wochen, in denen diese neue Dienstleistung in fast allen Stadtteilen publik geworden ist, kann man an den Stationen, die der Speisewagen beehrt, ein größeres Polizeiaufgebot beobachten, was das Interesse der Behörden an der Aufrechterhaltung einer so interessanten Neuerung beweist. Die Polizei zeigt sich rührig insbesondere im Augenblick des Aussteigens der Gäste, zumal wenn es sich um Einzelpersonen oder um Paare handelt; in diesem Fall werden die Gäste, haben sie das Spalier von Metro- und Restaurantpersonal durchschritten, von einer wechselnden Zahl bewaffneter Polizisten höflich bis zum Metroausgang eskortiert, wo für gewöhnlich ihre Wagen auf sie warten, da die Gäste des Speisewagens umsichtig genug sind, ihre gastronomischen Ausflüge bis ins kleinste Detail zu planen. Diese Vorsichtsmaßnahmen sind nur zu verständlich; in Zeiten, da eine ganz und gar unverantwortliche und ungerechtfertigte Gewalt die Metro in New York, und manchmal auch die in Paris, in einen Dschungel verwandelt, verdient die Fürsorglichkeit der Behörden alles Lob, und nicht nur seitens der Restaurantgäste, sondern auch seitens der Fahrgäste im allgemeinen, die ohne Zweifel dankbar sein werden, sich nicht in Unruhen hineingerissen zu sehen, ausgelöst von Provokateuren und Geisteskranken, fast immer Sozialisten oder Kommunisten, wo nicht gar Anarchisten, und die Liste ließe sich verlängern, sie ist länger als die Langmut der Armen.

Unversehens gehen schon sechs voran

Jenseits der Fünfzig beginnen wir bei den Toden anderer nach und nach zu sterben. Die großen Magier, die Schamanen der Jugend, gehen einer nach dem anderen fort. Wir dachten vielleicht gar nicht mehr viel an sie, sie hatten mit der Geschichte nicht Schritt gehalten; *other voices, other rooms* nahmen uns in Anspruch. Doch irgendwie waren sie immer da, nur eben wie Bilder, die man nicht mehr so betrachtet wie am Anfang, wie Gedichte, die nur vage die Erinnerung durchduften.

Und dann kommt der Tag – jeder wird seine geliebten Schatten, seine großen Fürbitter haben –, da der erste von ihnen in entsetzlicher Weise die Zeitungen und das Radio beherrscht. Vielleicht dauert es etwas, bis wir merken, daß an diesem Tag auch unser eigenes Sterben begonnen hat; ich empfand das an dem Abend, als jemand während des Essens beiläufig eine Nachricht des Fernsehens erwähnte: in Milly-la-Forêt war soeben Jean Cocteau gestorben. Da sank auch ein Stück von mir inmitten der üblichen Redensarten leblos auf den gedeckten Tisch.

Die anderen sind ihm gefolgt, alle in der gleichen Weise, immer das Radio oder die Zeitungen, Louis Armstrong, Pablo Picasso, Strawinsky, Duke Ellington, und gestern abend, während ich mit starkem Husten in Havanna im Krankenhaus lag, gestern abend, in der Stimme eines Freundes, die mir den Lärm der Welt da draußen ans Bett brachte, starb Charlie Chaplin. Ich werde dieses Krankenhaus verlassen. Ich werde es als geheilt verlassen, das ist sicher, aber zum sechsten Mal etwas weniger lebendig.

Trennungsgespräch

Für zwei Stimmen zu lesen, was natürlich unmöglich ist.

– Es liegt nicht so sehr daran, daß wir nicht mehr imstande sind
– Ja, vor allem das, daß wir nicht
– Aber vielleicht haben wir seit dem Tag danach gesucht, als
– Wahrscheinlich nicht, aber trotzdem, jeden Morgen, wenn
– Reine Täuschung, kommt der Augenblick, da man sich ansieht wie
– Wer weiß, ich jedenfalls
– Es genügt nicht, zu wollen, wenn es auch keinen Beweis dafür gibt, daß
– Du siehst, nichts nutzt diese Versicherung, daß
– Sicher, jetzt verlangt jeder Gewißheit angesichts
– Als hieße sich küssen, einen Freispruch unterschreiben, als hieße sich ansehen
– Unter den Kleidern erwartet einen nicht mehr diese Haut, die
– Das ist nicht das Schlimmste, denke ich manchmal; da ist das andere, die Worte, wenn
– Oder das Schweigen, das einst soviel bedeutete wie
– Wir konnten das Fenster öffnen, kaum daß
– Und diese Art, das Kopfkissen umzudrehen, auf der Suche nach
– Wie eine Sprache feuchter Düfte, die
– Du schriest und schriest, während ich
– Wir gerieten in eine einzige blinde Lawine, bis
– Ich wartete darauf zu hören, was du immer
– Und einschlafen spielen in einem Wust von Bettüchern und manchmal
– Wenn wir unter Liebkosungen den Wecker beschimpften, der
– Aber es war schön, aufzustehen und sich zu streiten, wer
– Und der erste, ganz naß, im Besitz des trockenen Handtuchs
– Kaffee und Toast, die Einkaufsliste, und das
– Es ist immer noch dasselbe, man möchte meinen, daß
– Genau dasselbe, nur daß statt
– Als wollte man einen Traum erzählen, der dann
– Mit dem Bleistift Konturen nachziehen, etwas auswendig hersagen, das

– Und dabei wissen, wie sehr
– O ja, aber wie in Erwartung einer Begegnung mit
– Noch etwas Marmelade und
– Danke, ich hab keinen

Jäger von Dämmerungen

Wenn ich Filmemacher wäre, würde ich mich darauf verlegen, Jagd auf Dämmerungen zu machen. Ich habe alles wohldurchdacht, fehlt nur das für die Safari nötige Kapital, denn eine Dämmerung läßt sich gar nicht so leicht jagen, manchmal nämlich zeigt sich ganz wenig, und gerade wenn man es aufgeben will, geriert sie sich wie ein Pfau, oder umgekehrt ist sie von verschwenderischer Farbenpracht, und auf einmal bleibt uns nur so etwas wie ein eingeseifter Papagei, und in beiden Fällen sind erforderlich: eine Kamera mit einem guten Farbfilm, Geld für die Reise und die gebuchten Übernachtungen, ständige Beobachtung des Himmels und Wahl des geeigneten Horizonts, alles nicht billig. Immerhin glaube ich, daß ich, wäre ich Filmemacher, es schon schaffen würde, Jagd auf Dämmerungen zu machen, im Grunde nur auf eine einzige Dämmerung, doch um die definitive Dämmerung einzufangen, müßte ich vierzig oder fünfzig filmen, denn wäre ich Filmemacher, wäre ich ebenso anspruchsvoll wie beim Wort, bei den Frauen oder bei der Geopolitik.

Dem ist nicht so, und ich tröste mich, indem ich mir die bereits erjagte Dämmerung vorstelle, die in einer langen Spirale in ihrer Blechdose schlummert. Mein Plan: nicht nur die Jagd, sondern auch die Wiedereinführung der Dämmerung bei meinen Mitmenschen, die wenig von ihr wissen, nämlich bei den Städtern, die die Sonne hinter dem Hauptpostamt, den Mietshäusern gegenüber oder an einem Subhorizont von Fernsehantennen oder Lichtmasten untergehen sehen, wofern sie sie überhaupt sehen. Der Film wäre stumm oder mit einer Tonspur, die nur die Laute, die während der gefilmten Dämmerung zu hören waren, wiedergäbe, wahrscheinlich Hundegebell oder Hummelgesumm, mit etwas Glück das Glöckchen eines Schafs oder Brandungsgeräusch, wenn es eine Dämmerung am Meer ist.

Aus Erfahrung und dank meiner Armbanduhr weiß ich, daß eine richtige Dämmerung nicht länger dauert als zwanzig Minuten, inklusive Klimax und Antiklimax, die ich jedoch schneiden würde, um nur das besinnliche Spiel zu zeigen, das Kaleidoskop unmerklicher Veränderungen; man hätte so einen von diesen Filmen, die man Kulturfilme nennt und die vor dem mit Brigitte Bardot gezeigt werden, während die Leute sich zurechtsetzen und die Leinwand betrachten, als wären sie noch im Bus oder in der Metro. Meinem Film wäre ein Text (vielleicht eine Off-Stimme) unterlegt, mit folgendem Wortlaut: »Was man jetzt sehen wird, ist die Dämmerung vom 7. Juni 1976, gefilmt in X mit Film M und feststehender Kamera, ohne Unterbrechung während Z Minuten. Dem Publikum sei gesagt, daß außer der Dämmerung absolut nichts geschieht, weshalb es aufgefordert ist, sich ganz wie zu Hause zu benehmen und zu tun, was ihm beliebt; zum Beispiel, sich die Dämmerung ansehen, ihr den Rücken kehren, sich mit den anderen unterhalten, auf und ab gehen, usw. Wir bedauern, daß wir ihm nicht raten dürfen, zu rauchen, was in der Dämmerstunde immer so schön ist, aber der mittelalterliche Zustand der Lichtspielhäuser verlangt bekanntlich das Verbot dieser schätzenswerten Gewohnheit. Dagegen ist es nicht verboten, einen tüchtigen Schluck aus dem Flachmann zu nehmen, den der Kinobesitzer im Foyer verkauft.«

Unmöglich, das Schicksal meines Films vorherzusagen; die Leute gehen ins Kino, um sich selbst zu vergessen, und eine Dämmerung bewirkt genau das Gegenteil, es ist die Stunde, in der wir uns vielleicht etwas nackter sehen, mir jedenfalls geht es so, und das ist schmerzlich und nützlich; vielleicht nutzen auch andere diese Stunde, wer weiß.

Wie man gefangen sein kann

Kaum hatte ich angefangen, und schon. Ich lese die erste Zeile dieses Textes und renne mir an allem den Schädel ein, denn ich kann es nicht hinnehmen, daß Gago in Lil verliebt ist; eigentlich habe ich das erst einige Zeilen weiter unten erfahren, aber hier ist die Zeit eine andere, du zum Beispiel, wenn du diese Seite zu lesen beginnst, erfährst, daß ich nicht einverstanden bin, und weißt so im voraus, daß Gago sich in Lil verliebt hat, aber nicht so verhält sich die Sache: du warst noch gar nicht da (und der Text auch nicht), als Gago schon mein Geliebter war; auch ich bin nicht da, denn das ist nicht das Thema des Textes, noch nicht, und ich habe nichts mit dem zu tun, was geschehen wird, wenn Gago ins Kino Libertad geht, um einen Film von Bergman zu sehen, und er zwischen zwei billigen Werbespots Lils Beine neben den seinen entdeckt und genauso, wie Stendhal das beschreibt, eine blitzartige Kristallisation beginnt (Stendhal meint zwar, daß es allmählich dazu kommt, aber Gago). Mit anderen Worten, ich lehne diesen Text ab, wo jemand schreibt, daß ich diesen Text ablehne; ich fühle mich genarrt, gedemütigt, verraten, denn nicht einmal ich bin es, der das sagt, sondern da ist jemand, der mich manipuliert, dirigiert, blockiert, mir ist gerade so, als mache man sich obendrein über mich lustig, da steht ganz deutlich: mir ist gerade so, als mache man sich obendrein über mich lustig.

Er macht sich auch über dich lustig (der du diese Seite zu lesen beginnst, so steht es weiter oben), und zu guter Letzt auch über Lil, die weder weiß, daß Gago mein Geliebter ist, noch, daß er nichts von Frauen versteht, obgleich im Kino Libertad und so weiter. Wie kann ich es hinnehmen, daß sie sich schon am Kinoausgang über Bergman und Liv Ullmann unterhalten (beide haben Livs Memoiren gelesen, genau das richtige Thema beim Whisky, große ästhetisch-libidinöse Verbrüderung, das Drama der schauspielernden Mutter, die Mutter sein, aber Schauspielerin bleiben will, und im Hintergrund Bergman, als Vater und Ehemann fast immer ein großer Versager: so geht das bis Viertel nach acht, als Lil sagt, ich geh nach Hause, Mama geht's nicht gut, und Gago, ich nehme Sie mit, habe den Wagen auf der Plaza Lavalle geparkt, und Lil, einverstanden, Sie haben mir zuviel zu trinken gegeben, Gago, gestatten Sie, Lil, aber ja, die wohlige Gewähr des nackten Unterarms (so steht's da, zwei Adjektive, zwei Substantive, genau so), und ich muß es hinnehmen, daß sie in den Ford steigen, der unter anderen Eigenschaften die besitzt, daß er mir gehört, und daß Gago Lil bis nach San Isidro fährt und mir den Sprit verbraucht, wo der so teuer ist, und daß Lil ihn ihrer Mutter vorstellt, die arthritisch ist, aber eine Kennerin von Francis Bacon, erneut Whisky, und Lil, es tut mir leid, daß Sie jetzt den ganzen Weg bis ins Zentrum zurückfahren müssen, und Gago, ich werde an Sie denken und die Fahrt wird mir kurz werden, und Lil, ich schreibe Ihnen meine Telefonnummer auf, und Gago, oh, danke.

Man sieht nur allzugut, daß ich keineswegs einverstanden sein kann mit Dingen, die die Wirklichkeit gründlich verändern wollen; ich halte mich an den Glauben, daß Gago weder ins Kino gegangen ist noch Lil kennengelernt hat, obgleich der Text mich davon zu überzeugen sucht und mich damit in Verzweiflung bringt. Muß ich einen Text akzeptieren, nur weil er sagt, daß ich einen Text akzeptieren muß? Ich kann mich statt dessen in das schicken, was für einen Teil meiner selbst von perfider Zweideutigkeit ist (weil vielleicht doch, vielleicht doch das Kino), aber zumindest die folgenden Sätze führen Gago in die Innenstadt, wo er den Wagen wie immer falsch parkt, zu mir hochkommt, da er weiß, daß ich ihn am Ende dieses Absatzes erwarte, ein Absatz, der schon viel zu lang ist, wie jedes Warten auf Gago, und nachdem er gebadet und sich den orangefarbenen Bademantel angezogen hat, den ich ihm zum Geburtstag geschenkt habe, macht er es sich auf dem Sofa bequem, wo ich gerade mit Erleichterung und Hingabe lese, daß er es sich auf dem Sofa bequem macht, wo ich gerade mit Erleichterung und Hingabe lese, wie duftend und hinterhältig der Chivas Regal und der blonde Tabak um Mitternacht ist, sein Lockenhaar, in das sich meine Hand wühlt, um diese erste, schlaftrunkene Klage zu hören, ohne Lil und ohne Bergman (welche Freude, eben das zu lesen, ohne Lil und ohne Bergman), bis zu dem Augenblick, da ich ganz langsam anfangen werde, den Gürtel seines orangefarbenen Bademantels zu lokkern, meine Hand wird über Gagos glatte, lauwarme Brust hinuntergleiten, in dem Dickicht seines Bauchs herumkrabbeln und die erste Regung bewirken, und schon umschlungen, werden wir ins Schlafzimmer wanken und zusammen aufs Bett fallen, ich werde seinen Hals suchen, wo ich ihn so gern ganz zart beiße, und er wird murmeln, einen Augenblick, wird murmeln, wart einen Augenblick, ich muß telefonieren. Lil, of course, bin gut nach Haus gekommen, danke, Schweigen, dann sehen wir uns also morgen um elf, Schweigen, um halb zwölf, einverstanden, Schweigen, natürlich zum Mittagessen, Dummerchen, Schweigen, ich hab gesagt Dummerchen, Schweigen, warum siezt du mich, Schweigen, ich weiß nicht, aber es ist, als kennten wir uns schon seit langem, Schweigen, du bist ein Goldstück, Schweigen, und ich ziehe mir wieder den Morgenrock an und gehe zurück ins Wohnzimmer und zum Chivas Regal, wenigstens bleibt mir das, der Text sagt, wenigstens bleibt mir das, daß ich mir wieder den Morgenrock anziehe und ins Wohnzimmer und zum Chivas Regal zurückkehre, während Gago immer noch mit Lil telefoniert, unnötig, das noch einmal zu lesen, um sicher zu sein, der Text sagt, daß ich ins Wohnzimmer und zum Chivas Regal zurückkehre, während Gago immer noch mit Lil telefoniert.

Die Blickrichtung

für John Barth

In einem nebelhaften Ilion, vielleicht in toskanischen Gefilden nach der Zeit der Guelfen und Ghibellinen, und warum nicht in dänischen Landen oder in dieser Landschaft von Brabant, die von soviel Blut getränkt ist: ein Szenarium, so beweglich wie das Licht, das sich zwischen zwei schwarzen Wolken auf die Schlacht ergießt, Regimenter und Nachhuten zeigt und verbirgt, Kämpfe Mann gegen Mann mit Dolchen und Hellebarden, eine anamorphische Sehweise, nur dem gegeben, der die Raserei akzeptiert und im Relief des Tages dessen spitzesten Winkel sucht, sein Koagulum zwischen Rauch und wilden Fluchten und Oriflammen.

Eine Schlacht also, die gewöhnliche Verschwendung, die alle Vernunft und künftige Chroniken übersteigt. Wie viele haben den Helden in seiner größten Stunde gesehen, umringt von karmesinroten Feinden? Ein wirkungsvoller Kunstgriff des Epikers oder des Barden: langsam auswählen und erzählen. Auch der, der zuhört oder liest: nur nach Drosselung des Tobens trachten. Dann gelingt es vielleicht, wie demjenigen, der aus der Menge dieses Gesicht erkürt, in dem deren aller Leben chiffriert ist, die Wahl Charlotte Cordays vor dem nackten Körper Marats, eine Brust, ein Bauch, ein Hals. So jetzt hier bei Flackerfeuern und Gegenbefehlen, wildem Durcheinander von fliehenden Fahnen oder achäischem Fußvolk, das sich zum Sturm auf den obsessionierenden Hintergrund, die noch unüberwundenen Mauern, sammelt: das Rouletteauge fixiert die Kugel auf der Zahl, die fünfunddreißig Hoffnungen zunichte macht und ein einziges rotes oder schwarzes Schicksal verherrlicht.

In einem Augenblicksszenarium zieht der Held im Zeitlupentempo sein Schwert aus einem noch von der Luft gestützten Körper, wobei er ihn, der blutüberströmt niedersinkt, verächtlich anblickt. Sich seinen Angreifern gegenüber bedeckend, spritzt der Schild ihnen eine Lichtgarbe ins Gesicht, und die Bewegung der Hand läßt die bronzenen Bilder erzittern. Sie werden ihn angreifen, das ist sicher, aber sie werden nicht umhinkönnen zu sehen, was er ihnen in einer letzten Herausforderung zeigt. Geblendet (der Schild, ein Brennspiegel, verbrennt sie auf einem Scheiterhaufen von Bildern, geschürt noch durch den Widerschein der Abendröte und der Brände), werden sie gerade nur die Reliefs des Bronzeschilds und die flüchtigen Phantasmen der Schlacht ausmachen können.

In dem goldenen Material suchte sich der Schmied in seiner Schmiede selbst darzustellen, wie er das Metall bearbeitet und an dem konzentrischen Spiel Gefallen findet, einen Schild zu schmieden, dessen gewölbtes Lid sich hebt, um unter anderen Gestalten (gerade zeigt er sie jenen, die da in der Absurdität der Schlacht sterben oder töten) den nackten Körper des Helden in einer Waldlichtung zu zeigen, wie er eine Frau umschlingt, die ihm die Hand ins Haar taucht, als liebkose sie ihn oder stieße ihn zurück. So wie die Körper nebeneinanderliegen in ihrem Kampf, den die Szenerie mit sanft sich bewegendem Laub umrankt (ein Hirsch zwischen zwei Bäumen, ein rüttelnder Vogel über den Köpfen), scheinen sich die Kraftlinien in dem Spiegel zu konzentrieren, den die andere Hand der Frau hält und in dem ihr Blick – vielleicht weil sie nicht sehen will, wer sie da zwischen Eschen und Farnkraut schändet – verzweifelt das Bild sucht, das eine leichte Bewegung einfängt und verdeutlicht.

Vor einer Quelle kniend, hat der Jüngling seinen Helm abgenommen, und seine dunklen Locken fallen ihm auf die Schultern. Er hat schon getrunken, und seine Lippen sind feucht, in seinem Flaumbart schimmern Wassertropfen; die Lanze liegt neben ihm, er erholt sich von einem langen Marsch. Ein neuer Narziß, betrachtet sich der Jüngling in der zittrigen Klarheit zu seinen Füßen, aber es hat den Anschein, als könnte er nur seine Liebeserinnerung sehen, das unerreichbare Bild einer in vager Betrachtung versunkenen Frau.

Da ist sie noch einmal, nicht mehr ihr milchweißer Körper verschlungen mit dem, der sie öffnet und in sie eindringt, sondern grazil an einem Fenster im Licht der Abenddämmerung, fast im Profil, einem Staffeleibild zugewandt, das die untergehende Sonne orange- und bernsteinfarben tönt. Es sieht so aus, als vermöchten ihre Augen nur den Vordergrund dieses Gemäldes zu sehen, wo der Künstler sich selbst dargestellt hat, diskret und mit abgewandtem Blick. Weder er noch sie blicken in die Tiefe der Landschaft, wo man neben einem Brunnen undeutlich Körper liegen sieht, den in der Schlacht gefallenen Helden unter dem Schild, zu dem seine Hand in einer letzten Herausforderung gegriffen hat, und den Jüngling, auf den ein Pfeil in der Luft hinzuweisen scheint, wodurch sich die Perspektive vertieft und sich in der Ferne in einem Gewirr von fliehenden Männern und zerfetzten Standarten verliert.

Der Schild reflektiert die Sonne nicht mehr; sein erloschenes Rund, das nicht aus Bronze zu sein scheint, schließt das Bild des Schmiedes ein, der die Darstellung einer Schlacht beendet, sie in ihrem Höhepunkt festzuhalten scheint mit der Gestalt des von Feinden umringten Helden, der sein Schwert in die Brust des ihm nächsten stößt und, um sich zu bedecken, seinen blutigen Schild hebt, auf dem wenig zu erkennen ist bei dem Feuer und der Hitze und der Raserei, es sei denn, dieses nackte Bild ist das der Frau, ist ihr Körper, der sich wehrlos der langsamen Liebkosung des Jünglings ergibt, der seine Lanze am Rand einer Quelle niedergelegt hat.

III

»Nein, nein. Kein Verbrechen«, sagte Sherlock Holmes lachend. »Nur einer von diesen wunderlichen kleinen Zwischenfällen, zu denen es kommt, wenn vier Millionen Menschen sich auf einer Fläche von wenigen Quadratmeilen gegenseitig anrempeln.«
Sir Arthur Conan Doyle, Der blaue Karfunkel

Lukas und seine schweifenden Lieder

Als Kind hatte er sie auf einer knisternden Platte gehört, deren ergebener Bakelit das Gewicht des Tonabnehmers mit Membran aus Glimmer und einer klobigen Stahlnadel nicht mehr ertrug; die Stimme von Sir Harry Lauder kam wie von ganz weit her, und so war es auch, sie war in den Nebeln Schottlands auf die Platte gekommen, und nun sprang sie in den gleißend hellen Sommer der argentinischen Pampa. Der Gesang war mechanisch und routinemäßig, eine Mutter verabschiedete ihren Sohn, der in die ferne Stadt zog, und Sir Harry war eine wenig sentimentale Mutter, obgleich seine metallische Stimme (fast alle klangen sie nach der Prozedur der Aufnahme metallisch) von einer Melancholie troff, die das Kind Lukas schon damals zu oft praktizierte.

Zwanzig Jahre später hörte er im Radio zufällig einen Fetzen des gleichen Liedes, gesungen von der großen Ethel Waters. Die unwiderstehliche Macht der Vergangenheit stieß ihn auf die Straße, er stürzte ins Schallplattengeschäft Iriberri, und an dem Abend hörte er sich die Platte an, und ich glaube, er weinte wegen vieler Dinge, allein in seinem Zimmer und besudelt von Selbstmitleid und Grappa aus Catamarca, der bekanntlich die Tränensekretion anregt. Er weinte, ohne eigentlich zu wissen warum, welch dunkle Mahnung von dieser Ballade aus an ihn erging, die jetzt, ja jetzt, ihre volle Bedeutung erlangte, ihre kitschige Schönheit. Mit eben der Stimme von jemandem, der mit seiner Version von *Stormy Weather* Buenos Aires im Sturm erobert hatte, kehrte das alte Lied zu seinem vermutlich südlichen Ursprung zurück, befreit von der *music-hall*-Trivialität, mit der Sir Harry es gesungen hatte. Wer weiß, ob diese Ballade wirklich aus Schottland kam oder doch eher vom Mississippi, jetzt jedenfalls war sie von den ersten Worten an voller Négritude:

So you're going to leave the old home, Jim
Today you're going away,
You're going among the city folks to dwell.

Ethel Waters verabschiedete ihren Sohn mit einer Vorahnung von Unglück, von dem man nur erlöst wird durch eine Heimkehr à la Peer Gynt, mit gebrochenen Flügeln und aller Stolz dahin. Das Orakel suchte sich hinter einigen *if* zu verstecken, die nichts zu tun haben mit denen Kiplings, einige *if*, von deren Eintreffen er fest überzeugt ist:

If sickness overtakes you,
If'n old companion shakes you,
And through this world you wander all alone,
If friends you've got not any,
In your pockets not a penny –

If all das, bliebe Jim immer noch der Schlüssel zur letzten Tür:

There's a mother always waiting
For you at home, old sweet home.

Natürlich, Doktor Freud, immer die Glucke und so. Aber die Musik ist ein Niemandsland, wo es einerlei ist, ob Turandot frigide oder Siegfried reiner Arier ist, die Komplexe und die Mythen lösen sich in Melodie auf, basta, da zählt nur eine Stimme, die die Worte des Menschengeschlechts flüstert, immer wieder das, was wir sind, das, was wir sein werden:

And if you get in trouble, Jim,
Just write and let me know.

So einfach, so schön, ganz Ethel Waters. *Just write,* klar. Das Problem ist nur der Umschlag. Welchen Namen, welche Adresse soll man auf den Umschlag schreiben, Jim.

Lukas und seine Schamhaftigkeit

In den kleinen Wohnungen von heute, da weiß man schon, der Gast geht ins Bad, und die anderen reden weiter über Biafra und Michel Foucault, aber da ist etwas in der Luft, und alle möchten vergessen, daß sie hören können, doch zugleich lauschen sie in Richtung des stillen Örtchens, das sich in unserer Schrumpfgesellschaft naturgemäß kaum drei Meter von dem Platz befindet, wo diese hochgeistigen Gespräche geführt werden, und es ist sicher, daß trotz der Anstrengungen, die der abwesende Gast unternehmen wird, damit sein Tun nicht manifest werde, und der Bemühungen der Gesellschaft, die Lautstärke der Unterhaltung zu erhöhen, irgendwann, aber immer bei der unpassendsten Gelegenheit, eines dieser dumpfen Geräusche zu hören sein wird, oder doch wenigstens das rührende Ratschgeräusch von Toilettenpapier eher minderer Qualität, wenn man ein Blatt von der rosa oder grünen Rolle abreißt.

Ist der Gast, der ins Bad geht, Lukas, läßt sich sein Schrecken nur mit der Stärke der Kolik vergleichen, die ihn genötigt hat, sich in dem ominösen Örtchen einzuschließen. Hinter diesem Schrecken verbirgt sich keine Neurose und kein Komplex, es ist die bloße Gewißheit eines gestörten Darmverhaltens, das heißt, alles wird bestens beginnen, sanft und lautlos, aber gegen Ende, geradeso wie Pulver sich zu Schrotkugeln in einer Patrone verhält, wird eine geradezu entsetzliche Detonation die Zahnbürsten in ihren Haltern zum Erzittern bringen und den Plastikvorhang der Dusche bauschen.

Lukas kann nichts tun, das zu verhindern; er hat alle Methoden ausprobiert, als da sind: sich vorbeugen, bis er mit dem Kopf den Boden berührt; sich so weit nach hinten werfen, daß die Füße die gegenüberliegende Wand streifen; sich zur Seite neigen, und sogar, als äußerstes Mittel, sich an die Hinterbacken packen und sie so weit wie möglich auseinanderreißen, um den Diameter des Gewitterkanals zu erweitern. Vergebens die Vervielfachung von Schalldämpfern, indem man sich alle erreichbaren Handtücher und obendrein die Bademäntel der Gastgeber über die Schenkel breitet; am Ende dessen, was ein molliger Ton hätte sein können, bricht fast immer mit Getöse das Gewitter los.

Wenn ein anderer ins Bad gehen muß, zittert Lukas um ihn, denn er weiß, daß jeden Augenblick das erste Halali der Schande erschallen kann; es wundert ihn etwas, daß sich die Leute um solche Dinge wenig zu kümmern scheinen, obgleich offensichtlich ist, daß sie auf das, was da geschieht, sehr wohl achten und es sogar mit geräuschvollem Rühren in den Tassen und völlig unmotiviertem Rücken der Sessel zu verschleiern versuchen. Wenn nichts passiert, ist Lukas glücklich und bittet sofort um noch einen Cognac, womit er sich schließlich verrät und alle merken, daß er angespannt und voller Angst war, als die Señora de Broggi ihr Geschäft verrichtete. Wie anders verhalten sich doch die Kinder, denkt Lukas, die in ihrer Unbefangenheit auf die größte Gesellschaft zusteuern und verkünden: Mama, ich muß Kacka machen. Und wie glücklich der unbekannte Dichter, denkt Lukas weiter, der jenen Vierzeiler schrieb: *Zu den köstlichsten Freuden gewiß / zählt ein wahrhaft geruhsamer Schiß / doch der Gipfel der Freudengaben / ist letztlich geschissen zu haben**. Um sich zu solchen Höhen emporzuschwingen, mußte dieser Herr wohl nie eine unzeitige oder gewittrige Blähung befürchten, oder aber das Bad befand sich im Obergeschoß seines Hauses oder war so ein Häuschen aus Zinkblech, von der Ranch ein gutes Stück entfernt.

So mitten im poetischen Gefilde kommt Lukas der Vers von Dante in den Sinn, in dem die Verdammten *avevan dal cul fatto trombetta*, und mit diesem geheimen Verweis auf die höchste Kultur sieht sich Lukas etwas entschuldigt für Betrachtungen, die wenig zu tun haben mit dem, was der Doktor Berenstein gerade über das Mietrecht sagt.

Lukas und seine Studien über die Konsumgesellschaft

Da der Fortschritt keine Grenzen kennt, verkauft man in Spanien Pakete mit zweiunddreißig Schachteln Streichhölzern, deren jede ganz prächtig eine Figur eines vollständigen Schachspiels nachformt.

Eiligst brachte ein gewitzter Mann ein Schachspiel auf den Markt, dessen zweiunddreißig Figuren auch als Kaffeetassen dienen können; fast unverzüglich stellte der Bazar Dos Mundos Tee-

* Den Vierzeiler übersetzte Lothar Klünner.

schalen her, womit den Damen mit eher weichlichem Busen eine große Mannigfaltigkeit hinlänglich straffer Büstenhalter geboten wird, woraufhin Yves St. Laurent soeben einen Büstenhalter kreiert hat, darin man in höchst suggestiver Weise zwei weichgekochte Eier servieren kann.

Ein Jammer, daß bis heute niemand eine andere Verwendung für weichgekochte Eier gefunden hat, was jene deprimiert, die sie nur mit viel Gestöhn essen; so werden gewisse Ketten des Glücks unterbrochen, das es nur mehr in Ketten gibt, und ziemlich teuer, nebenbei gesagt.

Lukas und seine Freunde

Die Schar ist groß und bunt, weiß der Teufel, warum er jetzt besonders an die Cedróns denken muß, und an die Cedróns zu denken impliziert eine solche Menge von Dingen, daß er nicht weiß, wo anfangen. Lukas' einziger Vorteil ist, daß er nicht alle Cedróns kennt, sondern nur drei, aber es fragt sich, ob das am Ende wirklich ein Vorteil ist. Man bedenke, daß die Brüder die bescheidene Summe von sechs oder neun ausmachen, jedenfalls kennt er drei, und da mach dich auf etwas gefaßt.

Diese drei Cedróns sind der Musiker Tata (der laut Geburtsurkunde Juan heißt), Jorge, der Filmemacher, und Alberto, der Maler. Schon mit jedem allein zu tun zu haben ist etwas Ernstes, aber wenn es ihnen einfällt zusammenzukommen und sie dich zum Pastetenschmaus einladen, dann sind sie nachgerade das Inferno in drei Bänden.

Was soll ich dir von meinem Eintreffen bei ihnen erzählen, schon auf der Straße hört man aus einem der oberen Stockwerke so etwas wie Schlachtenlärm, und wenn du einem ihrer Pariser Nachbarn begegnest, bemerkst du in seinem Gesicht die Leichenblässe desjenigen, der ein Phänomen erlebt hat, das alle Parameter dieser strengen und stumpfen Menschen übersteigt. Nicht nötig, ausfindig zu machen, in welchem Stock die Cedróns wohnen, denn du brauchst nur dem Lärm nachzugehen, die Treppe hinauf bis zu einer Tür, die weniger Tür zu sein scheint als die anderen und obendrein den Eindruck erweckt, von dem, was drinnen geschieht, rotglühend zu sein, weshalb es nicht ratsam ist, lange zu klopfen, da du dir die Knöchel verbrennen würdest. Allerdings ist die Tür für gewöhnlich halb offen, da die Cedróns unablässig kommen und gehen, und warum auch sollte man eine Tür schließen, wenn sie eine gute Lüftung durch das Treppenhaus erlaubt.

Was geschieht, wenn man eintritt, macht jede zusammenhängende Beschreibung unmöglich, denn kaum bist du über die Schwelle getreten, umklammert ein kleines Mädchen deine Knie und besabbert deinen Gabardine, gleichzeitig stürzt sich dir ein Knirps, der auf den Bücherschrank im Flur geklettert war, wie ein Kamikaze in den Nacken, so daß, wenn du die originelle Idee gehabt hattest, eine Flasche Rotwein mitzubringen, das augenblickliche Ergebnis eine ansehnliche Lache auf dem Teppich ist. Das stört natürlich niemanden, denn in dem Augenblick kommen aus verschiedenen Zimmern die Frauen der Cedróns, und während eine von ihnen dir die Gören vom Halse schafft, saugen die anderen den mißlichen Burgunder mit Lappen auf, die dem Anschein nach aus der Zeit der Kreuzzüge stammen. Unterdessen hat dir Jorge bereits in allen Einzelheiten zwei oder drei Romane erzählt, die er zu verfilmen gedenkt, Alberto hält zwei weitere Kinder im Zaum, die mit Pfeil und Bogen bewaffnet sind und, was schlimmer ist, über eine ausgezeichnete Treffsicherheit verfügen, und der Tata kommt aus der Küche in einer Schürze, die einmal das Weiß gekannt hat und ihn von den Achseln bis zu den Füßen würdevoll umhüllt, was ihm eine erstaunliche Ähnlichkeit mit Marcus Antonius oder mit einem der Typen verleiht, die im Louvre ihr Leben fristen oder als Statuen in den Parks arbeiten. Und da vernimmt man die freudige Nachricht, von zehn oder zwölf Stimmen gleichzeitig verkündet, daß es Pasteten gibt, an deren Zubereitung Tatas Frau und Tata himself beteiligt sind, doch deren Rezept wesentlich verbessert wurde von Alberto, der meint, er könne Tata und seine Frau in der Küche nicht allein lassen, da das zu einer furchtbaren Katastrophe führen würde. Was Jorge betrifft, der bei allem keineswegs zurückstehen will, hat er schon generöse Mengen Wein herbeigeschafft, und als die tumultösen Präliminarien beendet sind, setzen sich alle aufs Bett, auf den Boden oder dorthin, wo gerade kein Kind ist, das weint oder Pipi macht, was, von verschiedenen Warten aus gesehen, auf dasselbe hinausläuft.

Ein Abend bei den Cedróns und ihren selbstlosen Frauen (ich sage selbstlos, weil, wäre ich eine Frau, und zumal die Frau einer der Cedróns, das Brotmesser meinen Leiden schon längst ein freiwilliges Ende gemacht hätte; aber sie leiden nicht nur nicht, sie sind zu meiner Freude sogar noch schlimmer als die Cedróns, und es ist gut, daß ihnen das jemand von Zeit zu Zeit sagt, und sie, glaube ich, sagen es sich die ganze Zeit), ein Abend bei den Cedróns ist eine Art Resümee Südamerikas, das die sprachlose Bewunderung erklärt und rechtfertigt, mit der die Europäer seine Musik, seine Literatur, seine Malerei, seine Filme oder Theaterstücke aufnehmen. Und da fällt mir eine Episode ein, die mir die Quilapayúns erzählt haben, die genauso verrückte Cronopien sind wie die Cedróns, aber allesamt Musiker, und ich weiß nicht, ob das weniger schlimm ist oder schlimmer. Auf einer Tournee durch Deutschland (das östliche Deutschland, aber ich glaube, das ist in diesem Fall egal) beschlossen die Quilas, einen Spießbraten im Freien zu machen, ganz nach chilenischer Art, doch zu ihrem großen Erstaunen mußten sie hören, daß man in diesem Land ohne behördliche Genehmigung kein Picknick im Wald machen darf. Allerdings, das muß man zugeben, war es nicht schwer, die Genehmigung zu bekommen, und auf der Polizei nahm man die Sache so ernst, daß zu der Stunde, da sie das Feuer anzündeten und die Tierchen auf die entsprechenden Spieße steckten, ein Feuerwehrauto anrückte, dessen Mannschaft sich in der Waldung zerstreute und fünf Stunden lang darüber wachte, daß das Feuer nicht auf die ehrwürdigen wagnerianischen Tannen und andere Vegetabilien, von denen die teutonischen Wälder strotzen, übergriff. Wenn ich mich recht erinnere, lief es schließlich darauf hinaus, daß sich mehrere dieser Feuerwehrmänner dem Schmaus ergaben, wie es dem Nimbus dieser Zunft entspricht, und an diesem Tag kam es zu einer Verbrüderung, was zwischen Uniformierten und Zivilisten nicht häufig vorkommt. Freilich ist die Uniform der Feuerwehrmänner von allen Uniformen am wenigsten abscheulich, und an dem Tag, da wir mit Hilfe von Millionen von Quilapayúns und Cedróns alle südamerikanischen Uniformen in den Müll werfen, wird man nur diejenigen der Feuerwehrleute ausnehmen, wir werden ihnen sogar noch prächtigere Modelle entwerfen, damit die Jungs eine Genugtuung haben, wenn sie Brände löschen oder arme, geschändete Mädchen retten, die sich *faute de mieux* entschlossen haben, ins Wasser zu gehen.

Währenddessen nehmen die Pasteten mit einer Rapidität ab, die ganz zu denen paßt, die sich mit wildem Haß ansehen, weil der eine schon sieben und der andere erst fünf, und auf einmal ist Schluß mit dem Hin und Her der Schüsseln, und ein Unglücksmensch schlägt Kaffee vor, als wäre das ein Nahrungsmittel. Die immer weniger bei der Sache zu sein scheinen, sind die Kinder, deren Zahl für Lukas stets ein Rätsel bleiben wird, denn kaum ist eins hinter einem Bett oder im Flur verschwunden, stürzen zwei andere aus einem Schrank oder rutschen am Stamm eines Gummibaums herunter, bis sie mit dem Hintern mitten in einer Pastetenschüssel landen. Diese Infanten simulieren eine gewisse Verachtung für die edle argentinische Speise, geben vor, ihre Mütter hätten sie in weiser Voraussicht schon eine halbe Stunde vorher abgefüttert, aber in Anbetracht der Schnelligkeit, mit der die Pasteten verschwinden, gelangt man zu der Überzeugung, daß sie im Metabolismus der Kinder eine bedeutende Rolle spielen und daß, wäre Herodes an dem Abend dabeigewesen, uns ein weiterer Hahn gekräht hätte und Lukas anstatt der zwölf Pasteten sehr gut siebzehn hätte verdrücken können, mit Intervallen, versteht sich, um ein paar Liter Wein hinterherzuschicken, der bekanntlich die Digestion des Proteins fördert.

Über, unter und zwischen den Pasteten erhebt sich ein Geschrei von Deklarationen, Fragen, Protesten, gibt es lautes Gelächter und allgemeine Bekundungen der Freude und der Zuneigung, die eine Atmosphäre schaffen, der gegenüber einem ein Kriegsrat der Tehuelches oder der Mapuches wie das traurige Zeremoniell eines Professors der Rechtswissenschaft in der Avenida Quintana vorgekommen wäre. Immer wieder hört man Klopfzeichen an der Decke, am Boden und an den beiden Trennwänden, und fast immer ist es der Tata (Mieter der Wohnung), der erklärt, daß es nur die Nachbarn sind, weshalb man sich keine Sorgen zu machen braucht. Daß es schon ein Uhr nachts ist, ist keineswegs ein erschwerender Umstand, und auch nicht, daß wir um halb drei zu vieren die Treppe hinuntergehen und singen *Que te abrás en las paradas / con cafishios milongueros.* Man hatte genügend Zeit gehabt, um die meisten Probleme dieses Planeten zu lösen, wir haben gemeinsam beschlossen, eine ganze Reihe Typen, die es verdienen, fertigzumachen, und wie; die Notizbücher haben sich gefüllt mit Telefonnummern und Adressen und Verabredungen in Cafés und in anderen Wohnungen, und morgen werden die Cedróns auseinandergehen, denn Alberto kehrt nach Rom zurück, der Tata geht mit seinem Gesangsquartett nach Poitiers, und Jorge geht wer weiß wohin, doch stets mit dem Belichtungsmesser in der Hand, und da halt ihn mal. Bleibt hinzuzufügen, daß Lukas mit dem Gefühl nach Hause geht, er trage zwischen den Schultern eine Art Kalebasse voller Brummfliegen, Boeings 707 und mehrerer übereinander geschnittener Solos von Max Roach. Aber was kümmert ihn der Kater, wenn es weiter unten etwas schön Warmes gibt, das die Pasteten sein müssen, und zwischen unten und oben noch etwas viel Wärmeres, ein Herz, das immer wiederholt, unersetzlich, diese Typen, was für Kerle, was für Kerle, was für prächtige Kerle, verdammt noch mal.

Lukas und seine Schuhputzfeste 1940

Lukas im Schuhputzsalon nahe der Plaza de Mayo: Bitte schwarze Creme auf den linken und gelbe auf den rechten. Was? Hier Schwarz und hier Gelb. Aber der Herr. Den hier schwarz, Junge, und Schluß jetzt, ich muß mich aufs Pferdetoto konzentrieren.

Derlei ist nie leicht, scheint zwar ganz einfach, aber ist fast wie Kopernikus oder Galilei, ein starkes Schütteln des Feigenbaums, daß alle zur Decke gucken. Diesmal zum Beispiel ist da der Pfiffikus vom Dienst, der hinten im Salon zu dem Mann neben ihm sagt, die Schwulen wissen nicht mehr, was sie sich ausdenken sollen, wirklich. Da sieht Lukas von dem wahrscheinlich todsicheren Tip im vierten Lauf (Jockey Paladino) auf und fragt den Schuhputzjungen fast zärtlich: Was meinst du, soll ich dem mit dem gelben oder mit dem schwarzen Schuh in den Hintern treten?

Der Junge weiß nicht recht, welchen Schuh er empfehlen soll, er ist mit dem schwarzen fertig und kann sich nicht entschließen, kann sich einfach nicht entschließen, mit dem anderen anzufangen. Gelb, denkt Lukas laut, und das ist zugleich ein Befehl, besser Gelb, das ist eine dynamische und kühne Farbe, worauf wartest du noch. Ja, der Herr, sofort. Der da hinten ist aufgestanden, um Genaueres über die Sache mit dem Fußtritt zu erfahren, aber der Abgeordnete Poliyatti, der nicht umsonst Präsident des Clubs *Unione e benevolenza* ist, läßt seine an Streitigkeiten geschliffene Diktion vernehmen, meine Herren, geraten Sie nicht in Hitze, wir haben an den Isobaren schon genug, es ist unglaublich, wie man in dieser Stadt schwitzt, die gehabte Inzidenz ist völlig unbedeutend, und über Geschmack läßt sich bekanntlich nicht streiten, denken Sie auch daran, daß das Kommissariat gleich hier gegenüber ist, und die Polizei ist hyperempfindlich diese Woche nach dem letzten Studentenkrawall oder Juvenilismus, wie wir sagen, die wir den Sturm und Drang der ersten Etappe des Lebens hinter uns haben. Sehr richtig, Herr Doktor, pflichtet ein Schmeichler dem Abgeordneten bei, tätliche Auseinandersetzungen sind hier nicht erlaubt. Er hat mich beschimpft, sagt der im Hintergrund, ich habe die Schwulen im allgemeinen gemeint. Um so schlimmer, sagt Lukas, auf jeden Fall werde ich die nächste Viertelstunde dort an der Ecke warten. Hihi, sagt der im Hintergrund, direkt vor dem Kommi. Aber sicher, sagt Lukas, mal sehen, ob du mich außer für schwul auch noch für blöd hältst. Meine Herren, verkündet der Abgeordnete Poliyatti, diese Episode gehört jetzt der Geschichte an, es gibt keinen Grund, sich zu duellieren, bitte nötigen Sie mich nicht, von meinen Sonderrechten et cetera Gebrauch zu machen. Sehr richtig, Herr Doktor, sagt der Schmeichler.

Darauf tritt Lukas auf die Straße hinaus, und die Schuhe glänzen wie eine Sonnenblume der rechte und wie Oscar Peterson der linke. Niemand provoziert ihn während der Viertelstunde, und Lukas fühlt sich wesentlich erleichtert, was er auf der Stelle mit einem blonden Bier und einer schwarzen Zigarette feiert, um die Symmetrie der Farben zu unterstreichen.

Lukas und seine Geburtstagsgeschenke

Es wäre zu einfach, die Torte in der Konditorei »Los dos Chinos« zu kaufen; selbst Gladis würde das merken, obgleich sie etwas kurzsichtig ist, und Lukas findet, daß es die Mühe lohnt, einen halben Tag damit zuzubringen, persönlich ein Geschenk zu verfertigen, dessen Empfängerin das und noch viel mehr verdient, aber wenigstens das. Schon am frühen Morgen stiefelt er durch sein Viertel und kauft Weizenblütenmehl und Rohrzucker, danach liest er aufmerksam das Rezept der Fünf-Sterne-Torte, ein Meisterwerk von Doña Gertrudis, der Mutter aller guten Küche, und die Kochnische seines Appartements verwandelt sich in kurzer Zeit in eine Art Laboratorium des Dr. Mabuse. Die Freunde, die bei ihm hereinschauen, um Prognosen über das Pferderennen zu diskutieren, spüren schon bald erste Symptome von Asphyxie, denn Lukas siebt, seiht, rührt und zerreibt die verschiedenen erlesenen Zutaten mit solcher Hingabe, daß sich die Luft ihrer gewöhnlichen Aufgabe nicht mehr gewachsen zeigt.

Lukas versteht sich aufs Backen, und außerdem ist die Torte für Gladis, was mehrere Schichten Blätterteig bedeutet (es ist gar nicht leicht, einen guten Blätterteig zu machen), die mit köstlichen Konfitüren bestrichen werden, hinzu kommen Schuppen von Mandeln aus Venezuela und geraspelte Kokosnuß, doch nicht nur geraspelt, sondern in einem Mörser aus Obsidian zerstoßen bis zur Atomisierung; schließlich die äußere Verzierung, moduliert auf der lyrischen Palette von Raúl Soldi, aber mit Arabesken, die stark von Jackson Pollock beeinflußt sind, ausgespart eine Stelle, die der Aufschrift FÜR DICH ALLEIN vorbehalten ist, zu deren geradezu erstaunlicher Erhabenheit ihm kandierte Kirschen und Mandarinen dienen, die Lukas in der Baskerville 14 Punkt setzt, was der Widmung eine fast feierliche Note gibt.

Die Fünf-Sterne-Torte auf eine Tortenplatte oder einen Kuchenteller zu geben hält Lukas für zu gewöhnlich, einem Bankett im Jockey Club würdig, weshalb er sie vorsichtig auf einen Kredenzteller aus weißem Karton plaziert, der kaum größer ist als die Torte. Als die Stunde der Feier gekommen ist, zieht er sich seinen Nadelstreifen-Anzug an und durchschreitet den Flur voller Gäste, wobei er den Kredenzteller mit der Torte auf der rechten Handfläche balanciert, was für sich schon eine beachtliche Leistung ist, während er mit der Linken verwunderte Verwandte höflich beiseite schiebt, darunter nicht wenige Nassauer, die hoch und heilig schwören, lieber den Heldentod sterben zu wollen, als darauf zu verzichten, von dem prächtigen Geschenk zu kosten. Aus diesem Grunde formiert sich hinter Lukas' Rücken sofort eine Art Festzug mit Jubelgeschrei, Applaus und begehrlichem Geschmatze, und der Einzug aller in den Empfangssalon unterscheidet sich nicht sehr von einer Aufführung der *Aida* in einem Provinztheater. Die Feierlichkeit des Augenblicks erfassend, falten Gladis' Eltern andächtig die Hände, eine immer gerngesehene Geste, und die Gefeierte bricht eine Unterhaltung, die plötzlich belanglos geworden ist, ab, tritt mit strahlendem Lächeln in die vorderste Reihe und blickt zur Zimmerdecke. Überglücklich, in dem Gefühl, daß so viele Stunden Arbeit in etwas gipfeln, das an Apotheose grenzt, wagt Lukas die finale Geste seines Opus magnum: seine Hand hebt sich zur Darbringung des Geschenks, neigt sich zur allgemeinen Angst in gefährlicher Weise, und die Torte klatscht Gladis mitten ins Gesicht. All das nimmt kaum mehr Zeit in Anspruch, als Lukas braucht, um die Struktur des Straßenpflasters zu untersuchen, in einem Geprassel von Fußtritten, daß er meint, es sei die Sintflut.

Lukas und seine Arbeitsmethoden

Da Lukas manchmal nicht schlafen kann, beantwortet er, anstatt Schäfchen zu zählen, in Gedanken die unerledigte Post, denn sein schlechtes Gewissen leidet geradeso an Schlaflosigkeit wie er. Die Höflichkeitsschreiben, die leidenschaftlichen und die intellektuellen Briefe beantwortet er bei geschlossenen Augen mit großem stilistischen Einfallsreichtum und prächtigem Schwung und hat an deren Spontaneität und Wirkung seine helle Freude, was die Schlaflosigkeit natürlich potenziert. Wenn er endlich einschläft, hat er alle Briefschulden abgetragen.

Am Morgen ist er natürlich ganz zerschlagen, und da muß er sich auch noch hinsetzen und all die in der Nacht ersonnenen Briefe schreiben, die ihm viel schlechter geraten, kühl oder tölpisch oder schlicht idiotisch, was zur Folge hat, daß er diese Nacht auch nicht wird schlafen können, aus reiner Übermüdung, abgesehen davon, daß inzwischen neue Höflichkeitsschreiben, leidenschaftliche und intellektuelle Briefe gekommen sind, die Lukas, anstatt Schäfchen zu zählen, so meisterhaft und elegant beantwortet, daß Madame de Sévigné ihn weidlich gehaßt hätte.

Lukas und seine militanten Diskussionen

Am Anfang ist es immer das gleiche, bemerkenswerte politische Übereinstimmung in einer Menge von Dingen und großes gegenseitiges Vertrauen, aber dann kommt der Moment, da sich die nichtliterarischen Aktivisten höflich an die literarischen Aktivisten wenden und ihnen zum xten Male die Frage nach der Botschaft stellen werden, nach dem für die Mehrheit der Leser (oder der Zuhörer oder Zuschauer, aber vor allem der Leser, o ja) verständlichen Inhalt.

In dem Fall zieht Lukas es vor zu schweigen, weil er meint, daß seine Bücher für ihn sprechen, aber da man ihn manchmal mehr oder weniger brüderlich attackiert, und es gibt bekanntlich keinen schlimmeren Zusammenstoß als der mit deinem Bruder, setzt Lukas das Gesicht eines Büßers auf und beeifert sich, Dinge zu sagen wie die folgenden:

»Genossen, die Frage wird sich nie stellen
für Schriftsteller, die ihre Aufgabe verstehen
und sie leben wie die Galionsfiguren,
dem Schiff auf seiner Fahrt stets voraus,
wobei sie den ganzen Wind
und das Salz der Gischt abkriegen. Punkt.
Und sie wird sich nicht stellen,

	{ Dichter }	
weil Schriftsteller	{ Romancier }	sein,
	{ Erzähler }	

das heißt Fabulierer, Imaginierer, Phantasierer,
Mythenschöpfer, Orakel oder was auch immer
zuallererst heißt
daß die Sprache ein Mittel ist, wie immer,
aber dieses Medium ist mehr als die Hälfte
es ist mindestens drei Viertel.
Zwei Bände und einen Anhang zusammenfassend,
verlangt ihr

	{ Dichter
vom Schriftsteller	{ Erzähler
	{ Romancier

daß er darauf verzichte, voranzugehen,
und sich einrichte *hic et nunc* (übersetz das, Meyer!),
damit seine Botschaft nicht überschreite
die semantischen, syntaktischen,
der Erkenntnis zugänglichen, parametrischen Bereiche
des Menschen seiner Umwelt. Hm!
Mit anderen Worten, daß er darauf verzichte,
jenseits des Erforschten zu forschen,
oder daß er forsche, um das Erforschte zu erklären,

damit jede Forschung einbezogen wird
in die abgeschlossenen Forschungen.
Soviel vertrau ich euch an:
könnte man doch
im Hier verweilen
und käme trotzdem voran. (Wie glänzend mir das gelungen ist!)
Aber es gibt wissenschaftliche Gesetze, die verneinen die Möglichkeit einer so widersprüchlichen Bemühung,
und noch etwas, schlicht und ernst:
es gibt keine Grenzen für die Imagination,
es sei denn die des Worts;
Sprache und Erfindung sind brüderliche Feinde,
und aus ihrem Kampf entsteht die Literatur,
die dialektische Begegnung von Muse und Schriftsteller,
das Unsagbare, das sein Wort sucht,
das Wort, das sich weigert, das Unsagbare zu sagen,
bis wir ihm den Hals umdrehen
und der Schriftsteller und die Muse sich versöhnen
in diesem seltenen Augenblick, den wir später
Vallejo oder Majakowski nennen.«

Folgt ein ziemlich hohles Schweigen.

»Schön und gut«, sagt jemand, »aber angesichts der geschichtlichen Situation haben der Schriftsteller und der Künstler, die nicht reiner Elfenbeinturm sind, die Pflicht, hör mir gut zu, die Pflicht, ihre Aussage auf eine Ebene maximaler Rezeption zu bringen.« Beifall.

»Ich habe immer gedacht«, bemerkt Lukas schlicht, »daß die Schriftsteller, die ich eben erwähnt habe, die große Mehrheit sind, weshalb mich diese Halsstarrigkeit, eine große Mehrheit in Einmütigkeit verwandeln zu wollen, sehr wundert. Himmel noch mal, wovor habt ihr eigentlich so große Angst? Und wen, außer Leute voller Ressentiments und Mißtrauen, können die in gewisser Hinsicht extremen und eben deshalb schwierigen Erfahrungen stören (schwierig *in erster Linie* für den Schriftsteller und erst danach für das Publikum, man muß das betonen), wenn klar ist, daß doch nur einige wenige sie vorantreiben? Ist es denn nicht so, daß für gewisse Niveaus all das, was nicht sofort einleuchtet, in sträflicher Weise dunkel ist? Gibt es nicht ein geheimes und manchmal verhängnisvolles Bedürfnis, die Wertskala zu nivellieren, um obenauf zu schwimmen? Mein Gott, wie viele Fragen.«

»Es gibt darauf eine einzige Antwort«, sagt ein Teilnehmer, »und zwar diese: Klarheit ist für gewöhnlich schwer zu erreichen, weshalb das Schwierige oft nur ein Strategem ist, um zu verbergen, wie schwierig es ist, einfach zu sein.« (Etwas spät einsetzender starker Beifall.)

»Wir können Jahre und Jahre so fortfahren«, seufzt Lukas,
»wir werden immer auf denselben Punkt zurückkommen,
da das Thema
voller Enttäuschungen ist.« (Schwache Zustimmung.)
»Denn niemand außer dem Dichter, und auch er nicht immer,
wird den Kampfplatz der weißen Seite betreten können,
wo alles teilhat am Geheimnis
unbekannter Gesetze, falls es Gesetze sind,
seltsamer Verbindungen zwischen Rhythmus und Bedeutung,
ultima Thule mitten in der Strophe oder in der Erzählung.
Nie werden wir uns verteidigen können,
denn nichts wissen wir von diesem dunklen Wissen,
von dieser Zwangsläufigkeit, die uns dazu führt,
unter den Dingen zu schwimmen, ein Adverb zu erklimmen,
das uns einen Kompaß gibt, hundert neue Inseln,
Bukanier der Remington oder der Feder
beim Überfall auf Verben oder einfache Satzglieder,
während der Wind eines Substantivs,
das einen Adler birgt,
ihnen direkt ins Gesicht weht.«

»Doch um die Sache zu vereinfachen«, schließt Lukas, der es geradeso leid ist wie seine Genossen, »schlage ich so etwas wie einen Pakt vor.«

»Keine Transaktionen«, brüllt derjenige, der in solchen Fällen immer brüllt.

»Nur einen Pakt. Euch schlägt das *primum vivere, deinde philosophari* ganz und gar um in das geschichtliche *vivere*, was völlig in Ordnung ist und vielleicht die einzige Art und Weise, den Boden zu bereiten für das Philosophieren und das Erfinden und das Poetisieren der Zukunft. Aber ich möchte die Uneinigkeit, die uns Kummer macht, überwinden, und deshalb besteht der Pakt darin, daß ihr und wir gleichzeitig unsere höchsten Errungenschaften preisgeben, damit der Kontakt zu unserem Nächsten seinen größten Radius erreiche. Wenn wir auf die verbale Schöpfung in ihrer schwindelerregenden Höhe und dünnen Luft verzichten, verzichtet ihr auf die Wissenschaft und die Technologie in ihren ebenfalls schwindelerregenden und verfeinerten Formen, wie zum Beispiel auf die Computer und die Düsenflugzeuge. Wenn ihr uns den dichterischen Fortschritt verbietet, warum wollt ihr dann in aller Ruhe vom wissenschaftlichen Fortschritt profitieren?«

»Der ist völlig beknackt«, sagt einer mit Brille.

»Natürlich«, gibt Lukas zu, »aber ihr ahnt ja nicht, welchen Spaß mir das macht. Also, akzeptiert. Wir schreiben künftig einfacher (ich sag' das mal so, denn in Wirklichkeit werden wir's nicht können), und ihr schafft das Fernsehen ab (was ihr auch nicht könnt). Wir verlegen uns auf das direkt Mitteilbare, und ihr verzichtet auf Autos und Traktoren und greift zum Spaten, um Kartoffeln zu stecken. Ist euch bewußt, was das bedeuten würde, diese zweifache Rückkehr zum Einfachen, zu dem, was jedermann versteht, zur Kommunion mit der Natur ohne Vermittler?«

»Schlage sofortigen Fenstersturz vor, Einstimmigkeit vorausgesetzt«, sagt ein Genosse, der von dem Recht Gebrauch macht, sich vor Lachen zu krümmen.

»Ich stimme dagegen«, sagt Lukas, der schon zum Bier gegriffen hat, das in diesen Fällen immer zur rechten Zeit kommt.

Lukas und seine Traumatotherapien

Lukas hat man einmal den Blinddarm operiert, und da der Chirurg ein Schmutzfink war, entzündete sich die Wunde, und es stand sehr schlecht um ihn, denn abgesehen von der Eiterung in strahlendem Technicolor, fühlte sich Lukas schlapper als ein nasses Handtuch. In dem Augenblick kommen Dora und Celestino und sagen, wir fahren jetzt gleich nach London, komm und verbring eine Woche mit uns, ich kann nicht, stöhnt Lukas, es ist nämlich so, daß, ach was, ich wechsle dir den Verband, sagt Dora, wir kaufen unterwegs Wasserstoffsuperoxyd und Heftpflaster, kurz und gut, sie nehmen den Zug und die *ferry*, und Lukas glaubt zu sterben, denn obgleich die Wunde überhaupt nicht schmerzt, da der Schnitt kaum drei Zentimeter lang ist, stellt er sich doch vor, was da unter der Hose und dem Slip geschieht, aber als sie endlich ins Hotel kommen und er sich beschaut, stellt er fest, daß die Wunde nicht weniger und nicht mehr eitert als in der Klinik, und da sagt Celestino, siehste, und hier hast du die Gemälde von Turner, hast Laurence Olivier und die *steak and kidney pies*, für die ich mein Leben gebe.

Am nächsten Tag, nachdem er viele Kilometer durch die Stadt gelaufen ist, ist Lukas völlig genesen, Dora wechselt ihm noch zwei- oder dreimal das Pflaster, aus purem Vergnügen, ihm an den Härchen zu ziepen, und seit dem Tag meint Lukas, daß er die Traumatotherapie erfunden hat, die, wie man sieht, darin besteht, genau das Gegenteil von dem zu tun, was Äskulap, Hippokrates und der Doktor Fleming verordnen.

Bei zahlreichen Gelegenheiten hat Lukas, der ein gutes Herz hat, seine Methode in der Familie und bei Freunden angewandt und erstaunliche Resultate erzielt. Zum Beispiel, als sich seine Tante Angustias einen tüchtigen Schnupfen holte und Tag und Nacht niesen mußte, so daß ihre Nase immer mehr der eines Schnabeltiers ähnelte, verkleidete Lukas sich als Frankenstein und lauerte ihr mit einem leichenhaften Lächeln hinter der Tür auf. Tante Angustias stieß einen entsetzlichen Schrei aus und sank ohnmächtig auf die Sofakissen, die Lukas in weiser Voraussicht auf den Boden gelegt hatte, und als die Verwandten sie aus der Ohnmacht weckten, war die Tante so sehr damit beschäftigt, den Vorfall zu erzählen, daß sie darüber das Niesen vergaß, abgesehen davon, daß sie und die übrige Familie, mit Stöcken und Fahrradketten bewaffnet, mehrere Stunden lang nur hinter Lukas herrannten. Als der Doktor Feta Frieden stiftete und sich alle versammelten, um bei einem Bier das Geschehnis zu kommentieren, bemerkte Lukas ganz nebenbei, daß die Tante von ihrem Schnupfen ja völlig geheilt sei, worauf die Tante, unlogisch wie immer in solchen Fällen, entgegnete, das sei kein Grund, daß sich ihr Neffe wie ein Schurke benehme.

Solche Dinge deprimieren Lukas, doch von Zeit zu Zeit wendet er seine unfehlbare Methode bei sich selbst an oder probiert sie an anderen aus, zum Beispiel als Don Crespo verkündet, er habe es an der Leber, eine Diagnose, bei der man sich immer die Eingeweide hält und Augen macht wie die Heilige Theresa von

Bernini, bringt Lukas seine Mutter dazu, daß sie Kohlsuppe mit Würstchen und Speck macht, was Don Crespo fast noch mehr mag als das Toto, und wie er beim dritten Teller ist, kann man bereits sehen, daß sich der Kranke wieder für das Leben und seine fröhlichen Seiten interessiert, woraufhin Lukas ihn einlädt, das mit Grappa aus Catamarca zu feiern, der der Verdauung des Fetts besonders förderlich ist. Als der Familie das zu Ohren kommt, versucht man ihn zu lynchen, aber im Grunde beginnen sie die Traumatotherapie zu respektieren, die sie Totherapie oder Traumatota nennen, ihnen ist das gleich.

Lukas und seine Träume

Manchmal verdächtigt er sie der Einkreisungsstrategie von Leoparden, die sich langsam einem Mittelpunkt nähern, einem sich duckenden, zitternden Tier, das die Ursache des Traums ist. Aber er erwacht, bevor die Leoparden ihre Beute erreicht haben, und ihm bleibt gerade nur der Geruch nach Urwald und Gier und Krallen; wie soll er sich bei so wenigem das Tier vorstellen, das ist unmöglich. Er begreift, daß die Jagd viele Träume lang dauern kann, aber er sieht keinen Grund für diese geheime Verzögerung, dieses endlose Sichnähern. Verfolgt der Traum nicht ein Ziel, und ist nicht das Tier dieses Ziel? Warum immer wieder seinen möglichen Namen verheimlichen: Sexus, Mutter, Körperbau, Inzest, Stottern, Sodomie? Warum, wenn der Traum eben den Zweck verfolgt, ihm schließlich das Tier zu zeigen? Aber nein, und so dient der Traum nur dazu, daß die Leoparden ihn weiter endlos einkreisen und ihm nur die Ahnung einer Lichtung, einer geduckten Gestalt, eines fauligen Geruchs lassen. Seine Wirkungslosigkeit ist eine Strafe, womöglich eine Vorwegnahme der Hölle; nie wird er erfahren, ob das Tier die Leoparden zerfleischen wird, ob es brüllend nach den Stricknadeln der Tante greifen wird, die ihn einst in den zwanziger Jahren, eines Abends im Landhaus, als sie ihm die Schenkel wusch, so sonderbar liebkoste.

Lukas und seine Krankenhäuser (II)

Ein Schwindelgefühl, jähe Unwirklichkeit. Da, an einem Augustmorgen in Marseille, springt ihm die andere, die unbekannte, die verborgene Wirklichkeit wie eine Kröte mitten ins Gesicht, sozusagen mitten auf der Straße (aber welcher Straße?). Langsam, Lukas, eins nach dem anderen, so kann man nichts Zusammenhängendes erzählen. Natürlich, es muß einen *Zusammenhang* haben. Gut, einverstanden, aber versuchen wir, den Faden am richtigen Ende des Knäuels zu erwischen, denn in Krankenhäuser wird man für gewöhnlich als Kranker eingeliefert, aber man kann auch als Begleiter hineinkommen, und ebendas ist dir vor drei Tagen passiert, genauer, vorgestern nacht, als ein Ambulanzwagen Sandra hinbrachte, und mit ihr auch dich, du hieltest ihre Hand in der deinen, du sahst, wie sie nahe dem Koma war und delirierte, du hattest gerade noch Zeit, vier oder fünf Dinge in eine Tasche zu stopfen, natürlich die falschen oder ganz überflüssige Sachen, und du in dem, was du anhattest, was sehr wenig ist im August in der Provence, nur Hose, Hemd und Hanfschuhe, in einer Stunde regeltest du das mit dem Krankenhaus und der Ambulanz und Sandra, die sich weigerte, weshalb der Arzt mit der Beruhigungsspritze, und plötzlich die Freunde deines kleinen Dorfes in den Hügeln, die den Krankenträgern halfen, Sandra in den Ambulanzwagen zu schieben, vage Abmachungen für den nächsten Tag, Telefonate, gute Wünsche für eine schnelle Besserung, die weißen Doppeltüren, die geschlossen werden, Kapsel oder Krypta, und Sandra auf der Krankenbahre sanft delirierend, und du schwankend neben ihr, denn der Wagen muß einen holprigen Weg hinunterfahren, bevor er auf die Landstraße kommt, um Mitternacht mit Sandra und zwei Krankenwärtern, bei einem Licht, das schon das des Krankenhauses ist, Schläuche und Flaschen und der Geruch nach Ambulanzwagen, mitten in der Nacht in den Hügeln, bis man die Autobahn erreicht, und der Wagen röhrt, als nähme er all seinen Mut zusammen, und rast in höchster Geschwindigkeit dahin beim gellenden Ton seiner Sirene, derselben, die er so oft außerhalb eines Ambulanzwagens gehört hat, immer mit demselben Druck auf den Magen, mit derselben inneren Ablehnung.

Natürlich kanntest du die Strecke, aber Marseille ist riesig, und das Krankenhaus liegt an der Peripherie, zwei durchwachte

Nächte erleichtern es einem nicht, die Kurven oder Ausfahrten auszumachen, der Ambulanzwagen ist ein weißer Kasten ohne Fenster, nur Sandra und die Krankenwärter und du, und fast zwei Stunden bis zur Aufnahme, Formulare, Unterschriften, das Bett, der Assistenzarzt, ein Scheck für den Krankentransport, Trinkgelder, alles in einem fast angenehmen Nebel, eine gütige Benommenheit, jetzt wo Sandra schläft und auch du gleich schlafen gehst, die Schwester hat dir so etwas wie einen Liegestuhl gebracht, der beim bloßen Anblick den Schlaf präludiert, den man darin haben wird, weder horizontal noch vertikal, ein Schlaf auf schiefer Ebene mit kasteiten Nieren und in der Luft baumelnden Füßen. Aber Sandra schläft, und das ist gut, Lukas raucht noch eine Zigarette, und zu seinem Erstaunen findet er den Liegestuhl fast bequem, und schon ist es vorgestern morgen, Zimmer 303 mit einem großen Fenster, das auf ferne Berge hinausgeht und allzu nahe Parkplätze, wo Arbeiter langsam zwischen Rohren und Lastwagen und Müll herumwerken, was genügt, um Sandra und Lukas aufzumuntern.

Alles läuft gut, denn Sandra fühlt sich beim Erwachen besser, und ihr Kopf ist klarer, sie scherzt sogar mit Lukas, dann kommen die Assistenzärzte und der Chefarzt und die Krankenschwestern, und es geschieht all das, was morgens in einem Krankenhaus geschehen muß, dabei die Hoffnung, gleich wieder herauszukommen und in die Hügel und die Ruhe zurückzukehren, Yoghurt und Mineralwasser, Thermometer in den Po, den Blutdruck messen, im Sekretariat noch weitere Papiere unterschreiben, und da hat Lukas, der hinuntergegangen ist, um diese Papiere zu unterschreiben, und sich auf dem Rückweg verirrt und weder die Flure noch den Aufzug findet, zum ersten Mal das noch schwache Gefühl der Kröte mitten im Gesicht, ganz kurz nur, denn alles ist in Ordnung, Sandra hat sich nicht aus dem Bett gerührt und bittet Lukas, ihr Zigaretten zu kaufen (ein gutes Zeichen) und die Freunde anzurufen, damit sie wissen, wie gut alles läuft und daß Sandra und Lukas sehr bald in die Hügel und die Ruhe zurückkehren werden, und Lukas sagt, ja, mein Schatz, natürlich, obgleich er weiß, daß das mit dem Bald-Zurückkehren gar nicht so bald sein wird, er steckt sich das Geld ein, das mitzunehmen er zum Glück nicht vergessen hatte, notiert sich die Telefonnummern, und da sagt Sandra, daß sie keine Zahnpasta haben (ein gutes Zeichen), auch keine Handtücher, denn in die französischen

Krankenhäuser muß man sein eigenes Handtuch und seine Seife mitbringen und manchmal auch sein Besteck, also macht Lukas eine Einkaufsliste mit Hygieneartikeln und fügt hinzu ein Hemd zum Wechseln und noch einen Slip für ihn, und für Sandra ein Nachthemd und ein Paar Sandalen, denn Sandra hatten sie natürlich ohne ihre Schuhe in den Ambulanzwagen getragen, und wer denkt schon mitten in der Nacht an so etwas, wenn man zwei Nächte nicht geschlafen hat.

Diesmal findet Lukas gleich auf Anhieb den Weg zum Ausgang, was gar nicht so schwer ist, mit dem Aufzug ins Erdgeschoß, dann ein provisorischer Durchgang, Planken verschiedenster Art und bloßer Erdboden (das Krankenhaus wird gerade modernisiert, und man muß den Pfeilen folgen, welche die Gänge markieren, obgleich sie diese manchmal auch nicht markieren oder in zweideutiger Weise), danach ein endlos langer Korridor, aber wirklich, sozusagen der Inbegriff des Korridors, mit unendlich vielen Sälen und Büros zu beiden Seiten, Sprechzimmer und Röntgenologie, Krankenbahren mit Krankenträgern und Kranken oder nur Krankenträger oder nur Kranke, eine Biegung nach links und ein weiterer Korridor mit all dem bereits Genannten und vielem mehr, dann ein schmaler Gang, der zu einem Kreuzungspunkt führt, und schließlich der letzte Gang, durch den man den Ausgang erreicht. Es ist zehn Uhr morgens, und Lukas, der etwas somnambul ist, fragt die Frau in der *Information*, wo man die Artikel auf der Liste bekommen kann, und die Frau sagt, er müsse das Krankenhaus verlassen, ob links oder rechts, das ist egal, am Ende komme er zu den Einkaufszentren, allerdings ist nichts sehr nah, denn das Krankenhaus ist riesig und erfüllt seine Aufgabe in einem *quartier excentrique*, ein Prädikat, das Lukas treffend gefunden hätte, wäre er nicht so benommen, so abwesend gewesen, noch ganz in dem anderen Zusammenhang dort in den Hügeln, und so geht Lukas dahin in seinen Hausschuhen und in seinem Hemd, das die Finger der Nacht auf dem angeblichen Ruhebett zerknittert haben, er irrt sich in der Richtung und stößt auf einen weiteren Pavillon des Krankenhauses, geht die Straßen im Krankenhausgelände zurück und findet schließlich ein Ausgangstor; soweit alles gut, obgleich dann und wann ein wenig die Kröte mitten im Gesicht, aber er hält am inneren Faden fest, der ihn mit Sandra dort oben in dem Gebäude, das schon außer Sicht ist, verbindet und ihn in dem Glauben bestärkt, daß es Sandra etwas besser geht, daß er ihr ein Nachthemd mitbringen wird (falls er eins findet) und Zahnpasta und Sandalen. Die Straße hinunter, längs der Mauer des Krankenhausareals, die überflüssigerweise an die eines Friedhofs gemahnt, eine Hitze, die die Leute vertrieben hat, *kein Mensch*, nur Autos, die ihn im Vorbeifahren streifen, denn die Straße ist eng, weder Bäume noch Schatten, die von den Dichtern so gerühmte Stunde, da die Sonne im Zenit steht, bedrückt Lukas; der etwas verzagt ist, sich verloren vorkommt, er hofft, endlich einen Supermarkt zu finden oder wenigstens zwei oder drei Kramläden, aber nichts, über einen halben Kilometer lang nichts, um schließlich hinter einer Biegung zu entdecken, daß Mammon nicht tot ist, eine Tankstelle, immerhin etwas, ein Laden (geschlossen) und weiter unten der Supermarkt mit korbbewehrten alten Frauen, die aus- und eingehen, und Einkaufswägelchen und Parkplätze voller Autos. Dort läuft Lukas durch die verschiedenen Abteilungen, findet Seife und Zahnpasta, aber er scheitert bei all dem anderen, er kann nicht zu Sandra zurückkehren ohne das Handtuch und das Nachthemd, er fragt die Kassiererin, die ihm rät, die Straße rechts hinunterzugehen, dann links ab (es ist nicht genau links, aber fast) bis zur Avenue Michelet, wo es einen großen Supermarkt mit Handtüchern und so was gibt. Alles klingt wie in einem bösen Traum, Lukas kann sich vor Müdigkeit kaum aufrecht halten, zudem herrscht eine furchtbare Hitze, und in dieser Gegend gibt es keine Taxis, und jede neue Auskunft entfernt ihn immer mehr vom Krankenhaus. Wir werden Siegen, sagt sich Lukas und wischt sich den Schweiß vom Gesicht, sicher ist alles nur ein böser Traum, Sandra, Bärchen, aber wir werden siegen, wirst sehen, du wirst das Handtuch und das Nachthemd und die Sandalen bekommen, verdammt noch mal.

Zwei- oder dreimal bleibt er stehen, um sich die Schweißperlen abzuwischen, nicht natürlich, dieser Schweiß, es ist fast wie Angst, absurde Verlassenheit mitten in einer dicht bevölkerten Stadt (sei's auch an der Peripherie), der zweitgrößten Frankreichs, und da ist ihm, als spränge plötzlich eine Kröte zwischen seine Augen, er weiß wirklich nicht mehr, wo er ist (er ist in Marseille, ja, aber wo, und dieses *wo* ist auch nicht der Ort, wo er ist), alles ist so lächerlich und absurd und Mittag im Midi, und da sagt ihm eine Frau, ah, der Supermarkt, gehen Sie hier weiter, dann rechts ab, dann kommen Sie auf den Boulevard, gegenüber ist

Le Corbusier und gleich dahinter der Supermarkt, aber natürlich, Nachthemden ganz bestimmt, mein Mann, zum Beispiel, nichts zu danken, merken Sie sich, zuerst hier weiter und dann rechts ab.

Lukas brennen die Füße in den leichten Schuhen, die Hose ist ein unförmiger Klumpen, nicht zu reden vom Slip, der unter die Haut gedrungen zu sein scheint, zuerst hier weiter, dann rechts ab und auf einmal die *Cité Radieuse*, auf einmal befindet er sich auf einem Boulevard mit Bäumen, und dort drüben der berühmte Bau von Le Corbusier, den er vor zwanzig Jahren zwischen zwei Stationen einer Reise in den Süden besichtigt hatte, nur daß es damals hinter dem strahlenden Gebäude noch keinen Supermarkt gab. Nichts von alledem bedeutet ihm etwas, denn das strahlende Gebäude ist so schäbig und so wenig strahlend wie beim ersten Mal, als er es sah. Es ist ihm wirklich egal, jetzt, wo er unter dem Bauch des riesigen Tiers aus Stahlbeton hindurchgeht, um sich den Nachthemden und den Handtüchern zu nähern. Es ist ihm völlig egal, aber immerhin passiert es dort, gerade an dem einzigen Ort, den Lukas kennt an dieser Peripherie Marseilles, wohin er geraten ist, ohne zu wissen wie, fast wie ein Fallschirmspringer, um zwei Uhr nachts in einem unbekannten Gebiet gelandet, in einem labyrinthischen Krankenhaus, und dann von Auskunft zu Auskunft ein langsames Vorwärtskommen auf menschenleeren Straßen, einziger Fußgänger zwischen gleichgültig vorbeirasenden Wagen, und dort unter dem Bauch und zwischen den Betonfüßen des einzigen Gebäudes, das er kennt und in der ihm fremden Umgebung wiedererkennt, dort springt ihm die Kröte wirklich mitten ins Gesicht, ein Schwindelgefühl, jähe Unwirklichkeit, da klafft die andere, die unbekannte, die verborgene Wirklichkeit für eine Sekunde wie eine Hiebwunde in dem Magma, das ihn umgibt, Lukas sieht, erleidet, fürchtet, riecht die Wahrheit, er ist verloren und schweißgebadet, fern den Pfeilern, den Stützen, dem Bekannten, dem Vertrauten, dem Haus in den Hügeln, dem Hantieren in der Küche, den angenehmen Gewohnheiten, fern sogar von Sandra, die so nah ist; aber wo, denn jetzt wird er, um zurückzufinden, wieder fragen müssen, nie wird er in dieser feindseligen Gegend ein Taxi finden, und Sandra ist nicht Sandra, sie ist ein klagendes Tierchen in einem Krankenhausbett, ja wirklich, dies ist Sandra, dieser Schweiß und diese Angst sind der Schweiß und die Angst, Sandra ist eben das hier in der Ungewißheit und der Übelkeit, und die letzte Wirklichkeit, der Riß im Lügengespinst ist, in Marseille verloren zu sein mit der kranken Sandra, und nicht das Glück mit Sandra im Haus in den Hügeln.

Natürlich wird diese Wirklichkeit nicht von Dauer sein, zum Glück, natürlich werden Lukas und Sandra das Krankenhaus verlassen, Lukas wird diesen Augenblick vergessen, da er, allein und verloren, plötzlich erkennt, daß er weder allein noch verloren ist, und trotzdem, trotzdem. Er erinnert sich vage (er fühlt sich besser, beginnt sich über diese Kindereien lustig zu machen) an eine Erzählung, die er vor langer Zeit gelesen hat, die Geschichte von einer falschen Musikkapelle in einem Kino in Buenos Aires. Es muß eine gewisse Ähnlichkeit geben zwischen dem Mann, der sich diese Erzählung ausdachte, und ihm, weiß der Teufel, welche, jedenfalls zuckt Lukas die Achseln (wirklich, er tut das) und findet schließlich das Nachthemd und die Sandalen, schade, daß es keine Hanfschuhe für ihn gibt, das ist ungewöhnlich, ja unerhört in einer Stadt am Mittag im Midi.

Lukas und seine Pianisten

Die Liste ist so lang wie die Klaviatur, Weiß und Schwarz, Elfenbein und Mahagoni; ein Leben von Tönen und Halbtönen, mit Forte- und Pianopedal. Wie die Katze auf der Klaviatur, ein geschmackloses Vergnügen der dreißiger Jahre, schlägt die Erinnerung etwas aufs Geratewohl die Tasten an, und die Musik ertönt mal hier mal da, ein fernes Gestern und ein Heute eben dieses Morgens (jawohl, denn Lukas schreibt, während ein Pianist für ihn auf einer Schallplatte spielt, die knistert und rauscht, als koste es sie Mühe, vierzig Jahre zu überwinden, in der Luft von heute mit dem Tag zu brillieren, da man *Blues in Thirds* aufnahm).

Die Liste ist lang, Jelly Roll Morton und Wilhelm Backhaus, Monique Haas und Arthur Rubinstein, Bud Powell und Dinu Lipati. Die riesigen Hände von Alexander Brailovsky, die ganz kleinen von Clara Haskil, diese Art von Margarita Fernández, sich selbst zuzuhören, der glänzende Einbruch Friedrich Guldas in die Hörgewohnheiten der Konzertbesucher von Buenos Aires in den vierziger Jahren, Walter Gieseking, Georges Arvanitas, der unbekannte Pianist einer Bar in Kampala, Don Sebastián Piana und seine Milongas, Maurizio Pollini und Marian McPartland, unter anderen, die man vergessen hat, was unverzeihlich ist, aber noch kein Grund, eine Liste zu beenden, die nur ermüden würde, Schnabel, Ingrid Haebler, die Abende mit Solomon, die Bar von Ronnie Scott in London, wo jemand, der ans Klavier zurückging, Lukas' Frau fast ein Glas Bier ins Haar gekippt hätte, und dieser jemand war Thelonious, Thelonious Sphere, Thelonious Sphere Monk.

In seiner Todesstunde wird Lukas, falls noch Zeit bleibt und er bei Bewußtsein ist, darum bitten, zwei Dinge hören zu dürfen, das letzte Quintett von Mozart und ein bestimmtes Klaviersolo über das Thema von *I ain't got nobody.* Wenn er fühlt, daß die Zeit dazu nicht reicht, wird er nur um die Platte mit dem Klaviersolo bitten. Die Liste ist lang, aber er hat gewählt. Aus der Tiefe der Zeit wird Earl Hines ihn begleiten.

Lukas und seine weiten Wanderungen

Jeder weiß, daß die Erde von den anderen Gestirnen eine variable Anzahl von Lichtjahren getrennt ist. Wenige jedoch wissen (im Grunde nur ich), daß Margarita von mir eine beträchtliche Anzahl von Schneckenjahren getrennt ist.

Am Anfang dachte ich, es handle sich um Schildkrötenjahre, doch habe ich von dieser allzu verheißungsvollen Maßeinheit abgehen müssen. So gemächlich eine Schildkröte auch dahinzukkelt, wäre ich doch längst bei Margarita angekommen, wohingegen Osvaldo, meine Lieblingsschnecke, mir nicht die geringste Hoffnung läßt. Wer weiß, wann sie sich auf den Weg gemacht hat, der sie von meinem linken Schuh unmerklich entfernte, nachdem ich sie mit äußerster Genauigkeit in die Richtung gebracht hatte, die sie zu Margarita führen würde. Vollgestopft mit frischem Kopfsalat, liebevoll gehegt und gepflegt, war ihr erstes Vorrücken recht vielversprechend, und ich sagte mir voller Hoffnung, noch bevor die Pinie im Patio über das Dach hinaus wächst, würden Osvaldos silberne Hörner in Margaritas Gesichtsfeld erscheinen und ihr die Nachricht von meiner Zuneigung bringen; in der Zwischenzeit würde es mich glücklich machen, mir von fern ihre Freude vorzustellen, die lebhafte Bewegung ihrer Zöpfe und Arme, wenn sie Osvaldo kommen sähe.

Die Lichtjahre gleichen sich wahrscheinlich alle, doch nicht die Schneckenjahre, Osvaldo jedenfalls verdient mein Vertrauen nicht länger. Nicht daß er sich unnötig aufhält, es war mir nämlich möglich, an seiner silbernen Spur festzustellen, daß er seinen Weg fortsetzt und die Richtung genau einhält, wenngleich das für ihn bedeutet, unzählige Mauern hinauf- und wieder hinabzukriechen oder eine ganze Nudelfabrik zu durchqueren. Mehr Mühe jedoch kostet es mich, diese verdienstvolle Genauigkeit zu überprüfen, bin ich doch schon zweimal von wütenden Gendarmen festgenommen worden, denen ich die schlimmsten Lügen auftischen mußte, da mir die Wahrheit einen Wirbel von Gummiknüppeln eingebracht hätte. Das Traurige ist, daß Margarita in ihrem rosa Plüschsessel am anderen Ende der Stadt auf mich wartet. Hätte ich mich statt Osvaldos der Lichtjahre bedient, hätten wir schon Enkel; aber wenn man lange und sanft liebt, wenn man ans Ziel einer allmählich wachsenden Hoffnung gelangen will, ist es logisch, daß man die Schneckenjahre wählt. Letzten Endes aber ist es sehr schwer zu entscheiden, was die Vorteile und was die Nachteile bei dieser Alternative sind.

Die in der Originalausgabe enthaltenen Texte *Lucas, sus clases de español* und *Lucas, sus sonetos* sowie ein Kurztext unter dem Titel *Vidas de artistos* (sic) konnten aus Respekt vor ihrer Unübersetzbarkeit hier leider nicht aufgenommen werden.

ALLE LIEBEN GLENDA

1980

Queremos tanto a Glenda

Deutsch von Rudolf Wittkopf

I

Orientierung der Katzen

für Juan Soriano

Wenn Alana und Osiris mich ansehen, kann ich mich nicht über die geringste Verstellung, die geringste Zweideutigkeit beklagen. Sie blicken mich ganz offen an, Alana mit ihrem blauen Licht und Osiris mit seinem grünen Blitz. Auch gegenseitig sehen sie sich so an, wenn Alana den schwarzen Rücken Osiris' streichelt, der sein Schnäuzchen vom Teller Milch hebt und zufrieden miaut, wobei Frau und Kater sich auf Ebenen verstehen, die mich ausschließen, die von meinen Liebkosungen nicht erreicht werden. Seit langem habe ich auf jede Macht über Osiris verzichtet, wir sind gute Freunde trotz einer unüberwindlichen Distanz zwischen uns; aber Alana ist meine Frau, und die Distanz ist eine andere, ist etwas, das sie nicht zu bemerken scheint, doch das sich in mein Glück einschleicht, wenn Alana mich ansieht, wenn sie mich ganz offen ansieht, geradeso wie Osiris, und mich anlächelt oder mit mir redet, wobei sie sich in jeder Geste, in allem wie in der Liebe gibt, wo ihr Körper wie ihre Augen ist, ganz Hingabe, ununterbrochene Gegenseitigkeit.

Es ist seltsam, zwar habe ich darauf verzichtet, in Osiris' Welt völlig einzudringen, meine Liebe zu Alana aber gibt sich mit dieser Einfachheit des Bündnisses, des Paars für immer, eines Lebens ohne Geheimnisse, nicht zufrieden. Hinter diesen blauen Augen gibt es anderes, auf dem Grund der Worte und der Seufzer und des Schweigens gibt es ein anderes Reich, atmet eine andere Alana. Nie habe ich es ihr gesagt, ich liebe sie zu sehr, um diese Oberfläche von Glück, auf der schon so viele Tage, so viele Jahre dahingeglitten sind, zu trüben. Beharrlich versuche ich auf meine Weise zu verstehen, dahinterzukommen; ich beobachte sie, ohne sie zu bespitzeln; ich gehe ihr nach, ohne ihr zu mißtrauen; ich liebe eine wunderbare versehrte Statue, einen unvollendeten Text, ein Stück Himmel im Fenster des Lebens.

Es gab eine Zeit, da mir die Musik der Weg zu sein schien, der mich wirklich zu Alana führen würde; wenn ich zusah, wie sie unsere Platten von Bartók, Duke Ellington oder Gal Costa hörte, wurde sie für mich zunehmend transparent, die Musik entblößte sie auf andere Weise, machte aus ihr mehr und mehr Alana, denn Alana konnte nicht nur diese Frau sein, die mich immer offen angesehen hatte, ohne mir etwas zu verbergen. Neben Alana, hinter Alana suchte ich sie, um sie besser zu lieben; und war es anfangs die Musik, die mich flüchtig andere Alanas sehen ließ, bemerkte ich eines Tages, wie sie sich vor einem Bild von Rembrandt noch mehr wandelte, so als veränderte plötzlich ein Wolkenspiel Helle und Schatten einer Landschaft. Ich spürte, daß die Malerei sie über sich selbst hinausführte für diesen einzigen Beobachter, der die augenblickliche, nie sich wiederholende Verwandlung, die flüchtige Vision Alanas in Alana zu ermessen wußte. Unfreiwillige Vermittler, Keith Jarrett, Beethoven und Aníbal Troilo, hatten mir geholfen, weiterzukommen, doch vor einem Gemälde oder einer Radierung legte sie noch mehr ab von dem, was sie zu sein glaubte; sie betrat für einen Augenblick eine imaginäre Welt, trat, ohne es zu wissen, aus sich selbst heraus, während sie von einem Bild zum anderen ging, schweigend oder ein paar Bemerkungen machend, ein Spiel Karten, das jede neue Betrachtung für den neu mischte, der, schweigsam und aufmerksam, etwas hinter ihr oder sie am Arm führend, sah, wie sie aufeinanderfolgten, die Königinnen und die Asse, die Pik und die Kreuz: Alana.

Was konnte ich mit Osiris machen? Ihm seine Milch geben, ihn in Ruhe lassen, wenn er, zusammengekuschelt, zufrieden schnurrte; aber Alana konnte ich, wie ich das gestern getan habe, in diese Gemäldegalerie mitnehmen, um einmal mehr einem Schauspiel von Spiegeln und Dunkelkammern beizuwohnen, von spannungsgeladenen Bildern auf der Leinwand gegenüber diesem anderen Bild in flotten Jeans und roter Bluse, Alana, die, nachdem sie am Eingang die Zigarette ausgetreten hatte, von Bild zu Bild ging, in genau dem Abstand innehielt, den ihr Blick brauchte, und sich hin und wieder zu mir umdrehte, um ein paar Bemerkungen über die Bilder zu machen oder Vergleiche anzustellen. Nie hätte sie vermuten können, daß ich nicht der Bilder wegen dort war und daß meine Art der Betrachtung, mich etwas hinter oder neben ihr haltend, nichts zu tun hatte mit der ihren. Nie würde sie merken, daß ihr langsames und nachdenkliches Dahinwandeln von Bild zu Bild sie in einer Weise veränderte, daß ich die Augen schließen und dagegen ankämpfen mußte, sie nicht in die Arme zu nehmen und ins Delirium mitzureißen, zu einem verrückten Rennen auf offener Straße. Ihre ungezwungene, natürliche Art, etwas zu entdecken und sich zu freuen, ihr Innehalten und ihr Verweilen gehörten einer anderen Zeit an als der meinen, fern meiner gespannten Erwartung, meinem brennenden Verlangen.

Bis dahin war alles nur eine vage Verheißung gewesen, Alana während der Musik, Alana vor Rembrandt. Aber jetzt begann sich meine Hoffnung in fast unerträglicher Weise zu erfüllen; seit Betreten der Gemäldegalerie hatte sich Alana den Bildern mit der gräßlichen Unschuld eines Chamäleons hingegeben, war von einem Zustand in den anderen übergewechselt, ohne zu wissen, daß ein Beobachter in ihrem Verhalten, in der Neigung ihres Kopfes, in der Bewegung ihrer Hände oder ihrer Lippen auf die innere Farbe lauerte, die sie durchlief und anders zeigte, wobei die nächste Alana immer Alana war, die zu Alana hinzukam, und die Karten sich anhäuften, bis das Spiel vollständig war. An ihrer Seite, langsam die Wände der Galerie entlanggehend, bemerkte ich, wie sie sich jedem Bild hingab, meine Augen schufen ein blitzartiges Dreieck, das von ihr zum Bild ging, vom Bild zu mir und zu ihr zurückkehrte, wo ich die Veränderung sah, die andere Aureole, die sie einen Augenblick umgab, um dann einer neuen Aura zu weichen, einer Tönung, die sie der wahren, der äußersten Nacktheit auslieferte. Unmöglich vorherzusehen, wie lange sich diese Osmose wiederholen würde, wie viele neue Alanas mich schließlich zu der Synthese führen würden, aus der wir beide überglücklich hervorgingen, sie, ohne es zu wissen, sich eine neue Zigarette anzündend, bevor sie mich bitten würde, zusammen etwas trinken zu gehen, und ich im Bewußtsein, daß meine lange Suche nun glücklich beendet wäre, daß meine Liebe fortan das Sichtbare und das Unsichtbare umfassen würde, den klaren Blick Alanas akzeptieren würde ohne Furcht vor verschlossenen Türen oder verbotenen Durchgängen.

Vor dem Bild einer einsamen Barke, im Vordergrund schwarze Felsen, blieb sie lange unbeweglich stehen; eine unmerkliche Wellenbewegung der Hände ließ sie wie durch die Luft gleiten, das offene Meer suchen, eine Flucht von Horizonten. Es konnte mich nicht mehr verwundern, daß sie vor diesem anderen Bild, auf dem eine Pforte mit spitzen Gitterstäben den Zugang zu dem

Baumgarten verwehrte, zurückwich, so als suchte sie einen anderen Blickpunkt, und da war auf einmal die Aversion, die Ablehnung einer unannehmbaren Schranke. Vögel, Meerungeheuer, Fenster, die aufs Schweigen hinausgehen oder einen Todeshauch hereinlassen, jedes neue Bild überflutete Alana und beraubte sie ihrer vorherigen Farbe, entlockte ihr die Modulationen der Freiheit, des Fluges, der weiten Räume, verstärkte ihre ablehnende Haltung gegenüber der Nacht und dem Nichts, ihr Verlangen nach Sonne, ihren fast schrecklichen Drang, sich wie ein Phönix zu erheben. Ich blieb etwas zurück, wissend, daß ich ihren Blick nicht würde ertragen können, ihre fragende Verwunderung, wenn sie in meinem Gesicht das Entzücken über die Bestätigung sähe, denn das war auch ich, das war mein Projekt Alana, mein Alana-Leben, etwas, das ich ersehnt hatte, doch das von der Allgegenwart der Stadt und von Bedachtsamkeit im Zaum gehalten wurde; dies war jetzt endlich Alana, endlich Alana und ich, ab sofort. Gern hätte ich sie nackt in meine Arme geschlossen, sie in einer Weise geliebt, daß alles klar wäre, alles für immer zwischen uns gesagt wäre, und daß nach dieser endlosen Liebesnacht, für uns, die wir schon so viele erlebt haben, der erste Tag des Lebens anbräche.

Wir gelangten ans Ende der Galerie, ich näherte mich dem Ausgang, wobei ich immer noch das Gesicht abwandte, in der Hoffnung, daß die Luft und die Lichter der Straße mir zurückgäben, was Alana an mir kannte. Ich sah, wie sie vor einem Bild stehenblieb, das mir durch andere Besucher verdeckt worden war, und wie sie lange bewegungslos das Gemälde eines Fensters mit einer Katze betrachtete. Eine letzte Verwandlung ließ sie zur Statue werden, isoliert von den anderen Besuchern und von mir, der ich mich ihr unschlüssig näherte und ihren in der Leinwand versunkenen Blick suchte. Ich sah, daß die Katze Osiris ähnelte und daß sie in der Ferne etwas betrachtete, das die Fensterwand uns nicht sehen ließ. Reglos in ihrer Betrachtung, schien sie weniger reglos als Alana in ihrer Reglosigkeit. Irgendwie spürte ich, daß das Dreieck zerstört war; als Alana den Kopf mir zuwandte, existierte das Dreieck nicht mehr, sie war zu dem Bild gegangen, aber nicht von ihm zurückgekehrt, sie war neben der Katze geblieben und betrachtete jenseits des Fensters etwas, das niemand anders außer ihnen sehen konnte, das nur Alana und Osiris sahen, wenn sie mich offen ansahen.

Alle lieben Glenda

Damals konnte man es nicht ahnen. Man geht ins Kino oder ins Theater und man verlebt den Abend, ohne an jene zu denken, die das gleiche Ritual vollführt haben, die Ort und Zeit gewählt, sich umgezogen und telefoniert haben, Reihe elf oder fünf, das Dunkel und die Musik, das Niemandsland und das Land aller, dort, wo alle niemand sind, der Mann oder die Frau auf ihrem Platz, vielleicht ein Wort der Entschuldigung, weil man zu spät kommt, eine halblaute Bemerkung, die einer aufgreift oder auch nicht, fast immer das Schweigen, die Blicke fluten zur Bühne oder zur Leinwand, fliehen das Nahe, das Diesseitige. Man konnte wirklich nicht ahnen, trotz der Reklame, der endlosen Schlangen, der Plakate und der Kritiken, daß wir so viele waren, die Glenda liebten.

Das zu erfahren, brauchte es drei oder vier Jahre, und es wäre eine reine Behauptung, zu sagen, daß sich der Clan mit Irazusta oder Diana Rivero gebildet hat. Sie selbst wußten nicht wie; irgendwann einmal, bei einem Glas, das man mit Freunden nach dem Kino trinkt, haben sie sich Dinge gesagt oder über sie geschwiegen, die plötzlich diesen Bund schaffen sollten, den wir später alle den Clan und die Jüngeren den Club nannten. Von einem Club hatte er nichts, wir liebten Glenda Garson ganz einfach, und das genügte, uns von jenen abzuheben, die sie bloß bewunderten. Auch wir bewunderten Glenda, und zudem Anouk, Marilina, Annie, Silvana und, warum nicht, Marcello, Yves, Vittorio und Dirk, aber nur wir liebten Glenda auch, und der Clan definierte sich durch diese Liebe; es war etwas, das nur wir wußten und das wir nur jenen anvertrauten, die uns im Laufe der Unterhaltungen bewiesen hatten, daß auch sie Glenda liebten.

Seit Diana oder Irazusta hatte sich der Clan langsam vergrößert. Im Jahr von *Brennender Schnee* waren wir gerade nur sechs oder sieben gewesen, nach der Erstaufführung von *Vom Nutzen der Eleganz* fanden wir, daß der Clan alarmierende Ausmaße annahm und daß uns snobistische Imitationen oder ein saisonaler Sentimentalismus drohte. Mit Irazusta und Diana, diesen ersten, und zwei oder drei anderen beschlossen wir, die Reihen dichter zu schließen, niemanden ohne Beweise zuzulassen, ohne die durch die Whiskys und das Renommieren mit kinematographischer Bildung getarnte Prüfung (so typisch für Buenos Aires, so typisch für London und Mexiko, diese mitternächtlichen Examen). Bei der Premiere von *Die ungewisse Rückkehr* mußten wir melancholisch triumphierend einräumen, daß wir viele waren, die Glenda liebten. Die Wiederbegegnungen im Kino, die Blicke am Ausgang, diese Versonnenheit der Frauen und das wehmütige Schweigen der Männer, kennzeichneten uns besser als ein Abzeichen oder ein Losungswort. Unerforschliche Mechanismen führten uns in dasselbe Café im Zentrum, die anfangs alleinstehenden Tische wurden zusammengerückt, es gab die feinfühlige Gewohnheit, den gleichen Cocktail zu bestellen, um jede unnötige Diskussion zu vermeiden, und wir sahen uns schließlich in die Augen, in denen noch das letzte Bild von Glenda in der letzten Szene des letzten Films flimmerte.

Zwanzig, dreißig vielleicht, nie haben wir gewußt, wie viele wir am Ende waren, denn manchmal lief Glenda in einem Kino monatelang oder sie war in drei oder vier Kinos gleichzeitig zu sehen, und zudem gab es diese besondere Zeit, da sie auch im Theater auftrat und die junge Mörderin in *Die Schwarmgeister* spielte und ihr Erfolg alle Dämme brach und momentane Begeisterungsstürme hervorrief, die wir natürlich nicht billigen konnten. Schon zu der Zeit kannten wir einander, viele kamen zu uns, um über Glenda zu sprechen. Irazusta schien von Anfang an ein stilles Mandat auszuüben, das er nie für sich beansprucht hatte, und Diana Rivero spielte ihr langsames Schach der Aufnahmen und Ablehnungen, das uns volle Authentizität sicherte, uns vor Arrivisten oder Scharlatanen schützte. Was als freie Vereinigung begonnen hatte, nahm jetzt den Charakter eines harten Kerns an, und waren die Prüfungen am Anfang noch ziemlich leicht gewesen, wurden nun präzise Fragen gestellt, die Sequenz des Fehltritts in *Vom Nutzen der Eleganz*, die letzte Einstellung in *Brennender Schnee*, die zweite erotische Szene in *Die ungewisse Rückkehr.* Wir liebten Glenda zu sehr, als daß wir bloße Schwärmer, tollköpfige Lesbierinnen oder Ästhetizisten dulden konnten. Es war sogar ausgemacht (wir wußten nicht wie), daß wir uns donnerstags im Café treffen würden, wenn es im Zentrum einen Film von Glenda gab, und daß wir bei Reprisen in Vorstadtkinos eine Woche warten würden, bis wir uns wiederträfen, damit alle Zeit hätten, die Filme zu sehen; wie in einem strengen Reglement waren die Pflichten unzweideutig festgelegt; sie nicht zu beachten, hätte einem das verächtliche Lächeln Irazustas eingebracht oder diesen bei aller Freundlichkeit schrecklichen Blick, mit dem Diana Rivero einen Verrat denunzierte, die Strafe dekretierte.

Zu der Zeit waren die Zusammenkünfte eine einzige Feier Glendas, ihrer blendenden Allgegenwart in jedem von uns, und wir kannten weder Meinungsverschiedenheiten noch Zweifel. Nur nach und nach, am Anfang mit einem Schuldgefühl, wagten es einige, partikulare Kritiken anzubringen, ihrer Bestürzung oder Enttäuschung Ausdruck zu geben angesichts einer weniger geglückten Sequenz, eines Rückfalls ins Konventionelle oder Vorhersehbare. Wir wußten, daß nicht Glenda verantwortlich war für die Schwächen, die hier und da die kristallene Klarheit von *Die Peitsche* oder des Endes von *Motiv unbekannt* trübten. Wir kannten andere Arbeiten ihrer Regisseure, wußten um das Entstehen der Drehbücher, mit ihnen waren wir unnachgiebig, denn wir begannen zu spüren, daß unsere Liebe zu Glenda über das bloß Künstlerische hinausging und daß allein sie von der Unzulänglichkeit der anderen nicht betroffen war. Diana war die erste, die von Mission sprach, sie tat das auf ihre tangentiale Art, sagte nicht, worauf es ihr wirklich ankam, und wir sahen ihr eine Freude an wie über einen doppelten Whisky, ein seliges Lächeln, als wir ehrlich zugaben, daß sie recht habe, daß wir uns nicht begnügen könnten mit Kino und Café und Glenda so sehr zu lieben.

Auch dann noch wurden keine klaren Worte gesprochen, wir verstanden uns auf bloße Andeutung hin. Es zählte allein das Glück Glendas in jedem von uns, und dieses Glück konnte nur von der Vollkommenheit kommen. Auf einmal wurden uns die Fehler, die Schwächen der Inszenierungen unerträglich; wir konnten es nicht hinnehmen, daß *Motiv unbekannt* so endete oder daß *Brennender Schnee* die schändliche Sequenz der Pokerpartie enthielt (in der Glenda nicht erschien, doch die sie irgendwie besudelte, dieses Gebaren von Nancy Philipps und das ganz unannehmbare Auftauchen des reuigen Sohns). Wie fast immer, war es an Irazusta, die Mission, die auf uns wartete, genau zu erklären, und an diesem Abend gingen wir nach Hause wie überwältigt von der Verantwortung, zu der wir uns gerade bekannt hatten, wobei wir zugleich das Glück ahnten, das uns eine makellose Zukunft, eine Glenda ohne Unbeholfenheiten und Verfälschungen verhieß.

Instinktiv schloß der Clan die Reihen noch dichter, unsere Aufgabe ließ keine verschwommene Vielzahl zu. Irazusta sprach von dem Laboratorium, als es bereits in einem Landhaus in Recife de Lobos eingerichtet war. Wir verteilten die Arbeit unter denen, die sämtliche Kopien von *Die ungewisse Rückkehr* auftreiben sollten, ein Streifen, der wegen seiner relativ wenigen Mängel gewählt worden war. Niemandem wäre es eingefallen, nach dem dafür nötigen Geld zu fragen; Irazusta war Howard Hughes' Teilhaber bei dem Geschäft mit den Zinnminen von Pichincha gewesen, ein äußerst einfacher Mechanismus gab uns das Notwendige an die Hand, die Jets, die Verbindungen und das Schmiergeld. Wir hatten nicht einmal ein Büro, der Computer von Hagar Loss programmierte uns die verschiedenen Aktionen und Etappen. Zwei Monate nach Diana Riveros Entscheidung war das Laboratorium in der Lage, in *Die ungewisse Rückkehr* die mittelmäßige Sequenz mit den Vögeln durch eine andere zu ersetzen, die Glenda erst den vollendeten Rhythmus und ihrem Handeln den wahren Sinn gab. Der Film war schon einige Jahre alt, und seine Wiederaufführung in den Filmtheatern der ganzen Welt löste nicht die geringste Verwunderung aus: die Erinnerung spielt mit den Menschen und läßt sie Veränderungen und Varianten hinnehmen, Glenda selbst hätte von der Modifikation vielleicht nichts bemerkt, aber sicherlich hätte sie – wie wir alle – das Wunder einer völligen Übereinstimmung mit einer Erinnerung festgestellt, die von allen Schlacken frei ist und sich mit dem, was sie sich gewünscht hatte, deckt.

Die Mission wurde ohne Lauheit erfüllt; sowie wir uns der Leistungsfähigkeit unseres Laboratoriums versichern konnten, begannen wir mit dem Rückkauf und der Rettung von *Brennender Schnee* und *Das Prisma*; die anderen Filme wurden dem gleichen Prozeß unterzogen, in einer Reihenfolge und in Abständen, die das Personal von Hagar Loss und das des Laboratoriums genau festgelegt hatten. Wir hatten Probleme mit *Vom Nutzen der Eleganz*, weil Scheiche in den Erdölländern Kopien davon zu ihrem privaten Pläsier zurückbehalten hatten, und man mußte diverse Schliche anwenden und das Zusammentreffen außergewöhnlicher Umstände nutzen, um sie zu stehlen (ich sehe keinen Grund, ein anderes Wort zu gebrauchen) und sie hernach wieder an ihren Platz zu legen, ohne daß die Benutzer etwas merkten. Das Laboratorium arbeitete mit einer Perfektion, die wir am Anfang nicht für möglich gehalten hatten, was wir aber nicht wagten, Irazusta zu gestehen; seltsamerweise war es Diana gewesen, die am meisten daran gezweifelt hatte, doch als Irazusta uns *Motiv unbekannt* zeigte und wir das wahre Ende sahen, Glenda, die, anstatt zu Romano zurückzukehren, ihren Wagen auf einen Abgrund zu lenkte und uns mit ihrem großartigen, notwendigen Sturz in das Wildwasser das Herz zerriß, wußten wir, daß die Perfektion von dieser Welt sein konnte und daß sie jetzt für immer Glenda war, unsere Glenda für immer.

Das Schwierigste war natürlich, die Veränderungen zu beschließen, die Schnitte, die Modifikationen in der Montage und im Rhythmus; unsere unterschiedliche Sicht Glendas führte zu heftigen Auseinandersetzungen, die erst nach langen Analysen und in einigen Fällen nur durch Mehrheitsbeschluß beigelegt werden konnten. Aber obgleich sich einige von uns, die Unterlegenen, die neue Version mit bitterer Miene haben ansehen müssen, da sie ihren Vorstellungen nicht ganz entsprach, glaube ich, daß das Ergebnis der Arbeit niemanden enttäuschte, wir liebten Glenda so sehr, daß die Resultate immer zu rechtfertigen waren und oft alle Erwartungen übertrafen. Auch gab es kaum Aufregung, der Brief eines Lesers der unfehlbaren *Times*, der sich wunderte, daß drei Sequenzen von *Brennender Schnee* in einer anderen Reihenfolge gezeigt würden, als er sich zu erinnern meinte, und auch ein Artikel eines Kritikers von *La Opinión*, der wegen eines angeblichen Schnitts in *Das Prisma* protestierte und bürokratische Bigotterie dahinter vermutete. In allen Fällen wurden sofort die notwendigen Vorkehrungen getroffen, um sich etwaige Konsequenzen zu ersparen; das war nicht besonders schwer, denn die Menschen sind frivol, sie vergessen und nehmen es hin oder sie sind auf der Jagd nach Neuem, die Welt des Films ist ephemer wie das Zeitgeschehen, außer für uns, die wir Glenda so sehr lieben.

Gefährlicher waren im Grunde die Kontroversen innerhalb der Gruppe, da war das Risiko einer Spaltung oder einer Zersplitterung. Obgleich wir uns durch unsere Mission mehr denn je verbunden fühlten, gab es doch Abende, wo sich, angesteckt von politischer Philosophie, analytische Stimmen erhoben, oder es kam vor, daß mitten in der Arbeit moralische Bedenken geäußert wurden, daß man sich fragte, ob wir nicht dabei seien, uns in einer Galerie onanistischer Spiegel zu ergehen, wie Wahnsinnige ein barockes Rankenwerk in einen Elfenbeinzahn oder in ein

Reiskorn zu schnitzen. Man konnte ihnen nicht einfach den Rücken kehren, denn der Clan hatte seine Aufgabe nur erfüllen können, wie ein Herz oder ein Flugzeug die seine erfüllt, im Rhythmus einer totalen Kohärenz. Es war nicht angenehm, eine Kritik zu hören, die uns des Eskapismus beschuldigte, einer Vergeudung von Kräften, die einer Wirklichkeit abgingen, die sie dringender brauchte, die unserer Mitarbeit mehr bedurfte in der Zeit, in der wir lebten. Trotzdem war es nicht notwendig, eine Häresie schon im Ansatz zu unterdrücken, zumal sich ihre Verfechter auf einzelne Vorbehalte beschränkten; sie und wir liebten Glenda so sehr, daß ethische oder geschichtliche Diskrepanzen ein Gefühl nicht beeinträchtigen konnten, das uns immer einigen würde, die Gewißheit, daß die Verbesserung Glendas uns selbst verbesserte und die Welt verbesserte. Wir hatten auch die schöne Genugtuung, daß einer von unseren Philosophen das Gleichgewicht wiederherstellte, als er diese Phase unnützer Skrupel überwunden hatte; aus seinem Munde hörten wir, daß jedes partielle Werk auch geschichtlich ist, daß etwas so Großartiges wie die Erfindung des Buchdrucks sich dem individuellsten und partikulärsten aller Wünsche verdankte, nämlich dem, den Namen einer Frau zu verewigen.

Schließlich kam der Tag, da wir die Beweise hatten, daß das Bild Glendas jetzt ohne den geringsten Makel gezeigt wurde; die Kinos der ganzen Welt brachten sie so, wie sie sich selbst – dessen waren wir sicher – hatte sehen wollen, und vielleicht deshalb waren wir nicht allzu überrascht, als wir durch die Presse erfuhren, daß sie ihren Entschluß bekanntgegeben hatte, sich von Film und Theater zurückzuziehen. Dieser unbeabsichtigte, wunderbare Beitrag Glendas zu unserem Werk konnte weder ein Zufall noch ein Wunder sein, es hatte einfach etwas in ihr, ihr selbst unbewußt, unsere anonyme Liebe gespürt, und aus der Tiefe ihres Wesens kam die einzige Antwort, die sie uns geben konnte, ein Akt der Liebe, der uns in einer letzten Hingabe mit einschloß, die nur Uneingeweihte als Abkehr auffassen würden. Wir erlebten das Glück des siebten Tages, der Ruhe nach der Schöpfung; nun konnten wir alle Filme von Glenda sehen ohne die dunkle Drohung, eines Tages erneut mit Mängeln und Unbeholfenheiten konfrontiert zu werden. Wir trafen uns jetzt mit der heiteren Unbeschwertheit von Engeln oder Vögeln, in einer absoluten Gegenwart, die geradezu der Ewigkeit ähnelte.

Ja, aber ein Dichter, der unter dem gleichen Himmel wie Glenda lebte, hat gesagt, daß die Ewigkeit in die Werke der Zeit verliebt ist, und es war Diana, die ein Jahr später die Neuigkeit erfuhr und uns damit überraschte. Trivial und menschlich: Glenda kündigte ihre Rückkehr zum Film an, die üblichen Gründe, die Frustration des Profis, der nichts zu tun hat, eine Rolle nach Maß, die Dreharbeiten sollen schon bald beginnen. Niemand wird diesen Abend im Café vergessen, nachdem wir *Vom Nutzen der Eleganz* gesehen hatten, der in die Kinos im Zentrum zurückgekehrt war. Irazusta hätte wirklich nicht auszusprechen brauchen, was wir alle mit einem bitteren Geschmack von Unrecht und Rebellion durchlebten. Wir liebten Glenda so sehr, daß unsere Enttäuschung nicht sie betraf, es war nicht ihre Schuld, daß sie Schauspielerin, daß sie Glenda war, das Abscheuliche war dieser elende Mechanismus, diese Wirklichkeit von Zahlen, Ruhm und Oscars, durch die die Sphäre unseres so hart errungenen Glücks einen heimtückischen Riß bekam. Als Diana ihre Hand auf Irazustas Arm legte und sagte: »Ja, es ist das einzige, was wir tun können«, sprach sie für alle, ohne sich zuvor mit uns beraten zu haben. Nie besaß der Clan eine so schreckliche Kraft und Entschlossenheit, nie bedurfte es weniger der Worte, um etwas ins Werk zu setzen. Wir gingen verstört auseinander, das vorweger-lebend, was zu einem Zeitpunkt geschehen sollte, den nur einer von uns kannte. Wir waren sicher, daß wir uns im Café nicht mehr treffen würden, daß jeder von uns fortan die einsame Vollkommenheit unseres Reiches geheimhalten würde. Wir wußten, daß Irazusta das Nötige tun würde, nichts einfacher als das für jemanden wie ihn. Wir verabschiedeten uns nicht einmal, wie wir das sonst taten, mit der leisen Gewißheit, uns nach dem Kino, an einem Abend mit *Die ungewisse Rückkehr* oder *Die Peitsche*, wiederzutreffen. Es war eher ein überstürzter Aufbruch unter dem Vorwand, daß es schon spät sei, daß man jetzt gehen müsse; jeder machte sich allein auf den Weg, hatte den Wunsch zu vergessen, bis alles vollbracht wäre, wohl wissend, daß wir eines Morgens noch die Zeitung aufschlagen und die Nachricht lesen müßten, die stereotypen Phrasen professioneller Bestürzung. Nie würden wir mit jemandem darüber sprechen, im Kino und auf der Straße würden wir einander höflich aus dem Wege gehen; es war für den Clan die einzige Möglichkeit, sich die Treue zu bewahren, sich das vollendete Werk zu erhalten. Wir liebten Glenda so sehr, daß wir ihr eine letzte unverletzbare Vollkommenheit geben würden. Auf der unerreichbaren Höhe, zu der wir sie erhoben hatten, würden wir sie vor dem Sturz bewahren, ihre Getreuen würden sie weiterhin uneingeschränkt verehren können; man steigt nicht lebend von einem Kreuz.

Geschichte mit Vogelspinnen

Wir kommen um zwei Uhr am Bungalow an, und eine halbe Stunde später erscheint, wie telefonisch verabredet, der junge Vermittler mit den Schlüsseln, schaltet den Kühlschrank ein und zeigt uns, wie der Boiler und die Klimaanlage funktionieren. Es ist vereinbart, daß wir zehn Tage bleiben und im voraus zahlen. Wir öffnen die Koffer und nehmen die Sachen für den Strand heraus; wir würden uns später installieren, der Anblick der schäumenden Karibischen See am Fuße des Hügels ist zu verlockend. Wir gehen den steilen Pfad hinunter und entdecken einen noch kürzeren Weg, der mitten durchs Gestrüpp führt; es sind kaum hundert Meter von den Bungalows am Hügel bis hinunter zum Meer.

Gestern abend, als wir unsere Sachen und die in Saint-Pierre gekauften Lebensmittel einräumten, hörten wir die Stimmen der Bewohner der anderen Bungalowhälfte. Sehr leise Stimmen, sie gleichen in nichts den Martiniqueser Stimmen mit ihrem Kolorit und Lachen. Hin und wieder ein paar Worte, die deutlicher zu hören sind: amerikanisch, Touristen ohne Zweifel. Wir finden es zuerst etwas ärgerlich, aber wieso hatten wir völlige Abgeschiedenheit erwartet, wo wir doch gesehen hatten, daß jeder Bungalow (es gibt deren vier zwischen Blumenbeeten, Bananenstauden und Kokospalmen) ein doppelter ist? Vielleicht, weil uns auf den ersten Blick, nachdem wir auf der Suche nach einem Ferienhaus vom Hotel Diamant aus lange herumtelefoniert hatten, alles leer und zugleich in sonderbarer Weise bewohnt erschienen war. Die Strohhütte des Restaurants, zum Beispiel, dreißig Meter weiter unten: verlassen, aber in der Bar ein paar Flaschen, Gläser und Bestecke. Und in einem oder zwei der Bungalows konnte man durch die Jalousie des Bads hindurch Handtücher, Fläschchen mit Lotions oder Shampoo sehen. Der junge Vermittler hat uns einen völlig leeren Bungalow aufgeschlossen, und auf eine vage Frage hin antwortete er nicht weniger vage, daß der Verwalter gegangen sei und daß er sich nun um die Bungalows kümmere, weil er sich dem Besitzer freundschaftlich verbunden fühle. Um so besser für uns, natürlich, denn wir suchten die Einsamkeit und einen

Strand; aber andere haben offenbar das gleiche gesucht, und so wisperten in dem Bungalow nebenan die Stimmen zweier Amerikanerinnen. Trennwände wie aus Pappe, aber alles sehr bequem, sehr gut eingerichtet. Wir schliefen endlos, das war seltsam. Aber wenn uns etwas gefehlt hatte, dann war es das.

Freundschaften: eine zutrauliche, bettelnde Katze, und noch eine, schwarz und wild, aber ebenso hungrig. Die Vögel hier fressen uns fast aus der Hand, und die kleinen grünen Eidechsen flitzen auf der Jagd nach Fliegen über die Tische. Von fern umgibt uns eine Girlande meckernder Ziegen, fünf Kühe und ein Kalb weiden auf der Höhe des Hügels und muhen, wie es sich gehört. Wir hören auch die Hunde bei den Hütten in der Talsohle; sicher werden die beiden Katzen diese Nacht in das Konzert mit einstimmen.

Der Strand ist, verglichen mit Stränden in Europa, fast leer. Ein paar Burschen schwimmen und spielen, schwarze und zimtfarbene Körper tanzen auf dem Sand. Weiter weg installiert sich eine Familie – aus der Hauptstadt oder Deutsche, trübselig weiß und blond – mit Badetüchern, Sonnenöl und Strandtaschen. Wir lassen Stunde um Stunde vergehen, im Wasser oder im Sand, sind unfähig zu etwas anderem, ziehen das Ritual der Cremes und der Zigaretten in die Länge. Noch spüren wir nicht die Erinnerungen aufsteigen, haben wir nicht dieses Bedürfnis, die Vergangenheit, die mit der Einsamkeit und der Muße stärker wird, zu inventarisieren. Ganz im Gegenteil: jeden Bezug zu den vergangenen Wochen, den Treffen in Delft, der Nacht auf dem Gutshof von Erik vermeiden. Wenn das wiederkommt, verscheuchen wir es wie den Rauch unserer Zigarette, mit einer leichten Handbewegung, die die Luft wieder reinigt.

Zwei Mädchen kommen den Pfad des Hügels herunter und wählen einen Platz im Schatten der Kokospalmen. Wir vermuten, daß sie unsere Bungalow-Nachbarn sind, wahrscheinlich Sekretärinnen oder Kindergärtnerinnen aus Detroit oder Nebraska. Wir sehen, wie sie zusammen ins Wasser gehen, sportlich hinausschwimmen und langsam zurückkommen, das laue, kristallklare Wasser genießend, eine Herrlichkeit, die, beschreibt man sie, zum Gemeinplatz wird, das ewige Problem der Postkarten. Am Horizont zwei Segelschiffe, und aus Saint-Pierre kommt ein Motorboot mit einer Wasserskiläuferin im Schlepp, die nach jedem Sturz, und es sind viele, mit Bravour wieder hochkommt.

Gegen Abend – wir waren nach der Siesta wieder zum Strand gegangen, nun aber ziehen große weiße Wolken auf – sagen wir uns, daß dieses Weihnachten ganz nach unserem Wunsch sein wird: Einsamkeit, die Gewißheit, daß niemand weiß, wo wir uns aufhalten; in Sicherheit vor etwaigen Schwierigkeiten wie auch vor stupiden Silvesterpartys und konditionierten Erinnerungen; die angenehme Freiheit, ein paar Konservendosen zu öffnen und einen Punsch zu machen mit weißem Rum, Rohrzuckersirup und Limetten. Wir essen auf der Terrasse zu Abend, die eine Schirmwand aus Bambus von jener nebenan trennt, wo wir, es ist schon spät, erneut die flüsternden Stimmen hören. Wir sind uns gegenseitig ideale Nachbarn, wir nehmen aufeinander in fast übertriebener Weise Rücksicht. Wenn die Mädchen vom Strand wirklich die Bewohner des Bungalows sind, fragen sie sich in diesem Augenblick vielleicht, ob die beiden Personen, die sie am Strand gesehen haben, diejenigen sind, die neben ihnen wohnen. Zivile Sitten haben ihre Vorteile, wir erkennen das zwischen zwei Schlucken an: weder Geschrei noch Transistorgeräte, noch dämliches Geträller. Ah, mögen sie die zehn Tage dableiben, besser als ein Ehepaar mit Kindern. Christus ist erneut geboren; was uns betrifft, können wir schlafen.

Wir stehen mit der Sonne auf, Guajavensaft und Kaffee in großen Tassen. Die Nacht war lang, mit unbestreitbar tropischen Regenböen, jähen Sintfluten, die plötzlich reumütig aussetzen. Die Hunde bellten aus allen Quadranten, obgleich es keinen Mond gab; Frösche und Vögel, Geräusche, die das Gehör des Städters nicht zu definieren vermag, doch die vielleicht die Träume erklären, an die wir uns jetzt bei den ersten Zigaretten erinnern. *Aegri somnia.* Von wem stammt das? Charles Nodier oder Nerval, manchmal können wir dieser Vergangenheit von Bibliotheken, die von anderen Neigungen fast ausgelöscht wurde, nicht widerstehen. Wir erzählen uns die Träume, in denen Larvenhaftes, vage Drohungen und unangenehme längst vergessene Dinge unversehens, was vorauszusehen war, wiederauftauchen und ihre Spinngewebe weben oder sie uns selbst weben lassen. Nicht verwunderlich, nach Delft. (Aber wir haben beschlossen, die jüngsten Erinnerungen nicht wiederzubeleben, dafür wird immer noch Zeit sein. Der Gedanke an Michael, an den Brunnen des Guts von Erik, berührt uns seltsamerweise nicht, diese Dinge sind passé; fast nie sprechen wir davon, auch nicht von dem, was vorangegangen ist, obgleich wir wissen, daß alles wieder zur Sprache kommen kann, doch es wird uns nicht unangenehm berühren; schließlich haben wir's genossen, und die Nacht auf dem Gut verdiente den Preis, den wir dafür bezahlen müssen; zugleich aber spüren wir, daß all das noch zu nah ist, die Einzelheiten, Michael nackt im Mondlicht, Dinge, denen wir außerhalb der unvermeidlichen Träume ausweichen möchten; besser diese Blockade, *other voices, other rooms*: die Literatur und die Flugzeuge, was für herrliche Drogen.)

Das Meer um neun Uhr morgens schwemmt die letzte Dumpfheit der Nacht weg, danach Sonne, Salz und Sand. Als wir die Mädchen den Pfad herunterkommen sehen, erinnern wir uns beide im selben Augenblick, sehen uns an. Spät in der Nacht, schon am Rande des Schlafs, hatten wir es bemerkt: In dem Gemurmel von nebenan waren auf einmal einige Worte deutlich vernehmbar, obgleich wir deren Bedeutung nicht verstanden. Doch nicht die Bedeutung der Worte war es, was unsere Aufmerksamkeit auf diese Unterhaltung gelenkt hatte, die fast sogleich wieder in das verhaltene monotone Murmeln überging, sondern daß eine der Stimmen eine Männerstimme war.

Während der Siesta dringen von der anderen Terrasse erneut die gedämpften Stimmen der Unterhaltung zu uns. Wir wissen gar nicht, warum wir die beiden Mädchen vom Strand ständig mit den Stimmen von nebenan in Übereinstimmung bringen, und jetzt, wo bei ihnen nichts auf die Anwesenheit eines Mannes schließen läßt, verschwimmt die Erinnerung an die vergangene Nacht und vereinigt sich mit den anderen beunruhigenden Geräuschen, den Hunden, den jähen Wind- und Regenböen, dem Knacken im Dach. Stadtmenschen, Menschen, die sich leicht beeindrucken lassen von Geräuschen, die nicht die gewohnten sind, ihr wohlerzogener Regen.

Zudem, was kümmert's uns, was in dem Bungalow nebenan geschieht? Wenn wir hier sind, so weil wir von dem anderen, von den anderen Abstand gewinnen mußten. Natürlich ist es nicht einfach, Gewohnheiten aufzugeben, konditionierte Reflexe zu unterdrücken; ohne es uns einzugestehen, hören wir auf das, was da dumpf durch die Trennwand dringt, das Zwiegespräch, das wir uns friedlich und harmlos vorstellen, ein rein gewohnheitsmäßiges Geschnurre. Unmöglich, einzelne Worte zu verstehen oder auch nur die Stimmen zu unterscheiden, die in ihrer Färbung einander so ähnlich sind, daß man manchmal meinen möchte, es sei ein kaum unterbrochener Monolog. Auch sie hören uns wahrscheinlich so, aber natürlich hören sie uns nicht; dafür müßten sie schweigen, dafür müßten sie aus ähnlichen Gründen hier sein wie wir, heimlich wachsam wie die schwarze Katze, die auf der Terrasse einer Eidechse auflauert. Aber wir interessieren sie überhaupt nicht: besser für sie. Die beiden Stimmen wechseln einander ab, verstummen, heben wieder an. Keine Männerstimme, denn selbst wenn sie so leise spräche, würden wir sie erkennen.

Wie immer in den Tropen bricht die Nacht ganz plötzlich herein, die Beleuchtung im Bungalow ist kärglich, aber das stört uns nicht; wir kochen fast nie, das einzige Warme ist der Kaffee. Wir haben uns nichts zu sagen, und vielleicht deshalb finden wir es unterhaltsam, auf das Gemurmel der Mädchen zu hören; ohne es uns einzugestehen, lauern wir auf die Männerstimme, obgleich wir wissen, daß kein Auto den Hügel heraufgekommen ist und daß die anderen Bungalows nach wie vor unbewohnt sind. Wir wiegen uns in den Schaukelstühlen und rauchen im Dunkeln; es gibt keine Moskitos, das Gemunkel kommt aus Tiefen der Stille, verstummt, kommt wieder. Könnten sie sich uns vorstellen, würde ihnen das nicht behagen; nicht daß wir sie bespitzelten, aber sie sähen uns sicher als zwei Vogelspinnen in der Dunkelheit. Letztlich sind wir es ganz zufrieden, daß der Bungalow nebenan bewohnt ist. Wir suchten die Einsamkeit, aber jetzt stellen wir uns vor, wie die Nacht hier wäre, gäbe es nebenan wirklich niemanden, wir können uns nicht verhehlen, daß das Landgut, daß Michael immer noch ganz nah sind. Einander ansehen müssen, miteinander reden müssen oder einmal mehr das Spiel Karten oder die Würfel hervorholen. Nein, besser so in den Schaukelstühlen sitzen und sich das etwas katzenhafte Geschnurre anhören, bis es Zeit ist, schlafen zu gehen.

Bis es Zeit ist, schlafen zu gehen, aber hier bringen uns die Nächte nicht das, was wir erwarteten, ein Niemandsland, in dem wir endlich – oder für eine Weile, man darf nicht zuviel verlangen – vor all dem geschützt sein würden, was jenseits der Fenster beginnt. Aber auch in diesem Fall ist die Dummheit nicht unsere Stärke; nie sind wir irgendwo angekommen, ohne schon die nächste Station oder die nächsten Stationen ins Auge zu fassen.

Manchmal könnte man meinen, daß es uns Vergnügen macht, uns in die Enge treiben zu lassen, so wie jetzt auf einer kleinen Insel, wo es ein leichtes wäre, jemanden ausfindig zu machen; aber dies gehört zu einem unendlich komplexeren Schachspiel, bei dem sich hinter dem einfachen Zug eines Bauern raffiniertere Züge verbergen. Die berühmte Geschichte von dem gestohlenen Brief ist objektiv absurd. Objektiv; dahinter verbirgt sich die Wahrheit, und die Puertorikaner, die auf ihren Balkonen in New York oder mitten im Central Park jahrelang Marihuana angebaut haben, wußten mehr davon als mancher Polizist. Auf jeden Fall sondieren wir die unmittelbaren Möglichkeiten, Schiffe und Flugzeuge; Venezuela und Trinidad sind ganz nah, zwei mögliche Ziele von sechs oder sieben; unsere Pässe sind von der Sorte, die auf Flughäfen keine Probleme macht. Dieser unschuldige Hügel, dieser Bungalow für kleinbürgerliche Touristen: nichts als schöne falsche Würfel, deren wir uns schon immer zu bedienen gewußt haben. Delft ist weit weg, das Gut von Erik verblaßt allmählich in der Erinnerung, schwindet dahin, wie auch der Brunnen und Michael dahinschwinden werden, Michael, der im Mondlicht flieht, ganz weiß und nackt im Mondlicht.

Die Hunde heulten erneut von Zeit zu Zeit, aus irgendeiner Hütte in der Talsohle drangen die Schreie einer Frau zu uns, die in ihrem Paroxysmus jäh erstickten, und aus der Stille nebenan drang ein Murmeln vager Angst, es kam aus dem Halbschlaf dieser Touristen, die zu müde und zu indifferent waren, um sich für das, was um sie her vorging, wirklich zu interessieren. Wir lagen da und lauschten, waren überhaupt nicht müde. Warum auch schlafen, wenn dann das Getrommel eines Platzregens auf dem Dach beginnt oder die alles durchdringende Liebe der Katzen, die Präludien der Alpträume, die Morgendämmerung, in der die Köpfe sich schließlich in die Kissen drücken und nichts mehr in sie eindringt, bis die Sonne die Palmen hochklettert und man wieder anfangen muß zu leben.

Wieder am Strand, nachdem wir weit aufs Meer hinausgeschwommen waren, stellen wir uns erneut Fragen nach dem verlassenen Zustand der Bungalows. Die Strohhütte des Restaurants mit ihren Gläsern und Flaschen gemahnt uns an das Geheimnis der *Mary Celeste* (allbekannt und viel gelesen, doch welche obsessive Wiederkehr des Rätselhaften: Seeleute entern das Schiff, das mit gesetzten Segeln dahintreibt, und niemand an Bord, in den Herden der Schiffsküche noch warme Asche, die Kabinen ohne Spuren, die auf Meuterei oder auf Pest schließen lassen. Kollektiver Selbstmord? Wir blicken uns ironisch an, das ist kein Gedanke, der sich bei uns, so wie wir die Dinge sehen, einnisten könnte. Wir wären nicht hier, hätten wir ihn je akzeptieren können).

Die Mädchen kommen spät zum Strand hinunter, sie liegen lange in der Sonne, bevor sie schwimmen gehen. Auch hier – wir stellen das kommentarlos fest – sprechen sie leise miteinander, und befänden wir uns in ihrer Nähe, würden wir dasselbe vertrauliche Getuschel hören; diese höfliche Besorgnis, die Kreise anderer zu stören. Wenn sie wenigstens einmal kämen, um uns um Feuer zu bitten, nach der Uhrzeit zu fragen ... Aber die Trennwand aus Bambus scheint sich bis zum Strand hinunterzuziehen; wir wissen, daß sie uns nicht stören werden.

Die Siesta ist lang, wir haben keine Lust, noch einmal zum Meer hinunterzugehen, und sie auch nicht, wir hören sie im Zimmer reden und später auf der Terrasse. Allein, natürlich. Aber wieso natürlich? Die Nacht kann anders sein, und insgeheim warten wir auf sie, wir tun nichts, verbringen die Zeit im Schaukelstuhl mit Zigaretten und Drinks, lassen auf der Terrasse gerade nur ein Licht brennen; die Jalousien des Wohnzimmers zerschneiden es in dünne Streifen, die das Dunkel der Atmosphäre, die Stille der Erwartung nicht beeinträchtigen. Aber natürlich erwarten wir nichts. Warum natürlich, warum uns belügen, wo wir nichts anderes tun als warten, wie in Delft, wie an vielen anderen Orten? Man kann auf das Nichts warten, auf ein Wispern auf der anderen Seite der Trennwand, eine Veränderung in den Stimmen. Später wird ein Bett knarren, dann wird die Stille beginnen, eine Stille voller Hunde und windgepeitschtem Laub. Diese Nacht wird es nicht regnen.

Sie gehen, am Morgen um acht kommt ein Taxi, um sie abzuholen, der schwarze Chauffeur lacht und macht Späße, während er die Koffer, die Taschen mit den Badesachen, große Strohhüte und Tennisschläger verstaut. Von der Terrasse aus sieht man den Weg, das weiße Taxi; sie aber können uns durch die Sträucher nicht sehen, sie blicken nicht einmal in unsere Richtung.

Am Strand tummeln sich Kinder von Fischern, spielen Ball,

bevor sie sich ins Wasser stürzen, doch heute erscheint er uns noch leerer, jetzt wo die Mädchen nicht mehr herunterkommen. Als wir wieder hinaufgehen, machen wir einen Umweg, ganz automatisch, jedenfalls hatten wir es uns nicht vorgenommen, und gehen an dem Nachbarbungalow vorbei, den wir bisher gemieden hatten. Jetzt ist außer unserem Bungalow wirklich alles verlassen. Wir versuchen die Tür aufzuklinken, sie öffnet sich geräuschlos, die Mädchen haben den Schlüssel innen stecken lassen, was sicher mit dem Vermittler abgesprochen war, der später kommen wird, oder auch nicht, um sauberzumachen. Es wundert uns nicht mehr, daß alles jedem, der da kommt, preisgegeben ist, wie die Gläser und die Bestecke des Restaurants; wir sehen zerknittertes Bettzeug, feuchte Handtücher, leere Flakons, Sprays gegen Ungeziefer, Coca-Cola-Flaschen und Gläser, englischsprachige Zeitschriften, Reststücke Seife. Alles ist so allein, so verlassen. Es duftet nach Kölnischwasser, ein jugendlicher Duft. Dort in dem breiten Bett mit geblümten Bettüchern haben sie geschlafen. Beide zusammen. Und sie haben miteinander geredet vor dem Einschlafen. Sie haben soviel miteinander geredet vor dem Einschlafen.

Die Siesta ist drückend, endlos, denn wir haben keine Lust, zum Strand zu gehen, solange die Sonne noch hoch steht. Während wir Kaffee machen und das Geschirr spülen, ertappen wir uns dabei, wie wir in der gleichen lauernden Haltung gespannt lauschen. Wir sollten darüber lachen, aber nein. Jetzt nicht, jetzt wo endlich und wirklich die so ersehnte und notwendige Zeit der Einsamkeit gekommen ist, jetzt lachen wir nicht.

Bei der Zubereitung des Abendessens nehmen wir uns Zeit, wir komplizieren absichtlich die einfachsten Dinge, ziehen alles in die Länge, damit die Nacht über dem Hügel hereinbreche, bevor wir mit dem Essen fertig sind. Von Zeit zu Zeit ertappen wir uns wieder dabei, wie wir zur Trennwand blicken, in Erwartung dessen, was schon weit weg ist, ein Getuschel, das jetzt in einem Flugzeug oder in der Kabine eines Schiffes weitergehen wird. Der Vermittler ist nicht gekommen, wir wissen, daß der Bungalow offen und unbewohnt ist, daß es darin noch nach Kölnischwasser und jugendlicher Frische duftet. Auf einmal nimmt die Wärme zu, das Schweigen oder die Verdauung oder der Ennui läßt sie uns stärker spüren, denn wir sitzen träge in den Schaukelstühlen, wiegen uns nur leicht in der Dunkelheit, rauchen und warten. Aber daß wir warten, werden wir uns natürlich nicht eingestehen. Die Geräusche der Nacht werden vernehmlicher, gemäß dem Rhythmus der Dinge und der Sterne; man möchte meinen, es hätten dieselben Vögel, dieselben Frösche wie am Abend zuvor Stellung bezogen und im gleichen Augenblick mit ihrem Gesang begonnen. Auch der Chor von Hunden (*ein Horizont von Hunden,* man erinnert sich unweigerlich an das Gedicht) und im Gestrüpp die Liebe der Katzen zerreißen die Luft. Fehlt nur das Gemurmel der beiden Stimmen im Bungalow nebenan, und das ist wirklich Stille, ist die Stille. Alles übrige gleitet am Ohr vorbei, das sich unsinnigerweise wie lauernd auf die Trennwand konzentriert. Wir reden nicht einmal, wir fürchten das Geraune, das es gar nicht mehr geben kann, mit unseren Stimmen zu übertönen. Es ist sehr spät, doch wir sind nicht müde, es wird immer noch wärmer im Raum, aber es fällt uns nicht ein, die beiden Türen zu öffnen. Wir tun nichts weiter als rauchen und auf das nicht zu Erwartende warten; wir sind nicht einmal mehr imstande, wie am Anfang mit dem Gedanken zu spielen, die Mädchen könnten sich uns als lauernde Vogelspinnen vorstellen; ihre Gegenwart fehlt uns jetzt, um auf sie unsere eigene Imagination zu projizieren, sie in Spiegel dessen zu verwandeln, was in der Dunkelheit geschieht, dessen, was unerträglicherweise nicht geschieht.

Denn wir können uns nichts vormachen, jedes Knacken der Schaukelstühle ersetzt ein Zwiegespräch und belebt es zugleich. Jetzt wissen wir, daß alles unnütz war, die Flucht, die Reise, die Hoffnung, noch einen verborgenen Schlupfwinkel ohne Zeugen zu finden, ein Refugium, das sich dazu eignet, weiterzumachen (denn das Gefühl der Reue ist uns fremd, was wir getan haben, haben wir getan und werden wir wieder tun, sobald wir vor Repressalien sicher sind). Es ist, als nützte uns die lange Erfahrung der Vergangenheit plötzlich nicht mehr, als ließe sie uns im Stich, wie die Götter in dem Gedicht von Kafavis Antonius im Stich lassen. Wenn wir noch an die Strategie denken, die unsere Ankunft auf der Insel gewährleistet hat, wenn wir einen Augenblick lang an die möglichen Zeiten der Flucht denken, an zweckdienliche Telefonate mit anderen Häfen und Städten, tun wir es mit der gleichen Indifferenz, mit der wir häufig Gedichte zitieren und so die unzähligen Karambolagen der Ideenverbindungen spielen. Das Schlimmste ist, daß die Veränderung, wir wissen nicht warum, schon mit unserer Ankunft stattgefunden hat, mit dem ersten Gemunkel auf der anderen Seite der Trennwand, die wir für eine bloße theoretische Isolierung für unsere Zurückgezogenheit und unsere Ruhe hielten. Daß eine unerwartete Stimme einen Augenblick lang in das Gemurmel mit einstimmte, brauchte nicht mehr zu sein als ein banales sommerliches Rätsel, das Geheimnis des Raums nebenan war geradeso wie das der *Mary Celeste* eine leichte Kost für Siestas und Schlendereien. Wir messen dieser Stimme keine besondere Bedeutung bei, haben sie nie erwähnt; nur ist es uns unmöglich geworden, nicht mehr wachsam zu sein, jede Tätigkeit und alle Ruhe nicht auf die Trennwand auszurichten.

Vielleicht deshalb sind wir in dieser späten Nachtstunde, da wir so tun, als ob wir schliefen, nicht besonders beunruhigt, als wir im Bungalow nebenan den kurzen, trockenen Husten hören, der dem Ton nach ganz eindeutig männlich ist. Es ist weniger ein Husten als ein unfreiwilliges Signal, diskret und durchdringend zugleich, wie es das Gemurmel der Mädchen war, aber jetzt ein Signal, eine Aufforderung nach soviel harmlosem Geplauder. Wir stehen auf, ohne ein Wort zu sagen, erneut herrscht Stille, nur einer der Hunde heult fortwährend in der Ferne. Wir warten, lassen eine nicht meßbare Zeit vergehen; der Besucher des Bungalows verhält sich ebenfalls still, er wartet vielleicht auch, oder er ist zwischen den gelben Blumen des Bettzeugs eingeschlafen. Gleichviel, es gibt jetzt ein Einverständnis, das mit dem Willen nichts zu tun hat, etwas, das auf Form und Formeln verzichtet; irgendwann werden wir uns näherkommen, ohne uns zu besprechen, selbst ohne zu versuchen, den anderen anzusehen. Wir wissen, daß wir an Michael denken, uns erinnern, wie Michael zum Gutshof von Erik zurückgekehrt ist, ohne ersichtlichen Grund ist er zurückgekehrt, obgleich der Hof für ihn gerade so leer war wie der Bungalow nebenan, er ist zurückgekehrt wie der Besucher der Mädchen zurückgekehrt ist, Michael und der andere kommen wieder wie die Fliegen, kommen wieder, ohne zu wissen, daß man sie erwartet, daß sie diesmal zu einer anderen Verabredung kommen.

Als wir zu Bett gingen, hatten wir uns wie immer die Nachthemden angezogen; jetzt lassen wir sie auf den Boden gleiten, wo sie weiße, teigige Flecken bilden, nackt gehen wir zur Tür und in den Garten hinaus. Wir brauchen nur um die Hecke herum zu gehen, die die Trennwand der beiden Bungalows verlängert; die Tür ist immer noch geschlossen, aber wir wissen, daß sie nicht abgeschlossen ist, daß es genügt, die Klinke zu drücken. Es ist kein Licht im Innern, als wir zusammen hineingehen; zum ersten Mal nach langer Zeit stützen wir uns gegenseitig.

II

Text in einem Notizbuch

Die Sache mit der Kontrolle der Fahrgäste kam ans Licht – das ist das richtige Wort –, als wir von der Indetermination und den Analyse-Resten sprachen. Jorge García Bouzo hatte mehrmals die U-Bahn von Montreal angeführt, bevor er sich konkret auf das Netz der Anglo in Buenos Aires bezog. Er hat es mir nicht gesagt, aber ich vermute, daß er an den technischen Studien der Gesellschaft irgendwie beteiligt gewesen war – falls die Gesellschaft selbst die Kontrolle durchführte. Mit Methoden, die ich in meiner Unkenntnis als subtil bezeichnen würde, obgleich García Bouza ihre frappierende Einfachheit betonte, hatte man die genaue Zahl der Fahrgäste ermittelt, die in einer bestimmten Woche täglich die U-Bahn benutzten. Da man außerdem den Prozentsatz der Frequenz an den einzelnen Stationen der Linie erfahren wollte, wie auch die Anzahl der von den Fahrgästen unternommenen Fahrten von einer Endstation zur anderen oder zwischen den verschiedenen Stationen, war die Kontrolle an allen U-Bahn-Eingängen und -Ausgängen zwischen Primera Junta und Plaza de Mayo mit größter Strenge durchgeführt worden; zu der Zeit, ich spreche von den vierziger Jahren, war die Linie der Anglo noch nicht an das neue U-Bahnnetz angeschlossen, was die Kontrollen erleichterte.

Am Montag der betreffenden Woche erhielt man eine Gesamtzahl, die als Grundlage dienen konnte; am Dienstag war die Zahl ungefähr die gleiche; am Mittwoch, bei einer ähnlichen Gesamtzahl, geschah etwas, womit niemand gerechnet hatte: von 113987 Personen, die in die U-Bahn hinabgestiegen waren, kehrten nur 113983 an die Oberfläche zurück. Für den gesunden Menschenverstand handelte es sich um vier Zählfehler, und die für die Durchführung Verantwortlichen überprüften die Kontrollposten auf etwaige Unregelmäßigkeiten hin. Der Oberinspektor Montesano (ich beziehe mich hier auf Unterlagen, die García Bouza nicht kannte und die ich mir später verschafft habe) verstärkte schließlich sogar das mit der Kontrolle beauftragte Personal. Da er überaus gewissenhaft war, ließ er die U-Bahn von einem Ende zum anderen durchkämmen, und die Arbeiter und das Zugpersonal mußten am Ausgang ihre Ausweise vorzeigen. All das bestätigt meine Vermutung, daß der Oberinspektor Montesano vage hatte ahnen müssen, was sich da anbahnte und was für uns beide heute eine Tatsache ist. Ich brauche wohl nicht hinzuzufügen, daß niemand den angeblichen Fehler fand, der vier Fahrgäste für unauffindbar erklärte (und solches zugleich ausschloß).

Am Donnerstag ging alles gut; 107328 Einwohner von Buenos Aires kamen nach ihrem temporären Abtauchen in den Untergrund brav wieder an die Oberfläche. Am Freitag (nach den vorangegangenen Maßnahmen konnte man die Kontrollen jetzt als perfekt betrachten) zählte man am Ausgang einen Fahrgast mehr, als am Eingang kontrolliert worden waren. Am Samstag stimmten die Zahlen überein, und die Gesellschaft betrachtete ihre Arbeit für beendet. Die anomalen Resultate wurden der Öffentlichkeit vorenthalten, und außer dem Oberinspektor Montesano und den Technikern, denen die Überwachung der mechanischen Zählwerke an der Station Once oblag, hatten vermutlich nur wenige von den Vorkommnissen Kenntnis. Auch vermute ich, daß diese wenigen Personen (der Oberinspektor wiederum ausgenommen) ihr Bedürfnis, die Sache zu vergessen, damit rechtfertigten, daß sie die Fehler einfach den Maschinen oder dem Bedienungspersonal anlasteten.

All das ereignete sich 1946 oder Anfang 47. In den darauffolgenden Monaten sollte ich oft mit der Anglo fahren; hin und wieder, denn die Strecke war lang, kam mir jene Unterhaltung mit García Bouza wieder in Erinnerung, und ich ertappte mich dabei, wie ich ironisch die Leute musterte, die um mich herum saßen oder an den Ledergriffen hingen wie Schlachtvieh am Fleischerhaken. An der Station José María Moreno kam es mir zweimal unsinnigerweise so vor, als wären einige Personen (zuerst ein Mann, später zwei alte Frauen) keine Fahrgäste wie die anderen. An einem Donnerstagabend, als ich von einem Boxkampf zurückkehrte, bei dem Jacinto Llanes nach Punkten gewonnen hatte, hatte ich in der Station Medrano den Eindruck, daß das Mädchen, das dort halb schlafend auf der zweiten Bank des Bahnsteigs saß, gar nicht auf den nächsten Zug wartete. Tatsächlich aber stieg es in denselben Wagen wie ich, doch nur, um schon in Río de Janeiro wieder auszusteigen und auf dem Bahnsteig zu bleiben, so als könnte es sich zu nichts entschließen, als wäre es todmüde oder verginge vor Langeweile.

All das sage ich jetzt, wo mir alles klar ist, so wie sich Leute, nachdem man sie beraubt hat, daran erinnern, gesehen zu haben, daß verdächtige Gestalten um den Häuserblock herumstrichen. Indes sollten von Anfang an diese scheinbaren Phantasien, denen man sich im Zustand der Geistesabwesenheit hingibt, gleichsam einen Bodensatz von Verdacht zurücklassen; und an dem Abend, da García Bouza als ein kurioses Detail die Kontrollresultate erwähnte, spürte ich, wie da etwas zu einem absonderlichen Gefühl, fast zu Angst gerann. Wahrscheinlich war ich von den Außenstehenden der erste, der von der Sache erfuhr.

Darauf folgte eine wirre Zeit, für die bestimmend sind das wachsende Verlangen, meine Vermutungen zu verifizieren, ein Abendessen im *Pescadito*, das mir Montesano und seine Erinnerungen näherbrachte, und ein immer häufigeres, vorsichtiges Hinabsteigen zur U-Bahn, als etwas anderes verstanden, als ein langsamer, anderer Atem, ein Puls, der auf kaum vorstellbare Weise nicht für die Stadt schlug, nicht mehr nur ein bloßes Transportmittel der Stadt war. Doch bevor ich wirklich hinabzusteigen begann (ich meine nicht die banale Sache, wie jedermann mit der U-Bahn zu fahren), gab es eine Zeit der Reflexion und der Analyse. Drei Monate lang, in denen ich es vorzog, mit der Straßenbahn Nummer 86 zu fahren, um trügerische Bestätigungen oder Zufälle zu meiden, hielt mich eine bemerkenswerte Theorie von Luis M. Baudizzone an der Erdoberfläche zurück. Als ich ihm gegenüber einmal – fast im Scherz – den Bericht von García Bouza erwähnte, glaubte er, das Phänomen durch eine Art atomische Abnutzung erklären zu können, die im Falle großer Mengen plausibel ist. Niemand hat je die Leute gezählt, die an einem Endspiel-Sonntag aus dem Stadion von River Plate strömen, noch hat jemand diese Zahl mit jener der verkauften Eintrittskarten verglichen. Eine Herde von fünftausend Büffeln, die durch eine enge Schlucht prescht, zählt die am Ende noch ebensoviel Stück wie am Anfang? Das Sichstreifen der Passanten in der Calle Florida verursacht einen unmerklichen Verschleiß der Mantelärmel, der Handschuhrücken. Das Sichstreifen von 113987 Fahrgästen, die in überfüllten Zügen in jeder Kurve und bei jedem Bremsen durchgeschüttelt werden und sich aneinander reiben, kann nach Ablauf von zwanzig Stunden zur Aufreibung (durch Aufhebung des Individuellen und durch die Verschleißwirkung auf die Entität Menge) von vier Einheiten führen. Was das zweite anomale Resultat betrifft, nämlich den Freitag, an dem man einen Fahrgast zuviel zählte, mußte Baudizzone passen, er schloß sich resignierend der Meinung von Montesano an und schrieb diese Anomalität einem banalen Zählfehler zu. Am Ende solcher eher literarischer Mutmaßungen fühlte ich mich erneut sehr allein, hatte ich doch nicht einmal eigene Vermutungen, dafür aber einen leichten Magenkrampf, wann immer ich an einen U-Bahn-Eingang kam. Deshalb folgte ich von mir aus einem spiralförmigen Weg, der mich dem Ziel langsam näher brachte, und deshalb auch fuhr ich so lange mit der Straßenbahn, bis ich mich wieder in der Lage fühlte, die Anglo zu nehmen, wirklich hinabzusteigen und nicht nur in der Absicht, mit der U-Bahn zu fahren.

Hier ist anzumerken, daß ich von ihnen nicht die geringste Hilfe bekommen habe, ganz im Gegenteil; etwas zu erwarten oder zu erbitten wäre auch unsinnig gewesen. Sie sind da unten und wissen nicht einmal, daß die schriftliche Darstellung ihrer Geschichte mit ebendiesem Abschnitt beginnt. Es wäre mir lieber gewesen, sie nicht denunzieren zu müssen, jedenfalls werde ich nicht die wenigen Namen erwähnen, die ich im Laufe dieser Woche, da ich in ihre Welt eindrang, habe erfahren können; wenn ich tat, was ich getan habe, wenn ich diesen Rapport schreibe, so, wie ich meine, in edler Absicht, weil ich den Einwohnern von Buenos Aires, die immer mit Transportproblemen zu kämpfen haben, helfen wollte. Heute jedoch zählt selbst das nicht mehr, heute habe ich Angst, getraue ich mich nicht mehr, dort hinabzusteigen; es ist jedoch ungerecht, sich genötigt zu sehen, umständlich mit der Straßenbahn zu fahren, wenn einen Katzensprung entfernt eine U-Bahn ist, die jeder nimmt, weil er keine Angst hat. Ich bin ehrlich genug zuzugeben, daß ich mich um vieles sicherer fühlen würde, vertriebe man sie – ohne Aufsehen zu erregen natürlich, ohne daß man etwas davon erfährt. Nicht daß mein Leben in Gefahr gewesen wäre, während ich dort unten war, aber ich habe mich keinen Augenblick sicher gefühlt, als ich meine nächtlichen Untersuchungen durchführte (dort unten geschieht alles bei Nacht, nichts ist falscher und theatralischer als die Sonne, die in Garben durch die Schachtöffnungen zwischen den Stationen dringt oder an den Stationen die Treppen hinabflutet); es ist durchaus möglich, daß mich am Ende etwas verraten hat und daß sie jetzt wissen, warum ich so viele Stunden in der U-Bahn verbringe; geradeso erkenne auch ich sie sofort in der Menge, die sich auf den Bahnsteigen staut. Sie sind ja so bleich, ihr Tun steht ihnen im Gesicht geschrieben; sie sind ja so bleich und so traurig, fast alle sind so traurig.

Seltsamerweise ging es mir von Anfang an vor allem darum, in Erfahrung zu bringen, wie sie lebten, wobei mir die Gründe für dieses ihr Leben nicht besonders wichtig erschienen. Sehr bald schlug ich mir den Gedanken an Abstellgleise oder stillgelegte Streckenabschnitte aus dem Kopf; offensichtlich stand ihre Lebensweise in Verbindung mit dem Kommen und Gehen der Fahrgäste auf den verschiedenen Stationen. Gewiß, zwischen Loria und Plaza Once sieht man dunkel einen Hades voller Schmieden, Weichen, Depots und sonderbarer Baracken mit geschwärzten Fensterscheiben. Diese Art von Niebeland sieht man nur wenige Sekunden, während der Zug uns in den Kurven ziemlich brutal durchschüttelt, bevor er in die Station einfährt, die im Kontrast dazu strahlend hell ist. Aber der Gedanke an die vielen Arbeiter und Aufseher, die diese schmutzigen Tunnels bevölkern, genügte, um sie als mögliche Schlupfwinkel auszuschließen; sie hätten sich nicht dorthin gewagt, wenigstens nicht in der Anfangsphase. Nach ein paar Beobachtungsfahrten kam ich zu der Ansicht, daß es außerhalb der Linie selbst – ich meine die Stationen mit ihren Bahnsteigen und die fast ständig fahrenden Züge – keine geeigneten Lebensbedingungen für sie gab. Ich schloß also Abstellgleise, Abzweigungen und Depots aus und gelangte zu der schrecklichen Gewißheit durch das, was als Rest blieb, in diesem Reich des Dämmers, wo der Begriff des Restes ein ums andere Mal wiederkehrte. Dieses ihr Leben, das ich hier skizziere (einige werden sagen, das ich suggeriere), schien mir bedingt durch brutalste und unerbittlichste Notwendigkeit; indem ich verschiedene Möglichkeiten nacheinander ausschloß, tauchte am Ende die einzige verbleibende Möglichkeit auf. Ihr Ort, jetzt war es nur zu klar, ist nirgendwo; sie leben in der U-Bahn, in den U-Bahn-Zügen, sind ständig unterwegs. Ihr Leben und ihre Leukozyten-Zirkulation – sie sind ja so bleich! – begünstigt die Anonymität, die sie bis heute schützt.

Einmal zu diesem Schluß gekommen, ergab sich das übrige von selbst. Außer frühmorgens und spät in der Nacht sind die Züge der Anglo nie leer, denn die Einwohner von Buenos Aires sind Nachtschwärmer, es gibt immer noch ein Kommen und Gehen von Fahrgästen, bevor die Gitter der Stationen geschlossen werden. Man könnte sich einen letzten, unnötigen Zug vorstellen, der dem Fahrplan zuliebe verkehrt, obgleich niemand mehr einsteigt, aber gesehen habe ich den nie. Oder vielleicht doch, ich habe ihn manchmal gesehen, doch nur für mich war er wirklich leer; seine wenigen Fahrgäste waren einige von ihnen, die noch in der Nacht erbarmungslose Vorschriften befolgten. Nie habe ich die Art ihres Refugiums ausfindig machen können, in das sie sich während der drei toten Stunden von zwei bis fünf Uhr morgens, in denen die Anglo nicht verkehrt, zwangsläufig zurückziehen müssen. Entweder bleiben sie in einem Zug, der auf ein Abstellgleis fährt (in diesem Fall kann der Zugführer nur einer von ihnen sein), oder sie mischen sich vorübergehend unter das Reinigungspersonal. Letzteres ist wegen der Einheitskleidung und der persönlichen Beziehungen am wenigsten wahrscheinlich; ich vermute eher, daß sie den Verbindungstunnel zwischen der Station Once und dem Hafen benutzen, der den gewöhnlichen Fahrgästen unbekannt ist. Und warum ist auf der Station José María Moreno der Raum mit der Aufschrift *Zutritt verboten* voller Papierrollen, ganz abgesehen von dieser sonderbaren Truhe, in der man so manches verwahren kann? Die sichtbare Nachgiebigkeit dieser Tür gibt Anlaß zu den schlimmsten Vermutungen; trotz allem habe ich das Gefühl, mag es dafür kaum Vernunftgründe geben, daß sie auf irgendeine Weise das zuvor beschriebene Leben weiterführen, ohne die Züge oder die Bahnsteige der Stationen zu verlassen; eine ästhetische Notwendigkeit gibt mir die innere Gewißheit, gibt mir vielleicht sogar recht. Es scheint keine relevanten Reste zu geben bei diesem ständigen Verkehr, der sie unablässig von einer Endstation zur anderen führt.

Ich habe von ästhetischen Notwendigkeiten gesprochen, aber es sind vielleicht nur pragmatische Gründe. Ihr Plan muß von großer Einfachheit sein, damit jeder von ihnen automatisch und in der richtigen Weise reagieren kann angesichts all der Gefahren, denen sie in ihrem ständigen Untergrundleben ausgesetzt sind. Zum Beispiel wissen alle, wie ich mit viel Geduld habe feststellen können, daß sie, um keine Aufmerksamkeit zu erregen, nicht mehr als einmal in demselben Wagen fahren dürfen, dagegen können sie an der Endstation Plaza de Mayo auf ihrem Platz sitzenbleiben, da das Gedränge in den öffentlichen Verkehrsmitteln jetzt viele Leute veranlaßt, bereits in Florida einzusteigen, um einen Sitzplatz zu kriegen und denen, die an der Endstation warten, so zuvorzukommen. In Primera Junta ist es anders, dort brauchen sie nur auszusteigen, ein paar Meter zu gehen und sich unter die Fahrgäste zu mischen, die den Zug auf dem gegenüberliegenden Gleis nehmen. Auf jeden Fall können sie damit rechnen, daß die meisten Fahrgäste nur einen Teil der Strecke fahren. Da diese erst nach einer gewissen Zeit wieder die U-Bahn nehmen werden – zwischen einer halben Stunde, wenn sie nur eine Besorgung zu machen haben, und acht Stunden, wenn es sich um Angestellte oder Arbeiter handelt –, ist es wenig wahrscheinlich, daß sie denen, die dort unten bleiben, wiederbegegnen, zumal diese fortwährend den Wagen oder den Zug wechseln. Dieser letztere Wechsel, den festzustellen gar nicht leicht war, ist bei weitem subtiler und entspricht einem strengen Schema, das eventuelle visuelle Erinnerungen seitens der Zugführer oder der Fahrgäste, die sich in denselben Zügen wiederfinden (in den Stoßzeiten in zwei von fünf Fällen), vermeiden soll. Heute weiß ich zum Beispiel, daß das Mädchen, das in jener Nacht in Medrano wartete, aus dem Zug vor dem meinen gestiegen war und daß es, nachdem es mit mir bis Río de Janeiro gefahren war, in den nachfolgenden Zug wieder einstieg; wie alle hatte es bis zum Ende der Woche genaue Instruktionen.

Die Gewohnheit hatte sie gelehrt, im Sitzen zu schlafen, doch immer nur für kurze Zeit, höchstens eine Viertelstunde. Selbst wir, die wir nur gelegentlich mit der Anglo fahren, besitzen am Ende ein taktiles Streckengedächtnis; wenn der Zug in die wenigen Kurven der Strecke fährt, wissen wir ganz genau, ob wir Congreso in Richtung Sáenz Peña verlassen oder ob wir nach Loria hinauffahren. Sie sind mit der Strecke so vertraut, daß sie immer im richtigen Augenblick aufwachen, um auszusteigen und den Wagen oder den Zug zu wechseln. Sie schlafen in schicklicher Haltung, sitzen ganz gerade, den Kopf nur leicht auf die Brust geneigt. Zwanzig Viertelstunden genügen ihnen, um sich auszuruhen, außerdem kommen ihnen diese mir fragwürdigen drei Stunden zugute, in denen die Anglo für die Öffentlichkeit geschlossen ist. Als ich in Erfahrung brachte, daß sie im Besitz zumindest eines Zuges waren, was meine Hypothese des toten Gleises während der Nachtstunden vielleicht doch bestätigt, sagte ich mir, daß ihr Leben einen recht angenehmen gesellschaftlichen Aspekt bekommen hat, sollte es ihnen vergönnt sein, alle zusammen in diesem Zug zu fahren. Kurze, aber köstliche gemeinsame Mahlzeiten zwischen den Stationen, ein ununterbrochener Schlummer während der Fahrt von einer Endstation zur anderen und sogar das Vergnügen der Unterhaltungen und der Kontakte zwischen Freunden, wo nicht gar zwischen Verwandten. Ich habe indes feststellen können, daß sie es sich versagen, in ihrem Zug zusammenzukommen (falls es nur einer ist, es werden wahrscheinlich immer mehr); sie wissen nur zu gut, daß ihnen jede Identifizierung zum Verhängnis werden würde und daß sich das Gedächtnis drei Gesichter, die gemeinsam auftauchen, besser merkt, als die Gesichter dreier einzelner Menschen.

Ihr Zug erlaubt ihnen eine flüchtige geheime Zusammenkunft, wenn sie den neuen Wochenplan entgegennehmen oder weitergeben müssen, den ihr Chef auf Blättern eines Abreißblocks ausarbeitet und jeden Sonntag an die Gruppenleiter verteilt; dort auch erhalten sie das Geld für ihre wöchentliche Verpflegung, und ein geheimer Emissär des Chefs (wahrscheinlich der Zugführer) hört sich an, was jeder ihm zu sagen hat hinsichtlich Kleidung, Gesundheitszustand und für draußen bestimmte Mitteilungen. Das Programm bringt einen solch großen Wechsel von Wagen und Zügen, daß ein Zusammentreffen unter ihnen praktisch unmöglich ist und sich ihre Wege bis zum Ende der Woche erneut trennen. Ich vermute – all dies habe ich erst verstanden, als ich mich ganz in sie hineinversetzte, mit ihnen litt und mich mit ihnen freute –, daß sie jeden Sonntag herbeisehnen, wie wir hier oben uns nach unserer Sonntagsruhe sehnen. Der Chef hat diesen Tag sicherlich nicht aus Rücksicht auf die Tradition gewählt, was mich bei ihnen auch gewundert hätte, sondern ganz einfach deshalb, weil man sonntags in der U-Bahn einen anderen Typ von Fahrgästen antrifft und die Züge dann anonymer sind als an einem Montag oder Freitag.

Indem ich die zahlreichen Elemente des Mosaiks fein säuberlich zusammenfügte, wurde mir die Anfangsphase der Operation klar, und ich begriff auch, auf welche Weise sie sich des Zuges bemächtigt hatten. Die vier ersten sind, wie die Kontrollzahlen beweisen, an einem Mittwoch hinabgestiegen. An jenem Abend haben sie auf dem Bahnsteig von Sáenz Peña die eingekäfigten Gesichter der Fahrer der vorbeikommenden Züge studiert. Auf ein Zeichen des Chefs hin haben sie einen der Züge geentert. Man mußte auf die Abfahrt von Plaza de Mayo warten, dreizehn Stationen einkalkulieren und sich vergewissern, daß sich der Kontrolleur in einem anderen Wagen befand. Das Schwierigste war, einen Augenblick zu finden, da man unter sich wäre; dabei half ihnen eine chevalereske Verfügung der Transport-Gesellschaft der Stadt Buenos Aires, die den ersten Wagen den Frauen und den Kindern reserviert, wie auch die Eigenart der Einwohner, diesen Wagen mit merklicher Geringschätzung zu betrachten. In Perú saßen zwei Damen darin, die sich über den Schlußverkauf bei Lamota unterhielten (wo Carlota sich einzukleiden pflegt), sowie ein Junge, der in der inadäquaten Lektüre von *Rojo y Negro* (die Zeitschrift, nicht Stendhal) vertieft war. Der Kontrolleur befand sich etwa in der Mitte des Zuges, als der Chef in den für Frauen und Kinder reservierten Wagen stieg und diskret an die Tür der Kabine des Zugführers klopfte. Überrascht, doch ohne etwas zu argwöhnen, öffnete dieser, während der Zug schon nach Piedras hinauffuhr. Man passierte Lima, Sáenz und Congreso, ohne daß etwas geschah. In Pasco verzögerte sich die Abfahrt etwas, doch der Kontrolleur, der sich gerade im anderen Ende des Zuges befand, war deswegen nicht beunruhigt. Bevor man in Río de Janeiro ankam, war der Chef in den Wagen zurückgekehrt, wo die drei anderen ihn erwarteten. Achtundvierzig Stunden später mischte sich ein Zugführer in Zivil, dem die Kleidung etwas zu groß war, unter die Leute, die die Station Medrano verließen, was dem Oberinspektor die Unannehmlichkeit bereitete, daß die Endzahl des Freitags um eine Einheit zu hoch war. Was den Chef betrifft, so fuhr er jetzt den Zug, wobei er es den drei anderen verstohlen beibrachte, damit sie ihn zu gegebener Zeit ablösen könnten. Ich bin sicher, daß sie mit den Kontrolleuren der Züge, derer sie sich nach und nach bemächtigten, genauso verfuhren.

Im Besitz mehrerer Züge, verfügen sie über ein mobiles Territorium, wo sie mit relativer Sicherheit operieren können. Ich werde wahrscheinlich nie herausbekommen, warum sich die Zugführer der Anglo vom Chef haben erpressen oder bestechen lassen, und auch nicht, wie dieser seiner eventuellen Identifizierung entgeht, wenn er anderen Angehörigen des Personals begegnet, seinen Lohn kassiert und dafür quittiert. Ich konnte nur peripher vorgehen, wobei ich nach und nach die unmittelbaren Mechanismen ihres vegetativen Lebens, ihres äußeren Verhaltens entdeckte. Ich konnte schwerlich annehmen, daß sie sich fast ausschließlich von dem Naschwerk ernährten, das die Kioske der Stationen verkaufen, bis ich mich davon überzeugen lassen mußte, daß äußerste Strenge dieses freudlose Leben regiert. Sie kaufen Schokolade und Gewürzkuchen, Karamelbonbons und Kokosnußschnitze, Nougat und Vitaminbonbons. Sie essen das mit der zufriedenen Miene desjenigen, der sich eine kleine Lekkerei gönnt, doch wenn sie in einem ihrer Züge fahren, getrauen sich die Paare, einen dieser großen Gewürzkuchen zu kaufen, mit viel Karamelzuckerguß darauf, und sie essen ihn mit verschämtem Lächeln, in kleinen Stücken, mit einer Freude, als wäre das eine richtige Mahlzeit. Nie ist es ihnen gelungen, in aller Ruhe das Problem gemeinsamer Mahlzeiten zu lösen, wie oft müssen sie wirklich Hunger haben, alles Süße muß sie anwidern, und die Erinnerung an das Salz, wie ein Schwall Meerwasser im Mund, muß sie mit schrecklicher Lust erfüllen, und mit dem Salz der Geschmack des unerreichbaren Rostbratens, der nach Petersilie und Sellerie duftenden Suppe. (Zu dieser Zeit wurde in der Station Once ein Grillroom eingerichtet, und manchmal dringt der Geruch nach Bratwurst und Steak-Sandwiches bis auf den Bahnsteig. Sie aber können nicht dorthin, denn er befindet sich auf der anderen Seite der Sperre, auf dem Bahnsteig des Zugs nach Moreno.)

Ein anderer widriger Umstand ihres Lebens ist die Kleidung. Die Hosen, die Röcke und die Unterröcke verschleißen. Und wenn sich die Jacken und die Blusen auch weniger abnutzen, muß man sie doch nach einiger Zeit wechseln, schon aus Sicherheitsgründen. Eines Morgens, als ich einem von ihnen folgte, um mehr über ihre Lebensweise zu erfahren, entdeckte ich die Beziehungen, die sie mit der Oberwelt unterhalten. Es spielt sich wie folgt ab: An einem bestimmten Tag zu einer bestimmten Stunde steigen sie einzeln an der ihnen angegebenen Station aus. Jemand kommt von oben mit den Kleidern zum Wechseln (ich konnte später feststellen, daß es sich um eine vollständige neue Einkleidung handelt: jedesmal saubere Unterwäsche und ein Anzug oder ein Kleid, die von Zeit zu Zeit aufgebügelt werden), und zusammen steigen sie dann in einen Wagen des folgenden Zuges. Dort können sie miteinander reden, das Paket wechselt von einer Hand in die andere, und auf der nächsten Station ziehen sie sich – und das ist der unangenehmste Teil der Prozedur – auf den ständig schmutzigen Toiletten um. Eine Station weiter erwartet sie derselbe Agent auf dem Bahnsteig; sie fahren gemeinsam bis zur nächsten Station, und der Agent kehrt mit dem Paket schmutziger Wäsche an die Oberfläche zurück.

Rein zufällig, und nachdem ich zu der Überzeugung gekommen war, daß ich praktisch schon alle ihre Möglichkeiten auf diesem Gebiet kannte, entdeckte ich, daß sie, abgesehen von diesem regelmäßigen Kleiderwechsel, ein Lager haben, wo sie in prekärer Weise einige Kleidungsstücke und Dinge für Notfälle aufbewahren, vielleicht um den dringendsten Bedarf der Neuen zu befriedigen, deren Zahl ich nicht zu nennen vermag, doch die beachtlich sein muß. Ein Freund stellte mich auf der Straße einem alten Mann vor, der auf dem Markt von Cabildo als Bouquinist sein Leben fristet. Ich war auf der Suche nach einer alten Nummer von *Sur*; zu meiner eigenen Überraschung, vielleicht weil ich mich ins Unvermeidliche schickte, willigte ich ein, daß mich der Buchhändler zur Station Perú hinunterführte, wo es auf der linken Seite des Bahnsteigs einen sehr frequentierten Seitengang gibt, der mit einem U-Bahn-Gang nur wenig Ähnlichkeit hat. Dort hatte er sein Lager, in dem sich bunt durcheinander Bücher und Zeitschriften stapelten. Ich fand *Sur* nicht, entdeckte statt dessen aber eine halboffene kleine Tür, die in einen anderen Raum führte; ich sah dort drinnen jemanden von hinten, er hatte diesen ganz weißen Nacken, den sie alle haben; zu seinen Füßen konnte ich einen Haufen Mäntel, ein paar Halstücher und einen roten Schal ausmachen. Der Buchhändler meinte, es handele sich um einen Einzelhändler oder einen Konzessionär wie er; ich ließ ihn in dem Glauben und kaufte eine schöne Ausgabe von *Trilce*. Doch diese Sache mit den Kleidungsstücken enthüllte mir Schreckliches. Da sie mehr Geld haben, als sie brauchen, und nur darauf sinnen, es auszugeben (ich glaube, in Gefängnissen mit etwas laxen Sitten ist es dasselbe), befriedigen sie ihre harmlosen Wünsche mit einer Leidenschaftlichkeit, die mich erschüttert.

Ich folgte damals einem blondhaarigen jungen Mann, den ich immer in demselben braunen Anzug sah; nur die Krawatte wechselte, und zu diesem Zweck suchte er zwei- oder dreimal am Tag die Toilette auf. Eines Mittags stieg er an der Station Lima aus, um sich am Verkaufsstand des Bahnsteigs eine Krawatte zu kaufen; er nahm sich viel Zeit bei seiner Wahl, konnte sich für keine entscheiden; das war seine große Eskapade, sein ausschweifendes Samstagsvergnügen. Ich sah, daß seine Jackentaschen sich vor lauter Krawatten bauschten, und was ich dabei empfand, war einem Schauder nicht unähnlich.

Die jungen Frauen kaufen sich seidene Tüchlein, Nippes, Schlüsselanhänger, all das, was in einen Kiosk und in eine Handtasche paßt. Manchmal steigen sie an den Stationen Lima oder Perú aus und stehen lange vor den Schaufenstern des Bahnsteigs, in denen Möbel ausgestellt sind, schauen sich die Schränke und Frisierkommoden an, betrachten mit stillem, verhaltenem Verlangen die Betten, und wenn sie die Zeitung oder *Maribel* kaufen, vertiefen sie sich in die Anzeigen von Schlußverkäufen, in die Reklame für Parfüms, Nippfiguren und Handschuhe. Auch sind sie nahe daran, alle Ermahnungen, sich indifferent zu verhalten, zu vergessen, wenn sie Mütter einsteigen sehen, die ihre Kinder ausführen; zwei von ihnen, ich sah sie binnen weniger Tage, haben sogar ihre Sitzplätze verlassen und sich so dicht neben die Kinder gestellt, daß sie diese fast berührten; es hätte mich nicht gewundert, wenn sie ihnen das Haar gestreichelt oder ihnen ein Bonbon gegeben hätten, alles Dinge, die man in der U-Bahn von Buenos Aires nicht tut und wahrscheinlich auch in keiner anderen U-Bahn.

Lange Zeit habe ich mich gefragt, warum der Chef ausgerechnet einen der Kontrolltage gewählt hatte, um mit den drei anderen hinunterzusteigen. Da ich seine Methode kannte, wenn auch noch nicht ihn selbst, hielt ich es für verfehlt, den Grund dafür der Prahlerei zuzuschreiben oder dem Verlangen, einen Skandal zu provozieren, im Falle die Differenz der Zahlen öffentlich bekanntgegeben würde. Bei seiner Schläue war eher zu vermuten, daß er sich gesagt hatte, die Aufmerksamkeit des Personals der Anglo wäre in diesen Tagen direkt oder indirekt auf die Kontrollaktion gerichtet. Die Kaperung des Zuges wurde dadurch erleichtert, auch konnte die Rückkehr des abgelösten Zugführers an die Oberfläche keine allzu schlimmen Folgen für ihn haben.

Erst drei Monate später, nach dem zufälligen Zusammentreffen des Ex-Zugführers und des Oberinspektors Montesano im Lezama-Park und dank den heimlichen Recherchen dieses letzteren, konnten wir, er und ich, der Wahrheit näher kommen.

Sie waren zu dieser Zeit – ich spreche fast von der Gegenwart – im Besitz dreier Züge, und ich glaube, ohne mir dessen ganz sicher zu sein, auch eines Postens in der Zentrale in Primera Junta. Ein Selbstmord behob meine letzten Zweifel. An jenem Nachmittag war ich einer von ihnen gefolgt, und ich sah, wie sie auf der Station José María Moreno in eine Telefonzelle ging. Der Bahnsteig war fast leer, und ich legte den Kopf an die Seitenwand, simulierte die Müdigkeit der Leute, die von der Arbeit kommen. Es war das erste Mal, daß ich jemanden von ihnen in einer Telefonzelle sah, und ich war nicht verwundert über das verstohlene und ängstliche Gebaren des Mädchens, wie es einen Augenblick zögerte und sich nach allen Seiten umblickte, bevor es die Zelle betrat. Ich hörte nicht viel, ein Weinen, das Aufklicken einer Handtasche, ein Sichschneuzen und dann: »Aber der Kanarienvogel, wirst du ihn versorgen? Wirst du ihm jeden Morgen seine Körner und sein Stückchen Vanille geben?« Diese Banalität überraschte mich, dies war keine Stimme, die eine wie auch immer verschlüsselte Nachricht übermittelte, sondern eine feuchte, tränenerstickte Stimme. Bevor man mich entdecken konnte, stieg ich in einen Zug und fuhr die ganze Strecke ab, wobei ich meine Kontrolle der Abfahrtzeiten und der Kleiderwechsel fortsetzte. Als der Zug, in dem ich saß, wieder in José María Moreno einfuhr, warf das Mädchen sich davor, nachdem es sich (sagt man) bekreuzigt hatte; ich erkannte es an den roten Schuhen und der hellen Handtasche. Es gab einen Menschenauflauf, und viele umringten den Zugführer und den Kontrolleur in Erwartung der Polizei. Ich sah, daß sie beide zu ihnen gehörten (sie sind ja so bleich), und ich sagte mir, daß der Vorfall die Solidität der Pläne des Chefs hier und jetzt auf die Probe stellen werde, denn eine Sache ist es, im Untergrund jemanden aus seiner Stellung zu verdrängen, und eine andere, einer polizeilichen Untersuchung standzuhalten. Es verging eine Woche, ohne daß es das geringste Nachspiel gegeben hätte nach diesem banalen und fast alltäglichen Selbstmord; danach habe ich wirklich Angst bekommen, zur U-Bahn hinunterzusteigen.

Ich weiß, daß mir noch vieles zu ermitteln bleibt, auch ganz wesentliche Dinge, aber die Angst ist stärker als ich. In diesen Tagen kostet es mich Mühe, auch nur bis zum Eingang von Lima, was meine Station ist, zu gehen, ich atme diesen warmen Dunst ein, diesen Anglo-Geruch, der bis zur Straße aufsteigt, und ich höre die Züge vorbeifahren. Ich gehe in ein Café und schimpfe mich einen Idioten, denn wie nur kann ich so kurz vor der völligen Aufklärung aufgeben. Ich weiß so vieles, ich könnte der Gesellschaft nützlich sein, wenn ich das, was da vorgeht, an die Öffentlichkeit brächte. Ich weiß, daß sie in den vergangenen Wochen bereits acht Züge in ihrem Besitz hatten und daß sich die Zahl zusehends vergrößert. Die Neuen sind noch nicht deutlich zu erkennen, weil die Epidermis nur sehr langsam ausbleicht, und wahrscheinlich hat man die Vorsichtsmaßnahmen verschärft; die Pläne des Chefs scheinen keine Mängel aufzuweisen, weshalb es mir unmöglich ist, ihre Zahl zu berechnen. Allein der Instinkt sagte mir, als ich mich noch dort hinunterwagte und sie verfolgte, daß die meisten Züge voll von ihnen sind und es daher für die gewöhnlichen Fahrgäste immer schwieriger wird, mit der Anglo zu fahren, ganz gleich zu welcher Tageszeit; es wundert mich daher nicht, daß die Zeitungen neue Linien, mehr Züge, sogar Notmaßnahmen fordern.

Ich habe Montesano aufgesucht, habe ihm einiges erzählt und angenommen, daß er das übrige leicht erraten würde. Ich hatte das Gefühl, daß er mir mißtraute, daß er auf eigene Faust eine Spur verfolgte oder vielmehr es vorzog, von einer Sache, die seine Vorstellungskraft überstieg, ganz zu schweigen von der seiner Vorgesetzten, einfach nichts wissen zu wollen. Ich mußte einsehen, daß es unnütz war, ihm noch einmal davon zu sprechen, er wäre imstande, mir vorzuwerfen, ihm das Leben mit paranoischen Phantasien zu erschweren, zumal er mir schulterklopfend sagte: »Sie sind abgespannt, Sie sollten in Urlaub fahren.«

Doch wo ich fahren sollte, ist in der U-Bahn. Es wundert mich etwas, daß Montesano sich nicht entschließt, Maßnahmen zu ergreifen, wenigstens gegen den Chef und die drei anderen, um diesen Baum zu beschneiden, der seine Wurzeln immer tiefer in den Asphalt und in die Erde treibt. Da ist dieser dumpfe Geruch, man hört das Bremsgeräusch eines Zuges, und schon wälzt sich der Strom von Menschen die Treppe hinauf mit dem stumpfen Blick derjenigen, die im Stehen haben fahren müssen, zusammengepfercht in immer überfüllten Wagen. Ich sollte mich ihnen nähern, einige beiseite nehmen und sie aufklären; aber dann höre ich den nächsten Zug einfahren, und es packt mich erneut die Angst. Wenn ich einen der Verbindungsmänner erkenne, der mit dem Wäschepaket hinunter- oder hinaufgeht, flüchte ich in ein Café und getraue mich lange Zeit nicht, es wieder zu verlassen. Ich sage mir zwischen zwei Gläschen Gin, daß ich, sobald ich wieder Mut gefaßt habe, hinuntergehen werde, um mir über ihre Zahl Klarheit zu verschaffen. Ich glaube, daß alle Züge jetzt in ihrer Hand sind, daß sie die Leitung vieler Stationen und eines Teils der Werkstätten an sich gerissen haben. Gestern habe ich mir gesagt, daß mir die Verkäuferin des Kiosks mit den Süßigkeiten in der Station Lima über die unausbleibliche Erhöhung ihres Umsatzes indirekt Auskunft geben könnte. Indem ich all meinen Mut zusammennahm und notdürftig den Magenkrampf bezwang, gelang es mir, auf den Bahnsteig hinunterzugehen, wobei ich mir immer wieder sagte, daß es weder darum gehe, in einen Zug zu steigen, noch mich unter sie zu mischen; nur ein oder zwei Fragen, um sogleich wieder zur Oberfläche hinaufzusteigen, wieder in Sicherheit zu sein. Ich steckte das Geldstück in den Schlitz des Drehkreuzes und näherte mich dem Kiosk; ich wollte einen Riegel Milkibar kaufen, als ich merkte, daß die Verkäuferin mich unverwandt anblickte. Hübsch, aber ganz bleich, ganz bleich. Völlig außer mir, rannte ich zur Treppe, stolperte die Stufen hinauf. Jetzt weiß ich, daß ich nicht mehr hinuntergehen kann; sie kennen mich, sie haben mich schließlich erkannt.

Eine Stunde sitze ich nun schon in diesem Café, ohne mich entschließen zu können, erneut die erste Stufe der Treppe zu betreten und unbeweglich mitten unter den hinauf- und hinuntergehenden Leuten stehenzubleiben, alle ignorierend, die mich von der Seite her ansehen und nicht verstehen können, warum ich zögere, an einem Ort mich zu bewegen, wo alle sich bewegen. Es ist fast nicht zu begreifen, daß ich es fertiggebracht habe, die Untersuchung ihrer allgemeinen Methoden durchzuführen, aber nicht imstande bin, den letzten Schritt zu tun, um ihre Identität und ihre Absichten aufzudecken. Ich wehre mich dagegen, daß die Angst mir so die Brust einschnürt; vielleicht entschließe ich mich doch noch, vielleicht sollte ich, aufs Treppengeländer gestützt, herausschreien, was ich von ihrem Plan weiß, was ich von ihrem Chef zu wissen glaube (ja, ich werde es sagen, auch wenn Montesano es mir übelnehmen wird, daß ich seine eigene Untersuchung zunichte mache), und vor allem auf die Folgen hinweisen, die all das für die Bevölkerung von Buenos Aires haben wird. Bis jetzt habe ich in diesem Café ununterbrochen geschrieben, die Beruhigung, mich in der Oberwelt und an einem neutralen Ort zu wissen, gibt mir eine Gelassenheit, die ich nicht hatte, als ich zum Kiosk hinunterging. Ich spüre, daß ich es irgendwie fertigbringen werde, wieder hinunterzugehen, mich Schritt für Schritt zwingen werde, diese Treppe hinunterzugehen, doch es wäre besser, wenn ich vorher meinen Bericht abschlösse, um ihn dem Bürgermeister oder dem Polizeipräsidenten zu schicken und eine Kopie an Montesano, danach werde ich meinen Kaffee bezahlen, und bestimmt werde ich hinuntergehen, ja, dessen bin ich sicher, obgleich ich nicht weiß, wie und wo ich die Kraft hernehmen soll, um Stufe um Stufe hinabzusteigen, jetzt wo sie mich kennen, jetzt wo sie mich schließlich erkannt haben, aber das ist nun egal, bevor ich hinuntergehe, wird der Entwurf fertig sein, ich werde sagen, Herr Bürgermeister oder Herr Polizeipräsident, da unten ist jemand, der umherwandert, jemand, der die Bahnsteige entlanggeht, und wenn niemand es merkt, wenn ich der einzige bin, der es weiß, der es hört, schließt er sich in eine schwach beleuchtete Telefonzelle ein und öffnet seine Tasche. Dann weint er, zuerst weint er ein wenig, und dann, Herr Bürgermeister, sagt er: »Aber der Kanarienvogel, wirst du ihn versorgen? Wirst du ihm jeden Morgen seine Körner und sein Stückchen Vanille geben?«

Zeitungsausschnitte

Obgleich ich es für überflüssig halte, möchte ich darauf hinweisen, daß der erste Zeitungsausschnitt authentisch ist und der zweite fiktiv.

Der Bildhauer wohnt in der Rue Riquet, was ich nicht gerade für eine gute Idee halte, aber in Paris kann man nicht wählerisch sein, wenn man Argentinier und Bildhauer ist, zwei Voraussetzungen, um es in dieser Stadt nicht leicht zu haben. Eigentlich kennen wir uns kaum, wir haben uns in den zwanzig Jahren, die wir hier schon leben, nur selten gesehen; als er mich anrief, mir von einem Buch mit Reproduktionen seiner neuesten Arbeiten sprach und mich um einen Text bat, den man ihnen beigeben könnte, sagte ich ihm, was man in solchen Fällen immer sagen sollte, nämlich er möchte mir doch erst seine Skulpturen zeigen, dann würde man sehen, oder vielmehr, erst sehen und dann.

Ich besuchte ihn an dem verabredeten Abend in seiner Wohnung, und es gab zuerst Kaffee und ein freundlich abtastendes Geplauder, wir empfanden beide, was man unweigerlich empfindet, wenn jemand einem anderen seine Arbeiten zeigt und dieser fast immer furchtbare Augenblick kommt, da die Scheiterhaufen angezündet werden, wofern man nicht, es mit Worten verschleiernd, zugeben muß, daß das Holz naß war und mehr Rauch entwickelte als Wärme spendete. Schon am Telefon hatte er mir von seinen Arbeiten gesprochen, es handle sich um eine Reihe kleiner Skulpturen, deren Thema die Gewalt ist, die Gewalt in allen politischen und geographischen Breiten, die den Menschen zu des Menschen Wolf macht. Davon wußten wir etwas, und einmal mehr ließen zwei Argentinier die Flut der Erinnerung anschwellen, die tägliche Akkumulation des Grauens durch Telegramme, Briefe, plötzliches Schweigen. Während wir sprachen, räumte er nach und nach einen Tisch ab; er ließ mich in einem bequemen Sessel Platz nehmen und brachte die Skulpturen herbei, stellte sie in einer gut arrangierten Beleuchtung auf, ließ sie mich lange betrachten und drehte sie dann langsam um sich selbst; wir sagten kaum etwas, sie hatten das Wort, und dieses Wort war zugleich das unsere. Eine nach der anderen, ungefähr zehn, klein und schlank, aus Ton oder Gips, mit Hilfe von Draht oder Flaschen, leeren Dosen oder irgendwelchen Gebrauchsgegenständen geschaffen, welche die Arbeit der Finger oder der Spachtel geduldig umhüllt hatte, so daß ich sie nur dank dem vertraulichen Hinweis des Bildhauers unter den Rümpfen und den Köpfen, den Armen und den Händen erkennen konnte. Es war schon spät in der Nacht, von der Straße drang gerade nur das Geräusch eines Schwerlasters oder die Sirene eines Ambulanzwagens zu uns.

Mir gefiel, daß es in der Arbeit des Bildhauers nichts Systematisches oder allzu Explizites gab, daß jede Figur etwas Rätselhaftes hatte und daß man sie manchmal lange betrachten mußte, um den ihr eigentümlichen Ausdruck der Gewalt zu erfassen; ich fand die Skulpturen naiv und subtil zugleich, auf jeden Fall waren sie ohne exzessive Dramatik und erpreßten einen nicht mit Sentimentalität. Selbst die Folter, diese extremste Form der Gewalt, die im Grauen der Unbeweglichkeit und der Isolierung ausgeübt wird, wurde hier nicht mit dem fragwürdigen Realismus vieler Plakate, Texte und Filme gezeigt, die mir in ebenso fragwürdige Erinnerung kamen, ist doch auch sie nur zu bereit, Bilder zu magazinieren und sie für irgendeine zweifelhafte Befriedigung hervorzuholen. Ich sagte mir, wenn ich den Text schriebe, um den der Bildhauer mich bat, wenn ich den Text schreibe, um den du mich bittest, sagte ich zu ihm, wird es ein Text sein wie diese Skulpturen, nie werde ich der Bequemlichkeit nachgeben, die auf diesem Gebiet so häufig ist.

»Das überlasse ich ganz dir, Noemí«, sagte er. »Ich weiß, daß es nicht leicht ist, es gibt soviel Blut in unseren Erinnerungen, daß man sich manchmal schuldig fühlt, wenn man dem Grenzen setzt, wenn man es eindämmt, damit es uns nicht ganz überschwemmt.«

»Wem sagst du das. Hier, sieh dir diesen Zeitungsausschnitt an, ich kenne die Frau, die ihn unterzeichnet hat, und einiges wußte ich bereits von Freunden. Das ist vor drei Jahren passiert, aber es könnte auch gestern abend passiert sein, wie es auch in ebendiesem Augenblick passieren könnte, in Buenos Aires oder in Montevideo. Kurz bevor ich wegging, um zu dir zu kommen, erhielt ich den Brief eines Freundes und fand diesen Zeitungsausschnitt darin. Gib mir noch einen Kaffee, bevor du ihn liest, im Grunde ist es nicht nötig, daß du das liest, nach dem, was du mir gerade gezeigt hast, aber ich weiß nicht, es wird mir wohler sein, wenn auch du das liest.«

Hier, was er las:

Die Unterzeichnete, Laura Beatriz Bonaparte Bruschtein, wohnhaft in der Calle Atoyac 26, 10. Distrikt, Colonia Cuauhtémoc, México 5, D. F., möchte der Öffentlichkeit folgende Tatsachen zur Kenntnis geben:

1. Aída Leonora Bruschtein Bonaparte, geboren am 11. Mai 1951 in Buenos Aires, Argentinien, von Beruf Lehrerin, mit der Alphabetisierung beauftragt.

Tatbestand: Am 14. Dezember 1975, 10 Uhr morgens, wurde sie von Angehörigen der argentinischen Armee (Bataillon 601) entführt, als sie sich an ihrem Arbeitsplatz in Villa Miseria, Monte Chingolo, in der Nähe von Buenos Aires, befand.

Tags zuvor war dieser Ort Schauplatz eines Kampfes gewesen, der mehr als hundert Menschenleben gefordert hatte, unter ihnen auch Einwohner des Ortes. Meine Tochter wurde nach der Entführung zur Garnison des Bataillons 601 gebracht.

Dort wurde sie, wie auch andere Frauen, brutal gefoltert. Die Überlebenden wurden noch am selben Weihnachtsabend erschossen. Unter ihnen befand sich meine Tochter.

Das Begräbnis derer, die bei dem Kampf ums Leben gekommen waren, sowie der entführten Zivilisten, unter ihnen meine Tochter, wurde fast fünf Tage hinausgeschoben. Alle Leichen, auch die ihre, wurden mit Löffelbaggern von der Garnison zum Kommissariat von Lanús verbracht und von dort auf den Friedhof in Avellaneda, wo sie in ein Massengrab geworfen wurden.

Ich betrachtete immer noch die letzte Skulptur, die auf dem Tisch geblieben war, und untersagte es mir, den Bildhauer, der schweigend las, anzusehen. Jetzt erst hörte ich das Ticktack einer Wanduhr, es kam aus dem Flur und war der einzig vernehmbare Laut, nun die Straße wie ausgestorben war; der leise Ton drang an mein Ohr wie ein Metronom der Nacht, ein Versuch, die Zeit am Leben zu erhalten in diesem Loch, in dem wir beide wie hineingestopft kauerten, diese endlose Zeit, die ein Zimmer in Paris und ein elendes Viertel in Buenos Aires umfaßte, die die Kalender abschaffte und uns Auge in Auge mit dem allein ließ, was wir nur *das* nennen konnten, nachdem alle Bezeichnungen abgenutzt waren, alle Ausdrücke des Entsetzens matt und schmutzig.

»Die Überlebenden wurden noch am selben Weihnachtsabend erschossen«, las der Bildhauer laut. »Womöglich haben sie sie vorher noch mit Napfkuchen und Sekt traktiert; erinnere dich, daß man in Auschwitz Bonbons an die Kinder verteilte, bevor man sie in die Gaskammern brachte.«

Er mußte irgend etwas in meinem Gesicht lesen und machte eine Geste der Entschuldigung, während ich die Augen senkte und mir noch eine Zigarette anzündete.

Der Mord an meiner Tochter wurde mir amtlicherseits am 8. Januar 1976 vor der 8. Strafkammer in La Plata mitgeteilt. Anschließend brachte man mich ins Kommissariat von Lanús, wo man mir nach dreistündigem Verhör den Ort nannte, wo sich das Massengrab befand. Von meiner Tochter ließ man mich nur ihre abgetrennten Hände sehen, aufbewahrt in einem Glasgefäß mit der Nummer 14. Was von ihrem Körper übriggeblieben war, durfte mir nicht übergeben werden, da es militärisches Geheimnis war. Am nächsten Tag ging ich auf den Friedhof in Avellaneda und suchte das Grab Nummer 28. Der Kommissar hatte mir gesagt, daß ich dort finden würde, was von ihr geblieben war, denn man könne das, was man auf den Friedhof gebracht hatte, nicht als vollständige Körper bezeichnen. Das Grab war ein unlängst umgegrabenes Geviert von fünf mal fünf Metern und befand sich fast am Ende des Friedhofs. Ich könnte es wiederfinden. Es war entsetzlich, zu denken, auf welche Weise über hundert Menschen, darunter meine Tochter, ermordet und verscharrt worden waren.

2. Angesichts der Ruchlosigkeit und der unbeschreiblichen Grausamkeit dieser Tat reiche ich, die Unterzeichnete, wohnhaft in der Calle Lavalle 730, 5. Stock, 9. Distrikt, Buenos Aires, im Januar 1976 vor der 8. Strafkammer, Zivilgericht, in La Plata gegen die argentinische Armee eine Klage wegen Mordes ein.

»Da hast du's, all das ist zwecklos«, sagte der Bildhauer mit resignierter Gebärde. »Hat überhaupt keinen Sinn, Noemí, ich bringe Monate damit zu, diesen Kram zu verfertigen, du schreibst

Bücher, diese Frau denunziert Abscheulichkeiten, wir gehen zu Kongressen, um zu protestieren, machen Round-Table-Gespräche, man glaubt fast schon, die Dinge ändern sich, und da genügen zwei Minuten, um dich wieder mit der Wirklichkeit zu konfrontieren, um ...«

»Scht! Auch ich denke das manchmal«, sagte ich, wütend darüber, daß ich das sagen mußte. »Aber alles hinnehmen hieße soviel wie diesen Herren ein Glückwunschtelegramm schicken, im übrigen, das weißt du sehr gut, wirst du morgen aufstehen und dich gleich wieder daranmachen, eine weitere Skulptur zu modellieren, und wirst dir sagen, daß ich vor der Schreibmaschine sitze, und wirst denken, daß wir viele sind, auch wenn wir nur wenige sind, und daß das Ungleichgewicht der Kräfte kein Grund ist zu schweigen und nie einer sein wird. Ende der Predigt. Hast du zu Ende gelesen? Ich muß gehen, mein Lieber.«

Er schüttelte den Kopf und wies auf die Kaffeekanne.

Aufgrund dieser meiner Klage vor Gericht hat sich folgendes ereignet:

3. Im März 1976 wurde der Verlobte meiner Tochter, Adrián Saidón, Argentinier, vierundzwanzig Jahre, Angestellter, in Buenos Aires auf der Straße von der Polizei ermordet. Sie selber benachrichtigte seinen Vater davon.

Die Leiche wurde seinem Vater, Doktor Abraham Saidón, nicht übergeben, da es sich um ein militärisches Geheimnis handelte.

4. Santiago Bruschtein, Argentinier, geboren am 15. Dezember 1918, der Vater meiner ermordeten Tochter, von Beruf Biochemiker mit einem Laboratorium in Morón-Stadt.

Tatbestand: Am 11. Juni 1976 um 11 Uhr mittags drang ein Trupp Soldaten in Zivil in seine Wohnung ein, die sich in der Calle Lavalle 730, 5. Stock, 9. Distrikt, befand. Mein Mann, der von einer Krankenschwester gepflegt wurde, lag infolge eines Infarkts todkrank im Bett, die Ärzte gaben ihm nur noch drei Monate. Die Soldaten fragten ihn über mich und unsere Kinder aus und fügten hinzu: *»Wie kann ein Hurensohn von Jude es wagen, gegen die argentinische Armee einen Prozeß wegen Mordes anzustrengen.«* Dann zwang man ihn aufzustehen, und *unter Schlägen* verfrachtete man ihn in ein Auto, ohne ihm zu gestatten, seine Medikamente mitzunehmen.

Augenzeugen bestätigen, daß das Militär und die Polizei für diese Festnahme rund zwanzig Wagen benutzten. Wir haben von ihm nie wieder etwas gehört. Nichtamtlichen Informationen zufolge soll er schon bei Beginn der Folter gestorben sein.

»Und da sitze ich Tausende Kilometer von Buenos Aires entfernt und diskutiere mit einem Verleger darüber, welches Papier man für die Reproduktionen meiner Skulpturen nehmen sollte, welches Format das beste wäre, welchen Einband man ...«

»Aber ja, mein Lieber, so ist es, ich schreibe gerade an einer Erzählung, in der, stell dir vor, die Rede ist von den psy-cho-lo-gischen Problemen eines Mädchens in der Pubertät. Fang nicht an, dich selbst zu foltern, die wirkliche Folter genügt.«

»Ich weiß, Noemí, ich weiß, verdammt noch mal. Aber es ist immer dasselbe, immer müssen wir zugeben, daß all das in einem anderen Raum, in einer anderen Zeit passiert. Nie waren wir dort und werden nie dort sein, wo vielleicht ...«

(Ich erinnerte mich an etwas, das ich als Kind gelesen habe, ich glaube bei Augustin Thierry, eine Geschichte, in der ein Heiliger, dessen Namen ich vergessen habe, Chlodwig und sein Volk zum Christentum bekehrte; als er Chlodwig die Geißelung und Kreuzigung Jesu beschrieb, erhob sich der König von seinem Thron, schwenkte seine Lanze und rief aus: »Ah, wenn ich mit meinen Franken dagewesen wäre!« Wie großartig, dieser unmögliche Wunsch, eine ohnmächtige Wut wie die des Bildhauers, der wieder in den Zeitungsausschnitt vertieft war.)

5. Patricia Villa, Argentinierin, geboren 1950 in Buenos Aires, Journalistin, arbeitete in der Agentur *Inter Press Service.* Sie ist die Schwester meiner Schwiegertochter.

Tatbestand: Gemeinsam mit ihrem Verlobten, Eduardo Suárez, ebenfalls Journalist, wurde sie im September 1976 verhaftet. Die Bundespolizei brachte die beiden zur Coordinación General. Eine Woche nach ihrer Arrestierung ließ man ihre Mutter, die die notwendigen Schritte unternommen hatte, wissen, daß es sich um einen bedauerlichen Irrtum handelte. Die Leichen wurden den Familienangehörigen nicht übergeben.

6. Irene Mónica Bruschtein Bonaparte de Ginzberg, zweiundzwanzig Jahre, von Beruf Bildhauerin, verheiratet mit Mario Ginzberg, Baumeister, vierundzwanzig Jahre.

Tatbestand: Am 11. März 1977 um 6 Uhr morgens drangen Angehörige der Armee und der Polizei in ihre Wohnung ein, nahmen das Paar mit und ließen ihre beiden Kinder, Victoria, zweieinhalb Jahre, und Hugo Roberto, anderthalb Jahre, vor der Tür des Hauses zurück. Sofort haben wir eine Habeaskorpusklage eingereicht, ich beim Konsulat in Mexiko und Marios Vater, mein Mitschwiegervater, in Buenos Aires.

Ich habe für meine Tochter Irene und für Mario gebetet und habe diese Reihe entsetzlicher Vorfälle den Vereinten Nationen, der O.E.A., Amnesty International, dem Europäischen Parlament, dem Roten Kreuz und anderen Organisationen gemeldet. Trotzdem habe ich bis heute keinerlei Auskunft über den Verbleib meiner Kinder erhalten. Ich habe die feste Hoffnung, daß sie noch am Leben sind.

Als Mutter, die ich mich wegen der Verfolgung meiner Familie nicht in der Lage sehe, nach Argentinien zurückzukehren, und da meine Klagen vom Gericht abgewiesen wurden, bitte ich die Institutionen und die Menschen, die für den Schutz der Menschenrechte kämpfen, alles zu tun, damit das notwendige Verfahren eingeleitet wird, auf daß man mir meine Tochter Irene und meinen Schwiegersohn Mario zurückbringt und ihr Leben und ihre Freiheit respektiert.

Gezeichnet: Laura Beatriz Bonaparte Bruschtein. (Aus: *El País,* Oktober 1978. Wiederabgedruckt in *Denuncia,* Dezember 1978)

Der Bildhauer gab mir den Zeitungsausschnitt zurück, wir sprachen nicht viel, denn wir waren todmüde, ich spürte, daß er über meine Einwilligung, den Text zu seinem Buch zu schreiben, glücklich war, es wurde mir erst da klar, daß er bis zuletzt daran gezweifelt hatte, wohl weil ich dafür bekannt bin, sehr beschäftigt zu sein, sogar egoistisch, jedenfalls eine Schriftstellerin, die bis über die Ohren in der Arbeit steckt. Ich fragte ihn, ob es in der

Nähe einen Taxistand gebe, und trat auf die Straße, die ausgestorben und kalt war und, wie ich fand, viel zu breit für Paris. Ein Windstoß veranlaßte mich, den Mantelkragen hochzuschlagen, ich hörte meine Schritte in der Stille tacken, diesen Rhythmus erzeugen, dem die Müdigkeit und die Obsessionen oft eine Melodie oder die Zeile eines Gedichts beigeben, die wieder- und wiederkehrt, man ließ mich nur ihre abgetrennten Hände sehen, aufbewahrt in einem Glasgefäß mit der Nummer 14, man ließ mich nur ihre abgetrennten Hände sehen, jäh wehrte ich mich gegen diesen obsessiven Refrain, zwang mich tief zu atmen, an meine morgige Arbeit zu denken; nie werde ich wissen, warum ich auf die andere Straßenseite hinübergewechselt bin, es gab dafür nicht den geringsten Grund, da die Straße auf den Platz von La Chapelle mündete, wo ich vielleicht ein Taxi finden würde, es blieb sich völlig gleich, ob ich nun auf der einen oder der anderen Straßenseite ging, ich habe eben einfach die Straße überquert, basta, denn ich hatte nicht mehr die Kraft, mich zu fragen, warum ich das getan habe.

Das kleine Mädchen saß auf der Schwelle eines Torwegs, der wie eingezwängt war zwischen den anderen Portalen der hohen und engen Häuser, die man in diesem besonders dunklen Abschnitt der Straße kaum voneinander unterscheiden konnte. Daß zu dieser nächtlichen Stunde und in dieser Einsamkeit ein kleines Mädchen auf dem Rand einer Stufe hockte, verwunderte mich weniger als sein Verhalten, ein kleiner weißlicher Fleck mit zusammengepreßten Beinen, das Gesicht in den Händen vergraben, es hätte auch ein Hund oder ein vor der Haustür vergessener Mülleimer sein können. Ich blickte flüchtig ringsumher; ein Lastwagen entfernte sich mit seinen schwachen gelben Scheinwerfern, auf der gegenüberliegenden Straßenseite ging ein Mann, ganz gebeugt, den Kopf tief im hochgeschlagenen Kragen seines Mantels, die Hände in den Taschen. Ich wandte mich der Kleinen zu, sah sie mir näher an; sie hatte dünne Zöpfe, trug einen weißen Rock, einen rosa Pulli, und als sie die Hände vom Gesicht nahm, sah ich ihre Augen, ihre Wangen, und trotz des Halbdunkels die Tränen, die ihr bis zum Mund hinab liefen.

»Was hast du? Was machst du hier?«

Ich merkte, daß sie tief die Luft einzog, Tränen und Rotz hinunterschluckte, ein Schluckauf oder ein Schlucksen, ich sah ihr Gesicht, das sie nun ganz zu mir erhob, die winzige rote Nase, die bebenden Lippen. Ich wiederholte die Fragen, sagte ihr ich weiß nicht was, wobei ich mich zu ihr niederbeugte, bis ich sie ganz nah fühlte.

»Meine Mama«, brachte die Kleine schluchzend hervor. »Mein Papa tut meiner Mama was.«

Vielleicht wollte sie noch mehr sagen, aber sie streckte ihre Arme aus und ich fühlte, wie sie sich an mich preßte, an meinem Hals verzweifelt weinte; sie roch schmutzig, nach nasser Hose. Ich wollte sie, als ich mich aufrichtete, in die Arme nehmen, aber sie machte sich von mir los und blickte in die Dunkelheit des Gangs. Sie wies mit dem Finger auf etwas, ging darauf zu, und ich folgte ihr, erkannte einen Bogengang und an dessen Ende, im Halbdunkel, einen kleinen Park. Schweigend ging sie dort hinaus, aber es war kein Park, vielmehr eine Art Gemüsegarten mit niedrigen Drahtzäunen, die die bepflanzten Beete umgaben; trotz der Dunkelheit konnte man die verkümmerten Terebinthen sehen, die Stützstangen der Kletterpflanzen, die Lappen, die als Vogelscheuchen dienten; in der Mitte ein niedriges Gartenhaus, ausgebessert mit Zink- und Dosenblech, aus dessen kleinem Fenster ein grünliches Licht sickerte. In den Häusern, die den Gemüsegarten umgaben, war kein Fenster erhellt, die dunklen Mauern ragten über fünf Stockwerke hoch in einen niedrigen, bedeckten Himmel.

Das kleine Mädchen war geradewegs den Pfad zwischen zwei Beeten entlanggelaufen, der zu der Tür des Gartenhäuschens führte; es drehte sich kurz um, um sich zu vergewissern, daß ich ihm folgte, und betrat dann die Baracke. Ich weiß, da hätte ich anhalten und umkehren sollen, hätte mir sagen müssen, daß die Kleine einen Alptraum gehabt hatte und nun ins Bett zurückgehen würde, all diese Vernunftgründe, die mir plötzlich den Widersinn und sogar die Gefahr vor Augen hielten, zu dieser Stunde ein fremdes Haus zu betreten; wahrscheinlich dachte ich dergleichen noch, als ich durch die halbgeöffnete Tür ging und sah, daß das kleine Mädchen in einem dämmrigen Flur voller Gerümpel und Gartengeräte auf mich wartete. Unter der Tür im Hintergrund war ein Lichtstreif zu sehen, die Kleine wies mit dem Finger dorthin, lief durch den Flur und öffnete dann vorsichtig und leise die Tür. Wie ich neben ihr stand und der gelbliche Lichtstrahl des Türspalts, der langsam breiter wurde, mir mitten ins Gesicht schien, stieg mir ein Geruch nach Verbranntem in die

Nase, ich hörte ein ersticktes Schreien, das kurz aufhörte und dann wieder anfing; meine Hand gab der Tür einen heftigen Stoß, und ich sah in ein schmutziges Zimmer, sah die zerbrochenen Hocker, den Tisch voller Bier- und Weinflaschen, die Gläser, die Tischdecke aus alten Zeitungen und weiter hinten den nackten Körper, der Mund mit einem fleckigen Handtuch geknebelt, Hände und Füße an die eisernen Bettpfosten gebunden. Mit dem Rücken zu mir auf einer Bank sitzend, tat der Papa des kleinen Mädchens der Mama was; er nahm sich Zeit, führte gemächlich die Zigarette an den Mund, stieß den Rauch langsam durch die Nase aus, während er die glühende Zigarette in abgezirkelter Bewegung auf die eine Brust der Mama drückte, so lange, wie die Schreie anhielten, die durch das Tuch gedämpft wurden, das ihr das ganze Gesicht verhüllte und nur die Augen frei ließ. Bevor ich begriff, daß ich dieser Szene beiwohnte, hatte er Zeit gehabt, seine Zigarette zurückzuziehen und sie erneut an den Mund zu führen, um die Glut zu entfachen und den köstlichen französischen Tabak zu genießen, und ich sah den vom Bauch bis zum Hals mit Brandwunden übersäten Körper, sah die violetten oder roten Male, die sich von den Schenkeln und vom Geschlecht bis zu den Brüsten hinaufzogen, auf die er jetzt erneut die Zigarette hinabsenkte, wobei er mit viel Delikatesse eine Stelle auf der Haut suchte, die noch keine Narben aufwies. Das Schreien und das jähe Auffahren des Körpers auf dem Bett, das unter der Erschütterung knarrte, verband sich mit Dingen, mit Handlungen, die nicht ich gewollt habe und die ich mir nie werde erklären können; zwischen dem Mann, der mir den Rücken zuwandte, und mir stand ein wackliger Hocker, ich sah, wie er durch die Luft flog und mit voller Wucht den Kopf des Papas traf; sein Körper und der Hocker knallten fast gleichzeitig auf den Boden. Ich mußte mich nach hinten werfen, um nicht selbst zu fallen, die Anstrengung, den Hocker hochzuheben und ihn durch die Luft zu schleudern, hatte meine ganze Kraft gekostet, und ich schwankte wie eine Strohpuppe; ich weiß, daß ich nach einem Halt suchte, ohne ihn zu finden, daß ich unsicher hinter mich blickte und die Tür geschlossen sah; die Kleine war verschwunden, und der Mann auf dem Boden war ein dunkles Lumpenbündel. Was dann kam, konnte ich in einem Film gesehen oder in einem Buch gelesen haben, ich war da und war doch nicht da, aber ich besaß eine Gewandtheit, einen Willen, der mich in kürzester

Zeit, falls sich dies in der Zeit abspielte, dazu führte, nach einem Messer auf dem Tisch zu greifen, die Stricke, mit denen die Frau gefesselt war, durchzuschneiden und ihr das Handtuch vom Gesicht zu reißen, worauf sie sich schweigend aufrichtete, völlig stumm jetzt, so als wäre das notwendig, ja unerläßlich, und den Mann auf dem Boden betrachtete, der sich in einer Ohnmacht, die nicht lange dauern würde, zu krümmen begann, dann mich wortlos ansah, auf den Körper zuging und ihn an den Armen packte, während ich seine Beine ergriff, und mit einem einzigen Schwung hatten wir ihn der Länge nach auf dem Bett, banden ihn mit denselben, schnell wieder zusammengeknoteten Stricken dort fest, fesselten und knebelten ihn in einer Stille, in der etwas in einer unhörbaren Frequenz zu vibrieren und zu zittern schien. Was dann geschah, weiß ich nicht, ich sehe die Frau immer noch nackt, ihre Hände reißen Stück für Stück seine Kleidung vom Leibe, knöpfen die Hose auf und ziehen sie bis zu den Knöcheln herunter, ich sehe ihre Augen in den meinen, ein einziges Augenpaar, das sich verdoppelt hat, und vier Hände, die reißen und zerfetzen und entblößen, Weste, Hemd, Unterhose, und jetzt, wo ich mich daran erinnern muß, wo ich das aufschreiben muß, bringen mir mein verfluchter Beruf und mein grausames Gedächtnis etwas anderes in Erinnerung, auf ebenso unsägliche Weise erlebt, wenn auch nicht mit angesehen: die Passage aus einer Erzählung von Jack London, in der ein Trapper aus dem hohen Norden für einen ehrbaren Tod kämpft, während neben ihm sein Gefährte in allen Abenteuern, jetzt eine blutige Masse, die noch einen Rest Bewußtsein hat, brüllt und sich krümmt unter der Folter der Frauen des Stammes, die ihm sein Leben in entsetzlicher Weise verlängern, die ihn töten, ohne ihn zu töten, mit ausgesuchtem Raffinement immer neue Varianten erfinden, die nie beschrieben werden, aber die es gab, so wie es uns gab, die auch nie beschrieben wurden, aber taten, was wir tun mußten, was wir einfach tun mußten. Müßig, sich jetzt zu fragen, warum ich beteiligt war, welches mein Recht und meine Rolle war bei dem, was vor meinen Augen geschah, die zweifellos gesehen haben, die sich zweifellos erinnern, so wie die Vorstellungskraft Jack Londons das hatte sehen und sich an das hatte erinnern müssen, was seine Hand zu schreiben nicht fähig war. Ich weiß nur, daß das kleine Mädchen, nachdem ich das Zimmer betreten hatte, verschwunden war und daß es nun die Mama war, die dem Papa etwas tat, aber wer weiß, ob es nur die Mama war, ob es nicht auch die Windstöße der Nacht waren, Bruchstücke von Bildern, die von einem Zeitungsausschnitt herrührten, die abgetrennten Hände in einem Glasgefäß mit der Nummer 24, nichtamtlichen Informationen zufolge soll er schon bei Beginn der Folter gestorben sein, das Handtuch im Mund, die glühenden Zigaretten, Victoria, zweieinhalb Jahre, und Hugo Roberto, anderthalb Jahre, vor der Tür des Hauses zurückgelassen. Wie wissen, wie lange das gedauert hat, wie begreifen, daß auch ich, auch ich, wo ich mich doch auch auf der richtigen Seite glaubte, wie annehmen, daß auch ich dort auf der anderen Seite der abgetrennten Hände und der Massengräber, auch ich auf der anderen Seite der gefolterten und noch am Weihnachtsabend erschossenen Mädchen; da habe ich die Flucht ergriffen, bin durch den Gemüsegarten gerannt und habe mir an einem Zaun das Knie verletzt, bin auf der eisigen, verlassenen Straße bis nach La Chapelle gelaufen und habe fast sofort ein Taxi gefunden, das mich nach Hause brachte, wo ich einen Wodka nach dem anderen kippte und dann in einen Schlaf sank, aus dem ich erst am Mittag erwachte, quer auf dem Bett liegend, völlig angezogen, mit einem blutigen Knie und diesen Kopfschmerzen, die vorauszusehen sind, wenn man den Wodka pur und direkt aus der Flasche trinkt.

Den ganzen Nachmittag habe ich gearbeitet, ich hielt es für unerläßlich, wunderte mich jedoch auch, daß ich fähig war, mich dermaßen zu konzentrieren; am Ende des Tages rief ich den Bildhauer an, der überrascht schien, daß ich mich schon so bald wieder bei ihm meldete, ich erzählte ihm, was ich erlebt hatte, spuckte alles auf einmal aus, und er hörte geduldig zu, obgleich er dann und wann hüstelte oder zu einer Frage ansetzte.

»Du siehst also«, sagte ich, »du siehst, ich habe nicht lange gebraucht, um dir zu liefern, was ich dir versprochen habe.«

»Ich verstehe nicht«, antwortete der Bildhauer. »Du meinst doch nicht den Text über ...«

»Doch, den meine ich. Ich habe ihn dir gerade vorgelesen, das ist der Text. Ich schicke ihn dir, sobald ich ihn abgeschrieben habe, ich mag ihn nicht länger hier haben.«

Nach zwei oder drei Tagen, die ich in einem Nebel aus Tabletten, Alkohol und Schallplatten verbracht hatte, was so etwas wie ein Schutzwall war, ging ich hinunter, um einzukaufen, der Kühlschrank war leer, und Mimosa am Fußende meines Bettes miaute kläglich. Ich fand einen Brief im Kasten, auf dem Umschlag die grobe Handschrift des Bildhauers. Er enthielt einen einzelnen Bogen und einen Zeitungsausschnitt, und auf meinem Weg zum Markt begann ich zu lesen, erst später merkte ich, daß ich beim Aufreißen des Umschlags ein Stück von dem Zeitungsausschnitt mit abgerissen und weggeworfen hatte. Der Bildhauer bedankte sich für den Text zu seinem Bildband, er sei zwar etwas ungewöhnlich, aber typisch Noemí, etwas ganz anderes als das, was in Kunstbüchern so üblich ist, aber das sei ihm völlig gleich, wie es ja offensichtlich auch mir völlig gleich gewesen war. Es gab ein Postskriptum: »An Dir ist eine große Tragödin verlorengegangen, auch wenn wir statt ihrer zum Glück eine hervorragende Schriftstellerin haben. Neulich abends habe ich einen Augenblick lang geglaubt, Du erzähltest mir da etwas, das Du wirklich erlebt hast, aber dann las ich zufällig *France-Soir*, woraus ich Dir die Quelle Deines merkwürdigen persönlichen Erlebnisses ausgeschnitten habe. Gewiß kann ein Schriftsteller, der sich von der Wirklichkeit und sogar von Polizeiberichten inspirieren läßt, argumentieren, daß das, was er aus diesen Fakten macht, ihnen eine andere Dimension, eine andere Bedeutung gibt. Da wir jedoch gute Freunde sind, liebe Noemí, wäre es nicht nötig gewesen, mich telefonisch auf Deinen Text einzustimmen und Dein ganzes dramatisches Talent aufzubieten. Aber lassen wir das, Du weißt, wie dankbar ich Dir für Deine Mitarbeit bin und wie sehr es mich freut, daß ...«

Ich betrachtete mir den Artikel und sah, daß ich ihn aus Versehen zerrissen hatte, den Umschlag samt dem Stück Zeitungspapier, das daran klebte, hatte ich irgendwo weggeworfen. Die Nachricht paßte wirklich zu *France-Soir* und seinem Stil: Schauriges Drama in einem Vorort von Marseille, makabre Entdeckung eines sadistischen Verbrechens, arbeitsloser Klempner auf einem Bett gefesselt und geknebelt, die Leiche usw. Nachbarn wußten insgeheim von fortgesetzten tätlichen Auseinandersetzungen, kleine Tochter seit mehreren Tagen vermißt, Nachbarn vermuten Aussetzung, Polizei sucht Konkubine, das entsetzliche Schauspiel, das sich ihnen bot, der Rest des Artikels fehlte; weil der Bildhauer die Gummierung des Umschlags zu sehr befeuchtet hatte, hatte er letztlich das gleiche getan wie Jack London, das gleiche wie Jack London und meine Erinnerung; aber das Foto von dem Gartenhäuschen war ganz, da war die Baracke im Gemüsegarten, da waren die Drahtzäune und das Zinkblech, die hohen Häusermauern, die es mit ihren blinden Augen umgaben, Nachbarn, die insgeheim Bescheid wußten, Nachbarn, die Kindesaussetzung vermuteten, all das verblüffend authentisch zwischen den Abschnitten des Berichts.

Ich nahm ein Taxi und ließ mich in die Rue Riquet fahren, mir war klar, daß das eine Dummheit war, und ich tat es, weil man eben so Dummheiten macht. Am hellichten Tag hatte all das nichts mit meiner Erinnerung zu tun, und obgleich ich mir jedes Haus betrachtete und auf die andere Straßenseite hinüberwechselte, wie ich das meiner Erinnerung nach auch getan hatte, sah ich kein Tor, das dem in jener Nacht ähnelte, die Helle bedeckte alles wie mit einer Maske, Tore ja, aber keins wie jenes, kein Zugang zu einem Garten im Hof, einfach weil sich dieser Garten in einem Vorort von Marseille befand. Das kleine Mädchen dagegen war da, es saß auf der Stufe irgendeines Eingangs und spielte mit einer Stoffpuppe. Als ich es ansprach, rannte es weg zur nächsten Tür, eine Concierge kam heraus, noch ehe ich hatte klingeln können. Sie wollte wissen, ob ich die Fürsorgerin sei, ich käme doch sicher wegen der Kleinen, die sie auf der Straße aufgelesen hatte, heute morgen waren einige Herren dagewesen, um ihre Identität festzustellen, es sollte eine Fürsorgerin kommen und sie holen. Obgleich ich ihn schon aus der Zeitung kannte, fragte ich, bevor ich ging, nach dem Namen des Mädchens, dann setzte ich mich in ein Café, und auf die Rückseite des Briefes vom Bildhauer schrieb ich das Ende des Textes und schob ihn auf dem Heimweg unter seiner Tür durch, es war nur recht und billig, daß er den Ausgang der Geschichte erfuhr und daß der Text, der seinen Skulpturen beigegeben werden sollte, vervollständigt würde.

Tango von der Rückkehr

> Le hasard meurtrier se dresse au coin de la première rue. Au retour l'heure-couteau attend.
>
> *Marcel Bélanger,* Nu et noir

Man erzählt sich die Dinge schön langsam, stellt sie sich erst einmal vor, wobei man von Floras Erzählungen ausgeht, von einer Tür, die geöffnet wird, oder von einem schreienden Kind, und dann dieses barocke Bedürfnis des Geistes, das ihn dazu treibt, die Lücken zu füllen, bis er sein Spinnennetz vervollständigt hat und etwas Neues anfangen kann. Aber wie sollte man sich nicht sagen, daß sich das geistige Spinnennetz manchmal vielleicht dem des Lebens angleicht, Faden um Faden, auch wenn man sich das aus bloßer Angst sagt, denn würde man nicht ein wenig daran glauben, könnte man es mit den äußeren Spinnennetzen nicht mehr aufnehmen. Also Flora, all das, was sie mir nach und nach erzählt hat, seitdem sie zu mir gezogen ist; sie arbeitet natürlich nicht mehr bei Señora Matilde (sie hat sie immer so genannt, auch als es keinen Grund mehr gab, als Mädchen für alles ihr weiterhin diesen Respekt zu bezeigen), und ich hatte es gern, wenn sie mir von ihrer Vergangenheit erzählte, von der kleinen India aus La Rioja, die in die Hauptstadt ging, mit großen, ängstlichen Augen und niedlichen Brüstchen, die ihr im Leben schließlich mehr nützen sollten als all die Staubwedel und gutes Betragen. Ich schreibe gern, nur für mich; ich habe einen ganzen Packen Hefte, Gedichte und sogar einen Roman, aber am liebsten schreibe ich, um zu schreiben, und wenn ich aufhöre, dann ist es so, wie wenn man sich nach der Liebe zur Seite rollt, in den Schlaf sinkt, und am nächsten Tag gibt es neue Dinge, die ans Fenster klopfen, eben das ist Schreiben, die Fensterläden öffnen und die Dinge hereinkommen lassen, ein Heft nach dem anderen füllen; ich arbeite in einer Klinik und lege keinen Wert darauf, daß man liest, was ich schreibe, weder Flora noch sonst jemand; ich freue mich immer, wenn ein Heft voll ist, denn dann ist mir, als hätte ich es schon veröffentlicht, aber es würde mir nie einfallen, es tatsächlich zu veröffentlichen; etwas klopft ans Fenster, und schon geht's weiter, ein neues Heft, so wie man nach der Ambulanz ruft.

Dafür hat Flora mir so viele Dinge aus ihrem Leben erzählt, ohne zu ahnen, daß ich sie mir hinterher zwischen zwei Träumen in Ruhe durch den Kopf gehen ließ und einige in einem Heft festhielt, Emilio und Matilde zum Beispiel sind ins Heft eingegangen, weil es nicht einfach bei Floras Tränen und Erinnerungsfetzen bleiben konnte. Nie hat sie mir von Emilio und von Matilde erzählt, ohne am Ende zu weinen. Ich ließ sie dann ein paar Tage in Ruhe, spielte auf andere Erinnerungen an, und irgendwann holte ich die Geschichte von neuem aus ihr heraus, Flora legte los, als hätte sie all das, was sie mir zuvor erzählt hatte, schon vergessen, sie fing wieder von vorn an, und ich ließ sie, denn mehr als einmal erinnerte sie sich an Dinge, die sie noch nicht erzählt hatte, Teilstücke, die zu anderen Teilstücken paßten, ich meinerseits sah, wie sich Nahtstellen ergaben, das Zusammenkommen vieler einzelner oder nur vermeintlich nicht zusammenpassender Dinge, ein Geduldspiel für schlaflose Nächte oder für die Stunde des Mate, wenn ich vor meinem Heft saß; es kam der Tag, da es mir unmöglich gewesen wäre, zwischen dem, was Flora mir erzählte, und dem, was sie und ich selbst hinzugefügt hatten, zu unterscheiden, denn wir beide, jeder auf seine Weise, hatten das Bedürfnis, wie andere Menschen auch, das Puzzle zu vervollständigen, die letzte Lücke mußte am Ende mit ihrem Teilchen gefüllt werden, passend in der Farbe und als Ende einer Linie, die von einem Bein, einem Wort oder einer Treppe ausging.

Da ich sehr konventionell bin, fange ich am liebsten am Anfang an, auch sehe ich beim Schreiben, was ich gerade schreibe, sehe es wirklich, sehe Emilio Díaz an dem Morgen, da er, von Mexiko kommend, in Ezeiza eintraf, in einem Hotel in der Calle Cangallo abstieg und zwei oder drei Tage damit zubrachte, verschiedene Viertel zu durchstreifen, in Cafés zu sitzen und Freunde von einst aufzusuchen, wobei er gewisse Begegnungen vermied, was nicht heißen soll, daß er sich versteckte, denn zu der Zeit hatte er sich nichts vorzuwerfen. Wahrscheinlich sondierte er im Viertel Villa del Parque das Terrain, ging auf der Suche nach einem billigen Hotel oder einer Pension durch die Melincué und die General Artigas, bezog ohne Eile sein Logis, trank seinen Mate in seinem Zimmer und ging abends in eine Kneipe oder ins Kino. Er hatte nichts von einem Phantom, aber er sprach wenig und mit wenigen; seine Schuhe hatten Kreppsohlen, und er trug zu erdgrauen Hosen eine schwarze Lederjacke; er hatte flinke Augen und war immer sprungbereit, eine Art, die die Besitzerin der Pension später als verstohlen bezeichnen sollte; er war kein Phantom, aber man spürte, daß er weit weg war, die Einsamkeit umgab ihn wie ein weiteres Schweigen, wie sein weißes Halstuch und der Rauch seiner Zigarette, die fast immer zwischen seinen vielleicht etwas zu schmalen Lippen steckte.

Matilde sah ihn das erste Mal – dies neue erste Mal – oben vom Schlafzimmerfenster aus. Flora war einkaufen gegangen und hatte Carlitos mitgenommen, damit er während der Siesta aus Langeweile nicht zu weinen anfinge, es war drückend heiß, wie immer im Januar, und Matilde war ans Fenster getreten, um Luft zu schnappen, sie lackierte sich gerade die Fingernägel, wie Germán es mochte, obgleich Germán in Catamarca unterwegs war, und da er den Wagen genommen hatte, langweilte Matilde sich, sie konnte nicht in die Innenstadt oder nach Belgrano fahren; sie hatte sich daran gewöhnt, daß Germán oft weg war, aber daß er den Wagen nahm, damit hatte sie sich noch nicht abfinden können. Er hatte ihr einen eigenen, ganz für sie allein versprochen, wenn die Firmen erst fusioniert hätten, sie verstand von diesen Dingen nicht viel, aber offensichtlich hatten sie noch nicht fusioniert; am Abend würde sie mit Perla ins Kino gehen, sie würde einen Mietwagen bestellen, dann könnten sie in der Stadt zu Abend essen, der Autoverleih würde die Rechnung schon an Germán schicken. Carlitos hatte einen Ausschlag an den Beinen, und man mußte mit ihm zum Kinderarzt gehen, beim bloßen Gedanken daran wurde ihr noch heißer, Carlitos würde ein furchtbares Theater machen, es ausnutzen, daß sein Vater nicht da war und er keine Ohrfeigen zu befürchten hatte, unglaublich, wie dieses Kind einen erpreßte, sobald Germán das Haus verließ, gerade nur Flora konnte ihn bändigen, mit viel Geschmuse und Eis, auch Perla und sie würden nach dem Kino Eis essen gehen. Sie sah ihn an einen Baum gelehnt, zu dieser Stunde, wo die Straßen leer waren im Schatten der Baumreihen, deren Laubwerk sich oben berührte; die Gestalt hob sich deutlich vom Stamm ab, vor seinem Gesicht schwebte etwas Rauch auf. Matilde warf sich nach hinten, stieß gegen einen Sessel, erstickte einen Schrei mit den Händen, die nach malvenfarbigem Lack rochen, und flüchtete sich zur hinteren Wand des Zimmers.

›Milo‹, dachte sie, wenn man das denken nennen konnte, dieses plötzliche Erbrechen von Zeit und Bildern. ›Das ist Milo.‹ Als sie sich traute, aus einem anderen Fenster einen Blick auf die Straße zu werfen, war niemand mehr an der Ecke gegenüber, von fern kamen zwei Kinder gelaufen, die mit einem schwarzen Hund spielten. ›Er hat mich gesehen‹, dachte sie. Wenn er es war, dann mußte er sie gesehen haben, er stand ja dort, um sie zu sehen, dort und nicht an einer anderen Ecke, an einem anderen Baum. Ganz bestimmt hatte er sie gesehen, denn wenn er dort stand, dann wußte er, wo sie wohnte. Und daß er in dem Augenblick weggegangen ist, da er erkannt worden war, da er gesehen hatte, wie sie entsetzt die Hände vors Gesicht geschlagen und sich zurückgezogen hatte, das war noch schlimmer; die Straßenecke war von einer Leere, die keinen Zweifel zuließ, eine Leere, in der alles Gewißheit und Bedrohung war, der verlassene Baum, das kaum sich regende Laubwerk.

Sie sah ihn noch einmal, als es Abend wurde, Carlitos spielte mit seiner elektrischen Eisenbahn, und Flora trällerte unten *bagualas.* Das nun wieder belebte Haus schien sie zu schützen, schien ihr zu helfen, an dem, was sie gesehen hatte, zu zweifeln, sie sagte sich, daß Milo größer und kräftiger war, daß vielleicht die Schläfrigkeit der Siesta, die blendende Helle. Immer wieder löste sie sich vom Fernseher, und aus der größtmöglichen Entfernung sah sie durch ein Fenster, immer durch ein anderes und immer oben, denn unten, in gleicher Höhe mit der Straße, hätte sie noch mehr Angst gehabt. Als sie ihn das zweite Mal sah, stand er fast an der gleichen Stelle, nur auf der anderen Seite des Baumstamms, es wurde dunkel, und die Gestalt war nur schwer auszumachen unter den Leuten, die plaudernd und lachend vorbeikamen, Villa del Parque erwachte aus seiner Lethargie und ging in die Cafés oder die Kinos der Innenstadt, während es im Viertel allmählich Nacht wurde. Er war es, sie konnte sich nichts mehr vormachen, immer noch dieselbe Statur, die Armbewegung, mit der er die Zigarette zum Mund führte, die Fransen am weißen Halstuch, es war Milo, den sie vor fünf Jahren umgebracht hatte, nachdem sie aus Mexiko geflohen war, Milo, den sie mit Papieren umgebracht hatte, die mit Schmiergeld und Komplizenschaft in einer Kanzlei in Lomas de Zamora verfertigt worden waren, dort hatte sie einen Freund aus der Kindheit, der für Geld alles tat, aber vielleicht auch aus Freundschaft, sie hatte Milo in Mexiko an einem Herzanfall sterben lassen, um Germán heiraten zu können, denn Germán konnte unmöglich etwas anderes akzeptieren,

Germán und seine Karriere, Germán und seine Kollegen, sein Club, seine Eltern, Germán war jemand zum Heiraten und um eine Familie zu gründen, die Villa, Carlitos, Flora, das Auto und das Landgut in Manzanares, Germán und viel Geld, die Sicherheit, das Ansehen, also nicht lange überlegen und sich entschließen, genug der Misere und des Wartens, nach der zweiten Begegnung mit Germán bei den Recanatis die Reise nach Lomas de Zamora, um den herumzukriegen, der zuerst nein gesagt hatte, das ist eine Ungeheuerlichkeit, so etwas kann man nicht machen, das würde ein Vermögen kosten, nun gut, in vierzehn Tagen, abgemacht. Emilio Díaz in Mexiko an einem Herzanfall gestorben, das war fast die Wahrheit, denn sie und Milo hatten in diesen letzten Monaten in Coyoacán wie Tote gelebt, bis das Flugzeug sie endlich in das heimatliche Buenos Aires zurückgebracht hatte, aber auch zu alldem, was Milo gewesen war, bevor sie zusammen nach Mexiko gingen und sich allmählich zermürbten in einem Krieg aus Schweigen und Untreue und albernen Versöhnungen, die nichts halfen, der Vorhang für einen neuen Akt, für eine neue Nacht der langen Messer.

Immer noch die glimmende Zigarette zwischen Milos Lippen, der an dem Baum lehnte und sich in aller Ruhe die Fenster betrachtete. ›Wie hat er das bloß herausbekommen‹, dachte Matilde und klammerte sich immer noch an diese Absurdität, etwas zu denken, das Wirklichkeit war, aber wider jedes Denken oder vor jedem Denken. Aber natürlich hatte er es schließlich erfahren, hatte herausbekommen, daß er für Buenos Aires tot war, denn für Buenos Aires war er in Mexiko gestorben, das zu erfahren hatte ihn tief kränken müssen, hatte ihm sicher so lange zu schaffen gemacht, bis ihn die wilde Wut gepackt und ihn dazu gebracht hatte, ein Flugzeug zu nehmen, um zurückzukehren, um durch ein Labyrinth sorgfältiger Nachforschungen zu gehen; der Cholo vielleicht, oder Marina, vielleicht auch Mutter Recanati, die alten Absteigequartiere, die Cafés der Clique, die Vorahnungen und schließlich die unverblümte Nachricht, sie hat Germán Morales geheiratet, Mann, was sagst du da, das ist doch nicht möglich, ich sage dir, daß sie ihn geheiratet hat, mit dem Segen der Kirche und allem, die Morales, du weißt ja, Textilfabriken und ein Haufen Geld, angesehene Leute, mein Lieber, angesehene Leute, aber sag mir bloß, wie ist das möglich, denn sie war ja doch, aber sie hat gesagt und wir haben geglaubt, daß du, du spinnst, das ist nicht möglich. Eben weil es nicht möglich war, war es um so schlimmer, hinter dem Vorhang beobachtete Matilde ihn, die Zeit war jetzt eine Gegenwart, die alles umfaßte, Mexiko und Buenos Aires und die Hitze der Siesta und die Zigarette, die er immer wieder zum Mund führte, und dann plötzlich niemand mehr, die Straßenecke leer, Flora rief sie, weil Carlitos sich nicht baden lassen wollte, das Telefon, Perla drängte, nein, Perla, heute abend nicht, es muß der Magen sein, geh allein oder nimm Negra mit, ich fühle mich wirklich nicht wohl, besser, ich lege mich hin, ich rufe dich morgen wieder an, und die ganze Zeit nein, das ist nicht möglich, warum haben sie Germán noch nicht benachrichtigt, wenn sie's wissen, wie's scheint, ist Milo nicht durch sie auf ihre Spur gekommen, nein, unmöglich durch sie, Mutter Recanati hätte Germán sofort angerufen, schon des Dramas wegen, und um die erste zu sein, die ihn davon benachrichtigt, denn sie hatte Matilde als Germáns Frau nie akzeptiert, stell dir vor, wie entsetzlich, Bigamie, ich habe immer gesagt, daß ihr nicht zu trauen ist, doch niemand hatte Germán angerufen, oder vielleicht doch, aber im Büro, und Germán war auf Reisen, und Mutter Recanati wartete sicher, bis er zurückkäme, um es ihm persönlich zu sagen, um zu sehen, was er für ein Gesicht machen wird, sie oder sonst jemand, denn irgend jemand mußte Milo Germáns Adresse gegeben haben, er konnte die Villa nicht per Zufall gefunden haben, er konnte nicht per Zufall dort an einem Baum stehen. Und daß er wieder verschwunden war, änderte nichts an der Sache, und die Tür mit der Kette sichern, änderte auch nichts daran, nur Flora würde sich darüber wundern, das einzig Sichere waren die Schlaftabletten, um nach so vielen Stunden endlich nicht mehr denken zu müssen und in einen tiefen Schlaf zu sinken, unterbrochen von Träumen, in denen keinmal Milo, aber am Morgen ihr Aufschrei, als sie eine Hand auf ihrem Gesicht spürte, die von Carlitos, der einen Scherz hatte machen wollen, die Tränen von Carlitos, der gekränkt war, und zu Flora, nimm ihn mit, wenn du jetzt gehst, und schließ die Tür hinter dir ab, Flora. Aufstehen und ihn wieder dort sehen, wie er, ohne sich zu bewegen, eines nach dem anderen die Fenster fixiert, sich nach hinten werfen und etwas später vom Küchenfenster aus auf die Straße lugen, und niemand, langsam sich bewußt werden, daß sie im Haus gefangen war und daß es so nicht weitergehen konnte, irgendwann müßte sie das Haus verlassen, um mit Carlitos zum

Kinderarzt zu gehen oder sich mit Perla zu treffen, die jeden Tag anrief und ungeduldig wurde und nicht verstehen konnte. Der Nachmittag war schwül und orangefarben, Milo lehnte am Baum, die schwarze Lederjacke bei dieser Hitze, der Rauch der Zigarette, der aufstieg und zerfaserte. Oder nur der Baum ohne jemand, aber trotzdem Milo, zu jeder Stunde des Tages und der Nacht, auch wenn sich sein Bild durch das Fernsehen bis zum letzten Programm und durch die Schlaftabletten etwas verwischte.

Am dritten Tag kam Perla, ohne ihren Besuch vorher anzukündigen, Tee mit Gebäck und Carlitos, und als Flora einen Moment mit Perla allein war, nutzte sie die Gelegenheit, um ihr zu sagen, daß es so nicht weitergehen könne, Señora Matilde müsse sich zerstreuen, sie verbringt ihre Tage im Haus eingeschlossen, ich versteh das nicht, Señorita Perla, ich sage Ihnen das, obgleich es mir nicht ansteht, und Perla lächelt sie im Anrichtezimmer an, aber doch, mein Kind, das ist recht von dir, ich weiß, wie sehr du Matilde und Carlitos liebst, ich glaube, sie ist deprimiert, weil Germán so lange wegbleibt, und Flora senkt den Kopf, die Señora braucht Zerstreuung, ich möchte es Ihnen nur sagen, obgleich es mir nicht ansteht. Tee und der übliche Klatsch, nichts an Perla, das sie ihr verdächtig machen konnte, aber wie hatte Milo es dann erfahren, unvorstellbar, daß Mutter Recanati so lange den Mund gehalten haben soll, wenn sie Bescheid wußte, selbst wenn sie lieber auf Germán warten wollte, um es ihm im Namen Christi oder so ähnlich ins Gesicht zu sagen, sie hat dich getäuscht und belogen, damit du sie zum Altar führst, genau das würde diese Hexe sagen, und Germán würde aus allen Wolken fallen, das ist doch nicht möglich, das ist doch nicht möglich. Aber doch, es war möglich, nur daß sie jetzt, wo Perla da war, nicht ans Fenster gehen konnte, um es sich zu bestätigen, also noch eine Tasse Tee, morgen gehen wir ins Kino, ich versprech's dir, hol mich mit dem Wagen ab, ich weiß nicht, was in diesen Tagen mit mir los ist, aber ich habe es lieber, wenn wir im Wagen hinfahren, dort neben dem Sessel das Fenster, aber nicht, solange Perla da ist, warten, bis Perla geht, und dann Milo an der Straßenecke, ganz ruhig an einem Baum, als wartete er auf den Bus, die schwarze Lederjacke und das weiße Halstuch, und dann niemand, bis wieder Milo.

Am fünften Tag sah sie, wie er Flora folgte, die zum Krämer ging, und alles wurde Zukunft, war wie die noch nicht gelesenen

Seiten in diesem Roman, der aufgeschlagen auf dem Sofa lag, etwas, das schon geschrieben war und das man nicht unbedingt lesen mußte, da es ja schon abgeschlossen war, bevor man es las, da es sich viel eher ereignet hatte, als es sich ereignet, wenn man es liest. Sie sah die beiden plaudernd zurückkommen, Flora schüchtern und fast mißtrauisch, an der Ecke verabschiedete sie sich und überquerte schnell die Straße. Perla holte Matilde mit dem Wagen ab, Milo war nicht da, auch nicht, als sie spätnachts zurückkamen, doch am nächsten Morgen wartete er auf Flora, als sie zum Markt ging, er kam gleich auf sie zu, sie gaben sich die Hand und lachten sich an, er nahm ihr den Einkaufskorb ab und trug ihn später voller Gemüse und Früchte zurück, er begleitete sie bis zur Haustür, Matilde konnte sie wegen des Balkons über dem Eingang nicht länger beobachten, aber da Flora nicht sofort hereinkam, mußten sie sich vor der Haustür noch etwas unterhalten haben. Am Tag darauf nahm Flora Carlitos mit zum Einkaufen, und sie sah, wie sie zu dritt lachend weggingen und wie Milo Carlitos mit der Hand übers Haar strich, und als sie zurückkamen, brachte Carlitos einen kleinen Plüschlöwen mit und sagte, den habe ihm Floras Freund geschenkt, so, so, du hast also einen Freund, Flora, sagte sie, als sie beide allein im Wohnzimmer waren. Ich weiß nicht, Señora, er ist sehr sympathisch, wir sind uns ganz zufällig begegnet, er hat mich begleitet, als ich einkaufen ging, er ist sehr nett zu Carlitos, das stört Sie doch nicht, nicht wahr, Señora? Natürlich nicht, sagte sie, das sei ihre Sache, aber sie solle vorsichtig sein, ein junges Mädchen wie sie, und Flora schlug die Augen zu Boden, ja, natürlich, Señora, er begleitet mich ja nur und wir unterhalten uns, er hat ein Restaurant in der Calle Almagro, er heißt Simón. Und Carlitos mit einem Comic-Heft, das hat Simón mir gekauft, Mama, Simón ist der Freund von Flora.

Germán rief aus Salta an und sagte, daß er in zehn Tagen zurückkommen werde, alles in Ordnung, Küßchen. Im Lexikon stand unter Bigamie: die Ehe, die nach Verwitwung von dem hinterbliebenen Ehegatten eingegangen wird. Da hieß es: Stand des mit zwei Frauen verheirateten Mannes oder der mit zwei Männern verheirateten Frau. Da hieß es: Bigamie, nach kanonischem Recht: wird begangen durch die Eheschließung mit einer Frau, die durch Prostitution ihre Jungfernschaft verloren hat, oder weil ihre erste Ehe für null und nichtig erklärt worden ist. Und unter bigam: derjenige, der ein zweites Mal heiratet, ohne daß sein erster Ehegatte gestorben ist. Sie hatte das Lexikon aufgeschlagen, ohne recht zu wissen, warum, als wenn das hätte etwas ändern können, sie wußte, daß es unmöglich war, etwas zu ändern, unmöglich, auf die Straße zu gehen und mit Milo zu sprechen, unmöglich, ans Fenster zu treten und ihn hereinzuwinken, unmöglich, Flora zu sagen, daß Simón nicht Simón ist, unmöglich, Carlitos seinen Plüschlöwen und sein Comic-Heft wegzunehmen, unmöglich, sich Perla anzuvertrauen, sie konnte nur dableiben und Milo beobachten, wohl wissend, daß der auf dem Sofa liegende Roman bis zum Wort Ende geschrieben war, daß sie nichts darin ändern konnte, ob sie ihn nun las oder nicht, ob sie ihn verbrannte oder ob sie ihn einfach in Germáns Bibliothek zurückstellte. Noch zehn Tage, dann ja, aber was, Germán kehrt ins Büro und zu seinen Freunden zurück, und Mutter Recanati oder der Cholo oder sonst einer von Milos Freunden, der ihm die Adresse gegeben hatte, ich muß mit dir sprechen, Germán, ja, es ist ziemlich schlimm, mein Lieber, die Dinge würden ihren Lauf nehmen, zuerst Flora, ganz rot, Señora, würde es Sie stören, wenn Simón heute nachmittag kommt und in der Küche mit mir einen Kaffee trinkt, nur ganz kurz? Natürlich störte sie das nicht, wie hätte sie es stören können, mitten am Tag und nur ganz kurz, Flora hatte durchaus das Recht, ihn zu einem Kaffee einzuladen, so wie Carlitos das Recht hatte, hinunterzugehen und mit Simón zu spielen, der ihm eine Ente zum Aufziehen mitgebracht hatte, die herumwatscheln konnte und alles. Sie blieb so lange oben, bis sie die Haustür ins Schloß fallen hörte, Carlitos kam mit seiner Ente herauf, kuck mal, Mama, was er mir geschenkt hat, kuck mal, wie die läuft, kuck doch mal, Mama, wie eine richtige Ente, Simón hat sie mir mitgebracht, er ist der Freund von Flora, warum bist du nicht heruntergekommen und hast ihn dir angesehen?

Jetzt konnte sie sich den Fenstern nähern, jetzt brauchte sie sich nicht mehr in acht zu nehmen, wie sie das bisher unnützerweise getan hatte, Milo lehnte nicht länger an dem Baum, er kam jeden Nachmittag um fünf und blieb eine halbe Stunde bei Flora in der Küche, und fast immer war Carlitos bei ihnen, manchmal kam Carlitos herauf, bevor Milo ging, und Matilde wußte warum, sie wußte, daß sich in diesen wenigen Minuten, die sie allein waren, das vorbereitete, was geschehen mußte, was schon feststand, wie in dem Roman, der aufgeschlagen auf dem Sofa lag, es bereitete sich in der Küche vor, in gleich welchem Haus, in dem von Mutter Recanati oder dem vom Cholo, acht Tage waren vergangen, und Germán rief aus Córdoba an, bestätigte den Tag seiner Rückkehr, verhieß Lebkuchen für Carlitos und eine Überraschung für Matilde, er würde sich zu Haus fünf Tage erholen, sie könnten ausgehen, im Restaurant essen, in Mazanares einen Spazierritt machen. An diesem Abend telefonierte sie mit Perla, nur um sie reden zu hören, sich eine Stunde lang an ihre Stimme zu hängen, bis es nicht mehr ging, weil Perla merkte, daß all das unecht war, mit Matilde mußte etwas nicht stimmen, ich finde dich sonderbar, Matilde, du solltest zu dem Analytiker von Graciela gehen, hör auf mich. Als sie aufgelegt hatte, konnte sie nicht einmal mehr zum Fenster gehen, sie wußte, an diesem Abend wäre es nutzlos, sie würde Milo an der schon dunklen Ecke nicht sehen. Sie ging hinunter in die Küche, um bei Carlitos zu sein, während Flora ihm zu essen gab, sie hörte, wie er protestierte und seine Suppe nicht essen wollte, aber griff trotz der Blicke Floras nicht ein, half Flora auch nicht, Carlitos zu Bett zu bringen, der sich sträubte und unbedingt noch im Salon bleiben wollte, um mit seiner Ente zu spielen und fernzusehen. Das ganze Erdgeschoß war wie ein fremder Bereich; sie hatte nie recht verstanden, warum Germán darauf bestanden hatte, Carlitos' Zimmer solle neben dem Salon sein, so fern dem ihren im Obergeschoß, aber Germán wollte morgens keinen Lärm, wenn Flora Carlitos für die Schule fertig machte und Carlitos schrie oder sang, sie gab ihm an der Tür zu seinem Zimmer einen Gutenachtkuß und ging in die Küche zurück, obgleich sie dort nichts mehr zu tun hatte, sie betrachtete die Tür zu Floras Zimmer, drückte die Klinke, öffnete die Tür ein wenig und sah Floras Bett, den Schrank mit den Fotos von Mercedes Sosa und den Rockstars, sie meinte zu hören, wie Flora aus Carlitos' Zimmer zurückkam, machte die Tür schnell wieder zu und blickte in den Kühlschrank. Ich werde Ihnen Pilze machen, wie Sie sie mögen, Señora Matilde, ich bringe Ihnen Ihr Abendessen in einer halben Stunde hinauf, da Sie heute abend nicht ausgehen, ich habe Ihnen auch Kürbiskompott gemacht, so wie bei uns zu Hause, und es ist mir gut gelungen, Señora Matilde.

Die Treppe war schlecht beleuchtet, aber die Stufen waren breit und es gab nur wenige, man mußte nicht besonders achtgeben, wenn man hinaufging, die Tür des Schlafzimmers war angelehnt, und ein Lichtstreif ließ den gebohnerten Treppenabsatz glänzen. Seit Tagen aß sie nun schon an dem kleinen Tisch neben dem Fenster, der Salon unten war zu feierlich ohne Germán, alles paßte auf ein Tablett, und Flora war sehr gewandt, sie hatte es auch ganz gern, daß Señora Matilde oben aß, wenn der Señor auf Reisen war, sie blieb dann etwas bei ihr, und sie konnten sich unterhalten, Matilde wäre es auch lieb gewesen, wenn Flora mit ihr zusammen äße, aber Carlitos hätte es Germán gesagt, und dann die Reden darüber, daß man Distanz zu wahren habe, daß man sich Respekt verschaffen müsse, und Flora selbst hätte sich nicht getraut, weil Carlitos am Ende immer alles herauskriegte und es Germán erzählte. Und worüber jetzt mit Flora sprechen, wo sie unbedingt die Flasche holen mußte, die sie hinter den Büchern versteckt hatte, um ein halbes Glas Whisky zu kippen, worauf sie halb erstickte und japste und sich erneut einschenkte, fast direkt neben dem Fenster, das auf die Nacht hinaus geöffnet war, auf das Nichts dort draußen, wo nichts geschah, wo keine dunkle Gestalt mehr am Baum stand und keine Zigarettenglut sich hob und senkte wie ein rätselhaftes, ganz deutliches Signal.

Sie kippte die Pilze zum Fenster hinaus, während Flora das Tablett mit dem Dessert vorbereitete; sie hörte Flora wieder heraufkommen, mit diesem Rhythmus, der etwas von einem Schellengeläut oder einem losgelassenen Füllen hatte, sie sagte ihr, die Pilze seien köstlich gewesen, rühmte die Farbe des Kürbiskompotts, bat sie um eine große Tasse starken Kaffee, und sie möchte ihr doch ein neues Päckchen Zigaretten heraufbringen. Es ist sehr warm, Señora Matilde, heute nacht sollten Sie Ihr Fenster weit offen lassen, ich werde Insektenspray versprühen, bevor Sie schlafen gehen, das hab ich schon bei Carlitos gemacht, er ist sofort eingeschlafen, und Sie haben ja gesehen, wie er sich gesträubt hat, es fehlt ihm der Papa, dem armen Kerl, dabei hat ihm Simón heute nachmittag viele Geschichten erzählt. Sagen Sie mir, wenn Sie noch etwas brauchen, Señora Matilde, ich möchte früh schlafen gehen, wenn Sie gestatten. Natürlich gestattete sie ihr das, obgleich Flora sie deswegen noch nie um Erlaubnis gebeten hatte, denn wenn sie ihre Arbeit beendet hatte, zog sie sich für gewöhnlich in ihr Zimmer zurück, um Radio zu hören oder zu stricken. Matilde sah sie einen Moment an, Flora lächelte zufrieden, sie nahm das Tablett mit dem Kaffee vom Tischchen und ging hinunter, um das Insektenspray zu holen, es ist besser, ich lasse es

Ihnen da, ich stelle es hier auf die Kommode, Señora Matilde, Sie können es dann selbst versprühen, wenn Sie schlafen gehen, doch nicht früher, denn obwohl draufsteht, daß es duftet, riecht es nicht gut. Sie schloß die Tür, das Füllen ging im leichten Trab die Treppe hinunter, ein letztes Klappern von Geschirr; die Nacht begann genau in dem Moment, als Matilde die Flasche hinter den Büchern hervorholte und sie neben ihren Sessel stellte.

Der Lichtschein der niedrig hängenden Lampe reichte knapp bis zum Ehebett im Hintergrund des Zimmers, dunkel sah man einen der beiden Nachttische und das Sofa, auf dem sie ihren Roman liegengelassen hatte, aber er lag nicht mehr dort, nach so vielen Tagen hatte Flora beschlossen, ihn auf das leere Brett des Bücherregals zu legen. Beim zweiten Whisky hörte Matilde in der Ferne irgendeinen Glockenturm 10 Uhr schlagen, sie meinte, diese Glocke nie zuvor gehört zu haben, zählte jeden Schlag und sah zum Telefon, vielleicht Perla, aber nein, nicht um diese Zeit, sie nahm es einem übel oder sie hob erst gar nicht ab. Also besser Alcira, Alcira anrufen und ihr sagen, ihr nur sagen, daß sie Angst habe, das sei zwar albern, aber sollte Mario nicht gerade mit dem Wagen weg sein, irgend so etwas. Sie hörte nicht, wie die Haustür geöffnet wurde, aber das blieb sich gleich, denn sie war sich völlig sicher, daß die Haustür geöffnet wurde oder geöffnet werden würde, da war nichts zu machen, sie konnte nicht auf den Treppenabsatz hinausgehen und in den Salon hinuntersehen, sie konnte nicht nach Flora läuten, das Insektenspray stand da, auch das Wasser gegen den Durst und für die Tabletten, und die Bettdecke war bereits zurückgeschlagen. Sie trat ans Fenster, die Straße war ausgestorben; hätte sie einen Augenblick früher hinausgeblickt, hätte sie vielleicht Milo gesehen, wie er über die Straße kam und unter dem Balkon verschwand, aber das wäre noch schlimmer gewesen, denn was konnte sie Milo zurufen, wie konnte sie ihn daran hindern, ins Haus zu kommen, wo doch Flora ihm öffnete, um ihn in ihr Zimmer zu lassen, Flora war in diesem Augenblick noch schlimmer als Milo, Flora würde alles erfahren, würde Milo rächen, indem sie sich an ihr rächte, sie in den Schmutz zöge, vor Germán bloßstellte, einen Skandal verursachte. Es war ihr nicht mehr möglich, irgend etwas zu tun, und sie konnte auch nicht die Wahrheit herausschreien, es blieb ihr lediglich die absurde Hoffnung, daß Milo nur wegen Flora gekommen war, daß ein unglaublicher Zufall ihn mit Flora bekannt gemacht hatte, ohne daß es einen Bezug zu all dem übrigen gab, daß diese Straßenecke für Milo eine x-beliebige Straßenecke war, daß er hierhergekommen ist, ohne zu wissen, daß dieses Haus das von Germán ist, ohne von seinem Tod in Mexiko zu wissen, daß Milo sie nicht über Floras Körper zu fassen kriegen wollte. Ganz betrunken wankte sie zu ihrem Bett, riß sich die Kleider vom Leibe, die ihr auf der Haut klebten, warf sich nackt aufs Bett und fingerte nach dem Tablettenröhrchen, die letzte Zuflucht. Die Tabletten ließen sich schlecht aus dem Röhrchen herausholen, und Matilde häufte sie auf dem Nachttisch, ohne hinzusehen, ihr Blick war auf das Bücherregal gerichtet, wo der Roman lag, aufgeschlagen und mit dem Gesicht nach unten, auf dem einzigen leeren Brett, so wie Flora ihn hingelegt hatte, sie sah den malaiischen Dolch, den der Cholo Germán geschenkt hatte, sah die Kristallkugel auf ihrem Sockel aus rotem Samt. Sie war sicher, daß die Tür unten schon geöffnet worden war, daß Milo ins Haus gekommen und in Floras Zimmer gegangen war, jetzt würde er mit Flora reden, würde schon begonnen haben, sie auszuziehen, denn für Flora mußte das der einzige Grund sein, weshalb Milo gekommen war, er hatte nur Zutritt zu ihrem Zimmer erlangt, um sie auszuziehen und sich selbst auszuziehen, sie küssend, laß mich, laß mich dich streicheln, so, und Flora sträubt sich, nicht heute, Simón, ich habe Angst, laß mich, laß mich, aber Simón hatte sie, ohne sich zu beeilen, sachte übers Bett gelegt und küßte sie aufs Haar, suchte ihre Brüste unter ihrer Bluse, legte sein Bein auf ihre Schenkel und zog ihr fast spielerisch die Schuhe aus, flüsterte ihr ins Ohr und küßte sie, ihrem Mund immer näher kommend, ich liebe dich, Liebling, laß mich dich ausziehen, laß mich dich sehen, du bist so hübsch, schiebt die Lampe weg, um sie in Halbdunkel und Liebkosungen zu hüllen, Flora gibt mit einem ersten Wimmern nach, die Angst, daß man oben etwas hören könnte, daß Señora Matilde oder Carlitos, aber nein, sprich leise, laß mich jetzt, so, die Kleider fliegen zu Boden, die Zungen treffen sich, die Seufzer, tu mir nicht weh, Simón, bitte tu mir nicht weh, es ist das erste Mal, ich weiß, bleib so, sei jetzt ruhig, schrei nicht, Liebling, schrei nicht.

Sie schrie, aber in Simóns Mund, denn er hatte es vorausgesehen, hatte seine Zunge zwischen ihre Zähne geschoben, während er mit seinen Fingern in ihrem Haar wühlte, sie schrie, und dann weinte sie unter Simóns Händen, die ihr das Gesicht bedeckten und es liebkosten, nach einem letzten Mama, Mama, gab sie nach, aus dem Wimmern wurde ein Keuchen, ein mattes Klagen, Liebling, Liebling, dann das sanfte Daliegen der verschmolzenen Körper, der heiße Atem der Nacht. Lange danach, nach den Zigaretten, die sie an der Rückenlehne aus Kopfkissen rauchten, das Handtuch zwischen den Schenkeln voller Scham, die Worte, die Pläne, die Flora wie im Traum stammelte, die Hoffnungen, die Simón sich anhörte, während er sie anlächelte, ihr die Brüste küßte, mit einer langsamen Spinne aus Fingern über ihren Bauch spazierte, selbstvergessen, benommen, schlaf jetzt etwas, ich gehe ins Bad und bin gleich wieder da, ich weiß, wo es ist, ich brauche kein Licht, bin wie eine Katze in der Nacht, und Flora, nein, Simón, man wird dich hören, aber Dummerchen, ich sag dir doch, daß ich wie eine Katze bin, und ich weiß, wo die Tür ist, schlaf etwas, ich komme gleich wieder, ja so, ganz ruhig.

Er schloß die Tür, und es war, als vergrößerte er die Stille im Haus; völlig nackt ging er durch die Küche und den Salon bis zur Treppe und setzte vorsichtig den Fuß auf die erste Stufe. Schönes Holz, ein schönes Haus hat dieser Germán Morales. Auf der dritten Stufe sah er den Lichtstreif unter der Tür des Schlafzimmers; er stieg die weiteren Stufen hinauf, drückte die Klinke nieder und stieß die Tür weit auf. Der Knall gegen die Kommode drang bis in den unruhigen Schlaf Carlitos', er richtete sich im Bett auf und schrie. Er schrie oft des Nachts, und Flora stand dann immer sofort auf, um ihn zu beruhigen, ihm Wasser zu bringen, bevor Germán aufwachte und ärgerlich würde. Es war ihr klar, daß sie Carlitos zur Ruhe bringen mußte, zumal Simón noch nicht zurück war, sie mußte das Kind beruhigen, bevor Señora Matilde sich Sorgen machen würde; sie hüllte sich in das Bettuch und lief in Carlitos' Zimmer, er saß am Fußende des Betts, starrte in die Luft und schrie vor Angst, sie nahm ihn in die Arme und redete mit ihm, sagte ihm, aber nicht doch, ich bin ja da, ich hole dir Schokolade, das Licht lasse ich solange an, doch da hörte sie den unbegreiflichen Schrei und lief mit Carlitos in den Armen in den Salon, die Treppe war von oben her beleuchtet, am Fuß der Treppe sah sie, wie sie dort oben vor der Tür hin und her wankten, die zwei ineinander verschlungenen nackten Körper, die langsam auf dem Treppenabsatz zusammensackten, von der oberen Stufe abrutschten, die ganze Treppe hinunterrollten, ohne sich voneinander zu lösen, bis sie auf dem Teppich des Salons unbeweglich liegen blieben, der Dolch in Simóns Brust, der auf dem Rücken lag, und Matilde, die so viele Schlaftabletten genommen hatte – den Beweis würde erst die Autopsie liefern –, daß sie zwei Stunden später starb, gerade als ich mit der Ambulanz dort eintraf und Flora eine Spritze setzte, um den Schock zu lindern, Carlitos ein Sedativ gab und die Krankenschwester bat, bei ihnen zu bleiben, bis die Angehörigen oder die Freunde kämen.

III

Klon

Alles scheint sich um Gesualdo zu drehen: Hatte er recht, das zu tun, was er getan hat, oder hat er sich an seiner Frau wegen etwas gerächt, wofür er sich selbst hätte strafen müssen? Paola, die zwischen zwei Proben in die Hotelbar gegangen war, um etwas zu verschnaufen, diskutiert mit Lucho und Roberto, während die anderen Canasta spielen oder auf ihre Zimmer gehen. Er hat recht getan, behauptet Roberto, egal ob damals oder heute, seine Frau betrog ihn, und er hat sie umgebracht, ein Tango mehr, Paolita. Dein Machismo, entgegnet Paola, Tangos, gewiß, aber heute gibt es auch Frauen, die Tangos machen, und man singt nicht mehr immer dasselbe. Man sollte tiefer schürfen, getraut sich Lucho der Schüchterne zu sagen, es ist nicht einfach zu verstehen, warum einer untreu wird und warum einer tötet. Vielleicht in Chile, sagt Roberto, ihr seid ja so gesittet, aber wir aus La Rioja: Messer rein und fertig. Sie lachen, Paola möchte einen Gin Tonic, es ist wahr, man sollte hinter die Dinge gucken, tiefer eindringen, Carlo Gesualdo hat seine Frau mit einem anderen im Bett überrascht, und er hat sie beide umgebracht oder umbringen lassen, das ist etwas für den Polizeibericht oder die Kurznachrichten um halb eins, alles übrige (und sicher liegt die wahre Geschichte ebenda verborgen) müßte man recherchieren, und das ist nach vier Jahrhunderten nicht einfach. Es gibt eine Menge Literatur über Gesualdo, erinnert sich Lucho, wenn es dich derart interessiert, dann kannst du sie ja studieren, wenn wir im März wieder nach Rom kommen. Gute Idee, gibt Paola zu, fragt sich nur, ob wir noch einmal nach Rom kommen.

Roberto sieht sie an, ohne etwas zu sagen, Lucho senkt den Kopf und ruft dann den Kellner, um noch ein paar Drinks zu bestellen. Spielst du auf Sandro an? fragt Roberto, als er sieht, daß Paola erneut mit ihren Gedanken bei Gesualdo ist oder diese Fliege da unter der Decke beobachtet. Nicht direkt, antwortet Paola, aber du wirst zugeben, daß alles schwieriger geworden ist.

Das wird vorübergehen, sagt Lucho, ist eine bloße Anwandlung von Sandro, er hat einen Koller gekriegt, aber er wird nicht weiter gehen. Mag sein, gibt Roberto zu, aber bis er sich wieder eingekriegt hat, müssen wir, die Gruppe, darunter leiden, unsere Proben sind miserabel, und überhaupt proben wir viel zuwenig, das wird man am Ende merken. Ganz bestimmt, sagt Lucho, wir singen verkrampft, haben Angst, einen Bock zu schießen. Den haben wir schon in Caracas geschossen, noch ein Glück, daß die Leute Gesualdo kaum kennen, Marios Entgleisung hielten sie für eine weitere harmonische Kühnheit. Schlimm wird es erst, wenn uns so was bei Monteverdi passiert, murmelt Roberto, den kennen sie nämlich auswendig, mein Lieber.

Es war einigermaßen außergewöhnlich, daß das einzige feste Paar des Ensembles Franca und Mario waren. Von fern Mario und Sandro betrachtend, die sich vor einer Partitur und zwei Bieren unterhielten, sagte sich Paola, daß es in der Gruppe sehr selten flüchtige Liaisons, Beziehungen von kurzer Dauer gegeben hatte, eben nur ein Wochenende lang Karen mit Lucho (oder Karen mit Lily, denn bei Karen wußte man ja, und Lily vielleicht aus reiner Gefälligkeit oder um zu sehen, wie das so ist, obgleich Lily auch mit Sandro, eine erstaunliche Bandbreite bei Karen und Lily, muß man sagen). Ja, man mußte zugeben, daß das einzige feste Paar, das diesen Namen verdient, Franca und Mario waren, mit Ring am Finger und allem. Was sie selbst betraf, so hatte sie sich in Bergamo einmal ein Hotelzimmer voller Draperien und Spitzenkram genehmigt, mit Roberto in einem Bett, das aussah wie ein Schwan, ein kurzes Intermezzo ohne Nachspiel, gute Freunde danach wie vorher, so etwas passierte schon mal, zwischen zwei Konzerten, gewissermaßen zwischen zwei Madrigalen, Karen und Lucho, Karen und Lily, Sandro und Lily. Und alle immer gute Freunde, denn die echten Paare bildeten sich erst wieder am Ende der Tourneen, in Buenos Aires und in Montevideo, dort warteten auf sie ihre Frauen oder Ehemänner, Kinder, Häuser und Hunde, bis zur nächsten Tournee, ein Seemannsdasein mit all dem, was das nun mal impliziert, völlig bedeutungslos, lauter moderne Menschen. Bis. Denn etwas war jetzt anders geworden, nachdem. Ich kann nicht mehr richtig denken, dachte Paola, lauter Satzfetzen. Wir sind alle viel zu angespannt, *damn it*. Auf einmal sah sie Mario und Sandro, die über Musik diskutierten, anders, so als gäbe es bei ihnen untergründig eine andere Diskussion. Doch nein, darüber sprachen sie nicht, eben darüber sprachen sie ganz bestimmt nicht. Letzten Endes blieb die Tatsache bestehen, daß das einzige echte Paar Mario und Franca waren, auch wenn Mario und Sandro natürlich nicht darüber diskutierten. Obgleich vielleicht untergründig, ganz untergründig.

Alle drei werden sie zum Strand von Ipanema gehen, am Abend soll die Gruppe in Rio singen, man muß die Gelegenheit nutzen. Gern schlendert Franca mit Lucho herum, sie haben dieselbe Art, die Dinge zu betrachten, so als berührten sie sie nur so eben mit den Fingern ihrer Augen, sie haben viel Spaß zusammen. Roberto wird es fertigbringen, sich in letzter Minute an sie zu hängen, wie schade, denn er sieht alles so ernst und verlangt, daß man ihm zuhört, sie werden ihn im Schatten seine *Times* lesen lassen, sie selber werden im Sand Ball spielen, werden schwimmen und ihre Glossen machen, während Roberto zu dösen beginnt und erneut Sandro vor sich sieht, der den Kontakt zur Gruppe mehr und mehr verliert und mit seiner Verbohrtheit allen nur schadet. Da wird Franca den weißroten Ball werfen, Lucho wird hochspringen, um ihn zu fangen, sie werden bei jedem Wurf wie verrückt lachen, schwer, sich auf die *Times* zu konzentrieren, schwer, den Zusammenhalt zu bewahren, wenn ein Dirigent den Kontakt verliert wie jetzt im Fall von Sandro, und es ist nicht Francas Schuld, natürlich ist es nicht ihre Schuld, wie es auch nicht Francas Schuld ist, daß der Ball jetzt mitten zwischen die Gläser der Leute fällt, die dort unter einem Sonnenschirm Bier trinken, und man hinlaufen und sich entschuldigen muß. Die *Times* zusammenfaltend, wird sich Roberto an seine Unterhaltung mit Paola und Lucho in der Bar erinnern; wenn Mario nicht endlich etwas tut, wenn er Sandro nicht sagt, daß Franca sich nie auf ein anderes Spiel als das seine einlassen wird, dann wird alles zum Teufel gehen, nicht nur daß Sandro die Proben schlecht leitet, sondern er singt auch schlecht, er verliert diese Konzentration, die sich indirekt auf die Gruppe auswirkte und ihr diese Einheitlichkeit und dieses Timbre gab, wovon die Kritiker so oft gesprochen haben. Der Ball im Wasser, sie laufen um die Wette, Lucho ist erster, Franca macht einen Kopfsprung in die Wellen. Ja, Mario müßte es merken (unmöglich, daß er noch nichts gemerkt haben sollte), die Gruppe wird unweigerlich zum

Teufel gehen, wenn Mario nicht endlich was unternimmt. Aber wie etwas unternehmen, wenn nichts vorgefallen ist, wenn niemand sagen kann, daß etwas vorgefallen sei.

Sie schöpfen schon Verdacht, ich weiß, aber was kann ich dagegen tun, es ist wie eine Krankheit, ich kann sie nicht ansehen, kann ihr keinen Einsatz geben, ohne daß wieder dieser Schmerz und zugleich diese Wonne, ohne daß alles schwankt und weggleitet wie Sand, ein Brausen auf der Bühne, ein Fluß unter meinen Füßen. Ah, wenn ein anderer von uns dirigierte, wenn Karen oder Roberto dirigierte, damit ich im Ensemble aufgehen könnte, als bloßer Tenor unter den anderen Stimmen, vielleicht dann, vielleicht würde es dann aufhören. Da, sieh ihn dir an, so ist er jetzt immer, sagt Paola, er träumt mit offenen Augen, mitten in den verzwicktesten Passagen der Gesualdos, wenn man millimetergenau sein muß, um nicht abzustürzen, gerade dann ist er wie weggetreten, Scheiße. Aber Mädchen, sagt Lucho, Damen sagen nicht Scheiße. Doch unter welchem Vorwand abtreten, mit Karen oder mit Roberto sprechen, dabei ist es gar nicht sicher, daß sie annehmen, ich dirigiere sie schon so lange, und so einen Wechsel vollzieht man nicht von heute auf morgen, von der Technik ganz abgesehen. Gestern abend war es so stark, einen Augenblick lang habe ich gedacht, daß irgendeiner es mir im Zwischenakt sagen würde, es ist offensichtlich, daß sie es nicht mehr aushalten können. Im Grunde hast du recht zu fluchen, sagt Lucho. Im Grunde ja, aber es ist idiotisch, sagt Paola, Sandro ist von uns allen der beste Musiker, ohne ihn wären wir nicht, was wir sind. Was wir waren, murmelt Lucho.

Es gibt jetzt Abende, da scheint sich alles endlos hinzuziehen, was vordem ein Fest war – erst etwas zurückhaltend, aber dann gibt man sich blind dem Jubel der Melodie hin – ist jetzt immer mehr bloße Routine (Roberto brummig), sich zitternd die Boxhandschuhe anziehen, in den Ring steigen und aufpassen, daß man nicht eins auf die Birne kriegt. Feinsinnige Vergleiche, bemerkt Lucho, Paola ansehend. Er hat recht, was für eine Scheiße, sagt Paola, für mich war Singen immer wie ein einziger Orgasmus, und jetzt ist es nur ein ödes Masturbieren. Was für treffende Vergleiche, sagt Roberto lachend, aber es stimmt, wir waren anders, neulich, als ich Science-fiction las, habe ich das richtige Wort gefunden: wir waren ein *Klon*. Ein was? (Paola) Ich versteh dich, seufzt Lucho, es ist wahr, das Singen und das Leben und selbst die Gedanken waren eins in acht Körpern. Wie die drei Musketiere, fragt Paola, alle für einen und einer für alle? Genau, mein Kind, bestätigt Roberto, aber heute nennt man es *Klon*, das klingt gelehrter. Wir sangen und lebten wie ein einziger, sagt Lucho leise, ganz anders als heute, wo wir uns lustlos zur Probe und zum Konzert schleppen, das Programm, das nie endet, nie. Eine unendliche Angst, sagt Paola, jedesmal denke ich, daß wieder einer ins Schlittern gerät, ich sehe Sandro an, als wäre er ein Rettungsring, und dieser Idiot da hängt an Francas Augen, und Franca blickt, wann immer sie kann, Mario an, was alles noch schlimmer macht. Sie tut gut daran, sagt Lucho, ihn und nur ihn muß sie ansehen. Sicher tut sie gut daran, aber alles geht langsam zum Teufel. Ganz langsam, was noch schlimmer ist, sagt Roberto, ein Schiffbruch in Zeitlupe.

Fast eine Manie, dieser Gesualdo. Denn sie liebten ihn, klar, und seine fast unsingbaren Madrigale zu singen verlangte viel Mühe und Fleiß, auch widmeten sie sich intensiv dem Studium der Texte, immer auf der Suche nach der besten Möglichkeit, die Gedichte und die Melodie in Einklang zu bringen, so wie der Fürst von Venosa das in seiner instinktuellen, genialen Art getan hatte. Jede Stimme, jeder Ton mußte diese schwer zu fixierende Mitte treffen, aus der heraus das Madrigal sich verwirklichen würde, und nicht eine der vielen mechanischen Versionen, die sie manchmal auf Platten hörten, um zu vergleichen, um zu lernen, um ein bißchen Gesualdo zu sein, Mörderfürst, Herr der Musik.

Dann kam es oft zu harten Auseinandersetzungen, fast immer zwischen Roberto und Paola, Lucho war maßvoller, aber traf genau, jeder empfand Gesualdo anders, daher die Schwierigkeit, sich einer anderen Interpretation zu fügen, auch wenn sie sich nur minimal von der eigenen unterschied. Roberto hatte recht gehabt, der *Klon* löste sich auf, und jeden Tag zeigten sich mehr die Individuen mit ihren eigenen Anschauungen und ihrer Widerspenstigkeit, am Ende war es immer Sandro, der den Streit schlichtete, niemand widersprach seiner Auffassung von Gesualdo, außer Karen und manchmal Mario, in den Proben waren immer sie es, die etwas bemängelten und Änderungen vorschlugen, Karen giftete geradezu gegen Sandro (nach Paolas Theorie eine alte unglückliche Liebe), und Mario brillierte mit Vergleichen, Beispielen und musikalischen Rechtssprüchen. Wie in aufsteigender Modulation dauerten die Streitigkeiten Stunden, bis es zu einer Übereinkunft oder einer momentanen Einigung kam. Jedes Madrigal von Gesualdo, das sie in ihr Repertoire aufnahmen, bedeutete einen neuen Zusammenstoß, vielleicht kehrte die Nacht wieder, da der Fürst beim Anblick der nackten, schlafenden Liebenden den Dolch gezückt hatte.

Lily und Roberto hören Sandro und Lucho zu, die nach zwei Scotch ihre Intelligenz ausspielen. Sie sprechen von Britten und von Webern und am Ende immer von dem aus Venosa, heute ist es *O voi, troppo felici*, man sollte es mehr betonen (Sandro), oder im Gegenteil die Melodie in ihrer ganzen gesualdischen Ambivalenz einfach fließen lassen (Lucho). Aber ja, aber nein, genau das, eben nicht, Pingpong aus Spaß an den effektvollen Schlägen, den schneidenden Entgegnungen. Wirst schon sehen, wenn wir das proben (Sandro), aber vielleicht hält die Probe nicht Stich (Lucho), dann möchte ich wissen, warum nicht, und Lucho ist es satt, er öffnet den Mund, um zu sagen, was auch Roberto und Lily sagen würden, wenn Roberto in seiner Barmherzigkeit Lucho nicht das Wort abschnitte, indem er vorschlägt, noch einen Drink zu nehmen, und Lily, ja, und die anderen, aber klar, mit viel Eis.

Es wird schon zur Obsession, ist eine Art von *cantus firmus*, um den sich das Leben der Gruppe dreht. Sandro ist der erste, der das spürt, einmal war dieser Mittelpunkt die Musik, und um sie herum kreisten die Lichter von acht Leben, von acht Solisten, die acht kleinen Planeten der Sonne Monteverdi, der Sonne Josquin des Prés, der Sonne Gesualdo. Dann schwebt Franca langsam in einen Himmel aus Klängen auf, ihre grünen Augen, die auf die Einsätze lauern, auf die kaum wahrnehmbaren rhythmischen Anweisungen, verändern und zerreißen den Zusammenhalt des *Klons*, ohne es zu wissen und zu wollen, Roberto und Lily denken das unisono, während Lucho und Sandro, jetzt ganz ruhig, auf das Problem von *O voi, troppo felici* zurückkommen, sich die Lösung von dieser großen Intelligenz erwarten, die nach dem dritten Scotch des Abends nie versagt.

Warum hat er sie umgebracht? Die alte Geschichte, sagt Roberto zu Lily, er hat sie in ihrem Gemach in den Armen eines anderen überrascht, wie in dem Tango von Rivero, und da hat sie der Fürst persönlich, vielleicht auch einer seiner Häscher, einfach erdolcht, ist dann aus Angst vor der Rache der Brüder der Toten geflohen und hat sich in Schlössern vergraben, wo im Laufe der Jahre das raffinierte Spinngewebe der Madrigale entstanden sein muß. Roberto und Lily vergnügen sich damit, dramatische und erotische Varianten zu ersinnen, denn sie sind das Problem von *O voi, troppo felici* leid, das auf dem Sofa neben ihnen immer noch in rabulistischer Weise diskutiert wird. Man spürt an der Atmosphäre, daß Sandro verstanden hat, was Lucho ihm sagen wollte: Wenn es mit den Proben so weitergeht, wird alles immer mechanischer werden, man wird hoffnungslos an der Partitur und am Text kleben, ein Carlo Gesualdo ohne Liebe und Eifersucht, ein Carlo Gesualdo ohne Dolch und Rache, alles in allem ein fleißiger Madrigalist unter vielen anderen.

»Proben wir mit dir«, wird Sandro am nächsten Morgen vorschlagen. »Es wäre vielleicht besser, wenn du ab jetzt dirigierst, Lucho.«

»Ihr seid nicht ganz bei Trost«, wird Roberto sagen.

»Genau«, wird Lily sagen.

»Ja doch, proben wir mit dir, mal sehn, wie's geht, und wenn die anderen einverstanden sind, bleibst du da vorne.«

»Nein«, wird Lucho sagen, der rot geworden ist und sich ärgert, daß er rot geworden ist.

»Es geht nicht darum, den Dirigenten zu wechseln«, wird Roberto sagen. »Natürlich nicht«, wird Lily sagen.

»Vielleicht doch«, wird Sandro sagen, »vielleicht wird das uns allen guttun.«

»Auf jeden Fall nicht ich«, wird Lucho sagen. »Ich seh mich nicht da vorne, nichts zu machen. Ich habe meine Vorstellungen wie jeder andere, aber ich kenne meine Grenzen.«

»Das ist mir ein Herzchen, dieser Chilene«, wird Roberto sagen. »Ist er«, wird Lily sagen.

»Entscheidet ihr«, wird Sandro sagen, »ich geh jetzt schlafen.«

»Schlaf weiß Rat«, wird Roberto sagen. »Hast recht«, wird Lily sagen.

Nach dem Konzert suchte er ihn, nicht daß es schlecht gelaufen wäre, aber wieder diese Verkrampfung, als lauerte eine Gefahr, als würde man gleich einen Schnitzer machen, Karen und Paola sangen ohne Gefühl, Lily war ganz blaß, Franca sah kaum zu ihm hin, die Männer waren zwar konzentriert, aber zugleich wie abwesend; er selbst hatte Probleme mit der Stimme, dirigierte kühl, aber wurde immer unsicherer, je weiter sie im Programm vorankamen; das honduranische Publikum war begeistert, aber das genügte nicht, diesen schlechten Geschmack im Mund loszuwerden, deshalb suchte er Lucho nach dem Konzert, und in der Bar des Hotels fand er ihn zusammen mit Karen, Mario, Roberto und Lily, sie tranken, fast ohne zu reden, warteten bei lustlos erzählten Anekdoten auf die nötige Bettschwere, Karen und Mario zogen sich schon bald zurück, aber Lucho schien sich von Lily und Roberto nicht trennen zu wollen, Sandro mußte sich wohl oder übel dazusetzen, mit einem letzten Glas, das in dem Schweigen nicht leer werden wollte. Letztlich ist es ganz gut, daß wir hier wieder dieselben sind wie neulich abend, sagte Sandro mitten ins Schweigen hinein, du, ich hab dich gesucht, um dir noch einmal zu sagen, was ich dir schon gesagt habe. So, sagte Lucho, aber ich kann dir darauf nur die Antwort geben, die ich dir schon gegeben habe. Wieder sprangen Roberto und Lily ihm bei, es gibt andere Möglichkeiten, Mann, warum versteifst du dich auf Lucho. Wie ihr wollt, mir ist es gleich, sagte Sandro und trank seinen Whisky in einem Zug aus, macht es unter euch aus, und wenn ihr euch entschieden habt, sagt es mir. Ich stimme für Lucho. Ich für Mario, sagte Lucho. Es geht nicht darum, jetzt abzustimmen, was soll's (Roberto aufgebracht, und Lily, ja, was soll's). Nun gut, wir haben Zeit, das nächste Konzert ist in zwei Wochen in Buenos Aires. Ich mache einen Sprung nach La Rioja, um die alte Dame zu besuchen (Roberto, und Lily, ich muß mir eine Handtasche kaufen). Du suchst mich, um mir das zu sagen, sagte Lucho, alles gut und schön, aber so etwas bedarf der Erklärung, hier hat jeder seine Theorie, und du natürlich auch, es wird Zeit, mit offenen Karten zu spielen. Auf keinen Fall heute abend, dekretierte Roberto (und Lily, natürlich nicht, ich falle um vor Müdigkeit, und Sandro, bleich, betrachtete sein leeres Glas, ohne es zu sehen).

›Diesmal war es ein Skandal‹, dachte Paola nach rastlosen Gesprächen und Beratungen mit Karen und Roberto, ›das nächste Konzert werden wir nicht durchstehen, zumal es in Buenos Aires ist, die Leute dort werden uns auspfeifen, das sagt mir mein kleiner Finger; immerhin ist da die Familie, schlimmstenfalls bleibe ich bei Mama und meiner Schwester und warte auf eine neue Chance.‹

›Jeder wird schon wissen, was er tun wird‹, dachte Lucho, der ohne viel zu reden schon seine Fühler ausgestreckt hatte. ›Jeder wird auf seine Weise zurechtkommen, wenn es kein Einvernehmen, keinen *Klon*, wie Roberto sagen würde, mehr gibt, aber Buenos Aires wird man nicht hinter sich bringen, ohne daß die Fetzen fliegen, das sagt mir mein Instinkt. Diesmal war es denn doch zuviel.‹

Cherchez la femme. La femme? Roberto weiß, daß man besser den Mann sucht, wenn man etwas finden will, woran man sich halten kann, Franca wird wie immer ausweichen, mit Bewegungen wie ein Fisch im Goldfischglas, mit unschuldigen riesigen grünen Augen, denn wie's scheint, ist sie ja auch an nichts schuld, daher besser Mario suchen und finden. Hinter dem Qualm seiner Zigarre ist er geradezu heiter, ein alter Freund hat schließlich ein Recht darauf, alles zu erfahren, aber sicher, das stimmt, vor sechs Monaten in Brüssel hat das angefangen, Franca hat es mir sofort gesagt. Und du? Roberto als guter Riojaner zieht sofort das Messer. Pah, ich? Mario, der Friedfertige, der stille Genießer tropischer Tabake und riesiger grüner Augen, ich kann nichts machen, mein Lieber, wenn er sich verknallt hat, hat er sich verknallt. ›Aber sie‹, möchte Roberto sagen und sagt es nicht.

Paola dagegen ja, wer wollte Paola in der Stunde der Wahrheit zurückhalten. Auch sie wandte sich an Mario (sie waren tags zuvor in Buenos Aires angekommen, bis zum Konzert blieb noch eine Woche, die erste Probe nach den freien Tagen war bloße Routine gewesen, völlig lustlos, Janequin und Gesualdo fast ein und dasselbe, zum Heulen). Tu etwas, Mario, ich weiß auch nicht was, aber tu etwas. Das einzige, was man tun kann, ist, nichts zu tun, antwortete Mario. Wenn Lucho es ablehnt, zu dirigieren, weiß ich nicht, wer Sandro ersetzen könnte. Du, Tropf. Ja, aber nicht doch. Dann muß man annehmen, daß du das absichtlich tust, schrie Paola, du siehst nicht nur mit an, wie alles vor deiner Nase in die Brüche geht, sondern darüber hinaus machst du uns alle auch noch arbeitslos. Schrei nicht so, sagte Mario, ich hör sehr gut, glaub mir.

Wie ich dir sage, ich hab ihm ins Gesicht geschrien, und da hast du, was er mir geantwortet hat, der ... Scht, Mädchen, sagt Roberto, Hahnrei ist ein häßliches Wort, wenn du das in La Rioja sagst, richtest du ein Blutbad an. Das wollte ich nicht sagen, sagt Paola etwas reumütig, niemand weiß, ob sie miteinander schlafen, und schließlich ist es völlig belanglos, ob sie miteinander schlafen oder ob sie sich ansehen, als schliefen sie mitten im Konzert miteinander, nicht darum geht es. Da bist du ungerecht, sagt Roberto, derjenige, der den Blick nicht abwenden kann, der den Kopf verliert, der wie ein Falter ins Licht fliegt, der verdammte Idiot ist Sandro, niemand kann Franca vorwerfen, daß sie ihm diese Art von Schröpfer aufgesetzt, sich mit Blicken an ihm festgesaugt hat, wie er das tut, sobald er sie vor sich hat. Aber Mario, insistiert Paola, wie kann der das zulassen? Ich nehme an, daß er ihr vertraut, sagt Roberto, er liebt sie wirklich und kümmert sich nicht um saugende Blicke und schmachtende Gesichter. Möglich, gibt Paola zu, aber warum lehnt er es ab, uns zu dirigieren, wo Sandro der erste ist, der mit ihm einverstanden wäre, und Lucho selbst und wir alle ihn darum gebeten haben?

Wenn Rache eine Kunst ist, wird sie auch diese filigranähnlichen Formen annehmen, die ihr eine subtilere Schönheit geben. ›Es ist seltsam‹, denkt Mario, ›daß jemand, der fähig war, die Klangwelt dieser Madrigale zu ersinnen, sich so grob, auf so großtuerische Weise hat rächen können, wo er es doch vermocht hätte, ein perfektes Spinngewebe zu spinnen und mit anzusehen, wie die Beute sich darin verfängt, ihr langsam das Blut auszusaugen, eine Folter von Wochen und Monaten zu madrigalisieren.‹ Er blickt Paola an, die eine Passage aus *Poichè l'avida sete* repetiert, und lächelt ihr freundschaftlich zu. Er weiß sehr gut, warum Paola wieder von Gesualdo gesprochen hat, warum fast alle, wenn von Gesualdo die Rede ist, ihn ansehen, die Augen senken und das Thema wechseln. *Sete*, sagt er zu ihr, beton dies *sete* nicht so stark, Paolita, man spürt den Durst stärker, wenn du das Wort sanft sprichst. Denk an die Epoche, an die Art, vieles ganz leise zu sagen und sogar auch zu tun.

Sie sahen, wie sie gemeinsam das Hotel verließen, Mario hatte Franca untergehakt, Lucho und Roberto konnten von der Bar aus verfolgen, wie sie sich langsam entfernten, wie Franca Marios

Taille umfaßte und er den Kopf etwas zu ihr drehte und mit ihr sprach. Sie stiegen in ein Taxi, das sich in die Schlange einreihte, die sich langsam der Innenstadt zu bewegte.

»Ich versteh nicht, mein Lieber«, sagte Roberto zu Lucho, »ich schwöre dir, daß ich nichts verstehe.«

»Wem sagst du das, Bruderherz.«

»Nie war es so klar wie heute morgen, es sprang einem in die Augen, denn um Augen handelt es sich, diese unnütze Verstellung von Sandro, dem es immer zu spät einfällt, sich nichts anmerken zu lassen, dieser Dummkopf, und sie ganz im Gegenteil, zum ersten Mal hat sie für ihn gesungen, ganz allein für ihn!«

»Auch Karen hat mich darauf aufmerksam gemacht, du hast recht, diesmal war sie es, die ihn angesehen hat, die ihn mit den Augen verschlungen hat, und weiß Gott, daß diese Augen das können, wenn sie wollen.«

»Da hast du's«, sagte Roberto, »auf der einen Seite die größte Uneinigkeit, die wir je erlebt haben, und das sechs Stunden vor dem Konzert, und was für einem Konzert, hier in Buenos Aires gibt man kein Pardon, das weißt du. Diesmal ist völlig klar, daß alles vorbei ist, das spürt man im Blut oder in der Prostata, so was entgeht mir nie.«

»Fast dasselbe haben auch Karen und Paola gesagt, von der Prostata abgesehen«, sagte Lucho. »Mag sein, daß ich weniger sexy bin als ihr, aber diesmal ist auch mir das klar.«

»Und auf der anderen Seite Mario, der sie ganz vergnügt auf einem Einkaufsbummel begleitet oder einen Aperitif mit ihr trinken geht, das perfekte Ehepaar.«

»Unmöglich, daß er nichts wissen sollte.«

»Und er sich von ihr dies Geschmuse einer billigen Hure gefallen läßt.«

»Gehen wir, Roberto.«

»Warum so eilig, Chilene, laß mich wenigstens etwas verschnaufen.«

»Hast recht«, sagte Lucho, »das brauchen wir vor dem Konzert.«

»Das Konzert«, sagte Roberto. »Da bin ich mir nicht ganz sicher.«

Sie blickten sich an, und es war vorauszusehen, daß sie die Achseln zucken und die Zigaretten hervorholen würden.

Niemand wird sie sehen, trotzdem wird es ihnen unangenehm sein, wenn sie einander in der Hotelhalle begegnen, Lily wird Sandro ansehen, als wolle sie ihm etwas sagen, wird aber zögern und vor einer Vitrine stehenbleiben, und Sandro wird mit einem vagen Gruß zum Zigarettenkiosk gehen und ein Päckchen Camel verlangen, er wird Lilys Blick im Nacken spüren, wird bezahlen und dann zu den Aufzügen gehen, während Lily sich von der Vitrine lösen und neben ihn treten wird wie in einer anderen Zeit, bei einer anderen flüchtigen Begegnung, die sie jetzt noch einmal erlebt, was weh tut. Sandro wird ein »Wie geht's« murmeln, wird den Blick senken und das Päckchen Zigaretten aufreißen. Von der Aufzugstür aus wird er sehen, wie sie am Eingang zur Bar zögert und sich zu ihm umdreht. Er wird umständlich die Zigarette anzünden und hinauffahren, um sich für das Konzert umzuziehen, Lily wird in die Bar gehen und einen Cognac bestellen, was zu dieser Zeit nicht gut ist, wie es auch nicht gut ist, zwei Camel hintereinander zu rauchen, wenn fünfzehn Madrigale auf einen warten.

Wie immer in Buenos Aires sind die Freunde da, und nicht nur im Parkett, sondern sie suchen einen auch in den Garderoben und Kulissen, Umarmungen, Wangenküsse, Schulterklopfen, endlich wieder da, Bruderherz, aber wie hübsch du bist, Paolita, ich stelle dich der Mutter meines Verlobten vor, hör mal, Roberto, du wirst zu dick, hallo, Sandro, ich habe die Kritiken aus Mexiko gelesen, formidabel, das Stimmengewirr im vollbesetzten Saal, Mario begrüßt einen alten Freund, der ihn nach Franca fragt, sie muß hier herum sein, die Leute auf den Parkettsitzen werden langsam leiser, noch zehn Minuten, Sandro fordert sie mit einer ruhigen Handbewegung auf, sich zu versammeln, Lucho macht sich von zwei Chileninnen los, die ihn wegen eines Autogramms bedrängen, Lily fast im Laufschritt, sie sind unheimlich nett, aber man kann schließlich nicht mit allen sprechen, Lucho neben Roberto wirft einen Blick in die Runde, und plötzlich sagt er etwas zu Roberto, und Karen und Paola fast gleichzeitig, wo ist Franca, die Gruppe bereit zum Auftritt, aber wo steckt Franca, Roberto zu Mario und Mario, was weiß ich, wir haben uns um sieben in der Innenstadt getrennt, Paola, wo ist Franca, und Lily und Karen, wo ist sie, Sandro sieht Mario an, ich hab dir doch gesagt, sie ist allein zurückgefahren, sie muß jeden

Augenblick dasein, noch fünf Minuten, Sandro geht auf Mario zu, Roberto stellt sich schweigend zwischen sie, du weißt doch sicher, was gespielt wird, und Mario, ich hab dir schon gesagt, nein, bleich und vor sich hin starrend, einer vom Bühnenpersonal sagt etwas zu Sandro und Lucho, man läuft durch die Kulissen, nein, mein Herr, sie ist nicht da, niemand hat sie kommen sehen, Paola schlägt die Hände vors Gesicht und beugt sich vor, als müßte sie sich übergeben, Karen stützt sie, und Lucho, bitte, Paola, reiß dich zusammen, noch zwei Minuten, Roberto blickt Mario an, der stumm und bleich ist, so stumm und bleich wie vielleicht Carlo Gesualdo war, als er das Schlafgemach verließ, fünf seiner Madrigale auf dem Programm, ungeduldiges Klatschen, und der Vorhang immer noch unten, nein, mein Herr, sie ist nicht da, wir haben überall nachgesehen, sie ist nicht ins Theater gekommen, Roberto schiebt sich wieder zwischen Sandro und Mario, das hast du absichtlich gemacht, wo ist Franca, laut brüllend, ein Gemurmel der Verwunderung auf der anderen Seite, der Impresario zittert, tritt vor den Vorhang, meine Damen und Herren, wir bitten noch um einen Augenblick Geduld, das hysterische Geschrei Paolas, Lucho bemüht sich verzweifelt, sie zu beruhigen, Karen wendet sich ab, entfernt sich langsam, Sandro bricht in den Armen Robertos zusammen, er hält ihn wie eine Strohpuppe und sieht Mario an, der immer noch bleich und unbeweglich dasteht, und Roberto begreift, daß es hier passieren mußte, hier in Buenos Aires, da haben wir's, Mario, es wird kein Konzert geben, es wird nie mehr ein Konzert geben, das letzte Madrigal singen sie fürs Nichts, ohne Franca singen sie es für ein Publikum, das es nicht hören kann, das sich verstört zu gehen anschickt.

Anmerkung über das Thema eines Königs und die Rache eines Fürsten

Wie unter Diktat zu schreiben, wenn der Augenblick kommt, ist für mich natürlich; deshalb verordne ich mir manchmal als Variante von etwas, das auf die Dauer monoton werden könnte, strenge Regeln. Bei dieser Geschichte bestand die »Rasterung« darin, einer noch nicht existierenden Erzählung die Form des Musikalischen Opfers *von Johann Sebastian Bach zu geben.*

Bekanntlich war Bach das Thema dieser Reihe von Variationen in Form von Kanons und Fugen von Friedrich dem Großen vorgegeben worden, und nachdem er in dessen Gegenwart eine Fuge, der dieses – undankbare und mißliche – Thema zugrunde lag, improvisiert hatte, schrieb der Meister Das musikalische Opfer, *wo das Thema des Königs in mannigfaltigerer und komplexerer Weise behandelt wird. Bach hat die Instrumente, die verwendet werden sollen, nicht angegeben, außer in der* Triosonate *für Flöte, Violine und Cembalo; lange Zeit war sogar die Reihenfolge der verschiedenen Sätze ganz dem Belieben der Musiker überlassen, die mit der Aufführung des Werks beauftragt waren. Im vorliegenden Fall diente mir als Modell die Instrumentation von Millicent Silver für acht zeitgenössische Instrumente aus Bachs Zeit, bei der sich die Ausarbeitung jedes Parts in allen Einzelheiten verfolgen läßt. Aufgenommen wurde diese Version vom London Harpsichord Ensemble* (Saga *XID 5237*).

Nachdem ich diese Fassung des Werks gewählt hatte (oder von ihr gewählt worden war, denn schon als ich sie hörte, war mir die Idee einer Geschichte gekommen, die sich ihrem Ablauf anpassen würde), ließ ich einige Zeit verstreichen; beim Schreiben darf man nichts übereilen, das scheinbare Vergessen, die Ablenkung, die Träume und die Zufälle weben unmerklich ihren künftigen Teppich. Ich bin ans Meer gefahren und habe eine Photokopie des Covers mitgenommen, auf dem Frederick Youens die Elemente des Musikalischen Opfers *analysiert; ich konzipierte eine Geschichte, die ich aber sogleich wieder verwarf, da sie mir zu intellektuell erschien. Die Spielregel barg mancherlei Gefahren: acht Instrumente mußten von acht Personen repräsentiert werden; acht Klanggebilde, die aufeinander reagieren, miteinander abwechseln oder einander widerstreiten, mußten ihre Entsprechung in den Gefühlen, im Verhalten und in den wechselseitigen Beziehungen von acht Personen finden. Ein literarisches Doppel des London Harpsichord Ensembles zu ersinnen, schien mir insofern töricht, als ein Geiger oder ein Flötist ihr Privatleben ja nicht den musikalischen Themen, die sie spielen, anpassen; gleichwohl mußte es das Faktum der Einheit, des Ensembles, geben, und schon von Anfang an, da die Kürze einer Erzählung es nicht erlauben würde, mit Erfolg acht Personen zu integrieren, die nicht schon vor Beginn der Geschichte Beziehungen oder Kontakte zueinander gehabt haben. Gesprächsweise erinnerte ich mich an Carlo Gesualdo, den genialen Madrigalisten und Mörder seiner Frau; im Nu fügte sich alles zusammen, und ich sah die acht Instrumente als die acht Sänger eines Gesangsensembles; vom ersten Satz an gäbe es so den inneren Zusammenhalt einer Gruppe, alle würden einander kennen, einander lieben oder hassen,* von vornherein; *und außerdem würden sie natürlich die Madrigale von Gesualdo singen,* noblesse oblige. *In diesem situativen Kontext eine dramatische Handlung zu ersinnen, war nicht schwer; sie den verschiedenen Tempi des* Musikalischen Opfers *anzupassen, war die Herausforderung, will sagen das Vergnügen, das der Schriftsteller vor allem im Sinn gehabt hatte.*

Das also war die unerläßliche literarische Küche; die Tiefenstruktur, dieses Spinngewebe, würde sich zu gegebener Zeit zeigen, wie fast immer. Als erstes fand die instrumentale Zuweisung von Millicent Silver ihre Entsprechung in acht Sängern, deren Stimmlagen in analoger Beziehung zu den Instrumenten standen. Dies ergab:

Flöte: Sandro, Tenor.
Violine: Lucho, Tenor.
Oboe: Franca, Sopran.
Englischhorn: Karen, Mezzosopran.
Viola: Paola, Alt.
Violoncello: Roberto, Bariton.
Fagott: Mario, Baß.
Cembalo: Lily, Sopran.

Ich sah die Personen als Lateinamerikaner mit Hauptwohnsitz in Buenos Aires, wo sie das letzte Konzert einer Tournee geben sollten, die sie in verschiedene Länder geführt hatte. Ich sah sie am Anfang einer noch vagen Krise (vage mehr für mich denn für sie), jedenfalls war deutlich, daß sich im Zusammenhalt ihrer Gruppe ein Riß zu bilden begann. Die ersten Passagen hatte ich aufs Geratewohl geschrieben – ich habe sie nicht geändert, ich glaube, ich habe den ungewissen Anfang vieler meiner Erzählungen nie geändert, denn ich spüre, daß das der schlimmste Verrat an meiner Art zu schreiben wäre –, als mir klar wurde, daß es nicht möglich war, die Geschichte dem Musikalischen

Opfer *anzupassen, ohne genau zu wissen, welche Instrumente, das heißt welche Personen bis zum Ende in jeder Passage figurieren. Da sah ich, mit freudigem Erstaunen, das mich beim Schreiben zum Glück noch nicht verlassen hat, daß das Schlußstück alle Personen enthalten müßte,* außer einer. *Und diese eine Person war seit den ersten schon geschriebenen Seiten die noch unklare Ursache für den Riß gewesen, der sich in der Gruppe bildete, in diesem Ensemble, das eine der anderen Personen* Klon *nennen sollte. Und damit waren die zwangsläufige Abwesenheit von Franca und die Geschichte von Carlo Gesualdo, die wie ein roter Faden den ganzen Prozeß der Imagination durchzogen hatte, die Fliege und die Spinne in dem Gewebe. Ich konnte weiterschreiben, alles war von vornherein vollendet.*

Über die Komposition selbst: jeder Teil entspricht der Anordnung, die Millicent Silver für ihre Version des Musikalischen Opfers *gewählt hat; ferner versucht die Entwicklung jeder Passage sich der musikalischen Form anzugleichen (Kanon, Triosonate, Fuga canonica usw.), und es figurieren jeweils nur die Personen, die gemäß der obigen Tabelle die Stelle der Instrumente einnehmen. Es mag daher nützlich sein (nützlich für die Neugierigen, aber auch die Neugierigen sind ja nützlich), hier die Aufeinanderfolge der Sätze wiederzugeben, so wie Frederick Youens sie angibt, samt den von Millicent Silver gewählten Instrumenten:*

Ricercar zu drei Stimmen: *Violine, Viola und Violoncello.*
Zirkelkanon: *Flöte, Viola und Fagott.*
Kanon im Einklang: *Violine, Oboe und Violoncello.*
Kanon in der Gegenbewegung: *Flöte, Violine und Viola.*
Kanon in der Vergrößerung und Gegenbewegung: *Violine, Viola und Violoncello.*
Kanon in aufsteigender Modulation: *Flöte, Englischhorn, Fagott, Violine, Viola und Violoncello.*
Triosonate: *Flöte, Violine und Basso continuo (Violoncello und Cembalo).*
1) Largo
2) Allegro
3) Andante
4) Allegro
Zirkelkanon: *Flöte, Violine und Basso continuo.*
Krebskanon: *Violine und Viola.*

Rätselkanon:

a) Fagott und Violoncello
b) Viola und Fagott
c) Viola und Violoncello
d) Viola und Fagott

Kanon zu vier Stimmen: *Violine, Oboe, Violoncello und Fagott.*

Fuga canonica: *Flöte und Cembalo.*

Ricercar zu sechs Stimmen: *Flöte, Englischhorn, Fagott, Violine, Viola und Violoncello mit Cembalo als Basso continuo.*

(Im Schlußteil, als »zu 6 Stimmen« angekündigt, stellt das Cembalo als Basso continuo den siebten Ausführenden dar.)

Nun diese Anmerkung schon fast so lang geworden ist wie die Erzählung, habe ich keine Bedenken, sie noch etwas zu erweitern. Meine Unwissenheit in bezug auf Gesangsensembles ist total, und die Kenner dieses Genres werden hier reichlich Grund finden, sich zu amüsieren. Tatsächlich habe ich all mein Wissen von Musik und von ihren Gattungen fast nur von den Plattenhüllen, die ich sehr aufmerksam und mit großem Gewinn lese. Das gilt auch für Gesualdo, dessen Madrigale mir seit langem Gesellschaft leisten. Daß er seine Frau umgebracht hat, steht fest; nach allem übrigen, nach anderen möglichen Übereinstimmungen mit meinem Text müßte man Mario fragen.

Graffiti

für Antoni Tàpies

So viele Dinge, die als Spiel beginnen und vielleicht auch so enden, ich nehme an, es hat dir gefallen, die Zeichnung neben der deinen zu entdecken, du hattest gemeint, ein Zufall oder eine Laune, und erst beim zweiten Mal hast du gemerkt, daß sie mit Absicht dort war, und du hast sie dir genauer angesehen, du bist später sogar zurückgekommen, um sie noch einmal zu betrachten, wobei du wie immer mit der nötigen Umsicht vorgegangen bist: die Straße zur einsamsten Zeit, keine grüne Minna an der nächsten Ecke, dich mit gleichgültiger Miene nähern und die *Graffiti* nie direkt betrachten, sondern aus den Augenwinkeln oder vom anderen Gehsteig aus, so tun, als interessiertest du dich für das Schaufenster daneben, und gleich weitergehen.

Dein eigenes Spiel hatte aus Langeweile begonnen, es war nicht wirklich ein Protest gegen die Verhältnisse in der Stadt, die Sperrstunde, das strenge Verbot, Plakate anzukleben oder auf die Wände zu schreiben. Es machte dir einfach nur Spaß, mit farbiger Kreide Zeichnungen zu machen (die Bezeichnung *Graffiti* mochtest du nicht, klang zu sehr nach »Kunstkritik«), und von Zeit zu Zeit kamst du wieder, um sie dir anzusehen und sogar, mit etwas Glück, zu erleben, wie der Wagen der Stadtreinigung kam und die Arbeiter, während sie die Zeichnungen wegwischten, vergeblich schimpften. Ihnen war es egal, daß die Zeichnungen unpolitisch waren, das Verbot bezog sich auf alles, und auch wenn ein Kind es gewagt hätte, ein Haus oder einen Hund zu zeichnen, hätten sie das unter Flüchen und Drohungen geradeso weggewischt. In der Stadt wußte man nicht mehr so recht, auf welcher Seite die Angst in Wirklichkeit war; vielleicht deshalb machte es dir Vergnügen, deiner Angst zu trotzen und immer wieder einen Ort und eine Stunde zu wählen, die sich dazu eigneten, eine Zeichnung zu machen.

Nie warst du in Gefahr geraten, denn du wußtest gut zu wählen, und in der Zeit, die verging, bis die Wagen der Stadtreinigung kamen, öffnete sich vor dir gleichsam ein reinerer, ein freier Raum, wo man fast hoffen durfte. Während du von fern deine Zeichnung betrachtetest, konntest du sehen, wie die Leute im

Vorbeigehen einen Blick darauf warfen; natürlich blieb niemand stehen, aber auch niemand versagte es sich, die Zeichnung anzuschauen, mal eine rasch hingeworfene abstrakte Komposition in zwei Farben, mal ein Vogelkopf oder zwei ineinander verschlungene Figuren. Nur einmal hast du einen Satz geschrieben, mit schwarzer Kreide: *Auch mir tut es weh.* Er blieb da keine zwei Stunden, und diesmal ließ die Polizei höchstpersönlich ihn verschwinden. Danach hast du nur noch Zeichnungen gemacht.

Als die andere neben der deinen auftauchte, bekamst du fast Angst, plötzlich hatte die Gefahr sich verdoppelt, jemand wagte es, sich wie du am Rande des Gefängnisses oder Schlimmerem zu vergnügen, und dieser jemand war noch dazu eine Frau. Freilich hattest du dafür keine Beweise, aber es gab etwas anderes, das überzeugender war als Beweise: der Strich, eine Vorliebe für warme Farbtöne, eine Aura. Durchaus möglich, daß du dir, so allein lebend, als Kompensation eine Frau vorstelltest; du bewundertest sie, du hattest Angst um sie, du hofftest, es bliebe bei diesem einen Mal, du hättest dich fast verraten, als sie wieder etwas neben eine deiner Zeichnungen zeichnete, du hattest fast lachen müssen, wärest am liebsten dort stehen geblieben, als wäre die Polizei blind oder dumm.

Es begann eine andere Zeit, geheimnisvoller, schöner und bedrohlicher zugleich. Du fingst an, deine Arbeit zu vernachlässigen, und gingst zu jeder beliebigen Zeit auf die Straße in der Hoffnung, sie zu überraschen; du hattest für deine Zeichnungen Straßen gewählt, die du auf einem einzigen Rundgang durchstreifen konntest; im Morgengrauen, bei Dunkelwerden oder um drei Uhr nachts kehrtest du dorthin zurück. Es war eine Zeit unerträglicher Widersprüche: die Enttäuschung, eine neue Zeichnung von ihr neben einer von deinen zu entdecken und die Straße leer zu finden, wie auch die, überhaupt nichts zu entdekken und die Straße dann als noch leerer zu empfinden. Eines Abends sahst du eine erste Zeichnung von ihr, die für sich allein stand; sie hatte sie mit roter und blauer Kreide auf eine Garagentür gemacht und die Struktur des wurmstichigen Holzes und die Nagelköpfe genutzt. Das war mehr denn je sie, der Strich, die Farben, aber darüber hinaus spürtest du, daß diese Zeichnung wie eine Bitte oder eine Frage war, gleichsam ein Zuruf. In der Morgendämmerung, als die Polizeistreife seltener kam, gingst du wieder hin und zeichnetest auf die restliche Fläche der Tür in aller Eile ein Seestück mit Segeln und einer Mole; wenn man nicht genau hinsah, hätte man es für ein zufälliges Linienspiel halten können, sie aber würde es richtig zu sehen wissen. In dieser Nacht bist du mit knapper Not einer Zweierstreife entgangen, und wieder zu Hause, hast du einen Gin nach dem anderen getrunken und hast mit ihr gesprochen, hast ihr alles gesagt, was dir auf die Lippen kam, wie eine andere, eine sprechende Zeichnung, ein anderer Hafen mit Segeln, du hast sie dir dunkelhaarig und schweigsam vorgestellt, du hast Lippen und Brüste für sie gewählt, du hast sie ein wenig geliebt.

Fast sofort war dir klargeworden, daß sie eine Antwort suchen würde, daß sie zu ihrer Zeichnung zurückkehren würde, wie auch du jetzt zu den deinen zurückkehrtest, und obgleich die Gefahr größer geworden war nach den Attentaten auf dem Markt, wagtest du es, dich der Garage zu nähern, um den Häuserblock herumzugehen, im Café an der Ecke ein Bier nach dem anderen zu trinken. Es war absurd, denn sie würde bestimmt nicht stehenbleiben, nachdem sie deine Zeichnung angesehen hätte, sie konnte irgendeine der vielen Frauen sein, die dort vorbeigingen. Im Morgengrauen des zweiten Tages suchtest du dir eine hohe graue Mauer aus und zeichnetest darauf ein weißes Dreieck, umgeben von Flecken in Form von Eichenblättern; von deinem Café an der Ecke aus konntest du die Mauer sehen (man hatte die Garagentür schon saubergemacht, und eine Streife kam mit verbissener Hartnäckigkeit wieder und wieder). Gegen Abend entferntest du dich ein wenig, wobei du andere Blickwinkel suchtest und immer wieder deinen Standort wechseltest, du kauftest Kleinigkeiten in den Läden, um nicht zuviel Aufmerksamkeit zu erregen. Es war schon Nacht, als du die Sirene hörtest und die Scheinwerfer dich blendeten. Vor der Mauer kam es zu einem Auflauf, wider alle Vernunft ranntest du darauf zu, und nur der Zufall hat dich gerettet, ein Auto, das um die Ecke kam und bremste, als es die grüne Minna sah, und im Schutz seiner Blechmasse konntest du das Handgemenge sehen, schwarzes Haar, an dem behandschuhte Hände zerrten, Fußtritte und Schreie, ganz kurz eine blaue Hose, bevor man die Frau in den Zellenwagen stieß und mit sich nahm.

Viel später erst (es war schrecklich, so zu zittern, schrecklich zu denken, daß deine Zeichnung an der grauen Mauer an allem schuld war) mischtest du dich unter die dort herumstehenden

Leute, und es gelang dir, eine Skizze in Blau zu sehen, und diese orange Linie, die wie ihr Name war oder ihr Mund, sie selbst in dieser verstümmelten Zeichnung, die die Polizisten verwischt hatten, bevor sie sie mitnahmen; es war genug geblieben, um zu begreifen, daß sie auf dein Dreieck mit einer anderen Figur hatte antworten wollen, mit einem Kreis oder einer Spirale vielleicht, einer vollen und schönen Form, etwas wie ein Ja oder ein Immer oder ein Jetzt gleich.

Dir war es klar, du solltest Zeit genug haben, um dir im einzelnen vorzustellen, was im Untersuchungsgefängnis nun geschehen würde; all das sickerte nach und nach durch, in der Stadt wußten die Leute um das Schicksal der Gefangenen, und wenn sie manchmal den einen oder anderen wiedersahen, wäre es ihnen lieber gewesen, sie hätten ihn nicht gesehen, und er würde, wie die meisten, in diesem Schweigen versinken, das niemand zu brechen wagte. Du wußtest es nur zu gut, diese Nacht würde dir der Gin nicht helfen, du würdest dir in die Fäuste beißen und die farbige Kreide zertrampeln, bevor du in Trunkenheit und Tränen versänkest.

Ja, aber die Tage vergingen und du konntest gar nicht mehr anders leben. Wieder vernachlässigtest du deine Arbeit und liefst durch die Straßen, betrachtetest flüchtig die Mauern und Garagentüren, auf die sie und du gezeichnet hattet. Alles abgewaschen, alles sauber; nichts, nicht einmal eine Blume, in aller Unschuld von einem Schüler gezeichnet, der in der Klasse ein Stück Kreide geklaut hat und dem Vergnügen nicht widerstehen kann, es zu benutzen. Auch du konntest diesem Vergnügen nicht widerstehen, einen Monat später standest du im Morgengrauen auf und kehrtest in die Straße der Garage zurück. Keine Streife, die Wände makellos sauber; eine Katze vor einem Hauseingang beobachtete dich mißtrauisch, als du die Kreide aus der Tasche zogst, und an derselben Stelle, wo sie ihre Zeichnung gemacht hatte, überzogst du das Holz mit einem grünen Schrei, einer roten Lohe von Dankbarkeit und Liebe und umschlossest deine Zeichnung mit einem Oval, das zugleich dein Mund und der ihre und die Hoffnung war. Als du Schritte an der Ecke hörtest, liefst du schnell und lautlos weiter und verstecktest dich hinter einem Stapel leerer Kisten; schwankend und vor sich hin brummelnd näherte sich ein Betrunkener, er wollte der Katze einen Fußtritt geben und schlug vor deiner Zeichnung der Länge nach hin. Du gingst langsam weg, jetzt sicher und zufrieden, und als die Sonne aufging, schliefst du so tief, wie du lange nicht mehr geschlafen hattest.

Noch am selben Morgen sahst du schon von weitem: Sie hatten die Zeichnung noch nicht weggewischt. Am Mittag kamst du wieder: kaum zu glauben, aber sie war noch immer da. Wegen der Unruhen in den Vororten (du hattest die letzten Meldungen gehört) waren die Patrouillen aus dem Zentrum abgezogen worden; am Abend gingst du noch einmal an ihr vorbei, wie alle diese Leute, die sie im Laufe des Tages gesehen hatten. Du wartetest bis drei Uhr morgens, bis du wieder hingingst. Die Straße war leer und dunkel. Schon von weitem entdecktest du die andere Zeichnung, kein anderer als du hätte sie bemerkt, so klein links oben neben der deinen. Du nähertest dich mit einem Gefühl von heftigem Verlangen und Schrecken zugleich, du sahst das orange Oval und die violetten Flecken, wo sich ein geschwollenes Gesicht abzuheben schien, ein heraushängendes Auge, von Fausthieben aufgeschlagene Lippen. Ich weiß, ich weiß, aber was sonst hätte ich für dich zeichnen können? Welche Botschaft konnte jetzt einen Sinn haben? Irgendwie mußte ich dir Lebewohl sagen und dich zugleich auffordern weiterzumachen. Etwas mußte ich dir dalassen, bevor ich in mein Versteck zurückkehrte, wo es keinen Spiegel mehr gab, nur ein Loch, um mich bis zum Ende in der tiefsten Dunkelheit zu verkriechen, wobei ich mich an vieles erinnere und mir manchmal vorstelle, so wie ich mir dein Leben vorgestellt habe, daß du neue Zeichnungen machst, daß du nachts auf die Straße gehst, um neue Zeichnungen zu machen.

Geschichten, die ich mir erzähle

Ich erzähle mir Geschichten, wenn ich allein schlafe, wenn mir das Bett größer und kälter erscheint, als es in Wirklichkeit ist, aber auch, wenn Niágara da ist und zufrieden vor sich hin murmelnd einschläft, fast so, als würde auch sie sich eine Geschichte erzählen. Ich möchte sie dann am liebsten wecken, um zu erfahren, wie ihre Geschichte geht (nur mummelt sie jetzt im Schlaf, und das ist keineswegs eine Geschichte), aber Niágara kommt von der Arbeit immer so müde nach Haus, daß es unfair und nicht schön wäre, sie zu wecken, wenn sie gerade eingeschlafen ist und ganz selig zu sein scheint, so in ihrem duftenden, murmelnden Schneckenhäuschen verkrochen, weshalb ich sie schlafen lasse und mir Geschichten erzähle, wie auch an den Tagen, wenn sie Nachtdienst hat und ich allein schlafe in diesem plötzlich riesigen Bett.

Ich erzähle mir alle möglichen Geschichten, doch fast immer mit mir in der Hauptrolle, eine Art argentinischer Walter Mitty, der sich in Situationen wähnt, die absonderlich oder einfach blöd oder von gekonnt großer Dramatik sind, damit derjenige, der die Geschichte verfolgt, an dem Melodrama oder der Alberei oder dem Humor, den der Erzähler ihm mit Fleiß bietet, auch sein Vergnügen habe. Da Walter Mitty nun aber auch seine Jekyll-und-Hyde-Seite hat, hat die angelsächsische Literatur in seinem Unterbewußtsein viel Unheil angerichtet, und seine Geschichten geraten ihm fast immer sehr romanhaft, scheinen für einen ebenso imaginären Druck wie geschaffen. Schon der Gedanke, die Geschichten, die ich mir vor dem Einschlafen erzähle, aufzuschreiben, scheint mir morgens unbegreiflich, zudem braucht ein Mensch seinen geheimen Luxus, seine heimliche Verschwendung, etwas, das andere bis zum letzten Krümel nutzen würden. Auch Aberglaube ist dabei, von jeher habe ich mir gesagt, wenn ich irgendeine der Geschichten, die ich mir erzähle, aufschreiben würde, daß diese dann die letzte wäre, aus Gründen, die mir verborgen bleiben, aber die vielleicht zu tun haben mit den Ideen von Überschreitung und von Strafe; also besser nicht, denn ich kann mir nicht vorstellen, neben Niágara oder allein auf den Schlaf zu warten, ohne mir eine Geschichte erzählen zu dürfen, und statt dessen stumpfsinnig Schäfchen zählen oder, was noch schlimmer wäre, mir meinen wenig denkwürdigen Tagesablauf in Erinnerung bringen zu müssen.

Alles hängt von der Laune des Augenblicks ab, denn nie würde es mir einfallen, eine bestimmte Art von Geschichten zu wählen; sobald ich oder wir das Licht ausmachen und ich in diese zweite schöne Schicht Schwarz unter den geschlossenen Lidern gelange, ist die Geschichte da, der fast immer anregende Anfang einer Geschichte, sei es eine leere Straße, auf der sich von fern ein Auto nähert, oder das Gesicht von Marcelo Macías, wie er erfährt, daß man ihn befördert hat, was in Anbetracht seiner Unfähigkeit bislang ganz undenkbar war, oder einfach ein Wort oder ein Ton, der fünf- oder zehnmal wiederkehrt und woraus ein erstes Bild der Geschichte entsteht. Manchmal wundert es mich, daß nach einer Episode, die man als bürokratisch bezeichnen könnte, in der folgenden Nacht die Geschichte erotisch ist oder mit Sport zu tun hat; zweifellos habe ich viel Phantasie, mag man das auch nur merken, wenn ich am Einschlafen bin, trotzdem erstaunt mich ein so ungeahnt großes und abwechslungsreiches Repertoire immer wieder. Warum mußte ausgerechnet Dilia in dieser Geschichte auftauchen, und gerade in dieser Geschichte, wo doch Dilia eine Frau ist, die sich für eine solche Geschichte überhaupt nicht eignet; warum Dilia.

Doch schon vor langer Zeit habe ich beschlossen, mich nicht zu fragen, warum Dilia oder die Transsibirische Eisenbahn oder Muhammed Ali oder irgendeiner der Schauplätze, wo sich die Geschichten, die ich mir erzähle, gerade abspielen. Wenn ich mich in diesem Augenblick außerhalb der Geschichte an Dilia erinnere, so anderer Dinge wegen, die ebenfalls außerhalb der Geschichte stattfanden und stattfinden, wegen etwas, das nicht mehr die Geschichte ist und mich vielleicht deshalb veranlaßt zu tun, was ich mit den Geschichten, die ich mir erzähle, nicht hatte tun wollen noch können. In jener Geschichte (allein im Bett, Niágara würde erst um acht Uhr morgens aus dem Hospital nach Hause kommen) gab es eine Gebirgslandschaft und eine Straße, die einem Angst machten, die einen nötigten, vorsichtig zu fahren, während die Scheinwerfer jede Kurve auf ihre möglichen Tükken hin ableuchteten, allein und mitten in der Nacht in diesem riesigen, schwer zu lenkenden Lastwagen auf einer Paßstraße, die hart an Abgründen vorbeiführt. Fernfahrer zu sein schien mir schon immer ein beneidenswerter Beruf, weil ich es mir als eine der einfachsten Formen von Freiheit vorstelle, von einem Ort zu einem anderen in einem Fernlaster zu fahren, der zugleich ein Haus ist mit einer Matratze, um am Rande einer Landstraße die Nacht zu verbringen, mit einer Lampe zum Lesen und Konserven und Flaschenbier, einem Transistor, um in völliger Stille Jazz zu hören, und außerdem dieses Gefühl, daß man für die übrige Welt verschollen ist, daß niemand weiß, daß wir gerade diese Strecke gewählt haben und keine andere, so viele Möglichkeiten und Orte und Abenteuer, eingeschlossen Pannen und Überfälle, aus denen man jedoch stets als Sieger hervorgeht, wie es sich für Walter Mitty gehört.

Manchmal habe ich mich gefragt, warum Fernfahrer und nicht Flugkapitän oder Kapitän auf großer Fahrt, obgleich ich weiß, daß sich diese Berufe mit meiner schlichten, urwüchsigen Art, die ich tagsüber notgedrungen kaschieren muß, nicht vertragen, Fernfahrer sein heißt einer von denen sein, die mit Fernfahrern sprechen, heißt dorthin gehören, wo Fernfahrer verkehren, weshalb es oft geschieht, wenn ich mir eine Geschichte von großer Freiheit erzähle, daß sie in diesem Fernlaster beginnt, der durch die Pampa fährt oder durch eine imaginäre Landschaft wie diese jetzt, durch die Anden oder die Rocky Mountains, jedenfalls eine schwierige Strecke wie die, die ich in dieser Nacht gerade hinauffuhr, als ich am Fuß der Felsen Dilias schmächtige Gestalt sah, vom Lichtbündel der starken Scheinwerfer gewaltsam dem Nichts entrissen, den violetten Wänden, die Dilia noch kleiner und verlassener erscheinen ließen, Dilia, die die inständige Handbewegung derjenigen machte, die nach langem Fußmarsch mit Rucksack mitgenommen werden möchten.

Wenngleich Fernfahrer sein eine Geschichte ist, die ich mir oft erzählt habe, mußte ich doch nicht unbedingt Frauen begegnen, die mich bitten, sie mitzunehmen, wie Dilia das tat, obgleich natürlich auch Frauen vorkamen, da diese Geschichten fast immer einer Phantasie Vorschub leisteten, in der die Nacht, der Fernlaster und die Einsamkeit perfekte Umstände für ein kurzes Glück am Ende der Etappe waren. Manchmal nicht, manchmal gab es nur eine Lawine, der ich, ich weiß nicht wie, entkam, oder die Bremsen, die auf der Talfahrt versagten, so daß alles in einem Wirbel sich überstürzender Bilder endete, was mich nötigte, die Augen zu öffnen und die Geschichte nicht weiter zu verfolgen, den Schlaf zu suchen oder Niágaras warme Taille zu berühren, erleichtert, dem Schlimmsten entgangen zu sein. Wenn die Geschichte eine Frau an den Straßenrand stellte, war diese Frau immer eine Unbekannte; die Launen der Geschichten, die ein rothaariges Mädchen oder eine Mulattin wählten, gesehen vielleicht in einem Film oder in einer Zeitschrift und an der Oberfläche des Alltags vergessen, bis die Geschichte sie mir zurückbrachte, ohne daß ich sie wiedererkannte. Dilia zu sehen war daher mehr als eine Überraschung, ja war geradezu ein Skandal, denn Dilia hatte auf dieser Straße nichts zu suchen, und irgendwie verdarb sie die Geschichte mit ihrer halb flehentlichen, halb drohenden Geste. Dilia und Alfonso sind Freunde, mit denen Niágara und ich uns gelegentlich treffen, sie leben in einer anderen Welt, und was uns verbindet, ist lediglich alte Treue aus der Studentenzeit, die Wertschätzung aufgrund gemeinsamer Interessen und Neigungen, wir essen dann und wann bei ihnen oder bei uns zu Abend und verfolgen ihr Leben als Ehepaar mit kleinem Kind und genügend Geld ansonsten von ferne. Was zum Teufel hatte Dilia dort zu schaffen, als die Geschichte sich in einer Weise entwickelte, daß jedes Mädchen vorstellbar gewesen wäre, nur nicht Dilia, denn wenn etwas klar war in der Geschichte, dann das, daß ich diesmal einem Mädchen auf der Landstraße begegnen würde und daher einiges von dem geschehen würde, was geschehen kann, wenn man nach langer anstrengender Fahrt durch das Gebirge in die Ebene kommt und Rast macht; vom ersten Bild an war alles ganz klar, das Abendessen mit anderen Fernfahrern in der Kneipe des Ortes am Fuße des Gebirges, eine Geschichte, die schon nicht mehr originell ist, aber durchaus annehmbar wegen ihrer Varianten und Unbekannten, nur daß die Unbekannte jetzt gar keine solche war, daß sie Dilia war, die überhaupt keinen Sinn machte an dieser Kurve der Straße.

Mag sein, wenn Niágara dagewesen wäre, in ihrem Schlaf leise murmelnd und schnaubend, daß ich Dilia dann nicht mitgenommen hätte, daß ich sie und den Fernlaster und die Geschichte dadurch ausgelöscht hätte, daß ich einfach die Augen geöffnet und zu Niágara gesagt hätte: »Seltsam, eben war ich drauf und dran, mit einer Frau zu schlafen, und die war Dilia«, worauf Niágara vielleicht auch die Augen geöffnet hätte, mir einen Kuß auf die Wange gegeben und mich einen Spinner genannt hätte, oder Freud ins Spiel gebracht oder mich gefragt hätte, ob ich schon mal mit Dilia habe schlafen wollen, um von mir die Wahrheit zu hören, oder daß in diesem tristen Leben, obgleich dann wieder Freud und so. Aber da ich mich allein fühlte in der Geschichte, so allein, wie er nun einmal war, ein Fernfahrer mitten in der Nacht auf der Fahrt über die Sierra, konnte ich einfach nicht vorbeifahren: ich bremste langsam, öffnete die Tür und ließ Dilia einsteigen, die müde und schläfrig gerade nur ein »Danke« hauchte und, ihre Reisetasche vor den Füßen, sich's auf dem Sitz bequem machte.

In den Geschichten, die ich mir erzähle, werden die Spielregeln vom ersten Augenblick an eingehalten. Dilia war Dilia, aber in der Geschichte war ich ein Fernfahrer und nur das für Dilia, und nie wäre mir eingefallen, sie zu fragen, was sie hier mitten in der Nacht mache, oder sie beim Namen zu nennen. Ich finde, das Außergewöhnliche an der Geschichte war, daß dieses Mädchen Dilia verkörperte, ihr mattes blondes Haar, ihre wasserhellen Augen und ihre Beine, die, zu lang für ihren Körper, fast klischeehaft an die eines Fohlens erinnerten; davon abgesehen, verfuhr die Geschichte mit ihr wie mit irgendeiner anderen, ohne Namen noch frühere Bekanntschaft, eine völlig zufällige Begegnung. Wir wechselten ein paar Worte, ich bot ihr eine Zigarette an, zündete mir selbst eine an, und wir begannen den Berg hinunterzufahren, wie ein schwerer Laster ihn hinunterfahren muß, während Dilia es sich auf ihrem Sitz noch bequemer machte, in sich versunken und vor sich hin duselnd rauchte, was sie für die vielen Stunden Fußmarsch und die Angst, die in den Bergen vielleicht noch hinzukam, entschädigte.

Ich dachte, sie würde gleich einschlafen und wie schön es wäre, sie schlafen zu sehen, bis wir die Ebene erreichten, auch dachte ich, daß es vielleicht höflich gewesen wäre, ihr anzubieten, sich hinten im Wagen in ein richtiges Bett zu legen, doch niemals in einer Geschichte hatten mir die Umstände das zu tun erlaubt, denn jedes Mädchen hätte mich mit diesem halb verbitterten, halb verzweifelten Ausdruck einer Frau angesehen, die die Absicht dahinter ahnt und fast immer nach dem Türgriff tastet und zu fliehen sucht. Sowohl in den Geschichten als auch in der mutmaßlichen Wirklichkeit eines Fernfahrers konnte es so nicht gehen, man mußte reden, rauchen, sich anfreunden und durch all das die fast immer stillschweigende Zustimmung erhalten, in einem Wäldchen oder auf einem Rastplatz haltzumachen, die Einwilligung in das, was danach kommen würde, was dann aber keine Verbitterung oder Zorn wäre, da man nur miteinander teilen würde, was man schon seit der Plauderei, den Zigaretten und dem ersten Bier, das man zwischen zwei Kurven direkt aus der Flasche trank, miteinander geteilt hatte.

Sollte sie also schlafen, die Geschichte nahm diese Entwicklung, die mir bei den Geschichten, die ich mir erzähle, immer gefallen hat, die ausführliche Darstellung jeder Sache und jedes Vorgangs, ein ganz langsamer Film, bei dem vom Körper und den Worten und den Pausen etwas ausgeht, das ein wohliges Gefühl der Zufriedenheit schafft. Ich fragte mich noch, warum Dilia diese Nacht, doch fast sofort hörte ich auf, mich das zu fragen, und da fand ich es ganz natürlich, daß Dilia dort halb schlafend neben mir war, dann und wann eine Zigarette annahm oder eine Erklärung murmelte, warum da mitten in den Bergen, die die Geschichte mit Gähnern und Satzfetzen geschickt zunichte machte, da ja doch nichts hätte erklären können, warum Dilia da mitten in der Nacht in einer gottverlassenen Gegend an der Straße stand. Dann hörte sie plötzlich auf zu reden und sah mich lächelnd an, mit diesem mädchenhaften Lächeln, das Alfonso als bestechend bezeichnet, und ich sagte ihr meinen Namen als Fernfahrer, immer Oscar in diesen Geschichten, und sie sagte Dilia und fügte hinzu, wie sie das immer tat, daß es ein idiotischer Name wäre, an dem eine Tante schuld sei, die Liebesromane lese, und ich konnte es fast nicht glauben, daß sie mich nicht erkannte, aber in der Geschichte war ich Oscar, und so erkannte sie mich nicht.

Dann erzählen mir die Geschichten Dinge wie die folgenden, doch die ich nicht so erzählen kann wie sie, lediglich zweifelhafte Bruchstücke, Details, die vielleicht gar nicht stimmen, die Laterne, die den Klapptisch im Innern des Lasters beleuchtet, der unter den Bäumen eines Rastplatzes parkt, das Brutzeln der Spiegeleier, und wie Dilia mich nach dem Käse und den Früchten ansieht, als wollte sie etwas sagen, und beschließt, nichts zu sagen, weil es nicht nötig ist, etwas zu sagen, um aus dem Wagen zu steigen und im Gebüsch zu verschwinden, und ich erleichterte ihr alles noch mit dem schon fast heißen Kaffee und sogar einem Täßchen Branntwein, Dilias Augen, die sich zwischen einem Schluck und einem Wort schließen, meine lässige Art, die Lampe zum Hocker neben der Matratze zu tragen, eine Decke hinzulegen wegen der Kälte später, wie ich ihr sage, daß ich nach vorne gehe, um für alle Fälle die Wagentüren zuzuschließen, auf diesen einsamen Strecken kann man nie wissen, und sie die Augen senkt und sagt, du willst doch nicht etwa dort auf den Sitzen schlafen, das wäre idiotisch, und ich ihr den Rücken kehre, damit sie nicht mein Gesicht sehe, wo vielleicht mein leichtes Erstaunen über das zu lesen ist, was Dilia da eben gesagt hat, obgleich es immer so gewesen war oder doch so ähnlich, manchmal sprach das Indiomädchen davon, auf dem Boden schlafen zu wollen, oder flüchtete sich die Zigeunerin in das Führerhaus, und ich mußte sie an den Schultern packen und nach hinten ins Bett bugsieren, obgleich sie weinte und sich sträubte, nicht so Dilia, Dilia ging langsam vom Tisch zum Bett, fingerte schon am Reißverschluß ihrer Jeans, all diese Bewegungen, die ich in der Geschichte sehen konnte, obgleich ich ihr den Rücken zukehrte und ins Führerhaus ging, um ihr Zeit zu geben, um mir zu sagen, daß alles so geschehen würde, wie es einmal mehr geschehen mußte, eine bruchlose, duftige Sequenz, die ganz langsame Kamerafahrt von der unbeweglichen Gestalt im Scheinwerferlicht an der Kurve der Straße in den Bergen bis zu der jetzt bis zur Nasenspitze zugedeckten Dilia, und dann der übliche Schnitt, die Lampe ausmachen, damit nur noch der Staub der Nacht flimmere, die mit der gelegentlichen Klage eines nahen Vogels hinten durch das Guckloch dringt.

Diesmal dauerte die Geschichte endlos, denn weder Dilia noch ich wollten, daß sie aufhöre, es gibt Geschichten, die ich in die Länge ziehen möchte, aber die scheue Japanerin oder die kühle, willfährige norwegische Touristin lassen sie nicht weitergehen, und obgleich ich es bin, der in der Geschichte bestimmt, kommt der Augenblick, da ich keine Kraft mehr und nicht einmal mehr Lust habe, etwas andauern zu lassen, das nach dem Beischlaf in Belanglosigkeit abzugleiten beginnt, wo ich mir Alternativen oder unerwartete Vorfälle ausdenken müßte, damit die Geschichte munter weitergehe, anstatt mich mit einem letzten flüchtigen Kuß oder einem letzten, fast schon überflüssigen Seufzer dem Schlaf zu überlassen, Dilia jedoch wollte nicht, daß die Geschichte ende, seit ihrer ersten Bewegung, als ich neben sie glitt und wider alles Erwarten fühlte, wie sie mich suchte, seit der ersten gegenseitigen Liebkosung wußte ich, daß die Geschichte gerade erst begonnen hatte, daß die Nacht der Geschichte so lang sein würde wie die Nacht, in der ich mir die Geschichte erzählte. Nur daß mir jetzt bloß noch dies davon bleibt, Worte, die von der Geschichte erzählen; Worte wie Streichhölzer, Seufzer, Zigaretten, Lachen, Bitten und Flehen, Kaffee am Morgen und ein Traum von schweren Wassern, von feuchter Kühle und Rückstrom und Verlassenheit, als mit einer ersten zaghaften Zunge das Sonnenlicht durch das Guckloch kam und den Rücken Dilias leckte, die auf mir lag, ein Licht, das mich blendete, während ich sie an mich preßte und fühlte, wie sie sich unter Stöhnen und Liebkosungen einmal mehr öffnete.

Die Geschichte endet hier, ohne den üblichen Abschied im nächsten Ort, wie es fast unvermeidlich gewesen wäre, von der Geschichte glitt ich in den Schlaf hinüber, nur mit dem Gewicht von Dilias Körper auf mir, die nach einem letzten Gemurmel nun auch einschlief, und als ich aufwachte, sagte Niágara etwas von Frühstück und von einer Verabredung, die wir am Abend hätten. Ich war drauf und dran, ihr alles zu erzählen, aber etwas zog mich nach hinten, etwas, das vielleicht noch die Hand Dilias war, die mich in die Nacht zurücksinken ließ und mir Worte untersagte, die alles besudelt hätten. Ja, ich hatte sehr gut geschlafen; aber ja, um sechs würden wir uns an der Ecke des Platzes treffen, um die Marinis zu besuchen.

Zu jener Zeit hörten wir von Alfonso, daß Dilias Mutter schwer erkrankt war und daß Dilia nach Necochea gefahren war, um sie zu pflegen; Alfonso mußte sich um das Baby kümmern, das ihm viel Arbeit machte, ob wir sie nicht besuchen kommen wollten, wenn Dilia zurück sei. Ein paar Tage später starb die Kranke, und Dilia wollte zwei Monate lang niemanden sehen; dann luden sie uns zum Abendessen ein, wir brachten ihnen Cognac mit und eine Rassel für das Kind, und alles war wieder gut, Dilia holte eine Ente mit Orange aus dem Ofen, und Alfonso hatte schon den Tisch für das Canasta vorbereitet. Das Essen verlief glänzend, wie es sich gehörte, denn Alfonso und Dilia sind lebensfrohe Leute, sie begannen von dem schmerzlichen Verlust zu sprechen, schlossen das Thema mit Dilias Mutter aber schnell ab, es war, als zögen sie langsam einen Vorhang davor, um in die unmittelbare Gegenwart zurückzukehren, zu unseren alten Spielen, diesen geheimen Schlüsseln der guten Laune und Garanten eines gemütlichen Abends. Es war schon spät, und wir saßen beim Cognac, als Dilia auf eine Fahrt nach San Juan zu sprechen kam, wohl das Bedürfnis, das qualvolle Sterben ihrer Mutter zu vergessen und den Ärger mit diesen Verwandten, die alles immer noch schlimmer machen. Es kam mir so vor, als spräche sie zu Alfonso, obgleich Alfonso die Geschichte schon kennen mußte, denn er schmunzelte freundlich und schenkte uns noch einen Cognac ein, die Wagenpanne mitten im Gebirge, die öde Nacht und das endlose Warten am Straßenrand, wo jeder Nachtvogel eine Bedrohung war und unvermeidlich alle Schreckgespenster der Kindheit auftauchten, plötzlich die Lichter eines Lastwagens, die Angst, daß auch der Fahrer Angst habe und vorbeifahre, das blendende Licht der Scheinwerfer, das sie an die Felswand nagelte, dann das herrliche Quietschen der Bremsen, das mollig warme Führerhaus, die Talfahrt bei einem ganz belanglosen Gespräch, das jedoch viel dazu beitrug, sich wohler zu fühlen.

»Das ist bei ihr zum Trauma geworden«, sagte Alfonso. »Das hast du mir alles schon mehrmals erzählt, Schatz, doch jedesmal erfahre ich mehr Einzelheiten dieser wunderbaren Rettung, von deinem Ritter Sankt Georg im Overall, wie er dich vor dem bösen Drachen der Nacht gerettet hat.«

»Das kann man so leicht nicht vergessen«, sagte Dilia, »es kommt immer wieder, ich weiß nicht, warum.«

Sie vielleicht nicht, Dilia wußte vielleicht nicht, warum, aber ich, ich hatte den Cognac auf einmal hinunterkippen und mir noch einen einschenken müssen, worüber Alfonso die Brauen hochzog, verwundert über ein Benehmen, das er von mir nicht gewohnt war. Dagegen waren seine Frotzeleien leicht vorauszusehen, er sagte Dilia, sie solle die Geschichte doch einmal zu Ende erzählen, den ersten Teil kenne er zur Genüge, es habe doch sicherlich einen zweiten gegeben, das ist doch so üblich, zumal bei einem Fernfahrer in der Nacht und bei Menschen, die die Freuden des Daseins voll auszukosten verstehen.

Ich ging ins Bad und blieb eine Weile, wobei ich es vermied, mich im Spiegel zu betrachten, um nicht auch dort fatalerweise dem zu begegnen, was ich gewesen war, als ich mir die Geschichte erzählte, und was ich jetzt erneut fühlte, doch hier, jetzt an diesem Abend, was langsam meinen ganzen Körper ergriff, was ich nie für möglich gehalten hätte nach all den Jahren der Freundschaft mit Dilia und Alfonso, bei uns, diesem doppelten Paar mit seinen Feten und Kinobesuchen und Wangenküßchen. Jetzt war es anders, war es Dilia nach der Geschichte, war da von neuem das Verlangen, aber auf dieser Seite, während Dilias Stimme aus dem Salon zu mir herüberdrang, das Gelächter von Dilia und Niágara, die sich über Alfonso mit seiner stereotypen Eifersucht lustig zu machen schienen. Es war schon spät, wir tranken noch einen Cognac und machten uns einen letzten Kaffee, oben weinte das Kind, Dilia lief hinauf und brachte es auf ihrem Arm herunter, es ist klitschnaß, ich muß es im Bad trockenlegen, was Alfonso sehr freute, da ihm so noch eine halbe Stunde Zeit blieb, um mit Niágara die Chancen Vilas' gegenüber Borg zu diskutieren, noch einen Cognac, Mädchen, summa summarum sind wir alle schon ganz schön betrunken.

Ich nicht, ich ging ins Bad, um Dilia Gesellschaft zu leisten, die ihr Kind auf ein Tischchen gelegt hatte und etwas aus einem Wandschrank holte. Und es war, als wüßte sie schon, als ich ihr sagte, Dilia, ich kenne diesen zweiten Teil, als ich ihr sagte, ich weiß, daß das nicht möglich ist, aber du siehst ja, ich kenne ihn, und Dilia mir den Rücken zukehrte und das Baby auszuziehen begann und sie sich bückte, nicht nur, um die Sicherheitsnadeln aufzumachen und die Windeln zu wechseln, sondern auch, als drückte sie plötzlich eine Last, von der sie sich befreien mußte, und von der sie sich eben jetzt befreite, als sie mir wieder in die Augen sah und sagte, ja, es stimmt, es ist albern und völlig belanglos, aber es stimmt, ich habe mit dem Fernfahrer geschlafen, sag's Alfonso, wenn du willst, er ist auf seine Art eh schon davon überzeugt, er glaubt es nicht, aber ist sich völlig sicher.

So war's, weder würde ich etwas sagen, noch würde sie verstehen, warum sie mir das sagte, warum mir, der ich sie nichts gefragt hatte, der ihr nur gesagt hatte, was sie auf dieser Seite der Geschichte nicht verstehen konnte. Ich fühlte meine Augen als Finger, die ihre Wangen, ihren Hals hinunterglitten, nach den Brüsten suchend, die die schwarze Bluse nachformte, so wie meine Hände sie die ganze Nacht, die ganze Geschichte lang nachgeformt hatten. Das Verlangen war ein geduckter Sprung, das absolute Recht, mich ihr zu nähern, ihre Brüste unter der Bluse zu suchen und Dilia das erste Mal zu umarmen. Sie drehte sich wieder um, und ich sah, wie sie sich erneut bückte, aber jetzt ganz leicht, ohne die Last des Schweigens; flink zog sie die Windeln hervor, der Geruch eines Babys, das Pipi und Kaka gemacht hat, drang zu mir zusammen mit dem Gemurmel Dilias, die das Kind beruhigte, damit es nicht weine, ich sah ihre Hände, die nach der Watte suchten und sie zwischen die angehobenen Beine des Babys legten, ich sah ihre Hände das Baby säubern, anstatt zu mir zu kommen, wie sie zu mir gekommen waren in der Dunkelheit dieses Lastwagens, der mir in den Geschichten, die ich mir erzähle, so oft dienlich gewesen war.

Die Möbiusschleife

Unmöglich zu erklären. Allmählich entfernte sie sich von jener Zone, in der die Gegenstände eine feste Form und Konturen haben, wo alles einen zuverlässigen und unveränderlichen Namen hat. Sie versank immer mehr in einer fließenden, ruhigen, unergründlichen Region, wo unbestimmte, frische Nebel der Morgenfrühe schwebten.

Clarice Lispector, Nahe dem wilden Herzen

In memoriam J.M. und R.A.

Warum nicht, es genügte vielleicht, es zu wollen, so wie sie das später mit Nachdruck tun sollte, und man würde sie ebenso deutlich sehen und spüren, wie sie selbst sich sah und spürte, als sie an diesem noch frischen Morgen in den Wald hinein radelte, Wegen folgend, vom Halbdunkel des Farnkrauts geradezu eingehüllt, in irgendeiner Gegend der Dordogne, der die Zeitungen und das Radio schon bald einen ephemeren schändlichen Ruf geben sollten, bis sie wieder in Vergessenheit geriet, die vegetabilische Stille dieses ständigen Zwielichts, durch das Janet fuhr als ein blonder Fleck, mit einem metallischen Geklingel (ihre Feldflasche war an dem Aluminiumrahmen schlecht befestigt), das lange Haar der Luft überlassen, die ihr Körper durchschnitt und aufwühlte, eine luftige Galionsfigur, die Füße in die Pedale tretend, die wechselweise sanft nachgaben, an der Bluse die Hand des linden Windes spürend, der ihre Brüste streichelte, eine doppelte Liebkosung zwischen diesem doppelten Saum von Baumstämmen und Farnen in dem transluziden Grün eines Laubtunnels bei einem Geruch nach Pilzen und Borke und Moos: die Ferien.

Und auch der andere Wald, obgleich er derselbe war, aber nicht für Robert, der von allen Höfen verjagt worden war und sich nun, schmutzig von der Nacht auf einem schlechten Lager aus feuchtem Laub, bei einem Sonnenstrahl, der durch die Zedern brach, die Augen rieb und sich vage fragte, ob es sich lohne, in dieser Gegend zu bleiben, oder ob er nicht besser zur Hochebene hinaufgehen sollte, wo vielleicht ein Krug Milch und etwas Arbeit auf ihn warteten, bevor er wieder auf die Landstraße ginge oder erneut in namenlosen Wäldern umherirrte, in demselben Wald, immer hungrig und mit dieser ohnmächtigen Wut, die ihm einen verächtlichen Zug um den Mund gab.

An der Wegkreuzung bremste Janet, unschlüssig, ob sie nach rechts oder links oder weiter geradeaus fahren sollte, alles gleich grün und frisch, dargeboten wie die Finger einer großen erdigen Hand. Sie hatte die Jugendherberge bei Tagesanbruch verlassen, weil der Schlafsaal erfüllt war von schwerem Atem, von Schlieren fremder Alpträume, vom Geruch verschwitzter Körper, in fröhlichen Gruppen hatten sie Mais geröstet und bis Mitternacht gesungen, bevor sie sich angezogen auf den Feldbetten ausstreckten, die Mädchen auf der einen und die Jungen auf der anderen Seite, leicht beleidigt durch eine so idiotische Hausordnung, über die sie, schon halb eingeschlafen, ihre ironischen, unnützen Kommentare machten. Auf dem freien Feld vor dem Wald hatte sie die Milch aus ihrer Feldflasche getrunken, morgens nie mit den Leuten vom Abend zuvor zusammenkommen, auch sie hatte ihre idiotischen Grundsätze, in Frankreich umherradeln, solange das Geld und die Zeit reichten, Fotos machen, ihr orangefarbenes Tagebuch vollschreiben, neunzehn englische Jahre und schon viele Tagebücher und Meilen per Fahrrad, eine Vorliebe für weite Räume, richtig blaue Augen und offenes blondes Haar, groß und sportlich und Kindergärtnerin von Kindern, die glücklicherweise auf dem Lande und in Badeorten des glücklicherweise fernen Heimatlandes verstreut waren. Nach links vielleicht, der Weg war leicht abschüssig und ein einziger Tritt in die Pedale genügte, um hinunterzufahren. Es begann warm zu werden, der Sattel wurde unbequem, war schon etwas feucht, was sie wenig später nötigen sollte, abzusteigen, ihren an der Haut klebenden Slip zu lösen und die Arme zu heben, damit frische Luft unter ihre Bluse komme. Es war gerade erst zehn, der Weg durch den Wald war noch lang, bevor sie danach auf die Landstraße käme, wäre es vielleicht ganz gut, sich unter einer Eiche niederzulassen und die Sandwiches zu essen, dabei das Transistorradio zu hören oder einen weiteren Tag ihrem Reisetagebuch hinzuzufügen, dessen Eintragungen oft unterbrochen wurden von nicht immer geglückten Gedichtanfängen und von Gedanken, die der Bleistift niederschrieb und dann schamhaft, mühsam wieder durchstrich.

Er war vom Weg aus nicht leicht zu sehen. Ohne es zu ahnen, hatte er nur zwanzig Meter entfernt von einem verlassenen Schuppen geschlafen, und er fand es jetzt idiotisch, daß er auf dem feuchten Erdboden geschlafen hatte, wo er durch die Lücken der Bretterwand trockenes Stroh auf dem Boden sah und ein fast heiles Dach. Schade, daß er nicht mehr müde war; ohne sich zu rühren, betrachtete er den Schuppen, und er war nicht überrascht, daß eine Radfahrerin den Weg herunterkam und vor dem Schober, der zwischen den Bäumen auftauchte, etwas verwirrt bremste. Noch bevor Janet ihn erblickte, wußte er alles, alles von ihr und von sich, in einer einzigen Flut ohne Worte, bei einer Reglosigkeit, die war wie eine geduckt lauernde Zukunft. Das Fahrrad zur Seite geneigt und einen Fuß am Boden, wandte sie jetzt den Kopf und begegnete seinem Blick. Beide blinzelten zur gleichen Zeit.

Man konnte nur eines tun in diesen Fällen, die selten waren, aber mit denen man rechnen mußte, *bonjour* sagen und ohne übertriebene Eile weiterfahren. Janet sagte *bonjour* und richtete ihr Fahrrad auf, um zu wenden; sie hob ihren Fuß vom Boden, um wieder in die Pedale zu treten, als Robert ihr den Weg abschnitt und seine Hand mit schwarzen Fingernägeln die Lenkstange ergriff. Alles war sehr klar und verworren zugleich, das umkippende Fahrrad, der erste Schrei der Panik und des Protestes, die Füße, die einen unnützen Halt suchten, die Kraft dieser Arme, die sie umschlangen, die Hast, mit der er sich mit ihr zwischen die zerbrochenen Bretter des Schuppens hindurchzwängte, ein zugleich jugendlicher und wilder Geruch nach Leder und Schweiß, ein dunkler Dreitagebart, ein Mund, der ihr auf dem Hals brannte.

Nie wollte er ihr weh tun, nie hatte er jemandem weh getan, um in den Besitz des wenigen zu gelangen, das ihm vergönnt gewesen war in den unvermeidlichen Erziehungsheimen, er war nun mal so, fünfundzwanzig Jahre, und so war er nun mal, alles langsam, wie wenn er seinen Namen schreiben mußte, Robert, Buchstabe für Buchstabe, und dann den Nachnamen noch langsamer, und dann auch wieder schnell wie sein Zugriff, der ihm manchmal eine Flasche Milch einbrachte oder eine Hose, die zum Trocknen in einem Garten auf dem Rasen lag, alles konnte langsam und sehr schnell sein, einem jähen Entschluß folgte der Wunsch, daß alles lange währen möge, daß dieses Mädchen aufhöre, sich sinnlos zu wehren, da er ihr ja nicht weh tun wollte, daß sie einsehe, daß sie weder fliehen noch jemand ihr zu Hilfe kommen konnte, und daß sie sich füge, oder nicht einmal sich füge, sondern sich einfach gehenlasse wie er sich gehenließ, sie aufs Stroh legte und ihr ins Ohr schrie, daß sie still sein solle, daß sie nicht idiotisch sein solle, daß sie warten solle, während er nach Knöpfen und Verschlüssen suchte und nur auf krampfhaften Widerstand stieß, hervorgestoßene Worte in einer anderen Sprache, und Schreie, Schreie, die am Ende jemand hören könnte.

Ganz so war es nicht gewesen, da war das Entsetzen, der Abscheu vor dem Angriff des brutalen Kerls, Janet hatte gekämpft, hatte versucht sich loszumachen und wegzulaufen, aber jetzt war es nicht mehr möglich, der Schrecken rührte nicht nur von dem bärtigen Rohling, denn er war kein Rohling, seine Art, auf sie einzureden und sie festzuhalten, ohne daß seine Finger sich in ihre Haut gruben, seine Küsse, die über ihr Gesicht und ihren Hals herfielen, sie mit Bartstoppeln kratzten, waren dennoch Küsse, der Ekel rührte eher daher, daß sie sich diesem Mann fügen sollte, der kein Ungeheuer war, aber ein Mann, dieser Ekel war latent eigentlich schon immer dagewesen, seit ihrer ersten Regel eines Nachmittags in der Schule, Mrs. Murphy mit ihrem Cornwall-Akzent und ihren Ermahnungen an die Klasse, die Polizeiberichte in den Zeitungen, die im Pensionat heimlich kommentiert wurden, die verbotenen Bücher, in denen das nicht das war, was die von Mrs. Murphy empfohlene Lektüre einem suggerieren wollte, alles rosarot, mit oder ohne Mendelssohn und Reisregen, die heimlichen Kommentare über das, was sich in der ersten Nacht in *Fanny Hill* abspielte, das lange Schweigen ihrer besten Freundin nach der Hochzeit und wie sie dann plötzlich an ihrer Schulter in Tränen ausbrach, es war schrecklich, Janet, obgleich später das Glück des ersten Kindes, die vage Erinnerung an einen gemeinsamen Spaziergang, es war nicht recht von mir, so zu übertreiben, Janet, eines Tages wirst du selbst sehen, aber zu spät, die Vorstellung hatte sich festgesetzt, es war schrecklich, Janet, ein weiterer Geburtstag, das Fahrrad und der Plan, allein wegzufahren, bis vielleicht, vielleicht nach und nach, neunzehn Jahre und die zweite Ferienreise nach Frankreich, das Périgord im August.

> Am Ende würde jemand sie hören, er schrie es ihr ins Ohr, Gesicht an Gesicht, obgleich er jetzt wußte, daß sie nicht verstehen würde, sie sah ihn mit weit aufgerissenen Augen an, flehte ihn in einer anderen Sprache an, während sie versuchte ihre Beine zu befreien und sich aufzurichten, einen Augenblick lang meinte er, daß sie ihm etwas sagen wollte, das nicht nur Schreie oder flehentliche Bitten oder Beschimpfungen in ihrer Sprache waren, er knöpfte ihre Bluse auf und tastete nach dem Verschluß weiter unten, während er sie mit seinem ganzen Körper auf das Strohlager drückte und bat, nicht mehr zu schreien, es gehe nicht, daß sie weiter so schreie, es könnte jemand kommen, laß mich, schrei nicht mehr, laß mich jetzt, bitte, schrei nicht.

Wie sich nicht wehren, wenn er nicht verstand, wenn die Worte, die sie ihm in seiner Sprache zu sagen versucht hatte, nur abgehackt hervorkommen, in seinem Gestammel und seinen Küssen untergingen und er nicht verstehen konnte, daß es nicht darum ging, daß es, so schrecklich es auch war, was er mit ihr zu machen versuchte, was er da mit ihr machte, nicht das war; wie ihm begreiflich machen, daß sie noch nie, daß *Fanny Hill,* daß er wenigstens etwas warten solle, in ihrer Reisetasche hatte sie Hautcreme, so gehe es nicht, ohne gehe es nicht, abgesehen davon, was sie in den Augen ihrer Freundin gesehen hatte, der Ekel vor etwas Unerträglichem, es war schrecklich, Janet, ganz schrecklich. Sie spürte, wie ihr Rock aufging, wie die Hand unter den Slip glitt und ihn herunterzerrte, sie krümmte sich bei einem letzten Ausbruch von Angst zusammen und versuchte es ihm begreiflich zu machen, ihn noch zurückzuhalten, damit es anders werde, sie spürte ihn an sich, spürte den Stoß zwischen ihren halb geöffneten Schenkeln, ein stechender Schmerz, der zunahm bis zur Rotglut, sie heulte mehr vor Schrecken als vor Schmerz, als wäre es nur der Anfang der Folter und es würde dabei nicht bleiben, sie fühlte seine Hände auf ihrem Gesicht, die ihr den Mund schlossen und dann weiter hinabglitten, spürte den zweiten Stoß, gegen den sie nicht mehr ankämpfen konnte, gegen den es keine Schreie, keinen Atem, keine Tränen mehr gab.

Nach einem plötzlichen Ende des Kampfes in ihr versunken, schließlich aufgenommen, ohne daß dieser verzweifelte Widerstand andauerte, den er hatte brechen müssen, indem er sie mehrmals pfählte, bis er in ihre größte Tiefe vordrang und seine ganze Haut an der ihren spürte, erreichte er die Klimax der Lust, und er stammelte vor Dankbarkeit in einer blinden, endlosen Umarmung. Er hob sein Gesicht aus der Bucht von Janets Schulter und suchte ihre Augen, um es ihr zu sagen, um ihr zu danken, daß sie schließlich ruhig geworden war; er konnte die Gründe für diesen wilden Widerstand, diesen Kampf, der ihn genötigt hatte, sie erbarmungslos zu vergewaltigen, nicht verstehen, und ebensowenig verstand er jetzt dieses klaglose Sichfügen, das plötzliche Schweigen. Janet sah ihn an, ein Bein war zur Seite geglitten. Langsam begann Robert sich von ihr zu trennen, er löste sich von ihr und schaute ihr dabei in die Augen. Da wurde ihm klar, daß Janet ihn nicht sah.

Weder Tränen noch Atem, plötzlich hatte die Luft gefehlt, aus der Tiefe des Schädels war eine Welle gekommen und hatte ihre Augen überspült, sie hatte keinen Körper mehr, das letzte Gefühl war der Schmerz gewesen, mehrmals der Schmerz, und dann, noch während sie schrie, hatte ihr plötzlich die Luft gefehlt, sie war ihr ausgegangen und war weggeblieben, ersetzt durch den roten Schleier wie Lider aus Blut, ein klebriges Schweigen, etwas, das fortdauerte, ohne zu sein, etwas, das anders war, wo alles weiterhin da war, nur anders, näher den Sinnen und der Erinnerung.

Sie sah ihn nicht, ihre weit aufgerissenen Augen sahen durch ihn hindurch. Er riß sich von ihr los, kauerte sich neben sie, redete mit ihr, während seine Hände seine Kleidung wieder in Ordnung brachten, mechanisch nach dem Reißverschluß der Hose suchten, das Hemd glattstrichen und die Zipfel unter den Gürtel stopften. Er sah den halb geöffneten, schiefen Mund, den dünnen Faden rosa Speichels, der ihr über das Kinn rann, die ausgebreiteten Arme, die verkrampften Hände, die regungslosen Finger, die regungslose Brust, den regungslosen nackten Bauch, das leuchtend rote Blut, das langsam die halb geöffneten Schenkel hinunterrann. Mit einem Schrei sprang er auf, und eine Sekunde lang glaubte er, der Schrei käme von Janet, doch im Stehen, schwankend wie eine Puppe, sah er die Male an der Kehle, die starke Verdrehung des Halses, ihren zur Seite geneigten Kopf, was ihr den Anschein gab, als mokierte sie sich über ihn mit dieser Gestik einer gestrauchelten Marionette, alle Fäden zerschnitten.

Anders, vielleicht schon von Anfang an, auf jeden Fall nicht mehr da, gleichsam etwas Diaphanes geworden, eine transluzide Sphäre, wo nichts Gestalt besaß und wo das, was sie war, nicht von Gedanken oder Dingen bestimmt war, sie war Wind, während sie Janet war, oder Janet, während sie Wind oder Wasser oder Raum war, aber immer sehr hell, das Schweigen war Licht oder das Gegenteil oder beides, die Zeit war leuchtend, und das hieß Janet sein, etwas ohne Anhalt, ohne die geringste Spur von Erinnerung, die diesen Ablauf unterbräche und wie zwischen Glas festhielte, eine Luftblase in einer Plexiglasmasse, die Bahn eines durchsichtigen Fisches in einem hellen, grenzenlosen Aquarium.

Der Sohn eines Holzfällers fand das Fahrrad auf dem Weg, durch die Bretterwand des Schuppens sah er den auf dem Rücken liegenden Körper. Die Gendarmen stellten fest, daß der Mörder Janets Reisetasche nicht angerührt hatte.

Ein Umhertreiben im Unbeweglichen, ohne ein Vorher noch Nachher, ein glasartiges Jetzt ohne Kontakt noch Bezug, ein Zustand, in dem sich Gefäß und Inhalt voneinander nicht unterscheiden, ein Wasser, das im Wasser floß, bis auf einmal der Schwung, ein gewaltiger *rush*, sie hinausschleuderte, aus sich selbst herauszog, ohne daß etwas die Veränderung wahrnehmen konnte, nichts als dieser schwindelerregende *rush* in der Horizontale oder Vertikale eines von seiner eigenen Geschwindigkeit vibrierenden Raums. Bisweilen verließ sie das Ungestalte und erreichte eine strenge Festigkeit, ebenfalls ohne jeden Bezug, aber dennoch fühlbar, es kam der Augenblick, da Janet aufhörte, Wasser im Wasser oder Wind im Wind zu sein, und zum ersten Mal fühlte sie etwas, fühlte sich eingeschlossen und begrenzt, als Kubus eines Kubus, als unbewegliche Kubusform. In diesem Zustand Kubus außerhalb des Transluziden und Hurrikanhaften richtete sich eine Art von Dauer ein, kein Vorher oder Nachher, sondern ein spürbareres Jetzt, ein Anfang von Zeit, reduziert auf eine dichte, manifeste Gegenwart, ein Kubus in der Zeit. Hätte sie wählen können, sie hätte den Zustand Kubus gewählt, ohne zu wissen warum, vielleicht weil er bei den fortgesetzten Veränderungen die einzige Seinsform war, bei der sich nichts veränderte, so als befände man sich innerhalb bestimmter Grenzen, hätte die Gewißheit einer Konstanz, einer Gegenwart, die Gegenwärtigkeit, fast Berührbarkeit, insinuierte, einer Gegenwart, die etwas enthielt, das vielleicht Zeit, vielleicht ein unbeweglicher Raum war, wo jede Bewegung wie vorgezeichnet war. Aber der Zustand Kubus konnte den anderen Wirbeln weichen, und vorher und nachher oder unterdessen befand man sich in einer anderen Sphäre, war man erneut klirrendes Dahingleiten in einem Meer von Kristallen oder durchsichtigen Felsen, ein richtungsloses Fließen, der Sog eines Wirbelsturms oder ein Dahinschweben im dichten Laubwerk eines Urwalds, von Blatt zu Blatt getragen von der Schwerelosigkeit der Sommerfäden, und jetzt – ein Jetzt ohne ein Vorher, ein rein gegebenes Jetzt – vielleicht wieder der Zustand Kubus, der einschließt und gefangenhält, Grenzen im Jetzt und im Dort, das in gewisser Weise Schlaf war.

> Der Prozeß wurde Ende Juli 1956 in Poitiers eröffnet. Robert wurde von Maître Rolland verteidigt; die Geschworenen erkannten die mildernden Umstände, die sich aus der frühen Verwaisung, den Erziehungsheimen und der Arbeitslosigkeit ergaben, nicht an. Leicht benommen hörte der Angeklagte das Todesurteil und den Beifall eines Publikums, unter dem sich nicht wenige englische Touristen befanden.

Nach und nach (nach und nach in einer Seinsart außerhalb der Zeit? Bloße Redensart) ergaben sich andere Zustandsformen, die es vielleicht schon gegeben hatte, obgleich *schon* vorher bedeutet und es kein Vorher gab; jetzt (und auch kein Jetzt) herrschte ein

Zustand Wind und jetzt ein Zustand Kriechen, in dem jedes Jetzt mühsam war, der völlige Gegensatz zum Zustand Wind, da er nur ein Sichdahinschleppen war, eine Fortbewegung nirgendwohin; hätte sie denken können, dann hätte sich Janet das Bild einer Raupe aufgedrängt, die über ein in der Luft schwebendes Blatt kriecht, immerzu von einer Blattseite auf die andere, ohne etwas zu sehen oder zu fühlen, grenzenlos, eine endlose Möbiusschleife, ein Kriechen bis zum Blattrand der Oberseite und dann auf der Unterseite, falls man nicht unten anfing, und unaufhörlich von einer Blattseite auf die andere, ein unendlich langsames und mühsames Dahinkrauchen, dort wo es kein Maß der Langsamkeit oder des Leidens gab, aber wo man Kriechen war, und Kriechen bedeutete Langsamkeit und Leiden. Oder der andere Zustand (der andere in einer Seinsart ohne Vergleichspunkte?), Fieber sein, in schwindelerregender Weise so etwas wie Rohre oder Kreisläufe oder Systeme durchlaufen, Seinsarten, die mathematische Komplexe oder musikalische Partituren sein mochten, von Punkt zu Punkt oder von Note zu Note springen, einsteigen in Computerkreisläufe und wieder aussteigen, mathematischer Komplex oder Partitur oder Kreislauf sein und sich selbst durchlaufen, und das hieß Fieber sein, hieß rasend schnell momentane Konstellationen von Zeichen oder Noten ohne Formen und Töne durchlaufen. In gewisser Weise war es Leiden, war es Fieber. War man der Zustand Kubus oder war man Welle, implizierte das einen Unterschied, man war ohne Fieber oder ohne Kriechen, der Zustand Kubus war nicht das Fieber und Fieber sein war nicht der Zustand Kubus oder der Zustand Welle. Im Zustand Kubus jetzt – ein Jetzt, das plötzlich mehr jetzt war – zum ersten Mal (ein Jetzt, in dem ein Anzeichen von erstem Mal auftauchte), hörte Janet auf, der Zustand Kubus zu sein, um im Zustand Kubus zu sein, und später (denn diese erste Differenzierung des Jetzt führte zu dem Gefühl von später) im Zustand Welle hörte Janet auf, der Zustand Welle zu sein, um im Zustand Welle zu sein. Und all dies enthielt die Anzeichen einer Zeitlichkeit, jetzt konnte man ein erstes Mal und ein zweites Mal unterscheiden, ein Sein in Welle oder ein Sein in Fieber, die aufeinanderfolgten, um verfolgt zu werden von einem Sein in Wind oder einem Sein in Laubwerk oder einem erneuten Sein in Kubus, mehr und mehr Janet sein in etwas, Janet sein in der Zeit, das sein, was nicht Janet war, doch das vom Zustand Kubus überging in den

Zustand Fieber oder wieder Zustand Raupe wurde, denn alle diese Zustandsformen festigten sich, wurden beständig, und irgendwie grenzten sie sich nicht nur in der Zeit ab, sondern auch im Raum, man ging vom einen zum anderen über, man wechselte von einer Sanftheit Kubus zu einem Fieber mathematischer Kreislauf oder Laubwerk des Urwalds oder Kristallflaschen ohne Ende oder Mahlstrom in hyalinem Stillstand oder mühsames Kriechen auf zweiseitigen Flächen oder facettierten Polyedern.

> Die Berufung wurde abgewiesen, und Robert wurde zur Hinrichtung in die Santé überführt. Nur die Begnadigung durch den Präsidenten der Republik konnte ihn vor der Guillotine bewahren. Der Verurteilte spielte derweil mit den Wärtern Domino, rauchte unablässig und schlief unruhig. Er träumte die ganze Nacht, und durch das Guckloch der Zellentür sahen die Wärter, wie er sich auf seiner Pritsche herumwälzte, einen Arm reckte, zusammenzuckte.

Während einem dieser Übergänge sollte das erste Rudiment einer Erinnerung auftauchen; zwischen den Blättern dahingleitend oder vom Zustand Kubus in den des Fiebers übergehend, bekam sie eine Ahnung von etwas, das Janet gewesen war. Ohne jeden Zusammenhang versuchte eine Erinnerung Zutritt zu finden und sich festzusetzen, einmal ging ihr sogar auf, daß sie Janet war, sie erinnerte sich an Janet in einem Wald, an das Fahrrad, an Constance Myers und an Pralinen auf einem silbernen Tablett. Alles begann sich im Zustand Kubus zu agglomerieren, zeichnete sich ab und konkretisierte sich dunkel, Janet und der Wald, Janet und das Fahrrad, und mit dem Ansturm der Bilder präzisierte sich allmählich das Gefühl von einer Person, eine erste Beunruhigung, die Vision eines Dachstuhls aus morschen Balken, auf dem Rükken liegend von einer konvulsivischen Kraft bezwungen, Angst vor dem Schmerz, Bartstoppeln rieben sich am Gesicht, kratzten am Mund, etwas drängte sich abscheulich heran, etwas rang damit, sich verständlich zu machen, sich zu sagen, daß es nicht so war, daß es so nicht hätte sein müssen, und am Rande des Unmöglichen setzte die Erinnerung aus, ein Wirbel, der sich bis zur Übelkeit beschleunigte, riß sie aus dem Kubus heraus und tauchte sie in Welle oder in Fieber, oder es trat das Gegenteil ein, einmal mehr die klebrige Langsamkeit des Kriechens ohne anderen Zweck als eben den, zu kriechen, so wie in Welle oder Glas zu sein immer nur eben das war, bis zum nächsten Wandel. Und als sie in den Zustand Kubus zurückfiel und zu einem undeutlichen Erkennen zurückfand, ein Schuppen und Pralinen und flüchtige Visionen von Glockentürmen und Schulfreundinnen, kämpfte das wenige, das sie vermochte, vor allem darum, in dieser Kubusform zu bleiben, in diesem Zustand zu verharren, wo es Ruhe und Grenzen gab, wo man es fertigbrächte, zu denken und sich wiederzuerkennen. Ein ums andere Mal gelangte sie zu diesen letzten Empfindungen, das Kratzen von Bartstoppeln an ihrem Mund, das Sichwehren gegen Hände, die ihr die Kleider herunterrissen, bevor sie plötzlich wieder in ein Brausen geriet, Blätter oder Wolken oder Tropfen oder Wirbelstürme oder blitzartige Kreisläufe. Im Zustand Kubus konnte sie die Grenze nicht überschreiten, wo alles Schrecken und Abscheu war, aber wäre ihr ein Wille gegeben, hätte dieser Wille sich dort festgesetzt, wo es Janet in ihrer Empfindsamkeit gab, wo Janet den Rückfall besiegen wollte. Mitten im Kampf gegen das Gewicht, das sie auf das Stroh im Schuppen drückte, beharrlich nein sagend, nicht so, nicht unter Schreien und auf fauligem Stroh solle es geschehen, glitt sie einmal mehr in diesen beweglichen Zustand, wo alles floß, so als erzeugte es sich in eben dem Fließen, ein Rauch, der in seinem eigenen Gespinst kreist, es aufreißt und sich kräuselt, in Wellen sein, in dieser Bewegung des Umgießens, die sie schon so oft in der Schwebe gehalten hatte, Alge oder Kork oder Meduse. Mit dem Unterschied, daß Janet etwas kommen fühlte, das dem Erwachen aus einem Schlaf ohne Träume glich, dem Sturz ins Erwachen eines Morgens in Kent, erneut Janet und ihr Körper sein, eine Idee von Körper, von Armen und Schultern und wehendem Haar in der glasigen Sphäre, in einer völligen Durchsichtigkeit, denn Janet sah ihren Körper nicht, es war endlich wieder ihr Körper, aber sie konnte ihn nicht sehen, es war Bewußtsein von ihrem Körper, der durch Wellen oder Rauch glitt, und ohne ihren Körper zu sehen, bewegte sich Janet, sie stieß einen Arm nach vorn und streckte die Beine in einem Schwimmstoß, womit sie sich zum ersten Mal von der wogenden Masse, die sie einhüllte, unterschied, sie schwamm in Wasser oder in Rauch, sie war ihr Körper, und sie genoß jeden Schwimmstoß, der nicht mehr passive Fortbewegung, endlose Überführung war. Sie schwamm und schwamm, sie brauchte sich nicht zu sehen, um zu schwimmen und die Gnade einer freien Bewegung zu empfangen, einer Richtung, die Hände und Füße ihrer Fortbewegung gaben. Ohne Übergang in den Zustand Kubus zurückfallen bedeutete wieder der Schuppen, sich zu erinnern und bis zum äußersten zu leiden unter dem unerträglichen Gewicht, unter dem reißenden Schmerz und der roten Flut, die ihre Augen überschwemmte; sie fand sich auf der anderen Seite wieder, mit einer Langsamkeit kriechend, die sie jetzt ermessen konnte und die sie verabscheute, und wurde dann Fieber, *rush* des Hurrikans, um darauf erneut in Wellen zu sein und sich ihres Körpers Janet zu erfreuen, und als am Ende des Unbestimmten alles zum Zustand Kubus gerann, war es nicht der Schrecken, sondern das Verlangen, was sie auf der anderen Seite erwartete, mit Bildern und Worten im Zustand Kubus, mit der Freude an ihrem Körper in den Wellen. Begreifend, wieder vereint mit sich selbst, unsichtbar sie selbst, Janet, verlangte sie nach Robert, verlangte sie wieder nach dem Schuppen auf andere Weise, verlangte nach Robert, der sie zu dem gebracht hatte, was dort und jetzt war, sie begriff die Tollheit in dem Schuppen, und sie verlangte nach Robert, und in der Wonne des Schwimmens in flüssigen Kristallen oder Stratuswolken rief sie nach ihm, legte sich für ihn auf den Rücken, rief nach ihm, damit der Akt wirklich und mit Freuden vollzogen werde und nicht so plump auf dem übelriechenden Stroh des Schuppens.

> Es kommt einen Strafverteidiger hart an, seinem Klienten mitteilen zu müssen, daß das Gnadengesuch abgelehnt worden ist. Maître Rolland erbrach sich, als er die Zelle verließ, wo Robert, auf dem Rand seiner Pritsche sitzend, starr ins Leere blickte.

Vom reinen Gefühl zur Erkenntnis, vom Fließen der Wellen zum strengen Kubus, in etwas sich vereinigend, das erneut Janet war, suchte das Verlangen seinen Weg, einen anderen Übergang unter den wiederkehrenden Übergängen. Der Wille kehrte zu Janet zurück, am Anfang waren die Erinnerungen und die Gefühle ohne eine Achse gewesen, die sie modulierte, jetzt kehrte mit dem Verlangen der Wille zu Janet zurück, etwas in ihr spannte einen Bogen wie aus Haut, Sehnen und Eingeweiden, schoß sie auf das zu, was nicht sein konnte, verlangte Zugang von innen oder von außen zu den Zuständen, die sie in schwindelerregender

Weise fortrissen und wieder freigaben, ihr Wille war das Verlangen, das sich in Flüssigkeiten und blitzartigen Konstellationen und mühsamem Kriechen einen Weg bahnte, war Robert irgendwo als Ziel, dieses Ziel, das sich jetzt abzeichnete und im Zustand Kubus einen Namen und Konturen hatte, und das, nachher oder vorher, in dem nun seligen Schwimmen durch Wellen und Glas, zur Klage wurde, zum Zuruf, der sie liebkoste und sie auf sich selbst zurückwarf. Unfähig, sich zu sehen, spürte sie sich; unfähig zu denken, war ihr Verlangen sowohl Verlangen als auch Robert, war Robert in irgendeinem unerreichbaren Zustand, doch in den der Wille Janet einzudringen versuchte, ein Zustand Robert, in den das Verlangen Janet, der Wille Janet gelangen wollten, so wie jetzt wieder in den Zustand Kubus, zur Festigung und Abgrenzung, wo rudimentäre Tätigkeiten des Geistes zunehmend möglich wurden, Fetzen von Worten und Erinnerungen, ein Geschmack nach Schokolade und ein Druck von Füßen auf verchromte Pedale, Vergewaltigung unter Konvulsionen des Widerstands, wo jetzt das Verlangen nistete, der Wille, unter Tränen der Freude, der dankbaren Annahme Roberts, schließlich nachzugeben.

> Er war so ruhig, so sanft, daß man ihn zeitweise allein ließ, man warf nur hin und wieder einen Blick durch das Guckloch oder bot ihm eine Zigarette oder eine Partie Domino an. In seiner Benommenheit, die ihn eigentlich nie verlassen hatte, spürte Robert nicht, wie die Zeit verging. Er ließ sich rasieren, ging mit seinen beiden Wärtern zum Duschen, fragte manchmal nach dem Wetter und ob es in der Dordogne gerade regnete.

Es war in Wellen oder Glas, als eine heftige Armbewegung, ein verzweifeltes Sichabstoßen mit dem Fuß sie in einen kalten, verschlossenen Raum beförderte, so als spuckte das Meer sie in einer halbdunklen Grotte voller Rauch von Gitanes aus. Auf seiner Pritsche sitzend, starrte Robert in die Luft, während zwischen seinen Fingern die vergessene Zigarette verglomm. Janet war nicht überrascht, Überraschung hatte hier keine Geltung, weder Gegenwart noch Abwesenheit; eine transparente Trennwand, ein diamantener Kubus im Kubus der Zelle hielt sie von jedem Versuch, von Robert, der da vor ihr unter der Glühbirne saß, fern.

Der bis aufs äußerste gespannte Bogen ihrer selbst hatte weder Sehne noch Pfeil gegen den diamantenen Kubus, die Transparenz war Schweigen unüberwindlicher Materie, nicht einmal hatte Robert den Kopf gehoben, um in diese Richtung zu blicken, wo es nur die dicke Luft der Zelle, die Rauchschwaden gab. Die Klage Janet, der Wille Janet, fähig, bis hierher zu gelangen, zur Begegnung zu kommen, zerbrach an einer wesentlichen Verschiedenheit, das Verlangen Janet war ein Tiger aus transluzidem Schaum, der seine Gestalt änderte, weiße Krallen aus Rauch zum vergitterten Fenster hin ausstreckte, fadendünn wurde, sich in seiner Wirkungslosigkeit drehte und wand und schließlich verging. In einem letzten Impuls, wissend, daß es augenblicks erneut Kriechen oder Hasten durch Blattwerk oder Sandkörner oder atomare Formeln bedeuten konnte, schrie das Verlangen Janet nach dem Bild Roberts, suchte sein Gesicht oder sein Haar zu erreichen, ihn auf ihre Seite zu locken. Sie sah, wie er zur Tür blickte, einen Augenblick das leere Guckloch betrachtete und mit einer blitzartigen Bewegung etwas unter der Bettdecke hervorzog, einen aus dem Bettuch zusammengedrehten Strang. Mit einem Satz erreichte er das Fenster, schlang den Strang um einen Gitterstab. Janet schrie, rief ihn, zersprengte das Schweigen mit ihrem Geheul im diamantenen Kubus. Die Untersuchung ergab, daß sich der Gefangene erhängt hatte, indem er sich mit aller Wucht zu Boden fallen ließ. Durch den Ruck mußte er das Bewußtsein verloren haben, denn er hatte sich gegen das Ersticken nicht gewehrt; seit der letzten Sichtkontrolle der Wärter waren erst vier Minuten vergangen. Und jetzt nichts mehr, mitten im Klagegeschrei der Bruch und der Übergang zur Verfestigung im Zustand Kubus, zerbrochen durch Janets Eintritt in den Zustand Fieber, spiralförmiges Durchlaufen unzähliger Retorten, Sprung in eine Tiefe mit fetter Erde, wo das Vorrücken ein beharrliches Sichdurchbeißen durch zähe Stoffe war, ein klebriges Hinaufsteigen in meergrüne Höhen, Übergang in die Wellen, erste Schwimmstöße wie ein Glück, das jetzt einen Namen hatte, Propeller, der seine Drehrichtung wechselt, Verzweiflung, die Hoffnung wurde, fast belanglos waren jetzt die Übergänge von einem Zustand in den anderen, in Blattwerk sein oder in sonorem Kontrapunkt, jetzt wurden sie vom Verlangen Janet bewirkt, es suchte sie auf die Art einer Brücke, die sich in einem Salto aus Metall auf das andere Ufer schwingt. In einer gewissen Seinsart, durch irgendeinen Zustand oder durch alle zugleich hindurchgehend: Robert. In irgendeinem Augenblick Fieber Janet sein oder in Wellen Janet sein, konnte sein Robert Wellen oder Fieber oder Zustand Kubus im Jetzt ohne Zeit, nicht Robert, sondern Kubusform oder Fieber, denn auch ihn würden die Jetzt langsam in Fieber oder in Wellen übergehen lassen, würden ihr Robert allmählich wiedergeben, würden ihn durchschleusen, mit sich reißen und in einer Gleichzeitigkeit festhalten, die einmal zum Nacheinander führen würde, während das Verlangen Janet gegen jeden Zustand ankämpfte, um in jene einzutauchen, wo Robert noch nicht, um einmal mehr in Fieber zu sein ohne Robert, um im Zustand Kubus ohne Robert zu erstarren, um sanft hineinzugleiten in die Flüssigkeit, wo die ersten Schwimmstöße Janet waren, sich ganz als Janet fühlend und wissend, aber dort irgendwann Robert, dort sicherlich einmal, am Ende des wohligen Wiegens in Wellen, in Glas würde eine Hand Janets Hand erreichen, eine Hand würde sie erreichen, und diese wäre endlich Roberts Hand.

UNZEITEN

1983

Deshoras

Deutsch von Rudolf Wittkopf

Flaschenpost

Epilog zu einer Erzählung

Berkeley, Kalifornien, 19. September 1980

Liebe Glenda, dieser Brief wird Ihnen nicht auf dem gewöhnlichen Wege zugehen, denn in unserem Fall kann nichts so gesandt werden, es entzieht sich den gesellschaftlichen Riten der Umschläge und der Post. Eher wird es so sein, als steckte ich den Brief in eine Flasche und ließe diese in die Wasser der Bucht von San Francisco fallen, an deren Ufer das Haus steht, von wo ich Ihnen schreibe; oder als bände ich ihn an den Hals einer der Möwen, die jäh wie Peitschenhiebe an meinem Fenster vorbeisausen und für einen Augenblick das Tastenfeld dieser Schreibmaschine verdunkeln. Aber immerhin ein Brief, der an Sie gerichtet ist, an Glenda Jackson an irgendeinem Ort der Welt, der wahrscheinlich immer noch London ist; gleich manchen Briefen, manchen Erzählungen gibt es auch Mitteilungen, die Flaschenpost sind und in diese allmählichen, wunderbaren *sea-changes* geraten, die Shakespeare in *Der Sturm* ziseliert hat und die untröstliche Freunde späterhin in den Grabstein meißeln sollten, unter dem, auf dem Friedhof von Caius Sextius in Rom, das Herz von Percy Bysshe Shelley ruht.

Auf diese Weise, denke ich, finden die geheimen Kommunikationen statt, langsame Flaschen, die auf langsamen Meeren umhertreiben, wie auch er sich langsam seinen Weg bahnen wird, dieser Brief, der Sie unter Ihrem wahren Namen sucht, nicht mehr die Glenda Garson, die Sie auch waren, doch die Scham und Liebe verändert haben, ohne sie zu verändern, geradeso wie Sie sich von Film zu Film verändern, ohne sich zu verändern. Ich schreibe Ihnen, dieser Frau, die hinter so vielen Masken atmet, sogar hinter jener, die ich, um sie nicht zu verletzen, für sie erfunden habe, und ich schreibe Ihnen, weil auch Sie jetzt mit mir in Verbindung getreten sind hinter einer meiner Masken als Schriftsteller; damit haben wir uns das Recht erworben, so miteinander zu reden, jetzt wo mich, auch wenn das ganz unvorstellbar ist, gerade Ihre Antwort erreicht hat, Ihre eigene Flaschenpost an den

Klippen dieser Bucht zerschellt ist und mich mit einer Freude erfüllt, bei der untergründig so etwas wie Angst pocht, eine Angst, die die Freude nicht zum Schweigen bringt, die sie panisch werden läßt, sie jenseits allen Fleisches und aller Zeit verlagert, wie Sie und ich das zweifellos gewünscht haben, jeder auf seine Weise.

Es ist nicht einfach, Ihnen dies zu schreiben, weil Sie nichts von Glenda Garson wissen, dabei aber verhält es sich so, als müßte ich Ihnen unnötigerweise erklären, was gewissermaßen der Grund für Ihre Antwort ist; alles geschieht wie auf verschiedenen Ebenen, in einer Verdoppelung, die jede gewöhnliche Art von Beziehung unsinnig macht; wir schreiben oder spielen für Dritte, nicht für uns, und deshalb nimmt dieser Brief die Form eines Textes an, der von Dritten gelesen werden wird und womöglich nie von Ihnen, oder vielleicht auch von Ihnen, aber erst eines fernen Tages, so wie Ihre Antwort schon Dritten bekannt gewesen ist, während ich sie erst vor knapp drei Tagen und durch reinen Zufall erhielt. Ich glaube, wenn es sich so verhält, wird es unnütz sein, zu versuchen, direkten Kontakt aufzunehmen; ich glaube, es ist nur möglich, Ihnen dies zu sagen, wenn ich es einmal mehr an jene richte, die es als Literatur lesen werden, als eine Erzählung innerhalb einer anderen, eine Koda zu etwas, das bestimmt zu sein schien, mit diesem perfekten und definitiven Schluß zu enden, den für mich die guten Erzählungen haben müssen. Und wenn ich von dem Prinzip abweiche, wenn ich Ihnen diesen Brief auf meine Weise schreibe, sind Sie, die ihn womöglich nie lesen wird, sind Sie es, die mich nötigt, die mich vielleicht darum bittet, ihn zu schreiben.

Hören Sie also, was Sie nicht wissen konnten, aber trotzdem wissen. Vor genau zwei Wochen hat mir Guillermo Schavelzon, mein Verleger in Mexiko, die ersten Exemplare eines Erzählungsbandes übergeben, den ich in der letzten Zeit geschrieben habe und der den Titel einer der darin enthaltenen Erzählungen trägt, *Alle lieben Glenda*. Erzählungen in Spanisch, versteht sich, die man erst in den nächsten Jahren in andere Sprachen übersetzen wird, Erzählungen, die in Mexiko erst in dieser Woche in die Buchhandlungen kommen und die Sie in London nicht haben lesen können, wo man mich übrigens sehr wenig liest und schon gar nicht auf spanisch. Ich muß Ihnen von einer dieser Erzählungen sprechen, wobei ich zugleich spüre – und eben darin liegt der zwiespältige Schauder, der all das durchzieht –, wie unnütz es ist, weil Sie sie, in einer Weise, die nur die Erzählung selbst insinuieren kann, bereits kennen; wider alle Logik, wider die Vernunft selbst, beweist mir das die Antwort, die ich gerade erhielt und die mich zu tun nötigt, was ich hier angesichts des Absurden tue, sollte es absurd sein, Glenda, und ich glaube, daß es das nicht ist, obgleich weder Sie noch ich wissen können, was es ist.

Sie werden sich also erinnern, obgleich Sie sich nicht an eine Geschichte erinnern können, die Sie nie gelesen haben, eine Geschichte, deren Seiten noch feucht von Druckerschwärze sind, daß darin die Rede ist von einer Gruppe von Freunden in Buenos Aires, die in der heimlichen Bruderschaft eines Clubs die Liebe und Bewunderung teilen, die sie für Sie empfinden, für diese Schauspielerin, die in der Erzählung Glenda Garson heißt, doch auf deren Theater- und Filmkarriere in einer Weise angespielt wird, daß jeder, der als Ihr Fan es verdient, Sie wiedererkennen wird. Die Geschichte ist sehr einfach: diese Freunde lieben Glenda so sehr, daß sie sich mit der Schande nicht abfinden können, daß einige ihrer Filme nicht die Vollkommenheit erreichen, die jede große Liebe verdient und verlangt, und daß die Mediokrität mancher Regisseure das trübt, was Sie während der Dreharbeiten ohne Zweifel angestrebt hatten. Wie jede Erzählung, die eine Katharsis bezweckt, die in einer Lustration kulminiert, nimmt auch diese sich die Freiheit, die Wahrscheinlichkeit auf der Suche nach einer tieferen und letzten Wahrheit zu überschreiten; so tut der Club alles, um die Kopien der weniger perfekten Filme an sich zu bringen, und er modifiziert die Passagen, wo durch einfache Weglassung oder eine kaum merkliche Veränderung in der Montage die unverzeihlichen ursprünglichen Unbeholfenheiten behoben werden können. Ich nehme an, daß Sie sich nicht mehr Gedanken als der Club machen über die läppischen praktischen Unmöglichkeiten einer Unternehmung, welche die Erzählung ohne viel Firlefanz schildert: es bedarf weiter nichts als der Treue und des Geldes, und eines Tages kann der Club die Arbeit für beendet erklären und den siebten Tag des Glücks begehen. Zumal Sie just zu dem Zeitpunkt Ihren Abschied von Theater und Film verkünden, womit Sie, ohne es zu wissen, ein Werk abschließen und vervollkommnen, dem die Wiederholung und die Zeit am Ende nur geschadet hätten.

Ohne es zu wissen ... Ah, ich bin zwar der Autor der Erzählung, Glenda, doch kann ich jetzt nicht mehr sagen, was mir völlig klar zu sein schien, als ich sie schrieb. Jetzt hat mich Ihre Antwort erreicht, und etwas, das mit der Vernunft nichts zu tun hat, nötigt mich zuzugeben, daß der Abschied Glenda Garsons etwas Seltsames, fast Forciertes hatte, so unmittelbar nach Beendigung der Arbeit des unbekannten und fernen Clubs. Aber ich erzähle Ihnen die Geschichte weiter, obgleich ich ihr Ende heute furchtbar finde, denn Ihnen muß ich sie erzählen, es ist unmöglich, es nicht zu tun, da Sie in der Erzählung vorkommen, da es in Mexiko seit vierzehn Tagen alle wissen, und vor allem, weil auch Sie es wissen. Kurz, ein Jahr später faßt Glenda Garson den Entschluß, zum Film zurückzukehren, und die Freunde des Clubs lesen die Nachricht mit der bedrückenden Gewißheit, daß es ihnen jetzt nicht mehr möglich sein wird, eine Prozedur zu wiederholen, die sie für beendet, für endgültig abgeschlossen halten. Es bleibt ihnen nur eine Möglichkeit, die Vollkommenheit, ihr so schwer erlangtes Glück zu verteidigen: Glenda Garson wird nicht dazu kommen, in dem angekündigten Film zu spielen, der Club wird das Nötige tun, ein für allemal.

All das ist, wie Sie sehen, eine Erzählung in einem Sammelband, mit Zügen des Phantastischen oder Ungewöhnlichen, und ihre Atmosphäre stimmt überein mit jener der anderen Erzählungen dieses Bandes, den mein Verleger mir am Vorabend meiner Abreise aus Mexiko übergab. Das Buch trägt eben diesen Titel, weil keine andere Erzählung für mich diese Resonanz leiser Nostalgie und Verliebtheit besaß, die Ihr Name und Ihr Bild in meinem Leben erzeugen, seit ich eines Abends im Londoner Aldwych Theater sah, wie Sie mit der seidigen Peitsche Ihres Haars den nackten Oberkörper des Marquis de Sade geißelten: schwer zu sagen, wann ich diesen Titel für das Buch wählte, womit ich die Erzählung von den anderen gewissermaßen absonderte und ihr ganzes Gewicht auf den Buchdeckel legte, geradeso wie jetzt jemand für Ihren letzten Film, den ich vor drei Tagen hier in San Francisco gesehen habe, den Titel *Hopscotch* gewählt hat, jemand, der weiß, daß dieses Wort auf spanisch *Rayuela* heißt. Die Flaschen haben ihr Ziel erreicht, Glenda, doch das Meer, auf dem sie umhertrieben, ist nicht das der Schiffe und Albatrosse.

Alles geschah in einer Sekunde, ich dachte ironisch, daß ich nach San Francisco gekommen war, um ein Seminar mit Studenten aus Berkeley zu machen, und daß wir uns amüsieren würden über die Koinzidenz des Titels dieses Films mit dem meines Romans, der eines der Themen unserer Arbeit sein sollte. Dann, Glenda, sah ich das Foto der Hauptdarstellerin, und zum ersten Mal bekam ich es mit der Angst. Daß ich aus Mexiko ein Buch mitbrachte mit Ihrem Namen im Titel und daß mir Ihr Name in einem Film begegnet, der unter dem Titel eines meiner Bücher angekündigt wird, war ein hübscher Streich des Zufalls, der mir deren schon mehrere gespielt hat; aber das war nicht alles, das war rein nichts, bis die Flasche in der Dunkelheit des Kinosaals zerschellte und ich die Antwort erhielt, ich sage Antwort, weil ich nicht glauben kann und will, daß es sich um Rache handelt.

Es ist keine Rache, sondern ein Ruf an der Grenze alles dessen, was gemeinhin zulässig ist, eine Einladung zu einer Reise, die nur in Gebiete außerhalb jedes Gebiets führen kann. Der Film, der, um es gleich zu sagen, nicht viel taugt, basiert auf einem Spionageroman, der nichts zu tun hat mit Ihnen oder mit mir, Glenda, aber gerade deswegen spürte ich, daß sich hinter diesem eher stupiden, ziemlich trivialen Stoff etwas anderes verbarg, etwas undenkbar anderes, da Sie mir nichts zu sagen haben konnten und zugleich doch, denn nun waren Sie Glenda Jackson, und wenn Sie eingewilligt hatten, in einem Film mit diesem Titel zu spielen, konnte ich mich des Gefühls nicht erwehren, daß Sie es als Glenda Garson getan hatten, ausgehend von dieser Erzählung, in der ich Sie so genannt hatte. Und da der Film damit nichts zu tun hatte, da er eine wenig amüsante Spionagekomödie war, mußte ich zwangsläufig an diese Chiffren oder Geheimschriften denken, die auf einer vorher vereinbarten Zeitungs- oder Buchseite auf die Worte verweisen, die die Nachricht dem übermitteln werden, der den Schlüssel kennt. Und so war es, Glenda, genau so war es. Muß ich es Ihnen beweisen, wo es über die Übermittlerin der Nachricht keinen Zweifel gibt? Wenn ich es sage, so für Dritte, die meine Erzählung lesen und Ihren Film sehen werden, für die Leser und Zuschauer, die die arglosen Brücken unserer Mitteilungen sein werden: eine Geschichte, die soeben veröffentlicht worden ist, ein Film, der soeben in die Kinos gekommen ist, und jetzt dieser Brief, der in fast unsäglicher Weise beides enthält und abschließt.

Ich will ein Resümee, das uns kaum noch interessiert, rasch beenden. In diesem Film lieben Sie einen Spion, der begonnen hat, ein Buch mit dem Titel *Hopscotch* zu schreiben, um die schmutzigen Geschäfte der CIA, des FBI und des KGB zu denunzieren, feine Ämter, für die er gearbeitet hat und die jetzt alles versuchen, ihn zu beseitigen. Mit einer aus Liebe erwachsenen Ergebenheit helfen Sie ihm, den Unfall zu inszenieren, durch den er bei seinen Gegnern für tot gelten soll; danach erwartet Sie beide in irgendeinem Winkel der Welt Friede und Geborgenheit. Ihr Freund veröffentlicht *Hopscotch*, und obgleich es nicht mein Roman ist, wird das Buch zwangsläufig *Rayuela* heißen, wenn ein Bestseller-Verleger es auf spanisch herausbringt. Eine Sequenz gegen Ende des Films zeigt Exemplare des Buches in einem Schaufenster, so wie die englischsprachige Ausgabe meines Romans in den Schaufenstern der Buchhandlungen der USA hat ausliegen müssen, als Pantheon Books sie vor Jahren herausbrachte. In der Erzählung, die soeben in Mexiko erschienen ist, habe ich Sie symbolisch getötet, Glenda Jackson, und in diesem Film wirken Sie mit an der ebenfalls symbolischen Beseitigung des Autors von *Hopscotch*. Sie sind, wie immer, jung und hübsch in dem Film, und Ihr Freund ist Schriftsteller und alt, so wie ich. Wie meinen Freunden des Clubs war mir klar, daß sich die Vollkommenheit unserer Liebe nur durch das Verschwinden von Glenda Garson für immer erhalten lassen würde; auch Ihnen war klar, daß Ihre Liebe, um sich glücklich zu erfüllen, das Verschwinden des Geliebten verlangte. Jetzt, zum Schluß dieses Briefes, den ich mit dem vagen Schauder vor etwas ebenfalls Vagem geschrieben habe, ist mir völlig klar, daß in Ihrer Nachricht keine Rache ist, sondern eine unermeßlich schöne Symmetrie, daß die Gestalt meiner Erzählung sich soeben mit der Person Ihres Films getroffen hat, weil Sie es so gewollt haben, weil nur dieses doppelte Trugbild des Todes aus Liebe sie einander nahebringen konnte. Dort, in diesem Gebiet außerhalb jedes Kompasses, sehen Sie und ich jetzt einander an, Glenda, während ich hier diesen Brief beende und Sie sich irgendwo, ich denke in London, gerade für den Auftritt auf der Bühne schminken oder Ihre Rolle in Ihrem nächsten Film einstudieren.

Ende der Etappe

Für Sheridan Le Fanu, gewisser Häuser wegen.

Für Antoni Taulé, gewisser Tische wegen.

Vielleicht hielt sie hier, weil die Sonne schon hoch stand und das mechanische Vergnügen des Autofahrens in den frühen Morgenstunden allmählich der Müdigkeit und dem Durst wich. Für Diana war dieser Ort mit nichtssagendem Namen nur ein weiterer kleiner Fleck auf der Karte der Provinz, noch fern der Stadt, wo sie übernachten würde, und der Platz, den die Kronen der Platanen gegen die Hitze der Landstraße schützten, war gleichsam eine Parenthese, in die sie sich mit einem Seufzer der Erleichterung einfügte, indem sie nahe dem Café mit den vielen Tischen unter den Bäumen anhielt.

Der Kellner brachte ihr einen Pernod mit Eiswürfeln und fragte, ob sie später zu Mittag zu essen wünsche; sie bräuchte sich nicht zu beeilen, es würde bis zwei Uhr serviert. Diana sagte, sie wolle einen Spaziergang durch den Ort machen und dann zurückkommen. »Es gibt nicht viel zu sehen«, erklärte der Kellner. Sie hätte ihm gern erwidert, daß sie auch nicht viel Lust habe, sich etwas anzusehen, doch statt dessen bestellte sie schwarze Oliven und trank fast hastig aus dem hohen Glas, in dem der Pernod opalisierte. Sie spürte die Frische des Schattens auf der Haut, einige Stammgäste spielten Karten, zwei Jungen tollten mit einem Hund, im Zeitungskiosk eine alte Frau, alles wie außerhalb der Zeit, sich dehnend im Hitzedunst des Sommers. Wie außerhalb der Zeit, hatte sie gedacht, während sie die Hand eines der Spieler betrachtete, der seine Karte lange in die Höhe hielt, bevor er sie triumphierend auf den Tisch drosch. Eben das, wozu sie sich nicht mehr fähig fühlte, alles Schöne länger dauern lassen, sich wirklich leben fühlen in diesem wonnigen Hinauszögern, das ihr bisweilen ein Halt gewesen war im Beben der Zeit. ›Merkwürdig, daß Leben ein bloßes Hinnehmen werden kann‹, dachte sie, den Hund betrachtend, der sich auf den Boden gelegt hatte und hechelte, ›sogar zu akzeptieren, nicht zu akzeptieren, wegzugehen, noch ehe man angekommen ist, all das umzubringen, was mich noch nicht umzubringen vermag.‹ Sie behielt die Zigarette zwischen den Lippen, obgleich sie wußte, daß sie sich gleich daran verbrennen würde, daß sie sie rasch auf den Boden werfen und zertreten müßte, wie sie das mit diesen Jahren getan hatte, in denen sie allen Grund verloren hatte, die Gegenwart mit anderem anzufüllen als mit Zigaretten, einem immer verfügbaren Scheckbuch und einem bequemen Wagen. ›Perdido‹, wiederholte sie, ›ein so schönes Thema von Duke Ellington, und ich kann mich nicht einmal mehr daran erinnern, somit doppelt verloren, Mädchen, und auch das Mädchen verloren, mit vierzig ist es nur noch so, als weine man in einem Wort.‹

Daß sie sich auf einmal ganz idiotisch vorkam, veranlaßte sie zu zahlen und einen Spaziergang durch den Ort zu machen, Dingen entgegen, die nicht mehr von allein kommen würden, auf den Wunsch und die Vorstellung hin. Die Dinge sehen als jemand, der von ihnen gesehen wird, dort dieses uninteressante Antiquitätengeschäft, hier die alte Fassade des Kunstmuseums. Es war eine Einzelausstellung plakatiert, keine Ahnung, wer dieser Maler mit dem schwer aussprechbaren Namen war. Diana kaufte eine Eintrittskarte und betrat den ersten Saal eines bescheidenen Hauses mit nebeneinanderliegenden Räumen, das von den Ratsherren der Provinz mit viel Bedacht in ein Museum verwandelt worden war. Man hatte ihr einen Faltprospekt gegeben, der vage Hinweise auf eine vor allem regionale künstlerische Laufbahn enthielt, Auszüge aus Kritiken, die üblichen Lobsprüche; sie ließ ihn auf einer Konsole liegen und betrachtete sich die Bilder; im ersten Augenblick meinte sie, es seien Photographien, und was sie verwunderte, war deren Größe, denn selten sah man Vergrößerungen dieses Formats in Farbe. Ihr Interesse wurde geweckt, als sie das Material erkannte, die manische Perfektion des Details; und plötzlich war es umgekehrt, sie meinte Bilder zu sehen, die auf Photographien basierten, etwas, das zwischen beiden oszillierte, und obgleich die Säle gut beleuchtet waren, blieb die Ungewißheit vor diesen Bildern, die vielleicht Gemälde nach Photographien waren oder das Ergebnis einer obsessiven realistischen Darstellung, die den Maler zu einer gefährlichen, zweifelhaften Grenze führte.

Im ersten Saal gab es vier oder fünf Bilder, die alle einen Tisch zum Thema hatten, leer oder mit einem Minimum an Gegenständen, vehement beleuchtet von fast horizontal einfallendem

Sonnenlicht. Auf einigen Gemälden kam ein Stuhl hinzu, auf anderen war der Tisch von nichts anderem begleitet als von seinem langgestreckten Schatten auf dem von diesem Licht gepeitschten Boden. Als sie den zweiten Saal betrat, sah sie etwas Neues, eine menschliche Gestalt auf einem der Bilder, das ein Interieur zeigte samt einer großen Tür, die in vage Gärten führte; die Gestalt, mit dem Rücken zum Betrachter, hatte das Haus schon verlassen, wo im Vordergrund wieder der unvermeidliche Tisch zu sehen war, gleich weit entfernt von der gemalten Person und von Diana. Es war ihr schnell klar geworden, daß es immer dasselbe Haus war; nun kam der lange, grünliche Flur auf einem anderen Bild hinzu, wo die Gestalt, wiederum mit dem Rücken zum Betrachter, in Richtung einer entfernten Glastür blickte. Seltsamerweise war die Silhouette der Person weniger eindringlich als die leeren Tische, man hätte sie für einen zufälligen Besucher halten können, der ohne ersichtlichen Grund durch ein verlassenes großes Haus wanderte. Und dann war da die Stille, nicht nur, weil Diana der einzige Mensch in diesem kleinen Museum zu sein schien, sondern auch, weil von den Bildern eine Einsamkeit ausging, welche die dunkle männliche Gestalt nur noch verstärkte. ›Da ist etwas mit dem Licht‹, dachte Diana, ›es dringt ein wie ein fester Körper und erdrückt die Dinge.‹ Aber auch die Farbe war voller Stille, die tiefschwarzen Hintergründe, die Brutalität der Kontraste, die den Schatten das Aussehen von Bahrtüchern, von schweren Katafalkdraperien gaben.

Beim Betreten des nächsten Saals entdeckte sie zu ihrer Überraschung, daß es außer einer weiteren Serie von Bildern mit nackten Tischen und der Person mit dem Rücken zum Betrachter einige Gemälde mit anderen Themen gab, ein einsames Telefon, ein Figurinen-Paar. Natürlich betrachtete sie sich auch die, aber ein wenig so, als sähe sie sie nicht; die Bilderfolge mit den einsamen Tischen in dem Haus besaß soviel Kraft, daß die anderen Gemälde zu schmückendem Beiwerk wurden, fast so, als wären sie rein dekorative Bilder, die an den Wänden des gemalten Hauses und nicht im Museum hingen. Es amüsierte sie, zu entdecken, wie leicht sie zu hypnotisieren war, sie empfand das etwas lethargische Vergnügen, sich der Imagination zu überlassen, den Flirrgeistern der Mittagshitze. Sie ging in den ersten Saal zurück, weil sie sich nicht sicher war, ob sie sich eines der Bilder, das sie dort gesehen hatte, richtig erinnerte, und sie stellte fest, daß auf dem Tisch, den sie für leer gehalten hatte, ein Krug mit Pinseln stand. Dagegen war der leere Tisch auf dem Bild an der Wand gegenüber, und Diana verweilte einen Augenblick davor und suchte den Bildhintergrund genauer auszumachen, die offene Tür, hinter der man einen weiteren Raum erriet, die Umrisse eines Kamins oder einer zweiten Tür. Es wurde ihr immer klarer, daß all diese Räume zu ein und demselben Haus gehörten, gleichsam die Hypertrophie eines Selbstbildnisses, bei dem der Künstler die Eleganz besessen hätte, von sich abzusehen, falls er nicht in der schwarzen Gestalt dargestellt war (mit einem langen Cape auf einem der Gemälde), die dem anderen Besucher hartnäckig den Rücken zukehrte, diesem Eindringling, der bezahlt hatte, um seinerseits das Haus zu betreten und durch die leeren Räume zu wandeln.

Sie ging in den zweiten Saal zurück und auf eine halb offene Tür zu, die in den Raum dahinter führte. Eine freundliche, etwas verlegene Stimme hielt sie zurück; ein Wärter in Uniform – der Arme, bei dieser Hitze – sagte ihr, daß das Museum über Mittag schließe, doch werde es um halb vier wieder aufmachen.

»Bleibt noch viel zu sehen?« fragte Diana, die plötzlich die Ermüdung durch die Museen spürte, die Übersättigung der Augen, die zu viele Bilder konsumiert haben.

»Nein, nur der letzte Saal, mein Fräulein. Dort gibt es ein einziges Bild; es heißt, der Künstler wollte, daß es für sich allein hängt. Möchten Sie es sehen, bevor Sie gehen? Ich werde einen Moment warten.«

Es war idiotisch, nicht darauf einzugehen. Diana wußte es, als sie verneinte, und beide machten einen Scherz über das Essen, das kalt wird, wenn man nicht zur Zeit kommt. »Sie brauchen nicht nochmal bezahlen, wenn Sie zurückkommen«, sagte der Wärter, »ich kenne Sie jetzt.« Auf der Straße, geblendet von dem gleißenden Licht, fragte sie sich, was zum Teufel mit ihr los sei; es war absurd, daß sie sich derart für den Hyperrealismus, oder was immer es war, dieses unbekannten Malers interessiert hatte, und sich dann das letzte Bild, das vielleicht das beste war, entgehen ließ. Aber nein, wenn der Künstler es für sich allein hatte zeigen wollen, bedeutete das sicher, daß es ganz anders war, ein anderer Stil oder eine andere Schaffensperiode, warum also eine Serie von Bildern durchbrechen, die sie als einheitliches Ganzes empfunden hatte, das sie in seiner Lückenlosigkeit mit einschloß. Gut, daß sie nicht in den letzten Saal gegangen war, nicht der Obsession des gewissenhaften Touristen nachgegeben hatte, der traurigen Manie, die Museen bis zum letzten Bild zu absolvieren.

Sie sah von weitem das Café des Platzes und sagte sich, daß es Zeit sei, zu Mittag zu essen; sie hatte zwar keinen Appetit, aber es war früher, als sie mit Orlando reiste, immer so gewesen; für Orlando war Mittag eine wichtige Zäsur, die Zeremonie des Mittagessens sakralisierte gewissermaßen den Übergang vom Morgen zum Nachmittag, und natürlich hätte Orlando sich geweigert, weiter durch die Straßen zu laufen, wenn dort ganz in der Nähe das Café war. Aber Diana hatte keinen Hunger, und an Orlando zu denken schmerzte sie immer weniger; weiterzugehen, das Café hinter sich zu lassen hieß nicht, Riten zu mißachten oder zu verraten. Sie konnte sich jetzt, wo sie unabhängig war, an vieles erinnern, konnte ihre Schritte vom Zufall lenken lassen und einer vagen Erinnerung nachhängen an irgendeinen anderen Sommer mit Orlando in den Bergen, an einen Strand, der vielleicht wieder gegenwärtig wurde, um die Glut der Sonne auf Schulter und Nacken zu vertreiben, Orlando an einem von Wind und Salz gepeitschten Strand, während Diana durch diese Gäßchen ohne Namen und ohne Leute schlenderte, dicht an grauen Steinmauern entlang, und gedankenverloren ein sonderbares, offenstehendes Portal betrachtete, Innenhöfe erahnte, Brunnen mit frischem Wasser, Glyzinien, schlummernde Katzen auf den Steinplatten. Erneut das Gefühl, nicht einen Ort zu durchstreifen, sondern von ihm durchstreift zu werden, das Pflaster der Straße gleitet nach hinten wie ein mechanisch bewegtes Band, der Eindruck, auf der Stelle zu bleiben, während die Dinge fließen und sich hinter einem verlieren, ein Leben oder ein anonymer Ort. Jetzt kam ein kleiner Platz mit zwei rachitischen Bänken, ein weiteres Gäßchen führte auf Felder am Ortsrand hinaus, Gärten mit wenig überzeugenden Zäunen, die Einsamkeit des hohen Mittags, seine Grausamkeit als Schattentöter, als Paralysierer der Zeit. In dem etwas verwilderten Garten standen keine Bäume, der Blick konnte ungehindert bis zur großen offenen Tür des alten Hauses schweifen. Ohne es recht zu glauben, aber auch ohne es sich zu verhehlen, gewahrte Diana im Halbdunkel des Hauses einen Flur gleich dem auf einem der Bilder im Museum, sie hatte den Eindruck, sich dem Bild von der Rückseite zu nähern, von draußen, anstatt als Betrachterin in seine Räume mit einbezogen zu sein. Wenn in diesem Moment etwas verwunderlich war, so die Tatsache, daß sie sich nicht verwunderte bei diesem Wiedererkennen, das sie veranlaßte, ohne Zögern den Garten zu betreten und auf die Tür des Hauses zuzugehen, und warum schließlich auch nicht, wo sie ihren Eintritt bezahlt hatte und es niemanden gab, der gegen ihre Anwesenheit im Garten protestierte; sie ging durch die offene Flügeltür und über den Flur, der in den ersten leeren Raum führte, dessen Fenster die gelbe Wut des Lichts hereinließ, das auf die Seitenwand prallte und einen leeren Tisch und einen einzigen Stuhl beleuchtete.

Weder Angst noch Überraschung, selbst das einfache Mittel, sich auf einen Zufall zu berufen, hatten bei Diana verfangen; wozu sich mit Hypothesen oder Erklärungen abgeben, wo sich zur Linken schon eine weitere Tür auftat und in einem Raum mit hohem Kamin der unvermeidliche Tisch in einem langen, präzisen Schatten sich verdoppelte. Diana betrachtete desinteressiert das kleine weiße Tischtuch und die drei Gläser, die Wiederholungen wurden eintönig, die Brandung des Lichts durchbrach das Halbdunkel. Das einzig Neue war die Tür im Hintergrund; daß sie geschlossen war und nicht halb offen, brachte in dieses bislang ungehinderte Umhergehen etwas Unerwartetes. Kaum innehaltend, sagte sie sich, daß die Tür einfach deshalb geschlossen war, weil sie den letzten Saal des Museums nicht betreten hatte, und hinter diese Tür zu blicken hieße soviel wie dorthin zurückzukehren, um ihren Besuch abzuschließen. Alles viel zu geometrisch, letzten Endes, alles undenkbar und zugleich wie vorgesehen; Angst zu haben oder sich zu verwundern wäre so unpassend gewesen wie anzufangen zu pfeifen oder laut zu fragen, ob da jemand ist.

Nicht einmal eine Ausnahme bei diesem einzigen Unterschied, die Tür gab beim Druck ihrer Hand nach, und es war wieder dasselbe, die Flut gelben Lichts brach sich an der Wand, der Tisch, der nackter schien als die vorherigen, seine gestreckte, groteske Projektion, als hätte ihm jemand mit Gewalt eine schwarze Tischdecke heruntergerissen und auf den Boden geworfen, und warum ihn nicht anders sehen, als einen steifen Körper auf vier Beinen, dem man gerade die Kleider heruntergerissen hätte, die dort auf dem Boden eine schwarze Lache bildeten. Es genügte, die Wände und das Fenster zu betrachten, um dieselbe leere Szene vorzufinden, diesmal sogar ohne eine Tür, die in andere Räume führte. Obgleich sie auch den Stuhl vor dem Tisch gesehen hatte, hatte ihn ihr erstes Erkennen nicht registriert, doch jetzt fügte sie ihn dem schon Bekannten hinzu, so viele Tische mit oder ohne Stühle in so vielen einander ähnlichen Räumen. Leicht enttäuscht ging sie zu dem Tisch, setzte sich und zündete sich eine Zigarette an, sie begann, mit dem Rauch zu spielen, der in den Strom horizontalen Lichts aufstieg und seine eigenen Konturen zeichnete, als wollte er sich diesem Willen zur Leere all dieser Räume, all dieser Bilder widersetzen, geradeso wie dieses kurze Lachen irgendwo in Dianas Rücken, das für einen Augenblick die Stille durchbrach, wenn es vielleicht auch nur der Ruf eines Vogels dort draußen oder das Knacken trockenen Holzes war; unnütz daher, noch einmal in den Raum davor zu schauen, wo die drei Gläser auf dem Tisch ihre dünnen Schatten an die Wand warfen, unnütz, sich zu beeilen, ohne Panik, aber auch ohne zurückzublicken, zu fliehen.

Auf der Gasse fragte ein Junge sie nach der Zeit, und Diana sagte sich, daß sie sich beeilen müsse, wenn sie noch zu Mittag essen wollte, doch der Kellner dort unter den Platanen schien auf sie zu warten, er machte eine Geste des Willkommens und wies ihr den kühlsten Platz an. Essen war bedeutungslos, aber in Dianas Welt hatte man es immer mit dem Essen gehalten, sei's, weil Orlando sagte, daß es Zeit dazu sei, oder weil einem zwischen zwei Beschäftigungen nichts anderes zu tun blieb. Sie bestellte ein Tellergericht und Weißwein, wartete viel zu lange darauf für ein so leeres Lokal; noch ehe sie den Kaffee trank und zahlte, wußte sie, daß sie noch einmal ins Museum gehen würde, etwas in ihr zwang sie zu überprüfen, was sie lieber ohne Untersuchung, fast ohne Neugier akzeptiert hätte, wenn sie aber nicht hinginge, würde sie es am Ende der Etappe bedauern, wenn alles wieder so wäre wie immer, die Museen und die Hotels und das Bilanzieren der Vergangenheit. Und wenn im Grunde auch nichts geklärt wäre, ihr Verstand würde sich strecken wie ein satter, zufriedener Hund, sobald sie die vollkommene Symmetrie der Dinge festgestellt hätte, nämlich daß das Bild, das im letzten Saal des Museums hing, folgerichtig den letzten Raum des besuchten Hauses darstellte; auch alles übrige ließe sich in eine Ordnung bringen, wenn sie mit dem Wärter spräche, um die Lücken zu schließen; schließlich gab es viele Künstler, die ihre Modelle genau kopierten; viele Tische dieser Welt sind im Louvre oder im Metropolitan gelandet, Duplikate von Wirklichkeiten, die zu Staub zerfallen und in Vergessenheit geraten sind.

Ohne Eile durchquerte sie die ersten beiden Säle (im zweiten war ein Paar, das leise miteinander sprach, obgleich sie bis zur Stunde die einzigen Besucher an diesem Nachmittag waren). Diana blieb vor zwei oder drei Bildern stehen, und zum ersten Mal erfaßte der Einfallwinkel des Lichts auch sie, eine Unmöglichkeit, die sie sich in dem leeren Haus nicht hatte eingestehen wollen. Sie sah das Paar zum Ausgang zurückgehen und wartete, bis sie allein war, bevor sie zur letzten Tür des letzten Saales ging. Das Bild hing an der linken Wand, sie mußte bis in die Mitte des Saales gehen, um die Darstellung des Tisches und des Stuhls, auf dem eine Frau saß, gut sehen zu können. Wie die von hinten dargestellte Person auf einigen anderen Bildern war die Frau schwarz gekleidet, doch hatte sie das Gesicht um drei Viertel abgewandt und ihr braunes Haar fiel ihr an der nicht sichtbaren Seite des Profils bis auf die Schulter. Es gab nichts, das sie vom Vorangegangenen besonders unterschied, sie fügte sich ins Bild ein wie der vor sich hin gehende Mann auf anderen Bildern, war Teil einer Bilderfolge, eine weitere Gestalt, gemalt in derselben ästhetischen Absicht. Und zugleich gab es da etwas, das vielleicht erklärte, warum das Bild allein hing in dem letzten Saal; aus diesen scheinbaren Ähnlichkeiten erwuchs jetzt ein anderer Eindruck, die zunehmende Überzeugung, daß diese Frau sich von der anderen Person nicht nur durch ihr Geschlecht unterschied, sondern auch durch ihre Haltung, der linke Arm, der am Körper herabhing, der leicht nach vorn geneigte Oberkörper, dessen Gewicht auf dem nicht sichtbaren, auf den Tisch gestützten Ellbogen ruhte, sagten Diana etwas anderes, zeigten ihr eine Verlassenheit, die mehr war als nur ein Insichversunkensein oder bleierne Müdigkeit. Diese Frau war tot; ihr herunterhängendes Haar und ihr schlaffer Arm, ihre Reglosigkeit waren unerklärlicherweise intensiver als die Starrheit der Dinge und der Personen auf den anderen Bildern: der Tod war hier gleichsam eine Kulmination der Stille, der Einsamkeit des Hauses und seiner Personen, der Tische, der Schatten und der Flure.

Ohne zu wissen wie, sah sich Diana wieder auf der Straße, auf dem Platz, sie stieg in ihr Auto und fuhr hinaus auf die siedende Landstraße. Sie hatte den Motor voll aufgedreht, doch nach und nach senkte sie die Geschwindigkeit, und sie begann erst zu denken, als die Zigarette ihr die Lippen verbrannte; es war unsinnig zu denken, wo es so viele Kassetten gab, mit der Musik, die Orlando geliebt und vergessen hatte und die sie sich von Zeit zu Zeit anhörte, womit sie akzeptierte, von der Invasion der Erinnerungen gemartert zu werden, welche sie der Einsamkeit, dem vagen Bild des leeren Sitzes neben ihr vorzog. Die Stadt war eine Stunde entfernt, doch sie schien Stunden oder Jahrhunderte entfernt, wie alles, das Vergessen, zum Beispiel, oder das erfrischende Bad, das sie im Hotel nehmen würde, die Whiskys in der Bar, die Abendzeitung. Alles symmetrisch, wie immer für sie, eine neue Etappe war die bloße Wiederholung der vorherigen, das Hotel, das eine gerade Zahl von Hotels ergäbe oder eine ungerade, welche durch die nächste Etappe ausgeglichen würde; so die Betten, die Tankstellen, die Kathedralen oder die Wochen. Und das gleiche hätte geschehen müssen im Museum, wo alles sich manisch wiederholt hatte, Tisch um Tisch, Ding um Ding, bis zum unerträglichen finalen Bruch, der Ausnahme, die in einer Sekunde diese vollkommene Übereinstimmung von etwas gesprengt hatte, das in keine Kategorie mehr paßte, weder in die Vernunft noch in den Wahn. Denn das Schlimmste war, einen vernünftigen Aspekt zu suchen in dem, das von Anfang an etwas von einem Delirium, von idiotischer Wiederholung gehabt hatte, und gleichzeitig es als widerwärtig zu empfinden, daß nur äußerste Konsequenz ihr ein vernünftiges Gleichgewicht wiedergegeben hätte, diesen Wahn auf die richtige Seite ihres Lebens verlagert und ihn in eine Linie gebracht hätte mit den anderen Symmetrien, mit den anderen Etappen. Aber es war nicht möglich, etwas war da entwischt, und man konnte nicht einfach so weitermachen, es akzeptieren. Ihr ganzer Körper warf sich im Sitz zurück, als sträubte er sich gegen die Flucht; es blieb nur eins zu tun, wenden und zurückfahren, sich mit allen Beweisen der Vernunft davon überzeugen, daß all das idiotisch war, daß es das Haus nicht gab, oder sollte es das Haus geben, daß es dann im Museum nur eine Ausstellung abstrakter Zeichnungen oder historischer Gemälde gab, die anzuschauen sie sich nicht bemüßigt gefühlt hatte. Die Flucht war eine schäbige Art, das Unannehmbare zu akzeptieren, allzu spät gegen das einzig vorstellbare Leben zu verstoßen, gegen das tägliche blasse Einverständnis mit dem Sonnenaufgang oder den Nachrichten im Radio. Sie sah zur Rechten eine Ausweiche, wendete und fuhr auf der Landstraße zurück, voll aufs Gaspedal tretend, bis die ersten Bauernhöfe am Ortsrand auftauchten. Sie ließ den Platz hinter sich, erinnerte sich, daß es linker Hand ein freies Gelände gab, wo sie den Wagen parken konnte, ging zu Fuß durch die erste leere Gasse, hörte auf einer Platane eine Zikade zirpen, und da war der verlassene Garten, die große Tür stand immer noch offen.

Wozu sich in den beiden ersten Räumen aufhalten, wo das horizontal einfallende Licht nichts von seiner Intensität verloren hatte; sie stellte gerade nur fest, daß die Tische noch da waren, die Tür des dritten Raums hatte sie beim Hinausgehen vielleicht selbst geschlossen. Sie wußte, daß man sie nur aufzustoßen brauchte, um ungehindert hineinzugehen und den Tisch und den Stuhl vorzufinden. Sich wieder setzen, um eine Zigarette zu rauchen (an einer Ecke des Tisches war das Aschehäufchen der vorherigen, die Kippe mußte sie auf die Straße geworfen haben), sich etwas zur Seite wenden, um den direkten Ansturm des Lichts vom Fenster zu meiden. Sie holte das Feuerzeug aus der Handtasche, sah dem Rauch nach, der sich im Licht ringelte. Sollte das leichte Lachen vorhin der Laut eines Vogels gewesen sein, so sang draußen jetzt kein Vogel mehr. Aber es blieben ihr noch viele Zigaretten zu rauchen, sie konnte sich auf den Tisch stützen und ihren Blick ins Dunkel der hinteren Wand versenken. Sie konnte natürlich gehen, wann sie wollte, aber sie konnte auch bleiben; vielleicht wäre es schön zu sehen, ob das Sonnenlicht langsam die Wand hinaufstieg und den Schatten ihres Körpers, des Tisches und des Stuhls mehr und mehr verlängerte, oder ob es so bliebe, ohne sich zu ändern, unbeweglich wie alles übrige, unbeweglich wie sie und der Rauch.

Zweite Reise

Es war der kleine Juárez, der mir eines Abends nach den Kämpfen Ciclón Molina vorstellte, Juárez ging kurz darauf wegen eines Jobs nach Córdoba, aber ich traf mich weiterhin mit Ciclón in diesem Café in der Maipú Nr. 500, das es heute nicht mehr gibt, meistens samstags nach dem Boxkampf. Möglicherweise sprachen wir schon das erste Mal von Mario Pradás, Juárez war einer von Marios begeisterten Fans gewesen, obgleich kein größerer als Ciclón, denn Ciclón war Marios Sparringspartner, als der sich auf die Reise in die USA vorbereitete, und er erinnerte sich an vieles, das Mario betraf, an seine Art, die Schläge zu führen, sein jähes Abtauchen bis zum Boden, seine herrliche Linke, seine trotzige Gelassenheit. Alle hatten wir Marios Karriere verfolgt, und selten trafen wir uns nach dem Boxkampf im Café, ohne daß einer Marios gedachte, es trat dann immer Stille ein am Tisch, die Jungs zogen schweigend an ihren Zigaretten, und danach wurde präzisiert, Bilanz gezogen, manchmal auch kam es zu Differenzen über Daten, Gegner, Ergebnisse. Da hatte Ciclón immer mehr zu sagen als die anderen, denn er war Marios Sparringspartner gewesen und hatte auch freundschaftlich mit ihm verkehrt, nie würde er es Mario vergessen, daß der ihm den ersten Vorkampf im Luna Park verschafft hatte zu einer Zeit, als sich im Ring mehr Kandidaten drängten als im Aufzug eines Ministeriums.

»Ich habe den Kampf damals nach Punkten verloren«, sagte Ciclón dann immer, und wir alle lachten, fanden es komisch, daß er Mario die Gefälligkeit, die der ihm erwiesen hatte, so schlecht gelohnt hat. Aber Ciclón nahm das nicht krumm, zumal mir nicht, nachdem Juárez ihm gesagt hatte, daß ich mir keinen Kampf entgehen ließe und daß ich eine wahre Enzyklopädie wäre, was die Weltmeisterschaften seit den Zeiten von Jack Johnson betrifft. Vielleicht deshalb traf Ciclón mich an den Samstagabenden gern allein im Café, wir unterhielten uns beide endlos über Dinge des Boxens. Er hörte es gern, wenn ich von den Zeiten eines Firpo sprach, für ihn war all das Mythologie, und er genoß es wie ein Junge, Gibbons und Tunney und Carpentier, ich erzählte stückchenweise, mit diesem Vergnügen, Erinnerungen wieder flottzumachen, all die Dinge, die weder meine Frau noch meine kleine Tochter interessierten, wie du dir vorstellen kannst. Und es gab da noch etwas anderes, Ciclón boxte nämlich weiter in Vorkämpfen, er gewann oder verlor, mehr oder weniger ausgeglichen, ohne sich im Klassement zu verbessern, er gehörte zu denen, die das Publikum kannte, ohne sich mit ihnen anzufreunden, kaum daß ihn die eine oder andere Stimme in der lahmen Atmosphäre der als überflüssig betrachteten Vorkämpfe anfeuerte. Da war nichts zu machen, und er wußte das, seine Schläge saßen nicht, es fehlte ihm an Technik in einer Zeit, wo es viele behende Burschen gab, die mit allen Wassern gewaschen waren; ich nannte ihn, natürlich ohne es ihm zu sagen, einen rechtschaffenen Boxer, der Typ, der sich ein paar Pesos verdient, indem er so gut kämpft, wie er kann, der immer gleicher Stimmung ist, ob er nun gewinnt oder verliert, wie die Bar-Pianisten oder die Sänger einer kleinen Nebenrolle, ja, er tat seine Arbeit wie geistesabwesend, nie habe ich nach einem Kampf eine Veränderung an ihm bemerkt, wenn er nicht zu ramponiert war, kam er ins Café, wir genehmigten uns ein paar Biere, und er wartete auf die Kommentare und hörte sie sich mit einem stillen Lächeln an, gab mir seine Version der Sache aus der Perspektive des Rings, die manchmal von der meinen, der des Zuschauers, stark abwich, wir freuten uns oder schwiegen, je nachdem, die Biere waren ein festlicher Trunk oder ein Trostpflaster, ein netter Junge, der kleine Ciclón, ein feiner Kerl. Und gerade ihm mußte das passieren, es ist eines dieser Dinge, die man glaubt und doch nicht glaubt, diese Sache, die Ciclón passiert ist und die er selbst nie verstanden hat, die ohne Vorankündigung begann nach drei nach Punkten verlorenen Runden und einem ganz knappen Unentschieden, im Herbst eines Jahres, an das ich mich nicht mehr erinnere, es ist schon so lange her.

Ich weiß nur, daß wir, bevor das anfing, wieder von Mario Pradás gesprochen hatten, und Ciclón hatte mir viel voraus, wenn von Mario die Rede war, von ihm wußte er mehr als sonst jemand, obgleich er ihn nicht in die USA zum Kampf um die Weltmeisterschaft hatte begleiten können, der Trainer hatte nur einen Sparringspartner gewählt, weil die dort mehr als genug hatten, und die Reihe war an José Catalano, aber egal, Ciclón wurde durch andere Freunde und durch die Zeitungen von allem informiert, von jedem von Mario gewonnenen Kampf bis zum Abend der Weltmeisterschaft und von dem, was danach kam, das keiner von uns vergessen konnte, doch das für Ciclón noch schlimmer war, eine Art Verletzung, was man ihm an der Stimme und an den Augen anmerkte, wenn er sich daran erinnerte.

»Tony Giardello«, sagte er. »Tony Giardello, dieser Hurensohn.«

Nie hatte man ihn jene beschimpfen hören, die ihn selbst besiegt hatten, jedenfalls beschimpfte er sie nicht so, als hätte man seine Mutter beleidigt. Daß Giardello Mario Pradás hatte bezwingen können, wollte ihm nicht in den Kopf, und an der Art, wie er sich über den Kampf informiert hatte, indem er alle Einzelheiten aus den Zeitungen zusammentrug und sich die Kommentare der anderen anhörte, spürte man, daß er diese Niederlage einfach nicht hinnehmen konnte, unausgesprochen suchte er irgendeine Erklärung dafür, die sie in seiner Erinnerung umdeutete, die vor allem das andere umdeutete, das danach passiert war, als es Mario nicht gelang, sich von einem K. o. zu erholen, der seinem Leben in zehn Sekunden eine Wendung gegeben hatte und ihm einen unwiderruflichen Abstieg bescherte nach zwei oder drei knapp gewonnenen oder unentschiedenen Kämpfen gegen Typen, die ihm früher keine drei Runden standgehalten hätten, und schließlich die Resignation und nach wenigen Monaten der Tod, ein jämmerlicher Tod nach einer Krise, die nicht einmal die Ärzte verstanden, dort hinten in Mendoza, wo es weder Fans noch Freunde gab.

»Tony Giardello«, sagte Ciclón, sein Bier anstarrend. »Ein Hurensohn.«

Ein einziges Mal traute ich mich, ihm zu sagen, daß niemand an der Art, wie Giardello Mario besiegte, Anstoß genommen hatte, und der beste Beweis für sein Können sei, daß er nach zwei Jahren immer noch Weltmeister war und daß er seinen Titel dreimal erfolgreich verteidigt hatte. Ciclón hörte mir zu, ohne etwas zu sagen, ich bin jedoch nie darauf zurückgekommen, und ich muß sagen, daß auch er nicht wieder angefangen hat, Giardello zu beschimpfen, so als hätte er es eingesehen. Ich bringe die Zeiten etwas durcheinander, aber es muß zu der Zeit gewesen sein, als der Kampf – über halbe Distanz mangels etwas Besserem an diesem Abend – mit dem Linkshänder Aguinaga stattfand und Ciclón, nachdem er die ersten drei Runden wie gewöhnlich geboxt hatte, in die vierte ging, als führe er Rad, und den Linkshänder nach vierzig Sekunden in den Seilen hängen ließ. Ich dachte, ich würde ihn an diesem Abend sicher im Café treffen, aber wahrscheinlich feierte er mit anderen Freunden oder hatte sich in seinen Bau verkrochen (er war mit einer Kleinen aus Luján verheiratet, die er sehr liebte), so daß ich keinen Kommentar zu hören bekam. Natürlich konnte es mich nach diesem Sieg nicht wundern, daß die vom Luna Park ihm einen Kampf über 15 Runden mit Rogelio Coggio aus Santa Fe ausrichteten, dem ein großer Ruf vorausging, und obgleich ich für Ciclón das Schlimmste befürchtete, ging ich hin, um ihn anzufeuern, und ich kann dir sagen, daß ich das, was sich da abspielte, kaum glauben konnte, das heißt, am Anfang passierte nichts, und von der vierten Runde an war Coggio Ciclón bei weitem überlegen, der Sieg damals über den Linkshänder schien mir schon reiner Zufall, als Ciclón, seit dem Gongschlag fast ohne Deckung, plötzlich anzugreifen begann und Coggio an ihm hing wie an einem Kleiderständer, die Leute sprangen auf, verstanden gar nichts mehr, und da schickte ihn Ciclón zack, zack für acht Sekunden auf die Matte, und fast gleich darauf narkotisierte er ihn mit einem Haken, den man noch auf der Plaza de Mayo gehört haben mußte. Ich war aus der Tüte, wie man damals sagte.

An dem Abend kam Ciclón ins Café mit der Schar von Parasiten, die sich immer an die Gewinner hängen, doch als er eine Weile mit ihnen gefeiert hatte und die obligatorischen Fotos gemacht worden waren, kam er an meinen Tisch und setzte sich, so als wollte er in Ruhe gelassen werden. Er schien gar nicht müde zu sein, obgleich Coggio ihm eine Augenbraue aufgerissen hatte, aber am meisten wunderte mich, daß er mich irgendwie anders ansah, so als würde er mich oder sich selbst etwas fragen; hin und wieder rieb er sich das rechte Handgelenk und sah mich dann wieder etwas seltsam an. Was soll ich dir sagen, ich war nach dem, was ich gesehen hatte, so verblüfft, daß ich besser wartete, bis er etwas sagte, aber schließlich gab ich ihm dann doch meine Version des Kampfes, und ich glaube, daß Ciclón sehr wohl merkte, daß ich es einfach nicht glauben konnte, erst der Linkshänder und jetzt Coggio in weniger als zwei Monaten und auf diese Weise, mir fehlten die Worte.

Ich erinnere mich, das Café leerte sich langsam, doch ließ uns der Wirt, nachdem er den Metallrolladen heruntergelassen hatte, noch dableiben, Ciclón trank ein weiteres Bier fast in einem Zuge und rieb sich von neuem das strapazierte Handgelenk.

»Das habe ich wohl Alesio zu verdanken«, sagte er, »man macht sich das nicht klar, aber sicher sind es die Tips von Alesio.«

Wie mir schien, sagte er das nur, um etwas zu sagen, ohne Überzeugung. Ich wußte gar nicht, daß er den Trainer gewechselt hatte, das konnte die Erklärung sein, doch heute, wo ich daran zurückdenke, glaube ich, daß auch ich damals nicht davon überzeugt war. Sicher konnte jemand wie Alesio viel für Ciclón tun, doch mit diesem K.o.-Schlag hatte es etwas anderes auf sich. Ciclón betrachtete seine Hände, rieb sich das strapazierte Handgelenk.

»Ich weiß nicht, was mit mir ist«, sagte er, als schäme er sich. »Es überkommt mich ganz einfach, beide Male war es dasselbe.«

»Du trainierst eben enorm«, sagte ich, »man sieht ganz deutlich den Unterschied.«

»Mag sein, aber so plötzlich ... Alesio ist kein Zauberer.«

»Mach weiter so, gib's ihnen«, sagte ich scherzend, um ihn aus dieser seltsamen Abwesenheit, die ich an ihm bemerkte, herauszuholen, »so wie ich das sehe, bezwingt dich niemand mehr, Ciclón.«

Und so war es, nach dem Kampf mit dem Gato Fernández bezweifelte keiner mehr, daß der Weg frei war, der gleiche Weg, den Mario Pradás zwei Jahre zuvor gegangen war, eine Schiffsreise, zwei oder drei Vorbereitungskämpfe, die Herausforderung um die Weltmeisterschaft. Es waren miese Zeiten für mich, ich hätte alles gegeben, um Ciclón zu begleiten, aber ich konnte Buenos Aires nicht verlassen, ich war so oft wie möglich mit ihm zusammen, wir trafen uns immer wieder im Café, obgleich Alesio jetzt auf ihn aufpaßte und ihm das Bier und anderes rationierte. Das letzte Mal sah ich ihn nach dem Kampf mit dem Gato; ich kann mich noch genau erinnern, daß Ciclón in dem Gedränge im Café nach mir suchte und mich bat, mit ihm eine Tour zum Hafen zu machen. Er setzte sich ins Auto und lehnte es ab, daß Alesio mit uns kam; wir stiegen an einem der Docks aus und machten einen Bummel, wobei wir uns die Schiffe ansahen. Von Anfang an ahnte ich, daß Ciclón mir etwas sagen wollte; ich sprach ihm von dem Kampf, von der Art, wie der Gato bis zum Ende gekämpft hatte, und es war wieder so, als redete ich in den Wind, denn Ciclón sah mich an, ohne mir richtig zuzuhören, er nickte und schwieg, der Gato, ja, gar nicht einfach, der Gato.

»Am Anfang habe ich nicht wenig um dich gezittert«, sagte

ich. »Du brauchst ja immer etwas Zeit, um in Fahrt zu kommen, und das ist gefährlich.«

»Ja, ich weiß, verdammt noch eins. Alesio gerät jedes Mal ganz außer sich, er denkt, ich mach's absichtlich oder aus reiner Angeberei.«

»Das ist schlecht, Mann, da kann man dir leicht zuvorkommen. Und jetzt ...«

»Ja«, sagte Ciclón und setzte sich auf eine Taurolle, »jetzt hab ich's mit Tony Giardello zu tun.«

»So ist es, mein Lieber.«

»Was willst du, Alesio hat recht, und du hast auch recht. Ihr könnt es einfach nicht verstehen. Ich selbst verstehe nicht, warum ich warten muß.«

»Warten worauf?«

»Was weiß ich. Daß es kommt«, sagte Ciclón und wandte sein Gesicht ab. Du wirst mir nicht glauben, aber es hat mich eigentlich nicht sehr verwundert, trotzdem war ich leicht perplex, Ciclón aber ließ mir keine Zeit zum Nachdenken, er sah mir fest in die Augen, als wollte er sich zu etwas durchringen.

»Du verstehst«, sagte er. »Weder mit Alesio noch mit sonst jemandem kann ich groß darüber reden, ich müßte ihnen eins in die Fresse geben, ich mag nicht, daß man mich für verrückt hält.«

Ich machte die Geste, die man macht, wenn man nichts anderes tun kann, ich legte ihm die Hand auf die Schulter.

»Ich verstehe überhaupt nichts«, sagte ich, »trotzdem danke ich dir, Ciclón.«

»Wenigstens du und ich können miteinander reden«, sagte Ciclón. »Wie an dem Abend mit Coggio, du erinnerst dich. Du hast's gemerkt, hast mir gesagt: ›Mach weiter so.‹«

»Hm, ich weiß nicht, was ich gemerkt haben soll, nur daß es schön war, so wie es war, und das hab ich dir gesagt, ich werde nicht der einzige gewesen sein.«

Er sah mich an, als wollte er mir zu verstehen geben, daß es nicht nur das war, und fing dann an zu lachen. Wir lachten beide, so entspannten wir uns.

»Gib mir eine Zigarette«, sagte Ciclón, »endlich einmal gängelt mich kein Alesio wie ein kleines Kind.«

Wir rauchten, das Gesicht dem Fluß zugewandt, dem feuchten Wind dieser Sommernacht.

»Du siehst, so ist es«, sagte Ciclón, als fiele es ihm jetzt leichter zu sprechen. »Ich, ich kann nichts machen, ich muß kämpfen und warten, bis dieser Augenblick kommt. Früher oder später wird man mich knallhart abservieren, ich gebe zu, ich habe Angst davor.«

»Du brauchst Zeit, um in Fahrt zu kommen, das ist es.«

»Nein«, sagte Ciclón, »du weißt ganz genau, daß es nicht das ist. Gib mir noch eine Zigarette.«

Ich wartete, ohne zu wissen worauf, und er blickte auf den Fluß und rauchte, die Anstrengung des Kampfes machte sich jetzt bemerkbar, er schien müde, wir sollten in die Stadt zurückfahren. Jedes Wort kostete mich Mühe, aber ich mußte ihn nun danach fragen, ich konnte es nicht dabei bewenden lassen, das würde es nur schlimmer machen, Ciclón hatte mich zum Hafen mitgenommen, um mir etwas zu sagen, und wir konnten so nicht verbleiben, du verstehst.

»Ich kann dir nicht ganz folgen«, sagte ich, »aber vielleicht habe ich dasselbe gedacht wie du, denn anders kann man nicht verstehen, was da vor sich geht.«

»Was da vor sich geht, weißt du«, sagte Ciclón, »was willst du, daß ich denke, sag mir mal.«

»Ich weiß nicht«, es fiel mir schwer, es ihm zu sagen.

»Es ist immer dasselbe, es fängt in einer Pause an, ich bin überhaupt nicht da, Alesio brüllt mir ich weiß nicht was ins Ohr, dann der Gong zur nächsten Runde, und wenn ich aus meiner Ecke komme, ist es, als finge es eben erst an, ich kann's dir nicht erklären, aber es ist dann ganz anders. Wäre der andere nicht immer noch derselbe, der Linkshänder oder der Gato, würde ich glauben, ich träume oder so was, danach weiß ich nicht mehr, was eigentlich los ist, es geht so schnell.«

»Du meinst, für den anderen«, warf ich im Scherz ein.

»Ja, aber auch für mich, wenn man mir den Arm hochhebt, fühle ich schon nichts mehr, ich bin wieder da und verstehe nicht, ich muß mir die Sache erst langsam klarmachen.«

»Angenommen«, sagte ich, ohne zu wissen, was sagen, »angenommen, daß es so was ist, wer will das wissen. Die Hauptsache ist, daß du bis zum Schluß weitermachst, man muß sich nicht den Kopf zerbrechen und nach Erklärungen suchen. Ich, ich glaube, daß das, was dich dazu bringt, eben das ist, was du im Grunde willst, und das ist gut so, man braucht nicht weiter darüber zu reden.«

»Ja«, sagte Ciclón, »das muß es sein, das, was ich will.«

»Obwohl du davon nicht überzeugt bist.«

»Und du auch nicht, denn es fällt dir schwer, das zu glauben.«

»Laß es gut sein, Ciclón. Was du willst, ist, Tony Giardello k.o. schlagen. Das ist klar, wie mir scheint.«

»Das ist klar, aber . . .«

»Und mir kommt es so vor, daß du es nicht nur für dich tun willst.«

»Hm.«

»Und dann fühlst du dich stärker oder so.«

Wir gingen zum Auto zurück. Mir schien, daß Ciclón mit seinem Schweigen akzeptierte, was uns die ganze Zeit nicht über die Zunge kommen wollte. Letztlich war es nur eine andere Art, es zu sagen, um es nicht mit der Angst zu bekommen, wenn du verstehst, was ich meine. Ciclón setzte mich an der Bushaltestelle ab; er fuhr langsam, am Steuer halb eingeschlafen. Es konnte ihm etwas passieren, bevor er nach Hause kam; ich war beunruhigt, doch am nächsten Tag sah ich die Fotos zu einem Interview, das man am gleichen Morgen mit ihm gemacht hatte. Es war darin die Rede von Plänen und natürlich von der Reise in den Norden, von dem großen Tag, der langsam näherrückte.

Ich habe dir schon gesagt, daß ich Ciclón nicht begleiten konnte, aber in der Clique sammelten wir sämtliche Informationen, uns entging keine Einzelheit. Ähnlich war es bei Mario Pradás' Reise gewesen, zuerst die Berichte über das Training in New Jersey, der Kampf mit Grossmann, die Ruhepause in Miami, eine Postkarte Marios an den *Gráfico*, wo er vom Haifischfang oder so was erzählte, dann der Kampf gegen Atkins, der Vertrag für die Weltmeisterschaft, die Yankee-Presse immer begeisterter, und am Ende (ist das nicht zum Heulen? ich sage am Ende, und das ist nur zu wahr, verdammt) der Abend mit Giardello, wir hängen am Radio, fünf Runden unentschieden, die sechste geht an Mario, die siebte wieder unentschieden, fast am Schluß der achten die erstickende Stimme des Reporters, der die Zählung der Sekunden wiederholt, der schreit, daß Mario aufsteht, wieder fällt, die neue Auszählung, bis zum Ende, Mario k.o., und später die Fotos, die waren so, daß man soviel Unglück nochmal erlebte, Mario in seiner Ecke und Giardello, der ihm einen Handschuh auf den Kopf legt, das Ende, sage ich dir, das Ende von allem, was wir uns mit Mario, von Mario erträumt hatten. Da konnte es mich nicht wundern, daß mehr als ein Sportjournalist in Buenos Aires von Ciclóns Reise als von einer symbolischen Revanche sprach, wie sie das nannten. Der Weltmeister war derselbe, er wartete nur auf Rivalen und erledigte sie alle, es war, als wiederholte Ciclón die Reise des anderen und müßte dasselbe durchmachen, die Hindernisse, die die Yankees jedem in den Weg legten, der nach dem Titel des Weltmeisters griff, vor allem, wenn er kein Landsmann war. Jedesmal, wenn ich diese Artikel las, dachte ich, wäre Ciclón bei mir gewesen, hätten wir sie kommentiert, indem wir einander bloß ansahen, wir hätten sie ganz anders verstanden als die anderen. Aber auch Ciclón mußte das denken, ohne eine Zeitung aufzuschlagen, jeder Tag, der verging, mußte für ihn wie die Wiederholung von etwas sein, das ihm auf den Magen drückte, ohne mit jemandem darüber sprechen zu können, wie er mit mir gesprochen hatte, obgleich wir eigentlich gar nicht viel darüber gesprochen hatten. Als er sich in der vierten Runde der ersten Mücke erwehrt hatte, eines gewissen Doc Pinter, schickte ich ihm vor Freude ein Glückwunschtelegramm, und er antwortete mir ebenfalls telegraphisch: *Wir machen weiter so, sei umarmt.* Danach kam der Kampf gegen Tommy Bard, der im Jahre zuvor die fünfzehn Runden gegen Giardello durchgestanden hatte, Ciclón schlug ihn in der siebten k.o., du kannst dir den Taumel der Begeisterung in Buenos Aires nicht vorstellen, du warst zu der Zeit noch zu klein und kannst dich nicht daran erinnern, viele Leute gingen nicht zur Arbeit, was da in den Fabriken los war, grenzte an Meuterei, und es gab fast nirgendwo mehr Bier. Die Fans waren so zuversichtlich, daß sie den nächsten Kampf schon für gewonnen hielten, und sie behielten recht, denn Gunner Williams konnte Ciclón kaum vier Runden standhalten. Danach begann das Schlimmste, das verzweiflungsvolle Warten bis zum 11. April, in der Woche davor trafen wir Fans uns jeden Abend im Café in der Maipú mit Zeitungen, Fotos und Prognosen, am Tag des Kampfes aber blieb ich zu Haus, ich würde schon noch Zeit haben, mit der Clique zu feiern, jetzt mußten Ciclón und ich unter uns sein, mittels Radio, und da war etwas, das mir die Kehle zuschnürte und mich zwang, zu trinken und zu rauchen und Ciclón idiotische Dinge zu sagen, ich redete mit ihm vom Sessel aus, von der Küche aus, ich lief in der Wohnung umher wie ein Hund und dachte an das, was Ciclón vielleicht gerade dachte, während man ihm die Hände bandagierte, während man das Gewicht der Kämpfer bekanntgab, während ein Ansager all die Daten herunterbetete, die wir auswendig wußten, und allen wieder Mario Pradás in Erinnerung kam und dieser andere Abend, der sich nicht wiederholen durfte, den wir nie hingenommen hatten und von dem wir nichts mehr wissen wollten, so wie man bittere Pillen schnell herunterschluckt.

Du weißt ja, was passiert ist, wozu also soll ich's dir erzählen, die ersten drei Runden gingen an Giardello, der schneller und technisch besser war denn je, die vierte gewann Ciclón, der den raschen Schlagabtausch akzeptierte und Giardello am Ende der Runde sogar in Bedrängnis brachte, in der fünften sprang alles im Stadion auf, und der Reporter vermochte nicht zu sagen, was sich da in der Mitte des Rings abspielte, unmöglich, den Schlagwechsel anders zu verfolgen, als einzelne Worte zu brüllen, und fast in der Hälfte der Runde die Gerade von Giardello, Ciclón weicht zur Seite aus, ohne den Haken kommen zu sehen, der ihn für die ganze Zählung bis zum Aus auf die Matte schickt, die Stimme des Reporters, der schluchzt und schreit, das Klirren eines Glases, das an der Wand zerschellt, bevor die Flasche die Vorderseite meines Radios zertrümmert, Ciclón k.o., die zweite Reise gleich der ersten, die Schlaftabletten, was weiß ich, um vier Uhr morgens auf einer Bank irgendeines Platzes. Was für eine Gemeinheit, das.

Sicher, da gibt es nichts einzuwenden, du wirst sagen, das ist das Gesetz des Rings oder sonst einen Unsinn, du hast Ciclón eben nicht gekannt, und warum sollte dir das zu Herzen gehen. Aber wir hier weinten, wenn du es wissen willst, es gab viele, die weinten, allein oder in der Clique, und viele dachten und sagten, daß es so im Grunde besser war, weil Ciclón die Niederlage nie verwunden hätte und es besser war, daß es so endete, acht Stunden im Koma im Krankenhaus und aus. Ich erinnere mich, daß eine Zeitschrift schrieb, er sei der einzige gewesen, der von all dem nichts mitbekommen hat, ist das nicht nett? Was für Scheißkerle. Ich brauche dir nichts zu erzählen von der Beerdigung, als man ihn nach hier überführte, nach Gardel war sie die grandioseste, die man in Buenos Aires je gesehen hat. Ich hielt mich von der Clique im Café fern, weil ich lieber allein sein wollte, es verging ich weiß nicht wieviel Zeit, bis ich rein zufällig bei den Rennen Alesio traf. Er war mitten in der Arbeit mit Carlos Vigo – du weißt ja, was der Junge für eine Karriere gemacht hat –, aber als wir ein Bier trinken gingen, erinnerte er sich, wie eng wir befreundet waren, Ciclón und ich, und er sagte es mir, er sagte es mir auf eine seltsame Art, indem er mich ansah, als wüßte er nicht genau, ob er es mir sagen sollte, und vielleicht sagte er es mir nur, um noch etwas hinzuzufügen, etwas, das ihm innerlich zu schaffen machte. Alesio war bekannt als Schweiger, und ich, der ich wieder an Ciclón denken mußte, zog es vor, eine Zigarette nach der anderen zu rauchen, weitere Biere zu bestellen und ihm so Zeit zu lassen, wobei ich fühlte, daß ich mich an der Seite eines Menschen befand, der ein guter Freund Ciclóns gewesen war und alles, was er nur konnte, für ihn getan hatte.

»Er hat dich sehr gemocht«, sagte ich ihm dann, weil ich es fühlte und weil es richtig war, es ihm zu sagen, auch wenn er es wußte. »Immer wenn er mir vor der Reise von dir sprach, klang es so, als wärest du sein Vater. Ich erinnere mich an einen Abend, als wir zusammen spazierengingen, er bat mich da um eine Zigarette und sagte dann: ›Jetzt wo Alesio nicht da ist, der auf mich aufpaßt, als wäre ich ein kleiner Junge.‹«

Alesio senkte den Kopf, dachte nach.

»Ich weiß«, sagte er, »er war ein gewissenhafter Junge, ich hatte nie Probleme mit ihm, es kam vor, daß er mir entwischte, aber er kam reumütig schweigend zurück, immer gab er mir recht, und das, obgleich ich ein Ekel bin, alle sagen das.«

»Ciclón, verdammt nochmal.«

Nie werde ich den Augenblick vergessen, als Alesio den Kopf hob und mich ansah, als hätte er plötzlich einen Entschluß gefaßt, als wäre für ihn der lang erwartete Augenblick gekommen.

»Es ist mir egal, was du denkst«, sagte er, jedes Wort betonend und mit diesem seinem Akzent, der seine italienische Herkunft nicht verleugnen konnte. »Ich erzähl's dir, weil du sein Freund warst. Ich bitte dich nur um eins: wenn du glaubst, ich spinne, geh, ohne zu antworten, ich weiß, daß du nie etwas davon weitersagen wirst.«

Ich sah ihn an, und plötzlich war da wieder der Abend am Hafen, ein feuchter Wind, der Ciclón und mir das Gesicht näßte.

»Man brachte ihn ins Krankenhaus, weißt du, und man meißelte ihm den Schädel auf, denn der Arzt meinte, daß man ihn trotz der schweren Verletzung vielleicht noch retten könnte. Du mußt wissen, daß es nicht nur der Fausthieb war, sondern auch der Aufprall, wie er mit dem Genick auf die Matte knallte, ich hab's genau gesehen und hab das Knacken gehört, trotz des Geschreis hab ich das Knacken gehört.«

»Meinst du wirklich, er hätte durchkommen können?«

»Was weiß ich, schließlich habe ich schlimmere Knockouts gesehen in meinem Leben. Tatsache ist, daß sie ihn schon um zwei Uhr morgens operiert hatten, ich war auf dem Gang und wartete, man ließ uns nicht zu ihm, wir waren zwei oder drei Argentinier und ein paar Yankees, schließlich blieb ich mit dem einen oder anderen vom Krankenhaus allein. Gegen fünf kam mich jemand holen, ich verstehe nicht viel Englisch, aber ich habe verstanden, daß nichts mehr zu machen war. Es war ein alter Krankenwärter, ein Schwarzer, er schien ganz verstört. Als ich Ciclón sah ...«

Ich glaubte, er würde nicht weitersprechen, ihm bebten die Lippen, und als er trinken wollte, schüttete er sich Bier aufs Hemd.

»Ich kann dir sagen, noch nie habe ich so was gesehen. Es war, als hätte man ihn gefoltert, als hätte sich jemand für ich weiß nicht was rächen wollen. Ich kann es dir nicht beschreiben, er war wie leer, als hätte man ihn ausgesaugt, als hätte er keinen Tropfen Blut mehr, verzeih, was ich da sage, aber ich weiß nicht, wie ich's sagen soll, es war, als hätte er selbst aus sich heraus wollen, aus sich ausbrechen wollen, verstehst du. War wie ein zusammengeschrumpfter Ballon, eine zerbrochene Puppe, du kannst es dir nicht vorstellen, aber zerbrochen von wem, wozu? Nun, geh, wenn du willst, laß mich nicht weiterreden.«

Als ich ihm die Hand auf die Schulter legte, erinnerte ich mich, daß ich an dem Abend am Hafen auch Ciclón die Hand auf die Schulter gelegt hatte.

»Wie du willst«, sagte ich. »Weder du noch ich können das verstehen. Was weiß ich, vielleicht doch, aber wir würden es nicht glauben. Ich weiß nur, daß es nicht Giardello war, der Ciclón getötet hat. Giardello kann ruhig schlafen, denn er war es nicht, Alesio.«

Natürlich begriff er nicht, wie auch du nicht, bei dem Gesicht, das du machst.

»Sowas kann passieren«, sagte Alesio. »Natürlich trifft Giardello keine Schuld, Mann, das brauchst du mir nicht zu sagen.«

»Ich weiß, aber du hast mir anvertraut, was du gesehen hast, und ich bin dir dafür natürlich dankbar. Ich bin dir so dankbar, daß ich dir noch etwas sagen will, bevor ich gehe. So sehr wir Ciclón auch bemitleiden, es muß einen anderen geben, der unser Mitleid mehr verdient als er, Alesio.« Glaub mir, es gibt einen anderen, den ich doppelt bemitleide, aber warum weiterreden, findest du nicht auch, weder Alesio begriff, noch begreifst du jetzt. Und ich, nun, wer weiß, was ich verstanden zu haben glaube, ich erzähl dir dies für alle Fälle, man kann nie wissen, aber ich weiß gar nicht, warum ich dir das erzähle, vielleicht weil ich langsam alt werde und zuviel rede.

Satarsa

Adán y raza, azar y nada
Adam und Rasse, Zufall und Nichts

Dergleichen Dinge, um den richtigen Weg zu finden, wie jetzt diese Sache mit *atar a la rata* (die Ratte anbinden), ein weiteres banales und aufdringliches Palindrom, Lozano ist immer besessen gewesen von diesen Spielen, die für ihn keine sind, da sich ihm alles wie in einem Spiegel zeigt, der lügt und zugleich die Wahrheit sagt, er sagt die Wahrheit, da er Lozano sein rechtes Ohr rechts zeigt, doch zugleich lügt er, weil für Laura oder irgend jemanden, der ihn betrachtet, das rechte Ohr das linke Ohr sein wird, auch wenn sie es im gleichen Moment als sein rechtes Ohr erklären, sie sehen es nur links, und das ist etwas, das kein Spiegel kann, da er solch geistiger Korrektur nicht fähig ist, und deshalb sagt der Spiegel Lozano zugleich eine Unwahrheit und eine Wahrheit, und das hat Lozano schon vor langer Zeit dazu gebracht, wie vor einem Spiegel zu denken; wenn *die Ratte anbinden* nicht mehr als eben das besagt, sind die Varianten doch nachdenkenswert, und dann blickt Lozano auf den Boden und läßt die Worte allein spielen, wobei er sie belauert, so wie die Jäger von Calagasta den Riesenratten auflauern, um sie lebendig zu fangen.

Er kann Stunden damit zubringen, obgleich ihm im Augenblick das konkrete Problem mit den Ratten nicht genügend Zeit läßt, um alle möglichen Varianten durchzuspielen. Daß all das nachgerade mit Vorbedacht wahnwitzig ist, wundert ihn nicht, nur manchmal schüttelt er sich, als wolle er sich von etwas befreien, das er sich nicht zu erklären vermag, es ist ihm zur Gewohnheit geworden, mit Laura über das Rattenproblem zu sprechen, als wäre es die normalste Sache von der Welt, und das ist es ja auch, warum sollte es nicht normal sein, in Calagasta Riesenratten zu fangen, mit dem Mulattenburschen Illa und mit Yarará auf Rattenjagd zu gehen. Noch heute nachmittag müssen sie sich wieder zu den Hügeln im Norden aufmachen, denn schon bald wird eine neue Ladung Ratten abgehen, und man muß die Gelegenheit maximal nutzen, die Leute von Calagasta wissen das und gehen zur Treibjagd in die Wälder, ohne sich jedoch den Hügeln zu nähern, und sicher wissen das auch die Ratten, denn es wird immer schwieriger, sie aufzuspüren und, vor allem, sie lebendig zu fangen.

All das erklärt, warum Lozano es überhaupt nicht absurd findet, daß die Leute von Calagasta heute fast ausschließlich vom Fang der Riesenratten leben, und wie er gerade dabei ist, ein paar Schlingen aus dünnen Lederriemen vorzubereiten, fällt ihm das Palindrom *atar a la rata* ein, und eine Schlinge in der Hand, hält er inne, betrachtet Laura, die vor sich hin summend am Herd steht, und sagt sich, daß das Palindrom zugleich lügt und die Wahrheit sagt, wie ein Spiegel, natürlich muß man die Ratte anbinden, denn nur so erhält man sie am Leben, man kann sie in den Käfig stecken und Porsena geben, der die Kästen auf den Lastwagen lädt, der jeden Donnerstag zur Küste hinunterfährt, wo das Schiff wartet. Aber es ist auch eine Lüge, denn niemand hat je eine Riesenratte angebunden, es sei denn metaphorisch, indem man ihr den Hals zwischen die Zinken einer Forke klemmt und ihr eine Schlinge umlegt, um sie in den Käfig zu stecken, die Hände immer schön außer Reichweite ihrer blutigen Schnauze und der herumfuchtelnden scharfen Klauen. Niemand wird je eine Ratte anbinden, und noch weniger seit dem letzten Mondwechsel, als Illa, Yarará und die anderen gemerkt hatten, daß die Ratten neue Strategien anwandten, noch gefährlicher wurden, indem sie sich unsichtbar machten, sich in Schlupfwinkel verkrochen, die sie vorher nie benutzt hatten, und daß es immer schwieriger werden würde, sie zu fangen, wo die Ratten sie jetzt kennen und ihnen sogar Trotz bieten.

»Noch drei, vier Monate«, sagt Lozano zu Laura, die die Teller auf den Tisch unter dem Vordach der Hütte stellt. »Dann können wir wieder nach drüben, die Lage scheint sich zu beruhigen.«

»Mag sein«, sagt Laura, »aber besser sich keine Hoffnungen machen, wie oft haben wir uns schon getäuscht.«

»Ja, aber wir werden nicht immer hierbleiben und Ratten fangen.«

»Das ist besser, als zu früh hinüberzugehen, denn dann sind wir für sie die Ratten.«

Lozano lacht, knüpft eine weitere Schlinge. Es ist wahr, es geht ihnen hier gar nicht so schlecht, Porsena bezahlt die Ratten in bar, und alle leben von diesem Handel; solange es möglich ist, sie zu fangen, wird man in Calagasta zu essen haben, die dänische Gesellschaft, die die Schiffe schickt, braucht immer mehr Ratten für Kopenhagen, Porsena will erfahren haben, daß man sie in den Laboratorien für genetische Experimente braucht. Immerhin sind sie zu etwas nütze, sagt Laura manchmal.

Aus der Wiege, die Lozano aus einem Bierkasten gezimmert hat, kommt der erste Protest Lauritas. Der Chronometer, nennt Lozano sie, denn sie fängt immer genau in dem Augenblick an zu weinen, da das Essen fertig ist und Laura dabei ist, das Fläschchen zu füllen. Man braucht praktisch keine Uhr bei Laurita, sie sagt uns die Zeit genauer an als das bip-bip des Radios, meint Laura lachend, nimmt sie auf den Arm und zeigt ihr das Fläschchen, und dann Lauritas strahlendes Lachen, ihre grünen Augen, mit dem Armstumpf schlägt sie ihre linke flache Hand wie eine Trommel, mit diesem kleinen rosa Ärmchen, das in einer glatten Halbkugel aus Haut endet; Doktor Fuentes (der kein Doktor ist, aber in Calagasta spielt das keine Rolle) hat vorzügliche Arbeit geleistet, und es ist fast keine Narbe zu sehen, so als hätte Laurita da nie eine Hand gehabt, die Hand, die ihr die Ratten abgefressen haben, als die Leute von Calagasta anfingen, sie für das Geld, das ihnen die Dänen zahlten, zu jagen, und die Ratten sich zuerst zurückzogen, dann aber zum Gegenangriff übergingen, eine wütende nächtliche Invasion, gefolgt von wilder Flucht, der offene Krieg, woraufhin viele Leute darauf verzichteten, sie zu jagen, und sich darauf beschränkten, sich mit Fallen und Gewehren zu verteidigen, sie verlegten sich wieder auf den Anbau von Maniok oder gingen in anderen Bergdörfern arbeiten; einige jedoch setzten die Treibjagd fort, Porsena zahlte ihnen in bar, und der Lastwagen fuhr jeden Donnerstag zur Küste hinunter. Lozano war der erste, der sagte, daß er weiterhin Ratten fangen werde, er sagte es hier in der Hütte, als Porsena sich die Ratte betrachtete, die Lozano zu Tode getrampelt hatte, und Laura mit Laurita zu Doktor Fuentes lief, doch man konnte nichts mehr machen, nur die herabhängende zerfetzte Hand abschneiden, indes gelang diese vollkommene Vernarbung, so daß Laurita ihre kleine Trommel erfinden konnte, ihr lautloses Spiel.

Illa stört es nicht, daß Lozano dauernd mit den Worten spielt, jeder hat eben seinen Spleen, sagt er sich, aber weniger gefällt ihm, daß Lozano es zu weit treibt und unbedingt will, daß alles sich seinen Spielen anpasse, daß er, Yarará und Laura ihm auf diesem Weg folgen, wie sie ihm so oft gefolgt sind in diesen Jahren der Flucht durch das zerklüftete Gebirge des Nordens nach den Massakern. In diesen Jahren, denkt Illa, keiner weiß mehr, ob es Wochen oder Jahre waren, da war alles grün und von Dauer, der Urwald mit seiner eigenen Zeit, ohne Sonne und Sterne, und danach die Schluchten, eine rötliche Zeit, eine Zeit aus Stein, Wildwasser und Hunger, vor allem Hunger, und die Tage oder Wochen zählen zu wollen, hätte geheißen, noch mehr Hunger zu haben, da waren alle vier gefolgt, alle fünf am Anfang, aber Ruiz stürzte in einen Abgrund, und Laura wäre in den Bergen fast erfroren, sie war schon im sechsten Monat und ermüdete schnell, sie mußten sie, wer weiß wie oft, an Feuern aus trockenem Gras sich wärmen lassen, bis sie weitergehen konnte, manchmal noch sieht Illa Lozano vor sich, wie er Laura auf den Armen trägt, und Laura, die das nicht will, die sagt, es geht schon besser, ich kann wieder laufen, so immer weiter nordwärts, bis zu dem Abend, da die vier die Lichter von Calagasta sahen und wußten, daß alles gutgehen würde, wenigstens für kurze Zeit, daß sie an diesem Abend in einer der Hütten zu essen bekommen würden, auch wenn man sie hinterher denunzierte und der erste Hubschrauber käme, sie zu beschießen. Aber man denunzierte sie nicht, man kannte hier nicht einmal die Gründe, weswegen man sie hätte denunzieren können, hier litten alle Hunger wie sie, bis jemand nahe den Hügeln die Riesenratten entdeckte und Porsena auf die Idee kam, ein Exemplar als Muster an die Küste zu schicken.

»*Atar a la rata* ist weiter nichts als *atar a la rata*«, sagt Lozano. »Das taugt nicht viel, denn es bringt dich nicht weiter, und außerdem kann niemand eine Ratte anbinden. Man kommt damit einfach nicht weiter, das ist das Blöde an den Palindromen.«

»Ja, ja«, sagt Illa.

»Doch wenn du den Plural nimmst, ändert sich alles. *Atar a las ratas* ist nicht dasselbe wie *atar a la rata.*«

»Ist nicht viel anders, finde ich.«

»Das ist kein Palindrom mehr«, sagt Lozano. »Du brauchst nur den Plural zu nehmen, und alles ändert sich, du kriegst etwas Neues, es ist nicht mehr der Spiegel, oder es ist ein anderer Spiegel, der dir etwas zeigt, was du vorher nicht kanntest.«

»Was ist neu daran?«

»Nun, *atar a las ratas* ergibt *Satarsa la rata*, Satarsa, die Ratte.«

»Satarsa?«

»Das ist ein Name, und alle Namen isolieren und kennzeichnen. Jetzt weißt du, daß es eine Ratte gibt, die Satarsa heißt. Alle haben Namen, gewiß, aber jetzt gibt es eine, die Satarsa heißt.«

»Und was nützt es dir, daß du das weißt?«

»Weiß auch nicht, aber ich mache weiter. Gestern abend kam ich darauf, die Sache umzudrehen: *losbinden* statt *anbinden*. Und wie ich das Wort *desatarlas* hatte, sah ich es umgekehrt, und das ergab: sal, rata, sed. Was Neues, siehst du, *Salz* und *Durst*«.

»Ganz so neu nicht«, sagt Yarará, der im Hintergrund zuhört. »Zudem gehen sie immer miteinander einher.«

»So ist es«, sagt Lozano, »und sie zeigen einen Weg, es ist vielleicht das einzige Mittel, ihnen den Garaus zu machen.«

»Wir wollen ihnen nicht zu schnell den Garaus machen«, sagt Illa lachend, »wovon sollen wir leben, wenn es keine mehr gibt?«

Laura bringt den ersten Mate und bleibt abwartend stehen, wobei sie sich leicht auf Lozanos Schulter stützt. Illa sagt sich erneut, daß Lozano zuviel mit den Worten spielt, daß er noch völlig durchdrehen wird und alles zum Teufel geht.

Auch Lozano denkt das, während er die Lederschlingen vorbereitet, und als er mit Laura und Laurita allein ist, spricht er mit ihnen darüber, er spricht zu beiden, als könnte Laurita ihn verstehen, und Laura mag es, daß er ihre Tochter mit einbezieht, daß sie alle drei nah beieinander sind, während Lozano ihnen von Satarsa erzählt oder davon, wie man das Wasser salzen könnte, um den Ratten den Garaus zu machen.

»Um sie so wirklich und für immer anzubinden«, sagt Lozano lachend. »Sag mal, ist das nicht seltsam, in dem ersten Palindrom, das ich je gelesen habe, ging es auch darum, jemanden zu fesseln, ich weiß nicht mehr wen, vielleicht war das schon Satarsa. Ich habe es in einer Erzählung gelesen, in der es viele Palindrome gab, aber ich erinnere mich nur noch an dies eine.«

»Du hast es mir in Mendoza, glaube ich, mal hergesagt, aber ich hab's vergessen.«

»*Atale, demoníaco Caín, o me delata* (Feßle ihn, teuflischer Kain, oder verrate mich)«, sagt Lozano skandierend, fast psalmodierend zu Laurita, die in ihrer Wiege lacht und mit den Fransen ihres kleinen weißen Poncho spielt.

Laura nickt, ja, es stimmt, daß man schon in diesem Palindrom jemanden fesseln möchte, aber um ihn zu fesseln, muß man keinen geringeren als Kain bitten. Und ihn obendrein noch teuflisch nennen.

»Pah«, sagt Lozano, »die alte Geschichte, das gute Gewissen, das von Anbeginn der Zeiten seine Spur durch die Historie zieht, Abel der Gute und Kain der Böse, wie in den alten Western.«

»The good guys and the bad guys«, erinnert sich Laura fast nostalgisch.

»Klar, hätte der Erfinder dieses Palindroms Baudelaire geheißen, wäre teuflisch nicht negativ; ganz im Gegenteil. Erinnerst du dich?«

»Schwach«, sagt Laura. »Stamm Abels, schlafe, iß und trinke, daß Gottes Gunst du dir erwirbst.«

»Stamm Kains, in Staub und Kot versinke, bis daß im Elend du verdirbst.«

»Ja, und anderswo sagt er in etwa noch: Stamm Abels, dein Aas wird den dampfenden Boden düngen, und danach: Stamm Kains, nun schleppe deine Familie die Wege dahin, oder so ähnlich.«

»Bis daß die Ratten deine Kinder fressen«, sagt Lozano fast stimmlos.

Laura vergräbt ihr Gesicht in beide Hände, schon lange hat sie gelernt, still zu weinen, sie weiß, daß Lozano nicht versuchen wird, sie zu trösten, Laurita ja, die findet diese Geste lustig und lacht, bis Laura die Hände senkt und ihr komplizenhaft zuzwinkert. Bald wird es Zeit sein für den Mate.

Yarará denkt, daß Illa recht hat und daß Lozanos Verrücktheit über kurz oder lang diese Ruhe zunichte machen wird, in der sie sich wenigstens in Sicherheit fühlen, immerhin leben sie unter den Leuten von Calagasta und bleiben hier, weil man nichts anderes tun kann, nur warten, daß die Erinnerungen an drüben mit der Zeit verblassen und daß auch die von drüben langsam vergessen, daß es ihnen nicht gelungen ist, sie zu erwischen, sie, die noch am Leben sind in irgendeinem gottverlassenen Nest und daher zu liquidieren sind, daher das Kopfgeld, sogar das für den armen Ruiz, der schon vor langer Zeit in eine Schlucht gestürzt ist.

»Hauptsache, ihm nicht blindlings folgen«, denkt Illa laut. »Ich weiß nicht, aber für mich ist er immer der Chef, er hat so etwas, verstehst du, ich weiß nicht was, aber er hat's eben, und das genügt mir.«

»Diese ganze Bildung hat ihn verkorkst«, sagt Yarará. »Er tut nichts anderes als lesen oder grübeln, das ist nicht gut.«

»Möglich. Aber ich weiß nicht, ob es wirklich das ist, auch Laura ist auf der Universität gewesen, und wie du siehst, merkt man es ihr nicht an. Ich glaube nicht, daß es an der Bildung liegt. Was ihn verrückt macht, ist, daß wir hier eingepfercht sind wie Schlachtvieh, und dann das, was mit Laurita passiert ist, die arme Kleine.«

»Sich rächen«, sagt Yarará. »Was er will, ist sich rächen.«

»Alle wollen wir uns rächen, die einen an der Miliz, die anderen an den Ratten. Es ist schwer, einen kühlen Kopf zu bewahren.«

Illa findet, daß Lozano mit seiner Verrücktheit nichts ändert, die Ratten werden dableiben, und es wird immer schwieriger, sie zu jagen, die Leute von Calagasta trauen sich nicht an sie heran, weil sie sich an die grausigen Geschichten erinnern, an das Skelett des alten Millán, an Lauritas Hand. Aber auch sie sind verrückt, vor allem Porsena mit seinem Lastwagen und den Käfigen, und die an der Küste und die Dänen sind noch verrückter, weil sie Geld für Ratten ausgeben, wozu die auch immer gut sein sollen. Das kann nicht ewig so weitergehen, es gibt Verrücktheiten, die plötzlich verschwinden, und dann wieder der Hunger, der Maniok, sollte es welchen geben, und die Kinder, die mit geblähten Bäuchen sterben. Da ist es denn noch besser, verrückt zu sein.

»Besser verrückt sein«, sagt Illa, und Yarará sieht ihn verwundert an, lacht dann, stimmt ihm beinahe zu.

»Hauptsache, ihm nicht blindlings folgen, wenn er mit seinem Satarsa anfängt und dem Salz und alldem, schließlich wird das nichts ändern, aber der beste Jäger ist immer noch er.«

»Zweiundachtzig Ratten«, sagt Illa. »Er hat den Rekord von Juan López geschlagen, der es auf achtundsiebzig gebracht hat.«

»Das treibt mir die Schamröte ins Gesicht«, sagt Yarará, »ich mit meinen schlappen fünfunddreißig.«

»Da siehst du's«, sagt Illa, »er ist nun mal der Chef. So einen findest du weit und breit nicht.«

Man weiß nie so recht, woher die Nachrichten kommen, plötzlich ist da jemand im Laden von Adab, dem Araber, der etwas weiß, fast nie sagt er, woher er es hat, aber die Leute hier leben so abgeschieden, daß die Neuigkeiten wie mit dem Ostwind kommen, der einzige, der etwas Kühle und manchmal ein wenig Regen bringt; so selten die Neuigkeiten, so kurz der Regen, der vielleicht die immer gelblichen, immer kranken Kulturen retten wird. Eine Nachricht hilft, sich weiter durchzuschlagen, auch wenn es eine schlechte Nachricht ist.

Laura erfährt sie von Adabs Frau, sie kehrt zur Hütte zurück und erzählt sie mit leiser Stimme, so als könnte Laurita es verstehen, sie reicht Lozano einen weiteren Mate, und er schlürft ihn langsam und blickt dabei auf den Boden, wo ein schwarzes Insekt langsam auf den Herd zu krabbelt. Das Bein kaum ausstreckend, zertritt er den Käfer, trinkt den Mate in einem Zug aus und reicht die leere Tasse Laura, ohne sie anzusehen, von Hand zu Hand, wie so oft, wie bei vielem.

»Wir müssen hier weg«, sagt Lozano. »Wenn es stimmt, werden sie schon bald hier sein.«

»Und wohin sollen wir gehen?«

»Ich weiß nicht, keiner hier weiß das, sie leben hier wie die ersten oder die letzten Menschen. Zur Küste hinunter, mit dem Lastwagen, nehme ich an, Porsena hat sicher nichts dagegen.«

»Hört sich an wie ein Witz«, sagt Yarará, der sich mit den langsamen Bewegungen des Töpfers eine Zigarette dreht. »Wegfahren zusammen mit den Rattenkäfigen, man stelle sich das vor. Und danach?«

»Danach? Kein Problem«, sagt Lozano. »Aber wir brauchen Moneten für danach. Die Küste ist nicht Calagasta, wir werden dafür zahlen müssen, daß man uns in den Norden ziehen läßt.«

»Zahlen«, sagt Yarará. »Soweit sind wir also schon, daß wir Ratten gegen die Freiheit eintauschen müssen.«

»Schlimmer sind die dran, die die Freiheit gegen Ratten eintauschen«, sagt Lozano.

In seiner Ecke, wo er hartnäckig versucht, einen nicht mehr reparablen Stiefel zu flicken, lacht Illa, als huste er. Wieder ein Wortspiel, doch manchmal trifft Lozano ins Schwarze, und dann scheint es fast so, als hätte er recht mit seiner Manie, die Handschuhe umzustülpen, alles von der anderen Seite zu sehen. Die Kabbala der Armen, wie Lozano einmal sagte.

»Das Problem ist die Kleine«, sagt Yarará. »Wir können mit ihr nicht in die Berge gehen.«

»Das nicht«, sagt Lozano, »aber an der Küste könnte man einen

Fischer finden, der uns weiter nördlich absetzt, eine Frage des Glücks und des Geldes.«

Laura reicht ihm einen Mate, wartet, doch keiner sagt etwas.

»Ich meine, ihr beide solltet sofort gehen«, sagt Laura, ohne jemanden anzusehen. »Lozano und ich, wir werden uns schon was einfallen lassen, es gibt keinen Grund, noch länger hierzubleiben, geht sofort in die Berge.«

Yarará zündet seine Zigarette an, der Rauch verhüllt sein Gesicht. Er ist nicht gut, der Tabak von Calagasta, die Augen beginnen einem zu tränen, und alle müssen husten.

»Hast du schon mal eine so verrückte Frau gesehen?« sagt er zu Illa.

»Nein, wirklich nicht. Sie will uns sicher bloß loswerden.«

»Geht zum Teufel«, sagt Laura, kehrt ihnen den Rücken zu und kämpft gegen die Tränen an.

»Wir können genügend Geld bekommen«, sagt Lozano, »wenn wir genügend Ratten fangen.«

»Wenn wir sie fangen.«

»Wir können«, insistiert Lozano. »Wir müssen nur gleich anfangen, müssen sie aufstöbern. Porsena wird uns das Geld geben und uns auf dem Lastwagen mitfahren lassen.«

»Schön und gut«, sagt Yarará, »aber gesagt ist noch lange nicht getan.«

Laura wartet, betrachtet Lozanos Lippen, als könnte sie so vermeiden, seine Augen zu sehen, die in eine leere Ferne gerichtet sind.

»Wir werden bis zu den Höhlen gehen müssen«, sagt Lozano. »Niemandem etwas davon sagen, alle Käfige auf den Karren von Guzmán, dem Indio, laden. Wenn wir etwas sagen, werden sie uns mit der Geschichte vom alten Millán kommen und uns nicht gehen lassen, du weißt, daß sie uns mögen. Auch der Alte hat ihnen damals nichts gesagt und ist auf eigene Faust losgegangen.«

»Ein schlechtes Beispiel«, sagt Yarará.

»Nun, er war allein, er hatte eben Pech, was immer du willst. Wir dagegen sind zu dritt und viel jünger. Wenn wir sie in der Höhle einpferchen, denn ich vermute, es ist nur eine Höhle und nicht mehrere, räuchern wir die aus, damit sie herauskommen. Laura wird uns diese Kuhhaut da zurechtschneiden und uns damit die Beine oberhalb der Stiefel umwickeln. Mit dem Geld können wir uns dann in den Norden davonmachen.«

»Um für jeden Fall gewappnet zu sein, nehmen wir alle Patronen mit«, sagt Illa zu Laura. »Wenn dein Mann recht hat, wird es massenhaft Ratten geben, mehr als wir brauchen, um die zehn Käfige zu füllen, die übrigen sollen verrecken, kriegen eine Ladung verpaßt, verdammt noch mal.«

»Der alte Millán hatte auch seine Flinte dabei«, sagt Yarará. »Aber er war schon alt, und zudem war er allein.«

Er zieht sein Messer und prüft es an seinem Daumen, er nimmt die Kuhhaut herunter und fängt an, sie in gleichmäßige Streifen zu schneiden. Er wird das besser machen als Laura, Frauen können mit Messern nicht umgehen.

Der Braune zerrt immer nach links, glücklicherweise hält der Schecke dagegen, und der Karren zieht eine vage Spur im Grasland, geradeaus nach Norden; Yarará packt die Zügel fester und schreit den Braunen an, der wie protestierend den Kopf schüttelt. Es ist fast schon dunkel, als sie die Felswand erreichen, doch von weitem haben sie den Eingang der Höhle gesehen, der sich im weißen Stein abzeichnet; zwei oder drei Ratten haben sie gewittert und verschwinden in der Höhle, während sie die Gitterkäfige abladen und im Halbkreis vor dem Eingang aufstellen. Illa schneidet mit der Machete trockenes Gras, sie holen Werg und Kerosin vom Karren, Lozano nähert sich der Höhle und stellt fest, daß er, um hineinzugehen, nur ein wenig den Kopf einziehen muß. Die anderen brüllen hinter ihm her, er solle nicht verrückt sein und bloß draußen bleiben; er aber leuchtet mit der Taschenlampe schon die Wände ab auf der Suche nach dem tiefer hineinführenden Gang, durch den man nicht hindurch kann, einem schwarzen Loch voller roter Punkte, die der Lichtstrahl durchstöbert und durcheinanderwirbelt.

»Was machst du da?« hört er von draußen die Stimme Yararás. »Komm raus, Mann!«

»Satarsa«, sagt Lozano leise, zu dem Loch sprechend, aus dem ihn unruhig die Augen betrachten. »Komm raus, Satarsa, komm raus, König der Ratten, du und ich allein, du und ich und Laurita, du Bestie.«

»Lozano!«

»Ich komm ja schon, Kleiner«, sagt Lozano zögernd. Er wählt das vorderste Augenpaar, bannt es mit dem Lichtstrahl, zieht den Revolver und schießt. Ein Wirbel roter Funken und dann nichts mehr, möglich, daß er nicht mal getroffen hat. Dann geht's nur mit Ausräuchern, die Höhle verlassen und Illa helfen, der das trockene Gras und das Werg aufhäuft, der Wind ist mit ihnen; Yará zündet ein Streichholz an, und alle drei warten bei den Käfigen; Illa hat einen gut markierten Durchgang gelassen, damit die Ratten aus der Falle entwischen können, ohne sich zu verbrennen, und sie würden sich ihnen dann direkt vor den offenen Käfigen entgegenstellen.

»Und davor hatten die Leute von Calagasta Angst?« sagt Yarará. »Gut möglich, daß der alte Millán an was anderem gestorben ist und die Ratten ihn gefressen haben, als er schon kalt war.«

»Mach dir nichts vor«, sagt Illa.

Die erste Ratte springt heraus, und Lozanos Forke klemmt sie am Hals fest, mit der Schlinge hebt er sie hoch und schwingt sie in den Käfig; Yarará entwischt die nächste, doch jetzt stürzen sie zu vieren oder fünfen heraus, man hört das Quieken in der Höhle, und den Männern bleibt kaum Zeit, eine zu fangen, als schon fünf oder sechs wie Schlangen herausschnellen und die Käfige zu umgehen versuchen, um im Gras zu entkommen. Ein Strom von Ratten ergießt sich wie rötliches Erbrechen, wo immer die Forke hineinstößt, gibt es einen Fang, die Käfige füllen sich mit einer konvulsivischen Masse, die Jäger fühlen die Ratten an ihren Beinen, immer mehr quellen hervor, fallen übereinander, beißen um sich, zerfleischen sich gegenseitig, um der Hitze am Höhlenausgang zu entkommen und sich in die Dunkelheit zu flüchten.

Lozano ist wie immer der schnellste, er hat schon einen Käfig voll und den zweiten zur Hälfte, da stößt Illa einen heiseren Schrei aus, hebt sein Bein an und tritt mit dem Stiefel wütend in eine brodelnde Masse, doch die Ratte will nicht loslassen, da klemmt Yarará sie zwischen die Zinken seiner Forke und legt ihr die Schlinge um, Illa flucht und besieht sich die Kuhhaut, als hinge die Ratte immer noch daran. Die riesigsten kommen zum Schluß heraus, sie sehen schon nicht mehr wie Ratten aus, und es ist sehr schwierig, sie mit der Forke zu Boden zu drücken, sie festzuklemmen und hochzuheben; Yararás Schlinge reißt, die Ratte entwischt und zieht das Ende des Lederriemens hinter sich her, aber Lozano ruft, daß das nichts mache, daß nur noch ein Käfig fehle, den Illa und er vollstopfen, mit Forkenhieben zuschlagen und verriegeln, dann heben sie mit Eisenhaken alle Käfige auf den Karren, die Pferde werden unruhig und scheuen, Yarará muß sie an der Kandare halten und ihnen zureden, während die anderen auf den Sitz klettern. Es ist schon stockdunkel, und das Feuer erlischt langsam.

Die Pferde riechen die Ratten, man muß ihnen erst einmal freien Lauf lassen, sie galoppieren davon, als wollten sie den Karren in tausend Stücke sprengen, Yarará muß schließlich die Zügel straffer ziehen, und Illa hilft ihm dabei, vier Hände am Zügel, bis der Galopp abbricht und die Pferde in einen stotternden Trab fallen, der Karren kommt vom Wege ab, die Räder holpern über Steine und verfangen sich im Gestrüpp, hinten kreischen die Ratten, zerfleischen sich gegenseitig, und aus den Käfigen dringt ein Geruch nach Gekröse und Kot, die Pferde riechen es und wiehern, sie sträuben sich gegen die Kandare, wollen sich befreien und davonsprengen. Nun greift auch Lozano noch mit in die Zügel, und mit vereinten Kräften regulieren sie allmählich die Gangart, sie gelangen auf die Höhe des kahlen Berges und sehen das Tal vor sich, Calagasta mit nicht mehr als drei oder vier Lichtern, die Nacht ohne Sterne, mitten in dem wie leeren Land links das kleine Licht der Hütte, das beim Holpern des Karrens hin und her tanzt, nur noch knapp fünfhundert Meter, da verschwindet es plötzlich, als der Karren durchs Dickicht fährt, wo der Weg nur mehr dornige Peitschenhiebe ins Gesicht ist, eine kaum erkennbare Spur, welche die Pferde besser finden als die sechs Hände, die langsam die Zügel lockern, die Ratten jaulen und werden bei jeder Erschütterung durcheinandergeworfen, die Pferde haben sich gefügt, aber sie legen sich ins Zeug, als wollten sie endlich ankommen, endlich dort sein, wo man sie von diesem Gestank und diesen spitzen Schreien befreien würde, sie frei umherlaufen ließe, um mit ihrer Nacht allein zu sein, fern von dem, das sie verfolgt, das sie quält und verrückt macht.

»Lauf dann gleich los und hol Porsena«, sagt Lozano zu Yarará, »er soll sofort kommen, sie zählen und uns das Geld geben, es muß alles geregelt werden, damit wir bei Tagesanbruch mit dem Lastwagen wegfahren können.«

Der erste Schuß ist fast ein Scherz, dumpf und wie verloren, Yarará hat nicht einmal Zeit gehabt, Lozano zu antworten, als dann die Salve kracht, ein Prasseln wie zersplitternder trockener Bambus, ein Knistern kaum lauter als das Gequiek der Ratten, ein Ruck zur Seite, und der Karren rollt ins Gestrüpp, links der Braune will sich losreißen, zieht und zerrt und sackt in die Knie, Lozano und Yarará springen zur gleichen Zeit ab, Illa auf der anderen Seite, sie drücken sich ins Dickicht, während der Karren mit der kreischenden Ladung noch drei Meter weiterrollt und plötzlich stehenbleibt, der Braune rudert mit den Vorderbeinen auf dem Boden, noch halb gehalten von der Deichsel des Karrens, und der Schecke wiehert und schlägt mit allen vieren aus, ohne sich befreien zu können.

»Verschwinde dorthinüber«, sagt Lozano zu Yarará.

»Wozu, zum Teufel«, sagt Yarará. »Die sind schneller gewesen als wir, es lohnt nicht mehr.«

Illa stößt zu ihnen, hält seinen Revolver hoch und betrachtet eingehend das Gestrüpp, als suche er eine Lücke. Das Licht der Hütte ist nicht zu sehen, aber sie wissen, sie ist dort, hundert Meter weiter, direkt hinter dem Dickicht. Sie hören die Stimmen, eine brüllt Befehle, dann Stille, ein neuer Feuerstoß, Peitschenhiebe ins Gestrüpp, ein anderer sucht sie aufs Geratewohl weiter unten, die haben Munition satt, diese Hunde, sie werden so lange schießen, bis sie nicht mehr können. Sie selbst sind geschützt durch den Karren und die Käfige, durch das tote Pferd und das andere, das wie ein lebendiger Wall ist, sich windet und wiehert, bis Yarará auf seinen Kopf zielt und ihm den Gnadenschuß gibt, armer Schecke, so tapfer, ein so guter Kamerad, die Masse sinkt längs der Deichsel zu Boden und lehnt sich in die Weiche des Braunen, der hin und wieder noch zuckt, die Ratten verraten sie durch ihre Schreie, die durch die Nacht gellen, niemand mehr wird sie zum Schweigen bringen, man muß sich nach links halten, sich mit den Armen durch das dornige Gestrüpp hindurchkämpfen, die Flinte nach vorn stoßen, um mit ihrer Hilfe einen halben Meter vorwärts zu kommen, weg von dem Karren, auf den sich jetzt das Feuer konzentriert und wo die Ratten jaulen und jammern, als verstünden sie, als wollten sie sich rächen, man kann die Ratten nicht anbinden, denkt Illa, du hattest recht, Chef, ich scheiße auf deine Spielereien, aber du hattest recht, gottverdammter Kerl mit deinem Satarsa, wie recht du hattest, du Mistkerl.

Es sich zunutze machen, daß das Dickicht sich lichtet und es zehn Meter weit fast nur Gras gibt, eine Strecke ohne Deckung, die man hinter sich bringen kann, indem man sich auf die Seite rollt, die alte Methode, sich um und um wälzen, bis man wieder dichter bewachsenes Gelände erreicht, dann blitzschnell den Kopf heben, um in einer Sekunde alles zu überblicken, und sich wieder verbergen, dort das kleine Licht der Hütte und die sich bewegenden Schatten, das Aufblinken eines Gewehrlaufs, die Stimme desjenigen, der Befehle brüllt, das Maschinengewehrfeuer auf den Karren, wo es quiekt und jault. Lozano blickt weder zur Seite noch hinter sich, dort ist nur mehr Stille, Illa und Yarará tot oder, wie er, noch durch das Gebüsch schleichend auf der Suche nach einem Versteck, mit dem Rammbug des Körpers einen Pfad sich bahnend, das Gesicht brennend von den Dornen, blinde, blutende Maulwürfe, die vor den Ratten fliehen, denn jetzt sind es die Ratten, Lozano sieht sie, bevor er wieder im Gestrüpp untertaucht, vom Karren her dringen immer schrillere Schreie zu ihm, aber die anderen Ratten sind nicht dort, die anderen Ratten versperren ihm den Weg zwischen dem Dickicht und der Hütte, und obgleich in der Hütte noch Licht ist, weiß Lozano jetzt, daß Laura und Laurita nicht mehr dort sind, oder dort sind, aber nicht mehr Laura und Laurita sind, jetzt wo die Ratten die Hütte erreicht haben und Zeit genug gehabt haben, um zu tun, was sie dort getan haben werden, und um auf ihn zu warten, so wie die dort zwischen der Hütte und dem Karren auf ihn warten, eine Salve nach der anderen abfeuern, befehlen und gehorchen und schießen, jetzt wo es keinen Sinn mehr hat, die Hütte zu erreichen, und trotzdem noch einen Meter, sich noch einmal herumwälzen, wobei sich die Dornen in seine Hände bohren, den Kopf heben, um zu spähen, um Satarsa zu sehen, zu erkennen, daß der dort, der die Befehle brüllt, Satarsa ist und daß alle anderen auch Satarsa sind, sich aufrichten und die unnütze Ladung Schrot auf Satarsa abfeuern, der sich jäh zu ihm umdreht, sich das Gesicht mit den Händen bedeckt und hintüber fällt, getroffen von den Schrotkugeln, die ihm die Augen durchbohrt, den Mund zerfetzt haben, und Lozano feuert den zweiten Schuß auf den ab, der das Maschinengewehr auf ihn schwenkt, und der dumpfe Knall der Flinte geht unter im Prasseln des Feuerstoßes, das Gestrüpp wird niedergedrückt durch das Gewicht Lozanos, der vornüber in die Dornen fällt, die ihm ins Gesicht, in die weit geöffneten Augen dringen.

Die Schule bei Nacht

Von Nito habe ich nichts mehr gehört, und ich will auch nichts von ihm wissen. So viele Jahre, so vieles ist vergangen, womöglich ist er immer noch dort unten, wenn er nicht gestorben oder ins Ausland gegangen ist. Besser nicht an ihn denken, jedoch träume ich manchmal von den dreißiger Jahren in Buenos Aires, der Zeit in der sogenannten Normalschule, dem Lehrerseminar, und dann sehe ich plötzlich wieder Nito und mich in der Nacht, als wir uns in die Schule einschlichen, anschließend erinnere ich mich nicht mehr genau an die Träume, aber etwas bleibt immer von Nito, scheint in der Luft zu schweben, ich tue mein möglichstes, um zu vergessen, besser wäre, es verschwände langsam, aber nichts zu machen, von Zeit zu Zeit kommt es wieder, ist mir alles wieder vor Augen, so wie jetzt.

Die Idee, uns nachts in die anormale Schule einzuschleichen (wir nannten sie aus Jux so, aber auch aus triftigen Gründen), war Nito gekommen, und ich weiß noch genau, daß es in *La Perla* am Once war, als wir einen Cinzano bitter tranken. Meine erste Reaktion war, er sei wohl vom Affen gebissen, deßenunge8et – so schrieben wir damals, verballhornten die Orthographie aus Rachlust, was auch mit der Schule zu tun haben mußte – deßenunge8et hielt Nito an seiner Idee fest und redete von nichts anderem als von der Schule bei Nacht, wie toll es wäre, sie auszukundschaften, aber was willst du auskundschaften, wo wir sie doch in- und auswendig kennen, Nito, und dabei gefiel mir die Idee, ich stritt mich mit ihm nur des Streitens wegen, wobei ich ihn nach und nach Punkte machen ließ.

Nach einer Weile gab ich geschickt nach, denn auch ich fand, daß ich die Schule nicht in- und auswendig kannte, trotz der sechseinhalb Jahre in ihrem Joch – vier für den Magister und fast drei für die Lehrbefähigung –, um uns mit derart unglaublichen Stoffen herumzuplagen wie das Nervensystem, Diätetik und Spanische Literatur, wovon letzteres das Unglaublichste war, denn im dritten Trimester waren wir über den Conde Lucanor nicht hinausgekommen und sollten auch nie über ihn hinauskommen. Vielleicht deshalb, weil wir auf diese Weise unsere Zeit verloren, kam Nito und mir diese Schule ziemlich dubios vor, wir hatten den Eindruck, daß uns etwas entging, das wir gern in Erfahrung gebracht hätten. Ich weiß nicht, meiner Ansicht nach gab es da noch etwas anderes, jedenfalls für mich war die Schule bei weitem nicht so normal, wie ihr Name vorgab, und ich weiß, daß Nito meine Ansicht teilte, er hatte es mir zur Zeit unseres ersten Paktes gesagt, in jenen fernen Tagen eines ersten Jahres voller Schüchternheit, Hefte, Lineale und Zirkel. Nach so vielen Jahren sprachen wir nicht mehr darüber, doch an diesem Vormittag in *La Perla* hatte ich das Gefühl, daß Nitos Plan bis auf jene Zeit zurückging, und deshalb überzeugte er mich allmählich; es war so, als hätten wir vor Abschluß dieses Jahres, bevor wir der Schule für immer den Rücken kehrten, mit ihr noch eine Rechnung zu begleichen, müßten gewisse Dinge zu verstehen suchen, die wir nicht begriffen hatten, dieses Unbehagen, das Nito und ich manchmal im Hof oder auf den Treppen empfanden, das vor allem ich jeden Morgen beim Anblick des Gittertors empfand, diesen leichten Druck im Magen, den ich seit dem ersten Tag verspürte, wenn ich dieses lanzenbewehrte Gittertor passierte, hinter dem das feierliche Peristyl lag, von dem aus es zu den fahlgelben Korridoren und der doppelten Treppe ging.

»Apropos Gittertor«, hatte Nito gesagt, »wir müssen bis Mitternacht warten und dann dort 'rüberklettern, wo ich zwei verbogene Spitzen gesehen habe, wir stülpen einen Poncho drüber und fertig.«

»Ein Kinderspiel«, hatte ich gesagt, »und genau in dem Moment kommt ein Bulle um die Ecke oder die Alte von gegenüber fängt laut an zu schreien.«

»Du gehst zu oft ins Kino, Toto. Hast du um diese Zeit schon mal jemanden in der Gegend gesehen? Der Bizeps schläft, wie Gardel sagt.«

Ich ließ mich also darauf ein, sicher war es idiotisch, und es würde nichts geschehen, weder draußen noch drinnen, die Schule würde dieselbe sein wie morgens, nur ein bißchen Frankenstein vielleicht, in der Dunkelheit, aber nicht mehr, was konnte es da nachts schon anderes geben als Bänke und Wandtafeln und vielleicht eine Katze auf der Jagd nach Mäusen, denn Mäuse, die gab es. Aber Nito redete immerzu von dem Poncho und der Taschenlampe, allerdings muß man sagen, daß wir uns ziemlich langweilten zu jener Zeit, denn fast alle Mädchen hielt man hinter Schloß und Riegel des Gütezeichens Papa und

Mama, also ziemlich herbe Zeiten für uns, zumal uns Tanzpartys und Fußball nicht viel sagten, tagsüber verschlangen wir Bücher, abends aber streiften wir zu zweit umher – manchmal auch mit Fernández López, der so jung gestorben ist – und entdeckten Buenos Aires, die Bücher von Castelnuovo, die Cafés des Hafenviertels und das Dock Sur, es war also nicht ganz unlogisch, daß wir nachts auch die Schule erkunden wollten, das bedeutete nur, etwas Unvollständiges vervollständigen, ein Geheimnis haben und die Schulkameraden am nächsten Morgen von oben herab ansehen, arme Kerle mit ihrem festen Stundenplan und ihrem Conde Lucanor von acht bis zwölf.

Nito war fest entschlossen, und wenn ich nicht mitmachen wollte, würde er allein eines Samstags nachts über das Gitter klettern, er erklärte mir, daß er den Samstag gewählt hatte für den Fall, daß etwas schiefgehe und er eingeschlossen würde, so hätte er Zeit genug, einen anderen Ausgang zu finden. Die Idee beschäftigte ihn schon seit Jahren, wahrscheinlich seit dem ersten Tag, als die Schule noch eine unbekannte Welt war und wir Novizen uns in den unteren Pausenhöfen nahe unserem Klassenzimmer wie Küken zusammendrängten. Nach und nach wagten wir es, durch die Flure und über die Treppen vorzurücken, und bekamen so eine Vorstellung von der riesigen gelben Schuhschachtel mit ihren Kolonnaden, ihren Marmorstatuen und diesem Geruch nach Seife, vermischt mit dem Lärm der Pausen und dem Gemunkel der Unterrichtsstunden, aber diese Vertrautheit hatte uns nicht völlig das Gefühl für das Fremdartige an dieser Schule genommen, trotz der Routine, der Mitschüler, der Mathematik. Nito erinnerte sich an Alpträume, wo sich so manches auf den Galerien, im Klassenzimmer der Schüler des dritten Jahres, auf den Marmortreppen ereignet hatte; immer nachts, natürlich, immer er allein in der nächtlich erstarrten Schule, und das konnte er auch am Morgen inmitten Hunderter von Mitschülern und Geräuschen nicht vergessen. Ich dagegen hatte nie von der Schule geträumt, doch ich begann mich zu fragen, wie sie wohl bei Vollmond aussehen würde, die Pausenhöfe unten, die oberen Galerien, und ich stellte mir eine quecksilberne Helle vor in den leeren Höfen, die strengen Schatten der Säulen. Manchmal, während der Pause, ertappte ich Nito dabei, wie er, abseits von den anderen, nach oben blickte, wo man durch die Balustraden der Galerien hindurch verstümmelte Körper sehen konnte, Köpfe und Oberkörper, die auf und ab gingen, und weiter unten Hosenbeine und Schuhe, die nicht immer demselben Schüler zu gehören schienen. Als ich mich einmal allein auf der großen Marmortreppe befand, während die anderen in ihren Klassenzimmern waren, fühlte ich mich wie verloren und nahm immer zwei Stufen auf einmal, und ich glaube, daß ich dieses Gefühls wegen nach ein paar Tagen wieder um Erlaubnis bat, die Klasse verlassen zu dürfen, ich wollte einen bestimmten Weg noch einmal zurücklegen, indem ich so tat, als würde ich eine Schachtel Kreide holen oder zur Toilette gehen. Es war wie im Kino, der Reiz einer idiotischen Spannung, und ich glaube, aus diesem Grunde habe ich mich so schlecht zur Wehr gesetzt gegen Nitos Plan, seine Idee, der Schule mitten in der Nacht die Stirn zu bieten; sie nachts zu betreten wäre mir nie eingefallen, aber Nito hatte für zwei gedacht, und das war gut so, wir hatten einen zweiten Cinzano verdient, den wir jedoch nicht bestellten; wir hatten nicht genug Pinke.

Die Vorbereitungen waren einfach, ich besorgte eine Taschenlampe, und Nito erwartete mich am Once mit einem zusammengerollten Poncho unter dem Arm; es begann warm zu werden an diesem Wochenende, es waren jedoch nicht viele Leute auf dem Platz, fast ohne ein Wort zu sagen, gingen wir die Urquiza hinunter, und als wir in Höhe der Schule waren, blickte ich mich um, Nito hatte recht, nicht einmal eine Katze sah uns. Da erst fiel mir auf, daß Vollmond war, wir hatten das nicht einkalkuliert, und ich weiß nicht, ob uns das recht war, aber es hatte auch sein Gutes, da wir so keine Taschenlampe brauchten, wenn wir durch die Galerien gingen.

Sicherheitshalber machten wir eine Runde ums Karree, wobei wir vom Direktor sprachen, der in dem Haus neben der Schule wohnte, das im Obergeschoß durch einen Gang mit ihr verbunden war, so daß er auf direktem Wege in sein Büro gelangen konnte. Die Pedelle wohnten anderswo, und wir waren sicher, daß es keinen Nachtwächter gab, denn was sollte er bewachen in dieser Schule, wo es nichts Wertvolles gab, das Skelett halb kaputt, die Wandkarten in Fetzen, im Sekretariat zwei oder drei pterodaktylische Schreibmaschinen. Nito fiel ein, daß es im Büro des Direktors irgend etwas Wertvolles geben mußte, denn wir hatten einmal gesehen, wie er es abschloß, bevor er ging, seine Vorlesung in Mathe zu halten, wo die Schule doch voller Studenten war, aber vielleicht gerade deswegen. Weder Nito noch ich, noch sonst jemand mochten den Direktor, der bekannter war unter dem Spitznamen der Schleicher; es lag weniger an seiner Strenge und daß er uns bei jeder Kleinigkeit verwarnte und mit Relegation drohte, als an etwas in seinem Gesicht, das dem eines ausgestopften Vogels ähnelte, und an seiner Art, urplötzlich aufzutauchen, ohne daß jemand ihn hatte kommen sehen, in einer Klasse zu erscheinen, als wäre das Urteil im voraus gefällt. Ein oder zwei uns freundlich gesinnte Professoren (der in Musik, der uns schlüpfrige Geschichten erzählte, und der in Naturwissenschaften, der sich der Idiotie bewußt war, Studenten der Philologie Vorlesungen über das Nervensystem zu halten) hatten uns gesagt, daß der Schleicher nicht nur ein eingefleischter Junggeselle sei, sondern darüber hinaus eine aggressive Misogynie zur Schau trug, was erklärte, warum wir an der Schule keine einzige Professorin hatten. Doch in eben dem Jahr mußte ihm das Ministerium zu verstehen gegeben haben, daß alles seine Grenzen hat, denn man hatte uns die Señorita Maggi geschickt, um die Studenten der Naturwissenschaften Organische Chemie zu lehren. Die Arme kam immer mit einer etwas ängstlichen Miene zur Schule, und Nito und ich stellten uns das Gesicht des Schleichers vor, wenn er ihr im Lehrerzimmer begegnete. Die arme Señorita Maggi als einzige Frau unter all diesen Mannsbildern, und dann noch den Hallodris vom siebten Jahr die chemische Formel für Glyzerin beibringen.

»Jetzt«, sagte Nito.

Ich hätte mir fast die Hand durchbohrt an einer der Eisenspitzen, doch es gelang mir, hinüberzuspringen, und sofort mußte man sich ducken, für den Fall, daß jemand gerade aus einem der Fenster im Haus gegenüber guckte, und dann auf allen vieren weiterkriechen, bis man einen erlauchten Beschützer fand, die Büste von Van Gelderen, Holländer und Begründer der Schule. Als wir das Peristyl erreichten, vom Klettern und Kriechen etwas außer Atem, mußten wir vor Anspannung lachen. Nito versteckte den Poncho hinter einer Säule, und wir folgten rechts dem Gang, der zur ersten Biegung führte, wo die Treppe begann. Die Wärme verstärkte den Geruch nach Schule, es war merkwürdig, die Türen der Klassenzimmer geschlossen zu sehen, und wir versuchten eine zu öffnen; natürlich hatten diese Tröpfe von Pedellen sie nicht abgeschlossen, und wir gingen kurz in die

Klasse, wo wir sechs Jahre vorher unser Studium begonnen hatten.

»Ich habe dort gesessen.«

»Und ich dahinter, ich weiß nicht mehr, ob hier oder etwas weiter rechts.«

»Sieh mal, sie haben einen Globus stehenlassen.«

»Erinnerst du dich an Gazzano, der nie Afrika fand?« Man bekam Lust, die Kreide zu nehmen und auf der Tafel herumzumalen, aber Nito meinte, daß wir nicht hergekommen seien, um Mätzchen zu machen, oder Mätzchenmachen bedeutete, nicht zugeben zu wollen, wie sehr uns die Stille bedrückte; sie war wie das ferne Echo einer Musik, das im Treppenhaus leis nachhallte; einmal hörten wir das Bremsgeräusch einer Straßenbahn, dann nichts mehr. Wir brauchten die Taschenlampe nicht, um die Treppe hinaufzugehen, der Marmor schien direkt vom Mondlicht erhellt, obgleich das Obergeschoß das gar nicht zuließ. Nito blieb mitten auf der Treppe stehen, um mir eine Zigarette anzubieten und sich selbst eine anzuzünden; immer wählte er die unpassendsten Augenblicke zum Rauchen.

Von oben sahen wir in den Schulhof im Erdgeschoß, kleinkariert wie fast alles in dieser Schule, der Unterricht eingeschlossen. Wir folgten dem Korridor, der oben um ihn herumführte, blickten in zwei oder drei Klassenzimmer und kamen zur Ecke, wo das Labor war; das hatten die Pedelle abgeschlossen, als käme jemand auf die Idee, die angeknacksten Reagenzgläser oder das Mikroskop aus der Zeit Galileos zu klauen. Vom zweiten Korridor aus sahen wir, daß das weiße Mondlicht den Korridor gegenüber beschien, wo sich das Sekretariat, das Lehrerzimmer und das Büro des Schleichers befanden. Ich war der erste, der sich zu Boden warf, und Nito eine Sekunde später, denn beide hatten wir Licht im Lehrerzimmer gesehen.

»Verflucht, da ist jemand.«

»Laß uns abhauen, Nito.«

»Warte, vielleicht haben die Pedelle bloß vergessen, das Licht auszumachen.«

Ich weiß nicht, wieviel Zeit verging, aber jetzt wurde uns klar, daß die Musik von dort kam, sie schien so fern wie auf der Treppe, aber wir hörten sie vom Korridor gegenüber kommen, eine Musik wie von einem Kammerorchester, alle Instrumente ganz leise. Es war so unvorstellbar, daß wir darüber unsere Angst vergaßen oder die Angst uns vergaß; plötzlich hatten wir gewissermaßen einen Grund für unser Hiersein, der mit der bloßen Romantik Nitos nichts zu tun hatte. Wir sahen uns wortlos an, und Nito begann auf allen vieren dicht an der Balustrade entlangzukriechen bis zur Ecke des dritten Korridors. Der Geruch nach Pisse aus den Toiletten daneben war wie immer stärker als die vereinten Kräfte der Pedelle und des Alkali. Als wir weiterkrochen und so bis zu den Türen unseres Klassenzimmers kamen, drehte Nito sich um und machte mir ein Zeichen, näherzukommen.

»Wollen wir mal sehen?«

Ich nickte, denn verrückt zu sein schien das einzig Vernünftige in diesem Augenblick, und wir krochen auf allen vieren weiter, wobei der Mond uns immer klarer abzeichnen und so verraten mußte. Ich war nicht besonders überrascht, als Nito, fatalistisch, sich aufrichtete, keine fünf Meter vor dem letzten Korridor, wo durch die nur angelehnten Türen des Sekretariats und des Lehrerzimmers Licht schien. Die Musik war plötzlich lauter geworden, oder es lag daran, daß wir ihr näher waren; wir hörten Stimmen, Lachen, Gläserklirren. Als ersten sahen wir Raguzzi, einen vom siebten Mathe, Champion in Leichtathletik, ein ganz mieser Typ und einer von denen, die sich mit viel Bizeps und Prahlerei den Weg bahnen. Fast direkt an der Tür stehend, kehrte er uns den Rücken, doch plötzlich trat er zur Seite, und das Licht traf uns wie ein Peitschenhieb, es wurde zerhackt von sich bewegenden Schatten, zwei Paaren, die zu einem Machicha-Rhythmus da vorbeitanzten. Gómez, den ich nicht gut kannte, tanzte mit einer Tussi in Grün, und der andere konnte Kurchin vom fünften Philo sein, ein kleiner Dicker mit Schweinsgesicht und Brille, der sich an ein Prachtweib mit pechschwarzem Haar im Abendkleid und mit Perlenkollier schmiegte. All das spielte sich da vor uns ab, wir sahen es, wir hörten es, aber natürlich konnte das gar nicht wahr sein, es konnte nicht wahr sein, daß wir spürten, wie sich eine Hand ganz langsam und sanft auf unsere Schultern legte.

»Schie schind nicht eingeladen«, sagte der Pedell Manolo, »aber da Schie schon mal da schind, gehen Schie rein und machen Schie keine Faxen.«

Er gab uns beiden einen Schubs, und wir wären fast mit einem weiteren Paar, das dort tanzte, zusammengestoßen, hätten wir nicht scharf gebremst, und da sahen wir nun die ganze Gruppe, acht bis zehn Personen, das Grammophon mit dem kleinen Larrañaga, der die Platten auflegte, den in eine Bar verwandelten Tisch, die schummrige Beleuchtung, die Gesichter, die uns langsam erkannten, ohne sehr überrascht zu sein, alle mußten denken, daß man uns eingeladen hatte, und Larrañaga machte uns sogar ein Zeichen des Willkommens. Nito war wie immer schneller, in drei Sätzen war er an einer der Seitenwände, und ich machte es ihm nach. Wie Schaben an der Wand klebend, sahen wir nun wirklich, was sich da abspielte, und begannen uns darein zu ergeben. Bei dieser Beleuchtung und all den Leuten schien das Lehrerzimmer doppelt so groß, es gab grüne Vorhänge, die ich nie bemerkt hatte, wenn ich morgens durch den Korridor ging und einen Blick in das Zimmer warf, um zu sehen, ob Migoya, unser Schrecken in Logik, schon da war. Alles sah nach einem Club aus, war hergerichtet für die Samstagabende, die Gläser und die Aschenbecher, das Grammophon und die Lampen, die nur soviel erhellten, wie nötig war, und Zonen des Halbdunkels schufen, die den Raum größer machten.

Ich weiß nicht, wie lange ich brauchte, um auf das, was sich uns da bot, etwas von der Logik anzuwenden, die Migoya uns lehrte, aber Nito war wie immer fixer als ich, ihm hatte ein Blick in die Runde genügt, um sowohl die Kommilitonen als auch Professor Iriarte zu identifizieren und zu merken, daß die Frauen in Wirklichkeit verkleidete Jungen waren, Perrone, Macías und noch einer vom siebten Mathe, an dessen Namen er sich nicht erinnern konnte. Zwei oder drei trugen eine Maske, einer von ihnen, als Hawaiianerin verkleidet, schien mit seinem Hüftwackeln Iriarte sichtlich zu gefallen. Der Pedell Fernando fungierte als Barkeeper, fast alle hatten ein Glas in der Hand, und jetzt begann ein Tango, gespielt vom Lomuto-Orchester, Paare bildeten sich, und die überzähligen Männer tanzten untereinander. Ich war nicht besonders überrascht, als Nito mich um die Taille faßte und in die Mitte des Raums bugsierte.

»Wenn wir weiter hier stehenbleiben, wird es Stunk geben«, sagte er. »Tritt mir nicht auf die Füße, du Trampeltier.«

»Ich kann nicht tanzen«, antwortete ich, obgleich er noch schlechter tanzte als ich. Wir waren mitten im Tango, und Nito, der aus den Augenwinkeln nach der halb offenen Tür sah, führte mich langsam dorthin, um bei der erstbesten Gelegenheit zu verduften, aber er sah, daß der Pedell Manolo immer noch dort stand, und so kehrten wir in die Mitte zurück und versuchten sogar, mit Kurchin und Gómez, die miteinander tanzten, zu flachsen. Niemand merkte, daß die Doppeltür, die ins Vorzimmer des Büros vom Schleicher führte, geöffnet wurde, plötzlich aber stellte der kleine Larrañaga das Grammophon ab, und wir standen wie blöde da, ich spürte, wie Nitos Hand sich in meine Taille krallte, bevor sie mich losließ.

Ich bin so langsam bei allem, und als ich anfing zu kapieren, hatte Nito längst begriffen, daß die beiden Frauen, die dort Hand in Hand in der Tür standen, der Schleicher und die Señorita Maggi waren. Die Verkleidung des Schleichers war so übertrieben, daß nach schüchternem Beifall eine Stille entstand wie kaltgewordene Suppe, gleichsam ein Loch in der Zeit. Ich hatte in den Nachtclubs am Hafen schon viele Transvestiten gesehen, doch so etwas noch nie, die fuchsrote Perücke, die fünf Zentimeter langen Wimpern, der Gummibusen, der unter einer pinkfarbenen Bluse bebte, der Faltenrock und die Stöckelabsätze wie Stelzen. Die Handgelenke hatte er voller Armbänder, seine Arme waren enthaart und weiß gepudert, und an seinen sich geziert bewegenden Fingern schienen die Ringe auf und ab zu gleiten. Jetzt ließ er die Hand der Señorita Maggi los und verneigte sich mit einer Geste von unendlicher Schwulheit, um sie vorzustellen und ihr einen Weg zu bahnen. Nito fragte sich, warum die Señorita Maggi wie sie selbst aussah, trotz der blonden Perücke, des straff nach hinten gekämmten Haars, ihrer in ein langes weißes Kleid gezwängten Figur. Ihr Gesicht war kaum geschminkt, vielleicht die Brauen etwas stärker nachgezogen, aber es war das Gesicht der Señorita Maggi und keine Obsttorte wie das des Schleichers mit Wimperntusche und Rouge und roter Stirnlocke. Die beiden kamen näher, wobei sie etwas frostig, fast herablassend grüßten, und der Schleicher warf uns einen Blick zu, in dem vielleicht Überraschung lag, die jedoch einer zerstreuten Duldung Platz zu machen schien, so als wäre er schon informiert.

»Du, er hat nichts gemerkt«, flüsterte ich Nito zu.

»Denkste«, sagte Nito, »glaubste vielleicht, er sieht nicht, daß wir wie Clochards aussehen in diesem Ambiente?«

Er hatte recht, wegen des Gitterzauns hatten wir uns alte Hosen angezogen, ich war in Hemdsärmeln, und er trug einen leichten Pullover, dessen einer Ärmel am Ellbogen ziemlich löchrig war. Aber schon bat der Schleicher mit dem Gehabe einer kapriziösen Nutte den Pedell Fernando um einen nicht allzu starken

Schnaps, während die Señorita Maggi einen trockenen Whisky verlangte, in einem Ton, der noch trockener war. Ein weiterer Tango begann, und alle fingen wieder an zu tanzen, wir als erste, aus reiner Panik, und die Neuankömmlinge schlossen sich den anderen an, die Señorita Maggi dirigierte den Schleicher unter starkem Einsatz der Hüften. Nito hätte sich gern Kurchin genähert, um etwas aus ihm herauszukriegen, zu Kurchin hatten wir mehr Kontakt als zu den anderen, doch es war schwierig in diesem Augenblick, wo die Paare dicht aneinander vorbeischoben und es nie genug Platz gab, um sich hindurchzuschlängeln. Die Flügeltür, die in das Vorzimmer des Schleichers führte, war offen geblieben, und als wir uns ihr bei einem Schwenk näherten, bemerkte Nito, daß auch die Tür zum Büro offenstand und daß dort Leute waren, die sich unterhielten und tranken. Von fern erkannten wir Fiori, einen feisten Kerl vom sechsten Philo, als Soldat verkleidet, und wahrscheinlich war die Dunkelhäutige dort, der die Haare ins Gesicht hingen und die sich neckisch in den Hüften wiegte, Moreira, einer vom fünften Philo, der im Ruf stand, von der anderen Fakultät zu sein.

Fiori kam auf uns zu, bevor wir ihm ausweichen konnten, in der Uniform wirkte er viel älter, und Nito meinte, graue Strähnen in seinem gestriegelten Haar zu sehen, aber wahrscheinlich hatte er Talkum draufgetan, um distinguierter auszusehen.

»Wohl neu hier, wie?« sagte Fiori. »Haben Sie schon Ophthalmologie gehört?«

Die Antwort mußte uns im Gesicht geschrieben stehen, denn er hat uns lange angesehen, und wir fühlten uns immer mehr als Rekruten vor einem geckenhaften Oberleutnant.

»Da hinaus«, sagte Fiori und wies mit dem Kinn auf eine angelehnte Seitentür. »Bei der nächsten Versammlung werden Sie mir den Schein bringen.«

»Ja, der Herr«, sagte Nito und gab mir einen groben Stoß. Ich hätte ihm gern das so lakaienhafte ›Ja, der Herr‹ vorgeworfen, aber Moreira (kein Zweifel, es war Moreira) erspähte uns, bevor wir die Tür erreichten, und nahm mich an der Hand.

»Komm, Blondschopf, wir gehen in den anderen Raum tanzen, hier ist es zu langweilig.«

»Nachher«, sagte Nito an meiner Statt. »Wir kommen gleich wieder.«

»Ach, alle lassen mich heute nacht allein.«

Ich war als erster draußen, indem ich mich, ich weiß nicht warum, seitlich durch die Tür schob, anstatt sie ganz zu öffnen. Aber so wie die Dinge lagen, fehlte es an dem Warum nicht. Nito, der mir schweigend folgte, blickte ins Halbdunkel des langen Flurs, und wieder war es einer der Alpträume von der Schule, wo es nie ein Warum gab, wo man immer nur weitermachen konnte, wo das einzige Warum ein Befehl von Fiori war, diesem als Militär verkleideten Kretin, der plötzlich auch noch hinzukam und uns einen Befehl gab, der einem echten Befehl gleichkam, dem wir zu gehorchen hatten, denn wenn ein Offizier befiehlt, wie kann man da nach Gründen fragen. Aber das war kein Alptraum, ich war an Nitos Seite, und Alpträume hat man nicht zu zweit.

»Hauen wir ab, Nito«, sagte ich zu ihm in der Mitte des Flurs. »Es muß einen Ausgang geben, so kann das nicht weitergehen.«

»Ja, aber warte, man bespitzelt uns, ich spür's im Urin.«

»Nein, Nito, hier ist niemand.«

»Eben deshalb, Blödmann.«

»Halt, Nito, bleib stehen. Ich muß dahinterkommen, was hier vor sich geht, merkst du nicht, daß . . .«

»Achtung«, sagte Nito, und er hatte recht, die Tür, durch die wir auf den Flur gelangt waren, stand jetzt weit offen, und Fioris Uniform zeichnete sich klar ab. Es gab überhaupt keinen Grund, Fiori zu gehorchen, wir brauchten nur zurückzugehen und ihn zur Seite zu schubsen, so wie wir uns oft in den Pausen schubsten, sei's aus Spaß oder im Ernst. Auch gab es überhaupt keinen Grund, weiterzugehen, wie wir es taten, um auf zwei geschlossene Türen zu stoßen, die eine an der Seite und die andere geradeaus, überhaupt keinen Grund, daß Nito durch eine verschwand und zu spät merkte, daß ich ihm nicht gefolgt war, daß ich dummerweise die andere Tür gewählt hatte, versehentlich oder aus Protest. Es war ihm unmöglich, kehrtzumachen und mich zu suchen, das violette Licht des Raums und die Augen, die sich auf ihn hefteten, ließen ihn in dieser Umgebung erstarren, die er mit einem einzigen Blick erfaßte, den Salon mit dem riesigen Aquarium in der Mitte, dessen durchsichtiger Kubus bis zur Decke reichte und nur wenig Platz ließ für all die Leute, die sich dort vor den Glaswänden drängten und die im grünlichen Wasser langsam dahingleitenden Fische betrachteten, in einem Schweigen, das wie ein weiteres, äußeres Aquarium war, die erstarrte

Gegenwart von Männern und Frauen (die Männer waren, die Frauen waren), gegen die Scheiben gepreßt, und Nito sagte sich: jetzt, jetzt umkehren, wo bist du, Toto, Dummkopf, Nito wollte kehrtmachen und fliehen, aber vor was fliehen, wo doch nichts geschah, wo er unbeweglich dastand wie die anderen und sah, wie sie die Fische betrachteten, und er Mutis erkannte und das Schwein Delucía und andere aus dem sechsten Philo und sich fragte, warum gerade die und nicht andere, wie er sich schon gefragt hatte, warum Typen wie Raguzzi, Fiori und Moreira, warum gerade die, die in der Schule nicht unsere Freunde waren, warum diese miesen Typen, mit denen wir nichts zu schaffen haben wollten, und nicht Láinez oder Delich oder einer der Freunde, mit denen man diskutierte oder herumbummelte oder Pläne schmiedete, ja, was hatten Toto und er hier bei diesen anderen verloren, auch wenn es ihre eigene Schuld war, sich nachts in die Schule einzuschleichen und so mit all diesen Typen zusammenzukommen, die sie tagsüber nicht ausstehen konnten, die größten Scheißkerle der Schule, ganz zu schweigen vom Schleicher und diesem Arschkriecher Iriarte und von der Señorita Maggi, sogar die war da, wer hätte das gedacht, auch sie, die einzige wirkliche Frau unter all diesen Schwulen und Fieslingen.

Dann bellte ein Hund, es war kein lautes Bellen, doch es zerriß die Stille, und alle wandten sich dem unsichtbaren Hintergrund des Salons zu. Nito sah, wie aus dem violetten Dunst Caletti, einer vom fünften Mathe, auftauchte, mit erhobenen Armen kam er aus der Tiefe des Raums, als glitte er zwischen den anderen dahin, er hielt ein weißes Hündchen in die Höhe, das wieder zu bellen begann, sich wehrte, die Pfoten gefesselt mit einem roten Band, an dem etwas Schweres hing, vielleicht ein Klumpen Blei, der es langsam auf den Grund des Aquariums zog, in das Caletti es kurzerhand hineingeworfen hatte. Nito sah, wie der Hund unter Konvulsionen hinabsank, wie er versuchte, die Beine freizubekommen und an die Oberfläche zu paddeln, wie er langsam ertrank, wobei aus dem geöffneten Schnäuzchen Blasen aufstiegen, aber ehe er ertrank, bissen schon die Fische nach ihm, rissen ihm Fetzen aus dem Fell, das Wasser färbte sich rot, und die Wolke wurde immer dichter um den Hund, der sich noch sträubte in der brodelnden Masse aus Fischen und Blut.

All das konnte ich nicht sehen, denn hinter meiner Tür, die, glaube ich, von selbst zuging, war nichts als Schwarz; ich stand da wie gelähmt, wußte nicht, was tun, hinter mir war nichts zu hören, wo war Nito? In dieser Finsternis einen Schritt nach vorne zu machen oder angenagelt stehenzubleiben, war gleich entsetzlich, doch da bemerkte ich auf einmal den Geruch, einen Geruch nach Desinfektionsmittel, nach Krankenhaus, nach Blinddarmoperation, kaum wurde mir bewußt, daß sich meine Augen an die Dunkelheit gewöhnten, die keine absolute Dunkelheit war, denn ganz hinten sah ich ein oder zwei kleine Lichter, zuerst ein grünes und dann ein gelbes, und auch die Silhouette eines Schranks und eines Sessels, und noch eine Silhouette, die sich vage bewegte und aus einer noch größeren Entfernung kam.

»Komm, mein Kleiner«, sagte die Stimme. »Komm näher, hab keine Angst.«

Ich weiß nicht, wie ich es fertigbrachte, mich zu bewegen, die Luft und der Boden waren wie ein einziger schwammiger Teppich, da waren ein Sessel mit verchromten Hebeln, gläserne Apparate und die kleinen Lichter; die blonde Perücke und das weiße Kleid der Señorita Maggi phosphoreszierten leicht. Eine Hand faßte mich an der Schulter und schob mich voran, die andere legte sich mir auf den Nacken und drückte mich in den Sessel, ich spürte an der Stirn die Kälte einer Glasscheibe, während die Señorita Maggi mir den Kopf zwischen zwei Stützen einklemmte. Fast direkt vor meinen Augen schimmerte eine weißliche Kugel mit einem kleinen roten Punkt in der Mitte, ich spürte die Knie der Señorita Maggi, die sich in den Sessel hinter der gläsernen Armatur setzte. Sie begann Hebel und Rädchen zu bewegen, klemmte mir den Kopf noch fester ein, das Licht wurde grün und dann wieder weiß, der rote Punkt vergrößerte sich und wanderte von einer Seite zur anderen; trotz der begrenzten Sicht nach oben konnte ich, einer Aureole gleich, das blonde Haar der Señorita Maggi sehen, unsere Gesichter waren gerade nur durch die Glasscheibe mit den kleinen Lichtern und ein Rohr getrennt, durch das sie mich anblicken mußte.

»Beweg dich nicht und behalte den roten Punkt im Auge«, sagte die Señorita Maggi. »Siehst du ihn?«

»Ja, aber ...«

»Sprich nicht, bleib ruhig, ja, so. Sag mir nur, wann du den roten Punkt nicht mehr siehst.«

Was weiß ich, ob ich ihn sah oder nicht, ich schwieg, während sie mich von der anderen Seite aus weiter examinierte. Plötzlich wurde mir bewußt, daß ich außer dem Licht in der Mitte auch die Augen der Señorita Maggi hinter der Scheibe des Apparats sah, sie hatte kastanienbraune Augen, und darüber wellte sich der vage Reflex ihrer blonden Perücke. Nach unendlich kurzer Zeit war so etwas wie ein Keuchen zu hören, ich dachte, ich wäre das, ich dachte alles mögliche, während die Lichter langsam wanderten, sich in einem rötlichen Dreieck mit violetten Rändern versammelten, aber vielleicht war nicht ich es, der so schwer und geräuschvoll atmete.

»Siehst du das rote Licht immer noch?«

»Nein, ich sehe es nicht mehr, aber mir scheint, daß ...«

»Beweg dich nicht, sprich nicht. Und jetzt sieh genau hin.«

Ein Atem wehte mich von der anderen Seite an, Stöße warmen Dufts, das Dreieck verwandelte sich jetzt in eine Reihe paralleler Linien, weiße und blaue, mich schmerzte das in die Gummistütze gepreßte Kinn, hätte ich doch bloß den Kopf heben und mich aus diesem Käfig, in dem ich mich gefangen fühlte, befreien können. Da spürte ich, von weit herkommend, die Liebkosung zwischen meinen Schenkeln, die Hand, die zwischen meinen Beinen hinauffuhr und einen nach dem anderen die Knöpfe des Hosenschlitzes suchte, zwei Finger schlüpften hinein, knöpften ihn ganz auf und suchten etwas, das sich nicht fassen ließ, das geschrumpft war zu einem kläglichen Nichts, bis die Finger es umfaßten, es sanft hervorholten und langsam streichelten, während die Lichter immer heller wurden und der rote Punkt erneut auftauchte. Ich mußte versuchen, mich zu befreien, denn ich spürte erneut den Schmerz auf dem Kopf und am Kinn, aber unmöglich, aus diesem engen Käfig, der vielleicht auch hinten geschlossen war, herauszukommen. Wieder der Duft und das Keuchen, die Lichter tanzten vor meinen Augen, alles glitt hin und her wie Señorita Maggis Hand, die mich mit langsamer, endloser Verlassenheit erfüllte.

»Laß dich gehen«, kam die Stimme aus dem Keuchen, das Keuchen selbst sprach zu mir, »komm, mein Kleiner, ich brauche nur ein paar Tropfen für die Analysen, jetzt, ja, ja, jetzt.«

Ich spürte den Rand eines Gefäßes, alles war Lust und Flucht, die Hand half nach und rieb und drückte sanft, ich merkte kaum, daß vor meinen Augen nur noch eine dunkle Glasscheibe war und wie die Zeit verging. Die Señorita Maggi war jetzt hinter mir und löste die Gurte an meinem Kopf. Ein schneidender gelber

Lichtstrahl traf mich, als ich mich aufrichtete und mir die Hose zuknöpfte, eine Tür im Hintergrund, die Señorita Maggi wies mir den Ausgang, wobei sie mich ausdruckslos ansah, ein glattes, zufriedenes Gesicht, die Perücke von dem gelben Licht strahlend hell. Jeder andere hätte sich sofort auf sie gestürzt, hätte sie in die Arme genommen, jetzt wo es keinen Grund mehr gab, sie nicht zu umarmen oder zu küssen oder zu schlagen, Typen wie Fiori oder Raguzzi zum Beispiel, aber vielleicht auch hätte niemand das getan und die Tür wäre hinter ihnen genauso zugeschlagen wie hinter mir, der ich mich auf einem anderen engen Flur wiederfand, der weiter hinten abbog und sich in seiner eigenen Biegung verlor, in einer Einsamkeit, wo Nito fehlte, wo mir Nitos Abwesenheit geradezu unerträglich war, und ich lief bis zur Biegung, sah eine einzige Tür und warf mich dagegen, doch sie war abgeschlossen, ich trommelte gegen sie und hörte mein Trommeln wie einen Schrei, ich lehnte mich an die Tür und sackte langsam an ihr hinab, bis ich auf den Knien lag, vielleicht Schwäche, ein Schwindelanfall nach all dem bei der Señorita Maggi. Da drang durch die Tür Geschrei und Gelächter zu mir.

Ja, dort drinnen lachte und schrie man, jemand hatte Nito geschubst, damit er zwischen der linken Wand und dem Aquarium hindurchgehe, wo alles auf der Suche nach dem Ausgang war, Caletti zeigte mit erhobenen Armen den Weg, so wie er zuvor den kleinen Hund gezeigt hatte, und die anderen folgten ihm kreischend und drängelnd, Nito wurde von jemandem hinter ihm vorangestoßen, der ihn eine Schlafmütze und einen Bummelanten schimpfte, er war kaum durch die Tür gegangen, als schon das Spiel begann, er erkannte den Schleicher, der von der anderen Seite hereinkam, er hatte die Augen verbunden und wurde vom Pedell Fernando und von Raguzzi geführt, die ihn vor Fehltritten und Zusammenstößen bewahrten, die anderen versteckten sich bereits hinter den Sesseln, in einem Schrank oder unter einer Couch, Kurchin war auf einen Stuhl gestiegen und von dem auf ein Bücherregal geklettert, und während alle sich in dem riesigen Salon verteilten und die Bewegungen des Schleichers belauerten, um sich ihm auf Zehenspitzen zu entziehen oder ihn mit einer Fistelstimme zu rufen, um ihn in die Irre zu führen, tappte der Schleicher umher und stieß kleine Schreie aus, die Arme nach vorn gestreckt, um jemanden zu erwischen, Nito mußte flüchten, sich an eine Wand drücken und sich dann hinter einem Tisch mit Blumen und Büchern verbergen, und als der Schleicher schließlich mit einem Schrei des Triumphes den kleinen Larrañaga zu packen kriegte, kamen alle aus ihrem Versteck und applaudierten, der Schleicher nahm seine Binde ab und band sie Larrañaga um, indem er sie mit aller Kraft festzog und verknotete, trotz der Proteste des Kleinen, der nun dazu verurteilt war, seinerseits die anderen zu suchen, die blinde Kuh ebenso malträtiert wie das weiße Hündchen. Und wieder zerstreuten sie sich unter Kichern und Gewisper, der Professor Iriarte hüpfte davon, Fiori suchte nach einem Versteck, ohne seine hochmütige Ruhe zu verlieren, Raguzzi herausfordernd, indem er zwei Meter vor dem kleinen Larrañaga aufschrie, der sich darauf nach vorne stürzte und nur in die Luft griff, Raguzzi, mit einem Satz außerhalb Larrañagas Reichweite, rief diesem zu *Me Tarzan, you Jane*, Stoffel! und der Kleine, völlig perplex, drehte sich um sich selbst und grabschte ins Leere, die Señorita Maggi war aufgetaucht, umhalste den Schleicher und machte sich über Larrañaga lustig, beide kreischten vor Schrecken, wenn der Kleine direkt auf sie losging und sie mit seinen ausgestreckten Händen um ein Haar erwischte. Nito warf sich nach hinten und sah, wie Larrañaga Kurchin, der nicht aufgepaßt hatte, an den Haaren packte, Kurchin heulte auf, und Larrañaga riß seine Binde herunter, ohne seine Beute loszulassen, Beifall und Geschrei, und plötzlich Stille, weil der Schleicher die Hand hob, und Fiori neben ihm stand stramm und gab einen Befehl, den niemand verstand, doch egal, Fioris Uniform war der Befehl selbst, niemand rührte sich, nicht einmal Kurchin, dessen Augen sich mit Tränen füllten, weil Larrañaga ihm fast die Haare ausriß, ihn festhielt und nicht loslassen wollte.

»Fidaritz«, befahl der Schleicher. »Fidaritz, fidaratz. Dalli.«

Larrañaga begriff nicht, aber Fiori wies gebieterisch auf Kurchin, und da zog der Kleine so an dessen Haaren, daß Kurchin sich mehr und mehr nach vorn bücken mußte, die anderen stellten sich bereits auf, die Frauen gickerten und rafften ihre Röcke, Perrone vorneweg, gefolgt von Professor Iriarte, Moreira, der sich zierte, Caletti und dem Schwein Delucía, eine Reihe, die bis zum Ende des Salons reichte, Larrañaga, der Kurchin immer noch festhielt, ließ ihn unvermittelt los, als der Schleicher Fiori ein Zeichen gab und der befahl »Springen, ohne zu schlagen!«. Perrone sprang als erster, und die ganze Riege folgte ihm, man sprang, indem man die Hände auf Kurchins Rücken stützte, der rund war wie der eines Schweinchens, sie sprangen der Reihe nach und riefen bei jedem Sprung über Kurchin »Fidaritz«, riefen »Fidaratz!«, danach formierte sich die Reihe neu, machte im Salon die Runde und fing von vorne an, Nito, einer der letzten, sprang so leicht, wie er konnte, um Kurchin nicht zu Boden zu drücken, aber dann kam Macías und ließ sich auf ihn fallen wie ein Sack, und der Schleicher brüllte »Springen und schlagen!«, und die ganze Riege sprang von neuem über Kurchin, doch diesmal versuchten sie ihn dabei zu schlagen und zu treten, die Reihe hatte sich aufgelöst, alle umringten Kurchin, schlugen ihm mit der flachen Hand auf den Kopf, auf den Rücken, und auch Nito hatte die Hand erhoben, als er sah, wie Raguzzi Kurchin den ersten Tritt in den Hintern versetzte, worauf der sich krümmte und schrie, Perrone und Mutis traten ihm gegen die Beine, während die Frauen ihre Wut an Kurchins Schenkeln ausließen, der brüllte, sich aufrichten und fliehen wollte, aber Fiori trat zu ihm, packte ihn im Nacken und rief »Fidaritz, fidaratz, schlagt, schlagt!«, einige Hände ballten sich jetzt zu Fäusten, die Kurchin in die Seiten hieben und auf seinen Kopf niedersausten, er flehte um Gnade, ohne sich von Fiori befreien, sich der Fußtritte und Fausthiebe, die auf ihn niederhagelten, erwehren zu können. Als der Schleicher und die Señorita Maggi gleichzeitig einen Befehl schrien, ließ Fiori Kurchin los, der mit blutendem Mund auf die Seite sank, der Pedell Manolo kam angerannt, hob ihn auf wie einen Sack und schleppte ihn hinaus, während alle grimmig applaudierten und Fiori auf den Schleicher und die Señorita Maggi zuging, als wollte er sich mit ihnen beraten.

Nito hatte sich bis zum Rand des Kreises zurückgezogen, der sich nur langsam und widerwillig auflöste, als wollte man das Spiel weiterspielen oder ein anderes beginnen, da sah er, wie der Schleicher mit dem Finger auf den Professor Iriarte zeigte und wie Fiori zu ihm ging und mit ihm sprach, dann kam ein kurzer Befehl, und alle begannen sich im Karree aufzustellen, in Viererreihen, die Frauen hinten und Raguzzi als Anführer, der Nito einen zornigen Blick zuwarf, weil er so lange brauchte, sich irgendwo in der zweiten Reihe einzugliedern. All das habe ich genau sehen können, als der Pedell Fernando mich mit sich zog, nachdem er mich hinter der Tür entdeckt, sie aufgeschlossen und mich in den Raum geschubst hatte, ich konnte sehen, wie der Schleicher und die Señorita Maggi auf einem Sofa an der Wand Platz nahmen, wie die anderen sich dem von Fiori und Raguzzi angeführten Zug anschlossen, auch Nito, ganz blaß in der zweiten Reihe, und wie der Professor Iriarte sich an den Trupp wie an eine Klasse wandte, nachdem er den Schleicher und die Señorita Maggi in aller Form begrüßt hatte, und ich versuchte, so gut ich konnte, bei den Transvestiten unterzutauchen, die mich angrienten und miteinander tuschelten, bis der Professor Iriarte sich räusperte und Stille eintrat, eine Stille, die ich weiß nicht wie lange dauerte.

»Wir wollen nun den Dekalog aufsagen«, sagte der Professor Iriarte. »Erster Glaubenssatz.«

Ich fixierte Nito, als könnte der mir noch helfen, hatte die unsinnige Hoffnung, daß er mir einen Ausgang zeige, irgendeine Tür, durch die wir entwischen könnten, aber Nito schien meine Anwesenheit nicht zu bemerken, er blickte starr geradeaus wie alle, unbeweglich wie alle jetzt.

Monoton, fast Silbe für Silbe, rezitierte der Zug:

»Aus der Ordnung emaniert die Kraft und aus der Kraft die Ordnung.«

»Korollar«, befahl Iriarte.

»Gehorche, um zu befehlen, und befiehl, um zu gehorchen«, psalmodierte das Karree.

Es war unnütz zu hoffen, daß Nito sich umdrehe, ich glaube sogar gesehen zu haben, daß seine Lippen sich bewegten, so als sprächen sie das, was die anderen skandierten, nach. Ich lehnte mich an die Wand, die Holztäfelung knarrte, und einer der Transvestiten, ich glaube Moreira, sah mich erschrocken an. »Zweiter Glaubenssatz«, befahl Iriarte gerade, als ich merkte, daß das gar keine Holztäfelung war, sondern eine Tür, die langsam nachgab, wobei ich mich einem fast angenehmen Unbehagen hingab. »Oh, was ist mit dir, Schatz«, flüsterte Moreira, während das Karree einen Satz rezitierte, den ich schon nicht mehr mitkriegte, denn ich schlüpfte seitlich hinaus und schloß die Tür hinter mir, ich spürte den Druck der Hände Moreiras und Macías, die sie zu öffnen versuchten, und schob rasch den Riegel vor, der in dem Halbdunkel wunderbar blinkte, dann rannte ich durch die Galerie, um eine Ecke, durch zwei leere und dunkle Räume und am Ende einen weiteren Gang entlang, der direkt auf den Flur über dem Hof führte, genau dem Lehrerzimmer gegenüber. All das ist mir nur vage in Erinnerung, ich war nur mehr meine eigene Flucht, etwas, das im Dunkel rannte und versuchte, kein Geräusch zu machen, das auf den Fliesen schlitterte, bis es zur Marmortreppe kam, diese hinunterschoß, immer drei Stufen auf einmal nehmend, und, fast stürzend, sich zu den Säulen des Peristyls getrieben fühlte, wo der Poncho lag, aber da waren auch die ausgestreckten Arme des Pedells Manolo, der mir den Weg versperrte. Wie ich schon sagte, ich kann mich an all das nicht mehr genau erinnern, vielleicht habe ich ihm meinen Kopf in den Magen gerammt oder ihm einen Tritt in den Bauch versetzt, der Poncho blieb an einer der Spitzen des Gitters hängen, trotzdem gelang es mir, hinüberzuklettern, auf dem Trottoir graute ein neuer Tag, schlurfte ein alter Mann dahin, das schmutzige Grau der Morgendämmerung und der Alte, der stehenblieb und mich mit Fischaugen anstarrte, den Mund zu einem Schrei geöffnet, der nicht herauskommen wollte.

Diesen ganzen Sonntag über habe ich mich nicht aus dem Haus bewegt, zum Glück kannte mich meine Familie und stellte mir niemand Fragen, die ich auch nicht beantwortet hätte, am Mittag rief ich bei Nito an, aber seine Mutter sagte mir, er sei nicht da, am Nachmittag erfuhr ich, daß er nach Hause gekommen, aber gleich wieder weggegangen sei, und als ich um zehn Uhr abends noch einmal anrief, sagte mir sein Bruder, er wisse nicht, wo Nito sei. Es wunderte mich, daß er nicht zu mir gekommen war, und als ich am Montag in die Schule kam, wunderte es mich noch mehr, ihn am Eingang anzutreffen, ihn, der alle Rekorde im Zuspätkommen schlug. Er unterhielt sich mit Delich, doch als er mich sah, ließ er ihn stehen, kam auf mich zu und gab mir die Hand, obgleich das ungewöhnlich war, es war ganz ungewöhnlich, daß wir uns mit Handschlag begrüßten. Aber was lag schon daran, wo alles nur so aus mir hervorsprudelte, in den fünf Minuten bis zum Läuten hatten wir uns so viel zu sagen, und du, was hast du gemacht, wie bist du entwischt, mir hat sich der Pedell in den Weg gestellt, aber ich, ich habe ihm, ja, ich weiß, ich weiß, sagte Nito, kein Grund, dich so zu erregen, Toto, laß mich auch mal erzählen. Ja, aber ... Ja, klar, damit hat es seine Richtigkeit. Seine Richtigkeit, Nito, soll das ein Scherz sein oder was? Wir gehen sofort hinauf und zeigen den Schleicher an. Warte, warte, erreg dich nicht so, Toto.

Das ging so weiter, wie zwei Monologe, allmählich wurde mir

klar, daß da etwas nicht stimmte, Nito schien ganz woanders zu sein, Moreira kam vorbei und grüßte mit einem Augenzwinkern, von fern kam das Schwein Delucía gerannt, Raguzzi in seiner Sportjacke, all die Scheißkerle kamen gleichzeitig mit unseren Freunden, mit Llanes und Alermi, die auch sagten, Wie geht's, hast du gesehen, wie River gewonnen hat, wie ich dir gesagt habe, und Nito sah mich an und wiederholte, nicht hier, jetzt nicht, Toto, wir reden darüber nach der Schule im Café. Da, sieh, Nito, sieh dir Kurchin an mit dem Verband um den Kopf, ich kann nicht länger schweigen, laß uns zusammen hinaufgehen, Nito, oder ich geh allein, ich schwör dir, ich gehe sofort hinauf. Nein, sagte Nito, und es war, als klänge eine andere Stimme in diesem knappen Nein, du gehst jetzt nicht hinauf, Toto, zuerst reden wir darüber.

Natürlich war er es, war es seine Stimme, aber ich hatte plötzlich den Eindruck, daß ich ihn nicht kannte. Er hatte nein zu mir gesagt, wie Fiori das hätte tun können, der jetzt pfeifend ankam, in Zivil natürlich, und mit einem überlegenen Lächeln grüßte, das ich an ihm nie gesehen habe. Mir war, als verdichtete sich da plötzlich alles, in dem Nein von Nito, in dem bei Fiori nicht vorstellbaren Lächeln; wieder war da der Schrecken dieser nächtlichen Flucht, dieser Treppen, mehr hinuntergestürzt als gegangen, die ausgestreckten Arme des Pedells Manolo, der da zwischen den Säulen stand.

»Und warum soll ich nicht hinaufgehen?« fragte ich unsinnigerweise. »Warum soll ich den Schleicher, Iriarte und die anderen nicht anzeigen?«

»Weil es zu gefährlich ist«, sagte Nito. »Hier können wir jetzt nicht reden, ich erklär's dir nachher im Café. Wie du weißt, bin ich länger geblieben als du.«

»Aber am Ende bist auch du geflohen«, sagte ich, wie aus einer Hoffnung heraus, seinen Blick suchend, als stünde er nicht hier vor mir.

»Nein, ich mußte nicht fliehen, Toto. Deshalb bitte ich dich, sag vorerst nichts.«

»Und warum soll ich auf dich hören?« schrie ich, und ich glaube, ich war nahe daran zu weinen, ihn zu schlagen, ihn zu umarmen.

»Weil das besser ist für dich«, sagte die andere Stimme Nitos. »Weil du nicht blöd bist, weil du dir sagen wirst, daß es dich teuer zu stehen kommt, wenn du den Mund aufmachst. Noch kannst du's nicht verstehen, aber wir müssen jetzt in die Klasse gehen, ich sag dir noch einmal, ein einziges Wort, und du wirst es dein Leben lang bereuen, solltest du am Leben bleiben.«

Natürlich machte er Scherze, denn wie konnte er mir so etwas sagen? Aber da war diese Stimme, die Art, wie er es mir sagte, diese Überzeugung und diese zusammengepreßten Lippen. Wie bei Raguzzi, wie bei Fiori, diese Überzeugung und diese zusammengepreßten Lippen. Ich weiß nicht und ich werde nie erfahren, worüber die Professoren an diesem Tag gesprochen haben, die ganze Zeit über spürte ich Nitos Blicke in meinem Rücken. Und auch Nito folgte dem Unterricht nicht, was ging ihn das jetzt an, diese Dunstschleier, vom Schleicher und der Señorita Maggi produziert, damit das andere, das, worauf es wirklich ankam, nach und nach Wirklichkeit werde, so wie man für ihn nach und nach die Glaubenssätze des Dekalogs aufgesagt hatte, einen nach dem anderen, damit all das Wirklichkeit werde, was einmal aus dem Gehorsam dem Dekalog gegenüber erwachsen würde, aus der künftigen Befolgung des Dekalogs, all das, was er gelernt und versprochen und geschworen hatte in dieser Nacht und das einmal Wirklichkeit werden würde zum Wohl des Vaterlandes, wenn die Stunde käme und der Schleicher und die Señorita Maggi den Befehl dazu gäben.

Unzeiten

Ich hatte eigentlich keinen besonderen Grund, mich an all das zu erinnern, und obwohl ich zeitweise gerne schrieb und einige Freunde meine Verse oder meine Erzählungen gut fanden, fragte ich mich doch manchmal, ob diese Kindheitserinnerungen es wert waren, aufgeschrieben zu werden, ob sie sich nicht der naiven Neigung verdankten, zu glauben, daß alles viel wirklicher würde, wenn ich es in Worte umsetzte, um es auf meine Weise festzuhalten, um es präsent zu haben wie die Krawatten im Schrank oder Felisas Körper in der Nacht, etwas, das man nicht noch einmal leben könnte, aber das dann gegenwärtiger wurde, so als eröffnete sich in der bloßen Erinnerung eine dritte Dimension, eine fast immer bittere, aber heiß ersehnte große Nähe. Nie habe ich so recht gewußt, warum, doch immer wieder kam ich auf diese Dinge zurück, die andere zu vergessen gelernt hatten, um sich im Leben nicht mit einer solchen Last an Zeit abzuschleppen. Ich war sicher, daß sich von allen meinen Freunden nur wenige an ihre Spielgefährten erinnerten, wie ich mich an Doro erinnerte, obgleich, als ich über Doro schrieb, fast nie er es war, der mich zu schreiben drängte, sondern anderes, etwas, bei dem Doro nur der Vorwand war für das Bild seiner älteren Schwester, das Bild von Sara zu jener Zeit, als Doro und ich im Patio spielten oder bei Doro im Wohnzimmer zeichneten.

So unzertrennlich waren wir gewesen damals im sechsten Schuljahr, mit zwölf oder dreizehn Jahren, daß es mir nicht möglich war, mich von Doro getrennt zu fühlen, wenn ich über ihn schrieb, mich außerhalb des Blattes Papier zu sehen, während ich über Doro schrieb. Ihn sehen hieß zugleich, mich sehen als Aníbal zusammen mit Doro, und ich hätte mich an nichts bei Doro erinnern können, wenn ich nicht auch gefühlt hätte, daß Aníbal ebenfalls da war in dem Augenblick, es war Aníbal, der den Ball geschossen hatte, der eines Sommernachmittags eine Fensterscheibe in Doros Haus zerbrach, der Schreck und der Wunsch, sich zu verstecken oder alles abzustreiten, das Erscheinen Saras, die sie Banditen schimpfte und zum Spielen auf das freie Feld an der Ecke schickte. Und mit all dem wurde auch Bánfield gegenwärtig, klar, denn alles hatte sich dort abgespielt, weder Doro noch Aníbal hätten sich vorstellen können, in einem anderen Ort als Bánfield zu leben, wo die Häuser und die Brachfelder damals größer waren als die Welt.

Ein Dorf, Bánfield, mit seinen ungepflasterten Straßen und dem Bahnhof der Ferrocarril Sud, mit seinen Brachen, die im Sommer zur Stunde der Siesta von farbigen Heuschrecken brodelten, Bánfield, das sich nachts wie ängstlich um die wenigen Laternen an den Straßenecken scharte, dann und wann ein Pfiff der berittenen Wächter und die schwindelerregende Aureole der um die Lampen herumschwirrenden Insekten. Die Häuser von Doro und von Aníbal lagen so nah beieinander, daß die Straße für sie wie ein weiterer Korridor war, etwas, das sie am Tage oder nachts miteinander verband, auf dem Brachfeld, wo sie während der Siesta Fußball spielten, oder unter dem Licht der Laterne an der Ecke, wo sie zusahen, wie die Frösche und Kröten herumhopsten, um die vom Umschwirren des gelben Lichts trunkenen, herabtorkelnden Insekten zu fressen. Und immer der Sommer, der Sommer der Ferien, die Freiheit des Spielens, die Zeit gehörte ihnen allein, ihnen, kein Stundenplan, keine Klingel, die einen in die Klasse zurückruft, der Geruch des Sommers in der warmen Luft der Nachmittage und der Nächte, auf ihren schweißigen Gesichtern, nachdem man gewonnen oder verloren hat, sich gebalgt hat oder herumgerannt war, gelacht und manchmal auch geweint hat, aber immer zusammen, immer frei, Herren ihrer Welt der Papierdrachen und Fußbälle, der Straßenecken und Gehsteige.

Von Sara blieben ihm nur wenige Bilder, aber jedes leuchtete wie ein Kirchenfenster zur Stunde, da die Sonne am höchsten steht, Blau- und Rot- und Grüntöne, die den Raum durchstrahlen, bis es weh tut, manchmal sah Aníbal vor allem ihr blondes Haar, das ihre Schultern umschmeichelte wie eine Liebkosung, die er gern auf seinem Gesicht gespürt hätte, manchmal ihre so weiße Haut, denn Sara ging fast nie in die Sonne, ganz in Anspruch genommen von den häuslichen Arbeiten, der kranken Mutter und Doro, der Abend für Abend in verschmutzter Kleidung nach Hause kam, die Knie zerschunden, die Schuhe schlammbeschmiert. Saras Alter hat er damals nie erfahren, er wußte nur, daß sie schon eine junge Dame war, eine junge Mutter für ihren Bruder, der noch mehr zum Kind wurde, wenn sie mit ihm sprach, wenn sie ihm mit der Hand übers Haar strich, bevor sie ihn wegschickte, etwas zu besorgen, oder wenn sie die beiden bat, im Patio nicht so zu schreien. Aníbal sagte ihr schüchtern guten Tag, wobei er ihr die Hand hinstreckte, und Sara drückte sie liebenswürdig, fast ohne ihn anzusehen, aber ihn akzeptierend als Doros andere Hälfte, wo er doch fast täglich kam, um zu lesen oder zu spielen. Um fünf rief sie beide, um ihnen Milchkaffee und Kekse zu geben, immer an dem Tischchen im Patio oder im dämmrigen Wohnzimmer; Aníbal hatte Doros Mutter nur zwei- oder dreimal gesehen, von ihrem Rollstuhl aus sagte sie sanftmütig ihr Hallo, Kinder, gebt acht auf die Autos, obgleich es in Bánfield nur ganz wenige Autos gab, und sie lächelten, völlig sicher, daß sie den Autos geschickt auszuweichen wußten, daß sie als Fußballspieler oder Wettläufer unverwundbar waren. Doro sprach nie von seiner Mutter, sie lag fast immer im Bett oder hörte im Salon Radio, das Haus war der Patio und Sara, manchmal ein Onkel auf Besuch, der sie fragte, was sie in der Schule lernten, und ihnen fünfzig Centavos schenkte. Und für Aníbal war immer Sommer, an die Winter konnte er sich kaum erinnern, sein Elternhaus wurde dann zu einem grauen und tristen Gefängnis, wo nur noch die Bücher zählten, die Familie mit ihren Angelegenheiten beschäftigt und alles streng geregelt, die Hühner, für die er zu sorgen hatte, die Krankheiten mit Schleimsuppe und Kräutertee und nur manchmal Doro, der mochte nicht lange in einem Haus bleiben, wo man sie nicht spielen ließ wie bei ihm zu Haus.

Während einer zweiwöchigen Bronchitis begann Aníbal Saras Abwesenheit zu spüren, und als Doro ihn besuchen kam, fragte er ihn nach ihr, und Doro antwortete obenhin, daß es ihr gut gehe, das einzige, was Doro interessierte, war, ob sie diese Woche wieder auf der Straße spielen könnten. Aníbal hätte gern mehr gehört von Sara, aber er traute sich nicht, viel zu fragen, Doro hätte es blöd gefunden, daß er sich für jemanden interessierte, der nicht spielte wie sie, der all dem, was sie taten und dachten, so fernstand. Als er wieder zu Doro gehen durfte, obgleich er noch etwas schwach war, gab Sara ihm die Hand und fragte ihn, wie es ihm gehe, er solle nicht Fußball spielen, um sich nicht zu überanstrengen, besser, sie zeichneten oder läsen im Wohnzimmer; ihre Stimme war ernst, sie sprach zu ihm, wie sie immer mit Doro sprach, liebevoll, aber distanziert, die ältere Schwester, stets achtsam und beinahe streng. Bevor Aníbal in dieser Nacht einschlief, spürte er, wie ihm etwas in die Augen stieg, wie das Kopfkissen für ihn Sara wurde, ein Verlangen, es fest zu umarmen und zu weinen, sein Gesicht an Sara gepreßt, in Saras Haar getaucht, sich wünschend, sie wäre da und brächte ihm seine Medizin, setzte sich ans Fußende des Bettes und sähe aufs Thermometer. Als seine Mutter am Morgen kam, um ihm mit etwas, das nach Alkohol und Menthol roch, die Brust einzureiben, schloß Aníbal die Augen, und es war Saras Hand, die ihm das Nachthemd hochzog, ihn sanft liebkoste, ihn heilte.

Wieder der Sommer, der Patio von Doros Haus, die Ferien mit den Abenteuerromanen und Spielzeugmodellen, mit der Briefmarkensammlung und den Zigarettenbildern mit Fußballspielern, die sie in ein Album klebten. An diesem Nachmittag sprachen sie von langen Hosen, schon bald würden sie welche tragen, denn wer würde schon in kurzen Hosen auf die höhere Schule gehen. Sara rief sie zum Kaffee, und Aníbal kam es so vor, als habe sie gehört, worüber sie gesprochen hatten, und als wäre auf ihren Lippen eine Spur von Lächeln, wahrscheinlich amüsierte es sie, die Jungen über diese Dinge reden zu hören, und sie machte sich etwas darüber lustig. Doro hatte ihm erzählt, daß sie schon einen Freund habe, einen Herrn, der sie jeden Samstag besuchen kam, doch den er noch nicht gesehen hatte. Aníbal stellte ihn sich als jemanden vor, der Sara Pralinen mitbrachte und sich im Wohnzimmer mit ihr unterhielt, so wie der Verlobte seiner Kusine Lola. In wenigen Tagen war er von seiner Bronchitis ganz genesen und konnte mit Doro und den anderen Freunden wieder auf dem freien Feld spielen. Aber nachts war es traurig und so schön zugleich, allein in seinem Zimmer sagte er sich vor dem Einschlafen, daß Sara nicht da war, daß sie nie zu ihm kommen würde, ob er nun gesund war oder krank, gerade zu dieser Stunde, wo er sie so nah fühlte, sie mit geschlossenen Augen ansah, ohne daß Doros Stimme oder das Geschrei der anderen Jungen sich mit dieser Gegenwart Saras vermischten, die allein für ihn da war, neben ihm, und das Weinen kam wieder wie ein Verlangen nach Hingabe, Doro zu sein in Saras Händen, zu spüren, wie Saras Haar seine Stirn streife, und zu hören, wie ihre Stimme ihm gute Nacht sage, während Sara ihm die Bettdecke hochzöge, bevor sie ginge.

Er traute sich, Doro wie beiläufig zu fragen, wer ihn denn pflegte, wenn er krank war, denn Doro hatte eine Darmgrippe gehabt und fünf Tage im Bett gelegen. Er fragte ihn das, als wäre es ganz natürlich gewesen, daß Doro ihm sagte, seine Mutter habe ihn gepflegt, obwohl er wußte, daß es nicht sein konnte und daß also Sara, die Medizin und alles andere. Doro antwortete ihm, daß seine Schwester alles für ihn tat, wechselte dann das Thema und begann vom Kino zu reden. Aber Aníbal wollte mehr wissen, nämlich ob Sara ihn schon versorgt hatte, als er noch klein war, aber natürlich hatte sie ihn versorgt, denn seine Mama war seit acht Jahren fast invalide, und Sara kümmerte sich um sie beide. Aber dann, hat sie dich auch gebadet, als du klein warst? Klar, warum fragst du mich so dummes Zeug? Nur so, weil ich's wissen will, es muß komisch sein, eine große Schwester zu haben, die einen badet. Daran ist nichts komisch, Mann. Und als du als Kind krank wurdest, hat sie dich da gepflegt und dir alles gemacht? Na klar. Und du hast dich nicht geschämt, daß deine Schwester dich sah und dir alles machte? Nein, warum sollte ich mich schämen, ich war ja noch klein. Und heute? Heute ist es genauso, warum sollte ich mich schämen, wenn ich krank bin.

Warum auch, klar. Wenn er abends die Augen schloß, stellte er sich Sara vor, wie sie in sein Zimmer kommt und an sein Bett tritt, es war sein sehnlicher Wunsch, sie möge ihn fragen, wie er sich fühle, ihm die Hand auf die Stirn legen und dann die Bettdecke zurückschlagen, um nach der Wunde an der Wade zu sehen, ihm den Verband erneuern und ihn einen Dummkopf nennen, weil er sich an einer Glasscherbe verletzt hatte. Er fühlte, wie sie ihm das Nachthemd hochzog und ihn nackt betrachtete, seinen Bauch betastete, um festzustellen, ob er vielleicht eine Entzündung hatte, und ihn wieder zudeckte, damit er einschlafe. Das Kopfkissen umarmend, fühlte er sich plötzlich so allein, und als er die Augen öffnete in dem Zimmer, wo es keine Sara gab, war es wie eine Flut von Kummer und Wonne, denn niemand, niemand konnte von seiner Liebe wissen, nicht einmal Sara. Niemand konnte diese Qual verstehen und dieses Verlangen, für Sara zu sterben, sie vor einem Tiger oder aus einer Feuersbrunst zu retten und für sie zu sterben, damit sie ihm unter Tränen danke und ihn küsse. Und als seine Hände hinabfuhren und er sich zu streicheln begann, wie Doro, wie alle Jungen das taten, war es nicht Sara, die er sich da vorstellte, es war die Tochter des Lebensmittelhändlers oder seine Kusine Yolanda, das konnte mit Sara nicht gehen, die nachts kam, um ihn zu pflegen, so wie sie Doro pflegte, bei ihr war da nie etwas anderes als diese Wonne, sich vorzustellen, wie sie sich über ihn neigte und ihn liebkoste, und eben das war Liebe, obwohl Aníbal schon wußte, was auch Liebe sein konnte, und sie sich mit Yolanda vorstellte, all das, was er mit Yolanda oder mit der Tochter des Lebensmittelhändlers einmal machen würde.

Die Sache mit dem Graben passierte fast am Ende des Sommers, nach dem Spielen auf dem freien Feld hatten sie sich von der Clique getrennt, und auf einem Weg, den nur sie kannten und den sie den Sandokan-Weg nannten, drangen sie durch das dornige Gestrüpp, wo sie einmal einen am Baum aufgehängten Hund gesehen hatten und vor Schreck davongerannt waren. Sich die Hände zerkratzend, bahnten sie sich einen Pfad durchs größte Dickicht, wobei ihnen die herabhängenden Weidenzweige übers Gesicht fuhren, bis sie den Rand eines tiefen Grabens mit trübem Wasser erreichten, wo sie immer gehofft hatten, Gründlinge angeln zu können, doch nie etwas gefangen hatten. Sie setzten sich immer gern auf den Rand des Grabens und rauchten Zigaretten, die Doro mit Maisblättern drehte, wobei sie über die Abenteuerromane von Salgari sprachen und Reisen in ferne Länder planten und so was. Aber an diesem Tag hatten sie kein Glück, Aníbal blieb mit einem Schuh an einer Wurzel hängen und fiel vornüber, er klammerte sich an Doro, und beide rutschten die Böschung des Grabens hinunter und sanken bis zum Gürtel ein; es bestand keine Gefahr, aber ihnen schien es so, verzweifelt fuchtelten sie mit den Händen, bis sie den Zweig einer Weide zu packen kriegten und sich kletternd und fluchend nach oben zogen, das morastige Wasser troff ihnen aus Hemd und Hose und stank faulig, nach toter Ratte.

Fast ohne miteinander zu reden, gingen sie den Weg zurück und stahlen sich hinten durch den Garten in Doros Haus, in der Hoffnung, daß niemand im Patio wäre und sie sich heimlich waschen könnten. Sara hängte neben dem Hühnerstall Wäsche auf und sah sie kommen, Doro voller Angst und Aníbal hinter ihm, vor Scham vergehend, er wäre am liebsten gestorben, wünschte sich tausend Meilen weit weg in diesem Augenblick, wo Sara sie ansah und die Lippen zusammenkniff, in einem Schweigen, das sie beide starr dastehen ließ, lächerlich und verschämt in der Sonne des Patios.

»Das hat gerade noch gefehlt«, sagte Sara nur, zu Doro gewandt, aber es galt auch Aníbal, der die ersten Worte eines Bekenntnisses stotterte, es war seine Schuld, er war mit dem Fuß hängengeblieben, und da, Doro traf keine Schuld, daß es passiert war, lag daran, daß alles so glitschig war.

»Geht euch sofort baden«, sagte Sara, als hätte sie nicht gehört. »Zieht euch die Schuhe aus, bevor ihr hineingeht, und wascht hinterher eure Sachen im Waschtrog im Hühnerstall.«

Im Bad musterten sie sich gegenseitig, und Doro war der erste, der lachen mußte, aber es war kein überzeugtes Lachen, sie zogen sich aus und stellten die Dusche an, unter dem Wasser konnten sie dann richtig lachen, sich um die Seife kloppen, sich von oben bis unten betrachten und sich gegenseitig kitzeln. Ein Bach von bräunlichem Schlamm rann bis zum Abfluß und wurde langsam klarer, die Seife begann zu schäumen, sie hatten solchen Spaß, daß sie zuerst gar nicht merkten, daß die Tür aufgegangen war und Sara dastand und sie ansah, auf Doro zuging, ihm die Seife aus der Hand nahm und ihm den Rücken wusch, auf dem immer noch Spuren von Schlamm waren. Aníbal wußte nicht, was tun, in der Badewanne stehend, legte er die Hände auf den Bauch und drehte sich dann schnell um, damit Sara ihn nicht sähe, aber es war noch schlimmer nach dieser Dreivierteldrehung und bei dem Wasser, das ihm übers Gesicht lief, er wechselte erneut die Seite und kehrte Sara wieder den Rücken zu, bis sie ihm die Seife reichte mit einem Wasch dir auch die Ohren, da ist noch überall Schlamm.

Diese Nacht konnte er Sara nicht so sehen wie in den anderen Nächten, obgleich er fest die Lider schloß, das einzige, was er sah, war Doro und sich selbst in der Badewanne, Sara, die hereinkam, sie von oben bis unten musterte und danach mit den schmutzigen Sachen in den Armen das Bad verließ, großmütig selber zum Waschtrog ging, um die Sachen zu waschen, und ihnen zurief, sie sollten sich in die Badetücher hüllen, bis alles trocken wäre, Sara, die ihnen den Milchkaffee gab, ohne etwas zu sagen, weder verärgert noch freundlich, die das Bügelbrett unter den Glyzinien aufstellte und nach und nach die Hosen und die Hemden trockenbügelte. Wieso hatte er es nicht fertiggebracht, ihr am Ende etwas zu sagen, als sie sie wegschickte, damit sie sich anzögen, nicht einmal danke, Sara, wie nett du bist, danke schön, Sara. Nicht einmal das hatte er herausbringen können, und Doro auch nicht, sie waren gegangen, sich anzuziehen, schweigend, und danach die Briefmarkensammlung und die Bilderserie mit den Flugzeugen, ohne daß Sara noch einmal kam, abends mußte sie immer ihre Mutter versorgen und das Abendessen machen, manchmal summte sie einen Tango beim Geklapper der Teller, dem Scheppern der Töpfe, war abwesend, wie jetzt unter den Lidern, die ihm nicht mehr nützten, sie kommen zu lassen, damit sie wisse, wie sehr er sie liebte, wie sehr er sich wünschte, wirklich zu sterben, nachdem er gesehen hatte, wie sie sie unter der Dusche betrachtete.

Das mußte in den letzten Ferien gewesen sein, bevor er aufs Technikum kam, ohne Doro, denn Doro sollte das Lehrerseminar besuchen, aber beide hatten einander versprochen, sich weiterhin jeden Tag zu sehen, auch wenn sie in verschiedene Schulen gingen, das machte ja nichts, da sie nachmittags wie immer zusammen spielen würden, sie wußten nicht, daß es nicht so sein würde, daß sie eines Tages im Februar oder März zum letzten Mal im Patio von Doros Haus spielen sollten, weil Aníbals Familie nach Buenos Aires übersiedelte und sie sich nur noch an den Wochenenden sehen konnten, sie waren voller Wut wegen dieser Veränderung, die sie nicht hinnehmen wollten wegen dieser Trennung, welche die Erwachsenen ihnen aufzwangen wie so vieles andere, ohne an sie zu denken, ohne sie überhaupt zu fragen.

Alles ging auf einmal sehr schnell, veränderte sich wie sie selbst mit den ersten langen Hosen, und als Doro ihm sagte, daß Sara Anfang März heiraten werde, sagte er das wie etwas Belangloses, und Aníbal machte nicht einmal eine Bemerkung darüber, es vergingen mehrere Tage, bis er sich traute, Doro zu fragen, ob Sara nach der Hochzeit bei ihnen wohnen bleiben werde, aber du spinnst wohl, wieso sollen sie hierbleiben, der Typ hat jede Menge Kohle, er nimmt sie mit nach Buenos Aires, hat noch ein Haus in Tandil, und ich bleibe bei Mama, Tante Faustina will kommen und sie pflegen.

An diesem letzten Samstag in den Ferien sah er den Bräutigam in seinem Auto kommen, blauer Anzug, dick und mit Brille, er stieg aus dem Wagen mit einem Päckchen vom Konditor und einem Strauß Lilien. Zu Haus riefen sie nach ihm, er solle anfangen, seine Sachen zu packen, der Umzug war am Montag, und er hatte noch nichts getan. Er wäre gern in Doros Haus gegangen, ohne zu wissen warum, einfach nur dort sein, aber seine Mutter bestand darauf, daß er seine Bücher, den Globus und die Insektensammlung einpacke. Man hatte ihm versprochen, er werde ein großes Zimmer für sich ganz allein mit Blick auf die Straße bekommen, man hatte ihm gesagt, er könne zu Fuß in die Schule gehen. Alles war neu, alles begann anders zu werden, alles nahm einen anderen Verlauf, und jetzt würde Sara mit dem Dicken im blauen Anzug im Wohnzimmer sitzen, Tee trinken und den Kuchen essen, den er mitgebracht hatte, so fern vom Patio, so fern von Doro und ihm, nie mehr würde Sara sie zum Milchkaffee unter den Glyzinien rufen.

Am Ende der ersten Woche in Buenos Aires (es stimmte, er hatte ein großes Zimmer für sich ganz allein, das Viertel war voller Geschäfte, und ganz in der Nähe gab es ein Kino) nahm er den Zug und fuhr zurück nach Bánfield, um Doro zu besuchen. Er lernte die Tante Faustina kennen, die ihnen nichts anbot, als sie im Patio zu spielen aufhörten, sie schlenderten im Viertel herum und Aníbal zögerte lange, Doro nach Sara zu fragen. Nun, sie hatten sich standesamtlich trauen lassen und waren bereits in dem Haus in Tandil, wo sie ihre Flitterwochen verbrachten, Sara würde alle vierzehn Tage kommen, um ihre Mutter zu besuchen. Und du, vermißt du sie nicht? Doch, aber was soll man da machen. Klar, jetzt ist sie verheiratet. Doro wurde durch etwas abgelenkt, wechselte das Thema, und Aníbal wußte nicht, wie er es anfangen sollte, daß Doro ihm weiter von Sara spreche, vielleicht ihn bitten, ihm von der Hochzeit zu erzählen, und Doro lachte, was weiß ich, wird gewesen sein wie bei allen Hochzeiten, vom Standesamt ins Hotel und dann die Hochzeitsnacht, sie sind ins Bett gegangen und dann hat der Typ. Aníbal hörte ihm zu, während er die Fenstergitter und Balkons betrachtete, er wollte nicht, daß Doro sein Gesicht sehe, und Doro merkte das, anscheinend weißt du nicht, was in der Hochzeitsnacht geschieht. Du hältst mich wohl für blöd, natürlich weiß ich das. Mag sein, aber das erste Mal ist es anders, das hat mir Ramírez gesagt, er weiß das von seinem Bruder, der Rechtsanwalt ist und vergangenes Jahr geheiratet hat, der hat ihm alles erklärt. Auf dem Platz war eine leere Bank, Doro hatte Zigaretten gekauft, beide steckten sich eine an, und Doro erzählte weiter, Aníbal hörte begierig zu, zog den Rauch ein, der ihn schwindlig zu machen begann. Er brauchte die Augen nicht zu schließen, um vor dem Hintergrund des Blattwerks Saras Körper zu sehen, den er sich nie als Körper vorgestellt hatte, die Hochzeitsnacht vermittels der Worte von Ramírez' Bruder, vermittels der Stimme Doros, der weitererzählte.

An diesem Tag traute er sich nicht, ihn nach Saras Adresse in Buenos Aires zu fragen, er schob es auf bis zu einem weiteren Besuch, denn in diesem Augenblick schüchterte Doro ihn ein, doch zu dem weiteren Besuch sollte es nie kommen, die Schule begann, haufenweise Mathematikbücher, und dann waren da die neuen Freunde, Buenos Aires vereinnahmte Aníbal nach und nach, und so viele Kinos im Zentrum und der Fußballplatz von River und die ersten nächtlichen Bummel mit Beto, der ein echter Porteño war Doro mußte es in La Plata ebenso gehen, immer wieder nahm Aníbal sich vor, ihm ein paar Zeilen zu schreiben, denn Doro hatte kein Telefon, doch dann kam Beto, oder er mußte sich auf eine Übung vorbereiten, Monate gingen dahin, das erste Jahr, Ferien in Saladillo; von Sara blieben ihm nur mehr einzelne Bilder, ein Flash, wenn etwas an María oder Felisa ihn für einen Augenblick an Sara erinnerte. Eines Tages im zweiten Jahr, als er aus einem Traum erwachte, sah er sie ganz deutlich, und er verspürte einen bitteren, brennenden Schmerz; eigentlich war er gar nicht so in sie verliebt gewesen, schließlich war er damals noch ein Kind, und Sara hatte ihm nie Beachtung geschenkt wie jetzt Felisa oder die Blonde in der Apotheke, nie war sie auf einen Ball mit ihm gegangen wie seine Kusine Beba oder Felisa, um das Semesterende zu feiern, nie hatte sie sich übers Haar streicheln lassen wie Maria, nie war sie nach San Isidro tanzen gegangen und um Mitternacht mit ihm zwischen den Bäumen an der Küste verschwunden, Felisa hatte er unter Protest und Lachen auf den Mund geküßt, hatte sie gegen einen Baumstamm gedrückt und ihre Brüste gestreichelt, war mit der Hand hinabgefahren und hatte in dieser flüchtigen Wärme umhergetastet, und nach einem weiteren Ball und vielen Kinobesuchen hatte er hinten in Felisas Garten einen Schlupfwinkel gefunden und war mit ihr auf den Boden geglitten und hatte den salzigen Geschmack ihrer Lippen entdeckt, hatte sich suchen lassen von einer Hand, die ihn führte, natürlich hatte er ihr nicht gesagt, daß es das erste Mal war, daß er Angst gehabt hatte, er war schon im ersten Jahr auf der Ingenieurschule und hatte Felisa das nicht sagen können, und hinterher brauchte er es auch nicht mehr, denn man lernte alles ganz schnell bei Felisa und manchmal auch bei seiner Kusine Beba.

Nie mehr hörte er von Doro, und es war ihm egal, auch Beto hatte er vergessen, der jetzt in irgendeinem Provinznest Geschichtsunterricht gab, für jeden waren die Würfel gefallen, ohne Überraschung, Aníbal akzeptierte alles, ohne es ausdrücklich zu akzeptieren, etwas, das das Leben sein mußte, akzeptierte für ihn; ein Diplom, eine schwere Hepatitis, eine Reise nach Brasilien, ein wichtiges Projekt in einem Konstruktionsbüro mit zwei oder drei Kompagnons. Er verabschiedete sich nach Büroschluß gerade von einem von ihnen und wollte ein Bier trinken gehen, als er auf der anderen Straßenseite Sara kommen sah. Blitzartig erinnerte er sich, daß er die Nacht zuvor von ihr geträumt hatte und daß es immer der Patio in Doros Haus war, auch wenn dort nichts geschah, auch wenn Sara dort nur die Wäsche aufhängte oder sie zum Milchkaffee rief, und der Traum endete so, ohne richtig begonnen zu haben. Vielleicht weil nichts geschah, waren die Bilder von großer Schärfe in der Sommersonne von Bánfield, die im Traum nicht dieselbe war wie die von Buenos Aires; vielleicht eben deshalb oder in Ermanglung eines Besseren hatte er sich an Sara erinnert nach so vielen Jahren des Vergessens (doch es war kein Vergessen gewesen, sagte er sich trotzig), und sie jetzt auf der Straße kommen sehen, sie dort sehen, im weißen Kleid, dieselbe wie einst mit ihrem blonden Haar, das ihr bei jedem Schritt in einem Spiel goldenen Lichts die Schultern peitschte, so an die Bilder des Traums in einer Kontinuität anknüpfend, die ihn nicht verwunderte, die etwas Zwangsläufiges und Vorhersehbares hatte, die Straße überqueren und vor ihr stehenbleiben, ihr sagen, wer er ist, und sie, die ihn erstaunt ansieht, ihn nicht wiedererkennt und plötzlich doch, plötzlich lächelt und ihm die Hand gibt, die seine freudig drückt und ihn weiter anlächelt.

»Nicht zu glauben«, sagte Sara. »Wie sollte ich dich nach so vielen Jahren wiedererkennen.«

»Sie konnten das natürlich nicht«, sagte Aníbal. »Ich aber habe Sie, wie Sie sehen, sofort wiedererkannt.«

»Logisch«, sagte Sara logischerweise. »Wo du damals nicht einmal lange Hosen getragen hast. Auch ich werde mich verändert haben, du bist eben der bessere Physiognom.«

Er zögerte einen Augenblick, bis ihm klar wurde, daß es blöd wäre, sie weiterhin zu siezen.

»Nein, du hast dich nicht verändert, nicht einmal die Frisur. Bist dieselbe geblieben.«

»Ein Physiognom, aber etwas kurzsichtig«, sagte sie mit der Stimme von früher, in der sich Gutherzigkeit mit Spott mischte.

Die Sonne schien ihnen ins Gesicht, man konnte sich bei dem Verkehr und den vielen Leuten nicht unterhalten. Sara sagte, sie habe es nicht eilig und würde gern in ein Café gehen. Sie rauchten die erste Zigarette, die allgemeinen Fragen und das Sichvortasten, Doro war Lehrer in Adrogué, ihre Mama war sanft wie ein Vöglein gestorben, als sie gerade Zeitung las, er hatte sich mit anderen jungen Ingenieuren zusammengetan, es ging ihnen gut, obgleich die Krise, klar. Bei der zweiten Zigarette stellte Aníbal wie beiläufig die Frage, die ihm auf den Lippen brannte.

»Und dein Mann?«

Sara stieß den Rauch durch die Nase aus, sah ihm langsam in die Augen.

»Er trinkt«, sagte sie.

Es lag darin weder Bitterkeit noch Mitleid, war eine reine Information, und dann wieder Sara in Bánfield, vor alledem, vor dem Weggang und dem Vergessen und dem Traum in der Nacht zuvor, genauso wie im Patio von Doros Haus, und sie nahm den zweiten Whisky an, fast ohne etwas zu sagen, wie immer, ließ ihn weiterreden, ließ ihn erzählen, weil er ihr viel mehr zu erzählen hatte als sie, die Jahre waren für ihn so reich an Ereignissen gewesen, sie dagegen schien nicht viel erlebt zu haben, und es war müßig zu sagen, warum. Vielleicht weil sie es ihm gerade mit einem einzigen Wort gesagt hatte.

Schwer zu sagen, in welchem Augenblick alles aufhörte schwierig zu sein, ein Frage- und Antwortspiel, Aníbal hatte die Hand auf die ihre gelegt, und Sara scheute deren Gewicht nicht, sie ließ sie dort sein, während er den Kopf senkte, weil er ihr nicht ins Gesicht sehen konnte, während er ihr hastig vom Patio sprach, von Doro, ihr von den Nächten in seinem Zimmer erzählte, dem Fieberthermometer, dem Weinen ins Kopfkissen. Er erzählte ihr all das mit sanfter und monotoner Stimme, häufte Augenblicke und Episoden an, aber alles mündete darin: ich war so in dich verliebt, Sara, ich war so verliebt und konnte es dir nicht sagen, du kamst nachts zu mir, um mich zu pflegen, du warst die junge Mutter, die ich nicht hatte, du hast mir das Fieber gemessen und mich gestreichelt, damit ich einschlafe, du hast uns im Patio den Milchkaffee gegeben, du erinnerst dich, du hast geschimpft, wenn wir Dummheiten machten, ich hätte es gern gehabt, wenn du von vielen Dingen nur zu mir gesprochen hättest, du aber blicktest mich von oben herab an, lächeltest mich von so fern an, eine riesige Glasscheibe war zwischen uns beiden, und du warst nicht imstande, sie zu zerschlagen, deshalb habe ich dich nachts gerufen, und du bist gekommen, um mich zu pflegen, um bei mir zu sein, mich zu lieben, wie ich dich liebte, du streicheltest mir übers Haar, machtest für mich all das, was du für Doro machtest, all das, was du immer für Doro gemacht hast, aber ich war nicht Doro, und das einzige Mal, Sara, das einzige Mal war schrecklich, nie werde ich es vergessen, ich hatte sterben wollen und konnte nicht oder wußte nicht wie, natürlich wollte ich nicht wirklich sterben, aber eben das war die Liebe, sterben wollen, weil du mich ganz nackt gesehen hattest, wie ein Kind, du warst ins Bad gekommen und hast mich betrachtet, der ich dich liebte, hast mich betrachtet, wie du immer Doro betrachtet hast, du warst schon verlobt, du wolltest heiraten, und ich stand nackt da, während du mir die Seife gabst und sagtest, ich solle mir auch die Ohren waschen, du hast mich nackt betrachtet wie ein Kind, das ich war, und du hast mich nicht beachtet, mich nicht einmal angesehen, denn du sahst nur ein Kind und bist weggegangen, als hättest du mich nie gesehen, als wäre ich gar nicht da gewesen, ich, der ich nicht wußte, wie mich bewegen, während du mich betrachtetest.

»Ich erinnere mich sehr gut«, sagte Sara. »Ich erinnere mich daran so gut wie du, Aníbal.«

»Ja, aber das ist nicht dasselbe.«

»Wer weiß, ob es nicht doch dasselbe ist. Du konntest es damals nicht merken, aber ich hatte gespürt, daß du mich auf diese Weise liebtest und darunter littest, und deshalb mußte ich dich genauso behandeln wie Doro. Du warst ein Kind, aber manchmal bedauerte ich es, daß du noch ein Kind warst, ich fand es irgendwie ungerecht. Wärst du fünf Jahre älter gewesen ... Ich will es gestehen, weil ich's jetzt kann und weil es richtig ist, daß ich's dir sage, ich bin absichtlich ins Bad gegangen an jenem Nachmittag, es war gar nicht nötig, nachzusehen, ob ihr euch wascht, ich bin hineingegangen, weil es eine Möglichkeit war, mit dieser Situation Schluß zu machen, dich von deinem Traum zu kurieren, damit dir klar würde, daß du mich nie so sehen könntest, während ich das Recht hatte, dich von allen Seiten zu betrachten, so wie man ein Kind betrachtet. Deshalb, Aníbal, damit du ein für allemal kuriert wärest und aufhörtest mich anzusehen, wie du mich ansahst, wobei du glaubtest, daß ich es nicht wüßte. Und jetzt noch einen Whisky, jetzt, wo wir beide erwachsen sind.«

Von diesem Abend bis in die tiefe Nacht – auf Wegen von Worten, die hin und her gingen, von Händen, die sich einen Augenblick lang auf dem Tischtuch trafen, bei einem Lachen und weiteren Zigaretten – würde eine Taxifahrt bleiben, irgendein Ort, den sie oder er kannte, ein Zimmer, alles wie verschmolzen zu einem einzigen Augenblicksbild, das sich auflöst im Weiß von Bettüchern und der fast sofortigen wilden Konvulsion der Körper in einer endlosen Begegnung, in abgebrochenen und wieder aufgenommenen und verletzten und immer weniger glaubhaften Pausen, bei jeder neuen Implosion, die sie beide zerstörte und versinken ließ, sie verzehrte bis zur Betäubung, bis zur letzten Glut der Zigaretten im Morgengrauen. Als ich die Schreibtischlampe ausmachte und den Grund des leeren Glases betrachtete, war alles noch die reine Negation von neun Uhr abends, dieser Müdigkeit nach der Heimkehr von einem weiteren Arbeitstag. Warum weiterschreiben, wenn die Worte sich schon seit einer Stunde über diese Negation hinwegsetzten, sich auf dem Papier ausbreiteten als das, was sie waren, jedes Halts beraubtes bloßes Gekritzel? Bis zu einem gewissen Punkt waren sie auf der Wirklichkeit dahingestürmt, hatten sich mit Sonne und Sommer angefüllt, Patio-von-Bánfield-Worte, Doro-Worte, Spiele und Graben, schwirrender Bienenkorb eines treuen Gedächtnisses. Als dann aber die Zeit kam, die nicht mehr Sara, nicht mehr Bánfield war, war das Inventar alltäglich geworden, utilitäre Gegenwart ohne Erinnerungen und Träume, das pure Leben, nicht mehr und nicht weniger. Ich hatte fortfahren wollen, hatte mir gewünscht, daß auch die Worte einwilligten, fortzufahren bis zu unserem heutigen Alltag, zu einem der langen Arbeitstage im Ingenieursbüro, doch dann hatte ich mich an den Traum in der Nacht zuvor erinnert, an diesen erneuten Traum von Sara, an Saras Wiederauftauchen von so weither, und ich hatte dabei nicht in dieser Gegenwart bleiben können, wo ich wie üblich am Abend das Büro verlassen und im Café an der Ecke ein Bier trinken gehen würde, die Worte waren wieder von Leben erfüllt, und obgleich nichts wahr war, obgleich sie logen, war ich fortgefahren, sie zu schreiben, weil sie Sara nannten, Sara auf der Straße daherkommen ließen, wie schön, fortzufahren, obgleich es absurd war, zu schreiben, daß ich die Straße überquert hatte, mit Worten, die mir helfen würden, Sara zu begegnen und mich von ihr erkennen zu lassen, die einzige Möglichkeit, mich endlich mit ihr zu treffen und ihr die Wahrheit zu sagen, ihre Hand zu nehmen und sie zu küssen, ihre Stimme zu hören und zu sehen, wie ihr Haar ihre Schultern peitscht, mit ihr in eine Nacht zu gehen, welche die Worte mit Bettlaken und Liebkosungen anfüllen würden, aber wie jetzt fortfahren, wie nach dieser Nacht ein Leben mit Sara beginnen, wo ich dort nebenan Felisas Stimme hörte, die mit den Kindern hereinkam und mir sagte, daß das Abendessen fertig sei, daß wir sofort zu Tisch kommen sollten, weil es schon spät sei und die Kinder um zwanzig nach zehn im Fernsehen Donald Duck sehen wollten.

Alpträume

Abwarten, das sagten alle, man muß abwarten, denn in solchen Fällen weiß man nie, auch Doktor Raimondi sagte das, man muß abwarten, manchmal zeigt sich eine Reaktion, zumal in Mechas Alter, man muß abwarten, Señor Botto, ja, Doktor, aber es sind nun schon zwei Wochen und sie wacht nicht auf, seit zwei Wochen ist sie wie tot, Doktor, ich weiß, Señora Luisa, ein typischer komatöser Zustand, da kann man nichts weiter tun als warten. Auch Lauro wartete, jedesmal, wenn er aus der Fakultät zurückkam, verweilte er einen Augenblick auf der Straße, bevor er die Haustür öffnete, sagte sich, heute wird sie aufgewacht sein, wird die Augen geöffnet haben und mit Mama sprechen, es kann unmöglich so lange dauern, undenkbar, daß sie mit zwanzig Jahren stirbt, sicher sitzt sie aufrecht im Bett und spricht mit Mama. Doch man mußte weiter warten, keine Veränderung, mein Junge, der Doktor wird am Nachmittag wiederkommen, alle sagen, daß man nichts tun kann. Komm und iß etwas, mein Sohn, deine Mutter wird bei Mecha bleiben, du mußt dich stärken, vergiß nicht das Examen, wir können dann auch noch schnell die Tagesschau sehen. Alles ging schnell, ging vorüber, das einzige, was andauerte, das einzige, was unverändert blieb, war Mecha, das Gewicht von Mechas Körper auf diesem Bett, Mecha so schwach und leicht, die Rocktänzerin und Tennisspielerin, fertiggemacht und seit Wochen alle fertigmachend, ein komplexer viraler Krankheitsverlauf, komatöser Zustand, Señor Botto, unmöglich, eine Prognose zu stellen, Señora Luisa, man kann sie nur stärken, ihr alle Chancen geben, in dem Alter hat man viel Kraft und einen starken Lebenswillen. Sie kann aber doch nicht mithelfen, Doktor, sie versteht ja nichts, ist wie, verzeih mir Gott, ich weiß nicht mehr, was ich sage.

Auch Lauro konnte es nicht ganz glauben, es war wie ein Streich von Mecha, die ihm immer die übelsten Streiche gespielt hatte: sie hatte ihn, als Gespenst verkleidet, auf der Treppe erschreckt, ihm einen Federwisch unten ins Bett gesteckt, worüber beide lange lachen mußten, jeder sann darauf, wie er den anderen hereinlegen konnte, sie benahmen sich, als wären sie immer noch Kinder. Ein komplexer viraler Krankheitsverlauf, das plötzliche

Blackout eines Nachmittags nach dem Fieber und den Schmerzen, auf einmal Schweigen, die Haut aschgrau, der Atem leis und ruhig. Das einzig Ruhige bei all den Ärzten und Apparaten und Analysen und Beratungen, bis Mechas schlechter Scherz sich langsam durchsetzte und alle beherrschte, Stunde um Stunde, Doña Luisas Ausrufe der Verzweiflung, gefolgt von tiefer Beklemmung und stillem Weinen in der Küche und im Bad, das Räsonieren des Vaters, unterbrochen von den Nachrichten und einem Blick in die Zeitung, die Wut Lauros, der es nicht glauben wollte, diese Wut, die nur nachließ auf den Fahrten zur Fakultät, während der Vorlesungen und Zusammenkünfte, dieser Anflug von Hoffnung jedesmal, wenn er aus der Stadt zurückkehrte, das wirst du mir büßen, Mecha, so was tut man nicht, ich werd's dir heimzahlen, wirst schon sehen. Die einzige, die ruhig war, von der strickenden Krankenschwester abgesehen – den Hund hatte man zu einem Onkel gebracht –, Doktor Raimondi kam nicht mehr mit den Kollegen, er schaute abends nur kurz herein, auch er schien das Gewicht von Mechas Körper zu spüren, das sie alle jeden Tag etwas mehr niederdrückte, sie ans Warten gewöhnte, das einzige was man tun konnte.

Das mit dem Alptraum begann an dem Nachmittag, als Doña Luisa das Thermometer nicht finden konnte und die Krankenschwester, ganz irritiert, in der Apotheke an der Ecke ein neues holen ging. Sie sprachen darüber, denn ein Thermometer, das man dreimal am Tag benutzt, geht nicht einfach verloren; sie hatten sich angewöhnt, an Mechas Bett laut zu sprechen, das Flüstern am Anfang war völlig unbegründet, weil Mecha nichts hören konnte, Doktor Raimondi war sich sicher, daß der komatöse Zustand sie jeder Sinneswahrnehmung beraubte, man konnte gleich was sagen, ohne daß sich an ihrem Ausdruck völliger Teilnahmslosigkeit etwas änderte. Sie sprachen immer noch über das Thermometer, als man Schüsse an der Ecke hörte, vielleicht auch weiter weg, in der Gegend von Gaona. Sie blickten einander an, die Krankenschwester zuckte die Achseln, denn Schüsse waren nichts Neues, weder in diesem Viertel noch anderswo, und Doña Luisa wollte gerade noch etwas bezüglich des Thermometers sagen, als sie sahen, wie ein Beben Mechas Hände durchlief. Es dauerte nur eine Sekunde, aber beide hatten sie es bemerkt, Doña Luisa stieß einen Schrei aus, und die Krankenschwester hielt ihr den Mund zu, Señor Botto kam aus dem Wohnzimmer gelaufen, und alle drei sahen, wie das Beben wiederkehrte und Mechas ganzen Körper durchlief, eine flinke Schlange, die vom Hals bis zu den Füßen glitt, ein Rollen der Augen unter den Lidern, ein leichtes, krampfartiges Zucken, das die Gesichtszüge veränderte, wie ein Drang zu sprechen, zu klagen, der Puls ging schneller, dann die langsame Rückkehr zur Reglosigkeit. Telefon, Raimondi, im Grunde nichts Neues, vielleicht etwas mehr Hoffnung, obgleich er das nicht sagen wollte, heilige Jungfrau Maria, möge es wahr sein, mach, daß mein Kind aufwacht und diese Qual, o Gott, ein Ende nimmt. Aber sie nahm kein Ende, das Beben begann eine Stunde später erneut, dann in kürzeren Abständen, es war, als träume Mecha und als sei ihr Traum quälend und unerträglich, ein Alptraum, der wieder und wieder kam, ohne daß sie ihn verscheuchen konnte, bei ihr bleiben und sie ansehen, zu ihr sprechen, ohne daß etwas von außen sie erreichte, heimgesucht von diesem anderen, das die Seelenqual aller, für die eine Kommunikation nicht möglich war, noch verlängerte, rette sie, o Gott, steh ihr bei, und Lauro, der von einer Vorlesung nach Hause kam und ebenfalls vor dem Bett verweilte, legte seiner betenden Mutter eine Hand auf die Schulter.

Am Abend wurde Mecha ein weiteres Mal untersucht, man brachte einen neuen Apparat mit Gummisaugnäpfen und Elektroden, die man am Kopf und an den Beinen ansetzte, zwei mit Raimondi befreundete Ärzte besprachen den Fall des langen im Wohnzimmer, man wird weiter warten müssen, Señor Botto, das Krankheitsbild hat sich nicht verändert, es wäre verfrüht, von Anzeichen einer positiven Entwicklung zu sprechen. Aber sie träumt doch, Doktor, sie hat Alpträume, Sie haben das selbst gesehen, gleich wird es wieder anfangen, etwas bedrängt sie, und sie leidet darunter, Doktor. Das ist rein vegetativ, Señora Luisa, sie ist nicht bei Bewußtsein, ich versichere Ihnen, man muß abwarten, darf sich dadurch nicht beeindrucken lassen, Ihre Tochter leidet nicht, ich weiß, es ist schmerzlich, es wird besser sein, Sie lassen sie mit der Krankenschwester allein, bis eine Wendung zum Besseren eintritt, versuchen Sie zu schlafen, Señora, nehmen Sie die Tabletten, die ich Ihnen gegeben habe.

Lauro wachte bei Mecha bis Mitternacht und las von Zeit zu Zeit seine Notizen für das Examen. Als die Sirenen ertönten, fiel ihm ein, daß er die Nummer, die Lucero ihm gegeben hatte, anrufen sollte, aber er durfte das nicht von zu Hause aus tun, und gleich nach dem Sirenengeheul konnte er nicht auf die Straße gehen. Er sah, wie sich langsam Mechas Finger der linken Hand regten, wieder schienen die Augen unter den Lidern zu rollen. Die Krankenschwester riet ihm, das Zimmer zu verlassen, man konnte nichts tun, nur warten. »Sie träumt aber doch«, sagte Lauro, »sie träumt schon wieder, sehen Sie nur.« Es dauerte so lange wie die Sirenen da draußen, die Hände schienen etwas zu suchen, die Finger mühten sich, auf dem Bettuch einen Halt zu finden. Da erschien Doña Luisa schon wieder, sie konnte nicht schlafen. »Warum nicht«, fragte die Krankenschwester fast barsch, ob sie denn die Tabletten von Doktor Raimondi nicht genommen habe. »Ich kann sie nicht finden«, sagte Doña Luisa hilflos, »sie lagen auf dem Nachttisch, aber ich kann sie nicht finden.« Die Krankenschwester ging sie suchen, Lauro und seine Mutter blickten einander an, Mecha bewegte leicht die Finger, und beide spürten, daß der Alptraum andauerte, daß er endlos weiterging, als weigere er sich, den Punkt zu erreichen, wo so etwas wie Barmherzigkeit sie schließlich aufwecken würde wie alle anderen Menschen, um sie von dem Alp zu erlösen. Doch sie träumte weiter, immer wieder begannen ihre Finger sich zu bewegen. »Ich kann sie nirgends finden, Señora«, sagte die Krankenschwester. »Wir sind alle völlig durcheinander, ich frage mich, wohin das noch führen soll in diesem Haus.«

Am nächsten Abend kam Lauro sehr spät nach Hause, und Señor Botto fragte ihn fast beiläufig, wo er gewesen sei, ohne den Blick vom Fernseher zu wenden, mitten in der Reportage der Pokalspiele. »Ich war bei Freunden«, sagte Lauro und suchte nach etwas, um sich ein Sandwich zu machen. »Ein phantastisches Tor«, sagte Señor Botto, »wie schön, daß sie das Spiel übertragen, da kann man besser verfolgen, wie die die Treffer landen!« Lauro schien das Tor nicht zu interessieren, er aß und blickte dabei zu Boden. »Ich nehme an, du weißt, was du tust, Junge«, sagte Señor Botto, ohne den Ball aus den Augen zu lassen, »aber sei vorsichtig.« Lauro blickte auf und sah ihn fast erstaunt an, das erste Mal, daß sich sein Vater zu einer so persönlichen Bemerkung hinreißen ließ. »Mach dir keine Sorgen, Papa«, sagte er und stand auf, um ein Gespräch zu vermeiden.

Die Krankenschwester hatte die Nachttischlampe abgeblendet, und man konnte Mecha kaum erkennen. Doña Luisa auf dem Sofa nahm die Hände vom Gesicht, und Lauro gab ihr einen Kuß auf die Stirn.

»Es geht so weiter«, sagte Doña Luisa. »Die ganze Zeit geht das so, mein Junge. Da sieh, sieh doch bloß, wie ihr die Lippen zittern, der Armen, was mag sie nur sehen, o Gott, wie ist es möglich, daß das so weiter und weiter geht, daß das ...«

»Mama!«

»Aber das kann doch nicht sein, Lauro, niemand außer mir merkt, niemand begreift, daß sie die ganze Zeit einen Alptraum hat und nicht aufwacht ...«

»Ich weiß, Mama, auch ich merke das. Wenn man etwas tun könnte, hätte Raimondi es getan. Du kannst ihr nicht damit helfen, daß du hierbleibst, du solltest zu Bett gehen, nimm ein Beruhigungsmittel und versuch zu schlafen.«

Er half ihr aufzustehen und begleitete sie zur Tür. »Was war das, Lauro?« sie hielt jäh inne. »Nichts, Mama, ein paar Schüsse in der Ferne, du weißt ja.« Aber was wußte Doña Luisa schon, wozu mehr sagen. Jetzt ginge es, es war schon spät, nachdem er sie in ihr Schlafzimmer gebracht hätte, brauchte er nur in den Laden hinunterzugehen, um Lucero anzurufen.

Er konnte den blauen Anorak, den er abends gern anzog, nicht finden, er schaute in die Schränke auf dem Flur, ob seine Mutter ihn vielleicht dort hingehängt hatte, doch schließlich zog er sich eine der anderen Jacken an, denn es war kalt. Bevor er das Haus verließ, ging er für einen Augenblick in Mechas Zimmer, und noch ehe er sie in dem Halbdunkel erkannte, spürte er den Alp, das Zittern der Hände, den Inkubus unter der Haut. Draußen wieder die Sirenen, er würde erst später weggehen können, dann aber wäre der Laden geschlossen und er könnte nicht mehr telefonieren. Mechas Augen bewegten sich unter den Lidern, als wollten sie sich hindurchzwängen, ihn anblicken, auf seine Seite zurückkehren. Mit einem Finger streichelte er ihr die Stirn, er hatte Angst, sie zu berühren, sich durch einen äußeren Reiz an dem Alptraum mitschuldig zu machen. Die Augen kreisten weiter in ihren Höhlen, und Lauro zog sich zurück, er wußte nicht warum, aber er bekam immer mehr Angst, der Gedanke, Mecha könnte die Lider aufschlagen und ihn anblicken, ließ ihn zurückweichen. Sobald sein Vater schlafen gegangen wäre, könnte er, wenn er leise spräche, auch vom Wohnzimmer aus anrufen, aber Señor Botto hörte immer noch die Kommentare zum Fußballspiel. ›Ja, darüber wird viel geredet‹, dachte Lauro. Morgen würde er früh aufstehen und Lucero anrufen, bevor er in die Fakultät ginge. Er sah die Krankenschwester hinten aus ihrem Zimmer kommen mit etwas Glänzendem in der Hand, einer Injektionsspritze oder einem Löffel.

Selbst die Zeit geriet durcheinander oder ging verloren bei diesem ständigen Warten in schlaflosen Nächten oder bei Tage, da man versuchte, den Schlaf nachzuholen, zu gleich welcher Stunde kamen Verwandte oder Freunde und lösten sich darin ab, Doña Luisa zu unterhalten und auf andere Gedanken zu bringen oder mit Señor Botto Domino zu spielen, es kam eine neue Krankenschwester, weil die andere Buenos Aires für eine Woche hatte verlassen müssen, keiner fand die Kaffeetassen, denn sie waren in allen Zimmern verstreut, Lauro kam, wann immer er konnte, und ging zu gleich welcher Zeit wieder weg, Raimondi klingelte schon nicht mehr, wenn er seinen routinemäßigen Krankenbesuch machte, keine Anzeichen für eine negative Entwicklung, Señor Botto, bei diesem Krankheitsverlauf kann man nicht mehr tun, als die Patientin zu stärken, ich werde die Dosis der Nährlösung erhöhen, ansonsten muß man abwarten. Aber sie träumt doch die ganze Zeit, Doktor, sehen Sie sie nur an, sie kommt kaum noch zur Ruhe. Aber nicht doch, Señora Luisa, Sie meinen, sie träumt, aber das sind rein physische Reaktionen, es ist schwer, Ihnen das zu erklären, denn in diesen Fällen sind andere Faktoren bestimmend, glauben Sie jedoch nicht, daß ihr das, was ein Traum zu sein scheint, bewußt ist, diese Vitalität, diese Reflexe sind ein gutes Zeichen, glauben Sie mir, daß ich sie genau beobachte, Sie sind es, die sich ausruhen muß, Señora Luisa, kommen Sie, ich messe Ihnen mal den Blutdruck.

Lauro fiel es von Mal zu Mal schwerer, nach Hause zurückzukehren, bei der langen Fahrt von der Stadtmitte aus und bei alldem, was in der Fakultät geschah, doch mehr seiner Mutter als Mechas wegen tauchte er irgendwann am Tage einmal auf und blieb eine Weile, hörte das Übliche, plauderte mit den Eltern, dachte sich Gesprächsthemen aus, um sie etwas abzulenken. Jedesmal, wenn er sich Mechas Bett näherte, spürte er erneut die Unmöglichkeit eines Kontaktes, Mecha so nah und wie ihn rufend, die vagen Zeichen ihrer Finger und dieser eingeschlossene Blick, der nach draußen zu dringen suchte, etwas, das weiter und weiter ging, die geheime Mitteilung einer Gefangenen durch Wände aus Haut, ihr unerträglich unnützes Rufen. Für Augenblicke packte auch ihn die Hysterie, er war überzeugt, daß Mecha seine Anwesenheit deutlicher wahrnahm als die seiner Mutter oder der Krankenschwester, daß der Alptraum am schlimmsten wurde, wenn er da war und sie ansah, daß es besser sei, gleich wieder zu gehen, da er ja doch nichts tun konnte, daß es nutzlos sei, zu ihr zu sprechen, Mensch, hör auf, uns zu quälen, mach schon, öffne sofort die Augen und laß diesen billigen Scherz, Mecha, Schwesterchen, wie lange willst du uns noch zum besten halten, verdammtes Biest, dummes Ding, du, mach Schluß mit dieser Komödie, komm schon, ich hab dir so viel zu erzählen, Schwesterchen, du weißt nichts von dem, was im Gange ist, aber macht nichts, ich werd's dir erzählen, Mecha, weil du nichts verstehst, ich werd's dir erzählen. All das gedacht in Schüben von Angst, wobei er sich am liebsten an Mecha geklammert hätte, aber kein Wort kam über seine Lippen, weil die Krankenschwester oder Doña Luisa Mecha nie allein ließen, wo er ihr doch von so vielen Dingen sprechen mußte, wie Mecha vielleicht auch von ihrer Seite aus zu ihm sprach, mit den geschlossenen Augen und den Fingern, die sinnlos Buchstaben auf das Bettuch zeichneten.

Es war Donnerstag, es war ihnen zwar nicht bewußt, und es war ihnen auch egal, aber die Krankenschwester hatte es erwähnt, als sie in der Küche Kaffee tranken, Señor Botto erinnerte sich, daß es eine Sondermeldung gegeben hatte, und Doña Luisa, daß ihre Schwester aus Rosario angerufen hatte, um ihr zu sagen, daß sie Donnerstag oder Freitag kommen werde. Sicherlich hatten die Prüfungen für Lauro schon begonnen, er war um acht weggegangen, ohne sich zu verabschieden, im Wohnzimmer hatte er einen Zettel für sie hinterlassen, er wisse nicht, ob er zum Abendessen zurück sei, sie sollten nicht auf ihn warten. Er kam nicht zum Abendessen, die Krankenschwester erreichte diesmal, daß Doña Luisa früh zu Bett ging, Señor Botto hatte nach dem Fernsehquiz zum Wohnzimmerfenster hinausgesehen, von der Plaza Irlanda her war Maschinengewehrfeuer zu hören, und dann wurde es plötzlich still, fast zu still, nicht einmal ein Streifenwagen, besser schlafen gehen, diese Frau, die alle Quizfragen beantwortet hatte, war ein Phänomen, wie die sich in der Geschichte des Altertums auskannte, fast so, als hätte sie zur Zeit Julius Cäsars gelebt, Bildung ist am Ende doch einträglicher als sein Beruf eines amtlich bestellten Auktionators. Niemandem war aufgefallen, daß während der ganzen Nacht die Haustür nicht geöffnet worden war, daß Lauro nicht in sein Zimmer zurückgekehrt war, am Morgen dachten sie, daß er nach irgendeinem Examen noch schlafe oder schon vor dem Frühstück arbeite, erst um zehn wurde ihnen klar, daß er nicht da war. »Mach dir keine Sorgen«, sagte Señor Botto, »sicher ist er bei Freunden geblieben, um irgend etwas zu feiern.« Für Doña Luisa war es Zeit, der Krankenschwester zu helfen, Mecha zu waschen und umzuziehen, lauwarmes Wasser und Kölnischwasser, Watte und Bettücher, schon Mittag und Lauro immer noch nicht da, das ist sonderbar, Eduardo, warum hat er nicht wenigstens angerufen, das ist gar nicht seine Art, bei der Feier zu Semesterschluß hat er um neun angerufen, erinnerst du dich, er befürchtete, wir würden uns Sorgen machen, obwohl er da noch jünger war. »Der Junge wird ganz durchgedreht sein wegen des Examens«, sagte Señor Botto, »wirst sehen, er wird jeden Augenblick kommen, zu den Ein-Uhr-Nachrichten ist er immer da.« Aber Lauro war auch um eins nicht da, er versäumte so die Sportnachrichten und die Sondermeldung von einem neuen Attentat subversiver Elemente, das dank dem raschen Eingreifen der Polizeikräfte vereitelt werden konnte, nichts Neues, allmählich sinkende Temperaturen, Niederschläge im Andengebiet.

Es war nach sieben, als die Krankenschwester kam, um Doña Luisa zu holen, die immer noch mit Bekannten telefonierte, Señor Botto erwartete den Anruf eines befreundeten Kommissars, um zu hören, ob man etwas in Erfahrung gebracht hätte, alle paar Minuten bat er Doña Luisa, die Leitung freizugeben, aber sie suchte weiter in ihrem Adressenbüchlein und rief überall an, womöglich war Lauro bei Onkel Fernando geblieben oder zu einem weiteren Examen bereits wieder in der Fakultät. »Bitte, laß das Telefonieren«, bat Señor Botto sie erneut, »ist dir nicht klar, daß der Junge vielleicht gerade jetzt anruft und die ganze Zeit besetzt ist, was soll er da in einer Telefonzelle machen; sollte der Apparat nicht gerade kaputt sein, muß er den nächsten dran lassen.« Die Krankenschwester drängte, und Doña Luisa ging zu Mecha, die ganz plötzlich begonnen hatte, den Kopf zu bewegen, immer wieder drehte sie ihn langsam von einer Seite zur anderen, man mußte ihr das Haar aus der Stirn streichen. Sofort Doktor Raimondi benachrichtigen, doch schwierig, ihn am Abend zu erreichen, immerhin rief um neun seine Frau an und sagte, daß er sofort komme. »Er wird es schwer haben, durchzukommen«, sagte die Krankenschwester, die mit einer Schachtel Ampullen aus der Apotheke zurückkam, »man hat das ganze Viertel abgesperrt, keiner weiß warum, hören Sie nur die Sirenen.« Ohne sich von Mecha abzuwenden, die immer noch den Kopf bewegte, als würde sie langsam, aber hartnäckig etwas verneinen, rief Doña Luisa nach Señor Botto, nein, niemand wußte etwas, wahrscheinlich konnte der Junge auch nicht durchkommen, aber Doktor Raimondi mit seinem Arztschild würden sie ja wohl durchlassen.

»Nein, nein, Eduardo, das ist es nicht, sicher ist ihm etwas zugestoßen, ganz unverständlich, daß wir zu dieser Stunde immer noch nichts von ihm gehört haben, Lauro hat immer ...«

»Da, sieh nur, Luisa«, sagte Señor Botto, »sieh doch nur, wie sie die Hand bewegt, und auch den Arm, das erste Mal, daß sie den Arm bewegt, Luisa, vielleicht ...«

»Aber das ist schlimmer als vorher, Eduardo, merkst du nicht, daß sie immer noch Halluzinationen hat, es ist, als wehre sie sich gegen etwas ... Tu was, Rosa, hilf ihr, ich werde die Romeros anrufen, vielleicht wissen die etwas, ihre Tochter hat zusammen mit Lauro studiert, bitte geben Sie ihr eine Spritze, Rosa, ich bin gleich zurück, oder besser ruf du an, Eduardo, frag sie nach ihm, mach schnell.«

Im Wohnzimmer begann Señor Botto zu wählen, hielt dann aber inne und legte den Hörer wieder auf. Womöglich wollte Lauro gerade, was konnten die Romeros von Lauro schon wissen, besser noch etwas warten. Raimondi kam nicht, wahrscheinlich haben sie ihn an der Ecke nicht durchgelassen, machen ihm Schwierigkeiten, Rosa konnte Mecha nicht noch eine Spritze geben, das Beruhigungsmittel war zu stark, besser warten, bis der Doktor kommt. Über Mecha gebeugt, ihr das Haar zur Seite streichend, das ihr über die nutzlosen Augen fiel, begann Doña Luisa zu schwanken, Rosa hatte gerade noch Zeit, ihr einen Stuhl hinzuschieben, ihr zu helfen, sich zu setzen. Das Sirenengeheul aus der Richtung Goana schwoll an, als Mecha die Lider aufschlug, der Blick, von dem Schleier bedeckt, der sich in diesen Wochen auf ihre Augen gelegt hatte, richtete sich auf einen

Punkt an der Decke und glitt dann langsam ab bis zu Doña Luisas Gesicht, die aufschrie, die Hände gegen den Busen preßte und schrie. Rosa hatte Mühe, sie von Mecha fernzuhalten, und rief verzweifelt nach Señor Botto, der sofort kam und am Fußende des Bettes stehenblieb, Mecha anblickte, sich ganz auf Mechas Augen konzentrierte, die langsam von Doña Luisa zu Señor Botto wanderten, von der Krankenschwester zur Zimmerdecke, Mechas Hände glitten langsam die Taille hoch und trafen sich über dem Kopf, der ganze Körper zuckte in einem Krampf zusammen, womöglich vernahm sie jetzt das anschwellende Sirenengeheul, die Schläge gegen die Tür, die das Haus erzittern ließen, die gebrüllten Befehle, das Krachen des unter der Maschinengewehrgarbe splitternden Holzes, das Schreien von Doña Luisa, den Lärm des hereinstürmenden Trupps, alles wie rechtzeitig zu Mechas Erwachen, alles so rechtzeitig, damit der Alptraum enden und Mecha endlich in die Wirklichkeit, in das schöne Leben zurückkehren konnte.

Tagebuch für eine Erzählung

2. Februar 1982

Manchmal, wenn ich gleichsam das Kribbeln einer Erzählung verspüre, diese geheime, immer dringlichere Aufforderung, die mich dazu bringt, mich zögernd und murrend an meine Olympia Traveller de Luxe zu setzen

(von Luxus hat sie nichts, die arme, aber dafür ist sie über die sieben tiefen und blauen Meere *getravelled* und hat so manchen direkten oder indirekten Stoß überstanden, den eine Reiseschreibmaschine bekommen kann, die in einem Koffer zwischen Hosen, Flaschen Rum und Büchern verstaut ist)

also manchmal, wenn es Nacht wird, wenn ich ein weißes Blatt einspanne, mir eine Gitane anzünde und mich einen Idioten schimpfe

(warum schließlich eine Erzählung schreiben, warum nicht lieber das Buch eines anderen Erzählers aufschlagen oder eine meiner Platten hören?)

manchmal, wenn ich nicht mehr anders kann, als eine Erzählung zu beginnen, wie ich diese beginnen möchte, eben dann möchte ich Adolfo Bioy Casares sein.

Ich möchte Bioy sein, weil ich ihn als Schriftsteller immer bewundert und als Menschen geschätzt habe, obgleich unsere beidseitige Schüchternheit es uns nicht erleichtert hat, Freunde zu werden, abgesehen von anderen gewichtigen Gründen, vor allem dem schon früh buchstäblich zwischen uns liegenden Ozean. Rechne ich richtig, haben Bioy und ich uns in diesem Leben wohl nur dreimal gesehen. Das erste Mal auf einem Bankett der *Cámara Argentina del Libro*, bei dem ich anwesend sein mußte, weil ich in den vierziger Jahren Geschäftsführer dieser Vereinigung war, und er wer weiß warum, und wo wir uns über eine Schüssel Ravioli hinweg gegenseitig vorstellten, uns voller Sympathie anlächelten, während unsere Konversation sich darauf beschränkte, daß er mich einmal bat, ihm den Salzstreuer zu reichen. Das zweite Mal sahen wir uns, als Bioy mich in Paris aufsuchte und einige Fotos von mir machte, zu welchem Zweck, habe ich vergessen, nicht jedoch, daß wir uns des längeren über Joseph Conrad, glaube ich, unterhielten. Das letzte Mal war wieder in Buenos Aires, als ich ihn meinerseits besuchte, und an dem Abend haben wir vor allem über Vampire gesprochen. Natürlich haben wir bei keiner dieser drei Gelegenheiten über Anabel gesprochen, aber nicht deshalb möchte ich jetzt Bioy sein, sondern weil ich sehr gern über Anabel schreiben möchte, wie er es getan hätte, wenn er sie gekannt und eine Erzählung über sie geschrieben hätte. In diesem Fall hätte Bioy so von Anabel gesprochen, wie mir das immer unmöglich sein wird, er hätte sie von nahem gezeigt, ihr tiefstes Inneres, und zugleich hätte er diese kühle Distanz gewahrt, die er bewußt (denn ich kann mir nicht vorstellen, daß er es nicht bewußt tut) zwischen einigen seiner Personen und dem Erzähler schafft. Mir wird das unmöglich sein, und nicht etwa deshalb, weil ich Anabel gekannt habe, denn auch wenn ich meine Personen erfinde, gelingt es mir nicht, Distanz zu ihnen zu halten, obgleich mir das manchmal geradeso notwendig erscheint wie einem Maler, vor seiner Staffelei zurückzutreten, um das Bild in der Totale zu sehen und zu prüfen, wo er die letzten Pinselstriche anbringen muß. Mir wird das unmöglich sein, denn ich spüre, daß Anabel mich sofort in Beschlag nehmen wird, geradeso wie damals, als ich sie Ende der vierziger Jahre in Buenos Aires kennenlernte, und obgleich sie nicht imstande wäre, sich diese Erzählung vorzustellen – sollte sie noch leben, noch dort wohnen, so alt wie ich –, wird sie doch ihr möglichstes tun, mich daran zu hindern, diese Geschichte zu schreiben, wie ich's gern getan hätte, nämlich ein wenig so, wie Bioy sie zu schreiben verstanden hätte, hätte er Anabel gekannt.

3. Februar

Deswegen diese ausweichenden Bemerkungen, dieses Kreisen des Hundes um den Baumstamm? Könnte Bioy dies lesen, würde er sich höchlich amüsieren, und nur um mich zu ärgern, würde er in einem literarischen Zitat die Bezüge zur Zeit, zum Ort und zum Namen herstellen, die diese Bemerkungen in seinen Augen rechtfertigen könnten. In seinem perfekten Englisch würde er rezitieren:

It was many and many years ago,
In a kingdom by the sea,
That a maiden there lived whom you may know
By the name of Annabel Lee.

Gut, hätte ich ihm geantwortet, aber erstens war es zu der Zeit eine Republik und kein Königreich, und zweitens schrieb Anabel ihren Namen nur mit einem n, ganz abgesehen davon, daß sie *many and many years ago* keine *maiden* mehr war, woran nicht Edgar Allen Poe schuld ist, sondern ein Handlungsreisender aus Trenque Lauquen, der sie im Alter von dreizehn Jahren deflorierte. Zudem hieß sie Flores und nicht Lee und sie hätte entjungfert gesagt statt des anderen Wortes, das ihr wahrscheinlich völlig fremd war.

4. Februar

Merkwürdig, daß ich gestern nicht weiterschreiben konnte (ich meine die Geschichte mit dem Handlungsreisenden), vielleicht gerade weil ich die Versuchung spürte, es zu tun, und auf einmal Anabel da war, ihre Art, es mir zu erzählen. Wie von Anabel sprechen, ohne sie nachzuahmen, das heißt, ohne sie zu verfälschen? Ich weiß, daß es illusorisch ist und daß ich mich, wenn ich mich darauf einlasse, ihrem Gesetz werde beugen müssen, da mir die notwendige Beinarbeit und die Überlegenheit von Bioy fehlt, um Abstand zu halten und Punkte zu machen, ohne mich zu sehr zu exponieren. Deshalb spiele ich unsinnigerweise mit dem Gedanken, all das zu schreiben, was nicht wirklich die Erzählung ausmacht (all das, was natürlich nicht Anabel wäre), und deshalb das Luxurieren mit Poe und diese Umschweife und jetzt auch noch das Verlangen, diesen Text von Jacques Derrida zu übersetzen, den ich gestern in *La vérité en peinture* gefunden habe und der mit all dem absolut nichts zu tun hat, aber der sich in einer unerklärlichen analogischen Weise doch darauf bezieht, wie diese Halbedelsteine, deren Facetten deutlich erkennbare Landschaften, Schlösser, Städte oder Berge zeigen. Der Abschnitt ist schwer zu verstehen, wie oft *chez* Derrida, und ich übersetze ein wenig so, wie mir der Schnabel gewachsen ist (aber auch er schreibt so, nur scheint ihm der Schnabel besser gewachsen):

»es bleibt (mir) fast nichts: weder die Sache noch ihre Existenz, noch die meine, weder das reine Objekt noch das reine Subjekt, keinerlei Interesse irgendeiner Art für irgend etwas. Und dennoch liebe ich: nein, das ist noch zuviel, das hieße, daß mir noch an der Existenz gelegen wäre. Ich liebe nicht, aber ich habe Freude an dem, was mich nicht interessiert, zumindest daran, daß es gleichgültig ist, ob ich liebe oder nicht liebe. Diese Freude, die ich habe, ich habe sie nicht, eher spende ich sie, ich spende, was ich habe, mir wird zuteil, was ich spende, ich habe nicht, was mir zuteil wird. Und dennoch bereite ich mir Freude. Kann ich sagen, daß ich sie mir bereite? Sie ist so allgemein objektiv – meinem Urteil und dem gesunden Menschenverstand nach –, daß sie nur rein von außen kommen kann. Unassimilierbar. Diese Freude, die ich mir bereite oder der ich mich vielmehr hingebe, durch die ich mich hingebe, ich erfahre sie letzten Endes nicht einmal, wenn erfahren empfinden heißt: phänomenal, empirisch, im Raum und in der Zeit meiner interessierten oder interessanten Existenz. Eine Freude, deren Erfahrung unmöglich ist. Ich habe sie nicht, sie wird mir nicht zuteil, ich spende sie nicht, ich bereite sie nicht, ich bereite sie mir nie, denn *ich* (ich, das existierende Subjekt) habe nie Zugang zum Schönen als solchem. Insofern ich existiere, habe ich nie reine Freude.«

Derrida spricht von jemandem, der sich einer Sache gegenüber befindet, die er schön findet, und alles ergibt sich daraus; ich stehe einem Nichts gegenüber, das diese ungeschriebene Erzählung ist, eine Leere von Erzählung, ein Sog von Erzählung, und auf eine mir unerklärliche Weise spüre ich, daß das Anabel ist. Ich will damit sagen, daß es Anabel gibt, obgleich es keine Erzählung gibt. Und eben darin liegt die Freude, auch wenn es keine Freude ist und eher einem Verlangen nach Salz ähnelt, dem Wunsch, auf alles Schreiben zu verzichten, während ich schreibe (unter anderem, weil ich nicht Bioy bin und es nie dahin bringen werde, so von Anabel zu sprechen, wie ich das, meine ich, tun müßte).

Am Abend

Ich lese die Passage von Derrida noch einmal und stelle fest, daß sie mit meiner Gemütsverfassung oder gar mit meinen Intentionen nichts zu tun hat; die Analogie ist anderer Art, sie mag bestehen zwischen dem Schönheitsbegriff, den diese Passage postuliert, und meinem Gefühl für Anabel; in beiden Fällen gibt es eine Verweigerung jedes Zugangs, jedes Brückenschlags, und wenn derjenige, der in dieser Passage von Derrida spricht, nie Zugang zum Schönen als solchem hat, ist mir, der ich in meinem Namen spreche (ein Fehler, den Bioy nie begangen hätte), schmerzlich bewußt, daß ich zu Anabel als Anabel nie Zugang gehabt habe noch je haben werde und daß es unmöglich ist, eine Geschichte über sie, eine Geschichte gewissermaßen *von* ihr zu schreiben. Und so beginne ich am Ende der Analogie wieder, deren Anfang zu sehen, den Anfang der Passage von Derrida, die ich gestern abend gelesen habe und die ich als unerträgliche Verlängerung dessen empfand, was ich hier vor meiner Olympia, angesichts der Abwesenheit der Erzählung, bei der Sehnsucht nach der Effektivität Bioys fühlte. Gerade beim Anfang: »Es bleibt (mir) fast nichts: weder die Sache noch ihre Existenz, noch die meine, weder das reine Objekt noch das reine Subjekt, keinerlei Interesse irgendeiner Art für irgend etwas.« Der gleiche verzweifelte Kampf gegen ein Nichts, das sich in einer Reihe von Sub-Nichts, von Verweigerungen des Diskurses entfaltet: denn heute, nach so vielen Jahren, bleibt mir weder Anabel noch die Existenz Anabels, weder meine Existenz in Beziehung zu der ihren noch das reine Objekt Anabel, weder mein bloßes Ich von damals gegenüber Anabel in dem Zimmer der Calle Reconquista noch irgendein Interesse irgendeiner Art für irgend etwas, da all das geschah *many and many years ago*, in einem Land, das heute mein Phantom ist, oder ich seines, in einer Zeit, die heute wie die Asche all dieser Gitanes ist, die sich Tag für Tag anhäuft, bis Madam Perrin kommt, das Appartement sauberzumachen.

6. Februar

Dieses Foto von Anabel, als Lesezeichen ausgerechnet in einen Roman von Onetti gelegt, das dank dem Gesetz der Schwerkraft wieder zum Vorschein kam: bei einem Umzug vor zwei Jahren nahm ich einen Armvoll Bücher aus dem Regal, und das Foto fiel heraus. Ich brauchte eine Weile, um Anabel wiederzuerkennen.

Ich glaube, es ist ihr ziemlich ähnlich, obgleich mir die Frisur seltsam vorkommt, denn als sie das erste Mal in mein Büro kam, trug sie das Haar hochgesteckt; ich erinnere mich, daß ich gerade bis über die Ohren in der Übersetzungsarbeit einer Patentschrift steckte. Von all den Aufträgen, die ich annehmen mußte, und sofern es sich um Übersetzungen handelte, mußte ich alle annehmen, waren die schlimmsten die Patente, es kostete mich viele Stunden, um die detaillierte Beschreibung der Verbesserung einer elektrischen Nähmaschine oder einer Schiffsturbine zu übersetzen, und natürlich verstand ich absolut nichts von den Erläuterungen und fast nichts von dem technischen Vokabular, so daß ich mich Wort für Wort voranarbeiten und zudem aufpassen mußte, daß ich keine Zeile übersprang, ohne die geringste Ahnung zu haben, was ein *arbre hélicoidal hydro-vibrant* sein mochte, der magnetisch auf die Tensoren 1,1' und 1" (Zeichnung 14) reagierte. Anabel mußte an die Tür geklopft haben, ohne daß ich's gehört hatte, denn als ich aufblickte, stand sie schon neben meinem Schreibtisch, und was mir als erstes auffiel, war ihre Handtasche aus glänzendem Wachstuch und ihre Schuhe, die nicht zu vereinbaren waren mit einem Werktag in Buenos Aires um elf Uhr morgens.

Am Nachmittag

Bin ich nun dabei die Erzählung zu schreiben, oder münden diese Präliminarien ins Nichts? Ein sehr alter, verworrener Strang aus vielen Fäden, ich kann an gleich welchem ziehen, und weiß doch nicht, wie es weitergehen wird; der Faden von heute morgen verhieß Chronologie: Anabels erster Besuch. Diesen Fäden folgen oder nicht folgen? Das Konsekutive langweilt mich, aber ich mag auch nicht diese unmotivierten *flash-backs*, die so viele Romane und Filme komplizieren. Wenn sie von selbst kommen, einverstanden; wer weiß schon, was die Zeit in Wirklichkeit ist; aber sie nie zur Methode machen. Von Anabels Foto hätte ich erst nach Erwähnung anderer Dinge sprechen sollen, die ihm mehr Bedeutung gegeben hätten, obgleich es sich vielleicht nicht ohne Grund so ergeben hat, so wie ich mich jetzt an den Zettel erinnere, den ich eines Nachmittags an die Tür meines Büros gepinnt fand; wir kannten uns schon gut, Anabel und ich, und obgleich mich die Notiz vor respektablen Kunden in Mißkredit bringen konnte, machte es mir riesiges Vergnügen, zu lesen: DU BIST

NICHT DA, DU SCHUFT, ICH KOMME AM NACHMITTAG WIEDER (die Kommas habe ich hinzugefügt, ich sollte das nicht tun, aber das macht die Erziehung). Sie ist dann aber doch nicht gekommen, denn am Nachmittag begann ihre Arbeit, von der ich nie eine genaue Vorstellung hatte, doch bei der es sich im großen und ganzen um das handelte, was man gemeinhin als das horizontale Gewerbe bezeichnet. Diese Arbeit war ziemlich unbeständig für Anabel zu jener Zeit, als ich anfing, mir von ihrer Lebensweise eine Vorstellung zu machen, es verging kaum eine Woche, ohne daß sie mir erklärte, morgen sehen wir uns nicht, denn im *Fénix* brauchen sie für zwei Wochen eine Bardame, und die zahlen gut, oder mir zwischen zwei Seufzern und einem Kraftausdruck sagte, daß der Strich nichts einbringe und sie für ein paar Tage zu der Chempe gehen müsse, um am Monatsende ihre Miete bezahlen zu können.

Freilich schien für Anabel (wie auch für die anderen Mädchen) nichts von langer Dauer zu sein, nicht einmal der Briefwechsel mit den Matrosen, und die kurze Praxis in meinem Beruf genügte, um zu überschlagen, daß der Durchschnitt in der Regel zwei bis drei Briefe waren, mit etwas Glück vier, und um festzustellen, daß die Matrosen der Mädchen rasch müde werden oder sie vergessen, wie auch umgekehrt, davon abgesehen, daß es meinen Übersetzungen an Libido oder Gefühlsschwung mangeln mußte, und die Matrosen ihrerseits waren auch nicht gerade das, was man Männer der Feder nennt, so daß alles bald aus und vorbei war. Doch wie schwer tue ich mich, all das zu erklären, auch mich ermüdet es, zu schreiben, Worte wie Hunde auf Anabels Spur zu setzen, im Glauben, daß diese sie mir so wiederbringen werden, wie sie war, so wie wir waren *many and many years ago.*

8. Februar

Noch schlimmer ist, daß mich auch das Wiederlesen, um einen Faden zu finden, ermüdet, zumal das hier ja nicht die Erzählung ist. Nun, Anabel kam an jenem Morgen in mein Büro in der San Martín, fast Ecke Corrientes, und ich erinnere mich mehr an ihre Handtasche aus Wachstuch und an ihre Schuhe mit dicker Korksohle, als an ihr Gesicht an diesem Tag (es stimmt, daß ein Gesicht, das man das erste Mal sieht, nichts gemein hat mit dem Gesicht, das man im Laufe der Zeit und durch Gewöhnung erwartet). Ich arbeitete an dem alten Schreibtisch, den ich ein Jahr zuvor mitsamt dem ganzen Plunder des schäbigen Büros geerbt hatte, das zu renovieren ich mich noch nicht aufraffen konnte; ich hatte es gerade mit einem besonders abstrusen Abschnitt der Patentschrift zu tun und tastete mich Satz für Satz vor, umgeben von technischen Wörterbüchern und mit dem Gefühl, Marval & O'Donnell, die mich für die Übersetzung bezahlten, zu betrügen. Anabel war wie das sinnverwirrende Eindringen einer Siamkatze in einen Computerraum, und es schien so, als wüßte sie das, denn sie sah mich fast mitleidig an, bevor sie sagte, daß ihre Freundin Marucha ihr meine Adresse gegeben habe. Ich bat sie, sich zu setzen, und aus purer Angeberei fuhr ich fort, einen Satz zu übersetzen, in dem ein Kalander mittleren Kalibers mysteriöse Bruderschaft schloß mit einem antimagnetischen gepanzerten Gehäuse X^2. Dann holte sie eine blonde Zigarette hervor und ich eine schwarze, und obgleich der Name Marucha genügte, alles zu erklären, ließ ich sie reden.

9. Februar

Das Widerstreben, einen Dialog zu konstruieren, der mehr Erfindung wäre als anderes. Ich erinnere mich vor allem an Anabels Klischees, an ihre Art, mich abwechselnd mit »junger Mann« und »mein Herr« anzureden, zu sagen »mal angenommen« oder einzuwerfen »ah, ich kann dir sagen«. Auch ihr Rauchen war klischeehaft, indem sie den Rauch ausstieß, kaum daß sie ihn eingesogen hatte. Sie reichte mir den Brief von einem gewissen William, einen Monat zuvor in Tampico abgestempelt, den ich ihr mündlich übersetzte, bevor ich's, auf ihre Bitte hin, schriftlich tat, »für den Fall, daß ich etwas vergesse«, wie Anabel sagte, wobei sie einen Schein aus der Tasche zog, um mir das Honorar von fünf Pesos zu zahlen. Ich sagte ihr, es sei nicht der Rede wert, mein Ex-Sozius hatte diesen absurden Tarif zu einer Zeit festgelegt, als er allein arbeitete und damit begann, den Mädchen vom Hafen die Briefe ihrer Matrosen zu übersetzen, wie auch das, was diese ihnen antworteten. »Warum verlangen Sie so wenig?« hatte ich ihn gefragt. »Mehr oder gar nichts wäre besser, schließlich ist das nicht Ihre Arbeit, Sie tun es aus bloßer Gefälligkeit.« Er erklärte mir dann, daß er noch nicht so alt wäre, um dem Verlangen zu widerstehen, dann und wann mit einer von ihnen zu schlafen, und daß er deshalb ihre Briefe übersetzte, so kam er leichter an sie heran, und hätte er von ihnen nicht diesen symbolischen Preis verlangt, hätten sie sich alle in eine Art von Madame de Sevigné verwandelt, und das, nein danke. Dann ging mein Sozius ins Ausland, ich erbte das Geschäft, und aus reiner Trägheit behielt ich dieselben Bedingungen bei. Es ging sehr gut, Marucha und die anderen (es waren zu der Zeit vier) schworen mir, daß sie meine Adresse nicht weitergeben würden, und es kamen von ihnen im Schnitt zwei pro Monat, mit Briefen, die ich ihnen auf spanisch vorlesen oder auf englisch (seltener französisch) schreiben mußte. Wie man sieht, hatte Marucha ihr Versprechen nicht gehalten, und ihre absurde glänzende Wachstuchhandtasche schlenkernd, kam Anabel in mein Büro.

10. Februar

Die Zeit: der Peronismus, der mich mit seinen dröhnenden Lautsprechern im Stadtzentrum taub machte; der spanische Pförtner, der mit einem Foto von Evita in mein Büro kam und mich gar nicht freundlich bat, doch so freundlich zu sein, es an die Wand zu pinnen (er brachte die vier Reißnägel gleich mit, damit ich keine Vorwände ersänne). Walter Gieseking gab im Colón eine Reihe herrlicher Solokonzerte, und in einem Boxring in den USA kippte José María Gatica um wie ein Sack Kartoffeln. In meinen freien Stunden übersetzte ich *Life and Letters of John Keats* von Lord Houghton; die noch freieren verbrachte ich nicht selten in *La Fragata*, fast gegenüber meinem Büro, zusammen mit Anwaltsfreunden, die dem gut gemixten *Demaría* ebenso zugetan waren. Und manchmal Susana –

Es ist gar nicht so einfach, weiterzuschreiben, ich versinke in Erinnerungen, während ich zugleich versuche, sie zu fliehen, sie zu exorzieren, indem ich sie niederschreibe (aber dann muß man sie ganz auf sich nehmen, und das ist das Dilemma). Auch ist es nicht einfach, aus dem Nebel heraus von Dingen zu erzählen, welche die Zeit zerfasert hat (und welch Hohn, so klar Anabels schwarzglänzende Handtasche zu sehen, ganz deutlich ihr »Danke, junger Mann« zu hören, als ich ihren Brief an William übersetzt hatte und ihr auf ihre zehn Pesos herausgab). Erst jetzt wird mir bewußt, daß ich mir über das, was geschehen war, nie im klaren gewesen bin, ich meine die tieferen Gründe dieses billigen Tangos, der mit Anabel, durch Anabel begonnen hatte. Wie diese Milonga-Geschichte wirklich verstehen, in der es einen Mord gab, und trivialerweise auch noch mit einer Phiole Gift; nicht einem staatlich anerkannten Übersetzer mit Büro und Messingschild an der Tür würde Anabel die ganze Wahrheit sagen, falls sie die überhaupt wußte. Wie bei vielem in dieser Zeit bewegte ich mich unter Abstraktionen, und jetzt, am Ende des Weges, frage ich mich, wie ich so an der Oberfläche habe leben können, während darunter die Geschöpfe der Nacht des Rio de la Plata dahinglitten und sich zerfleischten, die Haie dieses trüben Flusses, die ich und viele andere nicht sahen. Absurd, daß ich jetzt etwas erzählen will, das ich nicht fähig war, richtig zu erkennen, als es sich abspielte, wie in einer Proust-Parodie will ich in die Erinnerung eintauchen, obgleich ich nicht ins Leben eingetaucht bin, um es wirklich zu leben. Ich glaube, ich tue es wegen Anabel, schließlich möchte ich eine Erzählung schreiben, die sie mir von neuem zeigen könnte und worin sie selbst sich sähe, wie sie sich zu jener Zeit wahrscheinlich nicht gesehen hat, denn auch Anabel bewegte sich in der dicken und schmutzigen Luft eines Buenos Aires, das sie aufnahm und zugleich verstieß, Hafenschlumpe, elendiges Zimmer, das auf einen Gang ging, an dem viele andere Zimmer vieler anderer Schlumpen lagen, wo man viele Tangos zugleich hörte, vermischt mit Gezänk, Stöhnen, manchmal auch Gelächter, ja, auch Gelächter, wenn Anabel und Marucha sich bei Mate oder einem Bier, das immer lau war, Witze oder Schweinereien erzählten. Anabel herausreißen aus diesem verworrenen, schmierigen Bild, das mir von ihr bleibt, so verworren und schmierig wie manchmal die Briefe, die sie von William erhielt und mir hinhielt, als reichte sie mir ein schmutziges Taschentuch.

11. Februar

Nun, an dem Morgen erfuhr ich, daß Williams Frachter eine Woche in Buenos Aires geblieben war und jetzt der erste Brief Williams aus Tampico kam, beigelegt dem Paket mit den versprochenen obligaten Geschenken, Nylon-Slips, eine phosphoreszierende Armbanduhr und ein Fläschchen Parfüm. Nie gab es große Unterschiede bei den Geschenken und den Briefen, welche die Mädchen von ihren Liebhabern erhielten, sie wünschten sich vor allem Nylon-Unterwäsche, die in Buenos Aires zu jener Zeit schwer zu bekommen war, und ihre Matrosen legten den Geschenken fast immer romantische Briefe bei, die stellenweise so deutliche Anspielungen enthielten, daß es mir peinlich war, sie den Mädchen laut zu übersetzen; sie ihrerseits diktierten mir ihre Briefe oder gaben mir schriftliche Entwürfe voller Sehnsüchte, Ballnächte und Bitten um hauchdünne Nylonstrümpfe und tangofarbene Blusen. Bei Anabel war es nicht anders, kaum hatte ich ihr den Brief von William übersetzt, diktierte sie mir schon ihre Antwort, doch ich kannte meine Klientel und bat darum, mir nur die Themen zu nennen, den Brief würde ich später abfassen. Anabel sah mich verwundert an.

»Es geht um das Gefühl« sagte sie. »Man muß viel Gefühl hineinlegen.«

»Aber gewiß, seien Sie beruhigt, sagen Sie mir nur, was ich antworten soll.«

Es war der übliche triviale Themenkanon, alles gut angekommen, es gehe ihr gut, sie sei nur etwas müde, wann er wiederkomme, er solle ihr von jedem Hafen wenigstens eine Postkarte schreiben, einen gewissen Perry solle er bitten, nicht zu vergessen, das Foto zu schicken, das er auf der Hafenpromenade von ihnen beiden gemacht hatte. Ach ja, ich solle ihm auch sagen, das mit der Dolly gehe so weiter.

»Könnten Sie mir das vielleicht etwas genauer . . .«, begann ich.

»Sagen Sie ihm nur das, mit der Dolly geht es so weiter. Und am Schluß sagen Sie ihm, nun, Sie wissen schon, aber mit Gefühl, Sie verstehen.«

»Natürlich, seien Sie unbesorgt.«

Wir machten aus, daß sie am nächsten Tag vorbeikommen würde, und als sie kam, unterschrieb sie den Brief, nachdem sie ihn überflogen hatte; manche Worte schien sie zu verstehen, denn bei dem einen oder anderen Abschnitt hielt sie sich länger auf, dann unterschrieb sie und zeigte mir einen Zettel, auf dem William Daten und Häfen notiert hatte. Wir beschlossen, daß es das beste sei, ihm den Brief nach Oakland zu schicken, und da war das Eis gebrochen, Anabel nahm die erste Zigarette von mir an, und sich auf die Schreibtischkante stützend, summte sie vor sich hin und sah mir zu, wie ich die Adresse schrieb. Eine Woche später brachte sie mir das Konzept eines Briefes, ich solle ganz dringend an William schreiben, sie schien sehr beunruhigt und bat mich, den Brief sofort aufzusetzen, doch ich war überhäuft mit italienischen Geburtsurkunden und versprach ihr, den Brief am Nachmittag zu schreiben, ihn für sie zu unterzeichnen und ihn einzuwerfen, wenn ich das Büro verließe. Sie sah mich etwas zweifelnd an, doch dann sagte sie »einverstanden« und ging. Am nächsten Morgen um halb zwölf erschien sie von neuem, um sich zu vergewissern, daß ich den Brief abgeschickt hatte. Da habe ich sie das erste Mal geküßt, und wir machten aus, daß ich nach der Arbeit zu ihr kommen würde.

12. Februar

Nicht daß mir die Mädchen vom Hafen damals besonders gefielen, ich bewegte mich in der bequemen kleinen Welt einer festen Beziehung zu einer Frau, die ich Susana nennen will und als »Kinesiologin« bezeichnen möchte, nur war mir diese Welt manchmal denn doch zu klein und zu komfortabel, und ich hatte dann das dringende Bedürfnis, abzutauchen, zurückzukehren zu den Zeiten als Halbwüchsiger mit einsamen Streifzügen durch die südlichen Viertel, Barbesuchen und kapriziösen Neigungen, kurze Intermezzi, wahrscheinlich mehr ästhetisch als erotisch; ein wenig wie das Schreiben dieses Abschnittes, den ich, nun ich ihn wiederlese, streichen sollte, doch den ich beibehalten will, weil es nun einmal so war, das, was ich Abtauchen genannt habe, diese wirklich unnütze Verlotterung, wo doch Susana, wo doch T. S. Eliot, wo doch Wilhelm Backhaus, und trotzdem, trotzdem.

13. Februar

Gestern habe ich mich über mich selbst geärgert, aber jetzt, wo ich daran denke, finde ich es komisch. Ich wußte ja doch von Anfang an, daß Anabel mich die Erzählung nicht schreiben lassen würde, erstens, weil keine daraus werden wird, und zweitens, weil Anabel alles tun wird (so wie sie das damals getan hat, ohne es zu wissen, die Arme), mich vor dem Spiegel allein zu lassen. Ich brauche dieses Tagebuch nur wiederzulesen, um zu spüren, daß sie nur der Katalysator ist, der mich in die Tiefe dieser Seiten zu ziehen sucht, die ich aus eben dem Grunde nicht schreibe, der mich in die Mitte des Spiegels zerren will, wo ich gern sie gesehen hätte, doch wo ich nur einen ordnungsgemäß diplomierten argentinischen Übersetzer sehe mit *su* Susana, was voraussehbar und sogar kakophonisch ist, sususana, weshalb ich sie nicht Amalia oder Berta genannt haben werde. Eine Stilfrage, nicht jeder Name eignet sich für … (Wird das so weitergehen?)

An Anabels Zimmer in der Reconquista in Höhe der Nr. 500 möchte ich mich lieber nicht erinnern, vor allem vielleicht deshalb nicht, weil dieses Zimmer, obgleich Anabel das nie erfahren hat, ganz in der Nähe meiner Wohnung lag, einem Appartement im zwölften Stock mit herrlicher Aussicht auf den löwenfarbenen Fluß. Ich erinnere mich (unglaublich, wie mir solche Dinge im Gedächtnis geblieben sind), daß ich, als wir uns verabredeten, versucht war, ihr zu sagen, sie möge besser zu mir kommen, wo es Whisky *on the rocks* gäbe und ein Bett, wie ich es mag, doch habe ich an mich gehalten bei dem Gedanken, daß Fermín, der Pförtner mit mehr Augen als Argus, sie beim Betreten oder Verlassen des Aufzugs sehen könnte, was meinem Ansehen bei ihm schaden würde, wo er doch Susana fast gerührt grüßte, wenn er uns zusammen kommen oder weggehen sah, er, der in Sachen Make-up, Stöckelschuhe und Handtaschen ein distinktives Urteil besaß. Wie ich die Treppe zu ihr hinaufzusteigen begann, bereute ich es, und ich wollte schon wieder umkehren, als ich bereits auf dem Gang war, an dem ich weiß nicht wie viele Zimmer lagen, aus denen Grammophonmusik und die Düfte von Parfüms drangen. Aber da lächelte Anabel mir schon von der Tür ihres Zimmers aus zu, und es gab auch Whisky, wenngleich ohne Eiswürfel. Da waren die obligatorischen Puppen, aber da hing auch der Farbdruck eines Bildes von Quinquela Martín. Die Zeremonie vollzog sich ohne Eile, wir saßen auf dem Sofa und tranken, Anabel wollte wissen, wann ich Marucha kennengelernt hatte, und interessierte sich für meinen ehemaligen Sozius, von dem die anderen Mädchen ihr erzählt hatten. Als ich ihr die Hand auf den Schenkel legte und sie aufs Ohr küßte, lächelte sie mich unbefangen an und stand auf, um die rosa Überdecke des Betts zurückzuschlagen. Ihr Lächeln beim Abschied, als ich ein paar Scheine unter den Aschenbecher legte, war immer noch das gleiche, eine schlichte Billigung, die mich durch ihre Ehrlichkeit rührte, andere hätten gesagt, durch ihre Professionalität. Ich weiß, daß ich wegging, ohne ihr, wie ich das vorgehabt hatte, von ihrem letzten Brief an William zu sprechen, was gingen mich schließlich ihre Probleme an, auch ich konnte sie anlächeln, wie sie mich angelächelt hatte, auch ich war ein Professional.

16. Februar

Anabels Naivität, ähnlich dieser Zeichnung, die sie einmal in meinem Büro machte, als ich sie einer dringenden Übersetzung wegen etwas warten lassen mußte; womöglich steckt auch sie in irgendeinem Buch und wird vielleicht, wie das Foto, bei einer erneuten Lektüre oder bei einem Umzug wieder auftauchen. Eine Zeichnung mit kleinen Vorstadthäusern und zwei oder drei pikkenden Hühnern auf dem Gehweg. Doch wer spricht von Naivität? Es ist leicht, Anabel wegen dieser Unwissenheit zu tadeln, die sie von einer Sache in die andere schlittern ließ, aber plötzlich, untergründig, spürbar oft im Blick oder in ihren Entschlüssen, das Aufblitzen von etwas, das mir abging und das Anabel theatralisch »das Leben« nannte, etwas, das für mich ein verbotenes Gebiet war und das nur die Imagination oder Roberto Arlt mir ersatzweise geben konnten. (Ich erinnere mich an Hardoy, einen befreundeten Anwalt, der sich manchmal auf fragwürdige Vorstadtabenteuer einließ, aus bloßer Sehnsucht nach etwas, das, wie er im Grunde wußte, unmöglich war, Abenteuer, von denen er zurückkehrte, ohne an ihnen wirklich beteiligt gewesen zu sein, ein bloßer Zeuge, so wie ich im Falle Anabel. Ja, die wahren Naiven waren wir, mit unseren Krawatten und unseren drei Sprachen; jedenfalls nahm Hardoy als guter Anwalt seine Rolle als Augenzeuge wichtig, er betrachtete sie geradezu als eine Mission. Doch nicht er ist es, sondern ich, der diese Geschichte über Anabel schreiben möchte.)

17. Februar

Ich will es nicht Intimität nennen, dafür hätte ich imstande sein müssen, Anabel das zu bieten, was sie mir so freimütig schenkte, hätte sie zu mir nach Hause kommen lassen und eine annehmbare Parität schaffen müssen, auch wenn ich mit ihr weiterhin das tarifliche Verhältnis zwischen normalem Kunden und Freudenmädchen hatte. Damals habe ich mich gar nicht darüber gewundert, daß Anabel mir nie vorwarf, daß ich sie aus meinem regulären Leben strikt ausschloß; für sie mußte das zu den Spielregeln gehören und eine Freundschaft nicht beeinträchtigen, die solide genug war, mit Lachen und Scherzen auch die Zeiten außerhalb des Bettes auszufüllen, die immer die schlimmsten sind. Für mein Leben interessierte sich Anabel überhaupt nicht, ihre seltenen Fragen waren von der Art: »Hast du ein Hündchen gehabt, als du klein warst?« oder »Hast du dir die Haare immer so kurz schneiden lassen?« Ich wußte schon eine ganze Menge, was die Dolly und Marucha betraf, und so manches aus Anabels Leben, wohingegen sie nicht einmal wußte und es ihr auch völlig egal war, daß ich eine Schwester hatte und einen Cousin, der Bariton war. Marucha hatte ich vor Anabel kennengelernt, durch die Sache mit den Briefen, und manchmal traf ich sie zusammen mit Anabel im *Cochabamba* bei einem Bier (importiert). Durch einen von Anabels Briefen an William wußte ich von dem Krach zwischen Marucha und der Dolly, doch aus dem, was ich die Sache mit dem Fläschchen nennen will, wurde erst viel später Ernst, am Anfang hätte man über soviel Naivität gelacht (habe ich schon von Anabels Naivität gesprochen? Es langweilt mich, dieses Tagebuch wiederzulesen, das mir immer weniger hilft, die Erzählung zu schreiben), denn Anabel, die mit Marucha eng befreundet war, hatte William erzählt, daß die Dolly Marucha immer wieder deren beste Kunden wegschnappte, betuchte Typen und einmal sogar den Sohn eines Kommissars, wie im Tango; bei der Chempe machte sie ihr das Leben sauer und profitierte offensichtlich davon, daß Marucha mehr und mehr Haare verlor, daß sie Probleme mit den Vorderzähnen hatte und daß sie auch im Bett, usw. All das heulte Marucha Anabel vor, mir weniger, vielleicht hatte sie zu mir nicht so viel Vertrauen, ich war der Übersetzer und nicht mehr, sie sagt, du seiest phänomenal, erzählte Anabel mir im Vertrauen, du übersetzt ihr alles so schön, der Koch dieses französischen Dampfers schickt ihr jetzt sogar mehr Geschenke als früher, sie sagt, es muß am Gefühl liegen, das du hineinlegst.

»Und du, schickt man dir auch mehr?«

»Nein, mir nicht. Wahrscheinlich, weil du in meinen Briefen aus purer Eifersucht mit dem Gefühl knauserst.«

Dergleichen Dinge sagte sie, und wir mußten sehr lachen. Und unter Lachen erzählte sie mir auch die Geschichte mit dem Fläschchen, das sie schon zwei- oder dreimal in den Briefen an William erwähnt hatte, ohne daß ich ihr Fragen stellte, denn es machte mir Vergnügen, sie selbst damit kommen zu lassen. Ich erinnere mich, daß sie's mir in ihrem Zimmer erzählte, als wir eine Flasche Whisky öffneten, nachdem wir uns einen Drink verdient hatten.

»Ich sag dir, ich war baff. Er kam mir schon immer etwas spinnert vor, liegt vielleicht daran, daß ich von dem, was er sagt, nicht viel mitkriege, wo er doch englisch spricht, am Ende aber macht er sich immer verständlich. Klar, du kennst ihn nicht, aber wenn du sähest, was für Augen er hat, wie eine gelbe Katze, paßt gut zu ihm, denn er ist ein todschicker Mann, wenn er ausgeht, zieht er sich Anzüge an, ich kann dir sagen, hier sieht man nie solche, synthetisch, weißt du.«

»Aber was hat er dir gesagt?«

»Daß er mir, wenn er wiederkommt, ein Fläschchen mitbringen wird. Er hat es mir auf die Serviette gemalt, und dazu einen Totenkopf und zwei gekreuzte Knochen. Verstehst du jetzt?«

»Ich verstehe, aber ich weiß nicht, was das soll. Hast du ihm von der Dolly erzählt?«

»Na klar, an dem Abend, als sein Schiff kam und er mich abholte, war Marucha bei mir, sie heulte und kotzte alles aus, ich mußte sie festhalten, damit sie nicht hinausrennt und der Dolly die Augen auskratzt. Sie hatte gerade spitzgekriegt, daß die Dolly ihr den Typ, der jeden Donnerstag zu ihr kam, abspenstig gemacht hatte, weiß Gott, was diese Schlampe ihm von Marucha gesagt hat, vielleicht das mit dem Haarausfall, das ging schon rund. William und ich flößten ihr Fernet-Branca ein und verfrachteten sie hier ins Bett, sie schlief sofort ein, und so konnten wir tanzen gehen. Ich habe ihm alles von der Dolly erzählt, und sicher hat er verstanden, denn verstehen tut er alles, was ich ihm sage, mit seinen gelben Augen sieht er mich starr an, und nur selten muß ich etwas wiederholen.«

»Warte, wir nehmen besser noch einen Scotch, heute nachmittag wird alles doppelt gemacht«, sagte ich, ihr einen Klaps gebend, und wir mußten lachen, denn schon das erste Glas war schön voll gewesen. »Und du, was hast du gemacht?«

»Glaubst du vielleicht, daß ich so bescheuert bin? Nichts, natürlich, ich hab vor ihm die Serviette in kleine Stücke zerrissen, damit er kapiert. Aber er redete weiter von dem Fläschchen, er würde es mir schicken, damit Marucha der Dolly etwas davon in den Aperitif tut. *In a drink*, wie er sagte. Er zeichnete mir auf eine andere Serviette ein Kerkerfenster und strich es dann durch, was bedeutete, daß niemand Verdacht schöpfen würde.«

»Großartig«, sagte ich, »dieser Yankee glaubt vielleicht, die Gerichtsmediziner hier in Argentinien wären Idioten. Hast du gut gemacht, mein Kind, zumal dieses Fläschchen durch deine Hände gehen sollte.«

»Eben.«

(Ich kann mich an dieses Gespräch nicht mehr erinnern, wie könnte ich mich auch daran erinnern. Aber so war es, ich höre es, während ich es schreibe, oder ich erfinde es, während ich es nachahme, oder ich ahme es nach, während ich es erfinde. Sich nebenbei fragen, ob nicht ebendas Literatur ist.)

19. Februar

Manchmal jedoch ist es nicht so, sondern viel subtiler. Manchmal gerät man in ein System von Parallelen, von Symmetrien, und deshalb vielleicht gibt es Augenblicke, Aussprüche, Geschehnisse, die für immer haftenbleiben in einem Gedächtnis, dem kein besonderes Verdienst zukommt (jedenfalls nicht dem meinen), da es viele bedeutsamere Dinge vergißt.

Nein, nicht immer handelt es sich um Erfindung oder Nachahmung. Gestern abend habe ich gedacht, ich müßte fortfahren, alles über Anabel zu schreiben, vielleicht würde es mich so zur Erzählung als der letzten Wahrheit bringen, und plötzlich war da wieder das Zimmer in der Reconquista, die Hitze im Februar oder März, der Typ aus La Rioja mit seinen Platten von Alberto Castillo, der auf der anderen Seite des Gangs hauste und nicht aufhörte, sich von seiner herrlichen Pampa zu verabschieden, selbst Anabel wurde es allmählich leid, obgleich sie Musik liebte, *adióóós pááámpa míííа*, und Anabel sitzt nackt auf dem Bett und erinnert sich an ihre Pampa da hinten bei Trenque Lauquen. Nein, wieviel Wesens der macht von seiner Pampa, Anabel steckt sich verächtlich eine Zigarette an, soviel Gewimmer wegen einer Scheißpampa voller Rindviecher. Aber Anabel, ich habe dich für patriotischer gehalten, Mädchen. Eine stinklangweilige Scheiße, sag ich dir, wäre ich nicht nach Buenos Aires gekommen, hätte ich mich in einer Jauchegrube ertränkt. Nach und nach die Erinnerungen, die das bestätigten, und plötzlich, als müßte sie es mir unbedingt erzählen, die Geschichte mit dem Handlungsreisenden. Sie hatte kaum begonnen, als ich meinte, daß ich das schon kannte, daß man mir das schon erzählt hatte. Doch ich ließ sie reden, da sie es mir unbedingt erzählen mußte (manchmal das Fläschchen, jetzt der Handlungsreisende), aber irgendwie war ich nicht da, nicht bei ihr, denn was sie mir erzählte, kam mir, mit Verlaub, Truman Capote, von *other voices, other rooms*, kam aus dem Speisesaal des Hotels in Bolívar, diesem staubigen kleinen

Ort in der Pampa, wo ich vor langer Zeit zwei Jahre lang gelebt habe; dort gab es diese Abende mit Freunden und Durchreisenden, wo man über alles sprach, aber vor allem von Frauen, von dem, was wir Burschen damals die »Grundlagen« nannten, die wirklich selten waren im Leben der Junggesellen in einer Kleinstadt.

Ich erinnere mich ganz deutlich an den Sommerabend, als der kahlköpfige Rosatti nach dem Essen bei Kaffee und Grappa vergangener Zeiten gedachte. Er war ein Mann, den wir seines Humors und seiner Großzügigkeit wegen schätzten und der uns, nach einer etwas schlüpfrigen Geschichte von Flores Díez oder dem schwergewichtigen Salas, von einer nicht mehr ganz jungen Frau vom Lande zu erzählen begann, die er manchmal in ihrem Rancho in der Gegend von Casbas besuchte, wo sie von ein paar Hühnern und einer kärglichen Witwenrente lebte und in ihrem Elend eine dreizehnjährige Tochter großzog.

Rosatti verkaufte Neu- und Gebrauchtwagen und machte in dem Rancho Station, wenn eine seiner Geschäftsreisen ihn in diese Gegend führte; er kam immer mit Geschenken und verbrachte die Nacht mit der Witwe. Sie hatte ihn liebgewonnen, bereitete ihm einen guten Mate, buk Pasteten für ihn und war, Rosatti zufolge, gar nicht schlecht im Bett. Die kleine Chola schickten sie zum Schlafen in den Schuppen, wo der Verstorbene einst seinen Sulky abstellte, der inzwischen verkauft worden war. Chola war ein stilles Mädchen mit scheuem Blick, das sich davonstahl, sowie Rosatti kam, beim Abendessen den Kopf gesenkt hielt und kaum ein Wort sagte. Manchmal brachte er ihr ein Spielzeug oder Bonbons mit, die sie mit einem hervorgepreßten »Danke, Herr« annahm. Eines Nachmittags, als Rosatti mit mehr Geschenken als sonst kam, denn er hatte an dem Morgen einen Plymouth verkauft und war mit sich sehr zufrieden, nahm sich die Witwe Chola vor und sagte ihr, daß sie lernen müsse, sich bei Don Carlos höflicher zu bedanken, und sie solle nicht so schüchtern sein. Rosatti, der ihr Wesen kannte, verzieh ihr lachend, doch in dieser Sekunde der Verlegenheit des Mädchens sah er sie zum ersten Mal, sah ihre schwarzen Augen und ihre vierzehn Jahre, die ihre Baumwollbluse zu wölben begannen. In dieser Nacht im Bett spürte er den Unterschied, und die Witwe mußte ihn auch spüren, denn sie fing an zu weinen und sagte, daß er sie nicht mehr so liebe wie früher, daß er sie sicher bald vergessen werde, da sie ihn nicht mehr so reize wie früher. Die Einzelheiten des Arrangements haben wir nie erfahren, aber irgendwann ging die Witwe die Chola holen und zog sie hinter sich her ins Haus. Sie selbst riß ihr die Kleider herunter, während Rosatti im Bett auf sie wartete, und da das Mädchen schrie und sich verzweifelt wehrte, hielt die Mutter ihr die Beine fest, bis zum Ende. Ich erinnere mich, daß Rosatti den Kopf etwas senkte und halb beschämt, halb protzend sagte: »Wie die geheult hat...« Keiner von uns machte die geringste Bemerkung, das zähe Schweigen dauerte an, bis Salas einen seiner Witze zum besten gab, und wir alle, angefangen mit Rosatti, begannen von anderem zu sprechen.

Auch bei Anabel machte ich nicht die geringste Bemerkung. Was konnte ich ihr auch sagen? Daß ich all das schon kannte, auch wenn zwischen den beiden Geschichten mindestens zwanzig Jahre lagen und der Handlungsreisende aus Trenque Lauquen nicht derselbe Mann gewesen war, noch Anabel dieselbe Frau? Daß es fast immer das gleiche ist mit den Anabels dieser Welt, nur daß sie manchmal Chola heißen?

23. Februar

Anabels Kunden? Vage Auskünfte, manchmal verbunden mit einem Namen oder einer Anekdote. Zufällige Begegnungen in den Hafenkneipen, Wiedererkennen eines Gesichts, Aufmerken bei einer Stimme. Offensichtlich war mir all das gleichgültig, ich glaube, daß in dieser Art von geteilten Beziehungen sich keiner als ein Kunde wie die anderen fühlt, zudem konnte ich mir schmeicheln, gewisse Vorrechte zu genießen, zum einen der Briefe wegen, aber auch meiner Person wegen, etwas an mir mußte Anabel gefallen und mir, glaube ich, mehr Privilegien geben als den anderen, ganze Abende in ihrem Zimmer, Kino- und Milongabesuche und das, was vielleicht Herzlichkeit war, jedenfalls ein Hang, über alles zu lachen, sowie eine nie geheuchelte Freimütigkeit in der Art, wie Anabel Freude suchte und schenkte. Unmöglich, daß sie bei den anderen, den Kunden, auch so war, und deshalb waren sie mir gleichgültig (im Grunde, so meinte ich, war Anabel mir gleichgültig, doch warum erinnere ich mich dann heute an all das?), obgleich ich natürlich lieber der einzige gewesen wäre, so mit Anabel leben und andererseits mit Susana, klar. Aber Anabel mußte sich ihren Lebensunterhalt verdienen, und von Zeit zu Zeit hatte ich den konkreten Beweis dafür, zum Beispiel, als ich an der Straßenecke dem Dicken begegnete – nie habe ich seinen Namen erfahren, sie nannte ihn schlicht den Dicken – und ihn in ihr Haus gehen sah, wobei ich mir vorstellte, wie er mein eigenes Itinerarium an diesem Abend wiederholte, Stufe um Stufe, bis auf den Gang und in Anabels Zimmer und alles Weitere. Ich erinnere mich, daß ich in *La Fragata* einen Whisky trinken ging und in *La Razón* sämtliche Auslandsnachrichten las, aber zwischen den Zeilen sah ich den Dikken mit Anabel, es ist idiotisch, aber ich sah ihn, als befände er sich in meinem Bett, benutzte es widerrechtlich.

Wohl deshalb war ich nicht sehr freundlich zu Anabel, als sie ein paar Tage später im Büro erschien. Ich kannte meine Briefpatientinnen (das Wort taucht hier in einer ziemlich kuriosen Weise wieder auf, nicht wahr, Sigmund?), ihre Eigenheiten und Launen, wenn sie mir einen Brief brachten oder mir einen diktierten, und deshalb blieb ich ganz gelassen, als Anabel mich fast anschrie, schreib sofort an William, daß er mir das Fläschchen mitbringt, dieses Drecksweib verdient es nicht zu leben. *Du calme*, sagte ich (sie verstand recht gut Französisch), was soll das, sich vor dem Aperitif so aufzuführen. Aber Anabel war wütend, und der Grund für diesen Brief war, daß die Dolly Marucha wieder einen Kunden, diesmal mit Auto, weggeschnappt hatte und bei der Chempe erzählte, sie habe es bloß getan, um ihn vor der Syphilis zu bewahren. Ich zündete mir zum Zeichen der Kapitulation eine Zigarette an und schrieb den Brief, wo absurderweise zugleich die Rede war von dem Fläschchen und einem Paar silberner Sandalen Größe 36½ (maximal 37). Um William Probleme zu ersparen, mußte ich die Schuhnummer umrechnen in 5 oder 5½, und der Brief wurde sehr kurz und sachlich, ohne Gefühlsergüsse, die Anabel für gewöhnlich verlangte, obgleich sie das jetzt, aus verständlichen Gründen, immer seltener tat. (Was glaubte sie wohl, wie ich die Briefe an William schloß? Sie verlangte nicht einmal mehr, daß ich sie ihr vorlese, sie ging sofort wieder und beauftragte mich, die Briefe aufzugeben. Sie konnte nicht ahnen, daß ich ihrem Stil treu blieb und William weiterhin von Sehnsucht und Liebe sprach, nicht aus übertriebener Gutmütigkeit, sondern weil man die Antworten und die Geschenke einkalkulieren mußte, und eben die mußten für Anabel das verläßlichste Barometer sein.)

An diesem Nachmittag habe ich über die Sache in Ruhe nachgedacht, und bevor ich den Brief aufgab, habe ich ihm ein separates Blatt beigefügt, auf dem ich mich William kurz als Anabels Übersetzer vorstellte und ihn bat, mich aufzusuchen, sobald er in Buenos Aires an Land gehe, auf jeden Fall aber, bevor er sich mit Anabel treffe. Als ich ihn zwei Wochen später bei mir eintreten sah, beeindruckten mich seine gelben Augen mehr als die halb herausfordernde, halb linkische Art eines Matrosen an Land. Wir ergingen uns nicht in Höflichkeitsfloskeln, ich sagte ihm geradeheraus, daß ich von der Sache mit dem Fläschchen wisse, doch daß alles nicht so schrecklich sei, wie Anabel meint. Tugendhaft zeigte ich mich um Anabels Sicherheit besorgt, denn sollte die Sache brenzlich werden, könnte Anabel sich nicht per Schiff auf und davon machen, wie er es in drei Tagen tun würde.

»Aber sie hat mich darum gebeten«, sagte William ungerührt. »Mir tut Marucha leid, es ist das beste Mittel, die Sache in Ordnung zu bringen.«

Ihm zufolge hinterließ der Inhalt des Fläschchens nicht die geringsten Spuren, und deshalb schien William der Gedanke einer verbrecherischen Tat gar nicht zu kommen. Ich spürte die Gefahr und versuchte, ihn von seinem Vorhaben abzubringen. Im Grunde seien die Querelen mit der Dolly seit seinem letzten Aufenthalt nicht schlimmer geworden, nur eben werde es Marucha mehr und mehr leid, und die arme Anabel bekomme das zu spüren. Ich nähme Anteil an der Sache, weil ich der Übersetzer all dieser Mädchen sei, und ich kennte sie gut, usw. Ich holte eine Flasche Whisky hervor, und nachdem ich ein Schild mit der Aufschrift *Geschlossen* an die Tür gehängt und das Büro abgeschlossen hatte, begann ich mit William zu trinken und zu rauchen. Ich hatte ihn sofort als wenig gebildet, sentimental und gefährlich eingeschätzt. Die Tatsache, daß ich der Übersetzer der Gefühlsergüsse Anabels war, schien mir quasi den Nimbus eines Beichtvaters zu geben, so erfuhr ich beim zweiten Whisky, daß er in Anabel wirklich verliebt war und sie aus diesem ihrem Leben herausholen wollte, um sie in ein oder zwei Jahren mit in die Staaten zu nehmen, nachdem er einige Angelegenheiten geregelt hätte, wie er sagte. Unmöglich, mich nicht auf seine Seite zu schlagen, chevaleresk seine Absichten gutzuheißen und mich auf sie zu berufen, um ihm klarzumachen, daß die Sache mit dem Fläschchen das Schlimmste sei, das er Anabel antun könnte. Er begann die Dinge unter demselben Aspekt zu sehen, aber verhehlte mir nicht, daß Anabel es ihm nie verzeihen würde, wenn er einen Rückzieher machte, sie würde ihn einen Feigling und einen Schuft schimpfen, und das könnte er sich von niemandem, auch nicht von Anabel, gefallen lassen.

Während ich sein Glas noch einmal füllte, eine Geste, die sein Vertrauen stärken sollte, unterbreitete ich ihm einen Plan, bei dem ich sein Verbündeter sein wollte. Das Fläschchen sollte er Anabel ruhig geben, aber gefüllt mit Tee oder Coca-Cola; ich meinerseits würde ihn von allen Neuigkeiten auf separaten Blättern unterrichten, damit Anabels Briefe nur das enthielten, was allein sie beide anging, und die Sache mit der Dolly und Marucha würde sich sicher mit der Zeit wieder geben. Andernfalls – auf die eine oder andere Weise mußte man diesen gelben Augen, die einen immer starrer anblickten, nachgeben – würde ich ihm schreiben, damit er das echte Fläschchen schickte oder mitbrächte, ich sei sicher, daß Anabel gegebenenfalls verstehen würde, wenn ich mich für die Täuschung verantwortlich erklärte und ihr sagte, daß ich es zum Wohl aller getan hätte, usw.

»O.K.«, sagte William. Es war das erste Mal, daß er O.K. sagte, und es kam mir weniger idiotisch vor, als wenn meine Freunde das sagten. Wir gaben uns in der Tür die Hand, er sah mich gelb und lange an und sagte: »Dank für die Briefe.« Er hatte den Plural gebraucht, was bedeutete, daß er Anabels Briefe meinte und nicht das von mir beigefügte Blatt. Warum hatte ich bei diesem Wort des Dankes ein unbehagliches Gefühl, warum trank ich, als ich allein war, noch einen Whisky, bevor ich das Büro schloß und essen ging?

26. Februar

Schriftsteller, die ich schätze, haben es verstanden, die Sprache von jemandem wie Anabel in liebenswerter Weise zu ironisieren. Derlei amüsiert mich zwar, aber im Grunde finde ich diese Gewandtheit der Gebildeten etwas gemein, auch ich könnte viele Redewendungen Anabels oder des spanischen Pförtners wiedergeben, und ich werde es vielleicht auch tun, wenn ich schließlich die Geschichte schreibe, nichts ist leichter. Aber zu jener Zeit neigte ich mehr dazu, die Sprache Anabels und die Susanas im Geiste zu vergleichen, Redeweisen, die sie viel mehr entblößten, als meine Hände das vermochten, und die von ihrer Offenherzigkeit oder Verschlossenheit zeugten, von der Enge oder der Weite, der Größe ihrer Schatten im Leben. Nie, zum Beispiel, habe ich Anabel das Wort »Demokratie« sagen hören, obgleich sie es zwanzigmal am Tag hörte oder las, dagegen gebrauchte Susana es bei jeder Gelegenheit und immer mit demselben bequemen guten Gewissen der Besitzenden. In der Intimsphäre konnte Susana unkaschiert von ihrem Geschlecht sprechen, wogegen Anabel von ihrem Muli oder ihrer Pussy sprach. So trete ich seit zehn Minuten auf der Stelle, weil ich mich nicht entschließen kann, fortzufahren, zu sagen, was noch zu sagen bleibt (was nicht viel ist und nicht ganz das, was ich vage zu schreiben hoffte), nämlich daß ich diese ganze Woche, wie vorauszusehen, nichts von Anabel hörte, da sie all ihre Zeit William widmen mußte, aber am Wochenende kam sie wieder, sichtlich einige der Nylonsachen tragend, die William ihr mitgebracht hatte, sowie eine neue Handtasche aus dem Fell irgendeines Pelztiers aus Alaska, bei deren bloßem Anblick einem in dieser Jahreszeit noch heißer wurde. Sie kam mir zu sagen, daß William gerade wieder weggefahren sei, was mir nicht neu war, und daß er ihr die Sache mitgebracht hatte (seltsamerweise vermied sie das Wort Fläschchen), sie sei schon in Maruchas Händen.

Ich hatte jetzt keinen Grund mehr, mich zu beunruhigen, aber es war angebracht, den Besorgten zu spielen, zu fragen, ob sich Marucha der Ungeheuerlichkeit ihres Tuns voll bewußt sei, usw., und Anabel erklärte mir, daß sie Marucha bei ihrer seligen Mutter und der Jungfrau von Luján hat schwören lassen, es nur zu tun, wenn die Dolly noch einmal, usw. Beiläufig fragte sie mich, wie ich ihre Handtasche und ihre Nylonstrümpfe fände, und wir verabredeten uns für die nächste Woche bei ihr, denn nach der *full time* mit William sei sie nun sehr beschäftigt. Sie wollte gerade gehen, als ihr einfiel:

»Wenn du wüßtest, wie nett er ist. Was glaubst du, wieviel ihn diese Handtasche gekostet hat. Ich wollte ihm nichts von dir sagen, aber er hat mir immer wieder von den Briefen gesprochen, er sagte, daß du ihm getreu übermittelst, was ich für ihn empfinde.«

»Ah«, sagte ich nur, ohne recht zu wissen, warum sich mir plötzlich die Kehle zuschnürte.

»Hast du gesehen, die hat einen doppelten Sicherheitsverschluß und alles. Schließlich habe ich ihm gesagt, daß du es deshalb so gut kannst, weil du mich eben gut kennst, aber was soll ihn das interessieren, wo er dich nie gesehen hat.«

»Klar, was soll ihn das interessieren«, brachte ich nur heraus.

»Er hat versprochen, mir das nächste Mal einen Plattenspieler mitzubringen, so einen mit Radio und allem, und wenn du mir Platten von Canaro und D'Arienzo kaufst, werden wir es dem Kerl aus La Rioja mit seinem *adiós pampa mía* mal zeigen.«

Kaum war sie gegangen, rief mich Susana an, sie hatte offensichtlich wieder einmal eine Anwandlung von Nomadismus und lud mich ein, mit ihr in ihrem Wagen nach Necochea zu fahren. Ich nahm fürs Wochenende an, bis dahin blieben mir drei Tage, die ich mit Grübeln verbrachte, wobei ich fühlte, wie mir etwas Bitteres in den Mund des Magens stieg (hat der Magen einen Mund?). Erstens: William hatte Anabel nicht von seinen Heiratsplänen gesprochen, offenbar hatte er den Ausrutscher Anabels, daß ich sie gut kenne, als einen Schlag ins Gesicht empfunden (und daß er sich nichts hatte anmerken lassen, war noch beunruhigender). Das bedeutete ...

Zwecklos, mir zu sagen, daß ich mich da eben zu Schlußfolgerungen à la Dickson Carr oder Ellery Queen habe verleiten lassen, schließlich würde es einem Typ wie William nicht den Schlaf rauben, daß auch ich ein Kunde Anabels war. Zugleich aber spürte ich, daß gerade ein Typ wie William ganz anders reagieren konnte bei dieser Mischung von Sentimentalität und Roheit, die ich ihm sofort angemerkt hatte. Und da gab es ein Zweitens: Als er erfuhr, daß ich mehr tat, als Anabel nur Briefe zu übersetzen, warum ist er da nicht gekommen, mich zur Rechenschaft zu ziehen, im guten oder im bösen? Ich durfte nicht vergessen, daß er Vertrauen zu mir gehabt und mich sogar bewundert hatte, daß er gewissermaßen gebeichtet hatte bei jemandem, der sich im stillen totlachte über soviel Naivität, und das mußte er gefühlt haben, zumal in dem Augenblick, als Anabel sich verraten hatte. Man konnte sich leicht vorstellen, daß William sie mit einem Fausthieb niederstreckte und geradewegs zu mir ins Büro kam, um mit mir das gleiche zu machen. Aber weder das eine noch das andere, und trotzdem ...

Und trotzdem. Ich sagte mir das, wie man ein Beruhigungsmittel nimmt, schließlich war sein Schiff längst auf hoher See, und alles war hypothetisch; die Zeit und die Wellen von Necochea würden alles bald auslöschen, und außerdem las Susana gerade Aldous Huxley, was Stoff für ganz andere Gespräche abgäbe, zum Glück. Auch ich habe mir auf dem Heimweg neue Bücher gekauft, etwas von Borges und/oder Bioy, wenn ich mich recht erinnere.

27. Februar

Obgleich sich fast keiner mehr daran erinnert, es bewegt mich noch immer, wie Spandrell in *Kontrapunkt des Lebens* auf den Tod wartet und ihn hinnimmt. In den vierziger Jahren konnte diese Episode den argentinischen Lesern nicht so nahegehen; heute schon, doch heute erinnern sie sich nicht mehr daran. Ich halte Spandrell die Treue (nie habe ich den Roman wiedergelesen, und ich habe ihn auch nicht zur Hand), und obgleich mir die Einzelheiten entfallen sind, sehe ich wieder die Szene vor mir, wo er die Schallplatte seines Lieblings-Quartetts von Beethoven auflegt, wohl wissend, daß das faschistische Kommando sich seinem Haus nähert, um ihn zu ermorden, womit er dieser letzten Handlung ein Gewicht gibt, das seine Mörder noch verachtenswerter macht. Auch Susana hatte diese Geschichte bewegt, wenn vielleicht auch nicht aus dem gleichen Grunde wie mich oder Huxley; auf der Hotelterrasse sprachen wir gerade darüber, als ein Zeitungsjunge vorbeikam, ich kaufte *La Razón*, und auf Seite 8 las ich, Polizei untersucht mysteriösen Tod, ich sah ein Foto, auf dem die Dolly kaum zu erkennen war, aber darunter stand ihr voller Name und welches Gewerbe sie ausübte, mit der Ambulanz ins Hospital Ramos Mejía gebracht, war sie zwei Stunden später an einem tödlich wirkenden Gift gestorben. Wir fahren noch heute abend zurück, sagte ich Susana, es regnet hier ja nur. Sie geriet außer sich, ich hörte, wie sie mich einen Despoten nannte. Er hat sich gerächt, dachte ich und ließ sie schimpfen, ich spürte den Krampf, der von den Eingeweiden zum Magen hochstieg, er hat sich gerächt, der Schuft, wie muß er das auf seinem Schiff jetzt genießen, nichts da von Tee oder Coca-Cola, und diese Idiotin von Marucha, die alles in zehn Minuten ausplaudern wird. Wahre Schübe von Angst bei jedem wütenden Wort von Susana, ein doppelter Whisky, der Krampf, die Reisetasche, großer Gott, wenn sie singt, sie wird mit allem herausplatzen, wenn man ihr nur ein bißchen die Wange tätschelt.

Aber Marucha sang nicht, am nächsten Nachmittag lag ein Zettel von Anabel unter der Tür des Büros, wir sehen uns um sieben im Café des Negro, sie hatte ihre Felltasche dabei und war sehr ruhig, sie war gar nicht auf den Gedanken gekommen, daß Marucha sie in die Sache hineinziehen könnte. Geschworen ist geschworen, daran ist nicht zu rütteln, sagte sie mir mit einem Gleichmut, den ich bewundernswert gefunden hätte, hätte ich nicht große Lust gehabt, ihr eine runterzuhauen. Maruchas Geständnis nahm eine halbe Zeitungsseite ein, und Anabel war gerade dabei gewesen, es zu lesen, als ich das Café betrat. Der Journalist beschränkte sich auf die in seinem Metier übliche allgemeine Darstellung, die Frau hatte ausgesagt, sie habe sich ein schnell wirkendes Gift besorgt und es in den Aperitif getan, also wohl in den Cinzano, den die Dolly literweise trank. Die Rivalität zwischen den beiden Frauen hatte ihren Höhepunkt erreicht, fügte der Berichterstatter als Erklärung hinzu, und das tragische Ende, usw.

Ich finde es nicht sonderbar, daß ich fast alle Einzelheiten dieses Treffens mit Anabel vergessen habe. Ich sehe noch, wie sie mich anlächelt, das ja, ich höre sie sagen, daß die Anwälte den Nachweis erbringen werden, daß Marucha ein Opfer war, in weniger als einem Jahr wäre sie wieder draußen. Von diesem Abend ist mir vor allem ein Gefühl völliger Absurdität in Erinnerung geblieben, etwas, das ich hier nicht beschreiben kann, Anabel, so schien mir, war in dem Augenblick ein Engel, der über der Wirklichkeit schwebt, sie war überzeugt, daß Marucha recht getan hatte (das stimmte, aber nicht auf diese Weise) und daß niemandem etwas passieren werde. Wie sie mir davon sprach, war mir, als erzählte sie eine Radionovela, die mit ihr nichts zu tun hatte und schon gar nichts mit mir, mit den Briefen, besonders mit jenen, die mich samt William und ihr in die Sache hineinzogen. Sie sprach zu mir wie aus der Radionovela, aus dieser unermeßlichen Distanz zwischen ihr und mir, zwischen ihrer Welt und meiner wilden Angst, die nach Zigaretten verlangte, nach einem weiteren Whisky, aber ja doch, sicher, Marucha ist grundanständig, sie wird bestimmt nicht plaudern.

Denn wenn eines sicher war in diesem Augenblick, dann das, daß ich diesem Engel nichts erzählen konnte. Wie zum Teufel ihr klarmachen, daß William sich damit noch nicht zufriedengeben würde, daß er vermutlich nicht ruhen würde, seine Rache zu vervollkommnen, Anabel zu denunzieren und mich als Komplizen mit hineinzureißen. Sie hätte mich wie verloren angesehen, hätte mir vielleicht die Handtasche gezeigt als Beweis für Williams Anständigkeit, er hat sie mir geschenkt, wie kannst du nur denken, daß er so etwas tut, usw.

Ich weiß nicht, wovon wir dann noch gesprochen haben, ich ging nach Hause, um nachzudenken, und am nächsten Tag kam ich mit einem Kollegen überein, daß er mich für ein oder zwei Monate im Büro vertrete; und obgleich Anabel mein Appartement nicht kannte, zog ich für alle Fälle in eine Wohnung, die Susana gerade in Belgrano gemietet hatte, und verließ dieses gesunde Viertel nicht, um eine zufällige Begegnung mit Anabel im Zentrum auszuschließen. Hardoy, der mein volles Vertrauen hatte, übernahm es mit Freuden, sie zu bespitzeln und in dieser Atmosphäre zu baden, die er den Sumpf nannte. Alle diese Vorsichtsmaßnahmen erwiesen sich schließlich als überflüssig, sie halfen mir jedoch, etwas besser zu schlafen, einen Haufen Bücher zu lesen und neue Facetten, ja unerwartete Reize an Susana zu entdecken, die überzeugt war, die arme, daß ich eine Liegekur machte. Anderthalb Monate später war Williams Schiff wieder da, und tags darauf erfuhr ich von Hardoy, daß Anabel sich mit William getroffen hatte und daß sie bis drei Uhr morgens in einer Milonga in Palermo getanzt hatten. Das einzig Logische wäre gewesen, erleichtert zu sein, aber nicht die Spur, es war eher so, als wären Dickson Carr und Ellery Queen der reinste Mist und alle Intelligenz noch mehr als Mist, verglichen mit dieser Milonga, wo der Engel sich mit dem anderen Engel (*per modo di dire*, natürlich) getroffen hatte, um mir zwischen zwei Tangos einfach mitten ins Gesicht zu spucken, mich zu bespucken, ohne mich zu sehen, sich überhaupt einen Dreck um mich kümmernd, so wie man auf den Boden spuckt, ohne auch nur hinzusehen. Ihr Gesetz, ihre Welt, eine Welt von Engeln, der auch Marucha angehörte und gewissermaßen auch die Dolly, und ich auf dieser Seite mit meinen Krämpfen und dem Valium und Susana, mit Hardoy, der mir weiter von der Milonga sprach, ohne zu merken, daß ich mein Taschentuch hervorgezogen hatte und mir, während ich ihm zuhörte und ihm für seinen Freundschaftsdienst dankte, damit übers Gesicht fuhr, als wollte ich mir die Spucke abwischen.

Bleiben ein paar Einzelheiten: Als ich ins Büro zurückkehrte, hatte ich mir alles schön zurechtgelegt, um Anabel eine plausible Erklärung für meine Abwesenheit zu geben; ich wußte, daß sie überhaupt nicht neugierig war, sie würde mir egal was abnehmen und würde schon einen weiteren Brief zu übersetzen haben, falls sie in der Zwischenzeit nicht einen anderen Übersetzer gefunden hatte. Aber Anabel kam nie mehr zu mir, womöglich hatte sie William das versprochen und es bei der Jungfrau von Luján geschworen, vielleicht auch hatte sie mir meine Abwesenheit übelgenommen, oder sie hatte bei der Chempe einfach zuviel zu tun. Ich glaube, ich habe am Anfang im stillen auf sie gewartet, ich weiß nicht, ob ich sie gern bei mir gesehen hätte, im Grunde aber kränkte es mich, daß sie mich einfach fallenließ, wer schon konnte ihr die Briefe so gut übersetzen wie ich, wer kannte William und sie besser als ich. Zwei- oder dreimal, mitten in einer Patentschrift oder einer Geburtsurkunde, hielt ich im Schreiben inne, in Erwartung, daß die Tür aufgehe und Anabel hereinkomme, mit neuen Schuhen vielleicht, aber dann klopfte man sehr höflich, und es war eine Konsularrechnung oder ein Testament. Meinerseits mied ich weiterhin die Orte, wo ich ihr am Nachmittag oder am Abend hätte begegnen können. Auch Hardoy sah sie nicht mehr, und in diesen Monaten bot sich mir die Gelegenheit, für einige Zeit nach Europa zu gehen, und dann bin ich dort geblieben, habe mich eingewöhnt, und da sitze ich nun mit meinen grauen Haaren und diesem Diabetes, der mich ans Haus fesselt, da sitze ich nun mit meinen Erinnerungen. Ich hätte sie wirklich gern aufgeschrieben, hätte gern eine Geschichte von Anabel und jenen Zeiten geschrieben, vielleicht hätte ich mich besser gefühlt, wenn ich in alles Ordnung gebracht hätte, aber ich glaube nicht, daß ich's noch tun werde, da ist dieses Tagebuch voller Bruchstücke, dieses Verlangen, sie zu ergänzen, die Lücken zu schließen und noch anderes von Anabel zu erzählen, aber ich kann wirklich nur sagen, daß ich diese Erzählung von Anabel sehr gern schreiben möchte, und am Ende ist es nur eine Seite mehr in dem Tagebuch, ein weiterer Tag, ohne die Erzählung begonnen zu haben. Das Üble dabei ist, daß ich mir immer wieder sage, daß ich sie nie werde schreiben können, weil ich einfach nicht imstande bin, über Anabel zu schreiben, es ist unnütz, Bruchstücke zusammenzufügen, die letztlich nicht mit Anabel zu tun haben, sondern mit mir, es ist fast so, als wollte Anabel eine Geschichte schreiben und erinnerte sich daran, daß ich sie nie zu mir nach Hause mitgenommen habe, daß die Panik mich zwei Monate lang von ihr ferngehalten hat, all das, woran ich jetzt denken muß, auch wenn Anabel das damals wahrscheinlich ziemlich gleichgültig war und nur ich mich an etwas erinnere, das völlig unbedeutend ist, das aber immer wiederkommt, von dorther, aus dem, was vielleicht hätte anders sein müssen, wie ich selbst hätte anders sein müssen und wie fast alles dort und hier. Nun ich daran denke, wie recht hat Derrida doch, wenn er sagt, wenn er mir sagt: es bleibt (mir) fast nichts: weder die Sache noch ihre Existenz, noch die meine, weder das reine Objekt noch das reine Subjekt, keinerlei Interesse irgendeiner Art für irgend etwas. Keinerlei Interesse, wirklich nicht, denn Anabel in der Tiefe der Zeit zu suchen bedeutet, noch einmal in mich selbst hinabzutauchen, und es ist so trist, über sich selbst zu schreiben, auch wenn ich mir weiterhin vorstellen möchte, daß ich über Anabel schreibe.

Editorische Notiz

Cortázar hat seine Erzählungen, die er im Laufe der Jahre in zehn Einzelausgaben veröffentlicht hat, mehrfach zusammengefaßt, einmal versuchsweise auch thematisch. Alle diese Erzählungen sind in die vorliegende Ausgabe aufgenommen; dazu die als eigene Geschichten aufzufassenden Texte aus *Reise um den Tag in 80 Welten* (Suhrkamp, 1980) und *Letzte Runde* (Suhrkamp, 1984). Zum erstenmal liegen somit Cortázars Erzählungen vollständig und in chronologischer Folge vor, angeordnet nach dem Erscheinungsdatum der Originalausgaben (mit den in den Zwischentiteln dieser Ausgabe genannten Originaltiteln).

Eine Ausnahme stellen die frühen Erzählungen aus dem Nachlaß dar, die nach ihrem Entstehungsdatum an den Anfang gesetzt sind. Cortázar hat »La otra orilla« (»Das andere Ufer«) zu Lebzeiten nicht veröffentlicht, bewahrte die Erzählungen aber als zum Druck fertiges Konvolut mit dem Datum »1945« auf. Sie erschienen zuerst in der Ausgabe der *Cuentos completos* (Madrid 1994), die zehn Jahre nach seinem Tod sämtliche Erzählungen in einem Band bündelte.

Rudolf Wittkopf, Cortázar-Übersetzer seit dem Auswahlband *Der Verfolger* (Suhrkamp, 1978), konnte »La otra orilla« noch übersetzen; die übrigen von ihm übersetzten Erzählungen der vorliegenden Ausgabe konnte er aber nicht mehr für den Druck neu durchsehen; er starb – viel zu früh – im September 1997.

Das Feuer aller Feuer (Suhrkamp, 1976) in der Übersetzung von Fritz Rudolf Fries, *Ende des Spiels* und *Geschichten der Cronopien und Famen* (beide Suhrkamp, 1977) in der Übersetzung von Wolfgang Promies wurden für die vorliegende Ausgabe von den Übersetzern neu durchgesehen.

Gesamtinhaltsverzeichnis

Band 1

GESCHICHTEN DER CRONOPIEN UND FAMEN (1962)

Handbuch der Unterweisungen

Sonderbare Beschäftigungen

Plastisches Material

Band 3

Aus: REISE UM DEN TAG IN 80 WELTEN (1967)

Aus: LETZTE RUNDE (1969)

OKTAEDER (1974)

PASSATWINDE (1977)

Band 4

EIN GEWISSER LUKAS (1979)

I

II

UNZEITEN (1983)

Inhalt

Lateinamerikanische Literatur
in der edition suhrkamp und
in den suhrkamp taschenbüchern

»Imagination, Sensibilität, Liebenswürdigkeit, Sinnlichkeit, Melancholie, eine gewisse Religiosität und ein gewisser Stoizismus gegenüber dem Leben und dem Tode, ein tiefes Gefühl für das Jenseitige und ein nicht weniger ausgeprägter Sinn für das Hier und Jetzt ... Lateinamerika ist eine Kultur.« Octavio Paz

Isabel Allende: Eva Luna. Roman. Aus dem Spanischen von Lieselotte Kolanoske. st 1897 und st 2531
– Das Geisterhaus. Roman. Aus dem Spanischen von Anneliese Botond. st 1676
– Das Geisterhaus. Das Buch zum Film. Bilder und Texte. st 2254
– Die Geschichten der Eva Luna. Aus dem Spanischen von Lieselotte Kolanoske. st 2193
– Der unendliche Plan. Roman. Aus dem Spanischen von Lieselotte Kolanoske. st 2302
– Von Liebe und Schatten. Roman. Aus dem Spanischen von Dagmar Ploetz. st 1735

José María Arguedas: Die tiefen Flüsse. Roman. Aus dem Spanischen von Suzanne Heintz. st 588

Autorenlexikon Lateinamerika. Herausgegeben von Dieter Reichardt. st 2328

Der Cimarrón. Die Lebensgeschichte eines entflohenen Negersklaven aus Cuba, von ihm selbst erzählt. Nach Tonbandaufnahmen herausgegeben von Miguel Barnet. Aus dem Spanischen von Hildegard Baumgart. Mit einem Nachwort von Heinz Rudolf Sonntag und Alfredo Chacón. st 346

Miguel Barnet: Ein Kubaner in New York. Roman. Aus dem Spanischen von Monika López. st 1978

Carmen Boullosa: Sie sind Kühe, wir sind Schweine. Roman. Aus dem Spanischen von Erna Pfeiffer. es 1866
– Die Wundertäterin. Roman. Aus dem Spanischen von Susanne Lange. es 1974

Guillermo Cabrera Infante: Ansicht der Tropen im Morgengrauen. Roman. Aus dem Spanischen von Wilfried Böhringer. st 2449
– Drei traurige Tiger. Roman. Aus dem Spanischen von Wilfried Böhringer. st 1714

Alejo Carpentier: Explosion in der Kathedrale. Roman. Aus dem Spanischen von Hermann Stiehl. st 370
– Die Harfe und der Schatten. Roman. Aus dem Spanischen von Anneliese Botond. st 1024

112/1/7.95

Lateinamerikanische Literatur in der edition suhrkamp und in den suhrkamp taschenbüchern

Alejo Carpentier: Die Methode der Macht. Roman. Aus dem Spanischen von Elke Wehr. st 1979
- Le Sacre du printemps. Roman. Aus dem Spanischen von Anneliese Botond. st 2480
- Stegreif und Kunstgriff. Essays zur Literatur, Musik und Architektur in Lateinamerika. Aus dem Spanischen von Anneliese Botond. es 1033
- Die verlorenen Spuren. Roman. Aus dem Spanischen von Anneliese Botond. st 808

José Cândido de Carvalho: Der Oberst und der Werwolf. Roman. Aus dem brasilianischen Portugiesisch von Curt Meyer-Clason. st 1092

Julio Cortázar: Alle lieben Glenda. Erzählungen. Aus dem Spanischen von Rudolf Wittkopf. st 1576
- Das Feuer aller Feuer. Erzählungen. Aus dem Spanischen von Fritz Rudolf Fries. st 298
- Die geheimen Waffen. Erzählungen. Aus dem Spanischen von Rudolf Wittkopf. st 672
- Geschichten der Cronopien und Famen. Aus dem Spanischen von Wolfgang Promies. st 1981
- Die Gewinner. Roman. Aus dem Spanischen von Christa Wegen. st 1761
- Ein gewisser Lukas. Aus dem Spanischen von Rudolf Wittkopf. st 1937
- Letzte Runde. Aus dem Spanischen von Rudolf Wittkopf. es 1140
- Das Observatorium. Aus dem Spanischen von Rudolf Wittkopf. Mit Fotos von Julio Cortázar unter Mitarbeit von Antonio Gálvez. es 1527
- Passatwinde. Erzählungen. Aus dem Spanischen von Rudolf Wittkopf. st 1370
- Rayuela. Himmel und Hölle. Roman. Aus dem Spanischen von Fritz Rudolf Fries. st 1462
- Reise um den Tag in 80 Welten. Aus dem Spanischen von Rudolf Wittkopf. es 1045
- Der Verfolger. Erzählung. Aus dem Spanischen von Rudolf Wittkopf. st 2319

Laura Esquivel: Bittersüße Schokolade. Mexikanischer Roman um Liebe, Kochrezepte und bewährte Hausmittel in monatlichen Fortsetzungen. Aus dem Spanischen von Petra Strien. st 2391 und st 2534

Carlos Fuentes: Nichts als das Leben. Roman. Deutsch von Christa Wegen. st 343

112/2/7.95

Lateinamerikanische Literatur in der edition suhrkamp und in den suhrkamp taschenbüchern

Sérgio Buarque de Holanda: Die Wurzeln Brasiliens. Aus dem brasilianischen Portugiesisch von Maralde Meyer-Minnemann. es 1942

Lateinamerikaner über Europa. Herausgegeben von Curt Meyer-Clason. es 1428

Der Lauf der Sonne in den gemäßigten Zonen. Brasilianische Erzählungen. Herausgegeben von Marianne Gareis. Aus dem brasilianischen Portugiesisch von Marianne Gareis und Karin von Schweder-Schreiner. st 2353

José Lezama Lima: Die amerikanische Ausdruckswelt. Aus dem Spanischen von Gerhard Poppenberg. es 1457

– Paradiso. Roman. Aus dem Spanischen von Curt Meyer-Clason unter Mitwirkung von Anneliese Botond. st 1005

Angeles Mastretta: Frauen mit großen Augen. Aus dem Spanischen von Monika López. st 2297

– Mexikanischer Tango. Roman. Aus dem Spanischen von Monika López. st 1787

Álvaro Mutis: Ilona kommt mit dem Regen. Roman. Aus dem Spanischen von Katharina Posada. st 2419

– Der Schnee des Admirals. Roman. Aus dem Spanischen von Katharina Posada. st 2291

– Ein schönes Sterben. Roman. Aus dem Spanischen von Katharina Posada. st 2525

Juan Carlos Onetti: Das kurze Leben. Roman. Aus dem Spanischen von Curt Meyer-Clason. st 661

– Lassen wir den Wind sprechen. Roman. Aus dem Spanischen von Anneliese Botond. st 1763

– So traurig wie sie. Erzählungen. Aus dem Spanischen von Wilhelm Muster. st 1601

Octavio Paz: Gedichte. Spanisch und deutsch. Übertragung von Fritz Vogelgsang. st 1832

– Der menschenfreundliche Menschenfresser. Geschichte und Politik 1971-1980. Aus dem Spanischen von Rudolf Wittkopf und Carl Heupel. es 1064

– Nackte Erscheinung. Das Werk von Marcel Duchamp. Aus dem Spanischen von Rudolf Wittkopf. st 1833

– Sor Juana Inés de la Cruz oder Die Fallstricke des Glaubens. Aus dem Spanischen von Maria Bamberg. Versübertragungen von Fritz Vogelgsang. Mit zahlreichen Abbildungen. st 2294

– Suche nach einer Mitte. Die großen Gedichte. Spanisch und deutsch. Übersetzung Fritz Vogelgsang. Nachwort Pere Gimferrer. es 1008

112/3/7.95

Lateinamerikanische Literatur in der edition suhrkamp und in den suhrkamp taschenbüchern

Octavio Paz: Zwiesprache. Essays zu Kunst und Literatur. Aus dem Spanischen von Elke Wehr und Rudolf Wittkopf. es 1290

Manuel Puig: Der Kuß der Spinnenfrau. Roman. Aus dem Spanischen von Anneliese Botond. st 869 und st 2541

– Der schönste Tango der Welt. Ein Fortsetzungsroman. Aus dem Spanischen von Adelheid Hanke-Schaefer. st 474

Horacio Quiroga: Weißer Herzstillstand. Erzählungen. Aus dem Spanischen von Astrid Schmidt-Böhringer. st 2393

José Revueltas: Die schwarze Katze der Verfassung im dunklen Zimmer der mexikanischen Politik. Literatur und Politik 1950-1976. Aus dem mexikanischen Spanisch von Hans-Otto Dill. es 1975

– Die Schwester, die Feindin. Erzählungen. Aus dem Spanischen von Monika López. es 1155

Darcy Ribeiro: Wildes Utopia. Sehnsucht nach der verlorenen Unschuld. Eine Fabel. Aus dem brasilianischen Portugiesisch von Maralde Meyer-Minnemann. es 1354

João Ubaldo Ribeiro: Ein Brasilianer in Berlin. st 2352

– Brasilien, Brasilien. Roman. Aus dem brasilianischen Portugiesisch von Curt Meyer-Clason und Jacob Deutsch. st 1835

– Der Heilige, der nicht an Gott glaubte. Ganz einfache Geschichten. Aus dem brasilianischen Portugiesisch von Ray-Güde Mertin. st 2498

Manuel Rojas: Der Sohn des Diebes. Roman. Aus dem Spanischen von Anton Maria Rothbauer. st 2218

Murilo Rubião: Der Feuerwerker Zacharias. Erzählungen. Aus dem brasilianischen Portugiesisch und mit einem Nachwort von Ray-Güde Mertin. st 2151

Sérgio Sant'Anna: Das kosmische Ei. Drei Geschichten. Aus dem brasilianischen Portugiesisch von Frank Heibert. es 1894

Antônio Torres: Diese Erde. Aus dem brasilianischen Portugiesisch übertragen und mit einem Nachwort versehen von Ray-Güde Mertin. es 1382

Dalton Trevisan: Ehekrieg. Erzählungen. Aus dem brasilianischen Portugiesisch von Georg Rudolf Lind. es 1041

Mario Vargas Llosa: Die Anführer. Erzählungen. Aus dem Spanischen von Elke Wehr. st 2448

– Gegen Wind und Wetter. Literatur und Politik. Aus dem Spanischen von Elke Wehr. es 1513

– Der Geschichtenerzähler. Roman. Aus dem Spanischen von Elke Wehr. st 1982

112/4/7.95

Lateinamerikanische Literatur in der edition suhrkamp und in den suhrkamp taschenbüchern

Mario Vargas Llosa: Gespräch in der Kathedrale. Roman. Aus dem Spanischen von Wolfgang A. Luchting. st 1015

– Das grüne Haus. Roman. Aus dem Spanischen von Wolfgang A. Luchting. st 342

– Der Hauptmann und sein Frauenbataillon. Roman. Aus dem Spanischen von Heidrun Adler. st 959

– Die jungen Hunde. Erzählung. Aus dem Spanischen von Alexander Luchting. Mit einem Nachwort von José Miguel Oviedo. st 1841

– Der Krieg am Ende der Welt. Roman. Aus dem Spanischen von Anneliese Botond. st 1343

– La Chunga. Ein Stück. Aus dem Spanischen von Dagmar Ploetz. es 1555

– Lob der Stiefmutter. Roman. Aus dem Spanischen von Elke Wehr. st 2200 und st 2542

– Maytas Geschichte. Roman. Aus dem Spanischen von Elke Wehr. st 1605

– Die Stadt und die Hunde. Roman. Aus dem Spanischen von Wolfgang A. Luchting. st 622

– Tante Julia und der Kunstschreiber. Roman. Aus den Spanischen von Heidrun Adler. st 1520

– Die Wahrheit der Lügen. Aus dem Spanischen von Elke Wehr. Erstausgabe. st 2283

– Wer hat Palomino Molero umgebracht? Roman. Aus dem Spanischen von Elke Wehr. st 1786

112/5/7.95